BEST OF CONTEMPORARY

MEXICAN FICTION

BEST OF CONTEMPORARY

MEXICAN FICTION

ÁLVARO URIBE, EDITOR

OLIVIA SEARS, TRANSLATION EDITOR

DALKEY ARCHIVE PRESS

CHAMPAIGN AND LONDON

Library of Congress Cataloging-in-Publication Data

Best of contemporary Mexican fiction / editor, Álvaro Uribe ;
translation editor, Olivia Sears. -- 1st ed.
p. cm.
ISBN 978-1-56478-515-2 (hardcover edition : alk. paper) -- ISBN
978-1-56478-514-5 (pbk. edition : alk. paper)
1. Short stories, Mexican--Translations into English. 2. Mexican
fiction--20th century--Translations into English. 3. Mexican
fiction--21st century--Translations into English. I. Uribe, Alvaro,
1953- II. Sears, Olivia E.
PQ7276.B47 2009
863'.0108972090511--dc22
2008018443

This project is part of an international literary exchange between the National
Autonomous University of Mexico and the National Endowment for the Arts.
Additional support was provided by the Illinois Arts Council, a state agency, and by
the University of Illinois at Urbana-Champaign.

www.dalkeyarchive.com

Designed by Quemadura, printed on permanent/durable acid-free paper
and bound in the United States of America

CONTENTS

SEALTIEL ALATRISTE

Preface

XI

ÁLVARO URIBE

Introduction

XV

VIVIAN ABENSHUSHAN

La cama de Lukin / Lukin's Bed

TR. SUSAN OURIOU

3

ÁLVARO ENRIGUE

Sobre la muerte del autor / On the Death of the Author

TR. C. M. MAYO

33

EDUARDO ANTONIO PARRA

Cuerpo presente / Requiem

TR. ANDREW HURLEY

57

CRISTINA RIVERA-GARZA

Nostalgia / Nostalgia

TR. LISA DILLMAN

129

GUILLERMO FADANELLI

Interroguen a Samantha / Questioning Samantha

TR. DICK CLUSTER

159

JORGE F. HERNÁNDEZ

True Friendship / True Friendship

TR. ANITA SAGÁSTEGUI

169

ANA GARCÍA BERGUA

Los conservadores / The Preservers

TR. BARBARA PASCHKE

185

ROSA BELTRÁN

Shere-Sade / Sheri-Sade

TR. LELAND H. CHAMBERS

205

ENRIQUE SERNA

Tesoro viviente / Living Treasure

TR. KATHERINE SILVER

221

JUAN VILLORO

Mariachi / Mariachi

TR. HARRY MORALES

289

FABIO MORÁBITO

Los crucigramas / Crosswords

TR. PETER BUSH

319

FRANCISCO HINOJOSA

La muda boca / The Muted Mouth

TR. THOMAS CHRISTENSEN

341

DANIEL SADA

El fenómeno ominoso / The Ominous Phenomenon

TR. KATHERINE SILVER

369

GUILLERMO SAMPERIO

La mujer de la gabardina roja / The Woman in the Red Coat

TR. KIRK ANDERSON

405

HERNÁN LARA ZAVALA

A golpe de martillo / Hammering Away

TR. PAMELA CARMELL

435

HÉCTOR MANJARREZ

Fin del mundo / The End of the World

TR. ELIZABETH BELL

451

AUTHORS

523

TRANSLATORS

527

SEALTIEL ALATRISTE
COORDINATOR DE DIFUSIÓN CULTURAL
UNIVERSIDAD NACIONAL AUTÓNOMA DE MÉXICO

PREFACIO:

MIRA POR DÓNDE

Ninguna antología es exhaustiva, ninguna es ajena a los motivos que le dan sentido. Una antología, necesariamente, pretende presentar un panorama a través de simples ejemplos. Es (si me perdonan el símil) como describir un paisaje presentando a los ojos del espectador la rama de un árbol, una roca, un trozo de montaña, una nube apacible, y la rueda de una bicicleta. Con esos pocos elementos el espectador tendría que imaginar el camino, el horizonte, el clima, la intensidad de la luz, hasta dar con la fotografía de la que esos elementos fueron extraídos. ¿Cuál es la posibilidad de que esto suceda? Convengamos que no es una pregunta de fácil respuesta, o mejor, a la que se pueda responder llanamente. Si los objetos que vemos son, por ejemplo, típicos de algún paisaje conocido, es probable que nos hagamos una idea cercana a la realidad. Por el orden en que se nos presentan, si los vemos colocados en el sitio que ocupan dentro de la supuesta fotografía, nos será relativamente fácil acceder a la verdad que cada objeto parece revelar. Si, por el contrario, la presentación es caótica, aberrante, bizarra, seguramente confundiremos las pistas y la imagen que construyamos será más que falsa. Conformaremos, en otras palabras, una irrealidad, en la que, como cada objeto es real, tenderemos a pergeñar tantas realidades como objetos tengamos frente a nuestra mirada.

Una antología literaria presenta las mismas ventajas y limitaciones si trata de mostrar el paisaje de una generación, de una lengua, de un país,

SEALTIEL ALATRISTE

COORDINATOR OF CULTURAL PROMOTION
NATIONAL AUTONOMOUS UNIVERSITY OF MEXICO

PREFACE:

LO AND BEHOLD

No anthology is exhaustive, none is foreign to the ambition that gives it meaning. An anthology, of necessity, seeks to convey a panorama by means of discrete samples. It is like (if you will permit the simile) describing a landscape by showing someone a tree branch, a rock, a fragment of a mountain, a peaceful cloud, and a bicycle wheel. From these few elements the viewer would have to imagine the road, the horizon, the weather, the intensity of the light, in order to arrive at the photograph from which these elements were extracted. What is the possibility that this will work? Let us agree that the question has no easy answer, or rather that the answer is not simple. If, for example, the objects we see are typical of some familiar landscape, we will probably come up with an image that is close to the reality. Depending on the order in which they are presented, or if they are arrayed in the same places they occupy within this theoretical photograph, it will be relatively easy for us to arrive at the truth each object seems to reveal. If, on the other hand, the presentation is chaotic, aberrant, bizarre, the clues will surely mislead us, and the image we conjure will be more than just false. In other words, we will construct an unreality which, given that each object is real, may be used to spin out as many realities as there are objects before us.

A literary anthology possesses the same advantages and limitations when it tries to show the landscape of a generation, a language, a country,

o de las tres cosas a la vez. Primero se tiene que elegir el género que se quiere mostrar; después, definir los criterios que conforman el concepto de generación; y finalmente, elegir la cantidad de autores que constituirán la muestra. El resto consistirá en la forma en que se presenten estos elementos para que podamos construir una idea del universo que la antología representa.

En este sentido, la antología que el lector tiene entre las manos es muy afortunada. Presenta 16 autores que son prototipos de una generación —la que nació después de 1945— y su criterio para seleccionar un cuento no sólo estuvo en manos del antologador, sino que cada autor le propuso a éste los dos cuentos que creía eran representativos de su narrativa. El lector tiene, así, una cierta garantía, no sólo de que esta generación está representada, sino que está leyendo algo esencial de la narrativa de cada autor. La variedad de los temas tratados, aunada a la diversidad de estilos, por otro lado, producen la muy sana sensación de estar penetrando en lo que hoy se escribe en México.

Quisiera decir antes de terminar unas cuantas palabras sobre el cuento, en tanto género literario. ¿Se puede dar una idea de lo que es una literatura a través de lo que muchos consideran un género menor? En la frase anterior hay un error de formulación: el cuento no es un género menor, es más, no creo siquiera que sea el hermano menor de la novela. El cuento representa un instante emblemático de cualquier narrativa: es la fuerza de la intensidad, el refinamiento profundo, la ocasión ineludible, la palabra revelada. Si la novela es espejo de la educación sentimental, el cuento es la hondura de esa educación, la piedra de toque que nos dice: "Mira por dónde te viniste a dar cuenta de la realidad". En el fondo, a través de este género magistral, uno puede entrar en contacto con la esencia de un autor y la calidad de una narrativa, en este caso, la del México que se abrió paso al mediar el siglo pasado, narrativa que aún no deja de sorprendernos.

PREFACE

or all three at once. First there is the choice of literary genre one wishes to show; then the task of defining the criteria that make up the concept of a generation; and lastly the determination of how many authors will make up the sampling. The rest depends on the way these elements are presented to allow us to form a sense of the universe the anthology represents.

The anthology you are about to read is well favored in all these regards. It proffers 16 authors who are prototypical of the generation born since 1945, with stories selected not solely according to the anthologist's criteria but also by the authors themselves, each of whom submitted the two stories they believe best represent their narrative. Thus the reader is guaranteed not only that this generation is represented, but that you are reading something essential of each writer's art. The variety of themes and diversity of styles, in addition, gives the invigorating sensation of witnessing the spectrum of contemporary Mexican writing from within.

Before I finish, I would like to say a few words about the short story as a literary form. Is it possible to give an idea of a country's literature by means of what many consider a minor genre? Contained in the previous sentence is a formulaic error. The short story is no minor genre; moreover, for me it is not like the novel's younger sibling. The short story represents an instant emblematic of all narrative: the power of its intensity, its distilled profundity, the ineluctable event, the word revealed. If the novel is the mirror of our sentimental education, the short story is that education's deepest wisdom, the touchstone that says to us: "Lo and behold—you've just found reality." Fundamentally, through this superb genre the reader experiences the essence of an author and a brand of literature, in this case Mexican narrative that emerged at the midpoint of the past century, a narrative that still has not ceased to surprise us.

ÁLVARO URIBE

EDITOR

INTRODUCCIÓN:
PAÍS DE CUENTISTAS

1.

Se dice sin obligación de probarlo que México es un país de poetas. Con igual veracidad —con igual olvido de nuestros considerables novelistas, ensayistas, cronistas y dramaturgos— se puede afirmar que México es un país de cuentistas.

Desde la refundación del cuento en las literaturas occidentales a lo largo del siglo XIX —debida tanto al rigor imaginativo de Edgar Allan Poe como a la sutileza psicológica de Antón Chéjov, pasando por la versatilidad de Guy de Maupassant— apenas si hay algún narrador mexicano de importancia que no haya explorado y en ciertos casos ampliado las posibilidades formales y discursivas de un género literario que sólo los ignorantes o los malintencionados consideran menor. Unos cuantos ejemplos, entresacados al azar de la historia de nuestras letras, bastan a corroborarlo.

Como cuentos deben leerse —cuentos deliberadamente situados en las lindes de la crónica, a la manera empírica del naturalismo— los cinco "esbozos contemporáneos" que componen *Del natural* (1888), la primera obra de Federico Gamboa (1864–1939), que acaso inaugura la narrativa mexicana moderna.

Cuentos son fuera de toda duda, pese a que una taxonomía más bien

ÁLVARO URIBE

EDITOR

INTRODUCTION: COUNTRY OF STORYTELLERS

1.

It is often said, without burden of further proof, that Mexico is a country of poets. One could say with equal veracity—and equal neglect of our estimable novelists, essayists, chroniclers, and playwrights—that Mexico is a country of short story writers.

Since the renaissance of the short story in Western literature during the nineteenth century—due in large part to Edgar Allan Poe's imaginative rigor, Guy de Maupassant's versatility, and Anton Chekhov's subtle psychology—there has scarcely been a Mexican writer of importance who did not explore, and in certain cases even broaden, the formal and discursive possibilities of a literary genre that only the misinformed or the malevolent consider minor. A few examples, taken at random from our literary history, suffice to confirm this.

One must read the five "contemporary sketches" that comprise *Del natural* (1888), the first book by Federico Gamboa (1864–1939), as short stories—stories that deliberately straddle the limits of historical chronicle in keeping with the empirical tradition of naturalism, and that probably mark the beginning of modern Mexican narrative.

Furthermore, there is no question that those brief gems of style and imagination that Julio Torri (1889–1970) polished so painstakingly and

INTRODUCCIÓN

laxa los afilia al discutible subgénero del poema en prosa, las breves joyas del estilo y de la imaginación que entre los años diez y los cuarenta del siglo pasado pulió con minuciosidad y sin prisa Julio Torri (1889–1970).

Alfonso Reyes (1889–1959), miembro como Torri de la generación del Ateneo de la Juventud que asumió con éxito la tarea de convertir a los escritores y lectores mexicanos en "contemporáneos de todos los hombres", escribió asimismo cuentos memorables. Con uno de ellos, "La cena" (1912), se inicia en México, de acuerdo con el especialista Luis Leal, la literatura fantástica.

También fueron cuentistas de primer orden Rafael F. Muñoz (1899–1972) y Nellie Campobello (1900–1986), autores adscritos a la informal escuela de la Narrativa de la Revolución Mexicana que, lejos de restringirse a una idea excluyente de la literatura, no produjo sólo grandes novelas.

Otros escritores activos hacia mediados del siglo XX, como Francisco Rojas González (1904–1951) y Edmundo Valadés (1915–1994), practicaron con fortuna una manera de hacer cuentos en que el realismo reinventado por los narradores de la Revolución se aplicó, mediante el empleo de técnicas literarias innovadoras, a la representación crítica del México posrevolucionario.

En las antípodas del interés realista en la evolución de la sociedad mexicana se encuentra la obra singular de Francisco Tario (1911–1977), cuentista con una visión propia de lo fantástico y autor de culto para muchos lectores del siglo XXI.

Cimentado en estos sólidos antecedentes, el cuento mexicano actual se funda en la obra de dos artífices de rara perfección. Oriundos del Estado de Jalisco en donde se da lo mejor y lo peor de la mexicanidad, coetáneos, amigos íntimos, tocayos y gemelos literarios antagónicos, Juan José Arreola (1918–2001) y Juan Rulfo (1918–1986) son las cúspides

meticulously from the 1910s through the 1940s should also be classified as short stories, though a casual taxonomy might wish to place them in the questionable subgenre of prose poetry.

Alfonso Reyes (1889–1959), like Torri a member of the *Ateneo de la Juventud* generation that successfully shouldered the task of making Mexican writers and readers "contemporaries of all humanity," also wrote memorable short stories. Critic Luis Leal deems one of his stories, "La cena" (1912), the first example of Mexican literature of the fantastic.

Rafael F. Muñoz (1899–1972) and Nellie Campobello (1900–1986), also top-caliber short story writers, were aligned with the informal *Narrativa de la Revolución Mexicana* school, which, far from limiting itself to a restrictive idea of literature, produced more than just great novels.

Other writers active into the mid-twentieth century, such as Francisco Rojas González (1904–1951) and Edmundo Valadés (1915–1994), put to felicitous use the realism reinvented by the authors associated with the *Narrativa de la Revolución* school, combining it with innovative literary techniques in short stories that critically depict post-revolutionary Mexico.

In opposition to the realists' interest in the evolution of Mexican society stands the singular work of Francisco Tario (1911–1977), a short story writer with his own vision of the fantastic, who has become a cult author for many twenty-first-century readers.

Anchored in these solid antecedents, the foundation of the contemporary Mexican short story rests upon the work of two authors of rare perfection. Natives of the state of Jalisco, where the best and worst of *mexicanidad* is played out, Juan José Arreola (1918–2001) and Juan Rulfo (1918–1986)—contemporaries, close friends, and antagonistic literary twins with the same first name—are the parallel, nearly unattainable peaks of Mexican short fiction. In the stories collected in successive

INTRODUCCIÓN

paralelas, difícilmente alcanzables, de nuestra narrativa breve. En los cuentos reunidos en las sucesivas ediciones de *Varia invención* (1949) y *Confabulario* (1952), Arreola asimiló y renovó para la literatura mexicana una práctica centenaria que abarca entre muchos otros autores a Marcel Schwob y a Franz Kafka, y que no desdeña a grandes cuentistas marginales como el estadounidense Stephen Vincent Benét. Rulfo, siguiendo el mismo camino en la dirección opuesta, elevó por su parte en *El llano en llamas* (1953) la identidad del campo y la provincia mexicanos a la categoría de arquetipo metafísico; además, al fundir en *Pedro Páramo* (1955) el engañoso apego a la realidad provinciana de Latinoamérica con una original perspectiva fantástica que influyó decisivamente a Gabriel García Márquez, libró a sus sucesores en México de la tentación de imitar las fórmulas más ingenuas y socorridas del realismo mágico.

Porque la literatura no admite otras fronteras que las lingüísticas hay que ubicar, junto a los dos robustos pilares del cuento mexicano actual, a un par de autores argentinos sin los cuales sería incomprensible el desarrollo de este género en México durante la segunda mitad del siglo XX. Nadie que escriba en español, nadie que quiera escribir cuentos en cualquier idioma, debe ignorar la obra de Jorge Luis Borges (1899–1986), que puede calificarse con toda justicia de clásica. Casi igual importancia, para los cuentistas latinoamericanos nacidos entre los años novecientos treinta y los cincuenta, tiene Julio Cortázar (1914–1984), cuyo incesante magisterio incluye la traducción de la narrativa completa de Poe.

Otros escritores rioplatenses acaso menos influyentes —como Horacio Quiroga (1878–1937), nacido en el Uruguay; Adolfo Bioy Casares (1914–1999), siamés literario de Borges y coetáneo de Cortázar; el argentino Roberto Arlt (1900–1942), y el uruguayo Felisberto Hernández (1902–1964)— son también de lectura inexcusable para quienes ejercen la narrativa breve en América Latina.

El guatemalteco Augusto Monterroso (1921–2003) merece una men-

editions of *Varia invención* (1949) and *Confabulario* (1952), Arreola assimilated and revitalized for Mexican literature a hundred-year-old literary sweep encompassing, among many other authors, Marcel Schwob and Franz Kafka, without slighting great storytellers on the margins, such as Stephen Vincent Bénet. Rulfo, taking the same route in the opposite direction, in *El llano en llamas* (1953) elevated the identity of rural and provincial Mexico to a metaphysical archetype; moreover, in *Pedro Páramo* (1955), by melding a deceptive adherence to provincial Latin American reality with an original take on the fantastic that undoubtedly influenced Gabriel García Márquez, he freed his Mexican successors from the temptation to imitate the more vapid and well-worn formulas of magical realism.

Because literature has no frontiers other than linguistic ones, one must place, alongside these two robust pillars of today's Mexican short story, two Argentine authors without whom the development of the genre in Mexico during the last half of the twentieth century cannot be understood. No one who writes in Spanish, or attempts a short story in any language, can ignore the oeuvre of Jorge Luis Borges (1899–1986), which is rightly ranked among the classics. Of nearly equal importance for Latin American writers born in the period from the 1930s to the 1950s is Julio Cortázar (1914–1984), whose unceasing teachings include the translation into Spanish of the complete works of Poe.

Other, perhaps less influential writers from the Río de la Plata basin—Horacio Quiroga (1878–1937), born in Uruguay; Adolfo Bioy Casares (1914–1999), literary Siamese twin of Borges and contemporary of Cortázar; the Argentine Roberto Arlt (1900–1942); and the Uruguayan Felisberto Hernández (1902–1964)—are also required reading for Latin American short fiction writers.

Augusto Monterroso (1921–2003), from Guatemala, deserves special mention here. Having lived from the 1940s until his death in Mexico,

ción aparte en este punto. Por haber vivido desde los novecientos cuarenta hasta su muerte en México, donde escribió y publicó los nueve o diez libros que sucesivas generaciones de lectores no han dejado de estudiar y disfrutar, es con pleno derecho un autor mexicano. Por haber dirigido talleres de cuento como hicieron Arreola y Rulfo, fue además personalmente el maestro de varias camadas de cuentistas posteriores en quienes se advierte su benéfica influencia.

La siguiente promoción de narradores, nacidos a finales de los novecientos veinte y a principios de los treinta, aprovechó con desparpajo y tenaz individualismo la irrestricta libertad que sus antecesores habían conquistado para el cuento mexicano. Con escritoras de la destreza de Rosario Castellanos (1925–1974), Inés Arredondo (1928–1989) y Amparo Dávila (1928) —a quienes debe sumarse Elena Garro (1919–1998), diez años mayor pero contemporánea de ellas a la hora de publicar— las voces femeninas ocuparon el lugar de primera fila que les sigue correspondiendo hoy en el coro de las letras mexicanas. Pertenecientes a la misma generación que se dio a conocer al promediar el siglo XX, acaso la más deslumbrante de nuestra narrativa, Sergio Galindo (1926–1993), Jorge Ibargüengoitia (1928–1983), Carlos Fuentes (1928), Juan García Ponce (1932–2003), Salvador Elizondo (1932–2007), Juan Vicente Melo (1932–1996) y Sergio Pitol (1933) emprendieron sus notables carreras literarias como cuentistas, oficiantes cada uno de un arte refinado e irreductible a una escuela ni a otra sumaria clasificación. En este elenco de maestros del cuento es justo incorporar a José Emilio Pacheco (1939), cuya precoz excelencia lo vuelve coetáneo de sus mayores.

La nómina de los autores en lengua española que ejercen algún magisterio sobre los cuentistas mexicanos actuales quedaría trunca sin una referencia a tres narradores nacidos y criados en el extranjero, pero con más de media vida pasada en México. Naturalizados mexicanos, el italo-venezolano Alejandro Rossi (1932) y el exiliado español José de

INTRODUCTION

where he wrote and published the nine or ten books that successive generations of readers continue to study and enjoy, he is by all rights a Mexican author. And having conducted workshops for short fiction just as Arreola and Rulfo did, he also personally nurtured several broods of short story writers, in whose work his beneficial influence is well in evidence.

The wave of narrators born in the late 1920s and 1930s, self-assured and tenaciously individualistic, put to good use the unrestricted liberty their forebears had won for the Mexican short story. With writers as skilled as Rosario Castellanos (1925–1974), Inés Arredondo (1928–1989), and Amparo Dávila (b. 1928)—to whom one should add Elena Garro (1919–1998), ten years their senior but their contemporary as a published writer—female voices moved to the front row in the choir of Mexican letters, a place they still occupy today. Belonging to the same generation that came into its own in the middle of the twentieth century, perhaps the most dazzling in all our fiction, Sergio Galindo (1926–1993), Jorge Ibargüengoitia (1928–1983), Carlos Fuentes (b. 1928), Juan García Ponce (1932–2003), Salvador Elizondo (1932–2007), Juan Vicente Melo (1932–1996), and Sergio Pitol (b. 1933) embarked on their notable literary careers as short story writers, practitioners of a refined art irreducible to a school or any other easy classification. In this distinguished group of master short story writers one must include José Emilio Pacheco (b. 1939), whose literary precocity makes him a contemporary of his elders.

The roster of Spanish-language authors whose work has informed today's Mexican short stories would be incomplete without mention of three writers who were born and raised elsewhere but have spent half their lives in Mexico. Italian-Venezuelan Alejandro Rossi (b. 1932) and Spanish exile José de la Colina (b. 1943), both naturalized Mexican citizens, continue to enrich our literature with impeccably crafted short fiction. Equally rewarding has been the presence in our country

INTRODUCCIÓN

la Colina (1943) siguen enriqueciendo nuestras letras con narraciones generalmente breves de impecable factura. Igual de fructífera ha sido la presencia en nuestro país del colombiano Álvaro Mutis (1923), más asimilado a la literatura mexicana, aunque no por ello menos universal, que su compatriota y amigo Gabriel García Márquez (1928), también radicado desde hace varias décadas en el Distrito Federal.

2.

Los cuentistas reunidos en este volumen pertenecen a varias generaciones de narradores caracterizadas por su inclasificable variedad. Nada los identifica de antemano entre sí, salvo la calidad de su obra y los hechos capitales, aunque no estrictamente literarios, de escribir por voluntad o por fatalidad en el español común a la mayoría de los mexicanos y de vivir o haber vivido en México la mayor parte de sus vidas.

A falta de un principio ordenador surgido de la ejecución o de los temas de los propios cuentos, opté por presentarlos cronológicamente. El orden natural en que nacieron los cuentistas, del mayor al más joven, habría sugerido acaso que las narraciones breves se han escrito en México de acuerdo con un plan evolutivo destinado a culminar sin falta en la inmediata actualidad. Nada, sin embargo, más ajeno a mis propósitos de antologista y a la práctica de los autores antologados que la noción posdarwiniana de que la literatura, como si se tratara de una especie animal, evoluciona conforme a leyes preestablecidas. Para desterrar ese espejismo determinista preferí invertir el orden cronológico habitual, de modo que la lectura arranque en el tiempo presente y concluya en un punto de fuga donde la narrativa mexicana actual entronca con la rica tradición de que es heredera.

La antología comienza así con "La cama de Lukin", cuento en el que Vivian Abenshushan (1972) tiende una trampa a las ideas consabidas

INTRODUCTION

of Colombian author Álvaro Mutis (b. 1923), who has become more assimilated into Mexican literature (though his work is no less universal) than his friend and compatriot Gabriel García Márquez (b. 1928), also based in Mexico City for the past several decades.

2.

The short story writers gathered in this volume belong to several generations of writers characterized by an unclassifiable variety. Nothing unites them beyond the quality of their work and the essential, if not exactly literary, criteria of having produced their work, by happenstance or design, in the strain of Spanish common to the majority of Mexicans and of living or having lived in Mexico for most of their lives.

In the absence of an ordering principle suggested by the styles or themes of the stories themselves, I decided to organize the anthology chronologically. The natural order of each author's birth year, from oldest to youngest, might have suggested that short stories in Mexico were written according to an evolutionary plan destined to culminate inevitably in the most recent work. Nothing, however, could be further from my intentions as an anthologist or from the practice of the authors collected here than the post-Darwinist idea that literature, as if it were an animal species, evolves according to pre-established natural laws. To banish this deterministic mirage I decided to reverse the usual chronological order so that the reading begins in the present day and ends in a vanishing point in which today's Mexican narrative merges with the rich tradition it inherited.

The anthology thus begins with "Lukin's Bed," a story in which Vivian Abenshushan (b. 1972) sets a trap for timeworn ideas about marriage; taking the side of men—not without sarcasm—she constructs a post-feminist parable about the battle of the sexes.

sobre el matrimonio y, tomando no sin sorna el partido de los varones, construye una parábola posfeminista acerca de la lucha de los sexos.

"Sobre la muerte del autor", de Álvaro Enrigue (1969), narra con perplejidad y compasión los últimos años del último miembro de una tribu indígena en los Estados Unidos, y la narración del fin de una vida y de una cultura y de un idioma irrepetibles da pie a una reflexión desengañada sobre el arte de narrar.

A su manera irónica y compasiva, "Cuerpo presente", de Eduardo Antonio Parra (1965), es una historia de amor: un amor silente y sin esperanza, escenificado en una región de la provincia mexicana cuya existencia debe tanto a la literatura como a la realidad.

Con "Nostalgia", que explora con sobriedad el tema o el deseo primigenio de vivir lo soñado y soñar lo vivido, Cristina Rivera-Garza (1964) nos entrega, melancólica y posmoderna, una memorable historia no de amor sino de desamor.

La precoz sexualidad de una huérfana de 11 años y la insensible desolación de su padre, un mediocre periodista cultural, conspiran en "Interroguen a Samantha" para brindarnos una imagen indeleble de la autodenominada "literatura basura" ejercida con eficacia por Guillermo Fadanelli (1963).

Parodia de y a la vez homenaje a cierta narrativa estadounidense, "*True Friendship*" de Jorge F. Hernández (1962), titulado en inglés en el original, ubica en la Nueva York de mediados del siglo XX el drama, o quizá la comedia, de una amistad unilateral.

"Los conservadores" de Ana García Bergua (1960), cuyo título alude al embalsamamiento de los cadáveres en las funerarias, es una tétrica historia de familia basada, por la vía perversa del humor negro, en la paradigmática fascinación del mexicano con la muerte.

Con fina malicia, Rosa Beltrán (1960) adapta en "Shere-Sade" el esquema narrativo de *Las mil y una noches* al análisis de una relación erótica

INTRODUCTION

"On the Death of the Author," by Álvaro Enrigue (b. 1969), recounts with perplexity and compassion the final years of the last member of an indigenous tribe in the United States, and the narration of the end of an irreplaceable life, culture, and language provides an opportunity for a skeptical reflection on the art of narrative itself.

In its own ironic yet compassionate way, "Requiem," by Eduardo Antonio Parra (b. 1965), is a love story, telling of a silent, hopeless love set against a backdrop of provincial Mexico that owes its existence as much to literature as to reality.

In "Nostalgia," a sober exploration of the theme, or the primal desire, of living one's dreams and dreaming one's life, a melancholy, postmodern Cristina Rivera-Garza (b. 1964) delivers a memorable story not of love but of lost love.

The precocious sexuality of an eleven-year-old girl and the desolate numbness of her widower father, a second-rate cultural journalist, are the ingredients that Guillermo Fadanelli (b. 1963) combines in "Questioning Samantha" to offer an indelible image of what he terms his "trash literature," executed here to great effect.

Simultaneously a parody and an homage to a certain strain of U.S. fiction, "True Friendship," titled in English in the original by author Jorge F. Hernández (b. 1962), brings us a drama, or perhaps comedy, of a unilateral friendship, set in mid-twentieth-century New York.

"The Preservers" by Ana García Bergua (b. 1960)—its title alluding to the embalming of corpses in funeral parlors—is a grim family story told with perverse black humor and based in Mexicans' paradigmatic fascination with death.

With subtle malice, Rosa Beltrán (b. 1960) adapts the narrative schema of *The Thousand and One Nights* in "Sheri-Sade" to dissect an erotic relationship in which the woman is simultaneously victim, accomplice, and even executioner in a pleasurable sexual torment.

en que la mujer es al mismo tiempo la víctima, la cómplice y hasta el verdugo de una placentera tortura sexual.

Una escritora francesa, hastiada de su vida en París, decide viajar a un pequeño país del África Ecuatorial, pero lo que empieza como un simple enfrentamiento de culturas distintas termina, en "Tesoro viviente" de Enrique Serna (1959), como una sorprendente fábula sobre los vínculos serviles de ciertos escritores con el poder.

En "Mariachi", cuento erigido sobre una flexible ironía epigramática, Juan Villoro (1956) propone con agudeza la figura inolvidable de una estrella de la canción popular mexicana a quien, muy en el fondo, no le gusta la música que canta.

Fabio Morábito (1955) persigue en "Los crucigramas" el ideal flaubertiano de la prosa impersonal para contar la triste historia de dos hermanas que envejecen separadas y se comunican, o progresivamente se incomunican, mediante las revistas que una le manda a la otra por un correo providencial.

En "La muda boca", cuya acción transcurre en un París harto menos idílico que el de tantos otros autores latinoamericanos, Francisco Hinojosa (1954) destila un humor corrosivo que presenta en pocas páginas una versión satírica del *Bildungsroman*.

Con un lenguaje personalísimo que toma de la poesía el uso de metros rigurosos y la abundancia de tropos, puesto al servicio de una trama preñada de inminencias, Daniel Sada (1953) redime en "El fenómeno ominoso" la resequedad y el silencio del México rural.

Guillermo Samperio (1947), en "La mujer de la gabardina roja", practica un desvergonzado travestismo literario para narrar, desde el punto de vista de una mujer, la vida inhumana de que nos vuelve capaces la gran ciudad.

"A golpe de martillo", de Hernán Lara Zavala (1946), nos lleva a la

INTRODUCTION

A French writer who wearies of her life in Paris decides to travel to a small country in Equatorial Africa, but what begins as a simple encounter between different cultures becomes, in "Living Treasure" by Enrique Serna (b. 1959), a surprising fable about the slavish ties writers sometimes have to power.

In "Mariachi," a tale built on supple, epigrammatic irony, Juan Villoro (b. 1956) describes with sharp wit an unforgettable character—a star of Mexican popular music who, deep down, does not like the songs he sings.

Fabio Morábito (b. 1955) pursues the Flaubertian ideal of disembodied prose to relate, in "Crosswords," the sad story of two sisters living apart, whose communications—and, progressively, miscommunications—consist of sending one another magazines through chance mail deliveries.

In "The Muted Mouth," which takes place in a Paris considerably less idyllic than that of so many other Latin American authors, Francisco Hinojosa (b. 1954) presents with caustic humor, in just a few pages, a satirical version of the *Bildungsroman.*

Using highly personalized language that shares with poetry a rigorous meter and abundant tropes in the service of a plot pregnant with imminences, Daniel Sada (b. 1953) transmutes the aridity and silence of rural Mexico in "The Ominous Phenomenon."

Guillermo Samperio (b. 1947), in "The Woman in the Red Coat," engages in a shameless literary transvestism to explore from a woman's point of view the inhumanity of which we become capable in the big city.

"Hammering Away," by Hernán Lara Zavala (b. 1946), ushers us into the mythical town of Zitilchén, in the southeastern end of Mexico, where everything is possible in the realm of fantasy, including conversations with the dead.

mítica población de Zitilchén, en el sureste de la República Mexicana, donde todo es posible para la fantasía, incluso el diálogo con los muertos.

La antología termina simbólicamente con "Fin del mundo", una poderosa narración en que Héctor Manjarrez (1945) somete a una pareja moderna y desavenida al encuentro con una naturaleza en estado de perpetua hostilidad.

3.

Cientos, más bien miles de personas escriben y publican cuentos en México a principios del siglo XXI. Una primera selección de los autores nacidos desde 1945 que han mostrado ser dueños del sutil oficio de cuentista resultó en un universo de no menos de 50 narradores. Reducir esa lista a 30 nombres fue una labor dolorosa, semejante a una amputación; dejarla en 16, como exigen los límites autoimpuestos de esta antología bilingüe, es ya casi un crimen. Asumo contrito la culpa, explicable en parte por mis hábitos y preferencias de lector apasionado pero no siempre sistemático de toda clase de narraciones.

Elegí en virtud de su excelencia, reconocida por sus pares y por los críticos, a los escritores y escritoras cuyo *conjunto* me pareció más susceptible de ofrecer un panorama coherente de la narrativa breve en el México actual. Una vez elegidos, les pedí a cada uno de ellos y ellas que escogieran sus dos mejores cuentos, o los dos favoritos, siempre que no se hubiesen traducido antes al inglés. La selección final es sólo mía.

Al revisar las fechas de nacimiento de los autores seleccionados se comprobará que siete, casi la mitad, nacieron en los novecientos sesenta; su predominio es lógico, porque pertenecen a la generación que traza los nuevos rumbos de las letras mexicanas en la actualidad. Otros cinco autores son de los cincuenta; sumados a los anteriores completan un compacto núcleo de cuentistas que acaban de alcanzar o están alcanzando su plena madurez. Los acompañan tres narradores de probada experiencia,

INTRODUCTION

The anthology ends symbolically with "The End of the World," a powerful tale by Héctor Manjarrez (b. 1945) of an encounter between a quarreling modern couple and an unrelentingly hostile natural world.

3.

Hundreds, if not thousands, of people are writing and publishing short stories in Mexico at the start of the twenty-first century. An early list of authors born since 1945 who have mastered this subtle skill came to no fewer than fifty. Reducing this list to thirty names was painful work, much like an amputation; paring it down to sixteen, our self-imposed limit for this bilingual anthology, was almost a crime, for which I contritely take the blame. My choices are explicable in part by my habits and preferences as a passionate but not always systematic reader of all manner of stories.

I chose writers by virtue of their excellence—acknowledged by their peers and by critics—and who *as a group* seemed to offer the best and most cohesive panorama of present-day Mexico's short fiction. Once the authors were selected, I asked each to pick his or her two best stories, or two favorites, among those that had not been previously translated into English. The final selection was mine alone.

The birthdates of the selected authors show that seven of them, nearly half, were born in the nineteen-sixties; their preponderance is logical, since they belong to the generation that is plotting the new course of Mexican literature. Another five authors were born in the fifties; together with the aforementioned, they form a compact nucleus of storytellers who have already reached full artistic maturity or are now attaining it. They are accompanied by three experienced writers born in the forties and, at the other end of the spectrum, by a young author born in the seventies who opens the collection up to the future.

nacidos en los cuarenta, y en el extremo opuesto el conjunto se abre al futuro con una joven narradora de los setenta.

Tres de los cuentos incluidos en esta antología tratan, con técnicas narrativas muy diversas, del campo o la provincia mexicanos (Parra, Sada, Lara Zavala). Dos plantean visiones originales del atávico enfrentamiento entre la llamada "civilización" y la llamada "barbarie" (Serna, Manjarrez). Otros dos tienen lugar en los Estados Unidos (Enrigue, Hernández). Dos más, en Francia (Serna, Hinojosa). Dos abordan la violencia desde una perspectiva citadina (Fadanelli, Samperio). Uno por lo menos es fantástico (Rivera-Garza), aunque lo sobrenatural asoma en otros cuatro (García Bergua, Sada, Lara Zavala, Manjarrez). Sólo uno es descaradamente erótico (Beltrán), pero el erotismo no es ajeno a los burdeles de provincia (Parra) ni a la socarronería posfeminista (Abenshushan). Los tres cuentos restantes son obra desfachatada de un humorista (Hinojosa), o resultado de una paciente depuración de los sentimientos (Morábito), o producto de la observación irónica de un sagaz relator de la mexicanidad (Villoro).

Las estadísticas, sin embargo, revelan sólo las coincidencias, y en literatura lo que cuenta son las afinidades. Además de su indudable oficio narrativo, los escritores representados en este volumen comparten una cualidad no siempre discernible a primera lectura. Todos ellos, sin descuidar la trama de la narración, postulan implícita o explícitamente cierta distancia —sentimental, irónica, reflexiva, lingüística— respecto del hecho mismo de narrar. Todos, cada quien a su manera, tienden a poner en entredicho lo que narran a medida que lo van narrando. Esta sabia duda, común a sus mejores narradores —esta saludable desconfianza en la capacidad de las palabras para asir cabalmente la caótica realidad vivida o imaginada por los mexicanos— explica tanto como cualquier certeza que México sea un país de grandes cuentistas.

INTRODUCTION

Three of the stories in this anthology use very different narrative techniques to explore the Mexican countryside or provinces (Parra, Sada, Lara Zavala). Two present original visions of the atavistic confrontation between so-called civilization and so-called barbarism (Serna, Manjarrez). Two more are set in the United States (Enrigue, Hernández), another two in France (Serna, Hinojosa). Two take on the theme of violence from an urban perspective (Fadanelli, Samperio). At least one is a tale of the fantastic (Rivera-Garza), although the supernatural crops up in four others (García Bergua, Sada, Lara Zavala, Manjarrez). Only one is flagrantly erotic (Beltrán), but eroticism is no stranger to provincial bordellos (Parra) or sly post-feminism (Abenshushan). Of the three remaining stories, one is a work of cheeky humor (Hinojosa), another is the result of a patient purging of emotions (Morábito), and the last is the product of ironic observation by an astute raconteur of *mexicanidad* (Villoro).

Statistics, however, reveal only coincidence, and what counts in literature is affinity. In addition to their indisputable talent for narrative, the authors included here share a quality not always perceived on a first reading. All of them, without detriment to the story's plot, postulate implicitly or explicitly a certain distance—emotional, ironic, reflective, linguistic—from the act of storytelling. And all, in their individual fashion, tend to call into question what they are telling, even as they tell it. This wise doubt, common to our best writers—a healthy distrust in the ability of words to capture adequately the chaos of reality as lived or imagined by Mexicans—explains, as much as any certainty could, the fact that Mexico is a country of great short story writers.

BEST OF CONTEMPORARY

MEXICAN FICTION

LA CAMA DE LUKIN

En cierto momento, todos nos quedamos solos y fuimos a dar a la cama de Lukin. Él aseguró que fundaríamos una civilización nueva, la civilización de la cama, compartida por millones de hombres, y que finalmente ésta cubriría el globo. Claro que sólo se trataba de una fantasía, pues ¿a quién le podría entusiasmar un mundo así, habitado por una estirpe fría y sin esperanza como la nuestra? Yo creo que Lukin trataba de ser correcto con nosotros, de ser amigo y de consolarnos, como todo buen anfitrión. Y además no quería que nos fuéramos de su casa porque él también se había quedado solo, libre y melancólico. Pero en cierto sentido su profecía se estaba cumpliendo: de pronto la cama de Lukin —una tamaño rey que había pertenecido a los bisabuelos de Sonia, su ex mujer— se volvió insuficiente. Y entonces, nuestra laboriosa y fraternal comunidad de hombres abandonados emprendió la construcción de La Cama.

Aquello ocurrió durante la famosa estación de los divorcios en masa. Era invierno y en la ciudad las noches heladas se hacían insoportables sin compañía. ¿Qué hacer? ¿A dónde ir? ¿Cómo detener aquella estampida? De un momento a otro las mujeres se habían sentido llamadas por la huida y entonces empezó el gran alboroto en las calles: cientos de camiones de mudanza y cargadores que subían y bajaban con libros y plantas y taburetes y todas esas figuritas de madera labrada o cerámica

LUKIN'S BED

At one point or another, each of us found ourselves alone and we all ended up heading for Lukin's bed. He assured us we would found a new civilization, the civilization of the bed, shared by millions of men, a civilization that would eventually blanket the globe. It was obviously nothing but a fantasy—who could get enthusiastic about a world inhabited by such a cold, hopeless lineage as ours? I think Lukin was trying to do right by us, to be a friend and comfort us like any good host would. Moreover, he didn't want to see us leave since he, too, had been forsaken, sad, and free. But in a certain sense his prophecy was being fulfilled: soon Lukin's bed—a kingsize one that used to belong to his ex-wife Sonia's great-grandparents—proved insufficient. It was then that our hardworking, fraternal community of abandoned men began building The Bed.

This all took place during the famous season of mass divorces. It was wintertime and the ice-cold nights in the city were unbearable without a companion. What to do? Where to go? How to put a stop to the stampede? From one minute to the next, women had felt the call to flee and a huge hubbub started up in the streets: hundreds of movers and moving vans came and went with books and plants and stools and all the carved wooden or ceramic figurines that sparked little interest in us

por las que antes no habíamos demostrado mayor interés, aunque en el fondo nos resultaran tan familiares, es decir, tan únicas. Pero nuestras esposas deseaban señales más contundentes, un "¡ah!", un "¡oh!", un "¡Qué incomparable es nuestra frazada conyugal, nuestro cenicero de latón, nuestro cochambre en la pared!", algo que le diera al mobiliario un carácter propio, irrenunciable. Yo creo que esas exigencias, esa leve presión que ejercían las mujeres sobre nosotros, no nacían de un mero capricho; se trataba más bien de una medida desesperada ante la inminencia de su fuga, como si necesitaran convencerse de que ni ellas ni sus pertenencias estaban sólo de paso en nuestras vidas y que nosotros, sus maridos temporales, las amaríamos aun después de su partida. Debía de ser difícil, ahora que lo pienso, esa vida suya tan agitada, yendo siempre de un esposo a otro, de una ciudad a otra, como gitanas con sus colchones a cuestas.

No está por demás decir que en esta ciudad de la alta montaña el cambio de las estaciones es tan drástico que no sólo los árboles mudan sus hojas, las aves emigran en parvadas y el clima se transforma brutalmente; junto con los signos de la naturaleza, nuestras parejas también se mandan cambiar por otras y con ellas el interior de nuestras casas, que de un día para otro deben adoptar un aspecto enteramente distinto, integrando los objetos de la nueva compañera en turno, ella que siempre llega cargada de cosas usadas, cada una con su propio peso histórico y sus raspones. Por supuesto que no es tan sencillo encontrarles acomodo, ya no digamos quererlas como propias, me refiero a las cosas. Algunas mujeres —en particular las extranjeras o aquellas hermosas y listas lugareñas que, después de partir hacia otros horizontes, regresan a buscarnos con descaro— han tenido incluso la osadía de instalarse en nuestras casas con todo y sus hijos, algo que a nosotros nos incomoda particularmente —acelerando con ello el proceso natural del divorcio—, porque aquí, en esta ciudad

beforehand, but which, deep down, were so familiar—in other words, unique. But our spouses wanted more convincing responses, an "Ah!," an "Oh!," a "How extraordinary our conjugal blanket, our brass ashtray, the grime on our walls is!" something to give our home its own unrelinquishable character. I believe the women's demands, the slight pressure they brought to bear on us, were not the result of a mere caprice; they were more like desperate measures driven by the women's anticipation of their imminent flight, as though they had to convince themselves that neither they nor their belongings were just passing through our lives and that we, their provisional husbands, would love them even after they were gone. How difficult it must have been, now that I think about it, to lead such an unsettled life, forever going from one spouse to the next, from one city to the next, like gypsies carrying their bedrolls on their backs.

It goes without saying that in this high-altitude mountain city the change in seasons is so dramatic that the climate mutates brutally— not only do trees lose their leaves and birds migrate in flocks, but our partners, like nature, begin to move, one being exchanged for another, along with the contents of our homes, which were obliged to adopt a totally new look, integrating objects brought by the new female companion, who always arrives loaded down with used items, each one bearing its own weight and scratches from the past. Making room for them is obviously not as simple as all that, and loving them as one's own even less so (the objects I mean). Some women—especially the foreign ones or the beautiful, intelligent local women who, after setting out for new horizons, brazenly make their way back to us—have even gone so far as to bring all of their children with them to live in our homes—a particular inconvenience to us—thus accelerating the natural divorce process. Here, in this progressive high-altitude mountain city, it has been decades since the menfolk have been able or, in fact, have wanted

avanzada de la alta montaña, hace décadas que los hombres no podemos
—ni, por lo demás, deseamos— tener descendencia. Si hemos aceptado
en ciertas ocasiones convivir con hijos ajenos, por decirlo de algún modo,
es porque en el fondo intuimos que sólo será temporalmente.

Aún nadie sabe cuál es el móvil de las estampidas ni si se detendrán
algún día. Dominadas por un impulso incontenible, las mujeres simplemente se marchan poco antes de la primera nevada, sin decir por qué
ni a dónde, dejándonos boquiabiertos, incrédulos, pasmados. Cada año
se repite la escena y cada año nuestro semblante es el mismo, como si la
experiencia no nos sirviera de nada o de plano nos gustara el sufrimiento.
¿Qué nos queda? Repetirnos unos a otros: "No es grave, hombre, una de
tantas modas, pronto se les pasará." ¡Vaya ingenuidad! Cualquiera se pre-
guntará, como lo hizo durante décadas nuestro ingenuo amigo Lukin,
¿por qué si hemos renunciado a toda esperanza de tener hijos, y eso jamás
nos ha provocado ningún remordimiento o dolor, no hemos logrado
acostumbrarnos al celibato? Según Lukin, esa autonomía emocional re-
presentaría algo así como un "salto civilizatorio", la consecución de la
libertad absoluta frente a las presiones de la naturaleza. Sin embargo,
la mentada etapa gloriosa de nuestra historia aún no ha tenido lugar.
Todo lo contrario: nuestra intranquilidad, nuestra dependencia, ha ido
en aumento. También la crudeza de nuestros insomnios. Cada vez que
empieza a caer la nieve en la montaña nos aferramos a la idea de que ha
llegado el fin, que ése será el último invierno solitario, que ya no habrá
más fugas en masa, que la próxima comitiva de mujeres nos brindará un
sosiego más duradero (hasta la muerte o más allá de ella incluso), dándo-
nos así tiempo y oportunidad suficientes para comprenderlas mejor, para
conocer sus pequeñas obsesiones, sus manías, y amarlas profusamente, a
ellas y a sus objetos rarísimos, como la mesita toscana de Francisca (mi ex
esposa), que me pareció un poco vulgar desde el primer momento, pero

to sire offspring. If we do on certain occasions agree to live with foreign children—one way of putting it—it's mostly because instinctively we know it won't last.

Still no one knows what provokes the stampedes or whether they will stop one day. In the grip of some irrepressible impulse, the women simply leave shortly before the first snowfall, without a word as to why or where they're going, leaving us gaping, incredulous, stunned. Every year the same scene plays out and every year our expression is the same, as though past experience has taught us nothing or, frankly, that we enjoy suffering. What's left to us? The litany we comfort each other with, "No matter, old pal, it's just a passing fancy, they'll soon get over it." Such ingeniousness! One could ask oneself, as our ingenious friend Lukin has been doing for decades: if we've renounced without the slightest remorse or pain all hope of having children, why haven't we grown accustomed to celibacy? The way Lukin tells it, such emotional autonomy represents something like a "leap of civilization," namely the acquisition of absolute freedom in the face of nature's pressure. However, that supposedly glorious phase of our evolution has yet to take place. Something quite to the contrary has, in fact, transpired: our restlessness and dependency have only increased. As well as the severity of our insomnia. Each time the snow begins to fall on the mountain, we hold tight to the notion that this is it, that this will be the last lonely winter, that there will be no more mass flights, that the next batch of women will provide us with lasting serenity (until death or beyond), giving us enough time and opportunity to better understand them, their little obsessions, their whims, and to love them extravagantly, both them and their rare objects, such as my ex-spouse Francisca's small Tuscan table, which I thought slightly vulgar at first, but which now is the bearer of so many wonderful memories that I feel incapable of ever getting rid of it.

que ahora me trae tantos y tan gratos recuerdos que me siento incapaz de deshacerme de ella.

El caso es que, lejos de disminuir, los divorcios se han ido multiplicando y la diáspora de las mujeres se ha vuelto cada vez más impredecible. El último invierno fue uno los de los peores, de una crueldad imperdonable. Nunca antes se habían ido todas, absolutamente todas, juntas y al mismo tiempo; cuando menos diez o veinte solían quedarse un año más, ya fuera porque no se sentían con ánimos de ahuecar el ala o porque estaban enteramente satisfechas con sus maridos. Además nos quedaba siempre el consuelo de las chicas del burdel de Mikaína —una extraordinaria señora de enormes caderas, cuya estatua preside orgullosamente la glorieta central de nuestra ciudad—, que sólo abandonaban su puesto una vez que hubieran aparecido los reemplazos de nuestras ex mujeres, en la temporada de lluvias. Se trataba de una pequeña consideración hacia los clientes que nosotros agradecimos con creces, patrocinando la ya antes mencionada glorieta que lleva el nombre de Mikaína. Pero en la estampida del último invierno, también ellas se marcharon. ¡Qué triste fue encontrar, de vuelta del trabajo, todas nuestras casas semivacías! Era como si durante la mañana alguna banda de asaltantes invisibles hubiera desvalijado cada rincón de la ciudad sin hacer el menor ruido.

Hubo un desconcierto general, por no decir que cundió el pánico. Yo, por ejemplo, me quedé mirando mis manos durante horas sin saber bien a bien qué hacer con ellas. A cada segundo me preguntaba: "¿Dónde demonios las pondré ahora?" Estaba tan habituado a colocarlas dulcemente sobre la espalda, ya muy cerca del cuello de Francisca, mientras dormíamos, que aquella noche, en su ausencia, tuve que acostarme boca arriba y con los brazos extendidos, como sonámbulo. Pero eso no fue nada comparado con los crispamientos de frío. Poco antes del amanecer, cuando la ciudad descendía a la temperatura del hielo, yo pensaba

LUKIN'S BED

The fact is, far from decreasing, the number of divorces has multiplied and the diaspora of women has become increasingly unpredictable. Last winter was one of the worst ever, unforgivably cruel. Never before had every single woman left, absolutely every one, all together at the same time; previously, at least ten or twenty used to stay through the year, either because they lacked the energy to take flight or because they were entirely satisfied with their husbands. What's more, we always used to be able to turn to the comfort of the girls in the brothel run by Mikaína—an extraordinary woman with huge hips whose statue presides proudly over the small square in the middle of our city's central plaza. The girls only ever abandoned their posts after our ex-wives' replacements had arrived during the rainy season. This was a small gesture from Mikaína towards her clients for which we gave thanks and then some, sponsoring the aforementioned square that bears her name. But in last winter's stampede, even they left. How sad to come home from work only to find half-empty houses! As though during the morning a gang of invisible thieves had burglarized even the most remote corners of the city without making a sound.

General consternation ensued, if not something verging on panic. I, for instance, sat staring at my hands for hours at a time without knowing what to do with them. I kept asking myself every second, "Where on earth shall I put them now?" I was so used to placing them gently on Francisca's back right next to the nape of her neck as we slept that, the first night in her absence, I was obliged to lie on my back with my arms stretched out in front of me like a sleepwalker. But that was nothing compared to the shivering brought on by the cold. Shortly before dawn when the city hit the freezing mark, it felt to me—and at the same time to all my fellow citizens, I know—that we would never survive without our wives. An insidious, freezing wind squeezed through the cracks in

—y sabía que a esa misma hora todos mis conciudadanos pensaban lo mismo— que no sobreviviríamos sin ellas. Un viento gélido, insidioso, se colaba a través de las ranuras de las puertas y ventanas hasta llegar a nuestros huesos como filosas puntas de iceberg, haciéndonos tiritar sin control entre retortijones de estómago y una angustia indecible. Desde mi alcoba podía escuchar el ir y venir de mis vecinos quienes, ateridos como yo, no podían estarse quietos en su cama. Si uno no deseaba morir congelado, era preciso levantarse, caminar entre muebles viejos y sin lustre, como ratones nocturnos.

Todos sabíamos muy bien que aquellas sesiones de vagabundeo terminaban invariablemente en llantos amargos o súplicas sin objeto. Pero tratábamos de disimular. Por las mañanas, cuando mis amigos y yo nos encontrábamos en el mercado o la lavandería, nos reíamos y nos dábamos palmadas para aplacar nuestro desconsuelo. "Ya volverán", nos decíamos con esperanza. Nadie parecía estar hambriento ni enfermo, porque hacía ya un siglo que los hombres de la montaña habíamos aprendido a cocinar, incluso mejor que las mujeres, y a cuidarnos a nosotros mismos. Sin embargo, si nos deteníamos a observar un poco más, no había forma de ocultar los estragos que el mal dormir estaba causando en nosotros: ojos hundidos, rodeados por un halo ceniciento, palidez, mal humor y esa forma tan delatora de arrastrar las palabras al final de una frase. Lo más deprimente era advertir cómo el insomnio acentuaba defectos de nuestra personalidad que, en circunstancias normales, pasaban desapercibidos. Mi amigo Umbertico, el dueño de la librería de viejo del centro, tartamudeaba más que de costumbre; a Antonín le apestaba el sobaco como nunca, y Lukin, que gustaba tanto de las arengas políticas, no dejaba de redundar y decir memeces. Yo, por mi parte, vivía en un invariable estado de melancolía y estupor y sentía que todo a mi alrededor transcurría con una lentitud desesperante.

the doors and windows to penetrate our bones like the sharp tips of icebergs, setting us to trembling uncontrollably, the victims of stomach cramps and unspeakable anguish. From my alcove, I could hear the comings and goings of my neighbors who, stiff with cold like me, were unable to keep to their beds. In order not to freeze to death, one had to get to one's feet and pace among old, lusterless pieces of furniture like rats that come out at night.

We all knew full well that the sessions of wandering would invariably end in bitter weeping or pointless pleas. But we tried to keep it to ourselves. In the morning, when my buddies and I met at the market or the laundromat, we laughed and slapped each other on the back to ease our dejection. "They'll be back," we told each other hopefully. No one seemed to be starving or ill since we mountain men had learned a century ago how to cook even better than women and take care of ourselves. However, if we bothered to look a bit closer, the ravages of a bad night's sleep could not be concealed: sunken eyes surrounded by an ashen halo, pallid features, bad temper, and the oh-so-telling way of letting our words trail off at the end of a sentence. Most depressing of all was to see how insomnia had aggravated character flaws which, under normal circumstances, went unnoticed. My friend Umbertico, who owned the antiquarian bookstore in the center of town, stuttered more than usual; Antonín's armpits smelled worse than ever before; and Lukin, who loved nothing more than a good political harangue, went on and on spouting nonsense. For my part, I existed in a constant state of melancholy and stupor, with the sensation that everything around me took place in maddeningly slow motion.

Unfortunately, this was not just an impression: the slightest gesture, the slightest activity no matter how mundane, took us twice the time it used to; for instance, we had to be sure to ask for the bill as soon as we

LA CAMA DE LUKIN

Por desgracia, aquello no se trataba de una mera impresión: de hecho cualquier maniobra, cualquier actividad por más insulsa que fuera, nos tomaba a todos el doble de tiempo y, al llegar a un restaurante, por ejemplo, era preciso pedir la cuenta junto con la orden del desayuno o se corría el riesgo de permanecer ahí esperándola hasta la cena. Pero no era sólo la falta de sueño generalizado y la intensidad del frío lo que contribuía a crear ese ambiente de lentitud y letargo. La causa fundamental se encontraba en la ausencia de las mujeres: sin ellas, nuestras obligaciones y labores se multiplicaban hasta extenuarnos, las horas de descanso efectivo desaparecían y la economía entraba en recesiones alarmantes, como si el dinero también caminara pesadamente sobre montículos de nieve. ¡Qué días tan raros, tan incomprensibles, en los que la vida de nuestra moderna ciudad de la alta montaña adoptaba un ritmo del siglo XIX, con cartas que tomaban tres meses en llegar a su destino y médicos que perdían a sus pacientes en el trayecto! Nos sentíamos inseguros, dando pasos en falso, retrasados frente al mundo.

Era en esos momentos cuando Lukin y sus teorías entraban en acción, aunque su acción consistiera sólo en mover la lengua, que no le paraba nunca. "La esperanza —declaraba frente a los parroquianos de la cantina de Miguel— es la forma más refinada de la postergación." Le gustaba repetir, sin la menor consideración ante nuestro hartazgo, que mientras no resistiéramos con dignidad las noches y las nevadas, sin esperar nada más de las mujeres, nuestra etapa de emancipación se aplazaría indefinidamente. ¡Hace cuánto tiempo que sabíamos valernos por nosotros mismos! Y, sin embargo, seguíamos tiranizados por ellas, por el deseo de verlas llegar de nuevo a casa. Según él, nuestra historia, nuestra economía, nuestra avanzada civilización de la alta montaña, siempre desandaba en invierno lo que había andado en verano y por eso cada año llegaba a un punto de estancamiento. Es sabido que recuperarse de un divorcio es cosa difícil; no sólo estraga la confianza en uno mismo y entorpece

placed our order for breakfast at the restaurant if we didn't want to still be there at suppertime. But it wasn't just the general lack of sleep and intense cold that contributed to the mood of sluggishness and lethargy. The principal cause was to be found in the women's absence: without them, our obligations and work multiplied to the point of exhaustion, any hours of effective rest disappeared and the economy entered into alarming recession, as though money itself were trudging through mounds of snow. What strange, incomprehensible days during which the life of our modern high-mountain city adopted a nineteenth-century pace, with letters taking three months to reach their destinations and physicians losing their patients en route! We felt insecure, prone to mistakes, and backward in the eyes of the world.

At times like these, Lukin and his theories sprang into action, although, for him, action consisted of nothing more than never-ending tongue-wagging. "Hope," he declared to the regulars at Miguel's canteen, "is the most refined of delaying tactics." He liked to reiterate, oblivious to the fact we were sick of hearing it, that as long as we failed to endure with dignity both the nights and the snowfalls and continued to expect anything at all from the women, our emancipation would be postponed indefinitely. Hadn't we taken care of ourselves for all these years? Yet we continued to suffer from the women's tyranny and the desire to see them return home. The way Lukin put it, our history, our economy, our progressive high-altitude mountain civilization, were forever undermining in the wintertime all that was achieved in the summer, which was why we hit a point of stagnation every year. Everyone knows how hard it is to get over a divorce; not only does one's self-confidence suffer and one's will falter, one is also obliged to start over from scratch and fertilize unknown terrain again and again, like a poor directionless nomad. What could be expected of a city suffering from mass divorce? Paralysis. But things didn't have to be this way . . .

la voluntad, sino que nos obliga a comenzar siempre de cero y abonar tierras desconocidas una y otra vez, como pobres nómadas sin rumbo. ¿Qué podía esperarse entonces de una ciudad con divorcios masivos? La parálisis. Pero eso podía cambiar . . . En una ocasión, mientras bajaba a tirar la basura, encontré a Lukin en las escaleras de mi edificio. Subía a toda velocidad, como si me llevara una noticia urgente. Me dijo:

—Ayer se fueron las últimas. Victoria, la esposa del tabernero, y también Mikaína, que se llevó a todas sus muchachas del burdel. La mujer de Antonín arrojó sus cosas por la ventana y cerró el departamento con una llave maestra. Luego se la tragó. Así que Antonín tuvo que pasar la noche en mi casa.

—Estamos acabados— le dije.

—No —exclamó con su típico vozarrón de líder—, tenemos que demostrarles que no las necesitamos. ¡Nunca más nos revolcaremos entre las sábanas, ateridos de frío!

—Estás redundando —le dije, mirándolo de arriba a abajo.

—No importa.

—Sí importa, Lukin. Siempre estás redundando, por eso te dejó Sonia.

—Lo que quiero decir es que de ahora en adelante podremos dormir juntos y seguir con nuestra existencia, sin ellas.

—Bueno —le respondí con poca convicción.

Lukin me invitó a pasar la noche en su departamento, junto con Antonín. Provisto de mi almohada y una muda de ropa, llegué antes de la cita, porque el sol se había ocultado muy temprano y mi departamento, que ya no tenía cortinas ni alfombras, se había convertido en una hielera. Pero peor que el frío era el silencio. Hacía apenas tres semanas que yo todavía preparaba mate o té con manteca para Francisca y para mí, a esa hora en que volvíamos del trabajo, poco después de la puesta de sol.

LUKIN'S BED

One day as I was taking out the garbage, I bumped into Lukin coming up the stairwell of my building. He was running up quickly as though bringing me urgent news. He said, "Yesterday, the last women left. Victoria, the tavernkeeper's wife, and even Mikaína, who's taken all the girls from the brothel with her. Antonín's wife threw her things out the window and locked the apartment with a master key. Which she then swallowed. So Antonín had to spend the night at my place."

"We're done for," I said.

"No," he exclaimed in his usual booming leader's voice, "we'll show them we have no need of them. Never again will we toss and turn between our sheets, stiff with cold!"

"You're repeating yourself," I said, looking him up and down.

"It doesn't matter."

"It does matter, Lukin. You're always repeating yourself, which is why Sonia left you."

"What I mean is that from now on, we can sleep together and continue our lives without them."

"Fine," I said with little conviction.

Lukin invited me to spend the night in his apartment along with Antonín. Armed with my pillow and a change of clothes, I arrived before the appointed hour since the sun had set early and my apartment, stripped of curtains and carpets, was an icebox now. Worse than the cold, however, was the silence. Scarcely three weeks ago, I would make *maté* or tea with butter for Francisca and myself when we returned home from work shortly after sunset. We'd talk effortlessly, at ease, as if for a moment life had lost all its rancor and become simple and pleasing. But when Francisca left, all conversation left, too. What's more, because of my solitude, the air in my apartment began to acquire a vinegary, caged animal smell that thoroughly discouraged me. That same smell

LA CAMA DE LUKIN

Conversábamos sobre cualquier cosa. Era cómodo, era fácil, era agradable, como si la existencia perdiera por un momento toda su hostilidad y se volviera graciosa y simple. Pero cuando Francisca se fue, yo me quedé sin conversación. Además, estando solo, el aire de mi departamento fue adquiriendo un olor a vinagre, a animal encerrado, que me desalentaba por completo. Así comenzaron a oler también la casa de Lukin y la librería de Umbertico y la taberna de Miguel. La ciudad entera se volvió rancia y ya no era posible distinguir un lugar de otro, como ocurría antes a través del olor de las mujeres. Todo se volvió parejo, monótono, sin alicientes. ¿Para qué ir a la taberna de Miguel, por ejemplo, si ahí se encontraría uno con Lukin y Umbertico y Antonín? Pero después de un divorcio hay horas tan difíciles de soportar que cualquier cosa, incluso las redundancias de Lukin y el hedor de Antonín, me parecían menos opresivas que mi mutismo.

Como era viernes, al departamento de Lukin llegaron también Umbertico, Miguel y otros dos amigos, Pedro y Jonás, que estaban desempleados debido a la parálisis invernal de nuestra economía. Tenían un aspecto terrible. Para animarlos, Lukin los recibió con un exquisito espagueti a la putanesca y después de dar unos golpecitos de cuchara sobre una copa, anunció:

—Esta noche no veremos fotos y, mucho menos, haremos revelaciones sobre ellas . . .

Se refería, por supuesto, a nuestro tradicional intercambio de retratos —un enorme despliegue en imágenes de las mujeres que habían cruzado por nuestras vidas—, que durante décadas animó nuestras reuniones de los viernes en casa de Lukin. En verdad que eran magníficas esas sesiones de distensión (imprescindibles en los meses de abstinencia) en las que, además de jugar dardos, mirábamos a las mujeres de nuestros amigos con un interés acechante, por decirlo de algún modo, interrogándonos unos a

now permeated Lukin's house and Umbertico's bookstore and Miguel's tavern. The entire city smelled rank, and there was no woman's scent making it possible to distinguish one spot from another like before. Everything was the same, monotonous, humdrum. Why go to Miguel's tavern, for instance, if all one found there was Lukin and Umbertico and Antonín? But life was so tough after a divorce that anything, even Lukin's repetitions and Antonín's stench, seemed less oppressive than my own silence.

Since it was Friday, Umbertico, Miguel, and two other friends, Pedro and Jonás—unemployed due to our economy's winter paralysis—showed up at Lukin's apartment. They looked awful. To comfort them, Lukin welcomed them with an exquisite spaghetti alla puttanesca; after tapping on the side of a glass a couple of times with his spoon, he announced, "Tonight we won't look at photographs or worse yet share secrets about our women . . ."

He was referring, of course, to our traditional exchange of pictures—a countless unfurling of images of the women who had crossed our paths—which for decades animated our get-togethers every Friday in Lukin's house. It's true that the relaxed sessions were wonderful (and indispensable during months of abstinence), since we not only played darts, but could gaze at the wives of our friends, prying further into their virtues and flaws, for instance, and a few more private tidbits concerning their favorite books and sexual fantasies, realizing there was a good chance we'd find the next woman to share our bed among their ranks (such was our destiny). Since the women in question were distant in both time and space, it was almost possible to see them as mere abstractions; any given one of us could desire his neighbor's wife without remorse. It's no wonder then that Lukin's announcement elicited a protest from Antonín, "Without the pictures, these get-togethers are just plain absurd."

otros sobre el temperamento de cada una de ellas, sus virtudes y defectos y algunas cosas más íntimas concernientes a sus lecturas preferidas y fantasías sexuales, pues intuíamos que entre ellas podría encontrarse (así era el destino entre nosotros) la próxima compañera de nuestra cama. Como se trataba de mujeres lejanas en el tiempo y en el espacio, casi se diría de meras abstracciones, cualquiera de nosotros podía desear a la mujer de su prójimo sin remordimientos. No es extraño que, al escuchar el anuncio de Lukin, Antonín protestara:

—Sin las fotos, estas reuniones son absurdas.

—Lo único absurdo —le respondió Lukin con aspereza— es seguir viviendo bajo ese terrible yugo, el yugo de la esperanza . . . Detesto ver cada año en ustedes ese semblante de mendigos de la existencia. ¡Las mujeres no volverán! ¡No debemos dejarlas volver! Reflexionen, camaradas, entren en razón: ¿para qué humillarnos más tiempo ante ellas? Hemos vencido las presiones de la especie, hemos logrado paralizar en nosotros el impulso de la concepción. Aprovechemos entonces la coyuntura para librarnos también de todo sufrimiento, de toda pasión malsana: celos, temores imaginarios, infidelidades. ¡Ni una noche más pensando en ellas! Al menos aquí, en este departamento donde siempre han sido ustedes bienvenidos, no le rendiremos nunca más culto a las mujeres . . . Lo siento Antonín, pero si no te parece, puedes irte a tu casa.

Porque siempre fue un anfitrión intachable, aquella intransigencia nos hizo suponer que Lukin se traía algo entre manos. Así que nadie le reprochó nada más; no fuera a ser que, de contrariarlo, nos extenuara con su perorata sobre la liberación masculina y el salto civilizatorio. Después de varias semanas de mal dormir, con el cerebro embotado y los nervios pendiendo de un hilo, los discursos de Lukin podían ser el infierno. También Antonín guardó un prudente silencio y no sólo porque ya no tenía casa a donde ir, sino básicamente porque el espagueti lo había dejado

LUKIN'S BED

"The only thing that's absurd," Lukin snapped, "is to keep living under this horrible yoke, the yoke of hope . . . I hate seeing you turn into beggars on life's road every year. The women won't be back! We shouldn't let them back! Think about it, my friends, be reasonable: why humiliate ourselves before them any longer? We've conquered the pressures of the species, we've managed to stifle the impulse toward conception. So let's take advantage of the opportunity and liberate ourselves from all suffering and all unhealthy passion, too: jealousy, imaginary fears, infidelity. Let's not waste another night thinking about them! At least here in this apartment where you have always been welcome, let us never again worship women . . . I'm sorry Antonín, but if you don't agree, you have the option of going home."

Since Lukin had always been a host beyond reproach, his intransigence made us suspect that Lukin had something up his sleeve. From then on, he was spared our reproaches; if only to avoid having him launch into another exhausting—for us—harangue on men's liberation and the leap of civilization. After several weeks of bad nights, our brains dulled, our nerves hanging by a thread, Lukin's speeches could be hell. Antonín wisely held his tongue, too, not just because he no longer had a home to return to, but basically because he was fully absorbed in his spaghetti. From then on, we kept our wives to ourselves; however, every time Lukin went to the kitchen for bread or wine, Jonás would pull a picture out of his wallet to exchange with me under the table, the way boys trade collector's stamps, hiding them from their teacher's gaze. Soon enough, Lukin caught us in the act and, as he uncorked the fifth bottle of the night, said, "Let me see that picture."

I handed it over to general laughter. The picture was of Sonia, his ex-wife, who had also been Jonás's first, unforgettable love and Miguel's fourth, infernal spouse.

absorto. Sin más, guardamos a nuestras esposas; pero cada vez que Lukin iba a la cocina para traer pan o vino, Jonás sacaba de su bolsillo alguna foto y la intercambiaba conmigo por debajo de la mesa, como hacen los niños con sus estampitas coleccionables, escondiéndose de la mirada de los maestros. De pronto Lukin nos sorprendió y, mientras descorchaba la quinta botella de la noche, me dijo:

—Déjame ver esa foto.

Se la di entre risas. Era de Sonia, su ex mujer, que también había sido el primer amor, inolvidable, de Jonás y la cuarta esposa, infernal, de Miguel.

—Las muy perras . . . —gruñó Lukin en voz baja—. Creo que lo mejor para el futuro de esta ciudad sería quemar en el fuego esas imágenes, sin dejar el menor rastro de su traicionera existencia . . . Pero, ¿por qué no comenzar ahora mismo? Vamos, ¡a la estufa!

—¡Sí! —gritó Pedro, que solía emborracharse en un santiamén.— ¡A la estufa!

Miguel y Jonás, contagiados por aquel repentino entusiasmo irracional, también corrieron a la cocina dispuestos a terminar de una vez por todas con sus esposas; Antonín y yo, que estábamos mortalmente fatigados, decidimos apartarnos del grupo e irnos a la cama de Lukin, a dormir. Qué mejor, pensamos, que aprovechar los efectos del vino para vencer el insomnio.

A la mañana siguiente me desperté con el cuerpo renovado y la mente despejada. Había dormido perfectamente y casi podría decir que era otro. Desde mi separación, ésa era la primera vez que la noche no me asaltaba entre temores injustificados. En la cocina me encontré a Lukin y Antonín, ambos rozagantes y desayunando sin la menor señal de insomnio o resaca. Parecía que aquella cama tamaño rey, que alguna vez perteneció a los bisabuelos de Sonia, había actuado en nosotros como una transfusión de fuerza vital.

LUKIN'S BED

"The bitches," muttered Lukin under his breath. "The best thing for this city's future would be to throw these pictures into the fire, erasing all trace of their treacherous existence . . . But . . . why not start right now? Come on, into the stove with them!"

"Yes!" cried Pedro; alcohol always went straight to his head. "Into the stove with them!"

Caught up in the sudden, irrational enthusiasm, Miguel and Jonás ran to the kitchen as well, ready to be done with their spouses once and for all; suffering from mortal exhaustion, both Antonín and I decided to leave the group and go to Lukin's bed to sleep. What better solution, we thought, than to put the wine's effects to good use conquering insomnia.

The next morning I awoke refreshed in body and clear of mind. I had slept perfectly; one could almost say I'd been transformed. For the first time since my separation, night hadn't brought its usual attacks of irrational fear. I found Lukin and Antonín in the kitchen, both men rosy-cheeked and eating breakfast without the slightest sign of insomnia or a hangover. What had once been Sonia's great-grandparents' king-size bed seemed to have injected us with a transfusion of life force.

Although there was little trace of our evening get-together, I did catch sight of a few of the pictures' remains on the floor: eyes, the charred calves and unidentifiable women's feet like the disfigured corpses that show up at the morgue, as though my friends had actually carbonized all memory of the women.

That afternoon I returned home to pack another bag, this time with the whole contents of my wardrobe. I didn't see it as an abuse of hospitality: I knew Lukin would gladly host me all winter without objection. On my way to his place, I stopped in a small shop to buy tea, eggs, and butter. I could hardly wait for dinner, knowing that afterwards I would be able to stretch out on the soft, quilted bed next to my two best friends.

LA CAMA DE LUKIN

Aunque quedaban ya muy pocos rastros de nuestra tertulia nocturna, alcancé a ver en el suelo algunos restos de fotografías: ojos, pantorrillas incendiadas y pies de mujeres que no podía identificar, como aquellos cuerpos desfigurados que con frecuencia aparecen en la morgue. Parecía que, en efecto, mis amigos habían carbonizado su memoria.

Por la tarde volví a mi casa para hacer otra maleta, esta vez con mi guardarropa completo. No me pareció un abuso: sabía que Lukin me hospedaría todo el invierno sin ningún reparo. En el camino a su casa me detuve en un estanquillo para comprar té, huevos y manteca. ¡Cuánto deseaba llegar a cenar para luego tenderme sobre aquella cama tibia y acolchonada al lado de mis dos mejores amigos! Cuál no sería mi sorpresa cuando, al entrar al departamento, encontré a un ejército entero de hombres abandonados: Umbertico, Jonás, Miguel, Pedro y unos diez sujetos más, entre desconocidos y viejos camaradas que no había visto en décadas, estaban sentados alrededor de la chimenea, que ardía casi con tanto fervor como su conversación. Creí que Lukin había convocado a una cena multitudinaria, pero pronto comprendí que se trataba de otra cosa: todos los presentes estaban arrojando las fotografías de sus esposas a la chimenea y hablaban con exaltación "de los pasos a seguir". Se trataba, sin duda, de los primeros indicios de una revuelta.

—¿Dónde está Lukin? —pregunté desconcertado.

—Construyendo La Cama —respondieron al unísono.

Me dirigí rápidamente a la habitación central desde la que se oían golpes de martillo. Eran Lukin y Antonín que estaban entregados a una labor que en ese momento me pareció improcedente y ridícula: trataban de hacer de dos camas una. ¿Cómo? Juntándolas burdamente por las orillas con clavos y una tabla que cubría el pequeño hueco que se abría entre ellas.

LUKIN'S BED

What a surprise on my arrival to be confronted with an entire army of abandoned men—Umbertico, Jonás, Miguel, Pedro, and a dozen other individuals, some unknown to me, some buddies I hadn't seen in decades—sitting around the hearth in which a fire burned with almost as much fervor as their discussion. At first I thought Lukin was hosting a huge dinner party, but soon I realized the purpose of the gathering was quite different: all the men present were throwing photograph after photograph of their spouses into the fire, talking exaltedly of "the next steps." Undoubtedly the first signs of an insurrection.

"Where's Lukin?" I asked, disconcerted.

"Building The Bed," they replied in unison.

I hurried over to the middle room from which hammering could be heard. I found Lukin and Antonín furiously engaged in a ridiculous, haphazard effort: trying to make two beds into one. How? By roughly nailing their sides together with a board to cover the small gap between them.

"What's all this about?" I asked indignantly, as though taking someone to task in my own home.

"It's all for our cause," Antonín rejoined. "Since the three of us slept as soundly as we did, maybe others will, too. We have to stick together, lend a helping hand. It's our only chance of getting out from under the women for good . . ."

The speed with which Lukin had indoctrinated my friend was extraordinary. I left the room determined to retrieve my suitcase and return home, since I was positive I couldn't bear to spend a night with these men in the transports of spite. However, before I had time to reach the door, something incomprehensible and astounding happened: my own bed was making its way in just as I was about to make my way out. I recognized it immediately because of its salmon color, identical to the

LA CAMA DE LUKIN

—¿De qué se trata todo esto? —pregunté con indignación, como si estuviera pidiendo cuentas en mi propia casa.

—De nuestra causa —contestó Antonín rápidamente—. Si nosotros tres hemos logrado dormir a pierna suelta, es posible que otros también lo logren. Debemos estar con ellos, ayudarlos. Sólo así nos sacaremos de encima definitivamente a las mujeres . . .

Era inaudita la velocidad con que Lukin había logrado adoctrinar a mi amigo. Salí de ahí dispuesto a tomar mi maleta y volverme a mi casa, pues estaba seguro de que no soportaría una noche al lado de tantos hombres embriagados por el despecho. Sin embargo, antes de llegar a la puerta me sorprendió un hecho incomprensible: mi propia cama estaba entrando por ahí en ese mismo instante. La reconocí de inmediato por el color salmón, idéntico al de la mesita toscana, con que la había pintado Francisca cuando llegó a vivir conmigo.

—¿Alguien me puede explicar qué es lo que está haciendo mi cama aquí?

La concurrencia se paralizó. Todos voltearon a verme en medio de un profundo silencio, un silencio de reproche, hasta que uno de los grandulones que cargaba mi cama dijo:

—Disculpe señor, pero como no lo encontramos a usted, tuvimos que derribar la puerta de su departamento para sacarla.

—¿Y quién demonios les pidió que lo hicieran?

—Yo —dijo Lukin que se asomó desde la habitación con su martillo en la mano—; necesitamos acomodar a todos estos buenos camaradas en algún lado y pensé que no te negarías a prestar tu cama, después de que yo te he prestado la mía . . .

Me sentí avergonzado y, para colmo, en público. Dejé mi maleta en el suelo y manifesté mi total apoyo a la causa. ¿Qué más podía hacer? Yo estaba tan solo como ellos.

Al poco rato llegaron las camas de Jonás y Pedro (unas literas de gusto

Tuscan bedside table, the color Francisca had painted it when she moved in with me.

"Would someone please tell me what my bed is doing here?"

The assembled men froze on the spot. Each one turned to look at me in a weighty silence full of reproach until one of the big men carrying my bed said, "Sorry, sir, but since you weren't home, we had to knock down your front door to get at the bed."

"Who in hell asked you to do any such thing?"

"I did," said Lukin, peering out of the bedroom, hammer in hand. "We need to accommodate all these fine friends somehow and I didn't think you would refuse us the loan of your bed given that I loaned you mine . . ."

I felt consumed by shame, and in public no less. I let my suitcase drop and threw myself into the cause. What else could I do? I was as alone as they were.

In no time, Jonás's and Pedro's beds arrived—both in dubious taste—as well as the beds belonging to a few other friends whose names I've forgotten. Also: several crates of wine from Miguel's tavern, a vast selection of adventure books donated by Umbertico, blankets, pillows, bags of rice and bread, first-aid kits, and several sacks of pictures that kept the fire going in the hearth. Each man brought what he could, and so, in less than four hours, Lukin's apartment had been transformed into a compact shelter for men about to take the reins of their lives back into their own hands. I couldn't say whether the scene was touching or pathetic, but the fact remains that we felt invincible.

As daybreak neared, the first set of beds had been assembled (stretching so far that they barely fit in the room and had to cut across it diagonally), and we prepared to rest. In all honesty, I was doubtful about the effectiveness of the set-up, which brought to mind with odious persis-

dudoso) y las de algunos otros compañeros, cuyos nombres no recuerdo. Además: varias cajas con vinos de la taberna de Miguel, una vasta selección de libros de aventuras donada por Umbertico, cobertores, almohadas, bolsas de arroz y pan, botiquines de primeros auxilios y varios costales de fotos que mantenían vivo el fuego de la hoguera. Cada quien aportaba lo que podía, y así, el departamento de Lukin se convirtió, en menos de cuatro horas, en un apretado albergue de hombres dispuestos a recobrar las riendas de sus vidas. No sabría decir si se trataba de un espectáculo conmovedor o patético, pero lo cierto es que nos sentíamos invencibles.

Cerca del amanecer concluyó el ensamblado de la primera serie de camas (era tan larga que apenas cupo en la habitación, atravesada en diagonal) y nos dispusimos a descansar. Francamente dudé sobre la efectividad de aquel escenario que, además, me traía a la memoria con odiosa persistencia la imagen de los siete enanos del cuento, durmiendo en hilera. Sin embargo, vencimos los inconvenientes de la contigüidad e improvisamos unas cuantas reglas para no perturbarnos unos a otros durante el sueño: colchas individuales, nada de agua antes de dormir, libertad de movimiento en dos metros cuadrados.

Aún ahora me cuesta trabajo creerlo, pero la noche transcurrió en perfecta armonía. Incluso me atrevería a decir sin temor a exagerar que en los veinte años que llevaba de matrimonios sucesivos no me había encontrado nunca con tanta docilidad, con tan fácil acoplamiento. Sobre todo en la cama, que suele ser una arena de luchas constantes.

Concluimos, pues, que las mujeres eran unas buscapleitos y que podíamos prescindir de ellas. A lo largo de la semana el número de hombres vociferantes, laboriosos, que iban de un lado a otro cargando muebles y madera, aumentaba a cada minuto. Su afán: construir un lecho universal. De acuerdo con *El llamamiento inaugural de La Cama* redactado por

tency the image of the seven dwarves all sleeping in a row. However, we overcame the inconvenience of tight quarters by coming up with a few rules so as not to disturb each other as we slept: individual quilts, no water before bed, freedom of movement within a two-square-meter radius.

Today I still have trouble believing it, but perfect harmony reigned that night. I would even venture to say, without fear of exaggeration, that in twenty years of successive marriages, I had never known such gentleness, such an easy coming together. Especially in bed, so often the locus of struggles.

The conclusion we drew was that women were troublemakers and we were better off without them. Over the week, the number of blustering, hard-working men carrying furniture and wood back and forth grew by the minute. Their desire: to build a universal bed. In accordance with *The Inaugural Call to The Bed* drawn up by Lukin while he sat by the burning hearth, the community bed would eventually encircle the globe and be shared by millions of men. Each time I heard his words, it felt like The Bed was in fact an abstraction, a symbolic object, something like a statue representing the conquest of our freedom. However, all the effort expended to join headboards and bedframes convinced me that not only was Lukin serious, but for the first time in his life, he'd made the leap from theory to action.

No obstacle stood in the way of The Bed's advance: if the room wasn't spacious enough, walls were knocked down, an adjoining apartment was invaded, warehouses were purchased to house the fragments of the infinite cot. What's more, men in the neighboring building also banded together and began assembling their own bed, as did men in neighboring districts, in the outlying areas of the city, and so on. The grand social movement consisted of wildly reproducing cells.

LA CAMA DE LUKIN

Lukin al calor de la hoguera, aquel lecho comunitario finalmente daría la vuelta al mundo y sería compartido por millones de hombres. Cada vez que yo lo oía decir eso, creía que La Cama era en realidad una abstracción, una cosa simbólica, algo parecido a una estatua que representaba la conquista de nuestra libertad. Pero tanto esfuerzo en unir cabeceras y somiers me convenció de que Lukin no sólo estaba hablando en serio, sino de que por primera vez en su vida había pasado de la teoría a la acción.

Ningún obstáculo detenía el avance de La Cama: si el espacio de la habitación era insuficiente, se derribaban muros, se invadía el departamento contiguo, se compraban almacenes para albergar los fragmentos de aquel catre infinito. Además, en el edificio de al lado, los hombres también se organizaron y emprendieron el ensamblado de su propia cama, lo mismo que en las colonias vecinas, en las afueras de la ciudad, etc. . . . . Aquel gran movimiento social estaba hecho de células que se reproducían por todas partes.

Fueron días de gran actividad. Habíamos recuperado nuestra virilidad mancillada, nuestra camaradería, a la que devolvíamos el lustre. Pero eso no era todo: durante la construcción de los lechos comunales, nuestra ciudad vivió bajo los signos en ascenso de una economía boyante. Así que muy pronto comenzamos a pensar que Lukin debía convertirse en nuestro máximo líder.

Una noche, sin embargo, advertí que Lukin no estaba en nuestra cama. Estiré mi brazo derecho varias veces, revolviéndolo entre sus cobijas, y en su lugar sólo encontré un hueco. Después comencé a escuchar risitas y gemidos en la sala, mezclados con la voz inconfundible de una mujer.

—¿Han escuchado? —le pregunté alarmado a mis camaradas, que ya habían abierto el ojo.

—Sí, están fornicando.

—Lukin es un traidor.

LUKIN'S BED

The days were full of activity. We had recovered our tarnished virility, the shine had returned to our camaraderie. But it didn't stop there: during the construction of communal beds, our city lived under the ascending signs of a buoyant economy. Soon we began to believe that Lukin should become our great leader.

One night, however, I noticed Lukin wasn't in our bed. I reached out with my right arm several times, disturbing his covers, finding nothing but an empty hollow. That was when I began to hear giggling and moans coming from the living room, woven with the unmistakable voice of a woman.

Alarmed, I asked my buddies who had cracked open an eye, "Did you hear that?"

"Yes, they're screwing."

"Lukin is a traitor."

We all jumped out of bed like soldiers about to enter into combat. In a clearly desperate gesture, Jonás and Antonín grabbed the pillows from the bed in the event they had to repel a massive attack.

"You've betrayed the cause!" I yelled at Lukin, covering my eyes in disgust, in horror. Still I caught sight of the woman with whom he romped on the floor; it was Sonia, his ex-wife.

Realizing he'd been found out, Lukin threw Sonia aside, sprang to his feet and said to her, "I'm sorry, but I don't need you anymore."

"I've come back, and this is my home, so I'm staying," a resolute Sonia answered.

"Fine, but you'll sleep on the couch in the living room," said Lukin, giving in, then he looked at us shamefaced and added, "I'm sorry, comrades, but I can't throw her out at this time of night. I'm not some merciless dog."

And then we knew that all was lost.

LA CAMA DE LUKIN

Nos incorporamos todos de un salto, como soldados a punto de entrar en combate. Jonás y Antonín, en un gesto claramente desesperado, llevaron consigo las almohadas de la cama por si era preciso repeler un ataque masivo.

—¡Has traicionado la causa! —le grité a Lukin, tapándome los ojos, de asco, de horror. Aún así alcancé a ver a la mujer con la que retozaba en el suelo: era Sonia, su ex esposa.

En ese momento, sabiéndose descubierto, Lukin arrojó a Sonia a un lado, se levantó y le dijo:

—Lo siento, pero ya no te necesito.

—He vuelto y esta es mi casa, así que me quedo —le respondió Sonia, que era de armas tomar.

—Está bien, pero dormirás en el sofá de la sala —cedió Lukin y luego, mirándonos con vergüenza, agregó—: Lo siento, camaradas, pero no la puedo echar a esta hora. Yo no soy ningún perro desalmado.

En ese momento comprendimos que todo estaba perdido.

A la mañana siguiente comenzó el cambio de estación, del que Sonia había sido un claro preludio. Despertamos muy temprano a causa del gran alboroto que venía de la calle y de aquel olor incitante, profundo, que entraba como brisa matutina por las ventanas. Eran ellas, habían vuelto en bandada y empezaban a reacomodar sus muebles y a buscar marido. Lanzamos, casi al unísono, un largo bostezo colectivo, seguido de un suspiro, como si nos hubiéramos despertado del mismo sueño. Ya entonces podíamos sentir los estremecimientos de nuestras esposas, ese temor tan suyo, tan anticipado, de su lejana, pero inevitable partida. Nos despedimos unos de otros sin decir gran cosa, como sucedía cada año cuando llegaba el momento de regresar a casa y postergar, una vez más, la consolidación de nuestra utopía. Pero aquel año, el del invierno más crudo de nuestra historia, partíamos con la certeza de haber estado más cerca que nunca.

LUKIN'S BED

The next morning the change of seasons began—Sonia had been a clear precursor. We woke up bright and early because of the great tumult in the street and the exciting, rich scent wafting in through the windows with the morning breeze. There they were, all together, rearranging their furniture and looking for a husband. In near unison, we gave a broad collective yawn, followed by a sigh, as though awakening from the same dream. Already we could feel our spouses' trembling, the fear that accompanied the expectation of their distant yet inevitable leave-taking. One after the other we got up, hardly saying a word, as we did every year when the time came to return home and postpone once more the consolidation of our utopia. But this year, the year of the harshest winter in our history, we all left with the certainty that we had come closer than ever before.

TRANSLATED BY SUSAN OURIOU

SOBRE LA MUERTE DEL AUTOR

Escrito está en mi alma vuestro gesto
Y cuanto yo escribir de vos deseo
GARCILASO DE LA VEGA

Hay cuentos que, al parecer, son imposibles de ser contados, cuando menos por mí. Debe hacer cuando menos diez años que hice un viaje por California y desde entonces estoy tratando de narrar, sin ningún éxito, la historia de un gran final: el de Ishi, un indio Yahi que fue encontrado en estado salvaje en la villa remota y vaquera de Oroville, durante el mes de agosto de 1911.

Siempre quise hacer un recorrido que comenzara en Cabo San Lucas, la punta más meridional de las Californias, y terminara en la que fuera su ciudad más norteña, que resultó ser, precisamente, Oroville. En ese viaje, tal como lo pensaba, mi ex mujer y yo manejaríamos de sur a norte como navegando el sueño de un *hipster* y veríamos cosas descomunales, nos detendríamos en lugares imposiblemente siniestros, y hablaríamos con espíritus libres y francamente irregulares.

Por desgracia no fue así: en primer lugar, nuestro viaje en coche por casi toda California comenzó a medio camino —en el aeropuerto de Los Ángeles— y no fue a bordo de un cadillac negro y plagado de drogas cada vez más poderosas, sino en una miniván muy parecida al infierno, y en la compañía no ingrata, pero escasamente terrible, de las dos abuelas de mi esposa.

ON THE DEATH OF THE AUTHOR

Written upon my soul is your expression
And everything I want to write about you
GARCILASO DE LA VEGA

There are stories that, at first, seem impossible to tell—at least by myself. It must be at least ten years since I traveled through California; ever since, I have been trying, unsuccessfully, to tell the story of a grand finale: that of Ishi, the Yahi Indian who was found in a savage state in the remote cattle town of Oroville in the month of August 1911.

I had always wanted to make a journey from Cabo San Lucas, the southernmost point of the Californias, to the northernmost city, which happened to be Oroville. As I imagined it, my ex-wife and I would drive from south to north as if navigating a hip dream; we would see huge things; we would linger in impossibly sinister places; we would talk with free spirits and radical types.

Alas, it was not to be. In the first place, our journey by car through the Californias began in the middle—the Los Angeles airport—and it was not made in a black Cadillac filled with ever-more-powerful drugs, but a minivan from hell and in the not thankless but hardly hip company of my wife's two grandmothers.

Although the story of the journey does not particularly lend itself to literature, it had its interesting parts; for example, when, in a Chinese restaurant, we showed the grandmothers how to dampen the effect of

SOBRE LA MUERTE DEL AUTOR

Aunque la crónica del viaje no se presta mucho a la literatura, tuvo sus partes interesantes, como cuando le enseñamos a las abuelas, en un restorán de comida china, a anular el efecto del chile untándose sal en la coronilla, o cuando una de ellas leyó un libro de poemas de Ferlinghetti que yo llevaba para hacerme el intenso y opinó que le gustaban. Además, en el Museo de la Universidad de Berkeley vimos una exposición con las fotos de Ishi.

La del último indio en estado de pureza de los Estados Unidos no debería ser una historia difícil de contar, ni parece que albergara ningún tropiezo imposible de ser librado por un aficionado a decir unas cosas mientras cuenta otras. Pero hay algo en el relato —o en mí— que lo transforma en mercurio: he intentado el pastiche, la narración directa, el abominable flujo de la conciencia, las entradas de diario, la narración epistolar y se me sigue escurriendo entre los dedos como un puñado de canicas.

Los hechos son simples y transparentes: una madrugada cualquiera un grupo de trabajadores se encontró, tirado a las puertas de un rastro, a un hombre bordeando el filo de la muerte por malnutrición y agotamiento. Lo cargaron hasta el interior del edificio y le dieron agua. Luego notaron que se trataba de un indio salvaje, algo que a ninguno de ellos le había tocado contemplar fuera del circo, pero que sus padres y abuelos les habían enseñado a identificar con el enemigo. Lo ataron de pies y manos —como si se hubiera podido escapar— y mandaron llamar al alguacil del pueblo.

El oficial, acaso el último vaquero de la época brava que quedaba en funciones en esa parte de los Estados Unidos, lo subió tal como estaba a la grupa de su caballo y se lo llevó a la cárcel, no por ganas de joder —o eso fue lo que le dijo a la prensa— sino porque no sabía bien qué hacer con él. Hay que decir en su honor que consta que lo vistió con su propia

chili peppers by rubbing salt on the top of one's head, or when one of them read a book of Ferlinghetti's poems, which I had brought along to make myself look cool, and she said she liked them. Or when, in the museum of the University of California, Berkeley, we saw an exhibition with photos of Ishi.

The story of the last wild Indian in the United States should not be a difficult one to tell. It does not seem to have any awkward parts that couldn't be smoothed out by someone skilled at saying one thing while telling another. But there is something in his tale—or in me—that turns it to mercury. I had tried pastiche, direct narrative, that abominable "stream of consciousness," diary entries, letters, and still it would slip between my fingers like a fistful of marbles.

The facts are straightforward. One early morning, which could have been any, at the gates of a slaughterhouse, a group of workers came upon a man near death from starvation and thirst. They carried him inside and gave him water. They then realized what they had was a wild Indian, something none of them had encountered outside of a circus, though their parents and grandparents had taught them this was the enemy. They tied his hands and feet—as if he could have escaped—and then called for the county sheriff.

The officer, perhaps the Wild West's last cowboy, lifted him up just as he found him, threw him over the rump of his horse, and carried him to jail—not to screw him over (at any rate, that's what he told the press), but because he didn't know what else to do with him. To his credit, the record shows that he dressed him in his own clothing and gave him food his wife had prepared specially so that he would not die of starvation before being handed over to the army, which was the standard procedure.

News of the discovery exploded throughout the region like a pistol shot; by midday, a large crowd had come to the jail to see him. Among

ropa y lo alimentó con la comida que preparó su mujer especialmente para que no se les muriera de hambre en lo que se lo entregaban al ejército, que era el procedimiento de rutina.

Para el mediodía la noticia del hallazgo ya se había corrido como pólvora por toda la región, por lo que se armó un tumulto memorable para pasar a verlo a la cárcel. Entre los que desfilaron frente a la celda había un corresponsal de un periódico de San Francisco, que telegrafió una nota de color en la que describía las curiosísimas negociaciones del alguacil con las pasiones de su propia gente —todavía estaban frescas en la zona las heridas de la guerra indígena— y los varios dueños de espectáculos de *vaudeville* que le querían comprar al indio para incluirlo entre sus atracciones.

Para fortuna de Ishi, que se habría muerto de haber sido menos honesto el alguacil o más rápido el ejército para ir por él y llevárselo marchando hasta una reservación, el reportaje del periódico de San Francisco fue leído por un profesor que, al notar que no había nadie que pudiera entender la lengua del indio, intuyó que se trataba de un hablante de yahna, un idioma que se suponía extinto y del que un amigo suyo estaba preparando un vocabulario.

El profesor tomó el primer tren a Oroville y, armado con las notas de su colega sobre la lengua de los yahis, fue y lo rescató. Ya en San Francisco se dio cuenta de que no había considerado el problema de dónde poner al indio mientras lo salvaba, de modo que hizo lo que su lógica, al parecer todavía más silvestre que la de Ishi o el alguacil, le dijo al oído: lo llevó al Museo Antropológico.

En los días posteriores a estos hechos hubo alguna discusión sobre qué hacer con él, pero al final todo el mundo estuvo más o menos de acuerdo en que, a fin de cuentas, el mejor lugar para el último aborigen intacto en los Estados Unidos era un museo. Ishi pasó ahí el resto de su

those filing past the cell was a San Francisco newspaper reporter, who wrote a colorful note describing the very curious negotiations of the sheriff with his own people, whose wounds were still raw from the war with the Indians, and with various vaudeville impresarios who wanted to buy the Indian for their shows.

Luckily for Ishi, who, in any event, would have died had the sheriff been less decent or the army quicker to march him off to a reservation, the San Francisco newspaper report was read by a professor who, noting that no one could understand the Indian's language, guessed that he must have been speaking Yana, a language thought to have been extinct and for which a friend of his had been preparing a lexicon.

Armed with his colleague's notes on the Yahis' language, the professor took the first train to Oroville and rescued Ishi. Once in San Francisco, however, he realized he had overlooked the problem of where to put the Indian following his rescue. His professorial logic led him to a conclusion no more natural than that of Ishi or the sheriff: the Museum of Anthropology.

In the following days, there was some debate about what to do with him, but in the end everyone more or less agreed that, obviously, the best place for the last pure aborigine in the United States was a museum. Ishi spent the rest of his life there, much more comfortable and, it seemed, happier than he would have been had he remained in the wilderness. At first he lived in guest-quarters, then in the janitor's room and, finally, in the sunniest of the exhibition rooms, where they placed a bed so that he could die in peace of the tuberculosis he had contracted some three years after his surrender to the white man.

This story is probably just as powerfully meaningful exactly as it happened; trying to reformulate it inevitably results in vulgarity or a model of political correctness, always the worst kind of vulgarity. Inventing

vida, bastante más cómodo y al parecer más satisfecho que si se hubiera quedado en los bosques. Vivió primero en los cuartos para invitados, luego en las habitaciones del personal de intendencia y al final en el más soleado de los salones de exhibición, donde le pusieron una cama para que bienmuriera de tuberculosis tres años después de su rendición a los blancos.

Probablemente sea que la historia es tan poderosamente significativa tal como sucedió, que tratar de reformularla siempre acaba por transformarla en una cursilería o un dechado de buenas intenciones políticas, que es siempre la peor forma de la cursilería. Elaborar metáforas de una historia que significa por sí misma es como amar el amor: por intensillo que parezca al principio, siempre acaba mal.

Como quiera que sea, el cuento del hombre que se gana la vida en calidad de pieza de museo siempre me pareció fascinante y revelador, más por el hecho conmovedor de que, con todo y que hizo buenos y al parecer sinceros amigos entre la comunidad de médicos y antropólogos que lo estudiaron, el indio nunca les quiso decir su verdadero nombre. Hasta el último día de su vida siempre pidió que lo llamaran Ishi, que en yahna quiere decir "hombre": al parecer, cuando se es el último de lo que sea, el género basta.

El problema con la historia de Ishi, estoy cada vez más seguro, es de literalidad: quiere decir lo que quiere decir y no lo que yo quiero que diga.

Hace tres años, cuando todavía vivía en Washington DC y acababa de cumplir los 30, decidí tomarme un domingo libre del infierno grande que representaba la mudanza que emprendía rumbo a Boston, donde vivo. No es que estuviera precisamente nostálgico de dejar la capital del país, donde había pasado algunos años buenos pero otros, los últimos, francamente negros. Simplemente estaba en son de despedida de la ciu-

metaphors for a story that stands for itself is like loving love: as cool as it might seem at first, it always ends badly.

Be that as it may, the story of the man whose life was saved by becoming a museum piece has always seemed to me fascinating and revealing, above all for the fact that, although he made good and sincere friends among the community of doctors and anthropologists who studied him, the Indian never wanted to tell them his real name. Up until the last day of his life, he always asked to be called Ishi, which in Yana means "man." It seems, when one is the last of one's kind, the generic suffices.

The problem with the story of Ishi, I am increasingly certain, is its literalness: it wants to say what it wants to say, and not what I want it to say.

Three years ago, when I was still living in Washington DC, and had just turned 30, I decided to take a Sunday off from the enormous hell involved in preparing my move to Boston, where I now live. It wasn't exactly that I was nostalgic about leaving the capital of the country where I'd spent some good years and others that were, frankly, terrible. It was simply that I wanted to bid farewell to the city in which I had reached maturity and where my ex-wife and children were going to remain, with the vague promise that we four would be reunited when our jobs allowed, and then everything would work out. In a pathetic outing that appeared to be something different than it was, we ate in our favorite restaurant, and then went to a place with a terrace and a French ambiance where they made what was then the best coffee in DC.

We were eating cheesecake, each of us playing our role, when suddenly, passing among the tables with the confidence of an exterminating angel, there appeared a redhead in a T-shirt that said, "Redhead." When I saw that I felt sure that, as in the plots of certain novels by Eça de Queiroz, so much literalness could produce a kind of metaphysical disequilibrium.

dad en que había terminado de madurar y en la que se iban a quedar mi ex mujer y mis hijos con la vaga promesa de que volveríamos a vivir los cuatro juntos cuando nuestros compromisos laborales lo permitieran y esa vez las cosas sí iban a funcionar. Fuimos a comer, en una expedición patética por lo que tenía de representación de lo que no era, a nuestro restorán favorito, y luego a un sitio con terraza y aires franceses en el que por entonces preparaban el mejor café de DC.

Nos estábamos comiendo un pastel de queso, cada uno concentrado en actuar su papel, cuando pasó entre las mesas y con seguridad de ángel en plan de exterminar, una pelirroja que llevaba una camiseta en la que se leía la leyenda: "Pelirroja". Al verla tuve la certeza de que tanta literalidad podía producir en el mundo alguna especie de desequilibrio metafísico como los que gobiernan las tramas de ciertas novelas de Eça de Queiroz: cada que la pelirroja se pone esa camiseta que dice "pelirroja", le dije a mi ex esposa, se muere un chino. Creo que entendió el chiste, o cuando menos hasta cierto punto, porque en el último viaje que yo había hecho a México, le había llevado de vuelta como regalo una camiseta genial, también estampada con una leyenda, que decía en español: "Eres un pendejo" y abajo, en inglés y entre paréntesis: "(You are my friend)".

Naturalmente que no creo que se muera un chino cada vez que la pelirroja se pone su camiseta que dice "pelirroja", pero sí me parece que tanta literalidad puede acabar siendo nociva, aunque no sé para qué.

O sí: para uno mismo. Lo literal, lo he comprobado, puede ser de pésima suerte. No mucho después de haberme malhumorado tanto con la pendeja (my friend) de la camiseta del café de DC, fui a hacer una serie de lecturas a Berlín. He padecido fracasos memorables en ese tipo de eventos: si siempre hay maniáticos que de un modo u otro deciden asistir a las conferencias que uno dé por más intragables que sean sus tópicos, leer un cuento, o un pedazo de una novela en público, es casi

ON THE DEATH OF THE AUTHOR

I said to my wife, "Every time the redhead wears this T-shirt that says, 'Redhead,' someone dies in China." I think she got the joke, or at least to a certain point, because on the last trip I'd made to Mexico, I'd bought her a funny T-shirt that said in Spanish, "You are an asshole" and, below, in English and in parentheses, "(You are my friend).'"

Naturally I don't believe a Chinese person dies every time the redhead puts on the T-shirt that says "Redhead," but it does seem to me that being too literal can be harmful, though I don't know in what way.

Or yes: to oneself. Literalness, as I have proven, can bring the worst luck. Not long after the asshole (my friend)—that girl in the T-shirt in the DC café—sent me into a funk, I went to Berlin to give a series of lectures. I have endured memorable fiascos at these types of events: if there are always cranks who, for one reason or another, decide to attend the lectures one gives no matter how dry the topic, reading a story or an excerpt from a novel in public is almost always a lesson in why one should not be a writer if one aspires to fame.

The Berlinesque experience consisted of three public appearances. The first was a round table on one of those bleeding-heart themes Europeans and gringos of good conscience so enjoy and in which we Latin Americans who are invited to give presentations are made to feel like pieces in a museum of compassion. And then there were two formal literary events, one in a theater with something of an audience—it was free, it was raining, there was wine—and the other, in a café that looked like it might have been very fashionable back when East Berlin was still communist. The café was called "Einstein" and to that was added the peculiar qualifier, "Under the Lindens."

I was struck by the name of this place when I first saw it in the schedule of my appearances in the German capital. But the next morning, while indulging in the lowest sort of tourism around the Brandenburg Gates,

siempre una lección sobre por qué no hay que ser escritor si a lo que se aspira es a la fama.

La experiencia berlinesa consistía en tres apariciones públicas. La primera era una mesa redonda con alguno de esos temas de venas abiertas que hacen sentirse muy bien a los europeos y los gringos con buena conciencia y que a los latinoamericanos que somos invitados a exponer nos hacen sentir más bien piezas del museo de la compasión. Además había dos lecturas propiamente literarias: una era en un teatro en el que hubo algo de público —era gratis, estaba lloviendo y había vino de honor—, y la otra en un café, que al parecer había estado muy de moda en la época en que Berlín Oriental era todavía una plaza comunista. El café se llama "Einstein" y luego se agregaba el extraño calificativo de "bajo los tilos".

El nombre del lugar me pareció memorable cuando lo leí por primera vez en mi agenda de apariciones en la capital alemana, pero me dejó el sabor de los peores presagios cuando, a la mañana siguiente, me encontré con el local mientras hacía turismo de la peor ralea en las cercanías de la puerta de Brandenburgo. Resultaba que su extrañeza venía de que está en una calle más o menos equivalente a la rambla barcelonesa y que se llama "Bajo los tilos", precisamente porque está debajo de unos tilos.

Nací en una ciudad, la de México, en la que hay un bosque tupidísimo y sin fauna que se llama "Desierto de los leones" , de modo que la imaginación adánica teutona, tan sin chiste, me dio escalofríos. Mi sobrino, que se llama Jorge Arrieta, lo dijo con la claridad meridional de sus ocho años durante una discusión con uno de mis hijos, cuando el pasado agosto fuimos los tres a unas vacaciones tan desoladoras en casa de mis padres que tuvimos que acortarlas: ese juego, espetó, es tan divertido como jugar a llamarse Jorge Arrieta.

ON THE DEATH OF THE AUTHOR

I found myself in the same locale and it seemed to smack of doom. It turned out that its strangeness came from the fact that it is on a street more or less equivalent to the Rambla in Barcelona, and that it is called "Under the Lindens" precisely because it is under some lindens.

I was born in Mexico City, a city where there is a dense but faunaless forest called the Desert of the Lions, so this Teutonic imagination, so Adam-like and pointless, gave me the chills. Last August, during a vacation in my parents' house so bleak we had to cut it short, in an argument with one of my sons, my nephew, whose name is Jorge Arrieta, with all the sunniness of his eight years, blurted, "This game is about as much fun as playing 'My name is Jorge Arrieta.'"

In sum, what happened in the Einstein café under the lindens was the worst thing that can happen to anyone in such cases: the place was not completely empty; there were two people, both having paid for a ticket. And so it was that the moderator, the translator, the actor who was to read my story in German, and I crowded around a table at the prow of an auditorium that was the loneliest of oceans, inhabited by only a girl and her mother. We not only had to read, but we had our panel discussion—simultaneous translation and all—because these two had paid and, in a city with a street under lindens called "Under the Lindens," one had to deliver the fifty-minute show as promised.

Ishi never lacked a public. Four out of seven days a week, he gave a presentation in the museum's atrium in which he sang a ritual song, lit a fire by rubbing two sticks together, and showed visitors how to make bows and arrows with materials they brought in from Oroville's ravines. They had to bring them to the museum because, despite the anthropologists' urging, he did not want to return to his home. The remaining days of the week, he mopped and dusted all of the museum's rooms, except the one with funeral offerings and mummies; that one he refused to enter.

SOBRE LA MUERTE DEL AUTOR

Total que en el café de Einstein bajo los tilos me pasó lo peor que le puede pasar a alguien en esos casos: no un vacío total, sino una asistencia de dos personas, que habían pagado boleto, de modo que la moderadora, el traductor, el actor que iba a leer mi cuento en alemán y yo, atestamos una mesa en la proa de un auditorio que era el más solitario de los mares, habitado como estaba únicamente por una joven y su mamá. No sólo tuvimos que leer, hicimos la mesa redonda —con todo y traducciones simultáneas— porque las dos mujeres habían pagado y en una ciudad en la que una calle bajo los tilos se llama "Bajo los tilos" uno cumple con los cincuenta minutos de espectáculo que prometió.

A Ishi nunca le faltó el público: durante cuatro de los siete días de la semana, hacía una presentación en el recibidor del museo en la que cantaba alguna canción ritual, encendía una fogata frotando dos maderos y enseñaba a los visitantes a hacer arcos y flechas con los materiales que le traían de las cañadas de Oroville. Se los llevaban hasta el museo porque no quería volver a su tierra a pesar de la insistencia de los antropólogos. Los otros dos días de la semana los dedicaba a trapear y desempolvar todos los salones del museo, excepto uno en el que se exhibían ofrendas fúnebres y momias, al que nunca quiso entrar. Los lunes solía tomar temprano el tranvía e ir a ver el mar.

Fue hasta el último verano de su vida que aceptó, a regañadientes y acaso porque ya sabía que le quedaba muy poco tiempo, volver a las cañadas: ese agosto fue con el director del museo y su médico a recrear la vida silvestre que había llevado hasta rendirse en el rastro. Los tres pasaron días estupendos viviendo desnudos a la intemperie y comiendo lo que cazaban en el bosque.

La idea original era quedarse durante todo el mes, pero Ishi insistió en que volvieran a San Francisco, señalando, cada vez que trataban de convencerlo de lo contrario, que prefería la comodidad del museo al

ON THE DEATH OF THE AUTHOR

On Mondays, he would usually leave early to take the cable car and go look at the ocean.

Not until the last summer of his life, when he knew he had little time left, did he agree, reluctantly, to go back to the ravines. That August he accompanied the museum director and his doctor to recreate his life in the wilderness before his surrender at the slaughterhouse. The three men spent splendid days naked in the open air, eating what they could hunt in the woods.

The original idea was to stay for a month, but Ishi insisted on coming back early to San Francisco, making the point, each time they tried to convince him otherwise, that he preferred the museum's comforts to this return to nature. Apparently, it did not occur to anyone that the trip to the woods might have been depressing for Ishi, and that what his doctor estimated were the first thirty years of his life had been no bed of roses.

The Yahi tribe was the last in the United States to be subdued. There was no process of formal rendition, as in the case of the Apaches or Lakotas. They were exterminated with singular viciousness: if the Federal Army found them before the Indian killers rode out of Oroville, they would take them to a reservation, which did not seem punishment enough to any of the white men.

Ishi survived because he had the unprecedented fortune of being absent during his tribe's fatal encounters with the enemy. In the first, the Indian hunters who, when not reconnoitering the hills, were more-or-less educated men with families happened one afternoon upon what was left of the last Yahi camp in the ravines. The tribe had been decimated by five years of war and persecution. The Indian killers waited patiently until daybreak, so they could shoot them from the hills. Ishi had gone into the woods with his grandmother, apparently the tribe's shaman,

retorno a la naturaleza. Al parecer a nadie se le ocurrió pensar que la vuelta al bosque podía ser deprimente para el indio, que no había vivido en un jardín de rosas en lo que el médico calculaba que habían sido sus primeros treinta años de vida.

La tribu de los Yahis fue la última en ser sometida en los Estados Unidos: no hubo un proceso de rendición formal como en el caso de los apaches o los lakotas, porque fueron exterminados con encono singular: si el ejército federal los descubría antes de que los encontraran las partidas de rastreadores que salían de Oroville, los llevarían a una reservación, lo cual no le parecía suficiente castigo a nadie entre los blancos.

Ishi sobrevivió porque tuvo la fortuna inaudita de no haber estado durante los dos encuentros fatales de su tribu con el enemigo. En el primero, los cazadores de indios, que cuando no estaban oteando los cerros eran personas con familia y más o menos cultivadas, encontraron una tarde el último campamento de yahis que quedaba en las cañadas —la tribu ya había sido diezmada por un lustro de guerra y persecución— y esperaron pacientemente al amanecer siguiente para poderles disparar desde los cerros. Ishi había ido al bosque con su abuela, que al parecer era el chamán de la tribu, y habían pasado la noche ahí para que el sereno bendijera las raíces que habían recolectado. Cuando regresaron se encontraron el campamento arrasado. Tardaron en encontrar a la tribu, que se había quedado casi sin hombres: las mujeres y los niños habían corrido hacia las grutas en lo que los guerreros se ofrecían en sacrificio al fuego de los vaqueros. Desde su refugio en las montañas, los yahis que quedaban recolectaban y cazaban de noche.

Un día una partida de blancos, conscientes de que se les había escapado parte del enemigo, encontraron un rastro de sangre de venado bajo los árboles, que muy probablemente fueran tilos. Lo siguieron y hallaron sin problema el refugio. Según cuenta una crónica —estupendamente

and they slept there, so the night air would bless the roots they had collected.

Upon their return, they found their camp destroyed. It took them a while to find their tribe, which had been left almost without men, because the women and children had run to the caves while the warriors sacrificed themselves to the cattlemen's gunfire. From their hiding place in the mountains, the surviving Yahis would gather and hunt at night.

One day, a posse of white men, aware that some of the enemy had escaped, came upon a trail of deer's blood beneath some trees—very likely lindens. They followed it and easily came upon the hiding place. As one marvelously well-written account by one of the white men tells us, the situation was ideal: the cave had no rear exit, and so, having taken its mouth, none of their victims could escape. In one of the most horrifying paragraphs of his story, the California gentleman tells us that at one point during the slaughter he decided to use a revolver because, though it emptied more rapidly, it made for cleaner work: he'd quickly learned that when shot with a rifle, the babies exploded.

This part of Ishi's story, a part he never knew well, or not in the same detail that I do, I came upon later, in a collection of memoirs of the period that I found in the library of the university where I teach. He simply returned with his mother and sister from the ravine to find that, once again, he had to bury the dead. Though he never spoke directly about that day, more than once he alluded to the terrible task of having to bury all of one's people.

At the time I read this memoir, I had already tried five or six times to write a story about him. I always failed because it came out too political: obscenely literal, with all its meanings exposed, or if not all of them, then the ones that interested me the least. What fascinates me about

escrita— de uno de los miembros de la partida de blancos, la situación fue perfecta porque habiendo ocupado ellos la boca de la caverna y estando ésta cerrada por su parte trasera, ninguno de los indios pudo escapar. En uno de los párrafos más estremecedores del relato, el caballero californiano platica que en algún momento de la matanza decidió utilizar el revólver porque, aunque se descarga con más frecuencia, hace un trabajo más limpio: según aprendió rápidamente, los bebés estallan cuando se les dispara con rifle.

De esta parte de la historia de Ishi, una parte que él nunca conoció bien, o no con el detalle con que yo la conozco, me enteré más tarde, en un libro de crónicas del periodo que me encontré en la biblioteca de la universidad en que doy clases. Él simplemente regresó con su madre y su hermana del arroyo, y se encontró con que tenían que ponerse, otra vez, a sepultar muertos. Aunque nunca habló directamente de ese día, hizo más de una vez alusión a la tarea terrible de enterrar a toda su gente.

Para cuando leí esa crónica, ya había tratado sin ningún éxito de escribir un cuento sobre él cinco o seis veces y siempre resultaba demasiado político: literal a morir con todos sus significados expuestos, o no todos, pero sí los que menos me interesaban: lo que me seduce de Ishi no es su condición trágica y la nitidez con que refleja que América es la exitosa utopía de un grupo de criminales, sino la soledad inaudita del que se sabe al final de algo que ya no tiene remedio.

La versión que escribí por esos días fue la peor de todas porque para entonces estaba cargado de humillaciones y repleto del prurito moral que nos hace rechazar unas formas de la hipocresía por otras. Esa versión del cuento se llamaba "Taking democracy to California", con eso ya no tengo que anotar que era la peor.

Hay una historia, esa sí muy buena, que cuenta Bernardo Atxaga. Dice que un día, caminando por un pueblo de su región natal en el País

Ishi is not his tragic situation, nor the clarity with which it mirrors the fact that America is the most successful of criminal utopias, but the stunning solitude of one who knows the end of something for which there is no solution.

The version I wrote in those days was the worst of all, because at that time I was overburdened by humiliations and full of that moral itch that makes us reject one form of hypocrisy only to take on another. In fact, I need not have mentioned this was the worst: its title, "Taking Democracy to California," suffices.

There is a story, and a very good one at that, told by Bernardo Atxaga. He says that one day, as he walked through a town in his native Basque country, all of a sudden he came upon a man by a door with a hole in it. He chatted with the old man for a spell and then the man asked, did he know why there was a hole in the door? Atxaga answered, It would be for the cat. No, said the man. They made it years ago, in order to feed a boy who, having been bitten by a dog, had turned into a dog.

The stories I like, the ones that make me wildly jealous and yearn to be able to write that well, have the bedazzling logic of that old Basque: they lack a piece, and this lack transforms them into a myth, appealing to the lowest common denominator that makes us all more or less equal.

If a child is bitten by a dog and gets rabies, the mirage of universal cause and effect is maintained. There is order and, therefore, there are categories. If, on the other hand, the child turns into a dog, the world is as out of control as our feelings, our inability to live in keeping with our own standards, and our misfortunes, almost all of them undeserved. The friendly old man of Atxaga never would have put on a shirt that said "Old Man"; what he said was good for the same reason that, whether in literature or the movies, the best stories are those of love lost: it's all

SOBRE LA MUERTE DEL AUTOR

Vasco, se encontró de pronto junto a una puerta con un agujero y un viejo. Hablaron un poco y al final el viejo le preguntó que si sabía por qué había un hoyo en la puerta. Será para el gato, dice Atxaga que respondió. No, le dijo el hombre, lo hicieron hace años, para darle de comer a un niño que se convirtió en perro después de que lo mordió un perro.

Los cuentos que me gustan, los que me vuelven loco de ganas y envidia de escribir así, tienen la lógica deslumbrante del viejo vasco: les falta un pedazo y esa falta los transforma en una mitología, apelan al mínimo común denominador que nos hace a todos más o menos iguales.

Si a un niño lo muerde un perro y le da rabia, el espejismo de la causa y efecto universales se mantiene; hay un orden y por tanto categorías. Si, en cambio, se convierte en perro, el mundo es incontrolable como nuestros afectos, nuestra incapacidad para vivir de acuerdo con nuestros propios estándares, nuestras desgracias inmerecidas, que son casi todas. El viejo genial de Atxaga jamás se habría puesto una camiseta que dijera "Viejo"; lo que dijo es bueno por la misma razón por la que, para hacer literatura o cine, son mejores las historias de amor que fracasan: hay todo para que a conduzca a b y de ahí a los hijitos, pero algo se jode sin que nadie sepa bien qué fue lo que pasó y a conduce a los precipicios de la w y a la s curva del suicidio.

Ishi, a pesar de que vivió casi toda su vida en la más angulosa de las soledades, resistió siempre a la tentación de matarse: el silencio de los museos es todavía peor que el de los departamentos de profesor viejo y sin promesa, así que una soledad como la suya, que ni siquiera tiene el toque chic de ser autoinfligida, me hace algo parecido a lo que me hace la del niño que se convirtió en perro. Me llena con la esperanza de que algún día los futuros que se me escaparon entre los dedos como canicas parezcan una mitología.

Su tercer y último desencuentro con los blancos antes de la rendición en el rastro de Oroville fue el definitivo. Sucedió varios meses antes del

set, "a" leads to "b" and from there come little babies, but along the way something, though no one knows exactly what, gets screwed up, and "a" leads to the cliffs of "w" and the curved "s" of suicide.

Although he lived nearly his entire life in the most acute loneliness, Ishi always resisted the temptation to kill himself: the silence of museums is even worse than that of an apartment belonging to an old failure of a professor; therefore, a loneliness such as his, which lacked even the chic touch of being self-inflicted, moves me in the same way as the story of the boy who turned into a dog. It fills me with hope that one day the futures that slip like marbles through my fingers may seem like a myth.

His third and fatal clash with the whites, a few months before his surrender at Oroville's slaughterhouse, was the defining one and it reflected what would be his final destiny. A group of geology professors on a mining expedition discovered the tent where he was living with his mother and sister. Although they never encountered each other, the scientists left the camp such a mess that the Indians decided to flee in order to save their skins. They split up. Ishi never saw his mother or sister again; in their flight, they must have died terrible deaths, though surely they left this world with the epic aplomb of those who can bear agony without surrender.

Ishi gave himself up merely to find something to eat, thinking, perhaps, that if he was going to die, he might as well do it with a full stomach. Having made this decision, he sank to a low-point, sending those of us who have tried to tell his story towards the abyss of literalness. As far as he is the survivor of an entire world, a survivor who, moreover, lives in a museum, he is pure meaning. There are no missing pieces, and without mystery, there is no myth.

This is why I think it better to imagine him not as the Indian on display, but only as the densest of the institution's janitors. We must

sometimiento y refleja el que iba a ser su destino final: la tienda en que vivía con su madre y su hermana fue descubierta por un grupo de profesores de geología que acompañaban a una expedición minera. Aunque los científicos y los indios nunca se vieron la cara, el desorden que los primeros dejaron en el campamento de los segundos fue suficiente para que decidieran escapar para salvar lo que les quedaba de piel. Se dispersaron. Ishi nunca volvió a ver ni a su hermana ni a su madre, que habrán encontrado una muerte terrible en la huida, pero que seguramente dejaron el mundo con el aplomo épico de los que aguantaron vara sin rendirse.

Ishi se entregó con tal de conseguir algo de comida, pensando tal vez que si de todos modos se iba a morir, estaba mejor hacerlo con la barriga llena. Haber tomado esa decisión le deja poca garra y a los que hemos tratado de contar su historia nos acerca al abismo de la literalidad. En tanto sobreviviente de todo un mundo que además vive en un museo, es puro significado: no le faltan piezas y sin misterio no hay mitología.

Es por eso que creo que es mejor imaginárselo en los días en que en lugar de un indio de vitrina, era solamente el más denso de los empleados de limpieza de un instituto. Hay que pensarlo resignado a ser lo último de algo y trapeando en calma santa los corredores.

Cuando, a los pocos meses de que Ishi llegó a San Francisco, se presentó el problema de que no podía vivir para siempre en las habitaciones de invitados, decidieron nombrarlo trabajador de mantenimiento y pagarle un salario para que pudiera vivir en las del personal. Para sorpresa de todos, no entendió que se trataba de una solución al problema de que por ser el último de algo no había dónde guardarlo y al día siguiente se puso un mono de obrero y pidió una cubeta.

Casi no usaba dinero, más que para comprar cositas de comer siempre modestas: miel, harina de maíz, calabazas, manzanas, café; era un hombre mínimo y notoriamente frugal. También gastaba en tomar el

think of him as resigned to being the last of something and, in saintly tranquility, mopping floors.

A few months after Ishi's arrival in San Francisco, when it was clear he could not continue to live in the guest quarters, they decided to make him a janitor and pay him a salary, so that he could live in the janitor's room. To everyone's surprise, the next day, he put on a pair of overalls and asked for a bucket; he had not understood that this was just a solution to the problem of where to put him, as he was the last of something.

He rarely used money, except to purchase small, modest things to eat: honey, corn flour, squash, apples, coffee. He was a minimalist, notoriously frugal. He also spent money on the cable car that he'd take to go and see the ocean from Golden Gate Park. There he spent all his free days. The ocean is where we can forgive ourselves for having let the marbles slip through our fingers without knowing why.

The rest of his salary he kept in the museum's safe. He stored it in boxes meant for glass vials that the doctor had given him; these had just the right length and circumference to solidly pack in ten one-dollar coins. Near the end of his life, he liked to contemplate them. He would ask the director to open the safe; he would put the little packets on the table and spend an afternoon never saying a word, not taking out the coins, but looking at them, as if they were something else.

If one is the last of something, the little things one keeps are not savings, but the remains of an entire universe: it is here when, in the untellable tale of Ishi, the bitten child turns into a dog, the forest is called a "Desert," and the redhead wears a T-shirt that does not say "Asshole."

Sometimes writing is work: to obliquely trace the path of certain ideas that seem to us necessary to put on the table. But other times, it is to give

tranvía en el que se iba a ver el mar desde el parque del *Golden Gate.* Ahí se pasaba todos sus días libres: el mar es el lugar en el que nos disculpamos por las canicas que se nos escurrieron entre los dedos sin que hayamos entendido por qué. El resto de su salario lo acumulaba en la caja fuerte del museo: lo guardaba en unos paquetes para ampolletas que le regalaba su médico y que tenían la circunferencia y la altura precisas para guardar sólidamente diez monedas de un dólar. Al final de su vida se aficionó a contemplarlos: le pedía al director que le abriera la caja de seguridad, ponía sus paquetitos de dólares sobre una mesa, y se pasaba la tarde viéndolos, sin decir nada ni sacar nunca las monedas, como si fueran otra cosa.

Si uno es el último de algo, sus guardaditos no son un ahorro, sino el saldo de todo un universo: es ahí cuando en la historia incontable de Ishi el niño mordido se convierte en perro, el bosque se llama "Desierto" y la pelirroja porta una camiseta que no dice "pendeja".

A veces escribir es un trabajo: trazar oblicuamente el camino de ciertas ideas que nos parece indispensable poner en la mesa. Pero otras es conceder lo que queda, aceptar el museo y contemplar el saldo en espera de la muerte, pedirle perdón al mar por lo que se jodió. Poner en la mesa nuestras cajitas y saber que lo que se acabó era también todo el universo.

up what is left, to accept the museum and contemplate the remains in the expectation of death, asking the ocean to forgive us for all the screw-ups. To put our little boxes on the table and know that what has come to an end is also the entire universe.

TRANSLATED BY C. M. MAYO

CUERPO PRESENTE

Nunca más su risa ronca de fumadora empedernida. Ni el sonido de su voz respirada hacia adentro. Ni el destello de sus dientes. Ni sus ojos limpios... Se atropellan las palabras, fundiéndose en ecos dolorosos sin que se advierta en nuestros labios siquiera un leve tremor. Los zapatos levantan el polvo adherido al pavimento en estas calles tristes y silenciosas. Ladran los perros, como lo hicieron la noche entera. Los pájaros cantan, callan, vuelven a cantar y vuelan de árbol en árbol en la plaza. Las nubes, mojadas aun antes de llover, ocultan un sol que poco a poco se tiñe de negro. Nunca más su olor de toronja espolvoreada con sal, ni el tosco tamborileo de su pecho en el instante preciso. La temperatura de su piel, exacta para el consuelo. Su boca jugosa. Ya jamás su aliento: ese vaho de tabaco y cebolla cruda apenas disimulado con chicles de menta. Sus restos esperan en la parroquia el traslado a la tumba donde se pudrirán dentro de una caja de lujo que no estaba destinada a ella, pues en cuanto el dueño de los Funerales Malo supo de su muerte ordenó aprontar el ataúd que había traído de Monterrey previniendo el deceso de doña Lilia, la madre del presidente municipal, que nomás no acaba de estirar la pata, dijo Pascual con un carraspeo. Él pasó por la funeraria cuando los empleados preparaban el cuerpo, y no pudo reconocerla. Con esa falda negra y un suéter de monja parece la esposa de cualquiera de

REQUIEM

Never again that hoarse smoker's laugh of hers. Never again the sound of her husky voice. Or the sparkle of her teeth. Or her limpid eyes . . . Words spill forth, stumble over one another, run together in painful echoes, though our lips betray not the slightest tremor. Our shoes raise the dust that collects on these sad, silent streets. Dogs bark, like they did all night long last night. Birds sing, fall silent, sing, and flit from tree to tree in the plaza. Clouds, wet even before it rains, hide the sun, which slowly becomes tinged with black. Never again her smell, grapefruit sprinkled with salt, or the pounding of her chest at the moment of climax. The temperature of her skin, which was perfect for soothing our cares. Her juicy mouth. Never again her breath, that smell of cigarettes and raw onions only barely covered by the Chiclets' mintiness. In the church, her earthly remains await their transport to the tomb, where they will rot inside an expensive casket that wasn't meant for her, because the minute the owner of the Malo Funeral Home heard she'd died, he prepared the coffin he'd brought in from Monterrey for the ever-imminent demise of Doña Lilia, the mayor's mother, who never seemed to get it over with. Pascual told us that, with a catch in his voice. He'd gone by the funeral home when the embalmers were preparing the body, and he hadn't recognized her. In that nunlike black skirt and sweater, she

ustedes, hasta gorda se mira, dijo. Además le pusieron una pañoleta para taparle los pelos rojos, ¿a quién se le ocurriría semejante barrabasada? Pascual se santiguó tres veces, murmuró una plegaria y preguntó quién era el cadáver. Al oír el nombre, corrió a divulgarlo en el mercado, en la cantina y en el casino, y pronto muchos hombres dejaron sus quehaceres para raspar las suelas camino de la iglesia, envejecidos de golpe como si en las últimas horas hubieran vivido treinta o cuarenta años, arrastrando los pies al sentir cómo el luto es un gusano que poco a poco roe las alegrías. Nunca más su quejido experto, oportuno siempre. Ni sus murmullos amorosos cerca del oído, ni las cosquillas de su lengua de mariposa. No. Ya no sus muslos estrangulando la cintura. Sus movimientos de coralillo. Ni su abrazo trunco. Sólo el dolor y la soledad. Nunca más Macorina.

Estaba buena todavía ayer noche, dijo Pascual Landeros y entrecerró sus ojillos que parecen repujados en cuero duro. Quién iba a decir que acabaría en la caja de la mamá de Silvano, ¿no? Tras noticiar suceso y pormenores a cuanta oreja se topó en la calle, vino al casino. Traía el semblante pálido. Los ojos rojos, como si la tristeza por el fallecimiento de la Tunca, en mezcla con el orgullo de ser vocero de una nueva tan sonora, le provocara ardor en torno a las pupilas. Esperó sin chistar que Cirilo le ahorcara la de seises a Ruperto, pero cuando Demetrio terminaba de escribir la puntuación ya no pudo aguantarse y soltó en seco con voz mellada: Se murió la Macorina.

Silencio largo. Landeros saboreaba el impacto de su noticia. Nos veía con dolor, curiosidad, satisfacción y lástima. Muchas veces nos había escuchado, ahí, alrededor de esa mesa, comentar nuestro cariño hacia la Tunca, la mujer más querida de Hualahuises. Ahora, en un intento

REQUIEM

looked like somebody's señora, he said, like *yours*, he said—she even looked kinda fat, he said. And they'd put this red bandanna on her head, to cover up her red hair. Who ever heard of such a thing!! Pascual had crossed himself three times, murmured a prayer, and asked who the body was. When he heard the name, he ran to spread the word—ran to the mercado, the cantina, the casino, and soon men were putting aside whatever they'd been doing to shuffle over to the church, dragging their feet as though mourning, like a maggot gnawing away at happiness, had aged them. They seemed suddenly old, weary, as though in the last few hours they'd lived thirty or forty years. Never again her expert moan, always so perfectly timed. Never again the loving words whispered into our ears, or the tickling of her butterfly tongue. No, never again her thighs squeezed tight around our waists. Never again her serpentine wriggling. Or her embrace, now gone forever. Only grief, and loneliness. Never again Macorina.

She was fine last night, Pascual Landeros said, his little eyes, which looked like they'd been embossed into hard leather, no more than slits. *So* fine, I mean. Who'da thought she'd wind up in Silvano's mama's coffin? Pascual's last stop, after he'd broadcast the event and all its relevant details to everybody he'd met in the street, was the casino. He looked pale. His eyes were red, as though his sadness over the death of La Tunca—Nubbin, you might say—, mixed with the pride of being the announcer of such an astounding piece of news, had made his eyes sting. He stood and waited patiently for Cirilo to play off Ruperto's double six, but before Demetrio could finish writing down the score, he couldn't hold it in any longer, so he just came out with it, in that honeyed voice of his: Macorina's dead.

por asimilar el golpe, bebíamos grandes tragos de cerveza para diluir la amargura, fumábamos jalando hondo el humo por ver si se rellenaba ese vacío repentino debajo de las costillas. Y mientras escondíamos la mirada vidriosa en las vigas del techo, Pascual se arrancó con una de sus peroratas de costumbre. Entre el ronroneo del aire acondicionado, nosotros lo oíamos sin escuchar, cada quien encerrado en su pensamiento, igual que todas las tardes, cuando más allá del dominó las calles sólo ofrecen sol, polvo y hastío y Pascual se apersona en el casino para contarnos los chismes nuevos. Nomás atravesaban nuestros tímpanos palabras aisladas, frases incompletas, como el cuerpo de Macorina. Anoche fue. Sí, paro cardiaco. Por su vida disoluta, pues. La hallaron las güilas este mediodía. Los perros no dejaron de ladrar. La agarró dormida la muerte. Acababa de estar con el Arcadio. Y el nudo en la garganta engordaba y el vacío del pecho se corría al estómago y se volvía más ancho a pesar de la cerveza y los cigarros y las fichas revueltas sobre la mesa en tanto la voz pastosa y carcomida de Landeros insistía en desgranar detalles sin importancia. Así ha sido siempre Pascual. Con la boca llena de saliva y palabras, se traga ambas al mismo tiempo. Aunque se dedica a la talabartería y diseca piezas de caza, tiene vocación de reportero. Lástima que aquí no haya periódico. Se le va la existencia en correr del mercado a la peluquería, de la cantina al casino, con el fin de enterarse de hechos y asegunes para diseminarlos con sus añadidos entre la gente. Pero a la hora de la hora sus informes resultan parciales porque no puede conservar mucho rato las ideas en la cabeza y, si llega a recordarlas bien, se le borran las palabras. Entonces se ríe con una risa atrabancada, tosijosa, y mira los ojos de su interlocutor como si buscara en ellos lo que le falta para continuar hablando. Sin embargo ahora no reía ni nos miraba. Igual que los demás, parecía concentrado en la mula de seises, boca arriba sobre la mesa, que nos clavaba sus doce ojos semejantes a pozos sin fondo y nos sonreía

REQUIEM

Long silence. Landeros savored the impact of his news. He gazed upon us with grief, curiosity, sorrow, and a hint of pride as the bearer of these tidings. For how many times had he listened to us, sitting right there around that very table, talk about our feelings for La Tunca, the most beloved woman in Hualahuises. Now, in an attempt to assimilate this blow, we were taking long draughts of beer to dilute the bitterness, deep drags on our cigarettes to try to fill the sudden hollowness within our chests. And while we were avoiding looking into each other's glassy eyes by staring up at the beams in the ceiling, Pascual launched into one of his famous perorations. Through the humming of the air conditioner, we heard him without listening, each of us lost in our own thoughts, like every afternoon, when out there outside, away from the domino table, the streets had nothing to offer but sun, dust, and tedium, and Pascual would show up at the casino to recount the latest gossip. The only thing that got through our eardrums was an isolated word here and there, sentences as truncated and incomplete as Macorina's body. It was last night. Yep, cardiac arrest. Brought on by that dissolute life of hers. They found the body around noon. The dogs wouldn't stop barking. She died in her sleep. She'd just been with Arcadio. And the knot in our throats got bigger and the emptiness in our chests migrated to our stomachs and grew and grew, despite the beer and the cigarettes and the dominoes scattered on the table, while Pascual's mellow, gravelly voice insisted on giving us every trivial detail. That's Pascual. Mouth full of saliva and palaver, which both come out at once. Although he's a saddlemaker and does a little taxidermy on the side, reporting is his true calling. It's a shame there's no newspaper here. He spends his life trotting from the mercado to the beauty parlor, from the cantina to the casino, his mission in life finding out what's going on, or what people *say* is going on, and then spreading the news, with his own particular additions, among the

con su sonrisa de calavera mientras recordábamos cómo, muchos años atrás, también fue Pascual quien vino a anunciarnos la llegada de una muchacha nueva a la casa de doña Pelos.

Está buenísima, pronunció a trompicones luego de voltear adonde el vitral de la puerta hacía guiños con el sol de la tarde que recalentaba el área de juegos del casino. Siempre le han llamado la atención los rojos, violetas y verdes de la escena mitológica que entre emplomados grises decora la entrada. Lo intriga el pastor que espía la desnudez de la diosa Diana; también los cambios de tono en los cristales, según la diagonal de la luz, y por más que se esfuerza nunca ha conseguido descifrar el prodigio. ¿O verá ahí algo que nosotros no? Buenísima, repitió y los demás nos burlamos sin interrumpir la partida: Landeros encontraba deseables a todas las mujeres menores de cuarenta que tuvieran sus partes en el lugar preciso y estuvieran completas y, aunque nosotros también las veíamos guapas, fingíamos indiferencia. ¿Como la Chole?, preguntó Cirilo aludiendo a una criada de casa de Berna que jugaba a coquetearnos. Pascual era unos años mayor y se decía experto en pirujas, cosa que nosotros entonces aún no dudábamos. Se quitó el sudor de la frente con la palma de la mano y maldijo el calor. Nhombre, Chole no es nadie al lado de ésta. Ruperto y Demetrio se interesaron. ¿Es la que iba a llegar de Tampico? Ésa mera, y ya sabes cómo son las costeñas. Ésta es delgadita, pero con unas caderas que ya quisieras. Y menor de edad, seguro. Yo le echo unos dieciséis. Rondábamos la frontera de la adolescencia, pronto iríamos a Monterrey, de donde traeríamos un título universitario a manera de trámite para casarnos con las novias de infancia y heredar las propiedades y la posición de nuestros padres, los importantes del pueblo. Éramos jóvenes con el cuerpo consumido en ansias y las carte-

townspeople. Although the truth is, his reports leave a lot to be desired, because he can't keep ideas in his head for very long and if he does manage to remember the events that have taken place, he forgets the words he needs to tell them. So he'll laugh with that clumsy, coughing laugh of his and look into your eyes as though trying to find in them the words he needs to keep the story going. Except now he wasn't laughing and he wasn't looking at us. Like the rest of us, he seemed to be concentrating on that double six lying there on the table, drawing our twelve eyes like bottomless wells to it, smiling its skull-like smile at us as we remembered that it was this very Pascual, many years ago, who'd come to announce the arrival of a new girl at Doña Pelos's place.

She's so *fine*, he managed to say as he turned toward the stained-glass window that winked and sparkled in the afternoon sun that warmed the games area. He'd always been drawn to the reds, violets, and greens of the mythological scene outlined in leaden gray that decorated the entrance. He was intrigued by the shepherd spying on Diana's nakedness, and by the changes in the hues as the angle of the light changed, but no matter how hard he'd tried, he'd never been able to figure out that miracle. Or did he see something there that the rest of us couldn't? *So* fine, he repeated, and the rest of us started making fun of him as we went on with the game: For Landeros, every woman under forty with all her parts in the right place and in working order was the object of his desire, and although we, too, might have found them attractive, we feigned indifference. As sexy as Chole? asked Cirilo, in reference to a maid in Berna's house that pretended to flirt with us. Pascual was a few years older than we were, and he claimed he was an expert on hookers, which none of us at the time doubted. He wiped the sweat off his forehead with the palm

ras repletas de dinero. Silvano lo propuso apenas Pascual se retiró de la mesa con el fin de volver a estudiar el vitral. Pos no sé ustedes, pero yo sí caigo temprano anca doña Pelos. Este cabrón ya debe haber regado el chisme de la nueva y no quiero que se me adelanten. Pensativos, el silencio daba pie a que la tentación rondara nuestras mentes. De pronto Berna chasqueó la de seises en el centro de la mesa y sin alzar la vista preguntó: ¿A qué hora vas a ir?

No éramos mochos, ni puritanos. No a esa edad. Quizá si a alguno de nosotros se le hubiera ocurrido ir con doña Pelos dos o tres años antes, los demás lo habríamos visto con cara de horror porque la simple mención de ese lugar constituía una falta de respeto a las novias, porque ahí acechaban la gonorrea, los chatos y la sífilis, porque sólo pensarlo nos convertía en candidatos al infierno. En cambio, al filo de los dieciocho, con las ganas a punto de desbordarse, ni el pecado ni las enfermedades ni las novias representaban freno suficiente. No obstante, al llegar a las puertas del burdel nos miramos unos a otros incómodos, como si su cercanía nos ensuciara, como si tuviéramos atorado en el gaznate algo inconfesable, vergonzoso, excitante. El local tenía un nombre que nadie, salvo los fuereños, usaba: El Marabú. De ser un galerón solitario y cacarizo durante el día, desde las primeras horas de la noche se transformaba en un sitio mágico del cual brotaban risas de muchachas, perfumes pegajosos, música bailable y barullo de fiesta. Las luces exteriores lo envolvían en un aura de misterio y el arco de su entrada metálica adquiría connotaciones de pasaje a la incertidumbre. Tras unos minutos afuera, nos armamos de valor y empujamos la puerta.

Adentro olía a creolina, y debajo de ese olor flotaban restos de un efluvio dulce. La sinfonola reposaba su silencio en un extremo. A esa hora no había nadie del pueblo, sólo dos desconocidos con traza de agentes viaje-

of his hand and cursed the heat. No, man, Chole's nothin' alongside this one. Ruperto and Demetrio pricked up their ears. Is this the one that was supposed to be coming in from Tampico? The same, Pascual said, and you know how those girls from the coast are. This one is thin, but with the kind of ass you could definitely go for. And underage, for sure—I'd guess sixteen. We were all on the cusp of adolescence; we'd soon be going off to Monterrey to pursue our degrees as the requirement for marrying our childhood sweethearts and inheriting the properties and positions of our fathers, the fat cats in town. We were young, our bodies brimming with desire and our wallets brimming with money. Silvano threw down the gauntlet the second Pascual had left the table to go off and study the stained-glass window again. I don't know about the rest of you, he said, but I'm headed for Doña Pelos's; this son of a bitch has probably already spread the news all over town, and I ain't one for sloppy seconds. Pensive, in silence, the rest of us hearkened to temptation's whispers. Suddenly Berna spun the double six into the middle of the table and without looking up asked: What time are you planning on going?

We weren't prudes, or puritanical. Not at that age. Probably if one of us had thought of going to Doña Pelos's place two or three years earlier, the rest of us would have been horrified, because the mere mention of the place was an insult to our girlfriends—we all knew the place was a den of gonorrhea, crabs, and syphilis, and just thinking about it made us candidates for a long stretch in hell. On the verge of eighteen, though, with carnal desires sprouting like body hair, neither sin nor hellfire nor disease nor girlfriends were the obstacles they once were. Still, as we reached the brothel doors, we looked at each other uncomfortably, as though simple proximity would sully us, as though something unconfessable, shameful, exciting lay like a lump upon our hearts. The place had a name that nobody, except for the out-of-towners, ever used: El Marabú.

ros recargados en la barra. En cuanto nos acomodamos alrededor de una mesa de lámina igual a las del casino, se arrimó una morena aindiada con el cabello amarillo y las raíces negras. Qué les sirvo, fue su pregunta. Nos miraba con suspicacia, como si calculara si teníamos edad para beber. Cervezas, dijo Silvano. Los demás reprimimos la risa nerviosa mientras repasábamos el sitio, maravillados de estar ahí. En eso comenzaron a aparecer más mujeres. Rubias oxigenadas, morenas, unas jóvenes y otras no, deambulaban cerca de la sinfonola, iban a la barra, regresaban, nos sonreían. Empieza el desfile, dijo Demetrio con un hilo de voz que se le trozó al llegar la cerveza. Bebimos y, sin ponernos de acuerdo, nos encajamos la botella entre las piernas para sentir un poco de frialdad junto a los huevos. Más relajados, hablamos de cualquier tontería en tanto los ojos se nos iban tras las mujeres. ¿Será ésa?, Ruperto señaló a una joven que acababa de bajar unas escaleras. No, no es. No tiene nalgas. Acuérdate de lo que dijo Pascual. Quién sabe, con los gustos de ese güey puede ser incluso aquélla, y Demetrio movió la nariz hacia una gorda de por lo menos sesenta años. Reímos. Después del primer golpe de alcohol nos brillaban las pupilas. Comenzábamos a sentirnos cómodos. Ordenamos la segunda ronda y Silvano pidió un tequila. Esta vez nos trajo el servicio una señora guapa de cabello hirsuto. Buenas, muchachos. Bienvenidos. Yo soy la abadesa de este convento, ¿cómo la ven? Me llamo Carlota, aunque seguro ustedes conocen mi apodo, ¿no? Doña Pelos, rió Cirilo y al darse cuenta de la descortesía su risa ascendió a carcajada. La doña también rió antes de preguntar si nomás queríamos trago o si íbamos a subir a la recámara. Al rato, señora, dijo Silvano, primero tenemos que tratar asuntos de negocios. ¿De qué negocios hablas, mhijo? No digas sandeces. Ustedes a lo que vienen es a embodegar el quiote. Si quisieran nomás trago hubieran ido a la cantina, ¿me equivoco, Silvanito? En vez de sorprenderse porque lo conocía, a Silvano lo turbó esa manera de

REQUIEM

What looked like a solitary, pockmarked dancehall during the day would transform in the early evening into a magical place from which emerged girls' laughter, the smell of sticky perfume, blasts of catchy music, and the sounds of a good time. The exterior lights bathed it in an aura of mystery, and the arch over the metal front door shadowed a passage into uncertainty. After a few minutes outside, we screwed up our courage and pushed the door open.

Inside, there was the smell of disinfectant, and under that smell floated the hint of some sweetish effluvium. The victrola sat in silence off in one corner. At that hour, nobody from town was there, just two men we didn't know—they looked like traveling salesmen—leaning on the bar. When we all got settled around a zinc table like the ones in the casino, a dark skinned Indian-looking girl with yellow hair and black roots came over. What can I get you, she asked. She looked at us suspiciously, no doubt calculating whether we were drinking age. Beer, said Silvano. The rest of us suppressed nervous laughter as, amazed at being there, we looked around the place.

Just then, more women began to appear. Bleach-blond, dark-skinned girls, some young and some not, paraded past the victrola. They'd go to the bar, come back, smile at us. The parade has begun, said Demetrio in a strained little voice that went blank when the beers came. We drank up and then, as though we'd rehearsed the movement, we all stuck the bottle between our legs, to feel at least *something* cool up against our balls. More relaxed now, we talked about nothing as our eyes followed the girls. You think that's her? Ruperto asked, pointing surreptitiously toward a young one who'd just come downstairs. No, that's not her. She's got no ass. Remember what Pascual said. Who knows—with his taste, it could even be that one there, and Demetrio pointed with his nose toward a fat woman at least sixty years old. We laughed. After

hablar, burda y directa. Respiró con calma, asimilando las palabras de la mujer. Luego la miró de reojo y dijo: Tiene razón, a eso venimos, a embodegar el quiote, y yo quiero embodegárselo a la nueva. Tráigala, pues. La doña permaneció unos segundos en silencio, observándonos con el labio superior atorado en la resequedad de los dientes. No sonreía, más bien era una mueca irónica, como si en nuestros ojos viera la inocencia a punto de sucumbir. Se llevó la mano a la cara para atusarse un bigote imaginario. Mejor vénganse al reservado, dijo. No vaya a ser que alguien los reconozca y se me pongan nerviosos. Suban, ai les llevan los tragos. Allá arriba está la nueva, en el cuarto.

Se trataba de una estancia limpia, acondicionada con un par de sofás y sillones individuales en torno a una chaparra mesa de centro, lámparas de luz tenue en los rincones, un abanico batiendo el aire caliente desde el techo, semejante a la sala de cualquiera de nuestras casas. Lo diferente eran los cuadros en las paredes, desnudos femeninos en diversas poses, y el olor a jabón mezclado con perfume. La falsa rubia trajo las cervezas y el tequila de Silvano y luego apareció doña Pelos para preguntarnos si nos sentíamos a gusto. No podíamos hablar. Ante la inminente presencia de quien pondría fin a nuestra condición virgínea, los nervios nos habían secado la boca, convirtiendo la lengua en un pedazo de esponja. Silvano tartamudeó un sí, estamos bien, que pareció dejar satisfecha a la doña, pues cruzó la habitación con paso marcial y golpeó los nudillos en la puerta del fondo. Era la recámara. Con la vista fija en el picaporte, nos reacomodamos en los asientos. Entonces escuchamos el nombre que durante décadas repetiríamos en cuartos clandestinos y cantinas, en borracheras solitarias y explosiones de euforia a manera de conjuro contra el tedio, la náusea y la tristeza: Macorina, mhija, hay clientes esperándote en el reservado. Ándale, sal. Un murmullo se filtró a través de la puerta y la doña se volvió hacia nosotros. Ya viene. No se me vayan

the first rush of alcohol, our eyes were sparkling. We were beginning to feel comfortable. We called for a second round and Silvano ordered a tequila. This time, a good-looking woman with a huge mane of thick hair brought our drinks over.

Evening, boys. Welcome. I'm the mother superior of this convent—what d'you think of it? Name's Carlota, although I 'magine you know what people call me, right? Doña Pelos, snickered Cirilo, and when he realized what he'd said, how rude he was, his snicker crescendo'd into a cackle. None of us had ever really realized before that "Doña Pelos" wasn't some woman's name but what people called her because of that hair of hers—Miz Big Hair, that's what they were saying. But Carlota laughed, too, before asking whether all we wanted was drinks or whether we planned to go upstairs to bed. In a little while, ma'am, said Silvano—first we have to talk some business. What business could that be, child? Don't be silly—you boys are here to dip your wicks. If all you'd wanted was a drink you'd have gone to the cantina, wouldn't you, Silvanito?

Instead of being surprised that she knew his name, what shook Silvano was the way she talked—no beating around the bush, no sugaring the pill. He took a breath, digesting the woman's words. Then he looked at her out of the corner of his eye and said, You're right, that's what we're here for, to dip our wicks, and I want to dip it in the new girl. Bring her over here if you will.

The madam stood a few seconds in silence, looking at us, her upper lip stuck to her teeth. She wasn't smiling; it was more like a grin—no, a sneer, as though in our eyes she could see innocence about to succumb. Her hand went to her face, to stroke an imaginary moustache.

You boys better go upstairs to the parlor, she said. No sense somebody recognizing you and making you nervous. Go on up—I'll bring your drinks. The new girl's up there, in the room.

a desesperar. Se está arreglando. Yo bajo y les mando más bebida. ¿No quieren otras muchachas? No, respondió brusco Silvano. Nomás a ella. Los tacones de la dueña del burdel repiquetearon en los mosaicos de la escalera emparejándose con los latidos de nuestros corazones. El calor se tornaba acuoso, molesto. Sudábamos. Las botellas de cerveza estaban vacías desde hacía un rato y los cigarros se consumían en tres o cuatro fumadas. Cuando el silencio amenazaba con ahogarnos, Demetrio dijo: ¿Y quién va a entrar primero? La pregunta nos agarró desprevenidos. Hasta ese instante nos sentíamos a resguardo en la complicidad, mas entonces comprendimos que tendríamos que separarnos para quedar desnudos, expuestos y a solas con una mujer a quien ni habíamos visto. Demetrio, Berna y Cirilo cruzaron miradas. Silvano prendió un cigarro y expulsó el humo hacia el techo. Ruperto se encogió de hombros, como diciendo me da igual. ¿Y si entramos en bola?, preguntó Cirilo, pero nadie se tomó el trabajo de responderle. Fue mi idea, dijo Silvano, yo lo propuse y yo voy primero. Mejor lo dejamos a la suerte, intervino Berna. ¿Cómo? Sí, el primero al que ella le pregunte su nombre, ése gana. Silvano intentó protestar, aunque lo pensó mejor y guardó sus palabras. Cuando la morena güera subió con una nueva bandeja aún contemplábamos, mudos y con los dedos de las manos entrelazados, la puerta de la recámara.

Pascual Landeros no había mentido. Macorina era muy joven, delgada, y poseía unas nalgas combas que antes sólo habíamos imaginado en algunas mulatas del trópico. De rasgos agradables, cierta timidez agazapada en los pliegues del rostro le otorgaba un aire de inocencia extraño en casa de doña Pelos. Al abrir la puerta nos cortó la respiración y en aquel silencio pudimos escuchar incluso el roce de su ropa. La cubría un vestido ligero cuya falda se entallaba a la altura de la cadera para de ahí caer amplio hasta las rodillas. Sus piernas sin medias brillaban a la

REQUIEM

The place she was talking about was a large, clean room with a pair of couches and several armchairs around a squat table, some lamps in the corners with soft lights, and a ceiling fan stirring hot air—just like the living room in any of our houses. What was different was the pictures on the walls—female nudes in all sorts of poses—and the smell of soap mixed with perfume. The bleach-blond brought up our beers and Silvano's tequila and then Doña Pelos came in to ask us if everything was all right. None of us could speak. Given the imminent arrival of the woman who would bring our lives as virgins to an end, nerves had dried out our mouths and turned our tongues into dry sponges. Silvano stammered out a *s-s-sí, estamos bien*, that seemed to satisfy Doña Pelos, since she crossed the room briskly and rapped with her knuckles on the door at the back of the room. It was the bedroom. With our eyes on the door handle, we wriggled more comfortably into our seats. Then we heard the name which for decades we'd repeat in cantinas and clandestine bedrooms, in solitary binges and explosions of euphoria, like some spell chanted to ward off tedium, nausea, and sadness: Macorina, m'ija, there are customers out here waiting for you. Ándale, sal—come out here.

A murmur filtered through the door, and the madam turned toward us. She'll be right out. Don't you boys go getting desperate on me. She's just fixing herself up. I'll go down and send up something else to drink. You don't want some other girls? No, Silvano answered brusquely. Just her.

The madam's high heels clicked on the staircase tiles, echoing our heartbeats. The heat turned clammy, cloying. We were sweating. The beer bottles had been empty for some time now, and the cigarettes were smoked down in three or four long pulls. Just as the silence was about to drown us altogether, Demetrio said, So who's going first? The question caught us unprepared. Until that moment we'd felt sheltered within our complicity, but suddenly we realized that we were going to have to sepa-

luz de las lámparas y sus sandalias dejaban al descubierto las uñas de los pies sin rastro de pintura. El cabello negro, recogido en una cola de caballo, acentuaba su sencillez. Carajo, dijo Silvano pensando en quién sabe qué cosa. Los ojos de Macorina, bajos, como avergonzados, recorrían nuestros zapatos y botas sin ir más allá. Entonces intuimos que cuando en realidad nos viera algo cambiaría para siempre dentro de nosotros: estaríamos sin remedio a su merced, nuestra vida giraría en torno suyo. Temblamos. En Berna y Silvano el estremecimiento fue notorio. Tras correrse un poco en el sofá, Demetrio palpó con la palma el hueco entre Cirilo y él y, sacando los sonidos del fondo del estómago, la invitó a tomar asiento. No tiene que ser ahí, intervino Silvano. Puedes sentarte donde mejor te acomode. La voz de quien había nacido para mandar resonaba firme de nuevo. Los demás nos quedamos inmóviles, no por la autoridad en las palabras de nuestro amigo, sino porque ella nos miró, y al hacerlo su rostro se fue iluminando con el fulgor de unos ojos enormes cuyas pestañas revoloteaban igual que alas de mariposa negra. Por fin nos veía, uno a uno, y en sus rasgos se reflejaba el dominio de la situación. La ruleta había comenzado a girar. Ella escogería al lado de quién iba a sentarse, luego preguntaría el nombre del elegido. Quietos, los pies bien plantados en el suelo, las manos sueltas sobre los asientos, la vimos dar dos pasos al frente, titubear un poco, y caminar hacia Silvano. Se montó en el descansabrazos del sillón y su vestido encogió para mostrarnos parte de esos muslos cubiertos de una pelusa transparente que en cosa de minutos nos rodearían la cintura. Macorina sonreía. Sus pupilas iban de la cara de Cirilo a la braqueta de Demetrio, y de ahí a las manos de Berna, como si calibrara el placer que obtendría de cada uno. La timidez y la inocencia se le habían huido del semblante dando paso a una lujuria sin disimulos. Ya no era la jovencita sencilla que abrió la puerta del cuarto, sino una verdadera puta, una profesional experta que anticipaba

rate from the others in order to get naked and exposed and alone with a woman we'd never even seen. Demetrio, Berna, and Cirilo exchanged looks. Silvano lit a cigarette and blew the smoke up toward the ceiling. Ruperto shrugged his shoulders, as though saying he didn't care one way or the other. What if we all go in together? Cirilo asked, but nobody bothered to answer. It was my idea, Silvano said, so I'm going first. I think we oughta leave it to chance, Berna said. How? Well, the first one she asks what his name is, wins. Silvano was about to protest, but then he thought better of it. When the bleach-blond came up with the tray of drinks we were still sitting there, nobody saying a word, the fingers of our two hands knitted together, looking at the bedroom door.

Pascual Landeros had not been exaggerating. Macorina was very young, thin, with an ass that we'd only ever imagined on some mulatto dream-woman from the tropics. She was a nice enough looking girl, and a hint of shyness in her face gave her an air of innocence that seemed strange in Doña Pelos's place. When she opened the door, we all gasped, and the silence that followed was so complete that we could hear her clothes rustle. She was wearing a light dress with a skirt tight around the hips then falling loosely to her knees. Her legs—no stockings—shone in the lamplight, and her sandals revealed toenails without a trace of polish. Her black hair, tied back into a ponytail, accentuated her simplicity. Holy shit, said Silvano, thinking who knew what. Macorina's eyes, lowered as though bashful, or embarrassed, took in nothing but our boots and shoes. It was then that we sensed that once she looked at us, something would change forever inside us: we would be irremediably at her mercy, our lives would revolve around her. We were all trembling; in Berna and Silvano, the trembling was obvious. Demetrio scooted over on the sofa a few inches and patted the space between him and Cirilo and somehow, as though his voice were a rumbling from his stomach, he

el gusto de dar gusto a sus clientes. Sin haber dicho ni una palabra, se inclinó para agarrar el tequila; vació el caballito de un trago y se relamió los labios. Sintiéndose el elegido, Silvano no pudo contenerse y le rodeó la cintura con el brazo. Mas cuando la atraía hacia sí, Macorina fijó sus grandes ojos en Berna. ¿Y tú?, preguntó recorriéndolo con la vista de arriba a abajo, ¿cómo te llamas, grandote?

Muchas veces hicimos el recuento de aquella noche. Primero en las semanas que nos faltaban para irnos a estudiar, al encontrarnos en algún café o bar de Monterrey, o durante las vacaciones en el pueblo. Después, tras volver título en mano a inaugurar nuestra vida adulta, en las despedidas de soltero a las que por supuesto asistía Macorina, en las cenas de matrimonios jóvenes al dejar a las señoras solas para que hablaran de sus asuntos, en las fiestas infantiles, en las graduaciones de los hijos, en el casino, en la cantina o hasta fuera de la iglesia algunos domingos. De tanto repetir la anécdota cambiando las versiones, llegó un momento en que sólo Pascual Landeros, quien no había estado presente, se la sabía con fidelidad.

Él nos recordaba nuestro ataque de carcajadas al ver salir a Berna de la recámara, despeinado, sudoroso y enrojecido, pero con la sonrisa más ancha del mundo; los cinco minutos, reloj en mano, que tardó Cirilo con ella; los berridos de Macorina al coger con Demetrio; la temblorina que desmoronó el aplomo de Silvano al llegar su turno, y la bárbara borrachera que se puso Ruperto durante la espera, al grado de necesitar casi una hora para poder acabar. Pero sobre todo fue Pascual Landeros quien nos impidió olvidar lo que entre nosotros llamábamos la sobremesa: esa larga madrugada de tragos en el reservado, cuando Macorina fue más amiga que amante y nos conquistó con su sentido del humor, con su camaradería y hasta con su abnegación, ya en el amanecer, al cuidarnos

asked her to sit down. It doesn't have to be there, Silvano put in. You can sit anywhere you want to. The voice of the kid who'd been born to lead was firm again. The rest of us just sat where we were, not because of any authority in our friend's voice but because she looked at us, and when she did her face began to light up with the glow of enormous eyes whose lashes fluttered like the wings of some black butterfly. Finally she was looking at us, one by one, and in her features was reflected her mastery of the situation. The roulette wheel had started turning. She'd choose who she sat by, and then she'd ask the chosen one his name.

Sitting quietly, our feet firmly on the floor, our hands on the chair- and sofa-arms, we watched her take a few steps into the room, hesitate a second, and then walk toward Silvano. She sat on the arm of his chair and her dress rode up to reveal to us a few inches of those thighs, shimmering with transparent hairs, that would soon be wrapped around our waists.

Macorina smiled. Her eyes went from Cirilo's face to Demetrio's zipper, and from there to Berna's hands, as though she were gauging the pleasure she'd derive from each of them. The shyness and timidity were gone from her face, and what was there now was undisguised lust. She was no longer the simple little girl who'd opened the bedroom door; now she was a whore, a real whore, a professional anticipating the pleasure of giving pleasure to her customers. Without ever having said a word, she leaned over to pick up the tequila; she knocked the shot glass back and licked her lips. Feeling that he had been selected, Silvano couldn't restrain himself—he put his arm around her waist. But when he drew her toward him, Macorina fixed her big eyes on Berna. And you? she asked, looking him up and down, what's your name, big boy?

We told the story of that night many times. First in the weeks before we went off to study, when we met in some café or bar in Monterrey,

CUERPO PRESENTE

mientras también por turnos vomitábamos el alcohol ingerido y los últimos rescoldos de niñez que aún albergaba nuestro cuerpo.

La parroquia repleta de caras conocidas. Ancianos nostálgicos, hombres maduros, jóvenes resentidos con la muerte, chamacos saliendo de la adolescencia, igual que nosotros aquella vez, más enamorados de la leyenda que de la mujer de carne y hueso. El ataúd cubierto de flores y coronas anónimas. Algunos tímidos suspiros se arrastran por el piso junto a las paredes, como ratones asustados. Silvano carraspea en la primera banca. Se ajusta los lentes que han resbalado sobre su nariz grasosa a causa del calor, y aprovecha el ademán para masajearse la calva. El semblante serio, igual que si estuviera en algún acto de la presidencia municipal. Él convenció al cura de decir esta misa de cuerpo presente. No importa cuál haya sido su ocupación en vida, padre, Macorina fue cristiana y merece un entierro como Dios manda, con misa y bendición. Se lo pide la autoridad. No necesitó insistir, el cura estaba convencido desde antes. La quería, como todos aquí. Por eso ahora, en tanto entona letanías, la tristeza le aflora a los ojos y sus labios tiemblan. Como los de todos. Allá en el rincón, junto a la pila bautismal, está Demetrio con sus cuatro hijos. Berna vino solo, su prole estudia fuera. Ruperto y Cirilo comparten banca con Pascual Landeros y Arcadio Beltrones, el último en gozar los medios abrazos de la Tunca, quien no despega la mirada del piso por el peso de la culpa, aunque él no haya tenido nada que ver con su muerte. El templo huele a sudor y a cera, a madera vieja, a sueño, a dolor encerrado en cada cuerpo, a melancolía. Huele a tantas cosas a pesar de que por la puerta se cuela una corriente húmeda. La mezcla se asemeja al aroma salvaje de Macorina, a esos humores que despedía en el orgasmo, cuando el follaje interno de la sangre hinchaba sus senos.

or during vacations back home. Later, after we were back home with our degrees, ready to inaugurate our adult life, we told it at the bachelor parties that Macorina of course attended, at our children's parties, at their graduations, in the casino, in the cantina, or even outside church on Sunday once in a while. From repeating the story so often in all its versions, there came a moment when only Pascual Landeros, who hadn't been there, could faithfully remember it.

He would remind us about the way we burst out laughing when Berna came out of the bedroom, hair messed up, sweaty, red-faced, but with the broadest smile we'd ever seen; the five minutes, by the clock, that Cirilo was in there with her; Macorina's bellowing as she screwed Demetrio; the shakes that destroyed Silvano's self-possession when his turn came; and how incredibly drunk Ruperto got while he waited, to the point that he needed almost an hour to finish. But above all, it was Pascual Landeros who kept us from forgetting what our little circle called the "after-dinner conversation": that long pre-dawn of drinks up there in the little sitting room, when Macorina was more of a friend than a lover, and she conquered us completely with her sense of humor, her camaraderie, and even her selflessness, at sunrise, when she watched over us as, one by one again, we vomited up all the alcohol and last remnants of childhood that were still in our bodies.

The church full of familiar faces. Nostalgic old men, middle-aged men, younger men resentful of her death, kids just, or almost, out of adolescence—like us back in the first years, more in love with the legend than with the flesh-and-blood woman. The casket covered with anonymous flowers and wreaths. Some timid sighs creeping along the floor near the walls, like frightened mice. Silvano clearing his throat in the first pew.

CUERPO PRESENTE

Un olor furioso, denso. Macorina. Mal sitio es éste para pensar en ti. ¿Cómo evocarte en una iglesia? ¿Cómo recordar en un lugar sagrado tus aromas, tus palabras sucias, la textura de tus muslos, los pliegues de tu sexo? Mejor deberíamos pensar en tu muñón. En ese brazo que al troncharse te ganó el respeto de quienes te aborrecían. Es imposible. Tu nombre, tu presencia, aun desde la muerte, nomás nos traen imágenes pecaminosas, repeticiones de cuando gozábamos enredados en tu cuerpo.

La memoria respinga, nos pone los recuerdos enfrente y no le interesa cuál es su origen, si los dimes y diretes, los inventos de quienes no se atreven a soltar las riendas de su lujuria y crean historias que expliquen la ajena, o las confidencias verdaderas de quienes los vivieron. Creemos aquello que creemos sin necesidad de pensarlo y en la mente se nos hacen bolas las voces que alimentaron esas creencias. Se trata de un asunto de fe. Por eso sabemos que nuestra amiga tuvo una infancia feliz junto al mar, con un padre lanchero y dos hermanos varones que se encargaron desde muy temprano de hacerla sentir deseada. Por encima de las oraciones del padre Bermea, incluso sobre el rumor acompasado de nuestra respiración, escuchamos el tono grave, monocorde, de Macorina atravesando la muerte. Sí, fui feliz, dice. No iba a la escuela, corría libre por la playa, jugaba con mis hermanos. La vemos tomar un cigarro y encenderlo con la colilla del anterior. No saben cómo adoraba a Walter y a Yuri, suspira. A mi padre no. A lo mejor no era mi padre, ni ellos mis hermanos. No nos parecíamos en nada. Yo me quedé ahí porque mi madre murió. De ella no me acuerdo. Él salía temprano en su lancha y no regresaba hasta muy tarde. Borracho, claro, y los labios de la Tunca se arrugan con desprecio. Eso nos dejaba el día entero para querernos mucho los tres. Luego una noche fueron a decirnos que se había ahogado. No hubo sorpresa, ni dolor. Nomás alivio. Éramos todavía chicos,

REQUIEM

He pushes up his glasses, which have slipped down his nose slicked by the heat, and takes advantage of the gesture to massage his bald spot. His expression serious, exactly as though he were at some mayoral event. It was Silvano who convinced the priest to say this mass. No matter what her profession was in life, padre, Macorina was a Christian and she deserves a Christian burial, with a funeral mass and blessing. An official request from the mayor himself. He didn't have to insist; the priest was already willing. Like everyone here, he too had loved her. Which is why now, while he chants his litanies, his eyes are sad and his lips quiver. All of ours do. Over there in the corner, near the baptismal font, Demetrio with his four children. Berna came alone; his kids don't live here anymore. Ruperto and Cirilo share the pew with Pascual Landeros and Arcadio Beltrones, the last to take pleasure from the half-embraces of La Tunca and who, from the weight of guilt, doesn't raise his eyes from the floor, though he had nothing to do with her death. The sanctuary smells of sweat and wax, of old wood, of languor, of grief locked within each body, of melancholy. It smells of so many things, despite the wet breeze wheezing through the door. The smells are reminiscent of Macorina's own savage aroma, of those humors given off by the orgasm, when the inner foliage of the blood swelled her breasts. A furious, dense smell. Macorina. This is not the best place to think about you. How dare we remember you in a church? How dare we remember your smells, your dirty talk, the texture of your thighs, the folds of your sex, in this sacred place? We ought to be thinking about that stump of yours. About that arm that, once it was chopped off, won you the respect of those who'd had nothing but contempt for you. But how can we help ourselves? Your name, your presence, even in death, brings us nothing but sinful images, relivings of those nights when, twined about your body, we took our pleasure.

pero la orfandad nos iba a dejar querernos más. El padre Bermea pide perdón por los pecados del mundo y la voz y el rostro de Macorina se desvanecen de la memoria. En su lugar aparece entonces el papá de Silvano, quien también cruza la barrera de la muerte para seguir azuzando la maledicencia. Uno de mis choferes fue a Tampico a llevar carga, dice, y se dio una vuelta por Pueblo Viejo para ver de dónde salió esa güila. No saben lo que le contaron. A ver si así la siguen defendiendo, muchachos cabrones. Que se cogía a sus propios hermanos la muy perdida. No, si yo siempre supe el monstruo que era. Quesque hasta la iban a empalar, pero se les peló. Por mi culpa, por mi culpa, por mi gran culpa, susurra el señor cura mientras nosotros nos golpeamos el pecho procurando no alzar la vista hacia el crucifijo del altar.

Fue su consagración, dijo Pascual Landeros una vez que recreamos esa primera madrugada. Es cierto, dijo Cirilo, con nosotros agarró fama y le siguió con los otros huercos conforme crecían. Así que de nosotros pa' bajo todos se estrenaron con ella. No, si cabrona era, terció Berna. Ay, Tunca, Ruperto sonreía, nunca sabrá este méndigo pueblo cuánto te debe. Pero entonces aún no era la Tunca sino Macorina a secas, e íbamos a verla casi a diario, según el dinero que le sacáramos a nuestros padres y el tiempo que le dejaban otros clientes. De ser la muchacha nueva, se había transformado en mito. Nadie disfruta su trabajo como ella, decían los decires, es la única que te trata como si fuera la esposa de tu mejor amigo. Atraía igual a maduros o jóvenes, locales o de pueblos cercanos, madrugadores o desvelados, siempre dispuesta y de buen humor. Nosotros la buscábamos a cualquier hora y no era raro encontrarnos a los demás en el reservado, donde platicábamos como si estuviéramos en la antesala del médico. No había celos de por medio; no éramos posesi-

REQUIEM

Memory brings it all back, it sets all those images before us, and it doesn't care where they came from, doesn't care whether they were part of the backbiting and gossip, or inventions of people who didn't have the courage to give rein to their lust and so created stories to explain the other, or the actual confidences of those who lived those stories. We believe what we believe without any need to think about it, and in our minds the voices that fed those beliefs have simmered into an undifferentiated stew. In other words, it's a matter of faith. Which is why we know that our friend had a happy childhood alongside the ocean, with a father who had a boat, and two brothers who saw to it that from a very early age she felt herself desired. Above Padre Bermea's prayers, even above the rhythmic sound of our own breathing, we can hear the slow, grave, droning words of Macorina coming to us from the realms of the dead. Yes, I was happy, she says. I didn't go to school, I ran around the beach all day, playing with my brothers. We watch her take out a cigarette and light it off the one she'd just been smoking. You have no idea how I adored Walter and Yuri, she sighs. Not my father. Maybe he wasn't even my father—maybe they weren't my brothers; we looked nothing alike. I stayed there because my mother died. I don't remember her. He'd go out in the boat early in the morning and not come back till late. Drunk, of course—and her eyes would crinkle in contempt. That would give the three of us, left all alone, the whole day to love each other. Then one night they came to tell us he'd drowned. There was no surprise, no grief. Just relief. All three of us were still little, but being orphans meant that we could love each other even more.

Padre Bermea asks forgiveness for the sins of the world, and the voice and face of Macorina fade from memory. In their place appears Silvano's father, who also crosses the frontier of death, bringing some old fodder he'd once thrown into the gossip mill. One of my drivers, he says again,

CUERPO PRESENTE

vos y ella nos trataba del mismo modo, con pasión, con la camaradería cachonda de una amante de toda la vida. No obstante, comenzamos a espaciar las visitas luego de toparnos con las trocas de nuestros padres afuera del burdel. Más tarde partimos a la universidad y nada más la veíamos en vacaciones. Como en los matrimonios viejos, el ardor inicial dio paso a un deseo sosiego que dejaba tiempo a otros intereses. No fue sino hasta nuestro regreso de Monterrey, para instalarnos de manera definitiva en Hualahuises, que nos enteramos de que Macorina era la nueva dueña de la casa de doña Pelos.

La vieja dobló las manitas, dijo Landeros. No tuvo remedio. Muchas güilas le renunciaron porque los clientes sólo quieren con la Macorina. Ai quedan las que no tuvieron a dónde ir, o las muy jodidas, ésas donde estén agarran puro briago perdido. ¿Y de dónde sacó la lana?, preguntó Cirilo. ¿Cómo de dónde?, pos de entre las piernas, Pascual lanzó una carcajada. Con tanta cogida esa vieja tiene más billetes que tu papá. Era cierto. Durante las primeras semanas de nuestro retorno supimos que, poco a poco, sin proponérselo, Macorina le había arrebatado clientes de toda a la vida a las otras putas, al grado de que por las noches se formaban colas de cinco o seis hombres frente a su cuarto, mientras el resto de las pupilas del burdel se aburría abajo contemplando su cerveza. Algunos ricos intentaron hacerla su querida. El padre de Silvano incluso le ofreció la mejor casa de Hualahuises, un escuadrón de sirvientas y las ganancias de la ferretera. No quiero compartirla, mi alma, dijo Pascual Landeros que dijo el papá de Silvano. Estoy harto de andar revolviendo el atole de otros cabrones. Usted tiene que ser para mí. Ella al principio le dio largas, mas cuando don Aureliano terqueó, terminó por desanimarlo. Mire, don, yo no hago lo que hago nomás por dinero, sino

as he'd said years before, went to Tampico with a load, and he took a side trip to Pueblo Viejo to see the place that whore came from. You can't imagine what people told him. Let's see whether you can keep defending her, you fucking kids. They told me the slut screwed her own brothers! I swear to God, I always knew what a monster she was. They said they were even going to impale her, but the three of them got away. Mea culpa, mea culpa, mea maxima culpa, murmurs the priest as we beat our chests, avoiding raising our eyes to the crucifix above the altar.

It was her consecration, Pascual Landeros said once, when we were re-living that first night. It's true, Cirilo said, with us she got famous and she just followed it up with the other kids as they grew up. So from us down, everybody lost their cherry to her. Oh, she was something, Berna chimed in. Ay, La Tunca, Ruperto smiled, this friggin' town will never know what it owes you. But at that point she wasn't La Tunca, she was just Macorina, and we went for a visit almost every day, depending on the money we could wrangle out of our parents and the time her other customers left for us. From being the new girl, she'd become a myth. Nobody enjoys their work like she does, people said; she's the only one that treats you like she was your best friend's wife. She attracted both middle-aged and young, locals and men from nearby towns, early risers and night owls, and she was always ready, always in a good mood. We'd go to her at any hour of the day or night, and it wasn't unusual for us to run into one or another of our little group up there in the parlor, where we'd talk and talk, as though we were sitting in the waiting room at the doctor's office. There was no jealousy; we weren't possessive and she treated us all alike—passionately, and with the good-spirited camara-derie of a lifelong lover. Still, when we started to see our fathers' pickups

también por gusto, y aunque usted tiene hartos billetes es muy poco el gusto que me da. Así era la Macorina de claridosa. Nunca dejarás de ser una triste piruja, y Pascual engolaba la voz. Sí, don, soy muy puta, la más puta de todas. Pos yo creo que tu madre fue más, y por mí te puedes ir a la chingada, concluyó el viejo con la voz de Pascual en medio de nuestras carcajadas. Esa discusión entre Macorina y don Aureliano le dio la vuelta al pueblo hasta llegar a oídos de la madre de Silvano. Pascual aseguraba que, al escucharla, la doña había sonreído muy altiva, pero esa tarde la vieron en la parroquia, llorando frente a la imagen de la virgen de los Remedios. De agradecimiento sería el llanto, opinó Landeros. Y a lo mejor no andaba errado. Quizás ese día se despertó en la señora cierta simpatía por la prostituta. Acaso desde entonces se afirmó entre ellas una unión oculta que ahora llega a su fin con el cuerpo de Macorina ocupando el ataúd que debía ser de doña Lilia.

Otros machos quisieron ponerle casa, y ella los rechazó. No le interesaba ninguna. La residencia a la que le había echado el ojo era nada menos que El Marabú. Daba ya pocas ganancias, dijo Landeros. Los hombres ni chupaban por no descompletar la tarifa de Macorina. Ella aumentaba su precio seguido para ver si así le bajaba la clientela. Andaría cansada, la pobre. Y aunque doña Pelos le cobraba la comisión de costumbre y el uso del cuarto, como no le salían los gastos le pidió consejo al ardido de don Aureliano. Mira Carlota, dijo Landeros imitando la voz del viejo, si no despachas a esa puta incestuosa de aquí te va a joder el negocio. Córrela. El pueblo estaba mejor antes de que llegara. En ese tiempo Macorina recibía un día sí y otro también a don Neto, entonces presidente municipal y papá de Berna, y no le fue difícil obtener su protección. Óigame bien, doña Pelos, esta vez Landeros hizo la voz chillona, si usté corre a mi muchacha me cae que le cierro su pinche changarro, ¿queda claro? Ai tengo un chorro de multas acumuladas. Sí,

outside the brothel, we began to space out our visits. Then later we went off to college and would only visit her when we came home on vacation. Like old marriages, the initial ardor gave way to a muted desire that left time for other interests. It wasn't until we came back from Monterrey to set up shop once and for all in Hualahuises that we found out that Macorina was the new owner of Doña Pelos's place.

The old lady folded, Landeros said. There was no help for it. A lot of the hookers quit because Macorina was the only girl the customers ever wanted. So the only ones left were the ones that didn't have any place to go or the ones that were over the hill or fucked up on booze.

Where'd she get the money? Cirilo asked. What d'you mean where?—from between her legs, dumbass, Pascual said, snorting a laugh. After all that fucking, that woman had more money than your daddy. It was true. During the first few weeks we were back we found out that little by little, and even without much planning on her part, Macorina had lured away customers who had been with some of the other whores their whole lives, to the point that some nights there'd be lines of five or six men waiting outside that door, while the rest of the girls would be downstairs nursing their beers, bored out of their minds. Every so often, some rich guy would try to make her his mistress. Silvano's father even offered her the best house in Hualahuises, a whole shitload of servants, and all the profits from the hardware store. I don't want to share you, my darling, Pascual Landeros said Silvano's father said to her. I'm sick and tired of stirring other sons a bitches' soup. You must be mine. At first she just brushed him off, but when Don Aureliano kept insisting—and he could be pretty stubborn when he wanted to—she was forced to discourage him. Listen, Don Aureliano, I don't do what I do just for the money,

señor presidente, a Pascual le temblaron las palabras por contener la risa. Cállese, no he terminado, carajo, atajó don Neto. Ora que me acuerdo, hay una orden de aprehensión en su contra por promover el vicio y el sexo ilícito, así que vaya pensando en ahuecar el ala usté mera, porque Macorina me gusta pa' matrona de este congal. Véndaselo, o véndamelo a mí. Usté se me larga de Hualahuises.

En cinco años Macorina había ganado más de lo necesario para comprar el burdel, por lo que no escatimó en cambiar la decoración y construirle una sala de lujo y más cuartos, hasta dejarlo por dentro semejante a la mejor casa de citas de Monterrey. Mandó hacer un anuncio luminoso con el nombre de El Marabú, que los del pueblo ignoramos para seguir llamando al congal la casa de doña Pelos. Trajo muchachas de Veracruz y de la frontera, y subió el costo de la bebida y el servicio. Aumentó de nuevo su propio precio, que ya sólo los ricos pagaban, aunque nunca le faltaron menesterosos que ahorraban durante meses con tal de pasar un rato en su cama. Eso sí, se reservaba la primera vez de los muchachillos. No por chacala, sino porque se había tomado muy en serio su papel de desvirgadora, de madrina de primera comunión pues, decía Pascual Landeros, de todos los varones del pueblo.

En esos tiempos nosotros nos mantuvimos a distancia. Muy de cuando en cuando caíamos por el burdel, de prisa, sin platicar mucho, a lo que íbamos y ya. Habíamos formalizado relaciones con las novias y ellas se portaban más complacientes. Entonces, con tiempo libre y dinero para gastar, Macorina empezó a dar largos paseos por Hualahuises en su troca último modelo, iba de compras a Monterrey y a McAllen, o contemplaba la tarde desde una mesa de la nevería, escandalizando a las buenas conciencias. Cómo se atreve, decían las señoras. ¿Creerá que

REQUIEM

I enjoy doing it, and even with all your money I can't say you give me all that much enjoyment. Macorina wasn't one to mince words. A sad whore's all you'll ever be, then, Don Aureliano says to her, says Pascual in his best Aureliano imitation. Yes, sir, I'm a whore, and the biggest whore of 'em all. Well, I think the biggest one was your mother, and so far as I'm concerned you can go to hell, says the old man, with Pascual's voice straining to make itself heard over our gales of laughter.

That argument between Macorina and Don Aureliano made the rounds of the town until it came to the ears of Silvano's mother. Pascual swore that when doña Lilia heard it she smiled her haughtiest smile, but that afternoon she was seen in the church, crying before the painting of the Virgen de Remedios. Tears of gratitude, no doubt, Landeros suggested. And maybe Silvano's mother was right to be grateful. Maybe a little sympathy for the prostitute was awakened in Doña Lilia that day. Maybe that day a hidden bond was forged between the two women, a bond that's now come full circle with Macorina's body laid out in the coffin that should by all rights have been the old lady's.

Other men wanted to set her up with her own house, but she rejected them all. She wasn't interested. The residence she'd set her eye on was none other than El Marabú. It wasn't making any money at that point, Landeros said. The men that came in didn't even drink anymore, so as not to waste funds better spent on Macorina. She kept raising her prices to see if she could reduce her clientele. She was about worn out, poor thing. And even if Doña Pelos charged her the same commission as always, plus the use of the room, the madam wasn't making expenses. So Doña Pelos went to Don Aureliano, Macorina's ex-suitor, for advice. Listen, Carlota, Landeros said, imitating the old man's voice, if you don't get rid of that incestuous whore over there, she's going to ruin your whole business. Throw her ass out. The town was better off before she came.

CUERPO PRESENTE

no sabemos quién es? Se burla de nosotras. ¡Pero hay un Dios! Macorina apenas pasaba de los veinte, vestía bien, hasta con cierta elegancia,
su trato era agradable y sus modales discretos. Mas de tanto ver caras
agrias, de tanto sentir la aversión de las mujeres y la hipocresía de los
hombres en público, comenzó a encallecerse por dentro. Incluso nosotros, sus camaradas, desviábamos la vista al cruzarnos con ella en la
calle, y si la novia estaba presente hasta nos atrevíamos a hacer algún
comentario mordaz. Ella no podía con el rechazo. Había dedicado su
vida a procurar placer y condicionaba el suyo a la satisfacción de sus
prójimos. Era una puta; no una mercenaria. Nada la llenaba como la
felicidad de la gente a su alrededor. Por eso sufría con el repudio. Por
eso se endureció. Algo se iba comprimiendo en su interior: una suerte
de soberbia, un delirio de grandeza. Se pintó el pelo de rojo y se volvió
pedante, retadora. Si las mujeres le sacaban la vuelta en la calle, ella
desviaba a su vez el camino con el fin de provocar el encuentro y, frente
a frente, las miraba como diciéndoles: Hoy en la noche me voy a coger
a tu marido. En esos días se convenció de que para ella cualquier cosa
era posible, porque tenía al pueblo agarrado en un puño. O en el coño,
concluyó Pascual Landeros.

El señor cura nos pide una oración por el eterno descanso del alma de
nuestra hermana y nosotros, entre esta suciedad sagrada, con la sensación del incesto encima, nomás podemos recordar su cuerpo. Su piel
caliente que rueda en todos nuestros recuerdos reprimidos. Es raro un
templo lleno de puros hombres. Hacen falta voces de mujer para murmurar los rezos. Tanto se extraña la presencia femenina que hasta los
pasos de los demás nos suenan a taconeo de zapatos altos. Cuando me
largué de Pueblo Viejo, oímos la voz de Macorina sobreponiéndose de
nuevo a los murmullos dentro del templo, tenía quince años. En Tam-

REQUIEM

But back then, every other day and the days between, too, Macorina was entertaining Don Neto, who was the town's mayor and Berna's father, and it wasn't hard to win his protection. You listen to me, Doña Pelos, said Landeros, his voice squeaky this time, like Don Neto's, if you run that girl of mine off I'll shut down that friggin' whorehouse of yours so fast . . . Is that clear? You've got a whole stack of fines sitting in there on my desk, so I'd be careful how I ran my business. Yes, sir, your honor— Pascual was trying so hard not to laugh that his voice was breaking up. Don Neto cut her off: Shut up, goddammit, I'm not through. Now that I think of it, there's an arrest order out on you for solicitation and running a house of ill repute, so you best start thinking about moving out of there yourself, because I kinda like the idea of Macorina running that cathouse. Sell it to her, or sell it to me. And then you get out of my town.

In five years Macorina had earned more than enough to buy the brothel, so she spared no expense in sprucing the place up and building a fancy parlor and more rooms—inside, you'd have thought it was one of the best bawdyhouses in Monterrey. She had a neon sign made for over the door—El Marabú, it said, although those of us from the town still called it Doña Pelos's place. She brought in girls from Veracruz and up by the Texas border, and she raised the prices on drinks. She raised her own prices, too, which now only rich men could pay, although there were always a few sharecroppers that saved up for months to be able to spend a few minutes in her bed. But she was still reserving appointments for a boy's first time. Not because she was predatory, but because she'd always taken very seriously her role as de-virginator—godmother at every boy in town's first communion, as Pascual Landeros put it.

At that point we were keeping our distance. It was only once in a great while that we'd stop in at the brothel, and usually for a quickie, without

CUERPO PRESENTE

pico trabajé de criada de casa de ricos. Ahí vi cómo me gustaría vivir, con cosas caras, en habitaciones amplias, con harto aire, vistiendo ropa fina. Estuve meses piense y piense la manera de conseguir una vida así, hasta que el señor de la casa me la enseñó al ofrecerme mil pesos por acostarse conmigo. No acepté, entonces me creía decente. Al contrario, le advertí indignada que si volvía a proponerme cochinadas lo iba a acusar con su esposa, dice entre risas. Ay, qué pendeja, pero qué retependeja era, ¿no? Y todo por estar enamorada del chofer del señor. El idiota estaba casado, pero yo me vine enterando hasta que la señora me corrió según ella por andar de ofrecida con su marido. Bueno, de todo se aprende. Con esa experiencia me curé de dos cosas muy perjudiciales: del amor y de la supuesta dignidad. Desde esos días soy libre y volví a ser feliz como cuando niña.

El viento arrecia. Seguro las nubes ya cubren por completo el cielo. Las últimas corrientes de aire metieron un olor de azahar parecido a algunos perfumes. Ésta va a ser una buena cosecha de naranja. No, no es el viento: de veras huele a talco, a afeites de mujer. Todos lo notamos. Viene de atrás. Pascual Landeros se alborota en su sitio sin atreverse a voltear. Silvano se rasca la oreja igual que si le zumbara una mosca. Otros se ven inquietos. Miran fijo el féretro de Macorina como si esperaran verla de pronto recobrar la vida y levantarse con la sonrisa que ilumina nuestro recuerdo. Nada pasa. Es el sacerdote quien nos muestra la verdad al volverse para dar la bendición. Sus ojos sorprendidos, fijos en el fondo, indican que hay mujeres en el templo. Jamás hubiéramos creído que pudieran sonar tan fuerte los tacones de una anciana. La fragancia cobra cuerpo; huele a ropa lavada con suavizante, a perfume caro, a mujer moviéndose con pasos de mujer. Se escucha una voz ahogada, pero segura: Ese féretro era para mí. En la primera fila Silvano se estremece al reconocer las palabras de su madre. No me mire así, señor cura, no vengo a echar pleito. El rostro arrugado de doña Lilia, inmóvil, es una piedra

a lot of conversation—what we'd gone for and out again. We'd all gotten formally engaged, and our fiancées kept us all pretty happy. But then, in her spare time and with money to spend, Macorina started taking long drives through Hualahuises in her new pickup, going off to Monterrey and McAllen to shop, sitting at a table out in front of the ice cream shop, scandalizing the town consciences. What nerve! the ladies would say. Does she think we don't know who she is? She's laughing in our faces. But there is a God!

Macorina was barely over twenty, she dressed well, even almost elegantly, she was well-spoken and mannerly. But from seeing so many bitter faces, from feeling so much aversion from the women of the town and being the butt of so much hypocrisy from the men in public, she began to grow calloused inside. Even we, her allies and friends, would turn our eyes when we ran into her on the street, and if our fiancée was with us, we might even make some cutting remark. She couldn't deal with the rejection. She'd devoted her life to giving pleasure, and her own happiness was predicated on that of others. She was a whore, but she wasn't in it for the money. Nothing made her feel better than seeing the people around her happy. Which was why the repudiation and rejection hurt her so. And which was why she became hard. Something inside her began to shrivel and grow dense and tight; she began to have a kind of arrogance, delusions of grandeur. She dyed her hair red and began to be caustic; she started to speak out, and to talk back. If the women gave her the cold shoulder on the street, she'd go out of her way to force a face-to-face encounter, and then she'd look at them like she was saying Tonight I'm going to screw your husband. It was a time when she convinced herself that for her, anything was possible, because she had the town in her fist. Her cunt, corrected Pascual Landeros.

CUERPO PRESENTE

escarpada que refleja sin embargo cierta dulzura, una luz interior serena, generosa. Yo misma aprobé la decisión de darle el ataúd a esa muchacha, continúa. Estoy aquí porque quiero ofrecerle mi último adiós, como las señoras que me acompañan. Entonces, tras oír un leve crepitar de voces, todos giramos la cabeza para ver que en la entrada de la parroquia hay varias mujeres. Nuestras esposas, nuestras madres, algunas de las hijas. Llevan manojos de flores en las manos, flores de sus jardines, ofrendas personales que van a depositar sobre la cubierta del ataúd. Sólo esperan que el padre finalice la misa de cuerpo presente antes de llevar a Macorina al camposanto.

La maldición va a caer sobre el pueblo por causa de esa piruja, dijo Landeros que le había dicho su esposa al nuevo presidente municipal, un político advenedizo enviado de Monterrey que no pertenecía a las familias importantes. Nosotros reímos revolviendo las fichas mientras el administrador del casino, demasiado joven para el puesto, supervisaba la instalación del aire acondicionado. Entre los martillazos de los albañiles que hacían el agujero y la verborrea de Pascual resultaba imposible concentrarse en el juego. Carajo, apúrenle, dijo Demetrio. Debo pasar por mhijo a la secundaria. ¿No va en la mañana? Juega fútbol y sale a las seis, búiganle. ¿Y por qué no mandas a tu ñora?, Cirilo y sus preguntas tontas. Demetrio no respondió. Berna abrió el partido. El presidente se quedó callado, continuó su relato Landeros, y la vieja se puso a echar madres. No te creas, chillaba, a veces me da por pensar que eres de los que se revuelcan con esa puta y por eso no haces nada, degenerado. ¿Cómo crees, vieja?, respondió el munícipe según Landeros. ¿Y sí es?, preguntó Berna. Pos claro, es de los más asiduos; además le compra toda la cosecha de naranja y mandarina. Nuestra amiga era ya

REQUIEM

The priest asked us to say a prayer for the eternal rest of our sister's soul, but we, sitting in all this sacred dirtiness, experiencing a feeling of incest—the only thing we could do was remember her body. Her warm skin rubbing up against our repressed memories. It's unusual for there to be not a single woman in the church. The voices of women are needed for the prayers' murmuring to sound right. It was so odd for there not to be any women that the footsteps of latecomers sounded to us like the click of high heels across the floor. When I left Pueblo Viejo—we heard Macorina's voice once more, above the murmurs in the sanctuary—I was fifteen. In Tampico I worked as a maid in this rich family's house, she said. I saw the way I wanted to live, with expensive things, in big rooms, with lots of air, and wearing nice clothes. For months I thought and thought and thought about how to get myself a life like that, until the man of the house showed me—he offered me a thousand pesos to sleep with him. I didn't accept the offer; at the time, I thought of myself as a nice girl. No, quite the contrary—I told him in my huffiest voice that if he ever made one of his filthy propositions to me again, she said, laughing, I'd tell his señora. Ay, what an idiot I was, what a stupid idiot, eh? And all because I was in love with the chauffeur! *That* idiot was married, but I kept after him until the lady of the house ran me off for flirting with her husband—or so she said. Well, but you learn from your mistakes, don't you? That experience cured me of two very stupid things: love and dignity. Since then, I've been free, and I've felt as happy as back when I was a little girl.

The wind is rising. Clouds must completely cover the sky by now. A smell of orange blossoms wafts in on the last gusts, like the smell of some perfumes. This is going to be a good orange harvest. Wait—it's not the wind; in fact, it smells like talcum powder, like a woman's makeup. We've all noticed. It's coming from behind us. Pascual Lan-

terrateniente. Sus naranjales se extendían hasta los límites de Linares
y daban trabajo bien pagado a más de cien peones que la adoraban y le
decían patrona con veneración. Entre tanto negocio, a su antiguo oficio
le dedicaba apenas un rato al día, nomás con clientes muy importantes
y con los amigos. Sin contar los estrenos, que ahora les salían gratis a
los huercos, por el puro placer. Oye, Demetrio, ¿y cuándo vas a llevar
al primogénito a desquintarse con la Macorina? Ya viene siendo hora,
¿no? Qué pendejo eres, Cirilo. ¿Qué? ¿A poco no lo llevas para luego no
encontrártelo ahí, como la vez que llegamos y estaba tu papá esperando
turno? De veras eres pendejo, remachó el aludido. Tras un rato durante
el cual sólo se escucharon los martillazos en la pared y los chasquidos de
las fichas, Berna se volvió hacia Demetrio. ¿Sí sigues yendo?, preguntó
casi en un susurro. Como tú, fue la respuesta, como este cabrón, como
Silvano, como todos. Dime quién puede decir yo no después de haberse
encamado con ella. Yo puedo, contradijo Landeros. Sí, tú sí, Pascual,
pero seguro eres el único en Hualahuises que nunca ha cogido con
Macorina. Has de ser puto.

La frecuentábamos de nuevo, cada vez más seguido. Conforme trans-
currían los años y nacían y crecían los hijos, los matrimonios se fueron enfriando hasta caer en una distancia cordial semejante a la que ya
habíamos visto entre nuestros padres. El pueblo progresaba, incluso
algunos se referían a él como la ciudad, y el aumento de actividades
propiciaba cierto anonimato. Además, para vernos con ella ya no era
necesario ir a casa de doña Pelos; Macorina nos citaba en su cabaña del
rancho, alejada de la población y de la carretera, en medio de cientos de
naranjos, donde hacíamos el amor envueltos en el aroma de los azahares.
Por esas fechas el rechazo de las señoras hacia nuestra amiga empezaba
a diluirse. Su presencia se había vuelto común en algunos lugares, y
ellas tenían otras preocupaciones aparte de andar viendo con quién se

deros starts squirming in his seat, although he doesn't have the nerve to turn around. Silvano scratches and swats at his ear, as though a fly were buzzing around his head. Others look just generally fidgety. We all stare at Macorina's casket as though expecting to see her come back to life at any moment and get up with that smile that brightens all our memories. Nothing happens. It's the priest who confirms our suspicions as he turns around to offer the benediction. His eyes, looking toward the back of the church, widen—you can tell that a woman has come into the sanctuary. We'd never have believed that an old lady's high heels could be so loud. The fragrance deepens, grows more complex; it smells like freshly washed clothes, like water softener, like expensive perfume, like a woman moving like a woman. A distant, echoing, but self-assured voice is heard: That casket was for me. In the first pew, Silvano shivers as he recognizes his mother's voice. Don't look at me that way, padre, I haven't come to make a scene. Doña Lilia's wrinkled, unmoving face is a sheer cliff that somehow, however, reflects a certain sweetness, a serene, generous inner light. I personally approved the decision to give that girl my coffin, she goes on. I'm here because I want to say one last goodbye, and so do the ladies here with me. Then, as we hear a soft crinkling of voices, we all turn our heads to see that at the door to the church there are several women. Our wives, our mothers, some of our daughters. They are carrying bouquets of flowers—flowers from their gardens, personal offerings that they are going to leave on the casket. They're just waiting for the priest to finish the mass before Macorina is carried to the burial ground.

A curse is going to fall upon this town on account of that whore, Landeros said his wife had told the mayor, an uppity politician sent from

acostaba el marido. Nomás las amargadas seguían al pendiente de qué hacía o dejaba de hacer, pero hasta éstas le reconocían sus virtudes como empresaria que ayudaba a los más pobres. Comenzaba a ser respetada. Pero nosotros la conocíamos bien y sabíamos que eso no le era suficiente. Ansiaba ser querida. Quién sabe si de tanto desearlo hizo algún pacto con Dios en el que, a cambio de ver su anhelo cumplido, tuvo que perder parte de su cuerpo de pecadora.

Sucedió al final de la pizca. Cuando las bodegas se atascan de fruta y llegan camiones de todas partes para llevársela a los mercados de Monterrey y del otro lado. En costales, en rejas o a granel, los macheteros llenan contenedores hasta el tope mientras las moscas zumban, las mujeres preparan naranjadas frías, los choferes fuman y los niños andan vueltos locos corriendo y gritando como si se tratara de un día de feria. Esa temporada los naranjales de Macorina dieron para más de treinta tráilers y ella en persona supervisaba el vaciado de la bodega, la carga, el pesaje y la partida de la mercancía. Nadie supo cuál fue la causa: cuando el último tráiler se alejaba de la zona de empaque arranado por el peso, lleno de temblores y bufando como toro en corrida, al pasar por un enorme bache la caja lanzó un largo rechinido, luego se tambaleó un poco hasta zafarse del tractor y comenzó a irse hacia atrás con lentitud. Todo mundo se dio cuenta, mas nadie hizo nada; estaban paralizados. El contenedor, con sus treinta y pico toneladas de naranja adentro, lanzaba un pillido intermitente en tanto se aproximaba al muro de las bodegas junto al que había varios autos estacionados, entre ellos la camioneta de Macorina que ya tenía el motor andando. Ella, inmóvil también, contemplaba el desplazamiento sin preocuparse demasiado, pues su camioneta quedaba fuera de la trayectoria. Pero al notar cómo, tras un

REQUIEM

Monterrey that didn't belong to any of the important families in town—
hell, he wasn't even *from* town. We all laughed, shuffling the dominoes,
while the casino administrator, too young for the position, supervised
the installation of the air conditioning. Between the hammering by the
masons making a hole in the wall for the ductwork and Pascual's mouth
running off, there was no way to concentrate on the game. Shit, hurry it
up, Demetrio said. I've gotta go pick up my kid over at the high school.
Doesn't he go in the morning? He plays soccer, so he gets out at six
. . . So why don't you send your 'ñora? Cirilo and his stupid questions.
Demetrio didn't answer. Berna opened the game. The mayor shut up,
Landeros went on with his story, and the old lady started in. I know
you, she shrieked; sometimes I almost think you're one of the ones that
wallow around with that whore and that's why you never do anything,
you degenerate. What are you talking about, old woman? replied the
good fellow according to Landeros. And is he? asked Berna. Well, of
course—he's one of the regulars, not to mention that he buys her whole
harvest of oranges and tangerines. By this time, our friend Macorina was
a land owner. Her orange groves stretched to the city limits of Linares
and provided good-paying work to over a hundred peons—who, by the
way, worshipped the woman; they called her *patrona* and everything,
and with veneration in their voices. With all the work involved in that,
she was just practicing her former profession a few hours a day—just
with important customers, and with her friends. And of course the first-
timers, which she didn't charge for—she did it for the sheer pleasure.
Listen, Demetrio, when are you going to take that first-born of yours
to get his cherry picked with Macorina? It's getting to be time, isn't it?
You're an asshole, Cirilo. What? You mean you're not going to carry him
over there so he can run into you there some night, like that time we got
there and there sat your daddy, waiting his turn? You're a son of a bitch

97

fuerte crujido, el contenedor agarraba velocidad a causa de un desnivel del suelo, un mal presentimiento la hizo voltear a los vehículos a su lado. En el mismo instante en que una mujer gritaba histérica ¡el niño!, Macorina alcanzó a ver de reojo una carita oculta entre la defensa de un jeep y el muro. El huerco jugaba a las escondidas con sus amigos y no había notado la caída de la caja del tráiler. Ella casi no tuvo tiempo de abrir la puerta y saltar fuera de la troca. Se tupieron los gritos. La madre del chiquillo lloraba histérica. Macorina llegó junto al muro cuando tronaron los cristales de los faros, logró empujar al niño antes de los primeros gemidos de la carrocería y brincó a un lado mientras los ladrillos retumbaban con el impacto. Al diluirse al fin aquella estridencia de vidrios rotos y fierro apachurrado, ya sólo se oían en el lugar el llanto del escuincle y un quejido sordo de Macorina que, tras repetirse dos veces, se extinguió. Alcanzó a sacar el cuerpo al golpe, pero su brazo izquierdo quedó prensado por encima del codo y la sangre le cubría hasta el cabello.

No pudieron salvárselo, dijo Pascual Landeros abatido y con aire de culpabilidad unas horas después del accidente. Se lo acaban de amputar. Esa noche no estábamos en el casino, sino en la cantina, y Silvano, quien era secretario general del municipio, les pidió a los parroquianos que por favor no escandalizaran, y al cantinero que apagara la televisión y desenchufara la sinfonola. ¿Y ella cómo está?, preguntó Berna. Yo también vengo de la clínica, dijo Demetrio. Parece estable. El doctor Larios me contó que mañana viene una avioneta para trasladarla a un hospital de Houston. ¿Le van a pegar el brazo allá? No, eso no tiene remedio. Le van a hacer cirugía plástica y no sé cuántas chingaderas más. Seguro queda bien, dijo Cirilo, nomás que mocha. Y aunque el aprecio por Macorina creció a raíz de lo que la gente consideró un hecho heroico, desde esa noche todos comenzaron a llamarla la Tunca.

and an asshole, Cirilo, repeated Demetrio, with a little embroidery for good measure. After a time when all you could hear was that hammering on the wall and the clicking of the dominoes, Berna turned toward Demetrio. You really still going? he asked, in almost a whisper. Just like you, was the reply, just like this son of a bitch, just like Silvano, just like everybody. You tell me who can say "I ain't going there no more" once they've slept with her. I can, Landeros piped up. Yeah, you can, Pascual, but you're probably the only man in Hualahuises that's never screwed Macorina. You must be a pansy.

We were all visiting her again, more and more often. As the years went by and our kids were born and grew up, our marriages cooled, becoming at last that sort of cordial distance we had seen between our own parents. The town was making progress—some people even started referring to it as a city—and the increase in activity allowed a certain amount of anonymity. Plus, to visit Macorina we no longer had to go to Doña Pelos's house; she'd see us at the cabin on her ranch, a ways outside town and off the highway, surrounded by hundreds of orange trees, where we'd make love among the fragrance of orange blossoms. By that time our señoras' rejection of our friend had begun to fade. Her presence had become common in some places, and our wives had other concerns besides trying to find out who their husband was sleeping with. It was just the bitter ones who were still watching what the old man did or didn't do, but even the bitter ones recognized Macorina's virtues as a businesswoman who helped the poorest members of our community. She began to be respected. But we men knew her, and we knew that that wasn't enough for her. She wanted to be loved. Maybe from wanting it so much she made a pact with God by which, in exchange for seeing her dearest wish come true, she had to lose part of her sinner's body.

CUERPO PRESENTE

El accidente había provocado conmoción entre la población femenina de Hualahuises. La mamá del niño fue a ver a la herida al hospital y lloró agradeciéndole haber salvado la vida de su hijo. Otras la imitaron. Y hasta el señor cura dijo unas palabras al respecto durante un sermón dominical. Se habían acabado los anatemas. Igual que la Magdalena, Macorina de prostituta pasó a ser casi santa. Semanas más tarde, a su regreso del otro lado, sin su brazo izquierdo pero más guapa y joven, algunas señoras fueron a su casa a darle la bienvenida, las del club de jardinería la invitaron a sus sesiones y algunas más a tomar café. Seguro creían que, al haber quedado manca, sus días de piruja habían concluido; que los hombres ya no la buscarían y que, por lo tanto, podían aceptarla entre ellas.

Se equivocaron y no. Tras la pérdida del brazo, Macorina se volvió más puta que nunca. Era como si junto con él hubiera perdido su aplomo, la seguridad en sí misma, y ahora necesitara el sexo a manera de afirmación. Le urgía sentirse aún deseada por los machos. Pronto dejó de aceptar las invitaciones de las damas. Le traspasó sus huertas y bodegas a Silvano, liquidó todos sus intereses y fue a instalarse de tiempo completo en la casa de doña Pelos. En lo que sí acertaron las señoras fue en que los hombres la rechazaríamos. Ninguno quería saber nada de una mujer con un brazo menos. Macorina nos enviaba recados con los mozos del burdel, nos hablaba al celular, y cuando lograba establecer contacto pretextábamos trabajo o algún pendiente de familia. No cejaba. Volvía a insistir. Su voz a través del aparato era una quejumbre cachonda que nos recordaba nuestros gustos específicos, secretos, y la manera en que ella sabía satisfacerlos. Varias veces estuvimos a punto de ceder, mas a la mera hora nos rajábamos al imaginarla desnuda, sin el

REQUIEM

It happened at the end of the orange-picking, when the storehouses were all full of fruit and trucks started coming in from all over to transport them to the markets in Monterrey and everywhere. Sacks, wooden crates, the back of pickups—the pickers poured oranges into whatever they could while the flies buzzed, the women prepared cold orangeade, the drivers smoked their cigarettes, and the kids ran around yelling and screaming like crazy, like it was a big holiday. That season, Macorina's orange groves yielded over thirty tractor-trailers full, and she personally supervised the unloading of the storehouse, the filling of the trucks, the weighing, and the departure of the merchandise. Nobody ever knew how it happened, but when the last tractor-trailer pulled out of the loading zone, its bumpers scraping the pavement from all the weight, shaking and snorting like a bull in the bullring, and ran over a huge pothole, the trailer gave a long squeal, then it swayed back and forth a little, and finally it came loose from the truck and started rolling backwards, very very slowly. Everybody saw what was happening but nobody did anything; they were all paralyzed. The container, with its thirty-something tons of oranges inside, kept making this irritating *beep-beep-beep* sound, like they do when they're backing up, as it approached the storehouse wall along which several vehicles were parked, among them Macorina's pickup, whose engine was already running. Macorina, as motionless as everybody else, watched the trailer rolling backward without too much concern, since her pickup wasn't in the path of it. But after a loud creak the container topped a little bump in the road and started picking up speed as it now rolled downhill, and as she watched this a bad feeling caused her to turn and look at the vehicles alongside her. At the same instant that a woman hysterically screamed *The boy!*, Macorina saw, out of the corner of her eye, a little face between the wall and the bumper of a jeep. The kid was playing hide-and-seek with his friends and he

brazo, y en lugar de éste un muñón grotesco lleno de puntadas oscuras. No sean ojetes, nos decía Pascual Landeros, quien desde la tarde del accidente parecía perseguido por un misterio o por un remordimiento. ¿No que la querían tanto? No estés chingando, cabrón. ¿Por qué no vas tú? Porque a mí no me llama. Quiere con ustedes, sus primeros novios en Hualahuises.

Esa situación no podía durar. La nostalgia jalaba fuerte y el recuerdo de los momentos al lado de Macorina eran un afrodisíaco que nos mantenía nerviosos e irritables días enteros. Pronto comenzamos a hablar de ella de nuevo, a contarnos detalles que jamás nos habíamos atrevido a hacer públicos, a recordar sus posiciones predilectas, sus habilidades fuera de lo común, complacencias que nuestras esposas ni en sueños. Éramos cuarentones y la cosquilla del segundo aire comenzaba a mordernos ciertas zonas del cuerpo. La carne se nos volvía más y más débil. Una tarde en el casino Berna alzó la vista de sus fichas y miró a Demetrio con satisfacción. Pos yo ya no me aguanté, dijo. Fui anoche anca doña Pelos. Sin mucho interés, Demetrio puso su ficha en la mesa y preguntó: ¿Y qué tal las morras? ¿Hay nuevas? Ni las miré. Al escucharlo, detuvimos la jugada. ¿Te metiste con ella? La respuesta de Berna fue una sonrisa semejante a la de veinticinco años atrás: la más ancha del mundo. Así serás de caliente, dijo Ruperto. ¿Y no te dio cosa?, preguntó Cirilo. ¿Qué me iba a dar? No sé, asco, supongo. No, ni madre. Algo le hicieron en el gabacho que la puso igual que rifle nuevo: las tetas duras, las piernas lisas, nalgas de esponja. Da unos apretones de quinceañera, tiene movimientos de coralillo, pide a gritos que le des más, te besa como tu esposa en la noche de bodas. ¿Qué quieren saber? ¿Y el brazo?, insistió Cirilo. Nhombre, ni te acuerdas del cabrón brazo. Esa vez no nos acompañaba Pascual Landeros, pero de cualquier modo el relato de Berna le dio la vuelta al pueblo. Primero nosotros, luego los demás, los hualahuilenses

hadn't seen the trailer come loose. Macorina barely had time to open the door and jump out of her pickup. Now other people were screaming. The kid's mother was crying hysterically. Macorina got to the wall as the glass shades of the streetlights started popping, and she managed to push the little boy out of the way just as the noise of the collapsing car-bodies began. Then she jumped aside as the bricks started coming down. As that deafening noise of broken glass and crushed metal finally grew quieter, all you could hear was that little urchin's howling and a muffled moaning from Macorina. She groaned two times, and then even that sound stopped. She'd managed to get her body out of the way, but her left arm was crushed to above the elbow, and she was covered with blood, even in her hair.

They couldn't save it, Pascual Landeros said despondently several hours after the accident. He seemed to feel a sense of guilt about that. They just finished amputating it. That night we didn't go to the casino, we went to the cantina, and Silvano, who was the town's secretary-general, asked the customers to keep it down, the barkeeper to turn off the television and unplug the jukebox. How is she? asked Berna. I've been over to the clinic, too, said Demetrio. She seems to be stable. Doctor Larios told me that a plane is flying in tomorrow to take her to a hospital in Houston. Are they going to sew her arm back on up there? No, there's no way to do that now; they're going to do some plastic surgery and I don't know what-all kinds of other shit. She'll be fine, I'm sure, said Cirilo, just one-armed, that's all. And although respect for Macorina grew on account of what everybody considered an act of heroism, from that night on, people started calling her La Tunca—Nubbin.

The accident caused a commotion among the female population of Hualahuises, as one might imagine. The little boy's mother went to see the injured woman in the hospital and she wept as she thanked her

volvimos a hacer antesala en el reservado de la casa de doña Pelos. Berna tenía razón, a sus cuarenta y pocos, mocha, Macorina lucía más bella y mejor formada que cuando la conocimos. Con el añadido de que, ahora, cada noche ponía en práctica la experiencia adquirida en tanto tiempo de encamarse con nosotros. Nos dejaba exhaustos, sin fuerza ni para levantarnos del colchón, tiritando de sensaciones. Nomás los adolescentes continuaron de remilgosos por unos meses. Cómo vamos a ir nuestra primera vez con una lisiada, decían, y además vieja. Pero en cuanto las leyendas acerca de las habilidades renovadas de la Tunca alcanzaron sus oídos y prendieron su calentura, todos volvieron a considerar un privilegio perder la castidad con ella.

Inmóviles, mudos, medio ocultos en el follaje de los naranjos, los pájaros miran con ojos de asombro el cortejo fúnebre. Hemos avanzado dos cuadras y aún no se le ve fin. Quienes no marchan tras el féretro nos contemplan desde el zaguán de su casa, o desde el mostrador de su negocio. La mirada baja, parecen absortos en nuestros pies, en la tierra suspendida unos centímetros encima del suelo, apenas los suficientes para espolvorear el cuero de zapatos y botas. Nunca el pueblo había visto semejante multitud en un entierro. Nunca tanta gente caminó codo con codo rumbo al camposanto. Una ráfaga de viento envuelve la procesión y levanta un poco más de polvo. Nadie lo nota. Sólo algunos de los caminantes alzan la vista por un segundo al cielo ennegrecido, y enseguida la devuelven a la calle. Encabezan la columna el padre Bermea, quien lleva su incensario, Silvano y doña Lilia, como hace una década encabezaron el cortejo de don Aureliano, aunque en aquella ocasión no hubo ni la mitad de concurrencia. Desde donde contemple la marcha, Macorina ha de estar feliz: dirigen su entierro nada menos que el presi-

REQUIEM

for saving her son's life. Others followed suit. And even the priest said a few words of respect during a Sunday sermon. The anathema had been lifted. Like Mary Magdalene, Macorina the fallen woman had now become a saint. Weeks later, when she returned from up in Houston, without her left arm but looking even prettier and younger, a few ladies went to her house to welcome her, the women's garden club asked her to its meetings, and some others invited her over for coffee. Since she had only one arm now, they no doubt thought that her days as a whore were over, that the men wouldn't go visiting her anymore, and that, therefore, they could accept her as one of their own.

They got that partly right, but that means they were partly wrong. After the loss of her arm, Macorina became a bigger whore than ever. It was as though with her arm she'd lost her self-assurance, and now she needed sex as a means of affirmation. She had a terrible yearning to feel desired. Soon she stopped accepting the ladies' invitations. She turned over her orange groves and storehouses to Silvano, liquidated all her businesses, and took up full-time residence in Doña Pelos's house. What the ladies of the town had been right about, though, was that we men rejected her. Nobody wanted anything to do with a woman missing one arm. Macorina would have the waiters in the brothel bring us notes, she'd call our cell phones, and when she managed to get in touch with us we'd make up something about having to work or go to some family something-or-other. But that didn't stop her. She kept trying. Her voice over the phone was a sexy whisper reminding us of our particular tastes, secrets, and the way she used to satisfy them. Several times we were on the verge of giving in, but at the last minute we'd back out, imagining her naked, without one arm, and in its place a grotesque nub speckled with dark

dente municipal, el señor cura y la dama más respetada de Hualahuises. Se le rinden honores. Ya nomás falta que le erijan un busto en la plaza principal o frente a la casa de doña Pelos. Una estatua mocha, igual que la Venus de Milo.

Detrás del trío importante vamos sus amigos cercanos, quienes le dimos la bienvenida aquella noche. Berna, grandote y correoso, lleva la cabeza gacha y los hombros caídos quizá por primera vez en su vida. Ruperto va en silencio, los ojos vueltos hacia las remembranzas que bullen en su interior. Demetrio resuella y se soba los brazos como si resintiera el frío del aguacero que está por caer. La cara de niño tonto de Cirilo ha adquirido madurez, y ahora su traza es la de un viudo que de pronto se sabe solo por el resto de su existencia. Pascual Landeros no viene en el montón. Se desgajó de nosotros al salir de la iglesia con aspecto de querer ocultarse para que no lo viéramos llorar. Seguro llegará después al cementerio. Un poco más atrás va Lauro, aquel niño a quien la Tunca salvó. Ya es un hombre, pasa con mucho de los veinte. Lo acompañan su padre, su madre, su esposa y su hijo. Su retoño era ahijado de Macorina, se lo ofreció a manera de agradecimiento, y la mañana del bautizo fue la primera vez que alguien vio brillar sus pupilas con lágrimas de alegría. Según Pascual, el padre Bermea dijo entonces: Si una mujer es capaz de expresar su sentir con lágrimas, no importa a qué se dedique ni cuánto haya pecado, tiene alma dentro del cuerpo. En esta vida el llanto es de gente noble, dijo Landeros imitando la voz de sermón admonitorio del cura, sin saber que tan sólo citaba una canción de José Alfredo Jiménez. Lauro ha sido un hombre feliz, envidiado por los hombres del pueblo. Lo del bautizo del niño no fue sino el último vínculo que estableció con Macorina. Además de deberle la vida, también es su ahijado, nos dijo una tarde Pascual Landeros. ¿De bautizo o confirmación?, preguntó Ruperto incrédulo. Se me hace raro. El señor cura . . . ¡Ah, cómo serás güey!, lo interrumpió Cirilo. ¡De primera comunión! ¿No ves que ella

stitch-marks. Don't be such frigging cowards, Pascual Landeros would tell us. It was strange—since the afternoon of the accident he seemed to be hounded by some mystery, or by remorse. You guys were so crazy about her? Don't be such pricks. 'Cause she doesn't call *me*—she wants to be with you guys, her first johns in Hualahuises.

That situation could not continue. We all felt the strong pull of nostalgia, and the memory of our moments with Macorina was an aphrodisiac that kept us in a state of jitters and irritability for days on end. We soon began to talk about her again, to tell each other details that we'd never had the nerve to make public before, to remember her favorite positions, her out-of-the-ordinary abilities, things we'd never even *dream* our wives would do. We were all forty-something now, and the middle-age prickle was beginning to infest certain areas of our anatomies; the flesh was becoming weaker and weaker. One afternoon in the casino, Berna raised his eyes from the dominoes and looked at Demetrio with a little grin. Well, I couldn't take it anymore, he said. I went over to Doña Pelos's last night. Without much interest, Demetrio laid his domino on the table and asked, How were the girls? Any new ones? I didn't even look, says Berna. When we heard that, the game froze. You slept with her? Berna's answer was another grin, except it was more like the one twenty-four years earlier: two miles wide. You dog, said Ruperto. And it didn't make you feel . . . ? Cirilo asked. Feel what? I don't know, creepy, I guess. No way, said Berna. They did something to her up there in Texas that made her as shiny as a new rifle, he said—tits nice and firm, legs all smooth, an ass like . . . And she squeezes you like a fifteen-year-old, wiggles like a coral snake, and screams for you to give her more, more, more. Kisses you like your wife on your wedding night. What about the arm? Cirilo insisted. No, man, she makes you forget about that fuckin' arm.

That time Pascual Landeros wasn't there, but somehow or other within twenty-four hours Berna's story was all over town. First us, then

se lo desquintó? Carajo, ¿a él también? Demetrio fingió escandalizarse. ¡A huevo! En cuanto cumplió catorce se lo pasó por las armas, informó Silvano. Aunque esta vez fue con el consentimiento público del papá, y hasta de la mamá. Si será cabrona la Tunca, dijo Landeros con sonrisa burlona. Primero le salva la vida al mocoso y luego le enseña a disfrutarla. Eso es servicio completo, ¿qué no?

Ya cuando los adolescentes de aquí y de Linares y de Montemorelos y hasta algunos de Monterrey la empezaron a buscar de nuevo para que los iniciara en los menesteres de la cama, Macorina era considerada una institución regional. Su nombre servía de referencia en todos los burdeles, casinos, cantinas y plazas. Se trataba de nuestra gloria local, la persona más conocida de Hualahuises. Partía las calles como si fuera dueña de todas las voluntades; saludaba por igual a hombres y mujeres, y ellos y ellas le devolvían el saludo con orgullo de codearse con un personaje tan famoso. Su carácter se volvió más suave, amigable, incluso dulce. Entraba a los comercios a platicar con los dependientes, intercambiaba recetas de cocina con las señoras y les daba consejos sobre cómo mantener el interés del marido. Si se topaba a un niño en la calle le alborotaba el greñero o le pellizcaba los cachetes sin que nadie se maliciara nada ni pensara que la Macorina pensaba lo que de seguro estaba pensando: Crece pronto, huerco, para estrenarte ...

Nunca supimos qué le hacían en sus misteriosos viajes al gabacho, pero mientras ella se conservaba joven, lozana y con el cuerpo flexible, a nosotros se nos endurecían los huesos, se nos colgaban los pellejos, nos volvíamos lentos, pesados. Algunos, como Berna y Silvano, habían llevado ya a sus propios hijos a conocer a Macorina sin advertir que con eso le daban una vuelta más, la definitiva, a la manivela del tiempo, reviviendo aquella noche de tantos años atrás: el hijo de Berna salió

REQUIEM

the other men in town started lining up in the parlor of Doña Pelos's house. And Berna was right—at forty-something, and one-armed, Macorina was more beautiful, and had a better figure, than the first night we met her. With the added advantage that now, every night, she put into practice the experience she'd acquired over all those years of entertaining us. She'd leave us exhausted; we wouldn't have the strength to get out of bed in the morning, and we'd still have goosebumps from the experience. For a few months, the teenagers in town were still squeamish. You think we're going to have our first time with a hooker that's handicapped, they'd say, and an old one, at that? But as the legends about La Tunca's rehabilitated abilities would reach their ears and heat their fantasies, they all learned once more to consider it a privilege to lose their virginity to Macorina.

Motionless, mute, half-hidden in the foliage of the orange trees, the birds look with eyes of wonder and astonishment upon the funeral cortege. We've marched for two blocks, and you still can't see the end of it. The people who aren't marching are watching us from their porches, or behind the counters in their shops. Their eyes lowered, they seem to be absorbed by our feet, by the dust suspended a few inches above the ground, just high enough to dust the leather of shoes and boots. The town has never seen such a crowd at a funeral. There have never been so many people marching shoulder to shoulder to the cemetery. A gust of wind blows through the procession and raises a little more dust. No one notices except a few, who raise their eyes for a second to the blackening sky then return them at once to the street. At the head of the procession are Padre Bermea, swinging his censer, Silvano, and Doña Lilia, just as they led don Aureliano's cortege ten years ago, although on that occasion there weren't half the people there are today. From wherever she's

del cuarto con una sonrisa anchísima y Silvanito estuvo a punto de no cumplir con hombría a causa de un temblor súbito. Aunque ni siquiera el relevo generacional nos hizo alejarnos de la querencia. Si bien ya no con la constancia de antes, seguíamos yendo a casa de doña Pelos, al cuarto de la Tunca, porque ése era el único sitio del mundo donde nos sentíamos jóvenes, con toda una vida por derrochar aún.

Caen las primeras gotas de un aguacero que se anticipa rabioso. Aplacan el polvo en la entrada del camposanto; repiquetean en el fieltro de los sombreros. Nadie abandona el cortejo. Ni las mujeres. Cada uno continúa rumiando su propio recuerdo de Macorina en tanto esquiva hoyos abiertos, cruces, tumbas de lápidas agrietadas que han estado sin una flor por décadas. La lluvia al fin se deja venir en serio y la columna comienza a dispersarse, pero no por el agua, sino porque los estrechos andadores del panteón no nos permiten seguir juntos. Luego de cruzar la zona de criptas donde reposan los restos de don Aureliano, don Neto y otros prohombres, llegamos al lote que la Tunca compró hace apenas unos meses como si presintiera su fin. Nos lo dijo cuando, esta vez por pura casualidad, coincidimos de nuevo todos en la antesala de su cuarto. Contenta de vernos ahí reunidos, ella propuso que en lugar del esperado acostón pasáramos la noche en plan de camaradas. Yo invito, dijo y le ordenó a una de sus muchachas un pomo de whisky para cada uno. Silvano empezó a decir que él prefería coñac, mas ella lo apaciguó con una sola mirada. Y si les urge coger, agregó Macorina, mando llamar a cualquiera de las mocosas de allá abajo. Hoy descanso y quiero hacerlo en compañía de ustedes.

watching, Macorina must be happy: her funeral procession is led by no less than the mayor, the priest, and the most respected lady in Hualahuises. She is being paid their respects. All that's lacking is a statue in the town plaza, or in front of Doña Pelos's house. A one-armed statue, like the Venus de Milo.

Behind the three important figures come her close friends, those of us who welcomed her that first night. Berna, big and leathery, walks with his head down and his shoulders slumped for what may be the first time in his life. Ruperto marches in silence, his eyes turned to the memories bubbling inside him. Demetrio is breathing hard and rubbing his arms, as though he were already feeling the downpour that's about to fall. The face of Cirilo's halfwit son has taken on maturity, and he now looks like a widower who's just realized he'll be alone for the rest of his life. Pascual Landeros is not among the crowd. He slipped away as we left the church, looking like he wanted to hide so people wouldn't see him cry. He'll probably show up at the cemetery later. A little farther back is Lauro, the little boy La Tunca saved. He's a man now, in his late twenties. His father, his mother, his wife and son are walking alongside him. His kid was Macorina's godson; they asked her as a way to show their thanks, and the morning of the christening was the first time anyone had ever seen her eyes sparkle with tears of happiness. According to Pascual, that morning Padre Bermea said, If a woman is capable of expressing her feelings with tears, it doesn't matter how she makes a living or how much she's sinned—she's got a soul inside her body. In this life, tears come from people who are noble, Landeros went on, imitating the voice of the priest's admonitory sermon, not knowing he was just quoting a song by José Alfredo Jiménez. Lauro has been a happy man, envied by the men of the town. His son's baptism was just the last in a series of links that bound him to Macorina. In addition to owing her his life, he's

CUERPO PRESENTE

Fue una reunión de viejos compinches. La última. Y, cosa rara, lo que esa noche se dijo quedó fuera del alcance de las orejas de Pascual Landeros. Los primeros tragos y las primeras horas se nos fueron en recordar anécdotas de otros tiempos, las mismas de siempre, que nos hacían reír cada vez más conforme corrían los años. Después, con el cerebro un tanto alborotado por el alcohol, saltaron a la plática episodios más íntimos. ¿Te acuerdas, Berna?, preguntó Macorina, ¿cuando me propusiste que huyéramos juntos porque ya no querías compartirme con éstos? Ey, me acuerdo. Yo te hubiera dado lo que quisieras, mujer. ¿Y tú, Silvano? ¿Cuando me amenazaste con matar a tu papá si lo recibía otra vez? Ah, cabrón, saltó Cirilo. ¿A poco era en serio? Sí, dijo Silvano, fue en serio. Pero era por tu mamá ¿no?, preguntó Demetrio. Por mi madre, por mí, la voz de Silvano sonó cavernosa, porque no soportaba que sus puercas manos tocaran lo que para mí era sagrado. Macorina se arrimó a Silvano, lo abrazó con su único brazo y le dio un beso en el cuello. Tenía expresión de llanto, aunque sus ojos seguían secos. Ah, qué mi presidente municipal, resolló, pos no sé qué opines de esto, pero tu padre y yo vamos a pasar la eternidad muy juntos. ¿Por?, Silvano la veía sin comprender. Acabo de agenciarme un lote en el panteón a unos cuantos pasos de la cripta de don Aureliano. Entonces, Macorina, sonrió Silvano arrimándole los labios a la mejilla, yo me voy a mandar construir otra tumba más cerca de ti.

El whisky llenaba los vasos, los recuerdos brotaban uno tras otro, nos abrazábamos, le reiterábamos nuestro aprecio a la Tunca y ella se apretaba a nosotros, nos cubría el rostro de besos y enseguida lanzaba otra remembranza al ruedo de las memorias. De madrugada, muy borrachos, necios y llorosos, nos empeñamos en que ella confesara a quién de nosotros quería más. Es obvio que quien te gustó desde el primer día fue Berna, dijo Silvano, quien más te hace reír es Cirilo,

REQUIEM

also her godson, Pascual Landeros told us one afternoon. Baptism or confirmation? Ruperto asked, incredulous. I mean, I think that's kinda strange. The priest . . . You are such a dumbass! Cirilo interrupted him. First communion! She broke him in, idiot! Demetrio pretended to be shocked. Shit, him too? You bet your ass—the minute he turned fourteen, Silvano informed us. Although this time it was with the public consent of his daddy, and his mama too. That La Tunca was something, said Landeros with a grin. First she saves the kid's life then she teaches him how to enjoy it. That's full service, huh?

By the time the teenagers from here and Linares and Montemorelos and even some from Monterrey started seeking her out again to initiate them into the mysteries of the bedchamber, Macorina was considered a regional institution. Her name served as a reference in all the brothels, casinos, cantinas, and town plazas. She was our local glory, the best-known person in all of Hualahuises. She parted the streets as though she were the queen of all souls; she greeted women as well as men, and both women and men returned her greeting with the pride of rubbing elbows with a celebrity. Her personality became once more serene, friendly, even sweet. She entered stores to chat with the salespeople, exchanged recipes with the women and gave them advice on how to maintain their husbands' interest. If she bumped into a little boy in the street she'd ruffle his hair or pinch his cheek, and nobody would say a word, or think that Macorina was thinking what she was in fact probably thinking: Grow up soon, kid, so I can be your first . . .

We never learned what they did to her on those mysterious trips of hers up north, but while she remained young, smooth-skinned, and flexible, our bones stiffened, our skin began to hang in folds, we became

el que te enloquece en la cama es Demetrio, Ruperto te provoca una ternura maternal y yo te hago sentir segura. Macorina nomás asentía con mirada confusa, como si aprovechara las palabras de Silvano para repasar sus sentimientos. Pero, ¿a quién quieres? A todos, respondió luego de pensarlo un segundo. A todos igual. No, no, mujer, protestaba Demetrio arrastrando la lengua. Debe haber uno, si no de nosotros, del pueblo, que te haya movido algo aparte de las ganas, de la risa, del amor de madre o del gusto por los billetes. Sí, alguien, interrumpió Cirilo de pronto muy serio, a quien hubieras querido conocer mejor, entrar en su vida y hacerlo feliz nomás a él. Ella entonces fijó los ojos en un cuadro colgado en la pared, semejante al vitral de la puerta del casino, donde una mujer se baña desnuda en el río mientras un hombre la contempla oculto entre unos matojos. Notó que su cigarro se había consumido y encendió otro aspirando el humo con un gesto de placer. Sí, dijo. Hay alguien así. Su rostro adquirió una expresión soñolienta que no le habíamos visto. Todavía se demoró unos segundos antes de soltar el nombre. Pascual Landeros, dijo. ¡No puede ser!, tronó Berna. ¡Ese cabrón es puto! ¿Tú crees?, Macorina sonrió irónica. A mí no me parece. ¿No es cierto que es el único macho del pueblo que nunca se te ha acercado?, preguntó Ruperto. Sí, es cierto. ¿Entonces? La Tunca alzó su muñón como si señalara algo al frente, enseguida se puso de pie y dio unos pasos tambaleantes por la sala. La borrachera la hacía lucir mayor, estableciendo cierta coherencia entre su aspecto y su edad. A él le debo lo que soy, ¿qué no?, preguntó. Desde el principio ha hablado de mí. Gracias a él ustedes vinieron aquella noche y siguieron viniendo estos años. Me hizo famosa y luego extendió mi fama a otros pueblos y ciudades de la región. La gente conoce mi vida por sus palabras. Macorina volvió a sentarse, tomó un trago, fumó. Además, ese hombre me quiere más que todos ustedes juntos. Me ama de veras. ¿Te lo ha dicho?,

REQUIEM

slow, leaden. Some of us, like Berna and Silvano, had taken our own sons to meet Macorina without realizing that with our actions we were giving another turn—the last turn—to the handle of time, reliving that night so many, many years ago: Berna's son came out of the bedroom with a smile a mile wide and Silvanito was almost unable to become a man due to a sudden attack of the shakes. Although not even the generational passing of the baton lessened our own desires. Maybe we weren't as constantly beset as before, but we still kept going to Doña Pelos's house, up to La Tunca's bedroom, because that was the only place in the world where we felt young, with our whole lives ahead of us to squander.

The first drops of rain begin to fall, the prelude to the downpour. The rain settles the dust at the entrance to the cemetery, patters on the felt of our hats. No one leaves the procession. Not even the women. We are all still ruminating on our memories of Macorina as we step around open holes, crosses, cracked gravestones that haven't seen a flower in decades. The rain finally starts coming down for real, and the column begins to disperse—but not because of the rain; it's because the narrow paths through the vaults don't allow us to walk on together. After we've passed through the area for the crypts in the mausoleum, where the remains of Don Aureliano, Don Neto, and others of the town's principal figures have been laid to rest, we come to the plot that La Tunca bought just a few months ago, as though she could sense she was about to die.

She told us about it when, this time by pure chance, we all met upstairs in the parlor next to her bedroom. Happy to see us all there together again, she suggested that instead of our usual bedding-down we all spend a night as old friends. On me, she said, and she sent one of her girls down for a bottle of whiskey for each one of us. Silvano started

preguntó Silvano. Nunca he hablado con él, respondió Macorina. Pero esas cosas se sienten. No es necesario oírlas.

El aguacero, que con sus truenos nos impidió escuchar la última bendición del señor cura y ahora dobla las ramas de los árboles hasta el suelo, terminó por vencer la devoción del pueblo hacia la Tunca. Primero se retiraron las señoras, entre ellas doña Lilia. Con el vestido y los cabellos empapados, puso una rodilla en el lodo, se persignó y dejó una flor sobre la caja antes de salir del panteón acompañada de su nuera. Las escoltaba el padre Bermea, quien repartía palabras de resignación y palmadas en los hombros de los varones. Luego se fueron los jóvenes y los viejos. A unos la muerte los aburre, a los otros los asusta. Además, apenas si la conocieron. Los ancianos le deben su despedida de la carnalidad. Los muchachos su iniciación, y eso no se olvida, es cierto, aunque pronto encontrarán otras macorinas para llenar el hueco que les dejó ésta, la nuestra. Lauro partió detrás de ellos con su familia. Los hombres maduros aguantaron el agua un poco más, pero en cuanto vieron que la tormenta parecía reventar los techos de las criptas quizá pensaron que, ya mostrados sus respetos, no tenían por qué arriesgar la salud exponiéndose a una pulmonía. Arcadio Beltrones fue de los que más resistió. Al final, aún con cara de culpabilidad, salió brincando charcos, sosteniéndose el sombrero con las dos manos. Se cruzó frente a la cripta de don Aureliano con Pascual, quien venía a la carrera con un paquete bajo la chaqueta. Seguro al ver a la gente abandonar el cementerio Pascual creyó que todo había terminado y no iba a encontrar más que a los encargados de tapar el hoyo.

Ese hombre me quiere más que todos ustedes juntos, dijo Macorina. Sus palabras nos rebotan en la memoria al verlo acercarse con el sem-

to say that he'd rather have cognac, but she shut him up with one look. And if you're determined to fuck, she added, I'll call any of the girls you want from downstairs; I'm going to take the night off, and I'd like to do it with you boys.

It was a gathering of old friends. The last. And, strangely enough, nothing that was said that night ever reached the ears of Pascual Landeros. The first drinks and first hours were dedicated to remembering stories of the old days, the same stories we always told, stories that made us laugh harder the more the years passed. Then later, with our heads a little fuzzy from the alcohol, we started talking about episodes a little more intimate. Berna, Macorina asked, you remember when you asked me to run away with you because you didn't want to share me with these guys any more? 'Eah, I remember. I'd have given you anything you asked for, woman. And you, Silvano? When you threatened to kill your daddy if I slept with him again? Why, you son of a gun, Cirilo piped up, did you mean it? Yeah, said Silvano, I meant it. But it was on account of your mother, right? asked Demetrio. My mother, me . . . Silvano's voice sounded cavernous . . . I couldn't bear those filthy hands of his touching what to me was sacred. Macorina scooted over beside Silvano, hugged him with her one arm, and gave him a kiss on the neck. She looked like she was going to cry, although her eyes were dry. Oh, my mayor, she sighed—I don't know what you're going to think about this, but your daddy and I are going to spend eternity very close to one another. Why's that? Silvano looked at her, not understanding. Because I just bought myself a plot in the cemetery just a few steps from Don Aureliano's crypt. Then Macorina, said Silvano, smiling and bringing his lips to her cheek, I'm going to have myself a tomb built even *closer* to you!

CUERPO PRESENTE

blante torcido por la angustia. Se arrodilla junto al féretro, impidiendo la labor de los panteoneros que ya comenzaban a bajarlo con el fin de regresar rápido al abrigo de sus techos. Esas cosas se sienten. No es necesario oírlas, dijo. En tanto vemos cómo Landeros solloza sin hacer nada para ocultarnos su tristeza, el resplandor de un relámpago nos trae un recuerdo lejano: cuando aún éramos niños, Pascual gozaba de una fama de putañero sin igual en la región. Las muchachas de doña Pelos lo consideraban su mejor cliente y aún extrañaban su presencia cuando nosotros comenzamos a ser asiduos. ¿Y el señor Landeros?, decían decepcionadas al vernos entrar al burdel, ¿por qué no vendrá? Nosotros contestábamos cualquier cosa sin pensar mientras buscábamos a Macorina entre las mesas deseando que no estuviera ocupada.

De los párpados de Pascual Landeros ruedan unas gotas densas que se confunden con la lluvia. Sus labios se mueven. Aprieta los puños. Permanece unos minutos así, metido en su dolor y su impotencia, y después saca el bulto de la chaqueta y lo deposita en el suelo junto al ataúd. Se trata de un envoltorio alargado, semejante a una escopeta ancha forrada por una funda de cuero. Todos lo miramos, mas nadie se atreve a preguntar qué es ahora que Landeros acaricia con las dos manos la cubierta de la caja. Hasta gorda se mira, nos dijo irónico hace unas horas, y sólo ahora comprendemos que sus comentarios mordaces, sus burlas y sus preguntas constantes alrededor de la Tunca eran algo así como una cortina que cubría su sentir verdadero. Pascual suelta un broche de la tapa, el otro, el otro, y abre el féretro.

Macorina parece dormida. Luce en paz, hermosa bajo la lluvia. Su cadáver sonríe igual que cuando la vimos por primera vez, igual que la última. Tiene aspecto de adolescente; o tal vez se trata de las gotas que salpican su rostro, o de nuestra imaginación teñida por la tristeza. Nos acercamos, y el gemido que se niega a brotar de la boca se convierte en

REQUIEM

Whiskey filled the glasses, memories came bubbling up one after another, we would hug each other, repeat our love for La Tunca, and she would squeeze us, cover our faces with kisses, and then throw out another memory into the ring of nostalgia. Around dawn, drunk, stupefied, and weepy, we persuaded her to confess which of us she loved the most. It's obvious that the one you had the most hots for since the very first was Berna, Silvano said, the one that makes you laugh the most is Cirilo, the one that drives you crazy in bed is Demetrio, Ruperto inspires your maternal tenderness, and I make you feel safe. Macorina just nodded, her eyes confused, as though taking advantage of Silvano's words to go over her feelings once more. But who do you *love*? All of you, she answered after thinking about it for a second. All of you the same. No, no, Demetrio protested, his tongue thick. There has to be one—if it's not one of us then somebody in town—who's inspired more than just desire, laughter, motherly love, or love of money. Yes, somebody, echoed Cirilo, suddenly very serious, that you'd have liked to know better, get into his life and make him and only him happy. Macorina then fixed her eyes on a painting hanging on the wall, very similar to the stained-glass window above the door of the casino, with a woman bathing naked in a river as a man hiding in the bushes watches. She realized that her cigarette had burned down and she lit another one, inhaling with a look of pleasure. Yes, she said. There's somebody like that. Her face took on a sleepy expression that none of us had ever seen before. She took a few more seconds before she spoke his name. Pascual Landeros, she said. No! It can't be! Berna thundered. That son of a bitch is a queer! You think so? Macorina grinned sarcastically. I don't. Isn't it true that he's the only man in town that's never come near you? Ruperto asked. Yes, that's true. So, then? La Tunca raised her mutilated arm as though pointing to something out in front of her, then immediately stood up and took

palabras repetidas muy adentro del cráneo. Nunca más sus murmullos amorosos cerca del oído. Ni las cosquillas de su lengua de mariposa. Nunca más su quejido experto. Landeros planta un beso en esa frente que jamás había besado. Recorre con el índice la juntura de las cejas, el puente de la nariz, los labios mojados. Nunca más su aliento: ese vaho de tabaco y cebolla cruda mezclado con menta. Ni su risa ronca, ni el sonido de su voz como si hablara hacia adentro. Sus dientes blancos y parejos. Pascual le acaricia el cuello, la ruta de su dedo nos provoca un sobresalto, pues por un instante creemos que va a profanar el cuerpo, pero se detiene en el muñón. Lo delinea. Traza el contorno imaginario de la mano, de cada uno de los dedos, igual que si los hubiera tocado muchas veces. Ya nunca su abrazo trunco. Esta vez las palabras se agudizan en un lamento, adquieren el tono de una voz que no es de Pascual, ni de Silvano, ni de Demetrio, ni de Ruperto, ni de Cirilo, ni de Berna, sino de todos nosotros juntos: Ya jamás el tamborileo de su pecho en el instante crucial. Tampoco la temperatura de su piel. Landeros respira muy largo y hondo, se agacha, recoge el envoltorio del suelo, le sacude el agua, lo abraza contra su pecho. Luego nos lo muestra y lo acomoda junto al cuerpo. Comprendemos entonces que el único de nosotros que no se atrevió a comprar el cuerpo público de Macorina fue quien siempre, desde el accidente, durmió en privado con él. Al menos con un fragmento. Mientras Pascual baja la cubierta, da una orden a los trabajadores del camposanto y se retira unos pasos del ataúd, lo visualizamos aquella noche colándose al hospital igual que un ratero, regresando a su casa envuelto en el sigilo y trabajando en su mesa de taxidermia hasta el amanecer con un cariño y una dedicación de los que nunca lo creímos capaz. Los enterradores corren las cuerdas por debajo del féretro, lo colocan en el hueco y lo bajan entre jadeos en tanto la lluvia redobla su ímpetu. Es el llanto del cielo. Por un segundo la imagen de Pascual Landeros solo en su cama,

a few unsteady steps across the room. Her drunkenness made her look older, creating a certain congruence between her appearance and her age. I owe him everything I am, don't I? she asked. From the very first, he's talked about me. It's thanks to him that you boys came here that night and have kept coming all these years. He made me famous, and then he spread my fame to other towns and cities all around here. People know about me because of his words. Macorina sat down again, picked up her drink, took a drag off her cigarette. That man loves me more than all of you put together. He truly loves me. He told you so? asked Silvano. I've never spoken to him, she replied. But you can feel those things. You don't have to hear them.

The downpour, whose thunder prevented us from hearing the priest's last benediction and which is now coming down so hard that tree branches are bent practically to the ground, finally overcame the town's devotion to Macorina. First the ladies retired, among them Doña Lilia. Her dress and hair dripping wet, she touched one knee to the ground, made the sign of the cross, and placed a flower on the coffin before leaving the grave on the arm of her daughter-in-law. The two women were escorted by Padre Bermea, who proffered words of comfort and pats on the back to the men. Then the young men and old men began drifting away, the former bored by death, the latter frightened by it. Not to mention that they really hardly knew her. The old men owed her what carnal pleasures had been left to them; the boys, their initiation, which is not something you forget, it's true, but soon enough they'll find other Macorinas to fill the void left by this one, our own. Lauro went off behind them, with his family. The middle-aged men bore up under the rain a little longer, but when they saw that the storm looked like it was about to break through

CUERPO PRESENTE

abrazando parte de Macorina noche tras noche durante tantos años, es un nudo de envidia en nuestras gargantas. Me quiere más que ustedes, dijo ella. Esas cosas se sienten . . . A lo lejos un perro aúlla abriéndole paso a la muerte. Cuando caen las primeras paladas de lodo sobre la caja, damos media vuelta y comenzamos a caminar rumbo a la salida del camposanto sin pensar, sin decir nada, sólo escuchando el rebote de la lluvia en los sombreros, en las lápidas, en los charcos. No podía dejar que la enterraran así, incompleta, dice Pascual, pero el sonido de sus palabras se diluye en el torrente y, muy dentro de nosotros, se confunde con la letanía atropellada que se repite en el eco de una sentencia inapelable. Nunca ya sus muslos estrangulando la cintura. Ni la mirada de sus ojos limpios. Ya no sus movimientos de serpiente de piel tibia. Ni el jugo de su boca. No. Ya jamás su aroma de toronja espolvoreada con sal. Sólo la nostalgia y la soledad. Nunca más Macorina.

the roofs of the crypts, they probably thought that once they'd paid their due respects there was no need to risk catching pneumonia. Arcadio Beltrones was one of the last to give in. Finally, with a guilty look on his face, he left, jumping puddles, holding onto his hat with both hands. As he passed by Don Aureliano's crypt he met Pascual coming the other way, toward the grave. Pascual had a package under his suit coat. Probably when he saw people start leaving the cemetery he figured the funeral was over and he wouldn't meet anybody except the gravediggers.

That man loves me more than all of you put together, Macorina said. Her words echoed in our memory as we watched him approach the grave, his face contorted in grief. He knelt before the coffin, halting the work of the gravediggers, who had already started to lower the casket into the ground, hurrying so they could finish and get back home to a warm kitchen and dry clothes. You can feel those things. You don't have to hear them, she said. As we watched Landeros sob, doing nothing to hide his grief from us, a flash of lightning brought us a distant memory: When we were still boys, Pascual had a reputation for whoring unmatched by any other man in the area. The girls at Doña Pelos's place considered him their best customer, and they were still missing him when we started to be regulars there. Have you seen Sr. Landeros? they'd ask, disappointed to see it was just us coming in the front door. Why doesn't he come anymore? We'd give some answer without thinking much about it while we looked for Macorina at one of the tables, hoping she wasn't busy.

From Pascual Landeros's eyes flow big, heavy tears—as big as the raindrops—that roll down his face. His lips are moving. He clutches his fists. He kneels there like that for some time, several minutes, immersed in his grief and impotency, and then he pulls the package out from under his jacket and lays it on the ground beside the coffin. It's a long package;

it looks like a rifle, but thicker, in a leather case. We're all looking at him, but none of us has the nerve to ask what it is, since Landeros is now caressing the cover of the coffin with both hands. She even looks kinda fat, he'd told us a few hours ago, and it's only now that we understand that his sardonic, sarcastic remarks, his jokes and constant questions about La Tunca were a kind of smokescreen, to cover his true feelings. Pascual opens one of the metal clasps holding the lid of the coffin down, then another, and another, and he opens the casket.

Macorina looks like she's asleep. She looks peaceful, lovely in the rain. Her dead body smiles the way she smiled the first time we ever saw her, the way she smiled the last time. She looks like a teenager, or maybe it's the raindrops on her face, or our imagination, tinged by sadness and longing and nostalgia. We step closer, and the groan, the moan that refuses to emerge from our mouths becomes words repeated deep inside our brains. Never again her whispers in our ears. Or the tickling of her butterfly tongue. Never again her expert moaning. Landeros plants a kiss on that forehead he'd never kissed. With his index finger, he traces her eyebrows, her nose, her wet lips. Never again her breath, that smell of tobacco and raw onion mixed with mint. Or her hoarse laugh, or the sound of her husky voice. Her straight white teeth. Pascual caresses her throat, and the route his finger is taking shocks us, because for a second we think he's going to profane the body, but the finger stops at her stump. It traces its form. Traces the imaginary outline of her hand, each of her fingers, as though he'd touched it a thousand times. Never again her one-armed embrace. This time the words sharpen into a lament, they take on the tone of a voice that isn't Pascual's, or Silvano's, or Demetrio's, or Ruperto's, or Cirilo's, or Berna's—it's the voice of us all: Never again the thumping of her chest at the moment of climax. Or the temperature of her skin. Landeros takes a long, deep, breathless breath,

squats down, picks the package up off the ground, brushes off the water, hugs it to his chest. Then he shows it to us and lays it next to the body. We realize then that the only one of us who didn't dare buy the public body of Macorina was the one who has always, since the accident, slept in private with it. Or at least a part of it. While Pascual lowers the lid, gives an order to the cemetery workers, and backs away from the casket, we picture him that night sneaking into the hospital like a cat-burglar, then making his way surreptitiously back to his house and working at his taxidermy bench till dawn. Working with a love and dedication that we never believed him capable of. The gravediggers run the ropes under the casket, slip the casket into the hole, and, grunting with exertion, lower it, as the rain redoubles. It is the sky, weeping. For a second the image of Pascual Landeros alone in his bed, embracing part of Macorina night after night for so many years, creates a knot of envy in our throats. He loves me more than all of you, she said. You can feel those things . . . Far off, as death passes, a dog howls. When the first shovelsful of mud fall onto the coffin, we turn away and start moving toward the cemetery exit, not thinking, not saying anything, just listening to the rain pattering on our hats, on the gravestones, on the puddles. I couldn't let her be buried like that, incomplete, says Pascual, but the sound of his words is muffled by the rain and, deep inside us, melts into the rushing jumbled litany, over and over again, the echo of an unappealable sentence: Never again her thighs squeezed tight around our waists. Or the gaze of her clear, limpid eyes. Never again her serpentine wriggling, her warm skin. Or the juice of her mouth. No. Never again the smell of grapefruit sprinkled with salt. Just nostalgia, and loneliness. Never again Macorina.

TRANSLATED BY ANDREW HURLEY

CRISTINA RIVERA-GARZA

NOSTALGIA

Longing on a large scale is what makes history.
DON DELILLO, *Underworld*

La primera vez que soñó con el lugar no pensó que, con el tiempo, se llegaría a convertir en una obsesión. Había sido, de hecho, uno de esos sueños ligeros, compactos, de los que dejan un buen sabor de boca al despertar porque se recuerdan completamente y se olvidan de la misma manera apenas unos segundos después. Esa mañana abrió los ojos y los volvió a cerrar, estiró los brazos y, cuando estuvo en el baño, bajo el agua fresca de la regadera, lo recordó por completo. Iba manejando un auto viejo, de color blanco, sobre una vía rápida llena de tráfico. A lo lejos, detrás de unas lomas secas, se veía un grupo de nubes teñidas de púrpura y escarlata. Más atrás sólo se apreciaba la puntiaguda luz amarilla característica del invierno. Mientras avanzaba a vuelta de rueda trató de encender el radio para distraerse pero, después de intentarlo varias veces, se dio cuenta de que el aparato no funcionaba. Luego, aburrido, en busca de algo interesante en el ambiente, se dedicó a observar a los otros automovilistas. Todos, incluidos los niños, veían hacia el final de la vía como si se tratara de una salvación o de un premio. Su concentración tenía mucho de resignación y muy poco de esperanza. Seguramente por eso nadie notó que, conforme el camino se volvía más empinado y los

128

NOSTALGIA

Longing on a large scale is what makes history.
DON DELILLO, *Underworld*

The first time he dreamed of the place, he never imagined that, in time, it would become an obsession. After all, it had been one of those light, condensed dreams, the kind that leave you with a pleasant aftertaste when you wake up because you remember them so completely and then, a few seconds later, forget them just as completely. That morning he opened his eyes and closed them again, stretched, and then, when he was in the bathroom, beneath the cool spray of the shower, recalled everything. He'd been driving an old car, it was white, and he was on a fast-moving road, full of traffic. In the distance, beyond some parched hills, was a cluster of clouds tinged purple and scarlet. Beyond that there was only that sharp yellow light so characteristic of winter. As he sped along he tried to turn on the radio, to pass the time, but after several attempts he realized it didn't work. Then, bored, searching for some sort of distraction, he decided to watch the other motorists. All of them, even the children, were staring straight ahead, towards the end of the road, as if it were salvation, or a prize. But their focus seemed resigned, not hopeful. That explained, most likely, why nobody realized that, as the road got steeper and dusk's colors more intense, an exit came into view. There

129

colores de la tarde más punzantes sobre los ojos, apareció una salida. No había letreros que la anunciaran, ni seña de identificación alguna sobre las esquinas. Se trataba de una callecita de dos carriles, sobre cuyo pavimento en mal estado transitaban otro par de coches con la pintura tan oxidada como la de su propio auto, muchos perros, y hasta un par de burros. La presencia de los cuadrúpedos lo obligó a reducir la velocidad y a mirar constantemente el espejo retrovisor y los espejos laterales. No quería atropellar a nadie. Así, con precaución, con una cautela inusual, se dio cuenta de que había llegado al lugar. No era un sitio hermoso y ni siquiera especial. De hecho, el lugar parecía sentirse a gusto con el caos y ese efecto de fealdad que provocaba la falta de planeación. El trazo de las calles y la diversidad de estilos arquitectónicos de los edificios dejaban en claro que no había ningún experto a cargo del proceso urbano. Por las piletas de agua en donde abrevaban algunos perros y la serie de carretas estacionadas a un lado de las banquetas, se sabía que las regulaciones públicas eran pocas y que los miembros de la policía no acostumbraban multar con demasiada frecuencia. Pronto, las sombras del atardecer no le permitieron ver mucho más. Él encendió los faros del vehículo y continuó manejando a la misma velocidad hasta que se detuvo frente a un edificio de lejanas influencias coloniales, con los techos cubiertos de tejas y las paredes pintadas con cal. Cuando levantó la palanca del freno de mano supo que, frente a él, se encontraba el objetivo de su viaje. *Se renta.* El anuncio pintado a mano no añadía más información. Cuando abrió la puerta del coche, el calor de la atmósfera casi lo obligó a volver atrás. No lo hizo. En su lugar, se quitó el saco de casimir, se arremangó la camisa, tomó el portafolio que había estado en el asiento del copiloto y, con una sonrisa socarrona en la boca, pensó que esos cambios drásticos de temperatura sólo acontecían en los sueños. La posibilidad de estar dentro de uno de ellos le causó una alegría singular, una extraña seguridad en sí mismo.

was no road sign announcing it, nor any indication of its name at the intersection. It was just a little two-lane road with crumbling pavement on which traveled a few other cars as rusty as his own, a bunch of dogs, even a couple of burros. The quadrupeds' presence forced him to slow down and glance constantly in his rear- and side-view mirrors. He didn't want to run anyone over. And proceeding thus, with great care, with uncharacteristic precaution, he realized he was there; this was the place. It wasn't a beautiful place, wasn't even special. In fact, it seemed perfectly at home amid the chaos and ugliness that a lack of city planning had led to. The layout of the streets and range of architectural styles made it clear that no experts had been employed to oversee the urbanization process. You could tell, by the puddles that dogs lapped from and the string of carts parked on one side of the sidewalk, that public ordinances were few and far between and that the police rarely handed out fines. Soon dusk's shadows made it hard for him to see much more. He turned on his headlights and kept creeping along at the same speed until he pulled to a stop in front of a building with vague colonial influences, with a tiled roof and whitewashed walls. When he pulled on the hand brake he realized that before him stood the purpose of his trip. *For rent.* The hand-painted sign offered no further information. When he opened the car door, the outside heat almost forced him to turn back. He did not. Instead, he took off his cashmere sweater, rolled up his shirtsleeves, picked up the briefcase sitting on the passenger's seat and, with a wry smile, thought to himself that those drastic temperature changes only ever occurred in dreams. The possibility of being in one caused him to feel singularly elated, strangely sure of himself.

"I'm here about the apartment," he said to a woman of indeterminate age who barely looked up from the clothes she was scrubbing in a stone washbasin when she heard his voice. The woman made no reply. Silently,

NOSTALGIA

—Vengo por lo del departamento —le dijo a una mujer de edad indeterminada que apenas si dejó de restregar ropa sobre un lavadero de piedra cuando escuchó su voz. La mujer no le respondió. En silencio extrajo una llave de los bolsillos de su delantal de flores azules y se la dio.

—Está en el tercer piso —dijo—. Vaya a verlo usted mismo.

La escalinata estaba pintada de rojo, justo como los bordes de las puertas y de las ventanas. El contraste entre ese color y el blanco casi iridiscente de la cal se menguaba un poco con las losas de terracota que cubrían la totalidad del piso. Los barandales de hierro forjado le daban un aura de cosa verdadera a un edificio que, de otra manera, parecía estar ahí a la fuerza.

—¿Qué hace aquí? —le preguntó una mujer con un niño en los brazos apenas si logró abrir la puerta del departamento 303. Sorprendido por la presencia de la mujer y turbado por su mirada vacía y la marchitez de su piel poblada de pecas, él no supo qué contestar. Inmóvil, con la boca abierta, no hizo más que quedarse de pie bajo el dintel, sin quitar la mano de la cerradura. Alguna vez, de niño, había hecho una cosa parecida. Se había quedado inmóvil frente a algo sorprendente, algo que ahora ya no recordaba. La rigidez, sin embargo, no era causada por el miedo. Algo dentro de su cabeza le decía que, de moverse, el momento, ese segundo, acabaría.

—Esa doña Elvira —dijo finalmente la mujer—. Siempre se le olvida que ya rentó el departamento y deja subir a toda clase de extraños a mi casa.

Antes de acabar la oración ya había alcanzado una orilla de la puerta con su mano derecha y, sin miramiento alguno, la cerraba ahora, empujándolo a él hacia afuera.

—No fue mi intención —dijo él, sabiendo que, dentro de algunos sueños, las mujeres con más de cuatro hijos nunca podrían estar de buen humor.

she pulled a key from one of the pockets on her blue flowered apron and handed it to him.

"It's on the third floor," she said. "Go on up and have a look."

The staircase was painted red, as were the window and doorframes. The contrast between the red and the almost iridescent whitewash was only slightly diminished by the terracotta floor tiles. Wrought-iron banisters gave an air of reality to a building that otherwise seemed to be there against its will.

"What are you doing here?" a woman with a child in her arms asked the moment he opened the door to apartment 303. Surprised at the woman's presence and disturbed by her empty gaze and the washed-out look of her freckled skin, he didn't know how to respond. Standing stock still, mouth agape, he simply stood there in the doorway without taking his hand from the knob. Once, as a boy, he'd done something similar. He'd stood there motionless, staring at something that surprised him, something he could no longer recall. His stiffness, however, was not caused by fear. Something told him that, if he moved, the moment, that second, would pass.

"That Doña Elvira," the woman finally said. "She always forgets she already rented the apartment and lets all kinds of strangers into my house."

Before she'd even finished the sentence her right hand was pushing one side of the door and unceremoniously closing it on him, forcing him out.

"I didn't mean to . . . ," he said, aware of the fact that in some dreams, women with more than four children could never be in good moods.

When he got back down to the building's central patio, Doña Elvira was gone. In her place was a dog, licking the scrubbing stone as if it were his last supper. Hearing the rasping sound of the dog's tongue on the

NOSTALGIA

Cuando regresó al patio central del edificio doña Elvira ya se había marchado. En su lugar se encontraba un perro que lamía el tallador como si se tratara de su último alimento. Oyendo el chasquido de la lengua canina contra la piedra y los murmullos de los que se disponían a cenar, no pudo sino agradecer el hecho de que el departamento ya se hubiera rentado. No le habría gustado vivir en un edificio donde el color rojo fuera tan visible. Además, estaba seguro que pronto hallaría algo mejor. Cuando regresó a su coche pensó en lo afortunado que era: había encontrado la salida de la vía rápida y podía regresar al lugar en el momento que quisiera. Entonces, justo antes de encender la máquina, se volvió a observar la noche. La luz de las estrellas agujereaba un cielo compacto y negro, mientras que un halo color anaranjado envolvía a una luna pálida y borrosa, de cualquier manera redonda. Con el ruido del motor en movimiento, se despertó. Abrió y cerró los ojos casi al mismo tiempo, estiró los brazos, sonrió. Luego, ya en el baño, bajo la regadera, recordó el sueño y supo por qué se encontraba de buen humor. Más tarde, entre las actividades del día, lo olvidó.

Regresó al lugar varias veces, siempre de manera distinta. Durante su segundo recorrido descubrió unos campos de frijol bordeados de lavanda y alcachofas. El paisaje le hizo recordar la palabra bucólico con un dejo de pesadez bajo la lengua. Manejaba un auto compacto igual de viejo que el anterior, pero en esta ocasión el vehículo era de color verde pistache. Los edificios y los caseríos irregulares quedaban atrás. Frente a él, ahora, se abrían caminos de tierra, veredas zigzagueantes por las que no transitaba nadie a esa hora del día. Supo que se trataba del lugar por la sensación que le producía el viento sobre la cara. Era algo tibio detrás de los ojos, algo suave dentro de las manos. Se trataba, sin lugar a dudas, de la seguridad. El lugar, le dio gusto descubrirlo, tenía una frontera por la cual se asomaba la naturaleza viva en perpetuo proceso de crecimiento.

stone and the murmurs of those about to have dinner, he couldn't help but feel grateful that the apartment was already rented. He wouldn't have wanted to live in a building with so much red on display. Besides, he was sure he'd find something better soon. When he got back to his car, he thought about how lucky he was: he'd found the way off the road and could come back whenever he wanted. Then, right before he turned on the engine, he turned to look out at the night. Starlight pierced the dense black sky, and an orange-tinged halo surrounded the pale, round yet blurry moon. The sound of the engine woke him up. He opened and closed his eyes almost simultaneously, stretched, smiled. Then, once in the bathroom, beneath the shower's spray, he recalled the dream and realized why he was in a good mood. Later, over the course of the day, he forgot it.

He returned several times, always arriving from a different direction. On his second trip he discovered beanfields bordered with lavender and artichoke. The landscape made him recall the word "bucolic," with a heavy feeling under his tongue. He was driving a compact car, as old as the other one but this time pistachio green. Sporadic buildings and ranches were disappearing behind him. Before him now were dirt roads, zigzagging paths which at that time of day had no one on them. He could tell he was there by the feel of the wind on his face. It was a warmth behind his eyes, a softness in his hands. It was, beyond a shadow of a doubt, a sense of safety. He was pleased to discover that the place was bordered on one side with lush vegetation in a constant state of active growth.

On his third visit he got to see something of the city center. This time he wasn't driving at all, but walking beneath the suffocating midday heat. As he made his way down the sidewalk, trying to take cover in the scant shade cast by the walls, he was unable to recall how he'd gotten there.

NOSTALGIA

En su tercera visita llegó a conocer algo del centro del lugar. En esta ocasión no conducía auto alguno, sino que caminaba bajo la luz aplastante del mediodía. Mientras avanzaba sobre la acera, tratando de protegerse bajo la exigua sombra que producían los muros, no pudo recordar cómo había llegado hasta ahí. El sueño lo había transportado con sus manos transparentes hasta esa calle y, una vez sobre la banqueta, lo había abandonado sin mapas en las manos. Le costó un poco de tiempo orientarse y todavía un poco más reconocerlo. Al principio, de hecho, no supo que se encontraba en el lugar. No fue sino hasta después de haber caminado calle arriba y, luego, calle abajo que volvió a estar seguro. Claro que era el lugar. Se trataba una vez más de su sitio. Las calles eran estrechas y las paredes pintadas de colores estridentes portaban grandes anuncios de comercio. Había tintorerías por cuyas puertas salía un humo blancuzco con olor a limpio. Los empleados, una pareja de mediana edad y de ojos rasgados, lo vieron con indiferencia cuando él pasó de largo. Había papelerías. Había bibliotecas en cuyos estantes se alineaban libros con caracteres conocidos cuya organización sobre el papel, sin embargo, producía palabras cuyo significado ignoraba. Quiso hojear uno pero, cuando ya casi lo tenía en las manos, una empleada le pidió su identificación. Como siempre en sus sueños, no llevaba cartera. Sus bolsillos estaban vacíos. Sin resquemor alguno, sin amabilidad siquiera, la empleada le arrebató el libro sin darle explicaciones. Entonces le dio la espalda y, mientras regresaba a su escritorio, el ruido de los tacones sobre los mosaicos adquirió el ritmo de un telégrafo. Había, por cierto, una oficina de telégrafos en el lugar y un edificio de correo donde hombres uniformados de azul caminaban con la vista altanera. Uno de cada cinco negocios era un restaurante. Entró en el que le pareció más limpio. Se trataba de un establecimiento modesto donde una mujer de cierta edad cortaba papas en trocitos pequeños y contestaba el teléfono al mismo

NOSTALGIA

The dream's invisible hands had taken him to that street and, having deposited him on the pavement, abandoned him with no map in his hands. It took him a little while to get his bearings and a little longer still to recognize the place. In fact, at first he didn't even know it *was* the place. It wasn't until he'd walked up and then down the street that he was sure. Of course that was the place. It was his place, once again. The streets were narrow and the walls were painted bright colors with large ads. There were dry cleaners with clean-smelling white steam coming out the doors. The employees, a middle-aged couple with almond-shaped eyes, watched indifferently as he passed by. There were stationery stores. There were libraries whose shelves were lined with books written in familiar characters but organized on the paper in such a way as to create words he could not recognize. He wanted to flip through one but, just when he almost had it in his hands, an employee asked for his ID. As always, in his dreams, he didn't have his wallet on him. His pockets were empty. With neither hostility nor any hint of kindness, she snatched the book away without explanation. Then she turned her back on him and walked back to her desk, her heels clicking on the floor tiles with telegraphic rhythm. There was also, by the way, a telegraph office in the place, as well as a post office where blue-uniformed men bustled around looking haughty. One out of every five establishments was a restaurant. He walked into the one that looked the cleanest. It was a modest place with an older woman cutting potatoes into little pieces and simultaneously speaking on the phone. When she noticed him, she sent over a gangly boy with big, black eyes and a menu.

"What do you recommend?" he asked as he read the names of the dishes. Xianiaqué. Copesuco. Liloduew. Jipo.

"I don't know what you like," the boy answered, shrugging indifferently.

tiempo. Cuando se percató de su presencia, mandó el menú con un niño largo, de grandes ojos negros.

—¿Qué me recomiendas? —le preguntó él mientras leía los nombres de los platillos. Xianiaqué. Copesuco. Liloduew. Jipo.

—No sé qué le guste —le contestó el niño alzando los hombros con indiferencia.

—Casi todo —dijo él, tratando de ser amable.

—Pues pida eso —concluyó el niño. Luego, sin esperar su respuesta, salió del restaurante a toda velocidad.

La mujer le trajo un plato lleno de alimentos desconocidos de los que emanaban, sin embargo, aromas suculentos. No le había pedido nada pero, como en ese momento notó que tenía apetito, le agradeció la elección.

—Es el liloduew del día —le informó la mujer. Se sacó un par de tenedores de plástico de la bolsa de su delantal y, sin más, se fue a contestar una nueva llamada por teléfono. Al inicio pensó seriamente en la posibilidad de darle el plato completo al perro que estaba recostado cerca de la puerta de la entrada, pero el hambre terminó por vencerlo. Tenía miedo de contraer una tifoidea o de estar comiendo excremento sin saberlo pero, apretando los ojos, se armó de valor. Probó una serie de frutos con una lejana semejanza a las papas que, sin embargo, eran de color morado. A su lado había una montaña de verduras que, en ciertos lados de la lengua, tenían el sabor picante de la arúgula, pero en otros no sabían a nada. Todo estaba cubierto por una salsa de color negro en la cual navegaban pequeñas semillas ovaladas. Arriba de eso, como coronando el platillo completo, se hallaba una flor de cinco pétalos largos cuyos pistilos parecían dientes muy afilados. La posibilidad de estar digiriendo una flor carnívora le recordó que se encontraba dentro de un sueño y, justo como le había acontecido la vez anterior, este cono-

NOSTALGIA

"Almost everything," he replied, trying to be nice.

"So order that," the boy concluded. Then, without even awaiting a response, he dashed out of the restaurant at top speed.

The woman brought him out a plate piled with foods that were unfamiliar and yet gave off tantalizing aromas. He hadn't ordered anything but, since he suddenly realized that he was hungry, he thanked her for the choice.

"The liloduew of the day," she informed him. She extracted a pair of plastic forks from her apron pocket and then simply turned and went to answer another phone call. At first he seriously considered feeding the whole thing to the dog curled up by the door, but his hunger got the better of him. He feared coming down with typhoid or eating feces unknowingly but, squinching his eyes tight, he summoned up his courage. He tried a series of fruits that vaguely resembled potatoes but were purple. Beside them was a pile of vegetables which, on certain parts of his tongue, had the spiciness of arugula, but on others had no taste whatsoever. Everything was covered in a black sauce swimming with little oval seeds. On top of it all, crowning the dish, was a five-petal flower whose pistils resembled sharp teeth. The idea that he might be ingesting a carnivorous flower reminded him that he was in a dream and, just as it had the previous time, this knowledge filled him with a sense of satisfaction and fortitude. Then he devoured everything on his plate and asked for more.

It was after his third journey that he began to sketch one of his first maps of the place. He didn't have much to work with, but little by little, as he recalled details, he was able to sketch a few lines on a piece of white, letter-sized paper. He did it during his lunch break, in his office, with the summer sun on his back. He was sure the place was to the east of a swift-moving road where the traffic, paradoxically, always ambled along

cimiento lo llenó de autosatisfacción y entereza. Entonces se devoró el contenido del plato y pidió más.

Fue después de su tercera excursión que empezó a dibujar uno de los primeros mapas del lugar. No tenía muchas herramientas para hacerlo, pero poco a poco, a fuerza de recordar detalles, pudo esbozar trazos en una hoja de papel blanco tamaño carta. Lo hizo durante su hora del almuerzo, dentro de su oficina, con el sol del verano sobre la espalda. Estaba seguro de que el lugar estaba hacia el este de una vía rápida donde el tráfico, paradójicamente, siempre avanzaba de una manera por demás lenta. Sabía que en una de sus fronteras, tal vez hacia el norte, crecían frijoles y flores de aromas seductores. Sabía que en el centro del lugar se desarrollaba el mundo burbujeante del comercio. Le faltaba, pensó entonces, conocer el oeste y el sur. Y planeó hacerlo en sus siguientes viajes.

No supo si fue en el cuarto o quinto recorrido que volvió a pasar por el edificio de tejas donde había querido rentar un departamento. Lo observó desde su auto. El color a cal le recordó, de pronto, el mar, pero por más que vio a su alrededor y luego hacia el horizonte no detectó señal alguna del océano. El olor, de hecho, era de tierra seca, de valle que se eleva en el centro mismo del planeta. Con esa nueva convicción dentro de la mirada, volvió a enfocar el edificio. Doña Elvira seguía restregando ropas sobre el lavadero de piedra y la mujer de los muchos hijos corría tras de ellos con un grito permanentemente pegado a la garganta. El patio central que, durante su primera visita, lucía losetas de terracota, ahora estaba cubierto de grava. Además, los tendederos que cruzaban el patio y de los que colgaban sábanas viejas, overoles y cortinas, impedían la visión del conjunto. El ruido que producía una alebrestada horda de niños corriendo de un lado a otro como si hubieran sido atacados por un mal sin remedio le resultó insoportable. Antes de lo que imaginó se vio

in leisurely fashion. He knew that there were beanfields and seductive smelling flowers growing along one of the borders, maybe the northern one. He knew that the downtown area was bustling with commerce. What he needed, he then realized, was to investigate the west and the south. And he planned to do that on his subsequent journeys.

He wasn't sure if it was on his fourth or his fifth outing that he ended up passing by the building with the tile roof where he'd first wanted to rent an apartment. He looked at it from his car. The whitewash suddenly made him think of the sea, but although he looked around, and then off towards the horizon, he could detect no sign of the ocean. The smell in the air, in fact, was of parched earth, like a valley rising up from the very center of the planet. With that new conviction in his gaze, he turned to glance back at the building. Doña Elvira was still scrubbing clothes in the stone washbasin and the woman with all the kids was running after them, shouting constantly. The central patio which, on his first visit, had had terracotta tiles on the floor, was now gravel. And the laundry lines hanging there had old sheets, overalls, and curtains pinned on them, obstructing his view. The racket made by a rowdy gang of kids running back and forth as if they'd been attacked by a disease with no cure was unbearable. Sooner than he expected, he'd been compelled to start his car and step on the gas with a great sense of urgency. What a relief he'd been unable to rent that apartment, he thought again. In silence, he thanked his lucky stars.

Rather than drift along, this time he wanted to head west. He supposed he'd manage if he just kept turning left, but soon he realized his mistake. That method landed him back in the center, which made him suspect that the streets were somehow organized in a spiral formation. Instead of feeling frustrated, he parked the car behind a cart and began walking. Two blocks later, he almost bumped into the boy with black

obligado a encender el auto y a pisar el acelerador con suma urgencia. Qué bueno que no pudo rentar ese departamento, volvió a pensar. Y le agradeció algo a su suerte en silencio.

En lugar de dejarse llevar, esta vez quiso avanzar hacia el oeste. Supuso que lo lograría si continuaba dando vueltas hacia la izquierda pero, pronto, se dio cuenta de su error. Ese método lo llevó de regreso al centro, por lo que sospechó que las calles estaban ordenadas en forma de espiral. En lugar de sentirse frustrado, estacionó el auto detrás de una carreta y empezó a caminar. Dos cuadras más tarde, casi chocó con el niño de los ojos negros al dar vuelta a una esquina. Él lo reconoció, pero no se detuvo a saludarlo. Parecía tener prisa.

—¿Me podrías hacer un favor? —le preguntó cuando finalmente pudo emparejarle el paso.

El niño se volvió a verlo con fastidio en el rostro y no le contestó nada. Tampoco disminuyó su velocidad al andar.

—Quiero conocer bien este lugar —empezó a murmurar por detrás de su hombro derecho—, pero siempre me pierdo. ¿Te gustaría mostrarme los alrededores? —finalmente le preguntó ya casi sin respiración.

El niño se detuvo, súbitamente interesado.

—¿Cuánto me vas a pagar? —le preguntó a su vez.

Él se introdujo las manos a los bolsillos del pantalón sabiendo que no encontraría nada pero, en el último momento, tocó el borde de tres monedas manoseadas. Las extrajo y, una a una, se las mostró al niño con suma satisfacción. El muchacho se las arrebató y siguió caminando a toda prisa.

—Espérame —le gritó cuando estaba a punto de perderlo de vista entre el gentío de la calle—. Quiero ir hacia el oeste —le informó.

El niño se volvió a verlo y lo miró con sorna.

—Por tres monedas sólo te puedo llevar hacia donde yo voy —le ase-

eyes as he turned a corner. The boy recognized him but didn't stop to say hello. He seemed like he was in a hurry.

"Could you do me a favor?" he asked once he was finally able to catch up with him.

The boy turned to look at him, annoyance plain on his face, and made no reply. He didn't slow his pace, either.

"I want to get to know this place," he began, speaking softly behind the boy's right shoulder, "but I always get lost. Would you like to show me around?" he asked finally, almost out of breath.

The boy stopped, his interest suddenly piqued.

"How much will you pay me?" he asked the man in turn.

He reached into his pants pockets knowing he'd find nothing there but, at the last minute, he fingered the edges of three worn coins. He pulled them out and, one by one, showed them to the boy with great satisfaction. The child snatched them and kept walking swiftly.

"Wait for me," the man shouted when he was about to lose him in the crowd of people on the street. "I want to head west," he informed him.

The boy turned and shot him a scornful look.

"For three coins I can only take you where I'm going," he declared. He decided that was better than nothing and, having no alternative, followed him.

After crossing wooden bridges over streams full of trash and turning on corners of what seemed like hilly streets, after passing through a great stone wall that seemed to divide the inside from the outside, they entered a labyrinth full of people, animals, and noise. He was sure he'd never been to that area before, and therefore paid close attention, so that he could add those things to his evolving map. The boy took him to a plaza with gangly eucalyptus trees and stooped willows and, once there, abandoned him. That was the first time he experienced terror in one of

guró. Él pensó que eso era mejor que nada y, porque no tenía alternativa alguna, lo siguió.

Después de cruzar puentes de madera que pasaban sobre riachuelos llenos de basura y de dar vuelta en esquinas que parecían calles inclinadas, después de cruzar un gran muro de piedras que parecía separar el adentro del afuera, se introdujeron en un laberinto lleno de gente, animales y ruido. Estaba seguro de que no había visitado esa zona con anterioridad y, por eso, puso especial atención a los detalles para poder añadirlos a su mapa en crecimiento. El niño lo llevó hasta una plaza donde se alzaban largos eucaliptos y sauces encorvados y, una vez ahí, lo abandonó por completo. Ésa fue la primera vez que sintió terror en sus sueños. No sabía qué hacía sobre esa banca, observando perros que se lamían las patas y palomas que elevaban el vuelo apenas el viento cambiaba de dirección. No sabía qué sentido tenía seguir viendo las torres de una iglesia a la que le hacían falta las campanas. No sabía cómo había llegado y, sobre todo, no tenía la menor idea de cómo salir de ahí. Además, la plaza estaba llena de basura, bolsas de plástico, excrementos de perro, muñecas rotas. No era el tipo de sitio que le gustara. Tan pronto como pasó el primer azote de la sorpresa, se puso de pie y empezó a caminar sin dirección alguna. Lejos de orientarse, a medida que avanzaba sobre las veredas de tierra se perdía más. Pronto, seguramente debido al terror, perdió el conocimiento. Y entonces despertó. Abrió y cerró los ojos, como siempre, pero esta vez no se incorporó para ir al baño. En vez de levantarse, se acurrucó bajo las sábanas como si intentara protegerse de algún golpe metafísico. La luz del mediodía lo descubrió, después, dibujando trazos extraños sobre una hoja de color blanco.

Días más tarde pensó que se había tratado del oeste. La idea le llegaba a oleadas puntuales después de regresar de trabajar. Al principio evitó acordarse de eso, pero conforme desapareció la sensación abrumadora

his dreams. He didn't know what he was doing on that bench, watching dogs lick their paws and pigeons take flight the moment the wind changed direction. He didn't know what sense there was in continuing to stare at the towers of a church that had no bells. He didn't know how he'd gotten there and, what's more, didn't have the slightest clue how to get back out. Besides, the plaza was full of trash, plastic bags, dog droppings, broken dolls. It wasn't his kind of place. As soon as the first wave of shock subsided, he stood and began walking, with absolutely no idea where he was going. Rather than find his bearings, the longer he walked along those dirt paths the more lost he got. Soon, probably out of sheer terror, he lost consciousness. And then he woke up. He opened and closed his eyes, as always, but this time he didn't get up to go to the bathroom. Instead of getting out of bed, he curled up under the sheets as if to protect himself from some metaphysical blow. The midday sun, later, found him sketching strange lines on a white sheet of paper.

Days later he decided that indeed that had been the west. The idea came to him in concise waves when he got back from work. At first he tried not to think about it, but as the overwhelming sense of horror faded, he dove back into the designing of his map. One afternoon, as he was walking along the seaside in the city where he lived, he saw the sun go down. Immediately he recalled that, when he dreamed about the sunset in the plaza, it had grown slowly, in a rather suspicious manner, before his eyes. And suddenly he had no doubt; certainly, that had been the west. A shiver ran down his spine once he'd fully absorbed the idea. In the future, he thought, he'd take precautions and never, not even by mistake, would he go back to the west. Perhaps it was his own personal version of hell. Perhaps, he thought sorrowfully, there was no heaven in his place.

This new doubt led him to search desperately for the south. And he

del terror, volvió a ocuparse del diseño de su mapa. Una tarde, mientras caminaba frente al malecón de la ciudad donde vivía, vio la puesta del sol. De inmediato recordó que, en el sueño de la plaza, el atardecer había crecido poco a poco, de manera sospechosa, frente a sus ojos. Entonces no tuvo duda alguna de que, ciertamente, había logrado dar con el oeste del lugar. Un escalofrío le recorrió la espina dorsal cuando terminó de digerir el pensamiento. En el futuro, pensó, tomaría sus precauciones y nunca, ni siquiera por equivocación, volvería a ir hacia el oeste. Tal vez se trataba de su propia versión del infierno. Tal vez, pensó con tristeza, su lugar carecía de paraíso.

Esta nueva interrogante lo llevó a buscar desesperadamente el sur. Entonces empezó a tomar sus precauciones. Antes de dormir bebía al menos tres vasos de agua para evitar una posible deshidratación y, en el último momento, decidió cargar una brújula dentro del bolsillo derecho de su pijama. Pronto desarrolló una nueva costumbre: apenas si llegaba al lugar, extraía su brújula y buscaba su punto de orientación. La gente que al inicio se asombró ante el ritual, pronto le dejó de prestar atención. Pensaron que se trataba, seguramente, de algún científico despistado. Él, por su parte, no se dejó amedrentar ni por la atención ajena, ni por la falta de atención ajena. Día tras día, visita tras visita, lo intentaba. Pero día tras día, visita tras visita, fracasaba en su intento. El sur era elusivo. El sur tal vez no existía. La posibilidad lo llenó de pesar y el pesar lo obligó a reducir la velocidad de sus paseos. Fue por eso, gracias al pesar, que finalmente empezó a poner atención en la gente que se movía a su lado. Se trataba, sin lugar a dudas, de seres humanos, no muy distintos en aspecto al suyo propio. Había hombres y mujeres, niños y ancianos, y todas las variantes posibles entre ellos. Nada fuera de lo común. Cuando se aproximaba lo suficiente, contaba el número de sus dedos: cinco por cada mano, cinco por cada pie también. Algunos llevaban ropas holgadas que les permitían moverse con libertad; otros traían puestos atuendos

began to take certain precautions. Before going to sleep he'd drink at least three glasses of water to avoid dehydration and, at the last minute, he decided to slip a compass into the right pocket of his pajamas. Soon he developed a new habit: as soon as he'd get there, he'd take out his compass to get his bearings. The people who'd first been surprised by this ritual soon paid him no mind. They probably thought he was some absentminded scientist. He, in turn, refused to be put off by strangers' attention or by the lack of it. Day after day, trip after trip, he made an attempt to find the south. But day after day, trip after trip, he failed in his attempt. The south was elusive. Perhaps the south didn't even exist. That possibility filled him with dread, and dread forced him to slow his outings. And it was thanks to that dread that he finally began to pay attention to the people moving around him. They were, without a doubt, human beings, not very different in appearance from himself. There were men and women, children and old people, all manner of people. Nothing out of the ordinary. When he got close enough, he counted their digits: ten fingers on each hand, ten toes on each foot. Some wore loose clothing that allowed them to move freely; others had on tailored outfits that accentuated the shapes of their bodies. They smelled like human things, too. Sweat, for example. But what he liked most was the way they spoke. They pronounced their vowels like him, broadly. And their tongues fluttered when they trilled their Rs, purring the way he did. More than listen to them, he tasted the rhythm of their words, that nameless melody. As their similarities increased, he saw that his dream was not, after all, so different from reality. And that realization banished his sorrow and brought on a sort of simple, unequivocal excitement very much like happiness. And yet, the one thing he hadn't done was find the south.

On his next trip he left the compass behind and decided to let the stars be his guide. Almost immediately he was able to identify Polaris

entallados que resaltaban la forma de sus cuerpos. Olían a cosas humanas también, sudor, por ejemplo. Lo que más le gustaba, sin embargo, era su manera de hablar. Pronunciaban las vocales como él, de una manera amplia. Y producían un chasquido peculiar cuando llegaban al ronroneo de la letra r. Más que oír, degustaba el ritmo de su vocabulario, esa melodía sin nombre. A medida que el número de semejanzas aumentaba, constataba que su sueño no era, después de todo, tan ajeno a la realidad. Esa certeza alejó al pesar y atrajo a una suerte de azoro simple, unívoco, muy parecido a la alegría. Lo único que le faltaba, sin embargo, era encontrar el sur.

En su siguiente recorrido dejó la brújula de lado y decidió usar a los astros como guía. Identificó, casi de inmediato, a la estrella polar y, después de buscarla por un buen rato, reconoció a la cruz del sur. Acto seguido, emprendió su nuevo camino con la energía y la determinación de alguien que siente el éxito asegurado. Todavía no se cansaba cuando el paisaje a su alrededor empezó a cambiar. En lugar de las calles estrechas y los caseríos irregulares a los que estaba acostumbrado, se internaba ahora en una zona que, tanto por su geografía como por su arquitectura, poco tenía que ver con el lugar. Había casas de techos altos donde anidaban palomas blancas. Había avenidas en cuyos camellones crecían palmeras y margaritas. Las ondas desiguales de una música sincopada llenaban al ambiente de anticipación y movimiento. Mientras se perdía con gusto por entre callejones empedrados y daba vuelta en esquinas tapizadas de buganvillas, se dio cuenta de que muchas de las casonas habían sido salas de cine con anterioridad. De hecho, entre más se fijaba en sus fachadas, más notaba los sitios donde habían estado las marquesinas. Cuando un jardinero de ademanes generosos le permitió merodear por el interior de una de esas residencias, igual se perdió con gusto entre los jardines floridos y los pasillos interiores de una sala de cine que ahora hacía las

and, after searching for a while, he found the Southern Cross. Without delay, he embarked upon a new path with the energy and determination of someone who feels his success guaranteed. He hadn't even started to tire when the landscape around him began to change. Instead of the narrow streets and odd houses he was used to, he was now heading into an area that, judging both by its geography and its architecture, had almost nothing in common with the place. There were houses with high roofs that had doves nesting in them. There were avenues with palm trees and daisies growing in the median strips. The uneven sound of syncopated music filled the air with anticipation and excitement. As he wandered contentedly among the steep cobblestone streets and turned corners blanketed in bougainvillea, he realized that many of the large homes had once been movie theaters. In fact, the closer he looked at their facades, the more he could see where the marquees had been. When a gardener who waved his hands generously allowed him to wander around the inside of one of those residences, he ambled blissfully among its lush gardens and the aisles of a theater that was now a family home. The wide open expanse produced in him a sort of sweet, elusive pleasure, similar to certain women's perfumes. And thus, wandering in and out of houses and alleys, he once more felt that warm tranquility he associated solely with the place. That feeling was the best evidence he had to confirm that, despite appearances to the contrary, this area was not outside or behind, but in the very heart of his place.

Finding the south overwhelmed him with a happiness that lasted quite some time. Colors were sharper and the air less prickly during that period. A renewed self-confidence led him to make rash plans. He'd taste each and every dish in the cleanest restaurant, he told himself. He'd learn the meaning of the words that adorned the spines of the books in the library, he promised. He'd research the place's history and, if it wasn't

veces de albergue familiar. La amplitud del espacio le producía un placer evasivo y dulzón, parecido a ciertos perfumes femeninos. Así, saliendo y entrando de casas y callejones, volvió a sentir esa sensación tibia y calma que él asociaba únicamente con el lugar. La sensación era la mejor evidencia que tenía para comprobar que, a pesar de las apariencias, esta zona no estaba afuera o atrás, sino dentro del mismo corazón de su lugar.

El hallazgo del sur lo embargó de alegría por mucho tiempo. Los colores eran más agudos y el aire menos ríspido en esos días. Una renovada confianza en sí mismo le dio rienda suelta a nuevos proyectos. Probaría todos y cada uno de los platillos del restaurante más limpio, se dijo. Aprendería el significado de las palabras que adornaban el dorso de los libros en la biblioteca, aseguró. Daría con la historia del lugar y, si no existía, encontraría alguna manera de documentarla. Haría amigos entre los lugareños, formaría una familia. Después, con el tiempo, tal vez hasta cambiaría su ciudadanía. Poco a poco, conforme llevaba a cabo cada uno de sus planes con una actitud metódica y serena, su rostro fue adquiriendo las arrugas de un hombre acostumbrado a reír, los gestos de alguien satisfecho con su suerte. Entonces, sin saber por qué, le surgieron inquietudes inesperadas. Quiso ir más lejos aún. Tenía deseos de conocer el más allá de su lugar, pero no sabía cómo hacerlo. El desasosiego que cubría a su propia inutilidad lo sumió en una tristeza ligera que, la mayor parte del tiempo, le pasaba desapercibida. Cuando la detectaba, sin embargo, era tan honda como la raíz que, hundida en la tierra, lo sujetaba al mundo de manera orgánica.

La última vez que estuvo en el lugar, no estuvo en él realmente. Llegó como algunas veces lo había hecho en sueños anteriores, por la periferia. Se entretuvo observando un prado extenso donde surgían aquí y allá rosas blancas, jazmines de Madagascar, magnolias de proporciones desmedidas. El sitio era hermoso, ciertamente, pero no era el lugar que

documented, he'd find a way to do it himself. He'd befriend the natives, start a family. And in time, maybe he'd even change his citizenship. Little by little, as he carried out each of his plans with methodical and serene composure, his face took on the wrinkles of a man who laughs often, the expressions of someone satisfied with his lot. Then, without knowing why, he was troubled by unforeseen concerns. He wanted to go further still. He wanted to discover the great beyond of his place but didn't know how to go about it. The distress he felt at his own uselessness sunk him into a mild depression that, for the most part, he remained unaware of. When he did sense it, though, it was as deep as the roots that kept him grounded in the organic world.

The last time he was in the place, he wasn't really *in it*. He arrived as he sometimes had in previous dreams, via the periphery. He stopped to stare at a wide open field dotted with white roses, Madagascar jasmine, enormous magnolias. The spot was certainly beautiful, but it wasn't the place he yearned for, the place he'd come to visit. His place. He traversed it as fast as possible, hoping for a miracle at any moment, hoping to blink and find himself on the benches of his own city. He closed his eyes. He opened them. He closed them once more on discovering that he was still there, standing before the field dotted with white flowers. When he opened his eyes once more and saw that nothing had changed, he tried to control his nerves. He walked at a normal pace at first, but when he caught sight of the blue tones of the ocean off in the distance, he knew all was lost. That's when he began to run. He wanted to use up all his energy, to exhaust himself the way those condemned to death did the day before their execution. He went into 31-story buildings and, once inside, opened doors to offices whose modern furniture reminded him of his place of work. He rushed out with the same urgency, the same determination he showed every day. Once back on the street, he tried to

añoraba; el lugar que él iba a visitar. Su lugar. Lo cruzó a toda prisa, esperando que de un momento a otro ocurriera el milagro, el parpadeo que lo depositaría en las banquetas de su propia ciudad. Cerró los ojos. Los abrió. Volvió a cerrarlos cuando descubrió que todavía estaba ahí, de pie, frente al prado salpicado de flores blancas. Cuando abrió los ojos una vez más y notó que nada había cambiado, trató de contener su nerviosismo. Caminó a ritmo normal al principio y, cuando avizoró a lo lejos el eco azul del océano, supo que todo estaba perdido. Entonces empezó a correr. Quiso usar toda la energía, como lo hacen los condenados a muerte un día antes de su cita final. Se introdujo en edificios de 31 pisos y, ya dentro, abrió puertas de oficinas cuyo mobiliario moderno le recordó el lugar de su trabajo. Salió de ahí con la misma urgencia, con la misma determinación que usaba a diario. Una vez en la calle, trató de identificar entre todas a la vía rápida que le había permitido huir la primera vez. Todas eran iguales y no pudo, por más que lo intentó, descubrir a la propia. La única. Entonces, mientras se apresuraba a cruzar calles y dar vuelta en diversas esquinas con lo que le quedaba de aire, vislumbró a lo lejos a la mujer de los muchos hijos. Traía, como la primera vez que la había visto, un bebé de apenas unos meses en los brazos, pero ahora había otro más que se tomaba de su mano.

—¿Perdiste el camino, verdad? —le preguntó con una tristeza de muchos años dentro del pasadizo de su voz.

Él asintió en silencio y bajó la vista porque sintió vergüenza. No sabía cómo había ocurrido. No entendía por qué lo había dejado ocurrir. Estaba tan apabullado, tan sin ánimos ni dirección, que no notó el momento en que la mujer desapareció. Trató de encontrarla entre el gentío, volviendo el cuello a todos lados, pero no tuvo éxito. Entonces, con una lentitud que le recordó algo muy viejo, se dio la vuelta y caminó todo el trayecto de regreso.

pick out the fast-moving road that had allowed him to flee the first time. They were all the same; he couldn't find the right one, no matter how he tried. The only one. Then, as he quickly crossed streets and turned corners with the little breath he had left, he glimpsed, off in the distance, the woman with all the kids. She had in her arms, just like the first time, a baby who looked to be only a few months old, but this time there was another child holding her hand as well.

"You lost the way, didn't you?" she asked with an enduring sadness in the hollow passageway of her voice.

He nodded in silence and looked down, ashamed. He didn't know how it had happened. He didn't understand why he'd let it happen. He was so crushed, so lost and disconsolate, that he didn't even notice when the woman disappeared. He tried to find her among the throngs, craning his neck this way and that, but he had no luck. Then, with a torpor that reminded him of something from long ago, he turned and walked all the way back.

"I lost it," he murmured the moment he awoke. "I lost the place."

A woman's face emerged from between the white sheets.

"Rodrigo," she murmured, struggling with the Rs, looking at him out of the corner of her eye. Far from floating in the air like an undulating melody, her voice sounded like breaking glass. It was sharp and clipped, offering no way back. He turned to look at her. He stared with the intensity of those trying to recall something they've lost irretrievably. He was about to speak, to tell her about his loss, but at the last minute he changed his mind. Anyway, the woman had rested her head back down on the pillow and drifted off into a peaceful slumber once more. Her tranquility was so palpable it was almost surreal; as surreal as the majestic view of the Pacific Ocean from his window. The only real thing, the only thing coursing through his body right then, was that nameless void left

NOSTALGIA

—Lo perdí —murmuró en el momento de despertar—. Perdí el lugar.

El rostro de una mujer emergió entonces de entre las sábanas blancas.

—Rodrigo —murmuró, pronunciando la letra r con dificultad, viéndolo de reojo. Lejos de flotar en el aire con la ondulación de una melodía, la voz tenía el sonido de un vidrio en el momento de quebrarse. Algo abrupto, corto, sin vuelta atrás. Él se volvió a verla. Lo hizo con la intensidad de los que tratan de recordar algo que irremediablemente se les escapa. Iba a hablar, a contarle de su pérdida, pero se arrepintió en el último momento. La mujer, de cualquier manera, había acomodado la cabeza sobre la almohada una vez más y, serena, dormía de nueva cuenta. Su paz era tan obvia que casi parecía irreal; tan irreal como resultaba el paisaje majestuoso del océano pacífico que entraba por su ventana. Lo único real, lo único que le atravesaba el propio cuerpo en ese momento, era ese vacío sin nombre que le producía el lugar que había construido y perdido en sueños. La situación, además de grave, le pareció ridícula. Por eso, para recobrarse a sí mismo o para recobrarse de sí mismo, se incorporó de la cama y se asomó por la ventana. Era domingo. Familias enteras deambulaban por las calles limpias de la mañana. Las nubes se habían dado cita en un espacio opuesto de la atmósfera, porque azul, resplandeciente, el cielo que lo cubría era alto y perfecto. Bajo su clara bóveda, el hombre empezó a llorar. Luego, limpiándose las lágrimas y los mocos, se fue con rumbo a su estudio. Abrió los cajones del escritorio y extrajo su colección de mapas imaginarios. Los guardaba en una serie de carpetas cubiertas por tapas color café. Los primeros, los que dibujó cuando apenas empezaba a conocer el lugar, todavía tenían las huellas del principiante en los trazos. Se notaba en la falta de proporción, en el titubeo del lápiz. Con el paso del tiempo, sin embargo, sus cartografías

by the place he'd found and then lost in dreams. The situation was not only grave but ridiculous. And so, in an attempt to recover himself, or to recover from himself, he got out of bed and went to the window. It was Sunday. Whole families wandered amiably down the clean, morning streets. The clouds must have arranged to meet on the opposite side of the world, because the dazzling blue sky above was high and perfect. Beneath its canopy, the man began to cry. Then, wiping his tears and his snot, he headed to his study. He opened his desk drawers and took out his collection of imaginary maps. They were stored in a series of notebooks with brown covers. The early ones, the ones he drew when he was just barely getting to know the place, bore the marks of a beginner. It was obvious in the lack of proportion, the hesitant pencil strokes. With time, though, his cartography had improved. The latest ones, in fact, the ones that included the south, looked like they'd been made by professionals in the field. He looked at the dates he'd jotted in the upper right-hand corner of each map. The first was from 1984. The last, from 2000. May. Without thinking, he went back into the bedroom, the wrinkled maps in his hand. He was beside himself. He raced around. With no warning whatsoever, he violently shook the sleeping woman.

"My name is Rodrigo. You hear me?" he shouted almost into her mouth. "R-o-d-r-i-g-o," he repeated, enunciating each letter of his name with incredible earnestness. The sound of his voice alarmed him. In its slowness, each letter of his name was like a pin under the fingernails of his own language. A form of torture.

The woman immediately stretched and opened her eyes wide. All at once, horror flooded her green pupils. The man left as he had come: with no warning, enraged, inappropriate. Once he was no longer beside her, she set about collecting the wrinkled papers he'd left in his wake. She looked at each of them. She scrutinized them. She made calculations.

habían mejorado. Las últimas, de hecho, ahí donde ya estaba incluido el sur, parecían manufacturadas por profesionales del ramo. Observó las fechas que había anotado en el extremo superior derecho de cada mapa. El primero era de 1984. El último, del año 2000. El mes de mayo. Sin pensarlo, con los mapas arrugados entre las manos, se introdujo de nueva cuenta en su recámara. Estaba fuera de sí. Estaba en el corazón mismo de la velocidad. Entonces, sin aviso alguno, zarandeó a la mujer que dormía.

—Me llamo Rodrigo, ¿me oyes? —le gritó casi frente a su boca—. R-o-d-r-i-g-o —repitió, enunciando una a una las letras de su nombre con una gravedad pasmosa. Su voz lo llenó de alarma. Así, en esa lentitud, cada una de las letras de su nombre parecía un alfiler bajo las uñas de su propio lenguaje. Una forma de tortura.

La mujer se desperezó de inmediato y abrió los ojos de manera desmesurada. El espanto se acomodó todo junto y a la vez dentro de sus pupilas verdes. El hombre se alejó entonces de la misma manera en que apareció en la recámara: sin aviso, con rabia, a la intempestiva. Ya sin él a su lado, ella se dio a la tarea de coleccionar los papeles arrugados que había dejado a su paso. Los vio todos. Los observó todos con mucho cuidado. Hizo cálculos. Poco a poco, la obviedad de los acontecimientos la obligó a cerrar los ojos y a taparse la cara con la almohada. Tenía un vacío en el estómago. Tenía ganas de vomitar. Fue en ese momento que finalmente se percató que había vivido los últimos 16 años de su vida con un inmigrante, un hombre que, en sentido estricto, había vivido esos mismos 16 años en otro lado.

NOSTALGIA

Gradually it hit her, it was all so obvious, and the realization forced her to close her eyes and cover her face with the pillow. She felt an enormous emptiness in her stomach. She wanted to vomit. In that moment, she finally realized that she'd spent the last sixteen years of her life with an immigrant, a man who, strictly speaking, had spent those same sixteen years someplace else.

TRANSLATED BY LISA DILLMAN

INTERROGUEN A SAMANTHA

Si su esposa no hubiera muerto ambos limpiarían las ventanas del comedor. No tenían más de cinco años de haber rentado el departamento cuando ella cayó de los escalones y se fracturó el cráneo. Adolfo no entendía por qué razón los cristales de una ventana que siempre permanecía cerrada se ensuciaban de esa manera. Podía entender que la duela del piso se opacase después de unos meses de recibir las pisadas de los inquilinos, pero ¿los cristales de la ventana? Era jueves y su hija Samantha no volvería de la escuela sino hasta después de la una. Comerían la misma comida del día anterior, conversarían al respecto de ciertas obligaciones de Samantha y después él se marcharía a trabajar. ¿Cómo podía sentirse tan cansado a los treinta y nueve años si la mayor parte de su tiempo la dedicaba a actividades intelectuales? Si fuera un enterrador o un obrero lo entendería, pero ¿cuál era la razón para que un periodista se levantara y se acostara todos los días de tan mal humor? En la opinión de Adolfo ambos estados de ánimo se hallaban íntimamente ligados: el agotamiento nublaba su carácter y lo convertía en un ser irascible.

Con cuánto gusto rompería los cristales de su ventana para evitar limpiarlos. Dos días antes había tenido una conversación con el director del periódico recién nombrado al respecto de las nuevas obligaciones de los empleados de la sección de cultura. Fue una reunión desagradable

QUESTIONING SAMANTHA

If his wife hadn't died, they would have been washing the dining room windows together. But they hadn't been renting the apartment more than five years when she fell down the steps and broke her skull. Adolfo couldn't understand why the glass in a window that was always kept closed should get so dirty. He could understand that floorboards might darken after a few months of being walked on, but window glass? It was Thursday, and his daughter Samantha wouldn't be back from school till after one. They'd eat the same thing they ate yesterday, talk about certain duties Samantha needed to carry out, and then he'd head off to work. How could he feel so tired at the age of only thirty-nine, if most of his time was devoted to intellectual pursuits? If he were a gravedigger or laborer he could understand it, but why should a journalist get up and go to bed in such a bad mood day after day? In Adolfo's opinion, the two states of being were intimately connected: exhaustion obscured his true personality and made him an irritable soul.

How much he'd love just to break the window so he wouldn't have to clean it! Two days ago he'd had a conversation with the recently appointed editor of his paper about the new duties imposed on employees of the arts and culture section. It was an unpleasant meeting because instead of limiting himself to the said employees' new functions, the

debido a que en lugar de hablar precisamente acerca de las nuevas funciones de estos empleados, el director decidió contarle las minucias de una aventura vivida la noche anterior al lado de una actriz de televisión. Adolfo no estaba impresionado sino aburrido y habría querido que la reunión no se alargara hasta la media noche. ¿Por qué tomó la decisión de limpiar las ventanas? ¿Por qué una mañana se está dispuesto a realizar tal labor sin saber exactamente cuál es la causa? En todo caso ir a la peluquería para cortarse el cabello parecía un asunto bastante más urgente.

Unos minutos después del mediodía el timbre del teléfono distrajo a Adolfo de sus cavilaciones. Era una llamada de la directora del plantel donde estudiaba Samantha. La mujer le pedía a Adolfo que acudiera cuanto antes a las instalaciones escolares, pues su hija había cometido un acto cuya gravedad no permitía ser tratado a la ligera. Adolfo se puso una camisa blanca, desodorante y un poco de aerosol en el cabello. Estaba harto de su cabellera desordenada. Seguramente no pasarían muchos días antes de que las tijeras dejaran bien solucionado el asunto. ¿Cómo pudo haberse imaginado el director que un hombre como Adolfo podría estar interesado en sus romances? En cuanto recibiera una buena oferta abandonaría el periódico para siempre. De hecho esperaba de un momento a otro la llamada de un amigo que le confirmaría la posibilidad de trabajar como reportero cultural en un canal de televisión.

Descendió los tres pisos que separaban su departamento de la calle sin detenerse, como era su costumbre, a husmear en el interior del buzón colectivo. ¿Qué podía haber hecho una niña de once años para que la encargada del colegio no deseara tratar el asunto por teléfono? Lo más probable era que Samantha hubiese causado algún desperfecto en las instalaciones, daño que sin duda sería cargado a la cuenta de Adolfo. El colegio estaba sólo a unas cuadras de su departamento, de modo que en diez minutos se hallaba cruzando la puerta de la dirección. Ya dentro de

editor had decided to tell Adolfo every detail of a tryst with a TV actress the previous night. Adolfo had been bored rather than impressed, hoping only that the meeting wouldn't drag on till midnight. Why had he decided to clean the windows? Why on a given morning should he be disposed to undertake such a task without knowing exactly what for? Really, going to get his hair cut seemed a significantly more urgent matter.

A few minutes after noon, the ring of the telephone distracted Adolfo from his ruminations. It was the principal of Samantha's school, asking Adolfo to present himself at that educational institution as soon as he possibly could. She told him his daughter had committed an act whose gravity meant it must be taken most seriously. Adolfo put on a white shirt, deodorant, and a dash of hairspray. He was fed up with his disorderly mop. Within a few days, the scissors would take care of that. How could the editor have imagined that a man like Adolfo would be interested in his romances? As soon as a decent offer came along, he'd be leaving that paper for good. In fact, at any moment he expected a call from a friend confirming an opportunity to work as a cultural reporter for a TV channel.

Adolfo descended the three stories separating his apartment from the street without his habitual stop to snoop in the collective mailbox. What could an eleven-year-old girl have done that the head of the school would not want to discuss over the phone? Most likely she'd done some damage to the physical plant that doubtless he would have to pay for. Since the school was only a few blocks from his apartment, it took him just ten minutes to find himself crossing the threshold of the principal's office. Inside, he confronted an unexpected scene: next to a glass case protecting the national flag from dirt and dust stood his daughter, hanging her head. Opposite, an obviously anxious couple observed her with some curiosity. The principal stepped forward in front of her desk to

la oficina se encontró con una escena inesperada: junto a una vitrina que resguardaba del polvo a la bandera nacional, estaba su hija con el rostro inclinado mirando al piso. Justo en el costado opuesto una pareja de rostro acongojado lo observaba con curiosidad. La directora del colegio dio unos pasos adelante de su escritorio para saludar al recién llegado y le pidió que se colocara al lado de su hija. El protocolo puso a Adolfo de muy mal humor, primero el director del periódico haciéndolo cómplice de sus romances, después la estúpida decisión de limpiar los cristales de las ventanas, y ahora esto. ¿Por qué su hija parecía tan amedrentada? La directora le explicó lo ocurrido dos horas antes, durante el descanso obligatorio de las diez de la mañana. Su hija se había encerrado con otro alumno en un compartimiento del baño. Un profesor, afortunadamente alertado por el resto del estudiantado, los había encontrado realizando el coito. La directora le pidió mantener la calma a pesar de que Adolfo no había expresado todavía ningún sentimiento. Los padres del alumno que había realizado el coito con Samantha estaban allí para responder por las consecuencias que un acto tan bochornoso podría desatar. A juzgar por su apariencia habían dejado sus labores para presentarse a la escuela. Él llevaba puesto un overol color azul marino y ella una mascada en el cabello. Las palabras *coito* y *bochornoso* fueron pronunciadas por la directora del colegio con especial énfasis. Adolfo, que conocía bien el imperioso carácter de su hija, estaba intrigado por su comportamiento. ¿Por qué no se defendía? La directora le explicó a Adolfo que temiendo una reacción violenta de su parte había preferido mantener al estudiante involucrado en un lugar lejos de aquella oficina.

—Yo no entiendo aún cuál es el problema —dijo Adolfo en tono neutral. Sus palabras despertaron una leve irritación en el rostro de los presentes. Habían esperado una reacción tan diferente por parte del padre de Samantha. ¿Qué acaso no le importaba su hija?

greet the new arrival. She asked him to stand next to his daughter. This formality put Adolfo in a very bad mood—first the newspaper editor making him a party to his romances, then the stupid decision to clean the windows, and now this. Why did his daughter seem so intimidated? The principal told him what had happened two hours before, during the obligatory 10 A.M. recess. His daughter and another student had hidden in a bathroom stall. A teacher, luckily alerted by the rest of the student body, had found them having sexual relations. The principal asked him to stay calm, although Adolfo had not yet expressed any emotion at all. The parents of the boy who had carried out the sexual act with Samantha were there to answer to the consequences that such shameful behavior could unleash. To judge from their appearance, they had both left work to come to the school. The man was wearing navy blue overalls, and the woman had her hair tied up in a scarf. The principal spoke the words *sexual act* and *shameful* with special emphasis. Adolfo, who well knew his daughter's imperious personality, wondered about her behavior. Why wasn't she defending herself? The principal explained to Adolfo that, fearing a violent reaction on his part, she had chosen to keep the boy in question as far from her office as possible.

"I still don't understand what the problem is," Adolfo said in a neutral tone. His words brought a trace of annoyance to the faces of those present. This was not the reaction they had expected from Samantha's father. Didn't he care about his daughter at all?

"But they're children!" the principal exclaimed.

Adolfo wondered how she could be so young and so old at the same time. He patted his daughter on the head to demonstrate to everyone that he was on her side. How much would it have cost him if Samantha had damaged a piece of lab equipment? Or the case holding the flag, which seemed to be made of very expensive glass? The principal asked

INTERROGUEN A SAMANTHA

—¡Son unos niños! —exclamó la directora.

Adolfo se preguntó cómo podía ser tan joven y tan vieja al mismo tiempo. Acarició el cabello de su hija para hacerles saber a todos que estaba de su parte. ¿Cuánto habría tenido que pagar si Samantha hubiera estropeado material de laboratorio? O la vitrina misma donde guardaban la bandera y cuyos cristales parecían ser carísimos. La directora preguntó entonces por la madre de Samantha. El polvo nacarado no lograba ocultar el color de sus mejillas ni tampoco un pequeño lunar al lado de los labios. Adolfo prefirió no responderle ya que al enterarse de la orfandad materna de Samantha la directora tomaría la respuesta como un atenuante de su conducta. De ninguna manera le haría las cosas más sencillas.

—¿Fue en el baño de hombres o en el de mujeres? —le preguntó Adolfo a su hija.

—Eso no tiene importancia —dijo la directora. Hacía dos años que ocupaba el cargo y nunca se había enfrentado a una situación semejante.

—En el baño de las mujeres —respondió Samantha. La gravedad de su voz delataba que había estado llorando.

—Si fue durante el descanso y además en baño destinado a las mujeres no creo que mi hija haya cometido falta alguna.

—Hemos interrogado a los niños y quiero decirle, estimado señor, que hubo penetración —Adolfo recordó que también el director del periódico le había llamado *estimado señor* antes de contarle acerca de sus aventuras con la actriz de televisión. ¿Por qué la directora había dicho *hemos interrogado*? ¿Cuántas personas más habían acosado a su hija con preguntas incómodas? Volvió a reprocharse su falta de pantalones: de haberlos tenido se habría levantado y habría dejado al director del periódico con la palabra en la boca.

where Samantha's mother was. Her makeup failed to hide the color of her cheeks or the small mole beside her lips. Adolfo chose not to answer. If he revealed Samantha's maternal orphanhood, the principal would take that for an attempt to plead mitigating circumstances. He had no desire to make things easier.

"Was it in the men's bathroom, or the women's?" Adolfo asked his daughter.

"That doesn't matter," the principal said. She'd been in this post for two years now, and never been faced with a situation like this.

"In the women's," Samantha answered. The hoarse sound of her voice revealed that she'd been crying.

"If it was during recess, and in the bathroom assigned to women, I don't think my daughter has committed any offense."

"We have questioned the children, my dear sir, and I must tell you that there was penetration." Adolfo recalled that the newspaper editor had also called him "my dear sir" before telling him about his affair with the TV actress. Why had the principal said "we have questioned"? How many other people had hounded his daughter with uncomfortable inquiries? Once again he reproached himself for his lack of guts; otherwise he would have walked out on the editor in mid-sentence.

"Are you going to expel my daughter from school?"

"We're considering that," said the principal, barely moving her lips.

"When you finish considering, let me know. Good afternoon." Adolfo took his daughter by the hand and left the office. They walked the seven blocks from school to home in silence. Once inside the apartment, Adolfo told Samantha that she would not go without punishment.

"You have to finish cleaning the dining room windows," he told her. He had found a magnificent excuse to get out of the task he had taken up that morning on his own initiative.

INTERROGUEN A SAMANTHA

—¿Va usted a expulsar a mi hija del colegio?

—Lo estamos considerando —dijo ella apenas moviendo los labios.

—Cuando termine de considerarlo hágamelo saber. Buenas tardes —Adolfo tomó a su hija de la mano y abandonó la dirección. Recorrieron en silencio las siete calles que mediaban entre la escuela y su departamento. Una vez en casa, Adolfo le informó a Samantha que de ninguna manera se quedaría sin castigo.

—Tienes que terminar de limpiar las ventanas del comedor —le dijo. Había encontrado un magnífico pretexto para dejar de hacer lo que había comenzado en la mañana por iniciativa propia.

—Sí, papá, y tú tienes que cortarte el cabello.

La semana siguiente Adolfo cumpliría cuarenta años y aún no estaba seguro si ello le causaría una depresión. Antes de marcharse besó a Samantha en la mejilla. La tarde comenzaba a nublarse y el taxi que lo llevaría a su trabajo estaba a punto de aparecer frente a sus ojos.

QUESTIONING SAMANTHA

"Yes, Dad, and you have to get a haircut."

Adolfo would turn forty next week, and he still wasn't sure whether or not that was going to depress him. Before leaving, he kissed Samantha on the cheek. The afternoon was turning cloudy. The taxi that would take him to work was about to appear before his eyes.

TRANSLATED BY DICK CLUSTER

JORGE F. HERNÁNDEZ

TRUE FRIENDSHIP

Para D.G.E.

You may still think true friendship is a lie. But then, you've never met Bill Burton repetía con frecuencia Samuel Weinstein. De hecho, la frase podría considerarse su rúbrica. La soltaba al justificarse ante su esposa por algún olvido y ante los compañeros de oficina la utilizó más de una vez como excusa por cualquier descuido. De hecho, Weinstein empezó a glorificar su amistad incondicional con Burton desde los tiempos en que aún vivía con sus padres, cuando era soltero y apenas cursaba el High School. Su hermana Rachel siempre dudó de la sinceridad de su declaración y consta que fue la única que llegó a cuestionar la existencia misma de Burton; para ella, la supuesta fidelidad de su hermano Sam al desconocido Bill Burton no era más que una ingeniosa —y rápidamente trillada— artimaña para evadir cualquier responsabilidad. Que si Samuel llegaba tarde a la mesa para cenar, que si decidía faltar a la sinagoga, que si no estaba libre algún sábado por la mañana, todo se explicaba por vía de Bill: que lo había invitado a un juego de béisbol y no calcularon el tiempo, que siendo sábado habían decidido estudiar para un examen concentrados en todo menos en recordar que Sam se había comprometido a lavar el coche o pasar por un mandado, o también que fue Bill Burton quien le pidió —aun a costa de faltar a

JORGE F. HERNÁNDEZ

TRUE FRIENDSHIP

For D.G.E.

You may still think true friendship is a lie. But then, you've never met Bill Burton was a phrase oft repeated by Samuel Weinstein. Indeed, you could consider it his motto. He would often use it with his wife as a justification for having forgotten something, and he tossed it around more than once with his coworkers as an excuse for falling behind. Most everyone knows that Weinstein began glorifying this "unconditional" friendship with Burton back when he was a mere high school boy, still living under his parents' roof. His sister Rachel always doubted the sincerity of his declaration, and in fact she was the only one ever to question Burton's very existence; for her, the supposed loyalty Sam displayed toward this enigmatic Bill Burton was nothing more than an ingenious—and quickly hackneyed—ruse created to avoid all kinds of responsibility on Sam's part. Whether Samuel arrived home late for dinner, or whether he decided to skip shul, or maybe he just happened to be busy that Saturday morning . . . everything had an explanation via Bill: that Bill had invited him to a baseball game and they lost track of time, or that it was Saturday and they had decided to study for an exam, concentrating so hard that Sam managed to forget he had promised to wash the car or run an errand, or that Bill Burton himself had asked Sam to miss shul

sinagoga— que lo acompañase a New Jersey para cobrar un dinero que le debían a su madre.

En realidad, la vida de Sam Weinstein no tiene ningún viso de anormalidad y su biografía —*plain and simple*— transcurre estrictamente dentro de lo convencional, salvo las muchas y repetidas ocasiones en que aludía a Bill Burton y las veces en que se enredaba justificando la muy notable ausencia constante de su entrañable amigo, siempre apelando a su rúbrica de que "podrás pensar que la amistad verdadera es una mentira, pero bueno, es que no conoces a Bill Burton". Samuel Weinstein nació en Nueva York, en octubre de 1926, en el seno de una familia judía, segunda generación de emigrados lituanos y albaneses, cuya pequeña fortuna se debía más al esfuerzo tenaz y compartido de sus padres que a la cómoda herencia o el abuso fiduciario que tanta seguridad económica les brindó a muchos conocidos de la familia. Sam era el primogénito de Baruj Weinstein y Sarah Elbasan, ambos sobrevivientes del paso de entrada por Ellis Island por donde llegaron sus respectivas familias casi al mismo tiempo, aunque según unas viejas fotografías en sepia, Sarah venía en brazos de su madre, mientras que Baruj bajó andando del barco.

Algún psicoanalista podría intentar explicar la exagerada filiación de Samuel Weinstein por su amigo invisible por el hecho traumático que marcó su vida a la temprana edad de cuatro años. Sam se perdió entre cajones de verduras y desperdicios de pescado allá en los oscuros y sórdidos callejones del Bowery, habiéndose soltado de la mano de su madre apenas durante unos segundos. Los suficientes para que la robusta albanesa gritase lamentos a voz en cuello que rápidamente atrajeron la improvisación de un escuadrón de rescate: cuatro judíos ortodoxos, seis cargadores chinos, una panda de estibadores irlandeses, tres alemanes semiembriagados y algunos policías de uniforme a la Keystone Cops se entregaron a la tarea de peinar cada metro inmundo de la zona, hasta

in order to accompany him to New Jersey to meet someone who owed his mother some money.

Truth be told, Sam Weinstein's life is as normal as any and his biography—*plain and simple*—takes place within the confines of convention, except for the recurring occasions involving Bill Burton, notably all those times Sam tripped over his tongue trying to justify the significant and constant absence of his beloved friend, always calling upon his motto, "You may still think true friendship is a lie. But then, you've never met Bill Burton." Samuel Weinstein was born in New York, in October 1926, to a Jewish family, second-generation Lithuanian-Albanian immigrants. Their small fortune was due to his parents' hard work and tenacity rather than to a comfortable inheritance or fiduciary abuse that afforded other friends and family such economic security. Sam was the first-born son of Baruj Weinstein and Sarah Elbasan, both of whom passed through Ellis Island along with their respective families at almost the same time. According to some old sepia photographs, Sarah was still a babe in her mother's arms, while Baruj had already started walking by the time he got off the boat.

Perhaps a psychoanalyst would peg the source of Samuel Weinstein's exaggerated devotion to his invisible friend on a traumatic event that happened at the tender age of four. Sam got lost among the vegetable crates and fish scraps somewhere along the dark and sordid alleys of the Bowery after he let go of his mother's hand for only a few seconds. That was long enough for the stout Albanian to scream a lament at the top of her voice, quickly amassing an improvised rescue team—four orthodox Jews, six Chinese loaders, a gang of Irish stevedores, three semi-inebriated Germans, and a few policemen dressed à la Keystone Cops, all turned to the task of combing every filthy inch of the area, until finally a little Polish dressmaker found young Sam Weinstein, huddled

que finalmente una costurerita polaca encontró al niño Sam Weinstein, acurrucado entre botes de basura, susurrando lo que parecía una canción de cuna a los andrajos desmantelados de lo que pudo haber sido en algún momento un oso de peluche.

A los cinco años llegó a la familia su pequeña hermana Rachel, que sería para él foco de adoración y objeto de absoluto cariño hasta que Sam se halló ya bien entrado en sus años mozos. De hecho, coincide su adolescencia con las primeras ocasiones en que llegó a casa mentando hazañas y compartiendo maravillas de Bill Burton, *a true friend and that's no lie*. Consta que desde el principio de su obsesión tanto la madre de Sam como su padre y más de un familiar le sugirieron que invitase a Bill Burton a casa, que no se avergonzara de sus raíces ni de su credo, pero por una u otra razón nunca se daba la oportunidad o la ocasión para que Weinstein lo presentara entre los suyos.

Conforme avanza la vida de Weinstein se acumulan, aunque sabemos que no con exagerada frecuencia, los episodios de Burton. Sus padres, hermana y demás familiares llegaban incluso a saber como ciertas las anécdotas que ampliaban el aura de Bill y en más de una ocasión —quizá luego de un letargo sin rúbricas de por medio— ellos mismos inquirían o insistían en saber por dónde andaba Burton, que si Sam no traía alguna buena nueva o si planeaba algún pretexto para invitarlo a cenar con ellos. Durante el verano inmediatamente anterior a su ingreso en la Universidad de Wesleyan (donde, *but of course*, también se había inscrito su incondicional Burton) Samuel prefirió faltar a las vacaciones en la playa con toda su familia, argumentando que Bill lo había invitado a una cabaña con todo el clan Burton en las montañas de Vermont. En este punto, la historia que intento narrar aquí cobra un giro trascendental, pues Sam volvió de esa estancia no solamente cargado con más hazañas a presumir de su amigo, sino también con una fotografía donde figuran ambos sonrientes al pie de un hermoso lago que parece pintado al óleo.

between trash cans, muttering what seemed like a lullaby to the dingy tatters of what at one time was likely a stuffed teddy bear.

When Sam was five years old his family welcomed his little sister Rachel, who would become the focus of his adoration and complete affection until he was well into his teen years. In fact, his adolescence coincides with the first instances of his coming home and exalting the exploits of the wondrous Bill Burton, *a true friend and that's no lie*. Let it be known that, from the very start of his obsession with Burton, both Sam's mother and father, and even other family members, suggested inviting the cherished friend home, urging Sam not to feel shame in his roots or in his creed, but for some reason or another the opportunity to introduce Bill to the Weinstein clan never came up.

As Sam's life unfolds, so too do the episodes with Burton, though not with exaggerated frequency. His parents, sister, and other family members begin accepting as truth the many anecdotes boosting Bill's stature and on more than one occasion—perhaps after some long spell of Burton-less stories—they themselves inquired as to what was new with Burton, asking Sam for any updates, or maybe that he invite his friend over for dinner. The summer before his freshman year at Wesleyan University (where, *but of course*, his dear friend Burton had also been accepted) Samuel chose to skip his annual family vacation to the beach, preferring instead to accept an invitation from Bill and the entire Burton clan to spend it in their cabin in the mountains of Vermont. At this point the story takes a transcendental turn, for Sam came home not only with more Burton exploits to boast of, but with a photograph in which the two friends are seen smiling at the edge of an exquisite lake resembling an oil painting.

The photograph, avidly passed from one curious Weinstein hand to another, affirmed Bill Burton to be the ideal American golden boy on par with film stars: over six feet tall (towering over the smallish Sam), with a

TRUE FRIENDSHIP

Por la fotografía, que pasó de mano en mano con avidez y curiosidad de todos los miembros de la familia Weinstein, podemos afirmar que Bill Burton era un norteamericano prototipo y digno de cinematografía: alto como de dos metros (muy por encima de la digamos chata estatura de Sam), con una cabellera rubia que le cubría la perfección de sus facciones, el enigma de sus ojos claros y la medida sonrisa que apenas revelaba una envidiable dentadura perfectamente alineada. Aunque Bill aparece enfundado en un suéter con una inmensa letra W cosida al frente, todos los que hemos visto la fotografía podemos afirmar que se trata de un atleta, orgulloso de su tórax y condecorado por dignas musculaturas en ambos brazos. Según Weinstein, aquellos días en Vermont habían significado para él las mejores vacaciones de su vida: que si la familia de Bill era no sólo millonaria en bienes raíces, sino afortunada y pródiga en hospitalidad y afecto; que si la hermana mayor de Bill era de una belleza indescriptible, y que, además, había invitado a su mejor amiga —una tal Jane Scheller— que había logrado más que enamorar, embelesar a Bill Burton. Weinstein confió a su padre y los hombres de su familia —una vez que las mujeres se habían entretenido en la cocina— que con sólo haber sido testigo de las formas y maneras con las que Burton había logrado cortejar a Jane Scheller, allá en el paisaje de Vermont, él también podría sentirse ya preparado para hacerse de una novia.

Sabemos que se tardó, pues no fue sino hasta su tercer año en la Universidad de Wesleyan cuando Samuel Weinstein volvió a su hogar de Manhattan con la noticia (y fotografías que la confirmaban) de su noviazgo y, mejor aún, profundo enamoramiento con Nancy Lubisch, que a la larga se convertiría en su esposa. Apenas dos meses después de haberla mostrado en fotografía, Weinstein presentó en persona, en vivo y a todo color, a Nancy con todo el clan Weinstein y sobra mencionar que el comentario que más risas provocó en la sobremesa fue el que brotó cuando

blond mane that topped his perfect facial features, inscrutable blue eyes, and a half smile barely revealing enviable, perfectly aligned white teeth. Though Bill appears sheathed in a sweater with a huge W sewn on the front, all of us who have seen the photograph can tell he is nothing less than an athlete, proud of his pecs and perfectly sculpted arm muscles. The way Weinstein would tell it, those days in Vermont had been the best vacation of his life: Bill's family was not only one of the richest and most well-bred, but lavish in hospitality and affection; Bill's sister was of an indescribable beauty, and furthermore had brought along her best friend—a certain Jane Scheller—who managed to enamor and enthrall Bill Burton. Weinstein confided to his father and the other men of the family—once the women were busy in the kitchen—that simply by witnessing the manner and form in which Burton succeeded in courting Jane Scheller, there among Vermont's breathtaking landscape, he, Sam, now felt prepared to find himself a girlfriend.

Still, it took him a while, and it wasn't until his junior year at Wesleyan University that Samuel Weinstein returned home to Manhattan with the news (and photographs to confirm it) of his new girlfriend, Nancy Lubisch, with whom he was totally in love, and who would one day become his wife. Only two months after having shown her off in photos, Weinstein introduced Nancy in person, live and in full color, to the entire Weinstein clan. It's worth mentioning that Rachel provoked an enormous bout of laughter after dinner when she observed, with sarcasm in her penetrating gaze but with obvious envy in her tone, that if Nancy also studied at Wesleyan, "then surely you have had the honor of meeting the famous Bill Burton." Nancy, perplexed perhaps for not being in on the enduring family joke, answered between chuckles, "*The funniest thing* is that any time we go to Bill's dorm or any time Sam wants the three of us to go out—or the four of us, whenever Bill's got

Rachel, con toda la sorna de su mirada profunda, preguntó con tono de clara envidia que si Nancy estudiaba también en Wesleyan, "pues seguramente tú sí que tienes el honor de conocer al famosísimo Bill Burton". Nancy, perpleja quizá por no conocer los muchos antecedentes, contestó entre risas que "*the funniest thing* es que cada vez que vamos al dormitorio donde vive Bill o cada vez que Sam queda en que salgamos los tres juntos —o los cuatro, cuando Bill ha andado de novio— siempre se nos cruza algo o alguien, y en los diez meses que llevo con Sam nunca se me ha dado conocerlo en persona". Dijo que había visto fotografías de él apostadas afuera de la cafetería y una breve entrevista que apareció publicada en el periódico de la Facultad, a raíz de un ensayo sobre economía con el que Burton había logrado aumentar su leyenda. *But I have to say that sometimes I almost feel like Sam's talking about a ghost.*

Cuando el clan Weinstein subió en tren a Connecticut, hasta las puertas mismas de Wesleyan University, para atestiguar a mucha honra la graduación de Samuel, se toparon con la mala, muy mala noticia, de que el padre de Bill Burton había fallecido el día anterior y se podría afirmar que todos —el viejo Baruj, la robusta y albanesa Sarah e incluso la incrédula Rachel— habían sentido verdadera tristeza por su pérdida, aunque su congoja se fincaba en encontrarse una vez más sin la anhelada posibilidad de conocer en persona a Bill Burton. Pero aquí, otro dato notable: consta que durante la entrega de diplomas, el rector de la universidad leyó en voz alta el nombre de William Jefferson Burton y que entre las sillas de los graduados hubo un lugar vacío, al lado de Sam Weinstein, donde los estudiantes habían tenido a bien colocar la toga y el birrete del ausente. Consta también que en los poco más de doscientos años que llevaba de haberse fundado la distinguida Universidad de Wesleyan jamás se había visto un homenaje de tamaña solidaridad con ninguno de sus muchos notables graduados. Incluso, dicen que fue Weinstein, junto

a girl—someone or something always gets in our way, and in the ten months Sam and I have been together, I've never met Bill in person." She said she had seen photos of him tacked outside the cafeteria, as well as a brief interview apparently published by the school newspaper regarding an economics essay that only increased his notoriety among classmates. *"But I have to say that sometimes I almost feel like Sam's talking about a ghost."*

When the Weinstein clan took the train into Connecticut, to the very doors of Wesleyan University to witness with pride Samuel's graduation, they were confronted by the awful news that Bill Burton's father had passed away the day before. Absolutely everyone—old Baruj, the stout Albanian Sarah, and even the incredulous Rachel—all felt a sincere sadness at the loss, although their sorrow also sprang from the once again thwarted opportunity to finally meet Bill Burton in person. At this point there is another significant footnote: during the graduation ceremony, the rector of the university read aloud the name William Jefferson Burton. Among the graduates was an empty chair, next to Sam Weinstein, and on it the students had solemnly placed a cap and gown. Furthermore, many said that it was Weinstein himself, along with no small number of devoted classmates, who proposed lowering to half-mast the red, white, and black colors of their alma mater's flag as a sign of mourning and commemoration. This is considerable, for in the nearly two hundred years since the founding of the distinguished Wesleyan University, never had such a tribute of mass solidarity been paid to any of its other esteemed graduates.

So, fine, *moving right along*, what kind of life awaited the recent graduate Samuel Weinstein, at the onset of summer 1951? *Easy, easy*, as well as obvious: first he announced his engagement to Nancy, then he was hired as an assistant editor for a distinguished literary magazine in Manhat-

con no pocos compañeros de devoción, quien propuso ondear a media asta los colores rojo-negro-blanco del Alma Mater en señal de luto.

Ahora bien, *moving right along*, ¿qué vida se le planteaba a Samuel Weinstein, recién graduado, al arrancar el verano de 1951? *Easy...easy*, además de obvio: pronto anunció su compromiso formal con Nancy, ingresó como asistente del editor en una nada desdeñable revista literaria de Manhattan (donde llegaría a jubilarse cuarenta años después) y prosiguió en su ya muy conocida rúbrica de que *You may still think true friendship is a lie. But then, you've never met Bill Burton.*

En las pocas pero significativas ocasiones en que llegó tarde a la redacción de la revista, Sam justificaba sus errores ante el jefe Smithers con referencias a Bill Burton. Que si lo había llamado desde Grand Central Station, con apenas el tiempo suficiente como para invitarle un trago en el Oyster Bar, pues salía en el primer tren a Philadelphia con negocios trascendentales que involucraban a los Rockefeller; que si se lo había encontrado en la esquina de Lexington y la 51, sin poderlo desviar de su trayecto, pero tampoco sin poder dejar de acompañarlo. Digamos lo mismo, *or better yet*, digamos que lo mismo sucedía en casa: Nancy llegó a hartarse de que Sam no llegara a cenar, hablando desde un teléfono público para avisarle que allí mismo estaba Bill y que no podían desperdiciar la oportunidad de una *damn good night out on the town.* Cualquiera diría que Nancy ya debía estar acostumbrada —tal como su robusta suegra albana o como sucedió con el viejo Baruj Weinstein, quien murió tranquilamente en su cama, rodeado de los suyos más íntimos, aunque sin dejar de mencionar que se iba de este mundo sin haber conocido al mejor amigo de su hijo— y más, pues me faltó mencionar que el día de la boda de Nancy y Samuel, donde parecía infalible la presencia de Bill Burton ya que iba como *best man* de su amigo incondicional, no sólo se tuvo que retrasar la ceremonia por más de cuarenta minutos, sino que

tan (from which he would retire forty years later), and meanwhile he continued to recite his mantra, *You may still think true friendship is a lie. But then, you've never met Bill Burton.*

On the few but significant occasions that he was late in editing the magazine, Sam justified his errors before his boss Smithers by blaming Bill Burton. Maybe Bill had called him from Grand Central Station, with just enough time to share a drink at the Oyster Bar, since he was leaving on the first train to Philly on some complex business involving the Rockefellers; or maybe they had bumped into each other on the corner of Lexington and 51ˢᵗ, and unable to persuade Bill to stray from his path, Sam couldn't help but accompany him. The same would happen at home: Nancy came to loathe Sam's absence at dinnertime, usually punctuated by a call from him in some phone booth somewhere letting her know that he had run into Bill and that they couldn't waste a *damn good night out on the town.* One would think Nancy would be used to it by now—just as her stout Albanian mother-in-law was, or old Baruj Weinstein, who died peacefully in his bed, surrounded by loved ones, though not without mentioning that he was leaving this world never having met his son's best friend. Indeed, it would be careless to leave out the matter of Sam and Nancy's wedding day, an event for which the presence of Bill Burton seemed assured, especially since he was Sam's *best man.* Not only was the ceremony delayed for over forty minutes, but the longed-for ghost, Sam's unconditional friend, never arrived. Instead the temple doors opened to a firefighter, in full uniform, coming to let Weinstein know that Bill Burton was wounded in a subway accident and that, before being taken to the hospital by ambulance, insisted that someone kindly inform his best friend Sam *and his lovely bride.* However, the firefighter wasn't able to say what hospital Burton had been taken to, nor what his condition was. For a few seconds Sam considered post-

además nunca llegó el anhelado fantasma, amigo de su ahora marido, pues se presentó a las puertas del templo un bombero uniformado con casco y botas para informar en persona que Bill Burton había salido herido en un accidente del *subway* y que, antes de ser llevado en ambulancia, había insistido en que alguien tuviera la bondad de avisarle a su amigo Sam *and his lovely bride*. Sin embargo, el bombero no supo decir a qué clínica se lo habían llevado ni qué tan graves eran sus heridas. Sam estuvo por unos segundos dispuesto incluso a posponer el matrimonio y, pasados ya varios años, Nancy seguía intolerándose e inconformándose con el recurrente pretexto o excusa de que se aparecía Bill Burton —ante Sam y nadie más— como salido *right out of the blue* justo cuando ella ya había preparado una cena especial o se había hecho a la idea de que podrían ir al cine o ambos habían acordado invitar a sus amigos los Mertz o la pareja de recién casados que vivían en el departamento de abajo.

Desde luego, *but of course*, que Weinstein tenía otros amigos. Junto con Nancy se podría decir que los Mertz completaban un cuarteto imbatible en cualquier boliche de Manhattan y todos podríamos jurar que la relación que sostuvo Sam Weinstein con muchos de sus compañeros en la revista literaria, hasta el día exacto de su jubilación, era de amistad íntima y camaradería a toda prueba y, sin embargo, quizá sobra decirlo, hubo más de una noche a punto de dormir o durante el trayecto en taxi de regreso a casa, y luego de una velada agradable con los otros amigos, en que Weinstein volteaba hacia Nancy y le soltaba —quizá más despacio que cuando lo decía de joven— aquello de que *You may still think true friendship is a lie. But then, you've never met Bill Burton.*

To make a long story short o vámonos que nos vamos y a lo que vamos: Bill Burton, aunque un invento cómodo y multicitado ya no sólo por Sam Weinstein, sino por todos quienes entraban a su entorno, llegó a convertirse en un mito convencional y predecible. Todo mundo que tu-

poning the wedding, and now, several years later, Nancy still couldn't tolerate or accept the recurring pretext or excuse that Bill Burton had appeared—as if *right out of the blue*, to Sam and no one else—just as she had finished preparing a special meal, or right as she was about to suggest going to the movies, or when they had both agreed on inviting over their friends the Mertzes that evening, or the newlyweds that lived on the floor below.

Over time, *but of course*, Weinstein made other friends. With Nancy and their friends the Mertzes they made an unbeatable foursome at any Manhattan bowling alley. Many would swear that the friendships he established with his magazine colleagues, until the very day of his retirement, were of an intimate camaraderie, and yet, some evenings, right before falling asleep, or possibly on the taxi ride home from a pleasant night out with his other friends, he would turn to Nancy and utter—perhaps a little more slowly than before—his old motto, *You may still think true friendship is a lie. But then, you've never met Bill Burton.*

To make a long story short: Bill Burton, a convenient invention of Sam Weinstein (and oft-cited not only by him but now by all those who were part of Sam's life) became a conventional and predictable myth. Anyone who had anything to do with Weinstein already knew that Burton was likely the best friend that ever was, but impossible to meet in person. Anytime he passed through New York, it was in a hurry, always with barely enough time to meet up with Weinstein. A fleeting beer at the edge of a barstool, a quick cup of coffee at cafes for people on the go, never enough time to accompany Sam home, to finally meet his family, his wife, or even little Baruj, who was born in 1956 and whose bris the Weinstein clan insisted Bill Burton attend, though everyone already knew not to count on the appearance of the most famous, mysterious, *true friend of mine.*

viese algo que ver con Weinstein ya sabía que Burton era quizá el mejor de los amigos posibles, pero imposible de conocerse en persona. Siempre que pasaba por Nueva York era con prisa, apenas con el tiempo justo y medido para verse con Weinstein. Una copa fugaz al filo de una larga barra de bar, un café sin muchas interrupciones en mesitas al paso, pero jamás el espacio de tiempo suficiente como para acompañar a Sam a casa, conocer finalmente a su familia, su esposa o, incluso al pequeño Baruj, que nació en 1956 y a cuya circuncisión todo el clan Weinstein instó e insistió a Sam para que asegurara la presencia de Bill Burton, aunque todos supieran de antemano que ese día tampoco se aparecería el más que famoso, ya misterioso, *true friend of mine*.

En realidad, la historia concluye en donde comienza. Samuel Weinstein llegó a convertirse en editor de la revista *Manhattan Letters* y habría asumido su próxima jubilación con resignada serenidad y diversas satisfacciones si no fuera por el hecho de haber vivido lo que algunos consideran una epifanía: la tarde del 27 de septiembre de 1996 entró a la oficina de Weinstein un hombre de complexión atlética, estatura al filo del quicio de la puerta, impecablemente vestido en un *blazer* inmaculado. Se sentó en el sillón de cuero verde, esquinado en la oficina de Weinstein al filo de la ventana que mostraba como pintura el paisaje entrañable de Manhattan, prendió un cigarro y, entre la primera nube de humo, dijo como un susurro: *"I'm Bill Burton"*.

Tras un silencio instantáneo, Weinstein empezó a sudar con tartamudeos ... *Who let you in? ... What are you doing here? ... Who are you? ... This just can't be ... Why is your name Bill Burton?* Y el hombre, cruzando la pierna derecha, retrajo su mirada de la ventana y, viendo directamente a los ojos de Weinstein, contestó: You tell me.

TRUE FRIENDSHIP

In reality the story ends where it started. Samuel Weinstein became editor of *Manhattan Letters* and would have awaited his approaching retirement with resigned serenity and some satisfaction had it not been for an event that some would consider an epiphany: on the evening of September 27, 1996, a man entered Weinstein's office: he was of athletic build, tall enough for his head to brush the door frame, impeccably dressed in an immaculate blazer. He sat in the green leather armchair, the one angled towards the window to make most of the magnificent Manhattan cityscape. The man lit a cigarette and, through the first puff of smoke, said almost in a whisper, "I'm Bill Burton."

After a momentary silence, Weinstein began to sweat and stutter: *Who let you in? . . . What are you doing here? . . . Who are you? . . . This just can't be . . . Why is your name Bill Burton?* And the man, crossing his right leg, brought his gaze from the window and, looking directly into Weinstein's eyes, answered, "You tell me."

TRANSLATED BY ANITA SAGÁSTEGUI

ANA GARCÍA BERGUA

LOS CONSERVADORES

Cuando murió Pablo en el hospital, la señora Marta no dudó un instante en conservarlo. Tuvo la suerte de que su sobrino Ignacio se lo ofreciera, pues era embalsamador, uno de los mejores del país. Trabajaba para los cazadores, para zoológicos, y también, a veces, para algunas agencias funerarias que ofrecían el embalsamamiento como un servicio para guardar posteriormente al difunto en un ataúd, ya fuera con una ventana para mirarle la cara en una cripta, o bien cerrado al alto vacío y enterrado, pero ya con la tranquilidad de que así no se lo comerían los gusanos. Ignacio insistió en que con toda confianza ella podía pedirle que le conservara a Pablo para luego disponer qué hacían con él. El precio que le dio resultaba de lo más módico, pues sólo le cobraba los materiales. La señora Marta se encontraba un poco triste y confundida en ese momento, pero aceptó el ofrecimiento de buena voluntad. Ignacio le avisó que se iba a tardar un poco, pues tenían que escurrirle bien unos líquidos, y ella le respondió que no importaba, que se tomara el tiempo que quisiera. A fin de cuentas, Pablo no se le iba a volver a morir. Mientras Ignacio trabajaba con el cadáver en una funeraria donde le prestaban las planchas y el lugar donde se hacían esos trabajos, la señora Marta pasó toda la semana buscándole a su esposo el mejor traje que pudo conseguir, de talla ligeramente menor que lo habitual, pues Ignacio le había avisado que el tío Pablo encogería, y que esa sería su tendencia a lo largo del tiempo.

ANA GARCÍA BERGUA

THE PRESERVERS

When Pablo died in the hospital, his wife Marta never doubted for a moment that she would preserve him. She was lucky that her nephew Ignacio offered to do it, because he was an embalmer, one of the best in the country. He worked for hunters, zoologists, and sometimes for various funeral agencies that offered embalming as a service to protect the deceased in the coffin, whether it was to view the face through a window in the crypt, or just simply so the deceased could be shut tight in a coffin and buried well underground with the satisfaction that this way the deceased wouldn't be eaten by worms. Ignacio insisted that she could entrust the task of preserving Pablo to him so that she could decide what to do with her husband later. The price he quoted was quite modest, because it covered only materials. Señora Marta felt rather sad and confused at that moment, but she accepted the offer with good will. Ignacio told her that it was going to take a little while because he needed to mix some liquids, and she replied that it didn't matter, to take all the time he needed. After all was said and done, Pablo wasn't going to come back and die again. While Ignacio worked with the cadaver in a funeral home that lent him tools and a place to work, Señora Marta spent all week looking for the best outfit she could find for her husband, in a slightly smaller size than usual because Ignacio had warned her that Uncle Pablo would shrink over time.

LOS CONSERVADORES

El día que se lo presentó en la plancha de la funeraria, ya conservado, arreglado y con el traje puesto, a la señora Marta le pareció que Pablo se veía esplendoroso: llenaba el traje por completo; hasta se le habían alisado algunas arrugas del rostro. Ignacio le preguntó en qué cripta lo querría guardar o si lo pensaba enterrar, y después de muchas cavilaciones, la señora Marta decidió que mejor lo sentaría en su cuarto de costura: tan bien que se veía, tan guapo, propio y arreglado, ¿cómo era posible que terminara encerrado en una caja, como si fuera un bombón o una galleta? Primero le comentó a Ignacio que lo quería poner en la sala, frente a la televisión, como siempre estaba, pero Ignacio se asustó.

—Imagínese tía Marta, qué dirá la gente, luego hay quienes se espantan de que tenga usted un muerto en la sala.

—Pero si no es un muerto —respondió ella—, si es mi marido, ¿pues qué no puede quedarse conmigo?

Ignacio se quedó sin argumentos. Tenía que irse al zoológico a realizar un trabajo.

—Piénsalo, tía, yo no te lo conservé para que lo tuvieras en la casa.

La señora Marta pasó la tarde sola, caminando por un parque cercano a la funeraria. Concluyó que la gente, su sobrino incluido, era muy rara; nunca les espantó que Pablo viera la televisión todo el día, aunque no dijera nada o casi nada. Pero que no lo vieran respirar y entonces se pondrían a hacer aspavientos. Esa especie de rabia afirmó su decisión, y cuando Ignacio volvió a buscarla, se lo hizo saber con tan terca seguridad, que él no encontró manera de contrariarla.

Para traerlo a la casa, hubo que tomar muchas precauciones: hacerlo de noche, casi en la madrugada, antes de que se despertara el portero del edificio donde vivía la anciana, y darles dinero a los de la funeraria por su presente ayuda y su silencio posterior, que Ignacio debió ir asegurando con más dinero y algunas amenazas de las que ya no habló a la señora

THE PRESERVERS

The day he appeared on the slab at the funeral home, already preserved, dressed up in his suit, it seemed to Señora Marta that Pablo looked splendid: he completely filled out his suit, and some of the wrinkles on his face had even been smoothed out. Ignacio asked her in which crypt she wanted to place him, or whether she was thinking of burying him, and after much vacillating Señora Marta decided that it would be best to seat him in her sewing room: he looked so handsome, proper, and well groomed, how could he possibly end up in a box, as if he were a piece of candy or a cookie? But when she told Ignacio that she wanted to put him there, in front of the television, where he always used to sit, Ignacio was shocked.

"Imagine, Aunt Marta, what will people say?! Some folks would be horrified at your having a dead man in your living room."

"But he's not a dead man," she replied, "he's my husband. So why can't he stay with me?"

Ignacio was left with nothing to say. He had to go to the zoo to take care of some work. "Think about it, Auntie, I didn't preserve him so you could keep him at home."

Señora Marta spent the afternoon alone, walking in a park near the funeral home. She decided that people, her nephew included, were very strange; it never shocked anyone that Pablo watched television all day, even though he never spoke, or almost never. But if they couldn't see him breathe, they would have a fit. Ranting on in this way, she came to a firm decision, and when Ignacio came back to find her, she explained it to him with such obstinate certainty that he could find no way to contradict her.

To get him home, they had to take many precautions: do it at night, close to dawn, just before the doorman of her building woke up, and pay off the people at the funeral home for their assistance, and later for their

LOS CONSERVADORES

Marta. Decidió que, en caso de que surgiera algún problema, lo mandaría enterrar con toda celeridad, para salvaguardar su honor profesional y la poca cordura que, pensaba, le quedaba a su tía. Ambos convinieron en avisar a la escasa familia que quedaba, muy lejana, que habían incinerado a Pablo y que en la casa guardaba Marta las cenizas, para quien quisiera ir a visitarlas. Nadie se animó a hacerlo. Todos pusieron excusas para buscarla tiempo después, cuando calcularon que el asunto estaría olvidado y las cenizas bien ocultas.

La primera cosa que hizo la señora Marta ya con Pablo en la casa fue sentarlo en el costurero y encenderle el televisor. Fue tal la tranquilidad que sintió después de hacerlo, que cenó bien por primera vez en muchas semanas, mientras escuchaba el murmullo del noticiero y sentía de nuevo a aquel que había estado ahí durante tantos años. Aun así, pasó un poco de miedo al apagar el televisor, cerrar la puerta e ir a acostarse, dejando a Pablo sentado, solo y tieso en la penumbra. Pero la rutina le fue quitando poco a poco esos resquemores. A lo largo del día, la señora Marta le ponía a Pablo la televisión en el costurero, sus programas favoritos, o los que ella creía que le irían a gustar cuando cambiaban la programación. Y aunque no le dijera ninguna de sus frases, se las imaginaba perfectamente bien; el no te tardes cuando iba a salir, el ya tengo hambre a mediodía. Si la visitaba alguna vecina, le decía que había convertido el costurero en bodeguita; entonces lo mantenía cerrado y a nadie le interesaba entrar, y menos con el olor de los líquidos conservadores, que primero justificó diciendo que había puesto insecticida, y que con el tiempo se esparció por toda la casa como un tufo leve y perpetuo a azúcar, alcohol y vinagre. Nada más se iba la visita y la señora Marta abría en seguida la puerta del costurero, le prendía la televisión a Pablo y se disculpaba. Perdóname, Pablo, le decía, pero ya sabes cómo es la gente.

Con el tiempo le comenzó a incomodar tenerlo ahí de traje, como si

silence—all of which required Ignacio to shell out more money and even a few threats, none of which he mentioned to Señora Marta. He decided that if some problem arose, he would send Pablo to be buried immediately, in order to safeguard his professional honor and the little sanity that, he thought, his aunt still had. Both agreed to let the few remaining family members know, very vaguely, that they had cremated Pablo and that Marta was keeping his ashes in the house, in case anyone wanted to come visit them. No one rushed to do that. They all offered excuses to visit her some time later, by which time they figured that the whole business would be forgotten and the ashes well hidden.

The first thing that Señora Marta did with Pablo was seat him in the sewing room and turn on the television. She felt such peace after she did it that she ate well for the first time in many weeks, listening to the murmuring of the news and feeling again the presence of the man who had been with her for so many years. At first, she was a little afraid to turn off the television, close the door and go to bed, leaving Pablo seated, alone and upright in the shadows. But little by little the routine made her lose her qualms. Throughout the day, Señora Marta left the television on for Pablo, tuning into his favorite programs, or those she thought he would like when the programming changed. And even though he made none of his typical remarks, she imagined them perfectly well; he would tell her "Don't be late" when she was going out, then at noon, "I'm hungry." If any of her neighbors visited, she told them that she had turned the sewing room into a little storeroom; so she kept it closed and no one was interested in going in there, even less so given the smell of the preserving liquids, which she initially explained by saying that she had sprayed insecticide, and which in time spread throughout the entire house like a faint and persistent odor of sugar, alcohol, and vinegar. No sooner did the visitors leave than Señora Marta opened the door of the

fueran a salir a una boda o a un velorio, él que ni siquiera había protagonizado el suyo, y pensó que quizá también le estorbaría estar tan formal en su propia casa. Además, el traje se le empezaba a escurrir un poco, producto del encogimiento anunciado por Ignacio; era como si fuera viviendo y desgastándose igual que ella. Así es que un día la señora Marta le pidió a Ignacio que la ayudara a cambiarlo, porque Pablo se había puesto muy duro y seco. Juntos le pusieron una pijama de seda de color marrón subido, parecida a la que solía vestir en los últimos tiempos y que era de hecho la que traía cuando murió, por supuesto más pequeña que aquélla. Así se acomodó tanto a su presencia que hasta se sentaba junto a él todas las tardes a tejer manteles de crochet para adornar todos los muebles de la casa: la mesa, la consola, el trinchador. Después decidió que le lavaría la pijama regularmente y se la cambiaría por una azul, cosa que paulatinamente se fue haciendo más fácil, debido a su propensión a hacerse más ligero y más pequeño. También se esmeraba en peinarlo diario y asearlo periódicamente de la manera en que Ignacio le había indicado, con una sustancia que él traía y unos algodones.

Mientras tanto, la vida de Ignacio cambió, pues conoció a una mujer y comenzó a verse con ella periódicamente, hasta poderle anunciar un día a la señora Marta que por fin tenía novia. Con ninguna duraban sus relaciones: las mujeres solían horrorizarse de su profesión, y las que no lo hacían de entrada terminaban alejándose de una u otra manera. De hecho, ya se había acostumbrado a ser un soltero con relaciones intermitentes y a frecuentar prostitutas, cuando fue a hacer un trabajo a una funeraria en la calzada de Tlalpan y el dueño le presentó a Marisa, su hija. Marisa había crecido entre muertos y ataúdes; se preciaba de no asustarse de verlos, e incluso se interesaba por los pormenores del oficio de Ignacio. No era especialmente hermosa, pero gustaba mucho de arreglarse, salir y hacer bromas. Conforme su relación se hacía más

sewing room, turned on the television for Pablo, and apologized. I'm sorry, Pablo, she said, but you know how people are.

In time it began to bother her having him there in a suit, as if they were going out to a wedding or a wake, and she thought that perhaps it was also bothering him to be so formal in his own house. Besides, the suit was beginning to slip off him, a result of the shrinking predicted by Ignacio; it was as if he were living and aging the same as she was. And so it happened that one day Señora Marta asked Ignacio to help her change his clothes, because Pablo had become very hard and dry. Together, they put on silk pajamas of a subtle maroon, similar to the ones he wore in the old days—he was wearing them when he died, in fact—except that these were smaller, of course. She grew so accustomed to his presence that she even sat beside him every afternoon to crochet little mats for decorating all the furniture in the house: the table, the buffet, the side table. Later she decided she would wash his pajamas regularly, and she sometimes put on blue ones when she changed him, something that little by little was becoming easier, given his propensity to become thinner and smaller. She also took pains to comb his hair every day, and to wash it regularly, the way that Ignacio had suggested, with some cotton balls and an extract he had brought.

Meanwhile, Ignacio's life changed. He met a woman and began to go out with her from time to time, until one day he finally had to tell Señora Marta that he had a girlfriend. His relationships had never before lasted: women were horrified at his profession, and those who weren't at the beginning ended up distancing themselves in one way or another. In fact, he had become accustomed to being single, with occasional relationships and visits to prostitutes; then one day he went to do a job at a funeral home in the district of Tlalpan and the owner introduced him to his daughter, Marisa. Marisa had grown up among coffins and dead

cotidiana y profunda, Ignacio sintió que por fin había encontrado a su media naranja, y se animó a hablarle de su familia, es decir de su tía Marta que era la única que le quedaba, pues sus padres y su tío Pablo habían muerto ya y no tenía primos ni hermanos. Marisa deseó conocer pronto a la tía de aquel al que ya casi consideraba como su esposo, e Ignacio le prometió que arreglaría una visita. Fue entonces cuando le avisó a la señora Marta que tenía novia, y le explicó que lo mejor sería que la primera vez se vieran en un restaurante. La señora Marta se dio cuenta de que quería evitar que viera a Pablo.

—Claro —le respondió—, ni ese gusto le vas a dar a tu tío. Yo sé que a él le gustaría conocerla.

—Más adelante lo organizamos, la preparamos bien —le suplicó él. Añadió:— Está acostumbrada a ver muertos—. Y le explicó que el padre de Marisa tenía una funeraria.

A la señora Marta le molestó mucho que Ignacio dijera de esa manera tan cruda que Pablo estaba muerto. Y aquella noche, mientras veían un programa de revista en la televisión, le habló de los viejos rencores de su familia, como si quisiera distraerlo de aquello tan hiriente que quizá él podía haber escuchado.

A los pocos días, Ignacio presentó a Marisa con su tía en el Shirley's de Reforma. La señora Marta estuvo un poco fría al principio, pero el comedimiento de Marisa para traerle servidos los distintos platillos del bufet, su simpatía, su amabilidad, su interés por sus pequeñas dolencias, le bajaron la guardia. Ignacio procuró llevar la conversación hacia temas generales, para evitar las explicaciones. Cuando Marisa le preguntó a la señora Marta por su vida, ésta habló de la muerte de su esposo con una naturalidad no exenta de amargura, como si estuviera contando falsedades sólo para complacer a su sobrino. Marisa mostró mucho interés por la anciana mujer y ésta por ella. Quedaron muy contentas de haberse conocido y ambas desearon volverse a ver pronto.

bodies; she boasted about not being shocked at seeing them, and she was even interested in the details of Ignacio's work. She wasn't particularly pretty, but she took great pleasure in dressing up, going out, and telling jokes. As their relationship grew deeper and more stable, Ignacio felt he had finally met his better half, and he eagerly spoke about her to his family, that is, to Aunt Marta who was his only remaining relative, since his parents and his Uncle Pablo had already died and he had no siblings or cousins. Marisa immediately wanted to meet his aunt, since she already thought of him as her husband, and Ignacio promised her that he would arrange a visit. It was then that he told Señora Marta he had a girlfriend, and he made it clear that it would be best to meet for the first time in a restaurant. Señora Marta realized that he wanted to prevent her from seeing Pablo. "Clearly," she replied, "you're not offering this pleasure to your uncle. I know he'd like to meet her."

"We'll do that later, and I'll prepare her well," he begged. "She's used to seeing dead bodies." And he explained that Marisa's father owned a funeral parlor.

Señora Marta was very upset that Ignacio spoke in such a crude way about Pablo being dead. And that night, while the two of them were watching the news on television, she told Pablo about the old grudges in her family, as if she wanted to distract him from anything hurtful that he might have heard.

In a few days, Ignacio introduced Marisa to his aunt at Shirley's Restaurant on Paseo de la Reforma. Señora Marta was a little cold at first, but Marisa's thoughtfulness in bringing her servings of each buffet dish, her kindness, her friendliness, her concern for her slightest ailments, made Marta let down her guard. Ignacio managed to steer the conversation toward ordinary topics, to avoid explanations. When Marisa asked Señora Marta about her life, the latter spoke of her husband's death with a naturalness not lacking in bitterness, as if she were telling falsehoods

LOS CONSERVADORES

—A ver si ahora sí vienen a la casa y les preparo un brazo de gitano —dijo al despedirse la señora Marta, mirando con sorna a su sobrino.

Ignacio no tuvo que pensarlo mucho. Aquella noche, mientras disecaba la cabeza del mejor toro de la última corrida de la Plaza México, la cual se iba a colocar en la cantina de un funcionario, decidió decirle a Marisa la verdad. A la noche siguiente la invitó a cenar y le explicó la situación lo más escuetamente que pudo: él mismo había embalsamado a su tío Pablo, y su tía Marta había insistido en tenerlo en la casa. Marisa se lo quedó mirando muy seria. Después le dijo:

—Tu tía me da mucha ternura; es bien romántica. Lo ha de amar infinitamente, imagínate, para no quererse separar de él.

Y añadió que ella, de verse en el caso, probablemente haría lo mismo. Ignacio no supo qué pensar. Después rememoró la vida de sus tíos y no le pareció especialmente apasionada, si acaso práctica, pero se imaginó que Marisa seguramente era más lista para esas cosas, y no la contrarió. Quedaron de ir una tarde de aquella misma semana a visitar a los tíos —así acabaron expresándolo— y aquella noche fue la primera en que se acostaron, en el departamento de Ignacio, junto a su gabinete donde yacía la cabeza del toro ya secándose.

Para la señora Marta, preparar la casa para aquella visita fue como una fiesta. Quería que la casa perdiera el aire un poco lúgubre y descuidado que había adquirido en los últimos meses, así que pasó la aspiradora con mucho esmero, lavó los manteles de crochet que cubrían los muebles y compró flores para adornar la consola. Les iba a ofrecer café y un brazo de gitano que compró en la mejor pastelería del rumbo, en lo que quedaba de una antigua vajilla de plata de su madre que cuidó de pulir. Cuando casi estaba todo listo, se puso a arreglar a Pablo. Le apagó el programa de televisión, pues imaginó que debía estar tomando su siesta, y con mucha delicadeza le volvió a poner el traje. Como había encogido mucho, tuvo

only to satisfy her nephew. Marisa and the old woman showed great concern for each other. They departed quite content at having met and both wished to meet up again before long.

"Let's get together at my house soon, and I'll prepare a swiss roll for you," Señora Marta said, bidding them goodbye and looking slyly at her nephew.

Ignacio didn't have to think about it very long. That night, while he stuffed the head of the best bull from the latest bullfight in the Plaza Mexico, which was going to be hung in the bar of a government official, he decided to tell Marisa the truth. The following night he invited her to dinner and explained the situation as concisely as he could: he himself had embalmed his Uncle Pablo, and his Aunt Marta had insisted on keeping him at home. Marisa looked at him seriously. Then she said: "I feel a lot of tenderness for your aunt; she's very romantic. Imagine, she must love him enormously to not want to be separated from him."

And she added that if she ever found herself in that situation, she would probably do the same thing. Ignacio didn't know what to think. Later, he thought about the life of his aunt and uncle, which didn't seem to him particularly passionate but rather more practical, but he figured that Marisa was more astute about those things, and he didn't argue. They arranged to go one afternoon of that same week to visit his aunt and uncle—that's what they ended up calling them—and that night they slept together for the first time in Ignacio's workshop, next to the cabinet where the bull's head was laid out to dry.

For Señora Marta, preparing the house for the upcoming visit was like a party. She wanted the house to lose the slightly lugubrious and messy feeling that it had taken on over the previous months, so she painstakingly vacuumed, washed the crocheted mats that covered the furniture, and bought flowers to decorate the buffet table. She was going to serve

que ajustarlo con alfileres y zurcidos hasta que le pareció que se veía bien. Después lo limpió con los algodones, le recortó el cabello y lo peinó.

Lo iba cargando hacia la sala como si fuera un niño pequeño, cuando sonó el timbre. Lo sentó en el mejor sofá y se apresuró a abrirles la puerta a Ignacio y a Marisa. Marisa no lo vio al entrar; abrazó efusivamente a la señora Marta y le entregó un ramo de rosas. Terminados los saludos, la señora Marta la tomó de la mano y la llevó hacia el sillón:

—Hija, permíteme presentarte a mi esposo Pablo.

Ignacio se sorprendió mucho cuando Marisa le tomó la mano a Pablo y le dijo:

—Encantada de conocerlo.

La señora Marta, en cambio, se quedó mirando la escena muy complacida. Charlaron durante toda la tarde, tomaron el café y degustaron el pastel que la señora Marta juró haber preparado ella misma. Ignacio no pudo dejar de vigilar a Marisa, pues su naturalidad parecía estudiada: de vez en cuando se dirigía a Pablo, o lo miraba como asintiendo a una risa de él, a algún comentario. La señora Marta estaba exultante; hacía muchísimo, muchos años antes de que ocurriera lo de Pablo, que no estaba en una reunión animada. Tanto, que puso unos discos de música clásica en la consola y les contó algunas anécdotas divertidas de su juventud. Marisa, por su parte, resultó ser toda una entendida en música clásica, y adivinaba el autor de cada disco que ponía la señora Marta. En algún momento, ésta comentó que Pablo había sido un entusiasta de la música hasta que perdió la audición en el oído izquierdo. Entonces Marisa le puso a Pablo la mano en la rodilla y exclamó:

—Ahora venden unos aparatos buenísimos para la sordera.

Ignacio y la señora Marta se miraron y hubo un pequeño instante de incomodidad que Marisa no pareció notar, ocupada en terminarse su café. Pocos minutos después, la pareja se despidió de la señora Marta.

coffee and a swiss roll, which she had bought in the best bakery in the neighborhood, on what was left of an old silver service of her mother's, which she polished with care. When almost everything was ready, she started to dress up Pablo. She turned off the television, because she imagined that he should be taking his nap, and with great delicacy she started to put on his suit. Because he had shrunk so much, she had to adjust it with pins and a bit of stitching until he was presentable. Then she cleaned him with the cotton balls and trimmed and combed his hair.

She was carrying him into the living room as if he were a little child, when the doorbell rang. She seated him on the best sofa and hurried to open the door for Ignacio and Marisa. Marisa didn't see him as she came in; she warmly embraced Señora Marta and presented her with a dozen roses. When they finished their greetings, Señora Marta took her by the hand and brought her over to the chair. "My dear, allow me to introduce you to my husband, Pablo."

Ignacio was shocked when Marisa took Pablo's hand and said, "I'm delighted to meet you."

Señora Marta, on the other hand, watched the scene complacently. They chatted throughout the afternoon, had coffee, and enjoyed the pastry, which Señora Marta swore that she herself had prepared. Ignacio could not stop watching Marisa, because her naturalness seemed studied: from time to time, she turned toward Pablo in conversation, or she looked at him as if responding to his laugh or reacting to some comment. Señora Marta was ecstatic; it had been so long, even before what happened with Pablo, since she had been in such an animated gathering. She even put some classical music on the record player and told them various amusing anecdotes about her childhood. For her part, Marisa turned out to be well informed about classical music, and she knew the composer of every piece that was played. At one point, Señora Marta commented

LOS CONSERVADORES

En el automóvil, Ignacio le preguntó a Marisa por qué había actuado de aquella manera tan extraña con la momia de su tío, y ella le reprochó que lo llamara así. Le explicó, simplemente, que el amor de su tía por Pablo le insuflaba vida, y que era injusto no ayudarla con esta ilusión que le hacía más fáciles sus últimos años. En cambio, aquella noche, después de lavar los platos, la señora Marta apagó la luz de la sala y dejó a Pablo sentado con su traje, sin siquiera voltear a verlo. Se metió en la cama y se acostó.

Poco después, Marisa llevó a Ignacio a pasar un domingo con sus padres y hermanos, y su relación se volvió más próxima y estable. Cuando Ignacio pasaba a ver a su tía, Marisa solía acompañarlo, e incluso algunas veces se presentó sola para traerle a la señora Marta algún obsequio. Todas las veces actuaba con Pablo de la misma manera afectuosa y cercana. En una ocasión en que la pareja fue a la casa de la anciana, Ignacio y su tía comenzaron a discutir sobre un viejo pleito entre ésta y la madre de aquél. Marisa, en un tono un poco socarrón, les dijo que si iban a pelear así, ella prefería meterse con Pablo a ver la televisión. Tía y sobrino dirimieron sus diferencias, al cabo de lo cual entraron en el costurero a buscar a Marisa. Marisa estaba sentada en el brazo del sillón de Pablo mirando un programa, abrazándolo a él. No se había percatado de que la observaban. De repente le acarició el pelo y luego apoyó ahí su mejilla.

—Viejito chulo —le dijo.

Ignacio no pudo evitar reírse, pero la señora Marta se quedó muy ofuscada. Durante los días subsiguientes no podía dejar de pensar en el asunto. Esta niña se estaba pasando de la raya, pensaba; le voy a decir a Ignacio que ya no me la traiga tan seguido. Mientras tanto, descuidaba a Pablo como si lo estuviera castigando: lo dejaba en el costurero con la puerta cerrada, o se ponía a ver documentales a sabiendas de que Pablo los detestaba. Aunque le costara trabajo aceptarlo, en realidad estaba más

that Pablo had been an aficionado of music until he lost the hearing in his left ear. In response, Marisa put her hand on Pablo's knee and said, "These days wonderful hearing aids are available."

Ignacio and Señora Marta looked at each other, and there was a brief moment of awkwardness that Marisa didn't seem to notice, as she was busy finishing her coffee. A few minutes later, the couple said goodbye to Señora Marta. In the car, Ignacio asked Marisa why she had behaved in such a strange way with his uncle's mummy, and she reproached him for using that term. She explained to him, simply, that his aunt's love for Pablo infused him with life, and that it was unfair not to support her in this illusion that had made these last few years easier for her. And yet, that night, after washing the dishes, Señora Marta turned out the living room light and left Pablo sitting in his suit, without going back to see him. She got into bed and fell asleep.

After some time had passed, Marisa took Ignacio to spend a Sunday with her parents and brothers and sisters, and their relationship became closer and more stable. When Ignacio went by to see his aunt, Marisa usually accompanied him, and sometimes she even went on her own to bring Señora Marta a little gift. Every time, she treated Pablo in the same affectionate and familiar way. One time when the couple went to the old woman's house, Ignacio and his aunt started to argue about a childhood dispute between her and his mother. Marisa, in a slightly sarcastic tone, told them that if they were going to fight this way, she preferred to go sit with Pablo and watch television. Aunt and nephew settled their differences, after which they went into the sewing room to look for Marisa. She was sitting on the arm of Pablo's chair, watching television, with her arms around him. She hadn't noticed that they were watching her. Suddenly, she caressed his hair and later put her hand on his cheek.

enojada con él que con Marisa. Un día incluso le dio un empujón con el pie, aparentemente sin querer, y Pablo casi se vino abajo como si fuera un muñeco de cartón. La señora Marta se sintió muy culpable. Fue a dar una vuelta por Paseo de la Reforma, y mientras caminaba mirando a los turistas, decidió desterrar esas ideas tontas de su cabeza. Si Marisa se había encariñado con Pablo, ¿qué podía tener eso de malo? Podía ser como su abuelito. Siguieron otras visitas de Ignacio y Marisa; Marisa siempre terminaba yéndose a ver la televisión al lado de Pablo, abrazada de él, y la señora Marta hizo un esfuerzo concienzudo por acostumbrarse, sobre todo porque a su sobrino más que nada le daba risa. Me he de estar volviendo loca, pensaba.

Hasta un día en que, cuando fueron a buscar a Marisa al costurero, encontraron que la puerta estaba cerrada con seguro. Ignacio y su tía golpearon la puerta y Marisa tardó en salir.

—No me di cuenta de que cerré —dijo.

La señora Marta creyó verla un poco nerviosa, aunque para Ignacio los encierros de Marisa parecían ser algo corriente.

—Siempre le pasa, tía. Se queda encerrada en todos lados como los gatos.

Después de que se fueron, la señora Marta se puso a llorar. Sentía una angustia incontenible, por no saber qué había estado haciendo Marisa durante la tarde, ahí encerrada con Pablo. O quizá, qué estaban haciendo los dos. Pasó toda la tarde dándole vueltas al asunto en el sillón de la sala. Oscureció y no se molestó en prender la luz, hasta que en un momento de calma y de lucidez, pensó que tal vez le haría bien que lo abrazara ella también: ¿por qué no? Desde que estaba en esa situación lo había cuidado con veneración exagerada, con distancias que le dictaba un raro pudor. Lo había cuidado como un hijo al cambiarlo de ropa y limpiarlo, al tratar de mantenerlo feliz, y simplemente había dejado de pensar en

THE PRESERVERS

"You little rascal," she said.

Ignacio couldn't help laughing, but Señora Marta was very confused. Over the next few days, she couldn't stop thinking about the scene. That young woman was going too far, she thought; I'm going to tell Ignacio not to bring her over so often. Meanwhile, she stopped taking care of Pablo, as if she were punishing him: she left him in the sewing room with the door closed, or she purposely turned on documentaries that Pablo had hated. Even though it was hard to accept, in reality she was angrier with him than with Marisa. One day she even gave him a push with her foot, seemingly not meaning to, and Pablo almost toppled over as if he were a cardboard puppet. Señora Marta felt very guilty. She went out to take a walk along Reforma, and while she was wandering along and watching the tourists, she decided to banish these crazy ideas from her head. If Marisa had become fond of Pablo, what was so bad about that? He could be like her grandfather. Other visits from Ignacio and Marisa followed; Marisa always ended by excusing herself to go watch television next to Pablo, with her arms around him, and Señora Marta made a conscious effort to get used to it, above all because it made her nephew laugh. I must be going crazy, she thought.

One day when they went to find Marisa in the sewing room, they found the door closed and locked. Ignacio and his aunt knocked on the door and Marisa took a long time to open it. "I didn't realize I had locked it," she said.

Señora Marta thought she looked a little nervous, but Ignacio had come to view Marisa's frequent confinement as a common occurrence and said, "This always happens to her, aunt. She gets locked in everywhere, just like cats do."

After they left, Señora Marta started to cry. She felt an uncontrollable anguish, not knowing what Marisa had been doing during the

sus deberes conyugales, como si realmente no los recordara. Es mi marido, le había dicho a Ignacio cuando decidió traerlo a la casa, pero lo cierto era que ni siquiera se había animado a darle un beso. Se levantó pesadamente del sillón en medio de la penumbra que sólo alumbraban la luz de la televisión y la lámpara encendida en el costurero. Se acercó a su marido, muy apenada por pensar tan mal, por ser tan egoísta, con la vista un poco nublada por el llanto, dispuesta a las caricias que tanto había reprimido. Pero no pudo ni siquiera tocar a Pablo porque le pareció que estaba sonriendo. Sinvergüenza, pensó. Y esa misma noche lo mandó a incinerar.

afternoon, locked up in there with Pablo. Or perhaps, what the two of them were doing. She spent the entire evening going over and over the business of what might have happened in that chair. It got dark and she didn't bother to turn on the light, until in one calm and lucid moment, she thought that it would be a good thing if she embraced him as well. Why not? Ever since this all began, she had cared for him with an exaggerated reverence, with a detachment that evoked a strange modesty. She had cared for him like a son, changing his clothes, washing him, trying to keep him happy, and she simply had not given a thought to their conjugal duties, as if she actually didn't remember them. As she herself had reminded Ignacio when they brought Pablo home, he is my husband. Yet she couldn't even bring herself to give him a kiss. She rose heavily from her chair in the midst of the darkness that was illuminated only by the light of the television and the lamp burning in the sewing room. She approached her husband, very remorseful for thinking so badly of him, for being so selfish. Her vision a bit clouded by her tears, she was ready for the caresses that she had so repressed. But before she could even touch Pablo she noticed that he seemed to be smiling. Shameless good-for-nothing, she thought. And that same night she sent him to be cremated.

TRANSLATED BY BARBARA PASCHKE

SHERE-SADE

Tengo un amante 24 años mayor que yo que me ha enseñado dos cosas. Una, que no puede haber pasión verdadera si no se traspasa algún límite, y dos, que un hombre mayor sólo puede darte dinero o lástima. Rex no me da dinero; tampoco lástima. Por eso dice que nuestra pasión, que ha rebasado los límites, corre el peligro de comenzar a extinguirse en cualquier momento.

Noche primera

Hasta antes de conocerlo yo había asistido a dos presentaciones de libros y nunca había ocurrido nada, lo cual es un decir, porque bien mirado cuando no ocurre nada es cuando realmente están ocurriendo las cosas. Y esa vez ocurrieron del siguiente modo: yo estaba sola, en medio de un salón atestado, preguntándome por qué había decidido torturarme de esa forma cuando me di cuenta de que Rex, un famoso escritor a quien sólo conocía de nombre, estaba sentado junto a mí. Cuando terminó la lectura del primer participante, aplaudí. Acto seguido, Rex levantó la mano, increpó al participante, volvió a acomodarse en su asiento. Con pequeñísimas variantes ésta fue la dinámica de aquella presentación: se leían ponencias, se aplaudía y Rex alababa o destrozaba al hablante, comentando siempre con alguna de las Grandes Figuras que tenía cerca.

SHERI-SADE

I have a lover 24 years older than I who has taught me two things. One, that there can be no true passion if you don't go beyond some boundaries; and two, that an older man can only offer you money or pity. Rex doesn't give me any money, or any pity. That's why he says that our passion, which has gone far past any limits, runs the risk of beginning to die out at any moment.

First night

Before I met him I had attended two book launches without anything ever happening—which is just a manner of speaking, since when you look at it more closely, the time when nothing happens is when things are really happening. And that time it went as follows: I was by myself in the middle of a packed hall, wondering why I had decided to torture myself in this way, when I realized that Rex, a famous writer whom I only knew by name, was sitting next to me. When the first reading was over, I applauded. Immediately Rex raised his hand, scolded and insulted the reader, and settled back down into his seat. With slight variations, this was the dynamic of that whole presentation: papers were read, people applauded, and Rex praised the speaker or tore into him, always peppering his comments with quotes from some of the Great Figures he kept

Alguien leía, Rex criticaba, otro más leía, Rex criticaba, yo aplaudía. Si el minimalismo es previsibilidad y reducción de los elementos al menor número de variantes posible ésta fue la presentación más minimalista en la que he estado. Terminada la penúltima intervención a cargo de una autora feminista, Rex criticó, yo aplaudí, fui al baño. Lo oí decir que la estupidez humana no podía caer más bajo. Al regresar, antes de que se diera por terminado el acto, noté que Rex tenía puesta la mano abierta sobre mi asiento y distraído conversaba con alguien. Cuando señalé el sitio en el que había estado sentada y en el que ahora su mano autónoma y palpitante aguardaba como un cangrejo, Rex clavó la mirada en mí y dijo: "la puse ahí para que se mantuviera caliente". Dos horas después estábamos haciendo el amor, frenéticamente. Así se dice: "frenéticamente". También: "enloquecidamente". En el amor todo son frases prestadas y uno nunca está seguro de decir lo que quiere decir cuando ama. Pero cuando uno quiere con todas sus fuerzas no estar allí y no puede hacerlo, ¿cómo se dice?

Noche tercera

Lo primero que tengo que admitir es que no sé muy bien en qué consiste el decadentismo nihilista porque nunca antes de conocer a Rex me lo había planteado. Según él, ese término define a la Generación X, la más decadente y desdichada de las generaciones de este siglo, a la que desafortunadamente pertenezco. Yo no hice nada para pertenecer a ella. Pero si quisiera ponerme en el plan en el que según Rex debiera, podría arrepentirme sólo de un hecho: haberme sentado junto a él, un escritor tan famoso, en una presentación de libros. La regla de oro entre los asistentes a este tipo de actos es que nadie se involucre con nadie y que las amistades, si es que prospera alguna, estén cimentadas en el más puro interés (te doy, me das; te presento, me presentas; te leo, me lees) o

at hand. Someone would read, Rex would critique, someone else would read, Rex would critique, I would applaud. If Minimalism involves pre-dictability and the reduction of elements to the least number of possible variations, this was the most Minimalist event I had ever been to. Fol-lowing the next-to-last presentation, delivered by a feminist writer, Rex critiqued, I applauded and went to the bathroom. I heard him say that human stupidity couldn't descend any lower. On my return, before the whole affair had come to an end, I saw that Rex had laid his open hand on my seat and was absentmindedly talking with someone. When I pointed to the spot where I had been sitting, in which his autonomous and pulsing hand now was waiting like a crab, Rex fixed his gaze on me and said, "I put it there to keep it warm." Two hours later we were making love, frenetically. That's the way you say it: "frenetically." Also, "madly." With love, everything is said using borrowed words, and you're never sure of saying what you mean when you're in love. But when you want with all your might not to be there and you can't make yourself leave, how do you say that?

Third night

The first thing I have to admit is that I didn't know very well what "nihilistic decadence" was because never had it been explained to me, not before I met Rex. According to him, that term defines Generation X, the most decadent and miserable of all the generations in this century, and the one that I belong to, unfortunately. I didn't do anything to belong to it. But if I wanted to set myself on the path that according to Rex I ought to be on, I would only regret one thing: having sat myself down beside him, such a famous writer, at a book launch. The golden rule among those who frequent this sort of affair is that no one gets involved with anyone else, and that friendships, if they are to be fruitful, are to

en el descuido. Rex dice que toda relación que no provenga del alcohol es falsa.

Noche séptima

Hoy Rex y yo decidimos algo muy original: que nadie, nunca, se había amado como nosotros. Y para confirmarlo, usamos las frases que usan todos los amantes. Un sólo ser en dos cuerpos distintos. Dos almas gemelas entre una multitud de extraños. Cien vaginas distintas y un sólo coño verdadero.

Noche décima

Ocurrió desde la primera vez, pero me había olvidado de contarlo. Estábamos en el momento culminante, haciendo el amor frenéticamente, como he dicho, y de pronto el cuarto se nos llenó de visitas. La primera que llegó fue la Extremadamente Delgada De Cintura. Rex comenzó a hablar de esta antigua amante suya porque mi postura se la recordaba. Era decidida, ardiente y pelinegra. Había que cogerla muy fuerte de la cintura, a la Extremadamente Delgada, porque si no era capaz de despegar. "Así", dijo, apretándome. "¡Ah, cómo subía y bajaba aquella mujer!", añadió, mientras me sostenía, nostálgico. Pero luego de un rato, levantando el índice, me advirtió:

—Podrán imitarla muchas, pero igualarla, ninguna.

Y hundido en esta reflexión fue a servirse un whisky. Al cabo de unos minutos en los que yo misma, una vez caída en una especie de ensueño, pensaba en la pasión tan grande entre Rex y yo, él rompió el silencio:

—Eran unas cuclillas perfectas —dijo, refiriéndose a aquella otra mujer—. Mírame: se me pone la carne de gallina nada más de recordarlo.

Era verdad: la blancura enfermiza de la piel a la que por años no le había dado el sol se había llenado de puntitos.

be based on the purest self-interest (I give you something, you give me something. I present you, you present me. I read you, you read me) or else on complete disregard. Rex says that any relationship that does not arise from alcohol is false.

Seventh night

Today Rex and I decided something very original: that no one, ever, had loved each other like we do. And to confirm it, we used the phrases that all lovers use. A single being in two distinct bodies. Twin souls in a crowd of strangers. A hundred different vaginas and just one true cunt.

Tenth night

This has happened since the very first time, but I've neglected to mention it. We were at the culminating moment, making love frenetically, as I've said, and suddenly the room was overflowing with visitors. The first one to get there was the Extremely Slender Waistline. Rex began to talk about this old lover of his because my posture reminded him of her. She was determined, ardent, and black-haired. He had to hold her really tightly by the waist because if he didn't, she was capable of sliding off him. "Like this," he said, squeezing me. "Ah, how that woman moved up and down!" he added, holding on to me, filled with nostalgia. But then, after a moment, he commented, "A lot of women might try to imitate her, but when it came down to keeping up with her—nobody!"

And, plunged into this reflection, he got up to serve himself a whiskey. After a few minutes during which I myself, having fallen into a kind of daydream, was thinking about this grand passion between Rex and me, he broke the silence: "Ah, that was perfect, how she would squat!" he said, referring to that other woman. "Look at this, I get goosebumps just thinking about her!"

—Como un émbolo de carne —dijo, casi en estado de trance—. Arriba y abajo, fuera de ella, sobre mí, dando unos alaridos impecables.

Según Rex aquella mujer de las cuclillas tuvo un excelente performance: lo hizo tocar el cielo, sin exagerar, unas seis veces. El mismo día de su entrega, antes de despedirse, la Extremadamente Delgada De Cintura le pidió que le hiciera el amor por detrás.

—Quería hacerme una ofrenda —me explicó Rex, conmovido— un regalo.

Después de esta confesión, para mí insólita, se hizo de nuevo un silencio. Creí que la historia de Rex era una forma más bien oblicua de pedirme algo, así que me abracé a una almohada y me ofrecí, en cuatro patas, de espaldas a él. "No te muevas", me dijo, y unos segundos más tarde sentí el flash de una cámara. Esperé un poco más, pero nada ocurrió, y tras angustiosos minutos oí que alguien junto a mí roncaba.

Noche 69

—¿Por qué me gusta tanto que me hables de tus antiguas amantes? —mentí.

—Porque la carne es la historia —me explicó Rex, muy serio—. Aunque esto muy pocos lo entienden.

Y luego, acercándose a mi oído me dijo, bajito:

—La carne por la carne no existe.

Noche 104

Dos semanas después me trajo la foto. Junto con una carta que decía: ("adoro la negra estrella de tu frente, pero adoro mil veces más a la otra, la impúdica, ese insondable abismo que nos une"). Todo lo demás eran loas interminables: a mis senos, más blancos y bellos que los de Venus emergiendo del océano; a mis nalgas, redondas, plenas como una pintura

True enough: his pale white skin that hadn't seen the sun for years was covered with little white bumps.

"Like a piston made of flesh," he said, almost in a state of trance. "Up and down, up and down, completely out of her mind above me, shrieking madly!"

According to Rex, that woman who squatted so masterfully had given an excellent "performance": she made him touch the sky, without exaggerating, six times, and before leaving that day, Extremely Slender Waistline asked him to make love to her from behind.

"It was an offering," Rex said, touched. "A gift!"

After that confession, somewhat unsettling for me, he drifted into silence again. I thought his story was a rather oblique way of asking me for something. So I put my arms around a pillow and offered myself on all fours, my back to him. "Don't move," he told me, and a few seconds later I sensed the flash of a camera. I waited a little longer but nothing more happened, and after some anxious minutes I heard snoring from beside me.

Night 69

"Why is it I like it so much when you tell me about your former lovers?" I lied.

"Because flesh *is* the story," Rex explained, very serious. "Although very few people understand that."

And later, drawing close to my ear, he said to me in a very low voice, "Flesh for the sake of flesh doesn't exist."

Night 104

Two weeks later he brought me the photo. Together with a letter that read, "I worship the black star of your front side, but I adore the other

de Ingres; a mis muslos, inspiración de Balthus, a mi espalda perfecta y a mi vientre. A cada centímetro de mi cuerpo, siempre en comparación con otras. Nunca, nadie había sido más hermosa que yo: ni los labios, mejillas, cabellos, ni los largos cuellos que me antecedieron podían competir conmigo, según Rex. Freud dice que en toda relación sexual hay en la cama al menos cuatro. En nuestro caso, había cuando menos veinte. O treinta. O eso creí al principio. Poco a poco fui dándome cuenta de que si hubieran llegado las ex amantes de Rex a instalársenos al cuarto habríamos tenido que salirnos por falta de espacio.

—¿No sería bueno que usáramos condón? —sugerí.

Pero Rex fue categórico:

—¿Qué habría sido de los Grandes Amantes de la Historia de haberse andado con esas mezquindades? —dijo.

Acto seguido se levantó de la cama, se vistió y salió azotando la puerta.

Noche 386

Por alguna razón, me siento obligada a aclarar que tuve una infancia feliz, que mi padre me quiso mucho y que no fue machista. O tal vez sí, tal vez fue tan machista como otros. Pero esto nada tiene que ver entre Rex y yo. Lo que me pasa con él es cuestión de simple polaridad: los hombres buenos me aburren, igual que a todas las mujeres de mi generación que, como he dicho, es la X. Esto lo he podido constatar. La "corrección política" no es más que una forma cínica de la hipocresía. Es la pretensión de asepsia en los guantes de médicos con el bisturí oxidado. Y el mundo no es un quirófano.

Noche 514

Por las noches, después de despedirnos, Rex pone mi nombre debajo de su lengua. Allí lo guarda y paladea, como si fuera un chocolate. Para mí, en cambio, sus gestos se diluyen. Cuando no está, su cuerpo sobre

one a thousand times more, the shameless one, that unfathomable abyss that unites us." The rest of it was endless praise: for my breasts, whiter and more lovely than those of Venus emerging from the sea; for my buttocks, round and full as in a painting by Ingres; for my thighs, the inspiration for Balthus; my perfect back, my belly. And for every inch of my body, a comparison with some other woman. Never had anyone been more beautiful: my lips, my cheeks, my hair—even the long necks that had come before me could not compete with me, according to Rex. Freud says that in any sexual relationship there are at least four people in the bed. In our case, there were at least twenty. Or thirty. Or that was what I thought at first. Little by little I came to realize that if all of Rex's ex-lovers had managed to squeeze themselves into our room, we would have had to leave for lack of space.

"Wouldn't it be a good thing for us to use a condom?" I suggested.

But Rex was categorical: "How would it have been for the Great Lovers of History to have been fiddling around with those obnoxious doodads?"

He immediately got out of bed, dressed, and went out the door, slamming it behind him.

Night 386

For some reason, I feel obliged to point out that I had a happy childhood, that my father loved me a great deal, and that he was not a skirtchaser. Or maybe he was, maybe as much as anyone. But that has nothing to do with Rex and me. What is happening to me with him is a question of simple polarity: Nice men bore me, just like all the women of my generation, which, as I've said, is the X. This is something I've been able to confirm. "Political correctness" is nothing more than a cynical form of hypocrisy. It is the pretense of sterile conditions in the rubber gloves of doctors with rusty scalpels. And the world is not an operating room.

mí desaparece. Sólo puedo recordar su voz. Como en una película que vi donde los personajes se dan cita por teléfono sin encontrarse jamás, Rex se me ha vuelto una presencia sonora, incorpórea. Rex es la forma de sus palabras. Y sus palabras, el amor que le han inspirado las mujeres que llegaron antes de mí.

Noche 702

Ayer trajo más mujeres al cuarto. Los nombres me sorprenden más que ellas mismas, me hacen imaginar mil y una posibilidades. La Que Lloró Con Ciorán; La Escorpiona; La Amada Inmóvil; La Monja Desatada. Todas con una historia y un modo de hacer el amor muy específicos.

—Mis mujeres fueron siempre voluntariosas —dice Rex—. Sabían elegir sus posiciones. Arriba, o con las piernas cruzadas, de lado, cada cual según su gusto y preferencias.

Mi papel no hablado era imitarlas. Y más aún: superarlas. Si improvisaba algún gesto, Rex me llevaba sutilmente a la postura de alguna de ellas, La Mujer De Alcurnia Ancestral, por ejemplo, muy derechita sobre él aunque viendo al mundo con mirada desdeñosa, y me contaba su historia. Nunca llegué a conocer sus nombres verdaderos.

—Es por respeto —dijo Rex—. Para evitar que un día vayan a toparse por la calle.

Una tarde, haciendo el amor, tuve un levísimo atisbo de improvisación y al emprender, besando, el camino de su ingle a sus párpados me comparó con Eva. "La primera mujer", pensé orgullosa, y en respuesta caminé desnuda por todo el cuarto antes de que llegara Jehová y me corriera del paraíso.

Noche 996

Había perdido la cuenta de la frecuencia con que nos veíamos, dada la relatividad con que había empezado a transcurrir el tiempo y los ca-

SHERI-SADE

Night 514

At night, after we say our goodbyes, Rex puts my name under his tongue. He keeps it there, savoring it. As if it were a chocolate. For me, on the other hand, his gestures are becoming spectral. When he isn't there, his body over me disappears. I can only remember his voice. As in a movie I once saw where the characters keep making appointments by telephone without ever meeting each other, for me Rex has turned into a pleasant-sounding but immaterial presence. He is the form of his words. And his words, the form of the love inspired by the women who had him before me.

Night 702

Yesterday he brought more women into the room. Their names surprise me more than they themselves do; they make me imagine a thousand and one possibilities. The One Who Wept Over Cioran; The Scorpion; The Motionless Lover; The Wild Nun. Each one with a story and a very specific way of making love.

"My women were always willful," Rex says. "They knew how to choose their positions: on top, or with their legs crossed, from the side—each according to her taste and preferences."

My unspoken role was to imitate them. Even more: to outshine them. If I improvised any gesture, Rex would subtly move me into the posture of one of them, for example The Woman of Ancient Ancestry, very erect over him and looking at the world with disdainful gaze, and he would tell me her story. I never knew their real names.

"Out of respect," he would say. "In case you chance to meet one of them on the street one day."

One afternoon, while making love, I had the slightest hint of an inspiration and when I started up the path, kissing all the way, from groin to eyelid, he compared me to Eve. "The First Woman," I thought in my

prichos de Rex habían crecido, como es lógico. Para llevarlos a cabo comenzó a posponer sus viajes y conferencias, lo que no era poca cosa dados los ingresos que percibía o, más bien, que dejaba de percibir por estar conmigo. Inventaba pretextos cada vez más inverosímiles para no llegar a las citas, para estar lejos de su familia, y comenzó a ejercer sus funciones amatorias como un corredor de bolsa de Wall Street, a tiempo y de modo implacable. Yo era su amante, dijo, se debía a mí. ¿Qué otra cosa podía hacer sino corresponder con el mismo fervor a semejante entrega? De la noche a la mañana me vi obligada a superar las cuclillas de la Extremadamente Delgada, a sostener las piernas en vilo, por horas, como la Escorpiona, a perfeccionar los tiempos de La Rana o a quedarme quieta de perfil, como La Cucharita De Canto. Más frecuentemente, sin importar mi cansancio, debía moverme con frenesí extremo, agitando la melena al viento, como La Medusa De Ayer, la amante que más trabajo le había dado olvidar. Junto con los efectos de mi gimnasia amatoria debía soportar el hambre por horas, incluso días completos, pálida y ojerosa, sostenida sólo del comentario de Chateaubriand de que la Verdadera Amante ha de resistir los embates como una ciudad en ruinas. Por si esto fuera poco, uno de los días en que habíamos hecho el amor durante horas, sin dar tregua a los días anteriores, Rex decidió prender la tele del cuarto de hotel donde nos citábamos. Casi muero de espanto al ver el estoicismo con que Sharon Stone, totalmente desnuda y sentada sobre su amante, se ponía una corbata alrededor del cuello y, sin dejar de moverse, aguantaba la respiración mientras él, hundido en el más puro gozo, la estrangulaba durante el coito.

—Déjale ahí —dijo Rex, sirviéndose otro whiskito— no vayas a cambiarle.

Y luego, mirándome con intención:

—Así luego podemos tomar algunas ideas.

pride, and in response I walked naked around the room until Jehovah came and carried me to Paradise.

Night 996

I had lost count of the frequency with which we saw each other, given the relativity with which time had begun to elapse, and Rex's caprices had increased, as is logical. To put his whims into action he began to put off his trips and conferences, which was no small thing given the returns that he got from them, or rather, that he ceased to get in order to be with me. More and more he would invent unlikely pretexts for being away from his family, for not going to his appointments, and he began to exercise his amatory functions at an implacable pace, like a runner at the Stock Exchange on Wall Street. I was his lover, he said; it was his duty toward me. What else could I do but respond to such devotion with similar fervor? From night until morning I found myself obliged to outdo the squatting of the Extremely Slender One, to keep my legs suspended for hours like The Scorpion, to perfect the strokes of The Frog or to keep my profile still like The Hard-edged Little Spoon. More frequently, no matter how tired I might be, I would have to shake myself in a wild frenzy, throwing my hair to the winds like Yesterday's Medusa, the lover who was the hardest to forget. In addition to feeling the effects of my amatory gymnastic feats I had to go hungry for hours, even whole days, pale and with rings under my eyes, sustained only by Chateaubriand's remark that a True Lover resists assaults like a city in ruins. But if that weren't enough, on one of those days when we had been making love for hours already, with no breaks from the previous days, Rex decided to turn on the TV in the hotel room where we were meeting. I almost died of horror upon observing the stoicism with which Sharon Stone, completely naked and seated upon her lover, put a necktie

SHERE-SADE

Me levanté como pude y, adolorida, caminé al servibar. Me explicó lo que haría conmigo cuando entrara al baño, cuando me agachara, intentando —inútilmente— vestirme, cuando horas después, me durmiera. "No habrá tregua", advirtió.

Tomé una lata de Coca-Cola y la acerqué a mi oído. A través de ella pude oír el bombardeo virtual de una ciudad imaginaria.

Noche 1000 y una

Ayer, por la tarde, quise ponerle un ultimátum: o ellas o yo. Fue un momento de desesperación, lo reconozco. Estaba agotada de competir contra otras, quería ser amada por mí. "¡Pero si tú las contienes a todas!", dijo Rex, emocionado. En ocasiones como ésa siento que no puedo defraudarlo. Lo peor que puede ocurrir es que llegue el día de mañana y que yo, solícita, me vea obligada a superar el placer de las noches anteriores. Lo segundo peor es que, agotado el repertorio, Rex me vea por fin tal como soy y decida entonces que ha llegado el momento fatal de hacerme formar parte del inventario.

around her own neck, never ceasing her movements, and holding her breath while he, plunged into the most delicious pleasure, was strangling her during their coitus.

"Leave it there," Rex said, pouring himself another drop of whiskey. "You're not changing any channels."

And then, gazing at me with deliberation, "That way later on we can pick up some ideas."

I got up as best I could and, painfully, walked over to the minibar. He explained to me what he would do with me when I went into the bathroom, what he would do when I bent over while attempting—futilely—to get myself dressed, what he would do when I tried to fall asleep hours later. "There'll be no rest," he warned.

I chose a can of Coca-Cola and brought it to my ear. Through it I was able to hear the virtual bombardment of an imaginary city.

Night 1,000 and 1

Yesterday afternoon I tried to give him an ultimatum: either them or me. It was a moment of despair, I know that. I was tired of competing with the others, I wanted to be loved for myself. "But the thing is, you contain all of them!" he said, moved. On occasions like that I feel I cannot disappoint him. The worst that can happen is that tomorrow morning will come and I, always solicitous, will find myself obliged to surpass the pleasure of the previous nights. The next worst thing is that, having exhausted the repertory, Rex will finally see me for what I am and decide then that the fatal moment has arrived to make me part of the inventory.

TRANSLATED BY LELAND H. CHAMBERS

TESORO VIVIENTE

a José Agustín

Atorada en un párrafo de sintaxis abstrusa, con varias cláusulas subordi-
nadas que no sabía cómo rematar, Amélie trató de ordenar su borbotón
de ideas para convertirlo en sustancia verbal. Se había encerrado en un
callejón sin salida, ¿pero no era en esas encrucijadas donde comenzaba la
vida del lenguaje? Necesitaba encontrar el reverso del signo, el punto de
confluencia entre la figuración y el sentido, pero ¿cómo lograrlo si las palabras que tenía en la punta de la lengua escapaban como liebres cuando
trataba de vaciarlas en moldes nuevos? Tomó un sorbo de té negro y
reescribió el párrafo desde el principio. Su error era querer imponer un
orden al discurso en vez de abandonar el timón al capricho de la marea.
Sí, necesitaba volar a ciegas, dejar que el viento la llevara de un espacio
mental cerrado a otro abierto y luminoso, donde el alfabeto pudiera
mudar de piel. Escribió un largo párrafo de un tirón, sin reparar en las
cacofonías. El automatismo tenía un efecto liberador, de eso podía dar
fe el mismo Dios, que al crear el mundo había hecho un colosal dispa-
rate. Pero cuando releyó la secuencia de frases caóticas en la pantalla del
ordenador, encontró su estilo anticuado y ridículo. No podía descubrir
el surrealismo en pleno siglo XXI: los lectores exigentes, los únicos que
le importaban, la acusarían con razón de seguir una moda caduca. Oh,

ENRIQUE SERNA

LIVING TREASURE

for José Agustín

Stuck on a paragraph with abstruse syntax and several subordinate clauses she didn't know how to bring together, Amélie tried to arrange the onslaught of ideas into some kind of verbal fabric. She had written herself into a dead end, but weren't such crossroads where the life of language began? She needed to find the opposite of the sign, the point where representation and meaning converged, but how would she ever achieve that when the words she had on the tip of her tongue dashed off like frightened hares the moment she tried to ease them into new patterns? She took a sip of black tea and rewrote the paragraph from the beginning. Her mistake was wanting to impose order on the discourse instead of letting the helm turn at the whim of the tides. Yes, she needed to fly blindly, let the wind carry her from a closed mental space to an open and luminous one, where the alphabet could shed its skin. She wrote a long paragraph in one go, without getting hung up on the cacophonies. Automatic writing had a liberating effect, as God himself could testify, for by creating the world he had committed an act of colossal folly. But when she reread the sequence of chaotic sentences on the screen, she found their style antiquated and ridiculous. She couldn't discover surrealism in the twenty-first century: demanding readers—the

cielos, cuánto envidiaba a los autores de *best-sellers* que podían escribir sin ningún pudor "Aline salió a la calle y tomó un taxi", como si Joyce nunca hubiera existido, como si Mallarmé no hubiese descubierto la oscura raíz de lo inexpresable. Para ella la escritura era un constante desafío, una búsqueda llena de riesgos y precipicios. Confiaba en la firmeza de su vocación, que las dificultades para publicar no habían quebrantado, pero le aterraba pensar que al final del camino tal vez sólo encontraría niebla y más niebla.

Para oxigenarse el cerebro fue a calentar otro té. De camino a la cocineta tropezó con un cenicero repleto de colillas que alguno de sus amigos había dejado sobre el parquet la noche anterior. Su minúsculo departamento estaba hecho un asco. Aun con la ventana abierta de par en par, el olor del hashís no se había dispersado, tal vez porque ya estaba adherido a los muebles y a las cortinas. Sobre el sofá alguien había derramado una copa de coñac, sin duda Virginie, que se había revolcado allí con su amante argelino. Si usaba el sofá para coger, por lo menos debía tener la decencia de no ensuciarlo. Limpió la mancha con un trapo, aliviada de no encontrar costras de semen seco. Al entrar en la cocineta, la pila de trastes con restos de comida le produjo náusea. Si no los lavaba pronto la casa se llenaría de moscas y cucarachas. Tal vez debería apagar el ordenador y continuar escribiendo cuando estuviera más lúcida. Nada mejor que el descanso contra el bloqueo creativo. De cualquier modo, la jornada de trabajo ya estaba perdida: no podía hacer prodigios de agilidad mental con una flecha atravesada en el cráneo después de una noche de juerga.

Tomó uno de los platos y lo comenzó a enjabonar. Era grato librarse por un momento del crítico implacable que la miraba por encima del hombro, insatisfecho siempre con su escritura. Pero el fregadero la obligaba a confontarse consigo misma, algo que tampoco podía considerarse un placer. Pensó, como siempre, en su falta de amor. Los hombres que

only kind she cared about—would rightly accuse her of being a slave to a style that had long ago become passé. Oh, damn, how she envied writers who wrote bestsellers, who could without any shame write, "Aline went outside and took a taxi," as if Joyce had never existed, as if Mallarmé had not discovered the dark roots of the inexpressible. For her, writing was a constant challenge, a quest full of risks and hidden dangers. She had confidence in the strength of her own vocation, was undaunted by the difficulties she'd encountered when she tried to publish her work, but she was terrified at the thought that at the end of the road she might find only fog and more fog.

To air out her brain she got up to make another cup of tea. On her way to the kitchenette she tripped over an ashtray full of cigarette butts a friend of hers had left on the floor the night before. Her tiny apartment was a total pigsty. Even with the window wide open, there was a lingering odor of hashish, maybe because it had already permeated the furniture and the curtains. Someone had spilled a glass of cognac on the sofa, probably Virginie, who had been thrashing around there with her Algerian lover. If she was going to screw on her sofa, she should at least have the decency not to get it dirty. She wiped off the spot with a rag and was relieved not to find traces of caked, dry semen. As she entered the kitchenette, the piles of dishes full of food scraps made her feel nauseated. If she didn't clean up soon, the house would be full of flies and cockroaches. Maybe she should turn off the computer and write when she was more lucid. Nothing better than a break to shake off writer's block. No matter what she did now, her work day was already over: she would never be able to perform feats of mental agility with an arrow lodged in her skull from a night of heavy partying.

She picked up one of the plates and started soaping it. It was a relief to briefly shake off the implacable critic who was always looking over her

podían brindarle amistad inteligente y buena cama, le tenían pavor a cualquier compromiso, incluso al de vivir en unión libre. Había dejado de importarle que resultaran bisexuales o adictos a drogas duras, pues ya no aspiraba a encontrar un príncipe azul. El problema era su cobardía, su falta de carácter para enfrentar los retos de la vida en pareja. Volubles, egoístas, enemigos de cualquier previsión, como si planear el futuro fuera empezar a morir, todos querían una libertad irrestricta para prolongar eternamente la adolescencia, y palidecían de terror apenas les hablaba de tener hijos. Hasta Jean Michel, que parecía tan maduro, y con quien había logrado establecer una verdadera complicidad, había desaparecido de un día para otro al darse cuenta de que su pasión "estaba degenerando en costumbre". Pamplinas: dos personas inteligentes nunca se aburren juntas. El problema de Jean Michel era que estaba demasiado inmerso en su neurosis para compartir el placer y el dolor con otra persona.

Cuando terminó de secar los trastes, Amélie puso a calentar el té en el horno de microondas. Al sacar la taza se quemó la yema del dedo anular. Mierda, le saldría una ampolla en el dedo que más usaba para escribir. Se untó mostaza en la quemadura y puso el concierto 21 para piano de Mozart. Necesitaba relajar los músculos, desprenderse del plomo que le pesaba en la espalda. Arrellanada en el sofá, encendió con unas pinzas la bacha más grande del cenicero y se la fumó de un tirón. En la adolescencia, la yerba la embrutecía; ahora en cambio le despejaba el cerebro. Ya tenía 32 años y su carne empezaba a perder elasticidad. Si no había encontrado un compañero estable y solidario en la flor de la juventud, tendría menos posibilidades de ser feliz cuando perdiera atractivos. Tal vez debería conocer hombres con menos sensibilidad y más aplomo: ingenieros, médicos, empleados de tiendas, estaba demasiado encerrada en el medio intelectual, o más bien, en su oscura antesala, el vasto círculo de los aspirantes a obtener un sitio en el mundo del arte y las letras, un

shoulder, always dissatisfied with her writing. But washing dishes forced her to confront herself, something she couldn't derive much pleasure from either. She thought, as always, about her lack of love. The men who could provide intelligent friendship and good sex were terrified of commitment, even of an open relationship. She didn't even care anymore if they were bisexuals or drug addicts; she had long ago given up any hope of finding her prince charming. The problem was their cowardice, their spinelessness, their inability to face the challenges of living in a couple. Volatile and egotistical, they were sworn enemies of any forethought, as if planning the future would make them start to die, and wanted unrestricted freedom so they could forever prolong their adolescence; they blanched in horror at the mere mention of having children. Even Jean Michel, who seemed so mature, and with whom she had managed to establish an excellent rapport, had disappeared from one day to the next when he realized that his passion was "degenerating into habit." Nonsense! Two intelligent people would never be bored with each other. Jean Michel's problem was that he was too immersed in his own neurosis to share pleasure and pain with another person.

When she finished drying the dishes, Amélie heated up the tea in the microwave. When she went to take it out, she burned the tip of her ring finger. Shit, she'd have a blister on the very finger she used most when she wrote. She smeared mustard on the burn and put on Mozart's Piano Concerto No. 21. She needed to relax her muscles, unload the burden that was weighing her down. Curled up on the sofa, she picked the biggest roach out of the ashtray with a pair of tweezers and smoked the whole thing. When she was a teenager, pot made her stupid; now it cleared her head. She was already thirty-two years old and her flesh had begun to lose its suppleness. If she hadn't found a stable and committed partner when she was in her prime, what chance for happiness would she

terreno pantanoso donde la hombría escaseaba tanto como el talento. Los amigos que antes admiraba ahora le daban lástima. Serge, por ejemplo. Cuánta frustración destilaba en sus dictámenes hepáticos de libros y películas. La noche anterior había despedazado la última novela de Michel Houellebecq, de la que sólo leyó cien páginas, como si presentara cargos contra un hereje: mercenario, lo llamó, coleccionista de lugares comunes, falso valor inflado por la crítica filistea. Claro, Houellebecq era el novelista de moda, la conciencia crítica más aguda de su generación, y él sólo había logrado publicar cuentos cortos, bastante insulsos por cierto, en revistas provincianas de ínfima clase. Serge, Yves, Marguerite, todos estaban cortados con la misma tijera: ninguno había trabajado con humildad y rigor en sus disciplinas, ninguno había producido una obra a la altura de su soberbia. Pretendían convertir su marginalidad en un timbre de gloria, como si no existiera también una marginalidad merecida: la de los diletantes que codician el prestigio cultural sin hacer nada por alcanzarlo. Y ella se estaba dejando arrastrar por la misma resaca, era doloroso pero necesario admitirlo. En tres semanas apenas había escrito seis cuartillas y por falta de una columna vertebral, su novela, si acaso podía llamarle así, tenía la flacidez amorfa de un molusco.

Estiró el brazo para tomar el fajo de cuartillas y releyó algunos párrafos al azar. Nada le gustaba, salvo el título: *Alto vacío*, una imagen polifuncional que expresaba su tentativa por crear un sistema de ecos, una red especular volcada sobre sí misma, y al mismo tiempo, la angustia de una mujer enfrentada con el desamor. Se había propuesto una empresa titánica; crear una poética de la desolación. Pero temía que el desafío fuera superior a sus fuerzas. Para descomponer la desolación en un prisma de sensaciones, primero necesitaba sobreponerse a ella, pues no podría objetivar la experiencia del dolor mientras lo sintiera clavado en el cuerpo, mientras se rodeara de gusanos resentidos que ni siquiera tenían humor y

have when she became less attractive? Maybe she should try to meet less sensitive, more sensible men: engineers, doctors, businessmen; she spent too much time in the world of intellectuals—or rather, its dimly lit foyer, that extended circle of aspirants looking for their place in the world of arts and letters, that murky setting where manliness was as scarce as talent. She now pitied the friends she used to admire. Take Serge, for instance. All that frustration distilled in his bloodless pronouncements on books and movies. The night before he had dissected Michel Houellebecq's latest novel—even though he'd only read the first hundred pages—as if he were reciting the charges against a heretic: mercenary, he called him, collector of clichés, full of false bravado inflated by philistine critics. Needless to say Houellebecq was the novelist du jour, the sharpest critical conscience of his generation, and Serge had only managed to publish a few short stories—fairly insipid ones—in very low-brow provincial magazines. Serge, Yves, Marguerite, they were all cut from the same cloth: not one of them had dedicated themselves with humility and discipline to their art; not one had produced work that matched their arrogance. They tried to turn their marginality into stamps of glory, as if there weren't also a well-deserved marginality. Theirs was the marginality of dilettantes who seek cultural prestige but do nothing to earn it. She was letting herself be carried along by the same current, as painful though necessary as it was to admit it. In three weeks she had written barely six pages, and without a solid core, her novel—if she could even call it that—was as amorphous and limp as a mollusk.

She picked a few sheets of paper off the pile and reread a few paragraphs at random. She didn't like anything except the title, *Empty Heights*, a multifunctional image that expressed her desire to create a system of echoes, a mirrorlike network that reflected itself, and at the same time, the anguish of a woman facing the absence of love. She had

grandeza para asumir el fracaso; mientras cada mañana tomara su puesto en el engranaje de la frustración colectiva, como todos los fantasmas hacinados en los andenes del metro, y volviera del liceo cansada y marchita, con el alma enteca por la ausencia de un pecho varonil donde reclinar la cabeza. ¡Oh, Dios! ¡Si al menos tuviera el valor de romper con todo!

Había empezado a sollozar cuando sonó el teléfono.

—¿Aló?

—Soy yo, Virginie.

—Óyeme, perra. Tú y tu amigo me dejaron el sofá asqueroso.

—Perdóname, son los transportes de la pasión.

—Es la última vez que me traes un amante a la casa. La próxima vez los echo a patadas.

—De ahora en adelante voy a portarme bien, te lo juro. Pero escucha, mi cielo, para quitarte el enojo te voy a dar una buena noticia. ¿Todavía quieres largarte de Francia?

—Más que nunca —suspiró Amélie.

—Pues ha llegado tu oportunidad. ¿Sabes lo qué es la ACCT?

—Ni idea.

—Es una asociación dirigida por un grupo de damas católicas, que se encarga de difundir en Europa la cultura de los países africanos.

—¿Y eso qué tiene que ver conmigo?

—La agencia publica una revista mensual que se llama *Notre Librairie*. Cada número está dedicado a un país diferente, y están buscando un especialista que escriba una monografía sobre la literatura de Tekendogo.

—¿Tekendogo? ¿Y eso dónde queda?

—Es un pequeño país del África Ecuatorial. La asociación costea el viaje y los gastos del investigador por un año. Mi amigo Fayad, el que llevé anoche a tu casa, trabaja en la ACCT y cree que puedes obtener la plaza fácilmente.

—¿Estás loca? Jamás he leído a ningún escritor de Tekendogo.

set herself a colossal task: to create a poetics of despair. But she feared the challenge was greater than the means at her disposal. In order to deconstruct despair into a prism of sensations, she first had to get past herself, for she could not objectify the experience of pain as long as it was lodged in her own body, as long as she was surrounded by resentful worms who didn't have the wit or nobility to come to terms with their failure; in the meantime she took her place each morning in the cogs of collective frustration, one more ghost crowded onto the Metro station platform, and returned depleted and exhausted from teaching, her soul wasting away because she didn't have a man's chest to lean her head upon. Oh God! If only she had the courage to be done with it all!

She had just started sobbing when the telephone rang.

"Hello?"

"It's me, Virginie."

"Hey, you bitch. You and your friend made a mess of my sofa."

"I'm sorry, I was swept away by passion."

"That's the last time you bring one of your lovers here. Next time I'll throw you both out."

"I'll behave myself from now on, promise. But listen, my dear, just so you won't be mad at me, I'm going to give you some good news. You still want to leave France?"

"More than ever," Amélie sighed.

"Well, here's your chance. Have you ever heard of ACCT?"

"Nope."

"It's an organization run by a group of Catholic ladies. They try to spread African culture in Europe."

"What's that got to do with me?"

"They publish a monthly magazine called *Notre Librairie*. Each issue is dedicated to a different country, and they're looking for someone to write a piece about literature in Tekendogo."

—Ni tú ni nadie. Por eso es fácil que te den el trabajo. Sólo tienes que presentarte como experta en literatura africana y mostrar a la directora tu currículum académico. Lo demás corre por cuenta de Fayad. Él se encarga de publicar la convocatoria en la red, pero nos hará el favor de mantenerla oculta para que no tengas competidores. Serás la única aspirante, Amélie, todo está arreglado a tu favor.

—¿Pero qué voy a hacer un año entero refundida en el culo del mundo?

—¿No decías que estabas harta de París, que necesitabas abrirte ventanas y escapar de tu asfixiante rutina?

—Es cierto, pero no podría vivir en Tekendogo. Si me deprimo en París, allá sola me pego un tiro.

—Piénsalo bien, Amélie. Es una buena oportunidad para que dejes las clases y las reseñas de libros. Resolverías tu problema económico y podrías dedicarte de lleno a escribir lo tuyo.

—Por ese lado no está mal , pero tengo miedo de aburrirme —por el tono de Amélie, Virginie se dio cuenta de que empezaba a flaquear.

—¿Aburrirte en el paraíso? No digas estupideces. Para una mujer que trabaja con la imaginación, vivir en África puede ser una experiencia fabulosa. ¿O crees que Karen Blixen se haya aburrido en Kenia? Imagina lo que te espera: la naturaleza salvaje al alcance de la mano, paseos en elefante, maravillosas puestas de sol, las danzas exóticas y los ritos mágicos de las tribus, el contacto vivificante con una cultura primitiva. ¿Quieres renunciar a todo eso?

—No estoy segura, déjame pensarlo un poco.

—Tenemos el tiempo encima, es ahora o nunca. Por si no lo sabes, en Tekendogo están los negros más guapos de África. Son altos, esbeltos, y muy bien dotados. Se mueren de amor por las europeas y una erección

LIVING TREASURE

"Tekendogo? Where the hell is that?"

"It's a tiny country in equatorial Africa. The organization pays for the trip and living expenses for one year of research. My friend Fayad, the guy I brought to your house last night, he works for ACCT and thinks he can get you the job."

"Are you nuts? I've never read a single writer from Tekendogo."

"Nobody has. That's why it'll be so easy for you. You just have to present yourself as an expert in African literature and show the director your curriculum vitae. The rest is up to Fayad. He's in charge of posting the job announcement online, but he'll keep it hidden so you won't have any competition. You'll be the only applicant, Amélie; everything's in your favor."

"What am I going to do for a whole year in the armpit of the universe?"

"Didn't you say you were sick of Paris, that you needed to throw open your windows and escape from your suffocating routine?"

"Yes, but there's no way I could live in Tekendogo. If I'm depressed in Paris, I'll shoot myself there."

"Think about it, Amélie. It's a good opportunity for you to take a break from teaching and writing book reviews. It'll resolve your economic problems and you could devote yourself full time to your own writing."

"That all sounds good, but I'm afraid I'll get bored." Virginie knew, from Amélie's tone, that she was beginning to consider it seriously.

"Get bored in paradise? You must be kidding. For a woman who lives in her imagination, living in Africa can be a fabulous experience. Do you think Karen Blixen got bored in Kenya? Just think of what awaits you there: untamed nature at your fingertips, elephant rides, gorgeous sunsets, exotic dances and magical tribal rituals, inspirational contact with a primitive culture. Why would you turn down all of that?"

les puede durar media hora. Además, en cualquier esquina te venden mariguana de la mejor calidad. . . .

—Bueno, tal vez valga la pena hacer el intento. ¿Dónde queda la agencia?

Para no llegar a la entrevista con la mente en blanco, buscó información sobre Tekendogo en la página de internet de *Le Monde Diplomatique*. Con 5 millones de habitantes y una deuda externa que absorbía el 80 por ciento del producto interno bruto, Tekendogo era el país más pobre del conglomerado de naciones que antiguamente formaron el África Occidental Francesa. Situada al sur del Sahara y al norte de los países ribereños del Golfo de Guinea, la joven república no tenía salida al mar, circunstancia poco favorable para el desarrollo de la economía. Por falta de trabajo, la mayoría de la población activa emigraba en tiempo de secas a las plantaciones cafetaleras de Ghana y Costa de Marfil. Desde la proclamación de su independencia, en 1960, el gobierno estaba en manos de una dictadura militar con ropaje democrático y civilista. El Comité Militar de Redención, encabezado por el dictador Koyaga Bakuku, se escudaba tras la servil Asamblea del Pueblo, compuesta en su totalidad por diputados adictos al régimen, para reprimir salvajemente el menor brote de disidencia y otorgar concesiones a las compañías extractoras de bauxita y zinc. En lengua malinke Tekendogo significaba "país de la honestidad", nombre paradójico para una nación cuyos gobernantes disponían a su antojo de los fondos públicos. La hostilidad entre los principales grupos étnicos del país —malinkés, mandingos, fulbés, mambaras— era motivo de constantes guerras civiles. Salvo la minoría islámica concentrada en la capital del país, Yatenga, la mayor parte de la población profesaba religiones animistas. Debido a la falta de drenaje y al

LIVING TREASURE

"I'm not sure, let me think about it."

"Time is of the essence; it's now or never. And in case you haven't heard, the best-looking men in Africa are in Tekendogo. They're tall, thin, and very well endowed. They die for European women, and their erections last for at least half an hour. Not to mention that they sell the highest quality pot on every street corner ..."

"Okay, maybe it's worth giving it a try. Where's the office?"

So as not to come to the interview in total ignorance, she searched for information about Tekendogo on the *Le Monde Diplomatique* website. With five million inhabitants and a foreign debt that accounted for 80 percent of the gross national product, Tekendogo was the poorest of the group of nations that formerly made up French West Africa. Located south of the Sahara and north of the nations bordering the Gulf of Guinea, the young republic was landlocked, a circumstance that did not favor economic development. Due to high levels of unemployment, the majority of the workforce migrated to the coffee plantations in Ghana and Ivory Coast during the dry season. Since proclaiming independence in 1960, the government had been in the hands of a military dictatorship that had taken on the trappings of democracy and civilian rule. The Redemption Committee of the Armed Forces, headed by the dictator, Koyaga Bakuku, was the real power behind the servile People's Assembly, made up in its totality of deputies loyal to the regime. It savagely repressed the slightest outbreak of opposition and granted favorable concessions to international zinc and bauxite mining companies. In the Malinke language, Tekendogo means "the country of honesty," a paradoxical name for a nation whose leaders held all public funds at their personal disposal. Hostility among the country's principal ethnic

deporable sistema de salud pública, el país tenía elevados índices de mortandad. Según cálculos de la OMS, más del 15 por ciento de la población
estaba enferma de sida. La hambruna llegaba a tal extremo que cuando
un sidoso moría, su familia no lamentaba la pérdida del ser querido, sino
el fin de la ración alimenticia que le asignaba el Estado.

"Virginie quiere mandarme al infierno", pensó Amélie al apagar el ordenador. En Tekendogo no existían las condiciones elementales para el
desarrollo de una literatura. Si la ACCT quería ayudar en algo a ese desdi-
chado país, debería enviarle medicinas y víveres, no gente de letras. Pero
tal vez pudiese atemperar el carácter frívolo de su misión, pensó, realizando labores de servicio social que dejaran algún beneficio al pueblo de
Tekendogo. En la adolescencia, cuando militaba en organizaciones de
izquierda, se había encargado de brindar asesoría legal y apoyo económico a los inmigrantes magrebís. Ya era tiempo de recuperar ese impulso
generoso y tenderle los brazos al prójimo, para escapar de la cárcel autista
donde se estaba voviendo loca.

Entusiasmada por la posibilidad de darle un giro crucial a su vida,
al día siguiente salió a buscar números atrasados de *Notre Librairie* en
las librerías de Montparnasse y el Barrio Latino. Sólo encontró los tres
últimos, pero su lectura le bastó para hacerse una idea bastante clara de
lo que hallaría en Tekendogo: un páramo literario donde quizá hubiese
un pequeño grupo de aspirantes a escritores sin oportunidades de publicar. Con monótona insistencia, los autores entrevistados salmodiaban la
misma queja: los libros se vendían poco en África por la razón esencial
de que la vida comunitaria no favorecía el acto de leer. Aún en los países con exitosos programas de alfabetización, era inconcebible que un
individuo pudiera absorberse en una lectura esencialmente solitaria. Por

groups—Malinkes, Mandingas, Fulanis, Bambaras—caused ongoing civil strife. Besides the Muslim minority largely concentrated in the nation's capital, Yatenga, most of the population adhered to animistic religions. Because of poor sewage systems and the deplorable state of public health, the country had a high mortality index. According to the WHO, more than 15 percent of the population was infected with AIDS. Hunger was so rampant that when an AIDS patient died, his family weren't as sorry to lose a loved one as to lose the food rations he received from the state.

"Virginie wants to send me to hell," Amélie thought when she turned off the computer. Tekendogo lacked the most elementary conditions necessary for the development of a national literature. If ACCT wanted to help that unfortunate country, it should send medicine and supplies, not literary people. But perhaps she could temper the frivolous nature of her mission, she thought, by doing volunteer work that would benefit the people of Tekendogo. As a teenager, when she was active in left-wing organizations, she had given legal advice and economic support to immigrants from North Africa. It was about time she got back in touch with those generous impulses and stretched out a hand to others, and escape from the autistic prison that was driving her crazy.

Excited about the opportunity to turn her life around in such a significant way, she went out the next day to look for past issues of *Notre Librairie* in the bookstores of Montparnasse and the Latin Quarter. She found only the three most recent ones, but what she read was enough to give her a pretty clear idea of what Tekendogo would be like: a literary wasteland where, if she were lucky, she'd find a small group of aspiring writers who had absolutely no chance to publish. With monotonous

consecuencia, las tentativas de subsidiar la industria del libro en países como Camerún, Senegal y Togo habían terminado en la bancarrota de las editoriales públicas. Privados del contacto con los destinatarios reales de sus obras, los pocos autores que lograban publicar en Francia debían enfrentarse a un público indiferente y hostil, con una idea muy equivocada de la cultura africana. Amélie compartía esa indiferencia y los lamentos de los escritores no la conmovieron demasiado, pues le parecía que las editoriales francesas publicaban autores africanos para darse baños de corrección política. Y si bien era propensa a la filantropía, como lectora no acostumbraba hacer obras de caridad. De cualquier modo, leería con atención a los escritores de Tekendogo y redactaría el informe en términos benévolos, para no desentonar con el paternalismo condescendiente de la revista.

La directora de la ACCT, Jacqueline Peschard, una dama entrada en los cincuenta, de traje sastre y pelo corto rojizo, la recibió con calidez en su oficina de la Plaza de Saint-Sulpice, decorada con máscaras, lanzas y penachos de danzantes. Había leído su currículum y pensaba que era la persona idónea para el puesto, pero necesitaba hacerle algunas preguntas:

—¿Conoce usted Tekendogo?

—Sí —mintió Amélie, aleccionada por Virginie—. Mi padre era ingeniero metalúrgico y su compañía lo envió a trabajar allá cuando yo era una niña. Vivimos seis años en Yatenga. Fue la época más feliz de mi vida.

—¿Aprendió alguna de las lenguas nativas?

—Un poco de malinké, pero lo he olvidado.

—Bueno, eso no importa. Sólo queremos que estudie la literatura escrita en francés. Dígame, señorita Bléhaut, ¿qué la motiva para hacer este viaje?

insistence the authors interviewed in those pages droned on and on with the same complaint: few books sold in Africa for the simple reason that community life was not conducive to the act of reading. Even in countries with successful literacy programs, it was inconceivable for an individual to become absorbed in the essentially solitary act of reading. As a result, all attempts to subsidize the book industry in countries such as Cameroon, Senegal, and Togo had ended in government publishing houses going bankrupt. Thus deprived of a real audience for their work, the few authors who managed to publish in France faced a hostile and indifferent public with a distorted idea of African culture. Amélie shared this indifference, and she felt little empathy with these authors; her sense was that French publishers published African authors in order to pay their political correctness dues. And although she believed in charity, she wasn't apt to be charitable as a reader. In any case, she would carefully read writers from Tekendogo and write a benevolent report that would be perfectly in sync with the magazine's condescending paternalism.

The director of ACCT, Jacqueline Peschard, a woman in her fifties with short reddish air and wearing a tailored suit, welcomed her warmly into her office near Place Saint-Sulpice. The walls were decorated with masks, spears, and feathered headdresses worn by dancers. She had looked at her CV and thought that she was the ideal person for the job, but she needed to ask her a few questions.

"Have you ever been to Tekendogo?"

"Yes," Amélie lied, as Virginie had advised her to do. "My father was a metallurgical engineer and his company sent him there when I was a child. We lived in Yatenga for six years. Those were the happiest years of my life."

—Reencontrarme con mis raíces, ampliar mis horizontes . . .

La señora Peschard sonrió en señal de aprobación. Era exactamente la repuesta que esperaba, pensó Amélie.

—¿Milita usted en alguna organización política?

—No, sólo me interesa la literatura.

—Me alegra mucho. Una de las normas de nuestra agencia es no intervenir en los asuntos internos de los países africanos. Nuestros investigadores trabajan en estrecho contacto con los ministerios culturales de los países que visitan, y por ningún motivo deben participar en actividades políticas.

—No se preocupe, no tendrá ninguna queja de mí.

—Correcto— la señora Peschard cerró la carpeta—. Dentro de poco le comunicaremos la decisión de nuestro patronato. Pero se trata de un mero formalismo: desde ahora puedo asegurarle que usted será la elegida.

Al recibir el telegrama de aceptación, se puso de acuerdo con una compañera del liceo para dejarle el departamento por un año. Con una llamada telefónica a su madre quedó resuelto el trámite de dar aviso a la familia. Sin despedirse de sus amistades nocivas, que deseaba abandonar para siempre, tomó el taxi al aeropuerto con tres gruesas maletas y una computadora portátil, recién comprada en Carrefour, con la que pensaba terminar su novela inconclusa. Por la insignificancia comercial de Tekendogo, Air France no volaba a Yatenga y tuvo que hacer escala en Abidján, la capital de Costa de Marfil, para conectar un vuelo de Teken Air, la aerolínea del gobierno tekendogués que comunicaba a las dos ciudades. En el aeropuerto de Abidján se dio el primer frentazo con la barbarie africana: tras una larga espera en la sala del aeropuerto, un cuartucho mal ventilado, con incómodas bancas de acrílico, el representante de Teken Air, un gordo de talante autoritario, bañado en el sudor

LIVING TREASURE

"Did you learn any of the native languages?"

"A little Malinke, but I've forgotten."

"Well, that really doesn't matter. We want you to study only literature written in French. But tell me, Miss Bléhaut, why do you want to do this?"

"I want to get in touch with my roots, broaden my horizons . . ."

Madame Peschard smiled with approval. That was exactly the answer she had hoped for, Amélie thought.

"Are you active in any political organizations?"

"No, I am interested only in literature."

"That's good to know. One of our organization's governing principles is to not interfere in the internal affairs of these African countries. Our researchers work closely with the cultural ministries in the countries they visit, and they should never get involved in any political activities."

"You'll have no cause for concern about me."

"Perfect," Madame Peschard said and closed the file. "In a few days we will inform you of our board's decision. At this point, though, it is just a formality: I can assure you now that you will be chosen."

When she received the official acceptance by telegram, she arranged to sublet her apartment for a year to a colleague at the school. A phone call to her mother took care of the business of informing her family. Without taking leave of her more nocuous friendships, which she wanted to put an end to once and for all, she took a taxi to the airport with three big suitcases and a laptop computer she recently bought at Carrefour, which she hoped to use to finish her novel. Due to Tekendogo's lack of commercial importance, Air France did not fly to Yatenga. She had to stop in Abidjan, the capital of Ivory Coast, and from there catch a plane on Teken Air, the Tekendogo national airline, which flew between the two cities. In the Abidjan airport she had her first encounter with

torrencial de los negros, informó a los pasajeros que por desperfectos de su aeronave, el vuelo a Yatenga se cancelaba hasta nuevo aviso.

—¿Pero cuánto tiempo tendremos que esperar? —lo interpeló Amélie.

El gordo se encogió de hombros.

—Eso depende de los mecánicos. Pueden ser dos horas o dos semanas, nunca se sabe.

Amélie observó desde lejos el avión —un desecho de la Segunda Guerra Mundial, con motores de hélice y fuselaje abollado—, que rodaba lentamente hacia el hangar de reparaciones. Ni muerta se arriesgaría a volar en ese cacharro. Exigió que le devolvieran el importe de su boleto, y con ayuda de un maletero tomó un bicitaxi hacia la estación de trenes, en el otro extremo de Abidján. El viaje en ferrocarril a Yatenga duraba 16 horas, le advirtió la mujer de la ventanilla. Por fortuna, con el dinero recuperado pudo pagarse un reservado en primera clase, a prudente distancia de las ruidosas familias de campesinos que subían al tren con chivos y gallinas de Guinea. En las primeras horas de viaje se deleitó con la tupida vegetación y el aire balsámico de la jungla. Flotaba en la atmósfera una promesa de sensualidad que le abrió los poros de la piel, como si el tren la llevara rumbo a los orígenes de la vida. Su sensación de ligereza no tenía nada que ver con el falso bienestar inducido por las drogas: esto era un vuelo sin nebulosas, un verdadero desafío a la ley de la gravedad. Sólo cayó a la dura corteza terrestre cuando el tren hizo su primera parada en territorio de Tekendogo. Entre el enjambre de negras robustas con huacales al hombro que se acercaron a ofrecerle calabazas con vino de palma, ñame cocido, o dulces secos, observó cuadros esperpénticos dignos de figurar en un museo del horror: mendigos de mirada lúgubre con la piel roída por las erupciones del pián, una adolescente con un enorme bocio en el cuello, rameras desdentadas con argollas en los

LIVING TREASURE

African barbarism: after a long wait in a small, poorly ventilated room with uncomfortable plastic benches, the representative of Teken Air, a fat man dripping with sweat and with an authoritarian air informed the passengers that due to mechanical difficulties, the flight to Yatenga had been cancelled until further notice.

"How long will we have to wait?" Amélie asked.

The fat man shrugged his shoulders.

"That depends on the mechanics. It could be two hours or two weeks, you never know."

Amélie looked outside and saw the plane moving slowly toward the hangar; it was a relic from the Second World War, a propeller plane with a rusty, banged up fuselage. No way was she going to risk her life in that piece of junk. She demanded they refund her the price of her ticket, and with the porter's help she took a bicycle-taxi to the train station on the other side of Abidjan. The woman at the ticket window warned her that the trip by train to Yatenga took sixteen hours. Luckily, with the money she had gotten back for the airplane ticket, she could afford first class and so keep a prudent distance from the noisy peasant families traveling from Guinea with their goats and chickens. During the first few hours of the trip she enjoyed watching the dense vegetation and feeling the soothing jungle air. The promise of sensuality drifted through the atmosphere and expanded her pores, as if the train were carrying her to the source of all life. Her sensation of lightness had nothing to do with that phony, drug-induced happiness: this was a fog-free flight, a true challenge to the laws of gravity. She fell back onto the hard surface of the earth only when the train made its first stop in Tekendogo. Looking past the swarm of large basket-carrying black women who crowded around her to sell her gourds full of palm wine, boiled yams, and dried sweets, she could see grotesque scenes right out of a horror movie: beg-

pezones, niños famélicos con el esqueleto dibujado bajo la piel bebiendo agua en un charco pútrido. Pero esto es una aldea, pensó para tranquilizarse, Yatenga debe ser un sitio más habitable.

Durmió arrullada por el traqueteo del tren, y al abrir los ojos, la cortina verde de los manglares había sido reemplazada por las planicies de la sabana. El calor aquí era más seco, pero la atmósfera más nítida, como si la luz se limpiara de impurezas al atravesar el tamiz del cielo. Para aplacar el hambre sacó de su bolso un trozo de ñame cocido comprado la víspera en la aldea de Kamoe. No había fieras a la vista —seguramente las ahuyentaba el ferrocarril—, sólo avestruces contemplativas y manadas de antílopes que levantaban grandes polvaredas en el horizonte. Qué soberbia era la naturaleza cuando no la ensuciaban las huellas del hombre. Pero de una estación a otra, conforme el tren se acercaba a la capital, las llagas de la miseria se iban mostrando con mayor crudeza. La gente del campo vivía en el palelolítico, sin agua ni electricidad, apeñuscada en chozas de palma, defecando en fosas sépticas atestadas de moscas, a merced de cualquier inundación, de cualquier epidemia, sin más medios de subsistencia que sus aperos de labranza y sus animales domésticos. Ni siquiera se les podía considerar explotados, pues no había fábricas o empresas agrícolas en cien kilómetros a la redonda: simplemente estaban fuera de la aldea global, fuera del siglo en que vivían, como si Tekendogo girara en sentido inverso a la rotación del planeta. El hombre aquí era una bestia degradada: la civilización le había quitado la dignidad del guerrero salvaje, su orgullo de cazador autosuficiente, sin darle siquiera unas migajas de bienestar.

Llegó a Yatenga con un acre sentimiento de culpa. Para sustraerse al engranaje de la injusticia, rechazó la ayuda de los parias que se abalanzaron a cargarle las maletas y prefirió llevarlas sola con grandes esfuerzos. La liberación de esa pobre gente sólo llegaría cuando abandonara sus

gars with sad, mournful eyes, their skin covered with ulcers and lesions; a teenager with an enormous goiter on his neck; toothless prostitutes with rings on their nipples; starving children, their bones etched clearly against their skin, drinking water out of a filthy puddle. But this is just a village, she thought, trying to reassure herself; Yatenga must be a more livable place.

She was lulled to sleep by the rattling of the train, and when she opened her eyes the green curtain of mangroves had been replaced by the plains of the savannah. The heat here was drier, but the air was clearer, as if it had passed through the sieve of the sky. To appease her hunger she took out of her bag a piece of boiled yam she'd bought the night before in the village of Kamoe. There were no wild animals in sight— the train probably scared them away—only pensive ostriches and herds of antelope raising clouds of dust along the horizon. How magnificent nature was when not trampled by man. But from one station to the next, as the train got closer and closer to the capital, the open sores of poverty became more and more purulent. The people in the countryside lived in the Paleolithic era, without water or electricity, crowded in palm-leaf huts, defecating in septic puddles swarming with flies, at the mercy of floods and epidemics, with no means for survival other than their primitive farming tools and domestic animals. One couldn't even think of them as exploited: there were no factories or large agricultural interests for hundreds of miles around. They had simply remained outside the global village, outside the century they inhabited, as if Tekendogo were turning in the opposite direction from the rotation of the rest of the planet. Here, man was a degraded beast: civilization had denied him the dignity of a savage warrior, the pride of the self-sufficient hunter, and had given him nothing in return.

She arrived in Yatenga filled with a bitter feeling of guilt. To remove

hábitos serviles, cuando comprendiera que no debía humillarse ante ningún europeo. En la cartera llevaba la dirección del hotel que la ACCT le había reservado por quince días, mientras encontraba un departamento decente, pero antes de tomar el taxi necesitaba cambiar sus francos por daifas, la moneda nacional de Tekendogo. Buscaba entre el gentío una casa de cambio, arrastrando lentamente su pesado equipaje, cuando vio un fotomural luminoso de dos metros de altura, en el que un negro maduro de lentes redondos y cabello entrecano, vestido con túnica blanca, escribía a lápiz en un estudio repleto de libros, iluminado con claroscuros expresionistas. Al pie de la foto, la sobria carátula de un libro, acompañada de un texto lacónico: "*Lejos del polvo*, la nueva novela de Macledio Ubassa, Tesoro Viviente". ¿De modo que en Tekendogo había una industria editorial con suficiente poder económico para lanzar novelas con anuncios espectaculares? Lo más extraño era el lugar de la estación elegido para colocar esa propaganda. Al pie del fotomural, hacinados en el suelo por falta de bancas, entre cestas de frutas, lechones y perros callejeros, esperaban el próximo tren ancianos harapientos, niños desnutridos con costras de mugre en el pelo y mujeres preñadas cubiertas de pústulas. Ninguno de ellos tenía un libro en la mano. Tampoco los pasajeros de primera clase, sentados en una salita contigua, que vestían a la europea y parecían gente mejor educada, pero sólo leían historietas y periódicos deportivos. De cualquier modo, le alegró saber que Tekendogo era un país donde se daba importancia a las letras. La riqueza cultural de un pueblo no siempre dependía de su desarrollo económico. El talento podía florecer en las condiciones más precarias y si tenía la fortuna de descubrir escritores valiosos, quizá contribuyera en algo a sacarlos de su terrible aislamiento.

Cuando por fin pudo cambiar sus francos, tomó un taxi al hotel Radisson, la clásica torre de vidrio espejo que el imperialismo erige en las

herself from the gears of injustice, she rejected the help of the beggars who crowded around her, offering to carry her suitcases; she preferred to do it herself, with great difficulty. These people would be liberated only when they threw off their servile attitude, when they understood that they didn't have to debase themselves before any European. She carried in her bag the address of the hotel ACCT had reserved for her for fifteen days while she looked for a decent apartment, but before getting in a taxi she had to change her francs for some *daifas*, the national money of Tekendogo. She was wandering through the crowd looking for a money changer, slowly dragging her heavy suitcases, when she saw an illuminated, six-foot-tall billboard of an elderly African man with graying hair, wearing round glasses and a white tunic. He was writing with a pencil and sitting at a desk in an office filled with books and lit by expressionist chiaroscuros. At the bottom, an insert showed a simple book cover and the following laconic text: "*Far from the Dust*, the new novel by Macledio Ubassa, Our Living Treasure." So, in Tekendogo there was a publishing industry with enough economic muscle to carry out such an extravagant advertising campaign to promote a novel? The oddest thing was the location that had been chosen for the poster. Beneath it, huddled on the bare ground because there were no benches, among baskets of fruit, small pigs, and stray dogs, were old people in rags, undernourished children caked with filth, and pregnant women covered with sores, all waiting for a train. Not one of them was carrying a book. Nor, for that matter, were the first-class passengers in an adjoining room; they wore Western clothes and seemed better educated, but they were reading comic books or the sports section of the newspaper. In any case, it made her happy to know that Tekendogo was a country where literature was valued. The cultural richness of a people did not always depend on its economic development. Talent could flourish under even

capitales del Tercer Mundo como grosera señal de supremacía, sin consideración alguna por la arquitectura autóctona. Aún con el aire acondicionado hasta el tope, su cuarto era un baño sauna. Un duchazo de agua fría le aflojó los músculos del cuello, entumidos por las tensiones del viaje. Cuando terminó de colgar su ropa, se tendió desnuda en la cama y echó un vistazo al televisor. Quería mantenerse despierta hasta las once de la noche, para amortiguar el pequeño *jet lag* y acostumbrarse pronto a su nuevo horario. Tras un breve jugueteo con el control remoto, descubrió con sorpresa un canal cultural. En un estudio decorado con muebles futuristas que le recordó la escenografía del programa *Apostrophe*, una negra entrada en carnes, semicubierta por un taparrabos, el rostro pintado con caolín rojo y blanco, respondía las preguntas de un entrevistador joven que le dispensaba un trato reverencial, como un acólito frente al Santo Papa.

—Díganos, señora Labogu, ¿cuál es la función del escritor en las sociedades africanas?

—Primero que nada, tender puentes que contribuyan a preservar nuestra identidad. La negritud es la mixtura creadora, el mestizaje gozoso de las herencias culturales. Yo he querido abrir brechas con una escritura abierta a todas las peculiaridades lingüísticas, a todas las vertientes de lo imaginario.

—Háblenos de su nuevo libro de poemas, *Música de viento*.

—Pues mire usted —Labogu exhaló el humo de su cigarrillo—, en este libro he querido volver a las fuentes de la vida, que son también las fuentes de la palabra. Yo me crié en las montañas, y desde niña, el cálido soplo del harmatán me enseñó que la palabra es viento articulado, una fuerza que el poeta debe interiorizar para devolverla al cosmos, transustanciada en canto.

—Me están indicando que debemos hacer una pausa —la interrumpió

the most precarious conditions, and if she was lucky enough to discover worthwhile writers perhaps she could do her part to relieve them of their abject isolation.

When she finally managed to change her francs, she took a taxi to the Radisson Hotel, one of those typical towers of mirrored glass imperialism erects in all the capitals of the Third World, grotesque symbols of its supremacy devoid of any consideration for local architecture. Even with the air conditioning on full blast, her room felt like a sauna. A cold shower helped relax the muscles in her neck, numb from the stress of the trip. After hanging up her clothes, she lay down on the bed naked and turned on the television. She wanted to stay awake until eleven so she could get over her jet lag and adjust to the new time zone. While playing with the remote control, she was surprised to come across a cultural channel. In a studio decorated with futuristic furniture, which reminded her of the set of the French cultural television show, *Apostrophe*, a large African woman, half-covered with a loin cloth, her face painted with red and white clay, answered questions posed by the host, who treated her with reverence, like an acolyte kneeling before the pope.

"Tell us, Madame Labogu, what is the role of the writer in African society today?"

"First of all, to build bridges that contribute to the preservation of our identity. Negritude is a creative blend, the joyful crossbreeding of our cultural heritages. I have tried to create opportunities by using a style open to all linguistic peculiarities, to all aspects of the imaginary."

"Let's talk about your new book of poetry, *Music of the Wind*."

"In this book," Labogu began, then blew out a puff of cigarette smoke, "I have tried to return to the sources of life, which are also the sources of the word. I grew up in the mountains, and when I was a child, the warm breeze of the Harmattan taught me that the word is the wind's articula-

el conductor, apenado—, pero en unos momentos más continuaremos nuestra charla con la poeta Nadjega Labogu, tesoro viviente.

Amélie anotó su nombre en una libreta, junto con el de Macledio Ubassa, para comprar sus libros a la primera oportunidad. Le hubiera gustado terminar de ver la entrevista, pero el sueño la venció en mitad del corte comercial. Durmió de un tirón hasta el amanecer, como no lo hacía desde niña, y después de un desayuno ligero, pidió al recepcionista un mapa de Yatenga.

—¿Me podría señalar donde queda el Ministerio de Cultura?

El empleado le señaló un punto del mapa relativamente cercano, a diez cuadras en dirección poniente. Había un taxi en la puerta del hotel, pero prefirió hacer el recorrido a pie para empezar a conocer la ciudad. La zona hotelera, de amplias calles adoquinadas, pletóricas de restaurantes y tiendas de artesanías con rótulos en inglés y francés, le pareció una alhaja de bisutería, una burda imitación de las capitales europeas. Primero muerta que vivir ahí, ella quería ver la realidad escondida tras los decorados, trabar contacto con el África profunda. Al llegar al ministerio explicó el motivo de su visita al ujier de la entrada, que la remitió con Ikabu Luenda, subjefe de Relaciones Internacionales. Breve antesala en una lujosa recepción con finos tapetes, cuadros originales de artistas locales y una monumental araña colgando del techo. Luenda era un funcionario distinguido con maneras de dandy, que despedía un intenso olor a lavanda inglesa.

—Me llamo Amélie Bléhaut y vengo a una misión cultural patrocinada por la ACCT —se presentó—. La señora Jacqueline Peschard me pidió que entregara mi proyecto de trabajo a las autoridades del ministerio.

—Ah sí, la esperábamos desde ayer —Luenda le ofreció una silla—. Creo que ya nos conocíamos: Usted asistió al coloquio de literaturas francófonas de Nimes en el 95, ¿no es cierto?

tion, a force the poet must interiorize in order to turn it into cosmos, transubstantiated into song."

"They're telling me it's time for a break," the host interrupted her with regret in his voice, "but in a few minutes we will continue our discussion with the poet Nadjega Labogu, our living treasure."

Amélie wrote the name down in her notebook, next to Macledio Ubassa's, so she could buy her books at the first possible opportunity. She would have liked to hear the rest of the interview, but she fell asleep during the commercials. She slept straight through until dawn, more deeply than she'd slept since she was a child, and after a light breakfast she asked the receptionist for a map of Yatenga.

"Can you tell me where the Ministry of Culture is?"

The receptionist pointed to a spot on the map not far from the hotel, about ten blocks to the west. A taxi was waiting in front of the hotel, but she preferred to walk so she could get to know the city. The neighborhood around the hotel had wide, cobbled streets lined with restaurants and handicraft shops with signs in French and English, but it all looked to her like costume jewelry, a cheap imitation of a European city. She'd rather die than live there; she wanted to see the reality hidden behind the facade, establish contact with deep Africa. When she got to the ministry, she told the doorman the reason for her visit, and he sent her on to Ikabu Luenda, the assistant chief of International Relations. She went through a foyer that led into a luxurious office decorated with beautiful rugs, original local artwork, and an enormous chandelier hanging from the ceiling. Luenda was a distinguished official with the manners of a dandy who exuded a strong scent of English lavender.

"My name is Amélie Bléhaut and I am on a cultural mission sponsored by ACCT," she said, introducing herself. "Madame Jacqueline Peschard told me I should turn in my project proposal to the ministry."

"Oh yes, we expected you yesterday," Luenda said, offering her a chair.

—Sí, estuve ahí —mintió Amélie—. Pero me presentaron a tanta gente que tengo los recuerdos borrados.

—La comprendo, para los blancos todos los negros somos iguales —bromeó Luenda y Amélie soltó una risilla nerviosa—. La presentación de su proyecto es una mera formalidad. Sólo nos interesa saber en qué podemos servirle.

—Bueno, quisiera buscar un departamento en las afueras de la ciudad y tomar clases de malinké con un maestro particular.

—Eso es fácil de conseguir —Luenda llamó a su secretaria por el interfón—. Por favor, tráigame una lista de maestros de idiomas, y la sección de anuncios clasificados del periódico. ¿Se le ofrece algo más?

—Sólo tengo una pregunta: ¿me podría explicar qué es un tesoro viviente?

—Es el título honorífico de nuestros artistas más destacados. —Luenda se aclaró la voz y adoptó un tono pedagógico—. Por instrucciones del excelentísimo general Bakuku, hace veinte años la Asamblea del Pueblo promulgó un decreto para proteger la obra y la persona de nuestros grandes talentos en el campo de la pintura, la música, la danza y las letras. Un tesoro viviente recibe una generosa pensión del Estado que le permite vivir con holgura, y a cambio de ese apoyo debe entregar sus obras al pueblo.

—¿Cuántos tesoros vivientes hay?

—Alrededor de 50. Cuando un tesoro muere se reúne el consejo de premiación, encabezado por el general Bakuku, y nombra a un sucesor del difunto.

Salió del ministerio con un grato sabor de boca. Tekendogo podía ser un país atrasado, pero en materia de mecenazgo público estaba dando una lección a los roñosos gobiernos de las grandes potencias, que recortaban sin piedad el presupuesto para las actividades culturales. Por lo menos

LIVING TREASURE

"I think we once met. You attended a conference on Francophone literature in Nimes in 1995, didn't you?"

"Yes, I did," Amélie lied. "But I met so many people there, my memory is a little foggy."

"I understand, all us black people look alike to you whites," Luenda joked, and Amélie let out a nervous giggle. "The presentation of your proposal is merely a formality. We wish only to know how we can be of assistance to you."

"I would like to find an apartment on the outskirts of the city and take classes in Malinke with a private teacher."

"That's easy to arrange," Luenda said, then called his secretary on the intercom. "Bring me a list of language instructors and the classified section of the newspaper, please. Can I help you with anything else?"

"I have just one question. Can you explain what a living treasure is?"

"It is an honorary title we give our most distinguished artists." Luenda cleared his throat and adopted a more didactic tone. "Twenty years ago, by order of His Excellency General Bakuku, the Peoples Assembly passed a decree to protect the works and the persons with great talent in the areas of painting, music, dance, and literature. A living treasure receives a generous pension from the State, which allows him to live comfortably, and in exchange for this support he must submit his work to the people."

"How many living treasures are there?"

"About fifty. When a treasure dies, the council, led by General Bakuku, meets and names a replacement."

She left the ministry with a pleasant taste in her mouth. Tekendogo might be a backward country, but as far as public patronage of the arts goes, it could teach a few lessons to the miserly governments of the major powers, which were mercilessly cutting budgets for cultural activities. At

aquí la literatura no estaba sujeta a la demencial tiranía del mercado y el artista podía ejercer su vocación sin presiones económicas. De camino al hotel, a dos cuadras del ministerio, se topó con la librería La Pléiade, que exhibía en su vitrina, entre otras novedades, los libros más recientes de Macledio Ubassa y Nadjega Labogu. Quiso entrar a comprarlos, pero la puerta estaba cerrada. Eran las once de la mañana y todos los comercios de la calle hervían de clientes. ¿Estarían remodelando el local? Por lo que alcanzaba a ver a través del cristal, no había hombres trabajando en el interior. Pero en fin, ya tendría tiempo de sobra para comprar libros. Por ahora lo que más le importaba era encontrar un departamento.

Lo halló una semana después en el populoso barrio de Kumasi, enfrente de un mercado al aire libre donde se congregaban merolicos, encantadores de víboras, mendigos inválidos y niños que escupían fuego. En el mercado contrató a un trabajador mil usos que por 50 daifas se encargó de encalar las paredes y destapar los caños azolvados. Tener agua potable era un lujo en esa parte de la ciudad, donde la mayoría de la gente acarreaba tambos desde el lejano pozo de Tindemo. No había agua para beber, pero el agua de las lluvias se estancaba en charcos oceánicos que la gente vadeaba caminando sobre ladrillos y piedras. La falta de drenaje, según supo después, cuando empezó a familiarizarse con sus vecinos, era la principal causa de mortandad infantil. Desde los años 80, el supremo gobierno les había prometido extender la red de tuberías pero las obras se aplazaban siempre con diversos pretextos. El dispensario móvil que atendía a los enfermos de disentería no pasaba muy a menudo, y con frecuencia los niños morían deshidratados por falta de suero.

La gente del pueblo apenas si chapurreaba el francés, a pesar de ser la lengua oficial que se enseñaba en la escuela. Si quería hacer labores de servicio social —como le exigía su conciencia— necesitaba vencer la barrera del idioma. Revisó la lista de maestros que le había propor-

least here literature wasn't subject to the demented tyranny of the market, and the artists could dedicate themselves to their art without economic pressures. On her way back to the hotel, about two blocks from the ministry, she came across a branch of La Pléiade bookstore; in its window display, among other new releases, were the most recent books by Macledio Ubassa and Nadjega Labogu. She wanted to go in to buy them, but the door was locked. It was eleven in the morning and all the nearby stores were bustling with customers. Could they be remodeling? As far as she could see through the window, there were no men working inside. Anyway, she would have more than enough time to buy books. For now the most important thing was to find a place to live.

She found one a week later in the crowded Kumasi neighborhood, across the street from an open-air market where street vendors, snake charmers, crippled beggars, and fire-breathing children congregated. She hired a handyman in the market; for fifty daifas he would whitewash the walls, scrape the sediment off the water pipes, and unclog the drains. Having potable water was a luxury in that part of the city, where most people carried water in jugs from the well in distant Tindemo. There might not be any water to drink, but the rain collected in huge stagnant puddles people picked their way across stepping over stones and broken bricks. The lack of a sewer system, as she learned later when she started to get to know her neighbors, was the main cause of infant mortality. Since the '80s, the government had been promising to expand the treatment system, but the work was always delayed for a variety of excuses. The mobile clinic that treated dysentery cases made rounds infrequently, and children often died of dehydration due to a simple lack of available saline solution.

The people spoke a very broken French, even though it was the official language and was taught in the schools. If she wanted to do charitable

cionado Luenda y concertó una cita con el profesor Sangoulé Limaza, quien debía de ser una lumbrera a juzgar por su currículum abreviado, pues además de malinké hablaba los dialectos touareg, haoussa, bamileke y kirdi. Esperaba a un carcamal de cabello blanco, y al abrir la puerta sufrió una grata conmoción: joven y fuerte como un potro salvaje, con largas piernas y ojos color ámbar que hacían un perfecto contraste con su piel de ébano, Sangoulé era un regalo de los dioses. Llevaba arracada en la oreja, una playera de futbolista ceñida a sus férreos pectorales y el pelo en mangueras, como los rastafaris jamaiquinos. No era prógnata, como la mayoría de los africanos, ni sus rasgos faciales correspondían al fenotipo de los malinkés —labios gruesos, nariz ancha, pómulos salientes—, pues como le explicó esa misma tarde, su tatarabuelo había sido un colonizador portugués que contrajo matrimonio con una aborigen. Era, pues, un glorioso producto del mestizaje, y durante la clase de malinké, Amélie lo contempló con moroso deleite, sin retener una sola palabra de la lección.

—Hasta el próximo jueves —dijo al despedirse, y la nieve de su sonrisa la quemó por dentro.

—Mejor venga mañana —corrigió Amélie—. Lo he pensado mejor y creo que me conviene tomar clases a diario, para avanzar más deprisa.

Al día siguiente compró una botella de vino blanco en una tienda para turistas, y cuando terminaron la clase le ofreció una copa. "Si nos vamos a ver tan seguido será mejor que rompamos el hielo, ¿no te parece?" Sangoulé asintió con timidez y a petición de Amélie habló de sus orígenes y expectativas. Miembro de una tribu nómada, los ogombosho, de niño había recorrido con sus padres la costa oeste africana, aprendiendo las diferentes lenguas de cada región. No había asistido a la escuela hasta los doce años, cuando su familia se asentó en Yatenga. Tenía la mente despierta y aprendió el francés con gran facilidad. En el segundo año del

work—according to the dictates of her conscience—she would have to overcome the language barrier. She looked over the list of teachers Luenda had given her and made an appointment with one Professor Sangoulé Limaza, who must have been some kind of luminary to judge from his brief CV, for in addition to Malinke he spoke Toareg, Hausa, Bamileke, and Kirdi. She expected a venerable old man with white hair, but when she opened the door she found a pleasant surprise: he was young and strong, like a wild stallion, with long legs and amber-colored eyes, which contrasted beautifully with his black skin; in short, Sangoulé was a gift of the gods. He wore an earring, a soccer shirt stretched tightly over his muscular chest, and his hair fell in dreadlocks, like a Jamaican Rastafarian. He didn't have a protruding lower jaw, like most Africans, and his features didn't fit the Malinke phenotype—thick lips, wide nose, high cheekbones—for, as he explained that same afternoon, his great-grandfather had been a Portuguese colonialist who had married an aboriginal woman. He was, it seems, the glorious product of an interracial marriage, and throughout the language class Amélie contemplated him with lingering delight, failing to understand a word of the lesson.

"Until next Thursday," he said before leaving, and his snow-white smile burned her insides.

"Maybe you should come tomorrow," Amélie suggested. "I've given it some thought and I think I should take daily classes, so I can make faster progress."

The next day she bought a bottle of white wine at a shop for tourists, and when the lesson was over she offered him a glass. "If we're going to meet this often, we should break the ice, don't you think?" Sangoulé agreed with diffidence and politely answered Amélie's questions about his background and his hopes for the future. A member of a nomadic tribe, the Ogombosho, he spent his childhood traveling with his family

liceo, la muerte de su padre lo había obligado a abandonar los estudios para contribuir al gasto familiar. Desde entonces dividía su tiempo entre las clases de idiomas y su verdadera pasión, la música. Era percusionista en un grupo de rock alternativo, Donosoma, que trataba de fusionar los ritmos occidentales con los aires populares de la región. Por cierto, el viernes se presentaban en un café concert del centro de la ciudad. ¿No quería honrarlo con su asistencia?

—El honor será mío —se entusiasmó Amélie—. La música africana me encanta.

El café concert resultó una humilde barraca iluminada con macilentas luces de neón, donde medio millar de jóvenes negros, apretados codo con codo, pugnaban por acercarse a la barra donde se vendía cerveza de mijo. Empezaba a sentir claustrofobia cuando el grupo Donosoma salió al estrado. Con una túnica multicolor y un gorro dorado en el pelo, Sangoulé irradiaba sensualidad, y a juzgar por los gritos histéricos de las muchachas, no era la única mujer ansiosa por conquistarlo. Sostenía entre las rodillas un yembé que golpeaba cadenciosamente con los ojos cerrados, como en estado de trance. Quién fuera ese tambor, pensó, para estar anudada en sus piernas. Al terminar la tocada, cuando la gente abandonó la barraca, Amélie se abrió paso por detrás de los bastidores, hasta llegar al camerino donde los músicos tomaban cerveza, refrescados por la brisa de un ventilador. Sangoulé sudaba a chorros pero eso no le impidió abrazarlo. Felicidades, dijo, tu grupo sería una sensación en París, y al empaparse con el sudor de su cuello sintió en la piel una lluvia de alfileres. Un ramillete de negras rodeaba a los miembros del grupo, y ante la perfección de sus cuerpos se sintió en desventaja. Pero la competencia dejó de inquietarle cuando Sangoulé la sentó a su lado y

along the coast of West Africa, where he learned the languages of each region. He didn't go to school until he was twelve, when his parents settled in Yatenga. He was very bright and learned French easily. His father died during his second year at school, at which point he was obliged to quit and contribute to the family's survival. Since then he had been dividing his time between his language classes and his true passion, music. He was a drummer in an alternative rock group named Donosoma, which played a fusion of Western rhythms and local popular melodies. In fact, that Friday they were playing at a club downtown. Would she honor him with her presence?

"The honor will be all mine," Amélie said, enthusiastically. "I love African music."

The club was a run-down storefront lit with pale neon lights where hundreds of young Africans, pressed elbow to elbow, crowded together, pushing their way to the bar to buy millet beer. She was starting to feel claustrophobic when Donosoma came on stage. Wearing a multicolored tunic and with a gold cap on his head, Sangoulé exuded sensuality, and judging from the hysterical shouts from the audience, she was not the only woman eager to get his attention. He held a *djembe* between his legs and beat it rhythmically with his eyes closed, as if in a trance. To be that drum, she thought, so I could be lodged between his legs. When the music was over and people started leaving, Amélie made her way through the crowd to backstage, where the musicians were sitting in a small room drinking beer and cooling off with the breeze of a small fan. Sangoulé was dripping with sweat, which didn't stop her from giving him a hug. Congratulations, she said, your group would be a hit in Paris, and as his sweat spread along her neck she felt a shower of tiny blades along her

notó el ardiente interés con que la miraban los demás músicos. Les gusto porque soy europea, pensó, aquí la piel blanca se cotiza muy por encima de su valor. Empezaron a circular los canutos de mariguana y al tomar el que le ofreció Sangoulé, se demoró adrede para acariciar sus dedos. Los músicos hablaban en una jerga híbrida, mitad francés, mitad malinké. No entendía una palabra ni podía concentrarse en la charla, porque su atención estaba fija en los movimientos de Sangoulé, que al encender el segundo cigarro le pasó el brazo por la cintura, como para disuadir a los demás cazadores de disputarle la presa.

A partir de entonces, Amélie sólo se mantuvo anclada a la realidad por el sentido del tacto, mientras su imaginación flotaba en el éter. No hizo falta una declaración de amor. Salieron a la calle sin despedirse de nadie, con la grosera autosuficiencia de los recién flechados, y a la luz de un farol se besaron hasta perder el aliento. Sangoulé quiso poseerla en el taxi. Por fortuna el trayecto fue corto y sólo había logrado desabotonarle la blusa cuando los carraspeos del taxista los obligaron a romper el abrazo. Al entrar al departamento fue Amélie quien pasó a la ofensiva, y de un limpio tirón le quitó la túnica. El miembro de Sangoulé no era tan espectacular como había imaginado. Pero su vigor y su ternura en la cama, la sabiduría con que la fue llevando hasta un punto de ebullición, y la furia controlada de sus movimientos pélvicos, dentro y fuera, dentro y fuera, al ritmo del yembé que acababa de percutir en el escenario, la hicieron volver los ojos hacia adentro, como si encontrara por fin un puerto de anclaje. Oh, mi hermoso corcel de azabache, gritó en el vértigo del placer, y comprendió que hasta ese momento no había tenido verdaderos amantes, sólo actores narcisistas, muñecos de paja con el instinto embotado por la neurosis.

Al amanecer lo invitó a vivir con ella y él aceptó sin hacerse del rogar, pues no soportaba dormir hacinado en la choza de su familia. A pesar de la diferencia de edades —Sangoulé sólo tenía 24 años— y el choque de culturas, la comunicación entre los dos mejoró día tras día sin tropezar

skin. A cluster of women crowded around the members of the group, and she felt herself at a disadvantage when she looked at their perfect bodies. But she ceased to worry about her competition when Sangoulé sat her down by his side, and the other musicians eyed her with avid interest. They like me because I'm European, she thought; here, white skin is valued much more highly than it should be. Joints began to circulate and when Sangoulé offered her one, she let her hand linger so she could caress his fingers. The musicians spoke in a hybrid slang, half French, half Malinke. She didn't understand a word nor could she concentrate on the conversation because her attention was focused on Sangoulé's every movement; he placed his arm around her waist as he lit a second joint, as if to discourage other hunters from coveting his prey.

From that moment on, the only thing that anchored Amélie to reality while her imagination floated through the ether was her sense of touch. No declaration of love was necessary. They left without saying goodbye, overflowing with the smugness of the newly smitten, and under the streetlight they kissed until they gasped for breath. Sangoulé wanted to make love to her right there in the taxi. Fortunately it was a short trip and he had only gotten as far as unbuttoning her blouse when the taxi driver cleared his throat, and they had to pry themselves apart. When they entered the apartment, it was Amélie who went on the offensive, tearing off his tunic impetuously. Sangoulé's member was not as spectacular as she had imagined, but his vigor and tenderness in bed, the wisdom he employed to bring her to boiling point, and the controlled fury of his pelvic thrusts, in and out, in and out, to the rhythm of the *djembe* he had just been playing on stage, made her turn inward, as if she had finally found a port where she could drop her anchor. Oh, my beautiful black steed, she shouted in the throes of ecstasy, and she understood that she had never before had a true lover, only narcissistic actors, straw dolls, their instincts blunted by neurosis.

con ningún escollo. Invertidos los papeles de alumna y maestro, Amélie se propuso educarlo, y en poco tiempo logró despertarle el gusto por la lectura. Aun cuando le prestaba libros difíciles —*La parte maldita* de Georges Bataille, *Vidas minúsculas* de Pierre Michon, *La espuma de los días* de Boris Vian— que exigían un intelecto superior al del lector común, Sangoulé los asimilaba con relativa facilidad. No comprendía algunas palabras, pasaba por alto las alusiones cultas, pero hacía comentarios de una agudeza sorprendente para un iletrado. El aprendizaje fue recíproco, pues gracias a Sangoulé, Amélie pudo conocer desde adentro la cultura africana. Al mes de haber llegado a Tekendogo ya sabía diferenciar por su vestimenta a los principales grupos étnicos, regatear con las verduleras del mercado y cocinar platillos regionales como el *moin moin* (puré de alubias cocido al vapor) y la *eba* (puré de harina de mandioca) con los que agasajaba a Sangoulé cuando volvía fatigado por sus arduas jornadas de clases. Entre las ocupaciones domésticas, los conciertos sabatinos del grupo Donosoma y los paseos idílicos por la ribera del lago Ugadul, donde hacían el amor a la sombra de las araucarias, Amélie olvidó por completo que había viajado desde Francia para estudiar la literatura de Tekendogo. Sólo reparó en su negligencia cuando los diarios anunciaron la magna presentación de la novela *Interludio estival*, del tesoro viviente Momo Tiécoura.

Era una buena oportunidad para entrar en contacto con el medio literario y pidió a Sangoulé que la acompañara. Cuando terminaran los elogios de los comentadores, pensó de camino a la ceremonia, quizá tendría la oportunidad de acercarse al autor y pedirle una entrevista. Esperaba una mesa redonda entre amigos pero la presentación del libro resultó ser un espectáculo de masas en un anfiteatro al aire libre, con una multitud de espectadores, la mayoría estudiantes de enseñanza media que guardaban una compostura marcial, intimidados quizá por la cercanía

LIVING TREASURE

At dawn she invited him to come live with her, and he accepted before she could ask twice, sick as he was of living crowded into his family's hut. In spite of their age difference—Sangoulé was only twenty-four—and their cultural differences, their communication deepened and improved by the day, never stumbling over any obstacles. Exchanging their roles as teacher and student, Amélie set about educating him, awakening in him a love for reading. Even when she lent him difficult books—*The Accursed Share* by George Bataille, *Vies Miniscules* by Pierre Michon, *Foam of the Daze* by Boris Vian—which required a higher intellect than the average reader possessed, Sangoulé read and comprehended them with relative ease. He didn't understand some of the words, he missed some of the more sophisticated cultural references, but his commentary was always surprisingly astute for such an uneducated person. The learning curve went both ways: thanks to Sangoulé, Amélie was able to learn about African culture from the inside. A month after arriving in Tekendogo she already knew how to distinguish the main ethnic groups by their dress, how to bargain with the vendors in the market, and how to prepare regional dishes like *moin-moin* (steamed kidney bean puree) and *eba* (puree of cassava flour), which she proudly served him when he returned from a long day of teaching. Busy with her domestic duties, Donosoma's Saturday concerts, and idyllic walks along the banks of Lake Ugadul, where they made love under the shade of Araucaria trees, Amélie completely forgot she had come there from France to study the literature of Tekendogo. She was reminded of her negligence only when the newspapers announced the launch of the novel *Autumn Interlude* by the living treasure Momo Tiécoura.

This would be a good opportunity for her to make contact with the literary world, and she asked Sangoulé to accompany her. When the speakers had finished their encomiums, she thought on her way to the

de los guardias con metralletas que formaban valla entre el escenario y el graderío. En el palco de honor, el dictador Koyaga Bakuku y los miembros de su Estado Mayor presidían el acto con sus uniformes de gala, tiesos como estacas. De entrada, la presencia de militares armados en un acto cultural le pareció repugnante. Pero lo que más la impresionó fue el carácter litúrgico de la ceremonia. Cubierto con una piel de leopardo, en la mano un bastón de marfil con puño de oro macizo, el tesoro viviente Momo Tiécoura salió a escena escoltado por un grupo de bailarinas semidesnudas, y pasó a colocarse en el centro del proscenio, donde había una jofaina llena de agua. Sin mirarlo nunca a los ojos, las bailarinas le lavaron los pies. Terminada la tarea bebieron el agua de la jofaina y se retiraron de la escena haciéndole caravanas. Las reemplazó un grupo de varones con máscaras totémicas. Entre gritos de guerra levantaron en vilo a Tiécoura y lo llevaron hasta el árbol mantequero que sombreaba el lado derecho del escenario.

—Es el árbol de la palabra —le explicó Sangoulé—. Ahora dará gracias a los dioses por el poder que le dieron para escribir la novela.

En efecto, Momo se arrodilló frente al árbol y besó sus prominentes raíces. Reaparecieron en escena las bailarinas, ahora con túnicas de gasa, cargando un relicario de cristal con el libro empastado en piel. Momo cogió la urna, y por una escalinata alfombrada subió al palco de Koyaga Bakuku, a quien ofrendó el libro con una caravana. Hubo un redoble de tambores, el dictador se puso de pie y alzó el libro como un trofeo.

—Hoy nos hemos reunido para fortalecer nuestra identidad nacional —exclamó en francés— ¡Larga vida al tesoro viviente Momo Tiécoura! ¡Que los dioses bendigan los frutos de su talento!—Y como impulsados por un resorte, los estudiantes prorrumpieron en aplausos y aclamaciones.

De vuelta en casa, Amélie pidió a Sangoulé que le explicara el simbolismo de la ceremonia.

ceremony, perhaps she would have a chance to approach the author and ask for an interview. She expected some kind of friendly roundtable but the event turned out to be a mass spectacle held in an open-air amphitheater with thousands of people in attendance, most of them high school students standing at military attention, undoubtedly intimidated by the guards with machine guns nearby who formed a barricade between the stage and the grandstands. In the royal box, the dictator Koyaga Bakuku and members of his General Staff, as stiff as boards and decked out in their full-dress uniforms, presided over the ceremony. Right from the start, the presence of armed soldiers at a cultural event struck her as repugnant, but it was the liturgical nature of the ceremony that made the deepest impression on her. Draped in a leopard skin, his hand clutching the solid gold handle of a marble staff, Momo Tiécoura, the living treasure, appeared onstage surrounded by a troupe of half-naked dancers, then moved to center stage, where there was a washbasin full of water. Keeping their eyes lowered, the dancers washed his feet. When they had finished, they drank the water from the basin then exited without turning their backs on him. They were replaced by a group of men wearing totemic masks. Shouting war cries, they lifted Tiécoura and carried him to a shea tree that cast a shadow on the right side of the stage.

"That is the tree of the word," Sangoulé explained to her. "He will now thank the Gods for giving him the strength to write the novel."

Momo then knelt before the tree and kissed its protruding roots. The dancers reappeared on stage, now wearing gauze-like tunics and carrying a glass case that held the book bound in leather. Momo took the case and climbed a carpeted stairway leading to Koyaga Bakuku's raised platform; there he solemnly offered the book to the dictator. The intensity of the drumming increased while the dictator stood up and lifted the book over his head as if it were a trophy. "Today we come together

TESORO VIVIENTE

—Es una tradición muy antigua, que se ha conservado desde el tiempo de los *griots*, los poetas que componían los cantos de guerra en las tribus de cazadores. Ahora los escritores ocupan el lugar de los *griots*, pero en vez de entonar himnos, presentan su libro a la autoridad.

—¿Y eso cómo lo sabes?

—Me lo enseñaron en la escuela.

—¿Tenías que leer todos los libros de los tesoros vivientes?

—No, sólo asistíamos a las ceremonias y las maestras nos daban un resumen del libro.

Con razón había tanta gente, pensó Amélie: los estudiantes asistieron bajo coerción y a una señal de sus profesores, aplaudieron como perros amaestrados. Esa noche, mientras velaba el sueño de Sangoulé, analizó el trasfondo político del acto. Si bien la pantomima revestía interés antropológico, el papel protagónico del dictador reflejaba su afán de legitimarse a costa de los artistas, de utilizar la cultura como una plataforma de lucimiento. Como todos los tiranos, Bakuku había logrado convertir la frágil identidad nacional en un objeto de opresión. El supuesto esplendor artístico y literario de Tekendogo lo ayudaba a mantenerse en el poder tanto como los tanques o los cañones. Pero no debía prejuzgar a los escritores locales sin haberlos leído, y al día siguiente acudió a la librería La Pléiade, la única que había visto en la ciudad, para conseguir el libro de Momo Tiécoura. Esta vez encontró el lugar abierto. En el escaparate se exhibía un ejemplar de *Interludio estival*, pero cuando pidió la novela, el dependiente la miró con perplejidad.

—Ese libro está agotado —tartamudeó.

—No puede ser, lo presentaron ayer y hay un ejemplar en la vitrina.

—Es el único que tenemos.

—Pues véndamelo.

—Por órdenes superiores, tengo prohibido vender los libros en exhibición —se disculpó el vendedor, las sienes perladas de sudor nervioso.

to strengthen our national identity," he shouted in French, "Long live Living Treasure Momo Tiécoura! May the Gods bless the fruits of his talent!" and as if released with a spring, the students broke out in applause and shouts of acclaim in perfect unison.

On the way home, Amélie asked Sangoulé to explain the symbolism of the ceremony.

"It is part of a very ancient tradition from the time of the *griots*, the poets who sang songs for the hunters and warriors. Now writers have replaced the *griots*, but instead of singing hymns they present their books to the authorities."

"How do you know this?"

"That's what they taught me in school."

"Did you have to read all the books by the living treasures?"

"No, we just attended the ceremonies and the teachers summarized the books."

No wonder there were so many people there: the students were forced to go and at their teachers' command they applauded like trained dogs. That night, while watching Sangoulé sleep, she analyzed the political connotations of this event. Although the pantomime held a certain anthropological interest, the dictator's role indicated that he was legitimizing himself through the artists, using culture to enhance his own standing. Like all tyrants, Bakuku had managed to convert a fragile national identity into a means of oppression. The supposed artistic and literary splendor of Tekendogo helped him remain in power as much as the tanks and the cannon. But she didn't want to judge the local writers before reading their works, so the next day she went to La Pléiade bookstore, the only one she had seen in the city, to buy Momo Tiécoura's book. This time she found the store open. In the window was a copy of *Autumn Interlude*, but when she asked to buy it, the clerk looked at her in confusion.

TESORO VIVIENTE

—¿Tiene *Lejos del polvo* de Macledio Ubassa?

—También se agotó.

—Necesito leer a los tesoros vivientes. Deme lo que tenga de ellos.

—Lo lamento, señorita, la editorial del Estado no nos ha surtido, pero tengo muchas novedades extranjeras —y señaló un anaquel con *best sellers* franceses.

—No quiero esa mierda —estalló—. Voy a presentar una queja en el Ministerio de Cultura.

El dependiente se encogió de hombros y Amélie salió a la calle con las mandíbulas trabadas. Por teléfono expuso su problema a Ikabo Luenda, que se disculpó a nombre del gobierno y le prometió hablar con el subdirector de publicaciones, responsable de distribuir los libros de los tesoros vivientes, para que le facilitara las obras solicitadas. Pero ni esa semana ni la siguiente recibió los libros. Atribuyó la tardanza al proverbial tortuguismo de las burocracias, y por consejo de Sangoulé, que conocía bien el funcionamiento del gobierno, aprovechó el obligado paréntesis para sumergirse en la creación literaria. Retomar el hilo de la escritura no le resultó nada fácil, porque su novela era un río con infinitos brazos, una torre fractal cimentada en el abismo. El deseo de llevar las cosas al límite, a las afueras del lenguaje, para encontrar sus raíces aéreas, la conducía naturalmente al silencio y la duda. En vez de avanzar a tientas por su dédalo de espejos, en dos semanas de trabajo suprimió seis páginas. No le importaba vaciar cada vez más su *Alto vacío*, pues sabía muy bien que la pasión sustractiva del arte moderno era una vía de acceso a la plenitud. Convertir el acto de nombrar en un rito purificador significaba emprender un radical retorno al origen, como decía Deleuze. Para limpiar el texto de todo exceso retórico, cambió la lima por la tijera y eliminó los párrafos elegíacos en que deploraba su condición de mujer solitaria, que ahora, gracias a Sangoulé, encontraba llorones y redundantes. Al final de

"That book is all sold out," he mumbled.

"That can't be, it was published yesterday and there's a copy in the window."

"It's the only one we have."

"Sell it to me."

"I have orders not to sell the copies on display," the clerk said apologetically, his temples decorated with pearly drops of nervous sweat.

"Do you have *Far from the Dust* by Macledio Ubassa?"

"It's also sold out."

"I must read the living treasures. Give me anything you have of theirs."

"I'm very sorry, miss, the state publishing house hasn't brought us any, but I have many new foreign books," he said, pointing to a bookcase full of French bestsellers.

"I don't want that shit," she shouted. "I'm going to file a complaint with the Minister of Culture."

The clerk shrugged his shoulders, and Amélie left with her jaws clenched. On the phone she explained her problem to Ikabu Luenda, who apologized in the name of the government and promised to speak with the assistant director of publishing, the person in charge of distributing the living treasures' books, to make sure she got the ones she wanted. But she did not receive the books, neither that week nor the following one. She attributed this delay to the proverbial snail's pace of bureaucracies, and Sangoulé, who knew how the government worked, recommended that she take advantage of this obligatory break to devote herself to her own literary endeavors. Picking up the thread of her own writing wasn't so easy, though, because her novel was a river with an infinite number of tributaries, a tower made of fractals that stretched across an abyss. Her desire to push things right to the edge, to go beyond the boundaries of language and therein find its aerial roots, carried her

su tarea depuradora sólo conservó un aforismo: "La escritura busca llenar el vacío, pero el vacío es infinito y la palabra consagra la ausencia".

Una inquietud le impidió seguir abismada en el líquido amniótico del lenguaje. Los libros que el Ministerio de Cultura le había prometido no aparecían por ningún lado. De un día para otro, La Pléiade cerró sus puertas al público y cuando Ikabo Luenda dejó de contestar sus llamadas, dedujo que el aparato cultural le estaba escondiendo las obras de los tesoros vivientes. ¿Temían acaso que una lectora exigente, investida con el prestigio del Primer Mundo, emitiera un juicio desfavorable sobre ellas? Deben ser pésimas, pensó, de lo contrario no me las ocultarían. Los funcionarios del Ministerio la veían como una amenaza porque toda la faramalla propagandística del régimen quedaría en evidencia si la revista más importante de literatura francófona descalificaba a las vacas sagradas de Tekendogo. Pero ella iba a leer sus libros, así tuviera que arrancárselos de las manos al propio dictador Bakuku. Cerrado el camino de las quejas y los reclamos, necesitaba actuar con astucia para burlar al enemigo. En tono conciliador llamó a la secretaria de Ikabo Luenda y le pidió el teléfono de Momo Tiécoura, "para pedirle una entrevista". Confiaba en la vanidad del tesoro viviente, que sin duda estaría ansioso por aparecer en una revista francesa, y sus cálculos fueron correctos, pues Tiécoura no se hizo del rogar.

—Cuando era joven publiqué un libro en Francia, ¿usted lo conoce?

—Sí —mintió Amélie—, precisamente de eso quiero hablarle.

—Pues venga esta misma tarde a mi casa —y le dio su dirección: Malabo 34, Villa Xanadú.

Pensaba ir a la entrevista sola, pero Sangoulé quiso acompañarla cuando vio el papel con la dirección.

—Desde niño he querido conocer Xanadú. Es la zona residencial más elegante de Yatenga, pero sólo dejan entrar a los ricos. Allá viven los dueños de las minas y todos los políticos importantes, incluido el dictador.

naturally back to silence and doubts. After two weeks of work, instead of slowly advancing along the labyrinth of mirrors, she had deleted six pages. She didn't mind clearing out her *Empty Heights*, for she well knew that the tendency of modern art toward subtraction was actually a path to greater fullness. To convert the act of naming into a ritual of purification meant embarking on a radical return to the origins, as Deleuze said. In order to purge the text of excessive rhetoric, she needed to put down the nail file and pick up the scissors, eliminate those elegiac paragraphs in which she bemoaned her condition as a single woman, which now, thanks to Sangoulé, she found to be whiny and redundant. After a thorough purging, she was left only with an aphorism: "Writing is the search to fill the vacuum, but the vacuum is infinite and the word consecrates its absence."

One concern prevented her from continuing to wallow in the amniotic fluid of language: the books the Ministry of Culture had promised her failed to appear. Without any warning, La Pléiade closed its doors to the public, and when Ikabo Luenda stopped returning her calls she deduced that the cultural apparatus was deliberately keeping the works of the living treasures from her. Were they afraid that a demanding reader, endowed with First World privilege, would issue an unfavorable judgment against them? They must be terrible, she thought, otherwise they wouldn't hide them. The officials at the ministry probably saw her as a threat, fearing that the regime's entire propaganda bamboozle would be exposed if the most important Francophone literary magazine debunked the sacred cows of Tekendogo. But she was going to read their books even if she had to snatch them right out of Bakuku's hands. Having filed complaints and made demands to no avail, she now needed to be shrewd in order to trick the enemy. In a conciliatory tone she spoke with Ikabo Luenda's secretary and asked for Momo Tiécoura's phone number "to request an interview." She trusted his vanity; surely he would

TESORO VIVIENTE

Amélie accedió a su ruego y le colgó una cámara al cuello para presentarlo como fotógrafo. Para no causar mala impresión rentaron un automóvil. En lo alto de una colina que dominaba el valle de Yatenga, una enorme barda de piedra aislaba la zona residencial del tráfago citadino. Amélie contempló con asombro el dispositivo de seguridad: en la entrada había guardias con mastines y los francotiradores apostados en las torretas vigilaban todos los movimientos de las calles aledañas.

—Llevan ametralladoras kalachnikov de fabricación soviética —le informó Sangoulé—. Bakuku las compró cuando coqueteaba con el Kremlin, antes de convertirse al credo neoliberal.

El jefe de los guardias les pidió identificaciones, hizo una llamada por transmisor cuando Amélie explicó el motivo de su visita, y al recibir autorización, ordenó a un subalterno levantar la valla metálica. Apenas cruzaron la puerta, Amélie enmudeció de estupor. Extendida en una superficie boscosa con amplios jardines de césped uniforme, la villa Xanadú era un monumento a la opulencia venal y a las pretensiones cosmopolitas de la oligarquía. A la entrada había un gran paseo arbolado con andadores flanqueados por esculturas geométricas y espejos de agua con flamingos y pavorreales. "Ésa debe ser la casa del dictador", murmuró Sangoulé, señalando un búnker con rejas de hierro donde ondeaba la bandera de Tekendogo. El camino principal desembocaba en una laguna donde esquiaban los júniors de la casta divina, remolcados por lanchas ultramodernas. Había incluso una pequeña zona comercial con boutiques de alta costura, restaurantes de comida internacional, bancos y Spas. Amélie pensó de inmediato en el lujo agresivo de Neuilly, el barrio emblemático de la burguesía parisina. Sólo que aquí la ostentación de la riqueza era más obscena, por la cercanía de la miseria. Esa élite dorada no podía ignorar que a medio kilómetro de distancia, el hedor de la basura cortaba la respiración y las madres adolescentes parían sin asistencia

be eager to appear in a French magazine. Her calculations were correct; Tiécoura did not have to be appealed to twice.

"When I was young, I published a book in France. Have you heard of it?"

"Yes," Amélie lied, "that is exactly what I wanted to talk to you about."

"Come to my house this afternoon," he said and gave her his address: Malabo 34, Villa Xanadu.

She considered going alone, but when Sangoulé found out where it was, he said he wanted to go with her.

"Ever since I was a child I've wanted to go to Xanadu. It is the most elegant residential neighborhood of Yatenga, but only the rich are allowed in. That's where the mine owners live and the important politicians, including the dictator."

Amélie finally agreed and hung a camera around his neck to make him look like a photographer. And to make a better impression, they rented a car. On top of a hill overlooking the Yatenga Valley, a high stone wall separated this residential neighborhood from the urban squalor around it. Amélie was surprised by the security arrangements: guards with mastiffs stood at the entrance gate and snipers in watchtowers monitored every movement through the nearby streets. "They use Kalashnikov rifles from the Soviet Union," Sangoulé told her. "Bakuku bought them when he was flirting with the Kremlin, before he converted to the neoliberal creed."

The guard asked them for their identification, made a call when Amélie explained the reason for their visit, and upon receiving authorization, ordered his subordinate to raise the metal barrier. As soon as they passed through the gate, Amélie looked around in awe. Spreading out over a wooded area and dotted with extensive gardens and well-manicured lawns, Xanadu was a monument to the mercenary opulence and cos-

médica en jacales con piso de tierra. Al pasar frente a una sucursal de Cartier, vieron bajar de un BMW descapotable a la poeta Nadjega Labogu. No llevaba la cara pintarrajeada, ni el disfraz de aborigen con que Amélie la había visto en televisión, sino un traje sastre de lino color verde menta, con un generoso escote en la espalda, bolsa italiana de Versace y un brazalete de plata que refulgía como un rayo lunar en su lustrosa piel de pantera. ¿Dónde quedó tu identidad?, hubiera querido preguntarle, pero se contuvo por prudencia —no era el momento de hacer un escándalo— y siguió de largo hasta la calle Malabo. Tiécoura vivía en un chalet de estilo mediterráneo con vista a la laguna y balcones volados sobre el jardín delantero. Un mayordomo de librea les abrió la puerta.

—Tengo una cita con el señor Tiécoura. Me llamo Amélie Bléhaut.

El criado la miró de arriba abajo, sin pestañear.

—El señor está de viaje.

—No puede ser, hoy por la mañana hablé con él y me dio la cita.

—Le repito que el señor no está.

En la ventana de la planta alta, Amélie alcanzó a ver una mano negra cerrando una cortina. Sin duda era Momo Tiécoura. ¿Por qué se negaba a recibirla, si horas antes parecía tan entusiasmado? ¿ El Ministerio de Cultura le había dado un jalón de orejas? Una cosa estaba clara: su afán de acercarse a los tesoros vivientes incomodaba mucho al poder. Tal vez la dictadura temía que Tiécoura hiciera declaraciones adversas al régimen, pues no obstante servir de comparsa a Bakuku en los sainetes oficiales, quizá estuviera librando una lucha secreta contra el dictador. En tal caso, no sería extraño que sus libros contuvieran denuncias veladas, mensajes en clave que acaso pudiera descifrar con ayuda de Sangoulé. Necesitaba conseguir esos libros cuanto antes. Pero el enemigo parecía leerle el pensamiento y a la mañana siguiente colocó en la puerta de su domicilio a dos agentes con trajes de civil.

mopolitan pretensions of the oligarchy. Just past the gate was a broad, tree-lined boulevard with wide walkways flanked by geometric sculptures and large ponds sporting flamingos and peacocks along its banks. "That must be the dictator's house," Sangoulé whispered, pointing to a bunker surrounded by a steel fence flying the Tekendogo flag. The main street led to a lake where the younger generation of the divine caste went waterskiing with ultramodern speedboats. There was even a small commercial district with haute couture boutiques, restaurants serving international cuisine, banks, and spas. Amélie was immediately reminded of the aggressive opulence of Neuilly, the emblematic upper-class Parisian neighborhood. Here, the ostentation of the wealthy was even more obscene because of its proximity to so much poverty. This gilded elite could not ignore the fact that a mile away, the stench of garbage made it impossible to breathe, and teenage mothers gave birth in dirt-floored huts with no medical care. As they walked by a Cartier store, they saw the poet Nadjega Labogu getting out of a BMW convertible. Her face wasn't painted nor was she dressed in the native costume Amélie had seen her in on television. She wore instead a mint-green linen tailored outfit with a low-cut back, carried a Versace bag, and on her wrist was a silver bracelet that shone like a moonbeam on her panther-like skin. Where did you leave your identity? she would have liked to ask, but she prudently refrained, this was not the moment to create a scandal, and she continued walking toward Malabo Street. Tiécoura lived in a Mediterranean-style chalet with a view of the lake and balconies that overlooked a large front garden. A butler opened the door for them.

"I have an appointment with Mr. Tiécoura. My name is Amélie Bléhaut."

The servant looked her up and down without blinking.

"The master is out of town."

TESORO VIVIENTE

En vano trató de perderlos mezclándose con la multitud del mercado: los polizontes estaban bien entrenados y la seguían como sabuesos a todas partes. Intimidada al principio por su constante asedio, Amélie pensó seriamente volver a Francia. La contuvo su amor a Sangoulé —que no quería ni hablar de una separación— y un sentimiento más fuerte: la rabia de verse atada de manos por un tiranía execrable. Como la angustia no la dejaba dormir, decidió darle un uso productivo al insomnio: desde su recámara, con la luz apagada, descubrió que sus espías se reitraban a las cuatro de la mañana y una hora después llegaba a reemplazarlos otra pareja de agentes. Sin dar aviso a Sangoulé, para no comprometerlo, un lunes por la madrugada esperó el retiro de la primera guardia, y con ropas masculinas salió a la calle en dirección al barrio turístico, silbando una tonadilla para que la tomaran por un borracho. Al pasar por una obra en construcción tomó un ladrillo y se lo guardó en la chaqueta. Por fortuna La Pléiade estaba desprotegida; eso quería decir que nadie había adivinado su plan. Con el aplomo de los terroristas que han planeado largamente sus golpes, arrojó el ladrillo al escaparate. Sustrajo los libros más recientes de Momo Tiécoura, Nadjega Labogu y Macledio Ubassa, y se echó a correr en dirección al barrio de Kumasi. Cuando se hubo alejado más de quince cuadras, tomó un respiro para hojear su botín: las obras de los tesoros vivientes eran maquetas empastadas con las hojas en blanco.

El mundo entero debía conocer ese engaño. En vez del ensayo que le había encargado la ACCT, escribiría un reportaje de denuncia para alguna revista de gran tiraje, *Le Nouvel Observateur* o *L'Express*, donde Koyaga Bakuku y su séquito de escritores virtuales quedarían expuestos como lo que eran: una caterva de rufianes. Describiría el mecenazgo del nuevo Idi Amín sin escatimar los detalles grotescos y acusaría a sus cómplices de haber usurpado las galas de la literatura para despojarla de contenido,

LIVING TREASURE

"That's impossible, I talked to him this morning, and we have an appointment."

"I repeat: the master is not here."

At a window on the second floor, Amélie caught a glimpse of a black hand closing a curtain. Surely that was Momo Tiécoura. Why was he refusing to see her now when only hours before he had sounded so enthusiastic? Had the Ministry of Culture put the squeeze on him? One thing was certain: her efforts to approach the living treasures had made the people in power very uncomfortable. Maybe the dictatorship was afraid Tiécoura would make a statement against the regime, for even though he sang Bakuku's praises at the official public farces, maybe he was secretly waging a battle against the dictator. In that case, it would be assumed that his books contained subtle denouncements, coded messages she could perhaps figure out with Sangoulé's help. She had to have those books as soon as possible. But it seemed as if the enemy could read her thoughts, because the next morning two plainclothes agents stood outside the door of her home.

In vain she attempted to shake them off her trail in the crowded market, but they were well trained and tracked her everywhere like bloodhounds. Intimidated at first by their constant presence, Amélie seriously considered returning to France. She was prevented, however, by her love for Sangoulé—separating wasn't even a possibility—and an even more powerful emotion: her anger at seeing her hands tied by an abominable dictator. Too anxious to sleep, she decided to make good use of her insomnia: with her light off, she peered out her bedroom window and discovered that her guards left at four in the morning and were replaced by another pair only an hour later. Without telling Sangoulé (so as not to implicate him in any way), she waited at dawn on Monday for the first set of guards to leave, then, dressed in men's clothing, snuck out, and

para reducirla a una mera liturgia hueca. Volvió de prisa al departamento, temerosa de ser descubierta por algún rondín policiaco. Encontró la cerradura forzada, y apenas empujó la puerta, una mano varonil la sujetó por el cuello. Trató de zafarse con patadas y codazos, pero su agresor la sometió con una llave china.

—Quieta, perra. Un golpe más y te desnuco.

Comprendió que la advertencia iba en serio al sentir un crujido en la vértebra cervical. Obligada a la inmovilidad, miró con horror su librero volcado en el suelo y un reguero de cristales rotos. Sangoulé estaba amordazado y atado a una silla del comedor. Otro agente le apuntaba a la cabeza con un revólver. En la sala fumaban con aparente calma Ikabo Luenda y Momo Tiécoura, renuentes a mirar las escenas violentas, como dos estetas llevados al box por la fuerza. A una seña del funcionario, su verdugo la condujo a la sala sin quitarle la coyunda del cuello.

—¿Me promete que no va a gritar? —preguntó Luenda.

Amélie asintió con la cabeza.

—Suéltela —ordenó al guardia—. Me duele haber tenido que irrumpir en su casa de esta manera, pero usted empezó con los allanamientos.

—No me dejó alternativa —dijo Amélie en tono sardónico—. Sólo así podía conseguir estas obras maestras —y arrojó sobre la mesa los libros robados.

—Veo que su pasión por las letras raya en el sacrificio —sonrió Luenda—. Pues ahora ya lo sabe: nuestros tesoros vivientes cumplen una función más importante que la de borronear cuartillas. Son baluartes de la identidad nacional.

—Ahórrese la demagogia. ¿Por qué no le ordena a sus matones que disparen de una vez?

—Represento a un gobierno civilizado, señorita Bléhaut, no a una partida de criminales. Vine aquí para negociar en términos amistosos.

made her way to the tourist district, whistling lightheartedly as she went so she could pass as a common drunk. When she went by a construction site, she picked up a brick and hid it inside her jacket. Luckily, nobody was guarding the bookstore, which meant that they hadn't guessed her plan. With the cool-headedness of an operative who had been planning his attack for weeks, she tossed the brick through the large plate-glass window. She removed the most recent books by Momo Tiécoura, Nadjega Labogu, and Macledio Ubassa, and took off running toward the Kumasi neighborhood. When she had gone about fifteen blocks, she took a rest to leaf through her booty: the pages of the books by the living treasures were blank.

The entire world would hear about this fraud. Instead of the article ACCT wanted from her, she would write an exposé for a magazine with a much wider circulation, such as the *Nouvel Observateur* or *L'Express,* where Koyaga Bakuku and his entourage of virtual writers would be exposed for what they were: a gang of scoundrels. She would describe this new Idi Amin's patronage of the arts without glossing over the grotesque details and would accuse his accomplices of having taken on the trappings of literature while stripping it of its contents, thereby reducing it to an empty rite. She rushed back to the apartment, afraid of being picked up by the police. The lock on the front door was broken and as soon as she pushed it open, a man's hand grabbed her by the neck. She kicked and punched wildly, trying to get free, but her attacker held her tightly in a headlock.

"Take it easy, bitch. One more move and I'll break your neck."

She understood that this threat was no joke when she felt the pressure on her cervical spine. Forced to remain absolutely still, she looked with horror at her overturned bookshelf and the broken glass all over the floor. Sangoulé was gagged and tied to a chair in the dining room. A second agent was pointing a gun at his head. In the living room Ikabo Luenda

—Pues entonces ordene que desaten a mi compañero. No se puede negociar con una pistola en la sien.

Luenda accedió a su petición, y Sangoulé fue llevado a la sala. El otro agente, a una señal de Tiécoura, colocó sobre la mesa una licorera con whisky, vasos chaparros y una hielera.

—Por favor, sírvale a nuestros amigos —dijo el tesoro viviente. —Necesitamos un trago para aliviar la tensión, ¿no creen?

—Si vamos a hablar como amigos, ¿me podría dedicar su novela? —lo escarneció Amélie, que había perdido el temor y empezaba a sentirse dueña de la situación—. Su estilo me cautivó desde la primera página.

—Para usted es fácil burlarse —Tiécoura endureció la voz—, porque viene de un país culto, donde hasta un escritor de segunda fila puede vivir de la pluma. Pero en África la situación es distinta. Aquí ningún escritor sobrevive sin la ayuda estatal.

—Pues usted sobrevive mejor que la mayoría de los escritores franceses. La diferencia es que ellos trabajan, y usted, por lo visto, atraviesa un bloqueo creativo.

—Cuando era joven escribí libros de verdad —se disculpó Tiécoura, apenado—. El volumen de cuentos que publiqué en París tuvo críticas entusiastas, pero claro, como yo era un desconocido pasó sin pena ni gloria. Después volví a Tekendogo y me uní a los grupos de oposición que luchaban contra la dictadura. El general Bakuku ofreció una amnistía a los disidentes a cambio de que nos uniéramos a su esfuerzo civilizador. El gobierno emprendería una gran campaña de alfabetización y fomento a la lectura, y los intelectuales desempeñaríamos un papel fundamental en esa tarea.

—Por lo visto la cruzada fue un gran éxito —lo interrumpió Amélie—. Por eso es usted un autor tan leído.

—El gobierno puso todo de su parte —intervino Luenda—, pero no pudimos vencer las resistencias y los atavismos de la población. El negro

and Momo Tiécoura were smoking cigarettes and seemed to be relaxing, as if reluctant to watch the scenes of violence, like two aesthetes forced to attend a boxing match. At a signal from Luenda, her assailant led her into the living room without loosening his grip on her neck.

"Promise you won't scream?" Luenda asked.

Amélie nodded.

"Let her go," he ordered. "I'm sorry to have had to break into your house like this, but you are the one who initiated the forced entries."

"You left me no choice," Amélie said in a sardonic tone. "It was the only way I could get hold of these masterpieces." She threw the stolen books on the table.

"I see that your passion for literature borders on the sacrificial," Luenda smiled. "So now you know: our living treasures fulfill a more important function than filling pages with scribbles. They are the bulwarks of our national identity."

"Spare me the demagoguery. Why don't you just tell your henchmen to shoot us once and for all?"

"I am a representative of a civilized government, Miss Bléhaut, not a party of criminals. I came here to negotiate amicable terms."

"Okay, so tell them to untie my friend. You can't negotiate with a gun to somebody's head."

Luenda agreed to her request, and Sangoulé was taken into the living room. The other agent, at a sign from Tiécoura, placed a bottle of scotch, some shot glasses, and a bucket of ice on the table.

"Please, pour a drink for our friends," the living treasure said. "We need a drink to ease the tension, don't you think?"

"If we're going to talk as friends, could you autograph your book?" Amélie said scornfully, for she had lost her fear and was beginning to feel she could control the situation. "Your style grabbed me from the very first page."

es un pueblo sin escritura. Cuando mucho, los maestros pueden inculcarle el respeto a lo escrito, pero no el hábito de leer. Para la mayoría de mis compatriotas, el papel es un fetiche, un objeto de culto que la gente venera sin comprender.

—¡Mentira! —Sangoulé dio con el puño sobre la mesa y casi derriba su vaso de whisky—. Tenemos la misma capacidad intelectual que los blancos. Pero el régimen no permite que el pueblo la desarrolle. La campaña de alfabetización fue un fracaso porque el presupuesto educativo fue a parar al bolsillo de ladrones como tú.

—Pídale a su amigo que no se exalte —Ikabo Luenda se volvió hacia Amélie—. O me veré obligado a imponerle silencio.

Amélie tranquilizó a Sangoulé con un elocuente apretón de manos.

—Continúe —pidió a Tiécoura—. Tengo mucha curiosidad por saber cómo se convirtió en un simulador a sueldo.

—Al concluir la campaña educativa, el gobierno proclamó solemnemente que el analfabetismo había sido erradicado de Tekendogo. Entonces yo y mis colegas fuimos declarados tesoros vivientes, y la editorial del Estado publicó nuestras obras en grandes tirajes. Pero la gente colocaba nuestros libros en los altares domésticos y les rezaba en vez de leerlos. El gobierno no podía reconocer el fracaso de la campaña alfabetizadora sin dañar su imagen. Siguió editando nuestras obras y congregando a los niños de las escuelas en vastos auditorios para presentarlas en sociedad. Pero el gasto era enorme y fue preciso abatir costos. Continuó el ritual de las presentaciones con asistencia del general Bakuku, pero en vez de editar libros de verdad, el gobierno prefirió exhibir maquetas.

—Y usted se prestó a esa comedia a cambio de una mansión en Villa Xanadú, ¿verdad? —Amélie perforó a Tiécoura con la mirada.

—El maestro ha colaborado desinteresadamente con nuestro gobierno para mantener la paz y el orden —lo defendió Luenda—. Su autoridad moral nos ha dado prestigio y merecía una justa recompensa.

LIVING TREASURE

"It's easy for you to make fun of me," Tiécoura said, his voice tightening, "because you live in a cultured country where even a second-rate writer can live from his pen. But in Africa, the situation is different. Here no writer can survive without support from the state."

"Well, you survive much better than the majority of French writers. The difference is that they work and you, from the looks of it, suffer from writer's block."

"When I was young I wrote real books," Tiécoura said apologetically and with sadness. "The volume of stories I published in Paris received enthusiastic reviews, but, of course, as an unknown I slipped out of sight without causing so much as a stir. Later I returned to Tekendogo and joined the opposition fighting against the dictatorship. General Bakuku offered amnesty to all dissidents who agreed to join him in his effort to bring civilization to our nation. The government would carry out an ambitious campaign of literacy and the promotion of reading, and we intellectuals would play a fundamental role in the process."

"By the looks of it the crusade has been very successful," Amélie interrupted him. "That's why you are such a widely read author."

"The government did its share," Luenda interrupted, "but we couldn't overcome the resistance and atavism of the population. Africans are not a literary people. At the most, teachers can inspire respect for the written word, but not the habit of reading. For most of my compatriots, paper is a fetish, a cult object to be worshipped without any understanding."

"That's a lie!" Sangoulé shouted, slamming his fist down on the table and almost spilling his whiskey. "We have the same intellectual capacity as the white man. But the regime doesn't allow the people to develop. The literacy campaign was a failure because the education budget ended up in the pockets of thieves like you."

"Please ask your friend not to get so excited," Ikabo Luenda said, turning to Amélie, "or I will be obliged to force him to be silent."

Pero pasemos al tema que de verdad nos importa —se dirigió a Amélie—. Usted sabe cosas que mi gobierno quiere mantener en secreto. Su discreción tiene un precio y estamos dispuestos a pagarlo.

—Mi conciencia y mi honestidad no están en venta —se indignó Amélie.

—Por favor, amiga. No me diga que es un dechado de rectitud —sacó un expediente de su portafolios—. Tengo pruebas de que usted le ha tomado el pelo a nuestro gobierno y a las cándidas damas de la ACCT. Según los datos de su currículum, usted vivió aquí de niña, y el Ministerio del Interior me asegura que no es cierto. Tampoco es verdad que usted sea experta en literaturas francófonas. Cuando nos conocimos, le pregunté lo del encuentro en Nimes para tenderle una trampa. En el año 95 el encuentro fue celebrado en Creteil.

Las mejillas de Amélie se arrebolaron y no pudo articular palabra. Luenda la había sacado de balance.

—En el arte de mentir y engañar usted no se queda muy atrás de nosotros —continuó el funcionario—. Pero no le reprocho su falsedad. Al contrario; quiero ofrecerle un trato que puede ser benéfico para ambas partes. En vista de que usted parece haber encontrado la felicidad en Tekendogo —miró de solsayo a Sangoulé— le propongo que se quede con nosotros. Una escritora talentosa que pasó la infancia aquí puede enriquecer el catálogo de nuestros tesoros vivientes. Le daríamos una casa en Villa Xanadú, un salario equivalente al de un alto ejecutivo francés, automóvil del año y una membrecía al club deportivo más elegante de la ciudad.

—¿Y si no acepto?

—Entonces tendremos que deportarla y separarla de su querido amigo. Él será nuestro rehén para cerciorarnos de que no publicará ningún libelo contra las instituciones de Tekendogo. Usted decide: una vida

LIVING TREASURE

Amélie calmed Sangoulé down with an eloquent squeeze of his hand.

"Continue," she said, turning back to Tiécoura. "I am very curious to know how you became a salaried imposter."

"When the education campaign was over, the government solemnly proclaimed that illiteracy had been eradicated in Tekendogo. At that point, my colleagues and I were declared living treasures, and the state publishing house published our works in large print runs. But people placed our books on their altars at home and prayed to them rather than read them. The government couldn't admit to the failure of its literacy campaign without damaging its image. So they continued publishing our works and gathering school children in large stadiums to present them to society. But the cost was enormous and they needed to cut back. Under the auspices of General Bakuku, the presentation ceremonies continued, but instead of publishing books, the government preferred to exhibit mock-ups."

"And you agreed to this charade in exchange for a mansion in Villa Xanadu, right?" Amélie said, skewering Tiécoura with her glare.

"This gentleman has collaborated selflessly with our government to maintain peace and order," Luenda said in his defense. "His moral authority has lent us prestige and he deserves just compensation. But let us get to the subject that really interests us," he continued, turning to Amélie. "You know things that my government prefers to keep secret. Your discretion has a price and we are willing to pay it."

"My conscience and honesty are not for sale," Amélie stated indignantly.

"Please, my friend. Do not try to tell me that you are a model of integrity." He took out a file and opened it. "I have proof that you lied to our government and the innocent ladies at ACCT. According to your curriculum, you lived here as a child; the Ministry of the Interior assures me this is not true. Nor is it true that you are an expert on Francophone

feliz en su nación adoptiva o un regreso sin gloria a la triste escuela donde daba clase.

El tono irónico de Luenda la hería en carne viva y su primer impulso fue mandarlo al diablo. La oferta era un insulto a su dignidad. Pero no podía responder tan pronto como se lo mandaban las vísceras, porque estaba en juego su futuro con Sangoulé. Si regresaba a Francia sin él, se condenaba a reptar para siempre en un desierto de ceniza. Conocía demasiado bien la soledad. Y ahora sería más cruda que antes, pues tendría clavado como un aguijón el recuerdo de la dicha fugaz que había conocido. El bienestar y el dinero no le importaban. Pero tal vez Sangoulé, que había padecido todas las privaciones, abrigara la ilusión de ayudar con dinero a su pobre familia y comprar mejores instrumentos para su grupo.

—Necesitamos una decisión rápida —la presionó Luenda—. El Ministerio del Interior quería deportarla esta misma noche. De usted depende que yo rompa esta orden —y le tendió un documento sellado con el escudo nacional.

El dilema era tan arduo que hubiera necesitado meses para elegir la mejor opción. Su conciencia le prohibía entrar en componendas con un gobierno que sojuzgaba sin piedad a un pueblo manipulado y hambriento. Pero sentía vértigo ante la posibilidad de apartarse de Sangoulé. Se había dedicado con tal empeño a la literatura, que aceptar el trato significaría mutilarse, pisotear su vocación, abjurar de una necesidad expresiva tan apremiante como el deseo o el hambre. Pero la renuncia al amor que la había hecho renacer, sería un sacrificio mucho más doloroso. Los segundos pasaban con angustiosa lentitud. Luenda tamborileaba sobre la mesa y veía su reloj con impaciencia, mientras Momo Tiécoura clavaba la vista en el fondo del vaso. Amélie interrogó a Sangoulé con una mirada implorante.

literature. When we first met, I set a trap for you when I asked you about a meeting in Nîmes. In 1995, it was held in Creteil."

Amélie's cheeks burned red, and she was unable to utter a word. Luenda had thrown her off balance.

"In the art of lying and deception, you are not far behind us," Luenda continued. "But I do not reproach you for your untruths. On the contrary: I want to offer you a deal that would benefit both of us. Considering that you seem to have found happiness in Tekendogo," he said, glancing over at Sangoulé, "I propose that you remain here with us. A talented writer who spent her childhood here would enrich our catalogue of living treasures. We will give you a house in Villa Xanadu, a salary equivalent to that of a French executive, a new car, and a membership in the most elegant sports club in the city."

"And if I don't accept?"

"Then we would have to deport you and separate you from your friend. He would become our prisoner, our guarantee that you wouldn't publish libels against the national institutions of Tekendogo. You decide: a happy life in your adopted nation or a return without glory to the sad school where you were teaching." Luenda's ironic tone wounded her to the core, and her first impulse was to tell him to go straight to hell. The offer was an insult to her dignity. But she couldn't answer as readily as her gut feeling told her to because her future with Sangoulé was on the line. If she returned to France without him, she would be condemned to slither on her belly through an ash-strewn desert. She was all too familiar with loneliness. And now it would be even more brutal because the memory of her short-lived happiness would stick in her like a thorn. Comfort and money didn't matter to her. But maybe Sangoulé, who had suffered so many privations, harbored hopes of helping his poor family and buying better instruments for his group.

TESORO VIVIENTE

—¿Acepto?

Él asintió con una inclinación de cabeza, la boca contraída en un gesto de picardía que a la vez era un rictus de vergüenza.

—Está bien, me quedo.

Una semana después, el dictador Bakuku la ungió como tesoro viviente en una fiesta popular con danzas autóctonas, a la que asistieron cinco mil personas. Salió a escena con la cara embadurnada de rojo y un collar de dientes de cebra, regalo de la poetisa Nadjega Labogu. El escaparate de La Pléiade se engalanó con un ejemplar de *Alto vacío* lujosamente empastado. Para ajustar su libro a las exigencias del régimen sólo tuvo que borrar el aforismo de la primera página.

LIVING TREASURE

"We need a decision shortly," Luenda pressured her. "The Ministry of the Interior wanted to deport you tonight. It's up to you if I tear up that order or not," he said as he handed her the document stamped with an official seal.

The dilemma was so onerous she felt she needed months to reach the right decision. Her conscience forbade her from collaborating with a government that mercilessly oppressed a hungry and manipulated populace. But she became dizzy at the thought of being separated from Sangoulé. She had been so completely devoted to literature that accepting this deal meant self-mutilation, the grinding of her vocation into the dust, a total denial of her need to express herself—which was as urgent as desire or hunger. But to give up the love that had allowed her to be reborn would be a much more painful sacrifice. The seconds passed in slow anguish. Luenda drummed on the table and looked at his watch impatiently while Momo Tiécoura stared at the bottom of his glass. Amélie questioned Sangoulé with imploring eyes.

"Should I accept?"

He nodded and lowered his head, his mouth tightening into a mischievous expression that was also a grimace of shame.

"Okay, I'll stay."

One week later, the dictator Bakuku proclaimed her a living treasure in a ceremony with native dancers attended by five thousand people. She appeared on stage with her face smeared with red clay and wearing a necklace of zebra teeth, a gift from the poet Nadjega Labogu. The window display at La Pléiade proudly exhibited an elegantly bound copy of *Empty Heights*. In order to bring her book in line with the demands of the regime she had only to delete the aphorism on the first page.

TRANSLATED BY KATHERINE SILVER

MARIACHI

—¿Lo hacemos? —preguntó Brenda.

Vi su pelo blanco, dividido en dos bloques sedosos. Me encantan las mujeres jóvenes de pelo blanco. Brenda tiene 43 pero su pelo es así desde los 20. Le gusta decir que la culpa fue de su primer rodaje. Estaba en el desierto de Sonora como asistente de producción y tuvo que conseguir 400 tarántulas para un genio del terror. Lo logró, pero amaneció con el pelo blanco. Supongo que lo suyo es genético. De cualquier forma, le gusta verse como una heroína del profesionalismo que encaneció por las tarántulas.

En cambio, no me excitan las albinas. No quiero explicar las razones porque cuando se publican me doy cuenta de que no son razones. Suficiente tuve con lo de los caballos. Nadie me ha visto montar uno. Soy el único astro del mariachi que jamás se ha subido a un caballo. Los periodistas tardaron 19 videoclips en darse cuenta. Cuando me preguntaron, dije: "No me gustan los transportes que cagan". Muy ordinario y muy estúpido. Publicaron la foto de mi BMW plateado y mi 4x4 con asientos de cebra. La Sociedad Protectora de Animales se avergonzó de mí. Además, hay un periodista que me odia y que consiguió una foto mía en Nairobi, con un rifle de alto poder. No cacé ningún león porque no le di a ninguno, pero estaba ahí, disfrazado de safari. Me acusaron de antimexicano por matar animales en África.

MARIACHI

"Shall we do it?" Brenda asked.

I saw her white hair, parted into two silky sections. I adore young women with white hair. Brenda is 43 but her hair has been like that since she was 20. She likes to say that her first film shoot was to blame. She was in the Sonora desert as a production assistant and had to find 400 tarantulas for a terror genius. She succeeded, but she woke up with white hair. I suppose that in her case it's genetic. In any case, she likes to see herself as a heroine of professionalism whose hair turned white because of the tarantulas.

On the other hand, albinos don't arouse me. I don't want to explain the reasons why, because once I see them in print I realize they're not reasons. I've already had enough with the whole horse issue. No one has seen me mount one. I'm the only mariachi star who has never sat on a horse. The reporters watched 19 video clips before they realized this. When they asked me, I said: "I don't like transportation that shits." Very vulgar and very stupid. They published a photo of my silver-plated BMW and my 4x4 with zebra seat-covers. The Society for the Protection of Animals was ashamed of me. Furthermore, there's a reporter who hates me and found a photo of me in Nairobi with a high-powered rifle. I didn't kill any lions because I'm a lousy shot. But I was there, wearing a safari outfit. They accused me of being anti-Mexican for killing animals in Africa.

MARIACHI

Declaré lo de los caballos después de cantar en un palenque de la Feria de San Marcos hasta las tres de la mañana. En dos horas me iba a Irapuato. ¿Alguien sabe lo que se siente estar jodido y tener que salir de madrugada a Irapuato? Quería meterme en un jacuzzi, dejar de ser mariachi. Eso debí haber dicho: "Odio ser mariachi, cantar con un sombrero de dos kilos, desgarrarme por el rencor acumulado en rancherías sin luz eléctrica". En vez de eso, hablé de caballos.

Me dicen El Gallito de Jojutla porque mi padre es de ahí. Me dicen Gallito pero odio madrugar. Aquel viaje a Irapuato me estaba matando, junto con las muchas otras cosas que me están matando.

"¿Crees que hubiera llegado a neurofisióloga estando así de buena?", me preguntó Catalina una noche. Le dije que no para no discutir. Ella tiene mente de guionista porno: le excita imaginarse como neurofisióloga y despertar tentaciones en el quirófano. Tampoco le dije esto, pero hicimos el amor con una pasión extra, como si tuviéramos que satisfacer a tres curiosos en el cuarto. Entonces le pedí que se pintara el pelo de blanco.

Desde que la conozco, Cata ha tenido el pelo azul, rosa y guinda. "No seas pendejo", me contestó: "No hay tintes blancos". Entonces supe por qué me gustan las mujeres jóvenes con pelo blanco. Están fuera del comercio. Se lo dije a Cata y volvió a hablar como guionista porno: "Lo que pasa es que te quieres coger a tu mamá".

Esta frase me ayudó mucho. Me ayudó a dejar a mi psicoanalista. El doctor opinaba lo mismo que Brenda. Había ido con él porque estaba harto de ser mariachi. Antes de acostarme en el diván cometí el error de ver su asiento: tenía una rosca inflable. Tal vez a otros pacientes les ayude saber que su doctor tiene hemorroides. Alguien que sufre de manera íntima puede ayudar a confesar horrores. Pero no a mí. Sólo seguí en terapia porque el psicoanalista era mi fan. Se sabía todas mis canciones (o

MARIACHI

I made the statement about horses after singing until three o'clock in the morning in an arena during the San Marcos Fair. I was headed to Irapuato two hours later. Does anyone know what it feels like to be fucked up and have to leave for Irapuato at dawn? I wanted to get into a jacuzzi and stop being a mariachi. That is what I should have said, or: "I hate being a mariachi, singing with a two-kilo hat on my head in shacks without electric light while being torn apart by swallowed resentment." Instead of saying that, I talked about horses.

I'm called *El Gallito de Jojutla* because my father is from Jojutla. They called me *Gallito*—little rooster—but I hate to wake up early. That trip to Irapuato was killing me, together with the many other things that were killing me.

"Do you think that I could have become a neurophysiologist looking as good as I do?" Catalina asked me one night. I told her no so that I wouldn't have to argue. She has the mentality of a porno screenwriter: she's aroused by fantasizing that she's a neurophysiologist stirring up temptation in the examination room. I didn't tell her this either, but we made love with additional passion, as if we had to satisfy three voyeurs in the room. Then I asked her to bleach her hair white.

Since I've known her, Cata has had blue, pink, and cherry colored hair. "Don't be an idiot," she replied, "there are no white tints." Then I knew why I like young women with white hair: they're a rare commodity. I told Cata this, and she went back to talking like a porn writer: "What's happening is that you want to fuck your mother."

This remark helped me greatly. It helped me to stop seeing my psychoanalyst. The doctor and Brenda shared the same opinion. I had gone to see him because I was fed up with being a mariachi. Before I lay down on the couch I made the mistake of looking at his chair; an inflatable ring was sitting on top of it. Perhaps it helps other patients to know that

las canciones que canto: no he compuesto ninguna), le parecía interesantísimo que yo estuviera ahí, con mi célebre voz, diciendo que la canción ranchera me tenía hasta la madre.

Por esos días se publicó un reportaje en el que me comparaban con un torero que se psicoanalizó para vencer su temor al ruedo. Describían la más terrible de sus cornadas: los intestinos se le cayeron a la arena en la Plaza México, los recogió y pudo correr hasta la enfermería. Esa tarde iba vestido en los colores obispo y oro. El psicoanálisis lo ayudó a regresar al ruedo con el mismo traje.

Mi doctor me adulaba de un modo ridículo que me encantaba. Llené el Estadio Azteca, con la cancha incluida, y logré que 130 mil almas babearan. El doctor babeaba sin que yo cantara.

Mi madre murió cuando yo tenía dos años. Es un dato esencial para entender por qué puedo llorar cada vez que quiero. Me basta pensar en una foto. Estoy vestido de marinero, ella me abraza y sonríe ante el hombre que va a manejar el Buick en el que se volcaron. Mi padre bebió media botella de tequila en el rancho al que fueron a comer. No me acuerdo del entierro pero cuentan que se tiró llorando a la fosa. Él me inició en la canción ranchera. También me regaló la foto que me ayuda a llorar: Mi madre sonríe, enamorada del hombre que la va a llevar a un festejo; fuera de cuadro, mi padre dispara la cámara, con la alegría de los infelices.

Es obvio que quisiera recuperar a mi madre, pero además me gustan las mujeres de pelo blanco. Cometí el error de contarle al psicoanalista la tesis que Cata sacó de la revista Contenido: "Eres edípico, por eso no te gustan las albinas, por eso quieres una mamá con canas". El doctor me pidió más detalles de Cata. Si hay algo en lo que no puedo contradecirla, es en su idea de que está buenísima. El doctor se excitó y dejó de elogiarme. Fui a la última sesión vestido de mariachi porque venía de

their doctor has hemorrhoids. Someone who suffers intimately can help others confess their horrors. But not me. I only continued my therapy because the psychoanalyst was a fan. He knew all of my songs (or the songs that I sing; I haven't composed a single one) and thought it was very interesting that I was there, with my famous voice, saying that ranchera ballads were driving me to the edge.

During that time an article was published that compared me to a bullfighter who'd had himself psychoanalyzed in order to conquer his fear of the bull ring. It described his most terrible goring: his intestines had spilled out onto the sand of the Plaza México bullring, he'd picked them up, and was able to run to the hospital. That afternoon he was dressed in purple and gold. The psychoanalysis helped him to return to the ring with the same outfit.

My doctor flattered me in a ridiculous manner that delighted me. My concerts could fill the entire Estadio Azteca—including the field—and with my music I could make 130,000 souls drool. As for the doctor, he drooled even without my singing.

My mother died when I was two years old. It's an essential piece of information for understanding why I can cry on command. Thinking about a photo of me with her is enough. I'm dressed in a sailor suit and she's hugging me and smiling for the man who will be driving the Buick, with her in it, when it overturns. My father drank half a bottle of tequila at the ranch where they went for dinner. I don't remember the burial, but they say that he threw himself wailing into the grave. He introduced me to ranchera music. He also gave me this photo that helps me to cry. In it my mother is smiling, in love with the man who is going to take her to a party. Outside the picture is my father, who operates the camera with blissful ignorance.

It's obvious that I would like to have my mother back, but furthermore

un concierto en Los Ángeles. Él me pidió que le regalara mi corbatín tricolor. ¿Tiene caso contarle tu vida íntima a un fan?

Catalina también estuvo en terapia. Esto le ayudó a "internalizar su buenura". Según ella, podría haber sido muchas cosas (casi todas espantosas) a causa de su cuerpo. En cambio, considera que yo sólo podría haber sido mariachi. Tengo voz, cara de ranchero abandonado, ojos del valiente que sabe llorar. Además soy de aquí. Una vez soñé que me preguntaban: "¿Es usted mexicano?" "Sí, pero no lo vuelvo a ser". Esta respuesta, que me hubiera aniquilado en la realidad, entusiasmaba a todo mundo en mi sueño.

Mi padre me hizo grabar mi primer disco a los 16 años. Ya no estudié ni busqué otro trabajo. Tuve demasiado éxito para ser diseñador industrial.

Conocí a Catalina como a mis novias anteriores: ella le dijo a mi agente que estaba disponible para mí. Leo me comentó que Cata tenía pelo azul y pensé que a lo mejor podría pintárselo de blanco. Empezamos a salir. Traté de convencerla de que se decolorara pero no quiso. Además, las mujeres de pelo blanco son inimitables.

La verdad, he encontrado pocas mujeres jóvenes de pelo blanco. Vi una en París, en el salón VIP del aeropuerto, pero me paralicé como un imbécil. Luego estuvo Rosa, que tenía 28, un hermoso pelo blanco y un ombligo con una incrustación de diamante que sólo conocí por los trajes de baño que anunciaba. Me enamoré de ella en tal forma que no me importó que dijera "jaletina" en vez de gelatina. No me hizo caso. Detestaba la música ranchera y quería un novio rubio.

Cuando un periodista me preguntó cuál era mi máximo anhelo, dije que viajar al espacio exterior en la nave Columbia. No hablé de mujeres.

Entonces conocí a Brenda. Nació en Guadalajara pero vive en España. Se fue allá huyendo de los mariachis y ahora regresaba con una venganza:

MARIACHI

I like women with white hair. I made the mistake of telling the psycho-analyst the theory that Cata extracted from the magazine *Contenido*: "You're oedipal, that's why you don't like albinos and why you love a mother with white hair." The doctor asked me for more details about Cata. If there is one thing I can't disagree with her about it's that she's extremely attractive. The doctor became aroused and stopped praising me. I went to my last session dressed as a mariachi because I was coming from a concert in Los Angeles. He asked for my tri-colored bowtie as a gift. Is there any point in recounting the intimate details of your life with a fan?

Catalina had also been in therapy. It helped her to "internalize her extreme attractiveness." According to her, she could have been many things—almost all frightening—thanks to her body. Whereas, in my case, I could only have been a mariachi. I have a good voice, the face of a forsaken peasant, and the eyes of a brave man who knows how to cry. Furthermore, I'm from here. Once, I dreamed that I was asked: "Are you Mexican?" "Yes," I said, "but I wouldn't want to be again." This response, which in reality would have had me killed, thrilled everyone in my dream.

My father had me record my first album when I was 16 years old. I dropped out of school and didn't look for another job. I had become much too successful to become an industrial designer.

I met Catalina the same way I met my previous girlfriends: she told my agent that she was available for me. Leo told me that Cata had blue hair and I thought that maybe she could bleach it white. We started dating. I tried to convince her to bleach her hair, but she didn't want to. Anyway, women with white hair are inimitable.

The truth is that I've come across very few young women with white hair. I saw one in Paris, in the VIP lounge of the airport, but I froze like an idiot. Then there was Rosa, who was 28, had beautiful white hair and a navel with a diamond inlay that I only noticed because of the bathing

MARIACHI

Chus Ferrer, cineasta genial del que yo no sabía nada, estaba enamorado de mí y me quería en su próxima película, costara lo que costara. Brenda vino a conseguirme.

Se hizo gran amiga de Catalina y descubrieron que odiaban a los mismos directores que les habían estropeado la vida (a Brenda como productora y a Cata como eterna aspirante a actriz de carácter).

"Para su edad, Brenda tiene bonita figura, ¿no crees?", opinó Cata. "Me voy a fijar", contesté.

Ya me había fijado. Catalina pensaba que Brenda estaba vieja. "Bonita figura" es su manera de elogiar a una monja por ser delgada.

Sólo me gustan las películas de naves espaciales y las de niños que pierden a sus padres. No quería conocer a un genio gay enamorado de un mariachi que por desgracia era yo. Leí el guión para que Catalina dejara de joder. En realidad sólo me entregaron trozos, las escenas en las que yo salía. "Woody Allen hace lo mismo", me explicó ella: "Los actores se enteran de lo que trata la película cuando la ven en el cine. Es como la vida: sólo ves tus escenas y se te escapa el plan de conjunto". Esta última idea me pareció tan correcta que pensé que Brenda se la había dicho.

Supongo que Catalina aspiraba a que le dieran un papel. "¿Qué tal tus escenas?", me decía a cada rato. Las leí en el peor de los momentos. Se canceló mi vuelo a Salvador porque había huracán y tuve que ir en jet privado. Entre las turbulencias de Centroamérica el papel me pareció facilísimo. Mi personaje contestaba a todo "¡qué fuerte!" y se dejaba adorar por una banda de motociclistas catalanes.

"¿Qué te pareció la escena del beso?", me preguntó Catalina. Yo no la recordaba. Ella me explicó que iba a darle "un beso de tornillo" a un "motero muy guarro". La idea le parecía fantástica: "Vas a ser el primer mariachi sin complejos, un símbolo de los nuevos mexicanos". "¿Los nuevos mexicanos besan motociclistas?", pregunté. Cata tenía los ojos

suits she wore. I fell so hard for her that I didn't care that she said "jaletin" instead of gelatin. She ignored me. She detested ranchera music and wanted a blond boyfriend.

When a reporter asked me what was my greatest desire, I said to travel into outer space in the space shuttle Columbia. I didn't talk about women.

Then I met Brenda. She was born in Guadalajara but she now lives in Spain. She went there to get away from the mariachis and was now returning with a vengeance. Brenda came looking for me because Chus Ferrer, a brilliant movie producer I didn't know anything about, was in love with me and wanted me in his next film at any cost.

Brenda and Catalina became great friends, and they discovered that they hated the same directors for ruining their lives—Brenda's as a producer and Cata's as an eternally aspiring character actress.

"For her age, Brenda has a pretty figure, don't you think?" Cata remarked. "I'll have to check it out next time," I replied.

I had already noticed. Catalina thought that Brenda was old. "Pretty figure" is her way of praising a nun for being thin.

I only like movies about spaceships and children who lose their parents. I didn't want to meet a gay genius who was in love with a mariachi who, unfortunately, was me. I read the screenplay so that Catalina would stop pestering me. Actually, I was only handed excerpts containing those scenes in which I would appear. "Woody Allen does the same thing," Catalina explained. "The actors find out what the movie is about in the theater. It's like life: you only see your scenes and you miss the bigger picture." This last idea seemed so accurate that I suspected Brenda had shared it with her.

I suppose that Catalina was hoping to get a role. "What are your scenes like?" she asked me repeatedly. I read them at the worst possible time. My flight to El Salvador was cancelled because of a hurricane, so I had to

encendidos: "¿No estás harto de ser tan típico? La película de Chus te va a catapultar a otro público. Si sigues como estás, al rato sólo vas a ser interesante en Centroamérica".

No contesté porque en ese momento empezaba una carrera de Fórmula Uno y yo quería ver a Schumacher. La vida de Schumacher no es como los guiones de Woody Allen: él sabe dónde está la meta. Cuando me conmovió que Schumacher donara tanto dinero para las víctimas del tsunami, Cata dijo: "¿Sabes por qué da tanta lana? De seguro le avergüenza haber hecho turismo sexual allá". Hay momentos así: Un hombre puede acelerar a 350 kilómetros por hora, puede ganar y ganar y ganar, puede donar una fortuna y sin embargo puede ser tratado de ese modo, en mi propia cama. Vi el fuete de montar con el que salgo al escenario (sirve para espantar las flores que me avientan). Cometí el error de levantarlo y decir: "¡Te prohíbo que digas eso de mi ídolo!" En un mismo instante, Cata vio mi potencial gay y sadomasoquista: "¿Ahora resulta que tienes un ídolo?", sonrió, como anhelando el primer fuetazo. "Me carga la chingada", dije, y bajé a la cocina a hacerme un sándwich.

Esa noche soñé que manejaba un Ferrari y atropellaba sombreros de charro hasta dejarlos lisitos, lisitos.

Mi vida naufragaba. El peor de mis discos, con las composiciones rancheras del sinaloense Alejandro Ramón, acababa de convertirse en disco de platino y se habían agotado las entradas para mis conciertos en Bellas Artes con la Sinfónica Nacional. Mi cara ocupaba cuatro metros cuadrados de un cartel en la Alameda. Todo eso me tenía sin cuidado. Soy un astro, perdón por repetirlo, de eso no me quejo, pero nunca he tomado una decisión. Mi padre se encargó de matar a mi madre, llorar mucho y convertirme en mariachi. Todo lo demás fue automático. Las mujeres me buscan a través de mi agente. Viajo en jet privado cuando no puede despegar el avión comercial. Turbulencias. De eso dependo. ¿Qué

go in a private jet. In the midst of the turbulence over Central America, the role seemed very easy. My character replied "Awesome!" to everything and allowed himself to be idolized by a gang of Catalan bikers.

"What did you think about the kiss scene?" Catalina asked. I couldn't remember it. She explained that I was going to "French kiss" a "really filthy biker." It seemed like a fantastic idea to her: "You're going to be the first mariachi without complexes; a symbol of the new Mexicans." "The new Mexicans kiss bikers?" I asked. Cata's eyes were inflamed: "Aren't you sick and tired of being so typical? Chus's movie is going to catapult you towards a different public. If you continue to be the way you are, in time you're only going to have an audience in Central America."

I didn't respond because at that moment a Formula One race was starting and I wanted to watch Schumacher. Schumacher's life isn't like Woody Allen's screenplays: he knows where the finish line is. I was quite touched that Schumacher would donate so much money for the tsunami victims, but Cata said: "You know why he's giving so much dough? I'm sure he's ashamed of dipping into the tourist sex trade over there." There are moments like this: A man like Schumacher can accelerate to 350 kilometers an hour, he can win and win and win, he can donate a fortune and nevertheless be treated this way—and in my own bed, no less. I spotted the riding whip I bring onstage to deflect the flowers my fans toss at me. I made the mistake of lifting it up and saying: "I forbid you to say that about my idol!" At that moment, Cata saw my gay and sadomasochistic potential. "Does it turn out that you have an idol now?" she asked smiling, as if begging for the first lash of my whip. "I'm going straight to hell," I said, and went down to the kitchen to prepare myself a sandwich.

That night I dreamed that I was driving a Ferrari and running over cowboy hats and leaving them flat, flat.

My life was being wrecked. The worst of my records, containing the ranchera compositions of the Sinaloan Alejandro Ramón, had just

me gustaría? Estar en la estratosfera, viendo la Tierra como una burbuja azul en la que no hay sombreros.

En eso estaba cuando Brenda llamó de Barcelona. Pensé en su pelo mientras ella decía: "Chus está que flipa por ti. Suspendió la compra de su casa en Lanzarote para esperar tu respuesta. Quiere que te dejes las uñas largas como vampiresa. Un detalle de mariquita un poco cutre. ¿Te molesta ser un mariachi vampiresa? Te verías chuli. También a mí me pones mucho. Supongo que Cata ya te dijo". Me excitó enormidades que alguien de Guadalajara pudiera hablar de ese modo. Me masturbé al colgar, sin tener que abrir la revista Lord que tengo en el baño. Luego, mientras veía caricaturas, pensé en la última parte de la conversación: "Supongo que Cata ya te dijo". ¿Qué debía decirme? ¿Por qué no lo había hecho?

Minutos después, Cata llegó a repetir lo mucho que me convendría ser un mariachi sin prejuicios (contradicción absoluta: ser mariachi es ser un prejuicio nacional). Yo no quería hablar de eso. Le pregunté de qué hablaba con Brenda. "De todo. Es increíble lo joven que es para su edad. Nadie pensaría que tiene 43". "¿Qué dice de mí?" "No creo que te guste saberlo". "No me importa". "Ha tratado de desanimar a Chus de que te contrate. Le pareces demasiado ingenuo para un papel sofisticado. Dice que Chus tiene un subidón contigo y ella le pide que no piense con su pene". "¿Eso le pide?" "¡Así hablan los españoles!" "¡Brenda es de Guadalajara!" "Lleva siglos allá, se define como prófuga de los mariachis, tal vez por eso no le gustas".

Hice una pausa y dije lo que acababa de pasar: "Brenda habló hace rato. Dijo que le encanto". Cata respondió como un ángel de piedra: "Te digo que es de lo más profesional: hace cualquier cosa por Chus".

Quería pelearme con ella porque me acababa de masturbar y no tenía ganas de hacer el amor. Pero no se me ocurrió cómo ofenderla mientras

turned platinum and the tickets to my concerts in Bellas Artes with the Sinfónica Nacional had all sold out. My face occupied four square meters of a poster in Alameda. I couldn't care less about all of that. I'm a star—sorry to say it again—and I have no complaints about that, but I've never made a decision in my life. My father chose to kill my mother, cry a lot, and turn me into a mariachi. Everything else was automatic. Women look for me through my agent. I travel on a private jet when a commercial airplane can't take off. Turbulence. I depend on it. What would I like? To be in the stratosphere, looking at the Earth as if it were just a blue bubble in which there are no sombreros.

This was my state of mind when Brenda called from Barcelona. I thought about her hair while she was saying: "Chus is crazy about you. He put off buying his house in Lanzarote to wait until he heard from you. He wants you to let your nails grow long like a vamp. A sissy detail that's really a little cheap. Would being a mariachi vamp bother you? You *would* look cute. You also really turn me on, but I suppose that Cata has already told you." I was very aroused that someone from Guadalajara could talk that way. I jacked off after I hung up, without having to open the *Lord* magazine that I keep in the bathroom. Later, while I was watching cartoons, I thought about the last part of our conversation: "I suppose that Cata has already told you." What did she have to tell me? Why hadn't she?

Minutes later, Cata arrived to reiterate how well it would suit me to be an unbiased mariachi (an absolute contradiction, because to be a mariachi is to personify a national bias). I didn't want to talk about that. Instead, I asked: "What did you talk to Brenda about?" "Everything. It's incredible how young she looks for her age. No one would think that she's 43." "What does she say about me?" "I don't think you want to know." "I don't care." "She's tried to discourage Chus from hiring you.

se abría la blusa. Cuando me bajó los pantalones, pensé en Schumacher, un killer del kilometraje. Esto no me excitó, lo juro por mi madre muerta, pero me inyectó voluntad. Follamos durante tres horas, un poco menos que una carrera Fórmula Uno. (Había empezado a usar la palabra "follar".)

Terminé mi concierto en Bellas Artes con "Se me olvidó otra vez". Al llegar a la estrofa "en la misma ciudad y con la misma gente . . .", vi al periodista que me odia en la primera fila. Cada vez que cumplo años publica un artículo en el que comprueba mi homosexualidad. Su principal argumento es que llego a otro aniversario sin estar casado. Un mariachi se debe reproducir como semental de crianza. Pensé en el motociclista al que debía darle un beso de tornillo, vi al periodista y supe que iba a ser el único que escribiría que soy puto. Los demás hablarían de lo viril que es besar a otro hombre porque lo pide el guión.

El rodaje fue una pesadilla. Chus Ferrer me explicó que Fassbinder había obligado a su actriz principal a lamer el piso del set. Él no fue tan cabrón: se conformó con untarme basura para "amortiguar mi ego". Me fue un poco mejor que a los iluminadores a los que les gritaba: "¡Horteras del PP!" Cada que podía, me agarraba las nalgas.

Tuve que esperar tanto tiempo en el set que me aficioné al Nintendo. Brenda me parecía cada vez más guapa. Una noche fuimos a cenar a una terraza. Por suerte, Catalina fumó hashish y se durmió sobre su plato. Brenda me dijo que había tenido una vida "muy revuelta". Ahora llevaba una existencia solitaria, algo necesario para satisfacer los caprichos de producción de Chus Ferrer. "Eres el más reciente de ellos", me vio a los ojos: "¡Qué trabajo me dio convencerte!" "No soy actor, Brenda", hice una pausa. "Tampoco quiero ser mariachi", agregué. "¿Qué quieres?", ella sonrió de un modo fascinante. Me gustó que no dijera: "¿Qué quieres ser?" Parecía sugerir: "¿Que quieres ahora?" Brenda fumaba un purito.

MARIACHI

You seem too naïve for a sophisticated role and she says that Chus has a hard on for you and she tells him not to think with his penis." "She tells him that?" "That's how Spaniards talk!" "Brenda is from Guadalajara!" "She's been in Spain for years and defines herself as a fugitive from the mariachis. Maybe that's why she doesn't like them."

I paused and relayed to Cata what had just happened: "Brenda spoke to me a while ago. She said that I turn her on." Cata responded like a stone angel: "I tell you, she's very professional; she'd do anything for Chus."

I wanted to argue with her because I had just masturbated and I didn't feel like making love. But I couldn't think of a way to offend her while she was opening her blouse. When she lowered my pants I thought about Schumacher, a kilometer killer. I swear on my dead mother that this didn't arouse me, but it pumped me up. We screwed—I had started to use the word "screw"—for three hours, which was a little less time than a Formula One race.

I ended my concert in Bellas Artes with "I Forgot Again." When I arrived at the stanza "in the same city and with the same people . . . ," I spotted the reporter who hates me in the first row. Every year on my birthday he publishes an article in which he confirms my homosexuality. His main argument is that I've reached another birthday without getting married. A mariachi should reproduce like a thoroughbred stud. I thought about the biker I would have to French kiss; I looked at the reporter, and then I knew that he would be the only one who would write that I'm a fag. The rest would talk about how virile it is to kiss another man because the screenplay requires it.

The shoot was a nightmare. Chus Ferrer explained to me that Fassbinder had forced his main actress to lick the set's floor. Chus wasn't as big a bastard; he was satisfied with smearing trash on me in order to "neutralize my ego." It was a little better for me than it was for the light-

MARIACHI

Vi su pelo blanco, suspiré como sólo puede suspirar un mariachi que ha llenado estadios, y no dije nada.

Una tarde visitó el set una estrella del cine porno. "Tiene su sexo asegurado en un millón de euros", me dijo Catalina. Brenda estaba al lado y comentó: "La polla de los millones". Explicó que ése había sido el eslogan de la Lotería Nacional en México en los años sesenta. "Te acuerdas de cosas viejísimas", dijo Cata. Aunque la frase era ofensiva, se fueron muy contentas a cenar con el actor porno. Yo me quedé para la escena del beso de tornillo.

El actor que representaba al motociclista catalán era más bajo que yo y tuvieron que subirlo en un banquito. Había tomado pastillas de ginseng para la escena. Como yo ya había vencido mis prejuicios, ese detalle me pareció un mariconada.

Por cuatro semanas de rodaje cobré lo que me dan por un concierto en cualquier ranchería de México.

En el vuelo de regreso nos sirvieron ensalada de tomate y Cata me contó un truco profesional del actor porno: comía mucho tomate porque mejora el sabor del semen. Las actrices se lo agradecían. Esto me intrigó. ¿En verdad había ese tipo de cortesías en el porno? Me comí el tomate de mi plato y el del suyo, pero al llegar a México dijo que estaba muerta y no quiso chuparme.

La película se llamó Mariachi Baby Blues. Me invitaron a la premier en Madrid y al recorrer la alfombra roja vi a un tipo con las manos extendidas, como si midiera una yarda. En México el gesto hubiera sido obsceno. En España también lo era, pero sólo lo supe al ver la película. Había una escena en la que el motociclista se acercaba a tocar mi pene y aparecía un miembro descomunal, en impresionante erección. Pensé que el actor porno había ido al set para eso. Brenda me sacó de mi error: "Es una prótesis. ¿Te molesta que el público crea que ése es tu sexo?"

¿Qué puede hacer una persona que de la noche a la mañana se con-

MARIACHI

ing technicians; at them he would scream: "Dirty union pigs!" Meanwhile, he would grab my ass whenever he could.

I had to wait such a long time on the set that I became fond of Nintendo. Brenda, too, seemed more and more attractive. One night we went to dinner at a sidewalk café. Luckily, Catalina smoked hashish and fell asleep on top of her plate. Brenda told me that her life had been "very turbulent." Now she led a solitary existence, which was necessary in order to satisfy the production whims of Chus Ferrer. "You're the latest one," Brenda said, looking into my eyes; "how difficult it was for me to convince you!" "I'm not an actor, Brenda," I said, pausing, and then added: "I also don't want to be a mariachi." "What do you want?" she asked, smiling in a fascinating manner. I liked that she didn't say: "What do you want to be?" And she seemed to hint: "What do you want now?" Brenda was smoking a little cigar. I looked at her white hair, sighed in the way that only a mariachi who has filled stadiums can sigh, and didn't say anything.

One afternoon a porn star visited the set. "He has his penis insured for a million euros," Catalina told me. Brenda was alongside and remarked: "A Chance for Millions." She explained that this had been the slogan of the National Lottery in Mexico in the sixties. "You remember some really old trivia," said Cata. Although Catalina's comment was offensive, she and Brenda happily went to dinner with the porn star. I remained for the French kiss scene.

The actor playing the role of the Catalan biker was much shorter than me, so they had to position him on top of a small bench. He had taken ginseng pills for the scene. Since I had already conquered my biases, that seemed like a pretty lame gesture.

For four weeks of filming I was paid the amount I receive for one concert at a ranch in Mexico.

On the return flight we were served tomato salad and Cata told me about the porn star's trick of the trade: he eats a lot of tomatoes because

vierte en un fenómeno genital? En la fiesta que siguió a la premier, la reina del periodismo rosa me dijo: "¡Qué descaro tan canalla!" Brenda me contó de famosos que habían sido sorprendidos en playas nudistas y tenían sexos como mangueras de bombero. "¡Pero esos sexos son suyos!", protesté. Ella me vio como si imaginara el tamaño de mi sexo y se decepcionara y fuera buenísima conmigo y no dijera nada. Quería acariciar su pelo, llorar sobre su nuca. Pero en ese momento llegó Catalina, con copas de champaña. Salí pronto de la fiesta y caminé hasta la madrugada por las calles de Madrid.

El cielo empezaba a volverse amarillo cuando pasé por el Parque del Retiro. Un hombre sostenía cinco correas muy largas, atadas a perros esquimales. Tenía la cara cortada y ropas baratas. Hubiera dado lo que fuera por no tener otra obligación que pasear los perros de los ricos. Los ojos azules de los perros me parecieron tristes, como si quisieran que yo me los llevara y supieran que era incapaz de hacerlo.

Regresé tan cansado al Hotel Palace que apenas me sorprendió que Cata no estuviera en la suite.

Al día siguiente, todo Madrid hablaba de mi descaro canalla. Pensé en suicidarme pero me pareció mal hacerlo en España. Me subiría a un caballo por primera vez y me volaría los sesos en el campo mexicano.

Cuando aterricé en el D. F. (sin noticias de Catalina) supe que el país me adoraba de un modo muy extraño. Leo me entregó una carpeta con elogios de la prensa por trabajar en el cine independiente. Las palabras "hombría" y "virilidad" se repetían tanto como "cine en estado puro" y "cine total". Según yo, Mariachi Baby Blues trataba de una historia dentro de una historia dentro de una historia, donde todo mundo acababa haciendo lo que no quería hacer al principio y era muy feliz así. A los críticos esto les pareció muy importante.

Mi siguiente concierto —nada menos que en el Auditorio Nacional—

it improves the taste of semen. The actresses are grateful to him. This intrigued me. Did this type of courtesy really exist in porno? I ate the tomato on my plate and on hers, but when we arrived in Mexico she said that she was exhausted and didn't want to suck me off.

The movie was called "Mariachi Baby Blues." I was invited to the premiere in Madrid and as I was walking on the red carpet I saw a guy with his hands extended, as if he was using a measuring stick. In Mexico this gesture would have been obscene. It was also obscene in Spain, but I only learned this when I saw the movie. There was a scene in which the biker was approaching me to touch my penis and an enormous, impressively erect member appeared. I thought that the porn star must have come to the set for that reason. Brenda corrected my misconception: "It's a prosthesis. Does it bother you that the public thinks that's your penis?"

What can a person who turns into a genital phenomenon overnight do? During the party following the premiere, the queen of tabloid journalism said to me: "What shameless audacity!" Brenda told me about famous people who had been surprised on nude beaches and had penises as long as firehoses. "But at least those penises are theirs," I protested. She looked at me as if she were imagining the size of my penis, being let down by it, but out of kindness not saying anything. I wanted to caress her hair and cry on the back of her neck. But at that moment Catalina arrived with glasses of champagne. I left the party quickly and walked along the streets of Madrid until dawn.

The sky started to turn yellow when I passed by the Parque del Retiro. A man was holding five very long leashes attached to Eskimo dogs. He had a cut on his face and was wearing cheap clothing. I would have given anything not to have any other obligation than to walk the dogs of rich people. The dogs' blue eyes seemed sad, as if they wanted me to take them away and knew that I was incapable of doing so.

fue tremendo: el público llevaba penes hechos con globos. Me había convertido en el garañón de la patria. Me empezaron a decir el Gallito Inglés y un club de fans se puso "Club de Gallinas".

Catalina había pronosticado que la película me convertiría en actor de culto. Traté de localizarla para recordárselo, pero seguía en España. Recibí ofertas para salir desnudo en todas partes. Mi agente se triplicó el sueldo y me invitó a conocer su nueva casa, una mansión en el Pedregal, dos veces más grande que la mía, donde había un sacerdote. Hubo una misa para bendecir la casa y Leo agradeció a Dios por ponerme a su lado. Luego me pidió que fuéramos al jardín. Me dijo que Vanessa Obregón quería conocerme. La ambición de Leo no tiene límites: le convenía que yo saliera con la bomba sexy de la música grupera. Pero yo no podía estar con una mujer sin decepcionarla, o sin tener que explicarle la absurda situación a la que me había llevado la película.

Di miles de entrevistas en las que nadie me creyó que no estuviera orgulloso de mi pene. Fui declarado el latino más sexy por una revista de Los Ángeles, el bisexual más sexy por una revista de Amsterdam y el sexy más inesperado por una revista de Nueva York. Pero no me podía bajar los pantalones sin sentirme disminuido.

Finalmente, Catalina regresó de España a humillarme con su nueva vida: era novia del actor porno. Me lo dijo en un restorán donde tuvo el mal gusto de pedir ensalada de tomate. Pensé en la dieta del rey porno, pero apenas tuve tiempo de distraerme con esta molestia porque Cata me pidió una fortuna por "gastos de separación". Se los di para que no hablara de mi pene.

Fui a ver a Leo a las dos de la madrugada. Me recibió en el cuarto que llama "estudio" porque tiene una enciclopedia. Sus pies descalzos repasaban una piel de puma mientras yo hablaba. Tenía puesta una bata de dragones, como un actor que interpreta a un agente vulgar. Le hablé de la extorsión de Cata.

MARIACHI

I was so tired when I returned to the Hotel Palace that I was hardly surprised that Cata wasn't in the suite.

The next day, all of Madrid was talking about my "shameless audacity." I thought about committing suicide but it seemed like a bad idea to do it in Spain. I would mount a horse for the first time and blow my brains out in the Mexican countryside.

When I landed in Mexico City—without news from Catalina—I knew that the country adored me in a very strange way. Leo handed me a folder with tributes from the press for working in independent cinema. The words "manliness" and "virility" were repeated as often as "cinema in its purest form" and "total cinema." According to me, "Mariachi Baby Blues" is a story within a story within a story, where everyone ends up doing what they didn't want to do in the beginning and is very happy that way. This seemed very important to the critics.

My next concert—in the Auditorio Nacional, no less—was tremendous: the audience carried penis-shaped balloons. I had turned into the stud stallion of the country. They started to call me *El Gallito Inglés*—the English Cock—and a female fan club adopted the name *El Club de Gallinas.*

Catalina had predicted that the movie was going to turn me into a cult actor. I tried to locate her to remind her of this, but she was still in Spain. I received offers to appear nude everywhere. My agent tripled his salary and invited me to see his new house—a mansion in Pedregal, where there was a priest—which was twice the size of mine. There was a mass to bless the house and Leo thanked God for bringing us together. Afterwards, he asked me to accompany him to the garden. He told me that Vanessa Obregón wanted to meet me. Leo's ambition is limitless; it would serve him for me to date the sexy bombshell singer of "Música Grupera." But I couldn't be with a woman without letting her down, or without having to explain the absurd situation the movie had led me into.

MARIACHI

"Tómala como una inversión", me dijo él.

Esto me calmó un poco, pero yo estaba liquidado. Ni siquiera me podía masturbar. Un plomero se llevó la revista Lord que tenía en el baño y no la extrañé.

Leo siguió moviendo sus hilos. La limusina que pasó por mí para llevarme a la gala de MTV Latino había pasado antes por una mulata espectacular que sonreía en el asiento trasero. Leo la había contratado para que me acompañara a la ceremonia y aumentara mi leyenda sexual. Me gustó hablar con ella (sabía horrores de la guerrilla salvadoreña), pero no me atreví a nada más porque me veía con ojos de cinta métrica.

Volví a psicoanálisis: dije que Catalina era feliz a causa de un gran pene real y yo era infeliz a causa de un gran pene imaginario. ¿Podía la vida ser tan básica? El doctor dijo que eso le pasaba al 90 por ciento de sus pacientes. No quise seguir en un sitio tan común.

Mi fama es una droga demasiado fuerte. Necesito lo que odio. Hice giras por todas partes, lancé sombreros a las gradas, me arrodillé al cantar "El hijo desobediente", grabé un disco con un grupo de hip-hop. Una tarde, en el Zócalo de Oaxaca, me senté en un equipal y oí buen rato la marimba. Bebí dos mezcales, nadie me reconoció y creí estar contento. Vi el cielo azul y la línea blanca de un avión. Pensé en Brenda y le hablé desde mi celular.

"Te tardaste mucho", fue lo primero que dijo. ¿Por qué no la había buscado antes? Con ella no tenía que aparentar nada. Le pedí que fuera a verme. "Tengo una vida, Julián", dijo en tono de exasperación. Pero pronunció mi nombre como si yo nunca lo hubiera escuchado. Ella no iba a dejar nada por mí. Yo cancelé mi gira al Bajío.

Pasé tres días de espanto en Barcelona, sin poder verla. Brenda estaba "liada" en una filmación. Finalmente nos encontramos, en un restorán que parecía planeado para japoneses del futuro.

MARIACHI

I gave thousands of interviews during which no one believed that I wasn't proud of my penis. I was declared the sexiest Latino by a Los Angeles magazine, the sexiest bisexual by an Amsterdam magazine, and the most unexpected sexiest man by a New York magazine. But still, I couldn't lower my pants without feeling diminished.

Catalina finally returned from Spain to humiliate me with her new life: she was the porn star's girlfriend. She told me this in a restaurant where she had the nerve to order tomato salad. I thought about the porno king's diet, but I barely had time to distract myself with this nuisance because Cata asked me for a fortune in "separation costs." I gave it to her so that she wouldn't blab to the press about my penis.

I went to see Leo at two o'clock in the morning. He met me in the room that he calls the "study" because it houses an encyclopedia. His bare feet caressed a puma skin rug as I spoke. He was wearing a dragon-print robe, like an actor playing the role of a sleazy agent. I talked to him about Cata's extortion.

"Consider it an investment," he told me.

This calmed me a little, but I was worn-out. I couldn't even masturbate. A plumber took the *Lord* magazine that I kept in the bathroom, and I didn't miss it.

Leo continued to pull strings. The limousine that arrived to take me to the Latino MTV gala had earlier picked up a spectacular mulatta who was sitting in the back seat smiling. Leo had hired her to accompany me to the ceremony and add to my sexual legend. I liked talking to her—she knew about atrocities that had happened during Salvadoran guerilla warfare—but I didn't try anything else because she was looking at me with eyes like rulers.

I returned to psychoanalysis. I said that Catalina was happy because of a real giant penis and I was unhappy because of an imaginary giant penis. Could life be so basic? The doctor said that this was the case with

MARIACHI

"¿Quieres saber si te conozco?", dijo, y yo pensé que citaba una canción ranchera. Me reí, nomás por reaccionar, y ella me vio a los ojos. Sabía la fecha de la muerte de mi madre, el nombre de mi ex psicoanalista, mi deseo de estar en órbita, me admiraba desde un tiempo que llamó "inmemorial". Todo empezó cuando me vio sudar en una transmisión de Telemundo. Se había tomado un trabajo increíble para ligarme: convenció a Chus de que me contratara, escribió mis parlamentos en el guión, le presentó a Cata al actor porno, planeó la escena del pene artificial para que mi vida diera un vuelco. "Sé quién eres, y tengo el pelo blanco", sonrió. "Tal vez pienses que soy manipuladora. Soy productora, que es casi lo mismo: produje nuestro encuentro".

Vi sus ojos, irritados por las desveladas del rodaje. Fui un mariachi torpe y dije: "Soy un mariachi torpe". "Ya lo sé", Brenda me acarició la mano.

Entonces me contó por qué me quería. Su historia era horrible. Justificaba su odio por Guadalajara, el mariachi, el tequila, la tradición y la costumbre. Le prometí no contársela a nadie. Sólo puedo decir que ella había vivido para escapar de esa historia hasta que supo que no tenía otra historia que escapar de su historia. Yo era "su boleto de regreso".

Pensé que nos acostaríamos esa noche pero ella aún tenía una producción pendiente: "No me quiero meter con tu trabajo pero tienes que aclarar lo del pene". "El pene no es mi trabajo: ¡lo inventaron ustedes!" "Eso, lo inventamos nosotros. Un recurso del cine europeo. Se me había olvidado lo que un pene puede hacer en México. No quiero salir con un hombre pegado a un pene". "No estoy pegado a un pene, lo tengo chiquito", dije. "¿Qué tan chiquito?", se interesó Brenda. "Chiquito normal. Velo tú".

Entonces ella quiso que yo conociera sus principios morales: "Lo tie-

90 percent of his patients. I didn't want to continue to be in such a commonplace situation.

My fame is a very powerful drug. I need that which I hate. I toured everywhere, threw sombreros into the bleachers, kneeled to sing "The Disobedient Son," recorded an album with a hip-hop group. One afternoon, in Oaxaca's main square, I sat down on a wicker chair and listened to the marimba for a long time. I drank two mescals, no one recognized me, and I thought I was happy. I saw the blue sky and the white vapor trail of an airplane. I thought about Brenda and called her on my cell phone.

"You took too long," was her first comment. Why hadn't I called her earlier? I didn't have to pretend with her. I asked her to come and see me. "I have a life, Julián," she said in an exasperated tone. But she pronounced my name in a way I've never heard before. She wouldn't be going anywhere for me. I cancelled my tour to Bajío.

I spent three dreadful days in Barcelona without seeing her. Brenda was "tied up" with a shoot. We finally met in a restaurant that seemed designed for Japanese people of the future.

"Want to know how well I know you?" she said, and I thought that she was quoting a ranchera. I laughed, just to react, and she looked into my eyes. She knew the date of my mother's death, the name of my ex-psychoanalyst, my desire to be in orbit, and had admired me since, as she phrased it, "time immemorial." It all started when she saw me sweating on a Telemundo broadcast. She had gone to tremendous lengths in order to snag me: she convinced Chus to hire me, wrote all my dialogue in the screenplay, introduced Cata to the porn star, and planned the fake penis scene, all in order to turn my life upside down. "I know who you are, and I have white hair," she said, smiling. "Maybe you think I'm manipulative. I'm a producer, which is almost the same thing: I produced our meeting in the first place."

nen que ver todos tus fans", contestó: "Ten la valentía de ser normal". "No soy normal: ¡Soy el Gallito de Jojutla, mis discos se venden hasta en las farmacias!" "Lo tienes que hacer. Estoy harta de un mundo falocéntrico". "¿Pero tú sí vas a querer mi pene?" "¿Tu pene chiquito normal?", Brenda bajó la mano hasta mi bragueta, pero no me tocó. "¿Qué quieres que haga?", le pregunté.

Ella tenía un plan. Siempre tiene un plan. Yo saldría en otra película, una crítica feroz al mundo de las celebridades, y haría un desnudo frontal. Mi público tendría una versión descarnada y auténtica de mí mismo. Cuando pregunté quién dirigía la película, me llevé otra sorpresa. "Yo", respondió Brenda: "Se llama Guadalajara".

Tampoco ella me dio a leer el guión completo. Las escenas en las que aparezco son raras, pero eso no quiere decir nada: el cine que me parece raro gana premios. Una tarde, en un descanso del rodaje, entré a su tráiler y le pregunté: "¿Qué crees que pase conmigo después de Guadalajara?" "¿Te importa mucho?", respondió.

Brenda se había esforzado como nadie para estar conmigo. Si la abrazaba en ese momento me soltaría a llorar. Me dio miedo ser débil al tocarla pero me dio más miedo que ella no quisiera tocarme nunca. Algo había aprendido de Cata: el cuerpo tiene partes que no son platónicas:

"¿Te vas a acostar conmigo?", le pregunté.

"Nos falta una escena", dijo, acariciándose el pelo.

Despejó el set para filmarme desnudo. Los demás salieron de malas porque el catering acababa de llegar con la comida. Brenda me situó junto a una mesa de la que salía un rico olor a embutidos.

Se quedó un momento frente a mí. Me vio de una manera que no puedo olvidar, como si fuéramos a cruzar un río. Sonrió y dijo lo que los dos esperábamos:

—¿Lo hacemos? —se colocó detrás de la cámara.

MARIACHI

I looked at her eyes, which were irritated by the late nights of filming. I was a clumsy mariachi and said: "I am a clumsy mariachi." "I already know that," Brenda said, and caressed my hand.

Then she told me why she loved me. Her history was horrible. It justified her hatred of Guadalajara, the mariachi, tequila, Mexican tradition and customs. I promised not to tell anyone about it. I can only say that she had lived to escape that history until she realized that she didn't have any more history to escape from. I was her "return ticket home."

I thought we would sleep together that night but she still had a pending production. "I don't want to meddle in your work, but you have to clear up the penis situation," said Brenda. "The penis isn't my work: you people fabricated it!" I replied. "That, we did invent," Brenda continued. "It's a staple of European cinema. I had forgotten what a penis could do in Mexico. I don't want to go out with a man attached to a penis." "I'm not attached to a penis, mine is small," I said. "How small?" Brenda asked, interested. "Average small. See for yourself," I replied.

Then Brenda wanted me to acknowledge her moral principles: "All of your fans have to see it," she said. "Have the courage to be average."

"I'm not average, I'm *El Gallito de Jojutla*; my records are even sold in pharmacies!"

"You have to do it. I'm fed up with this phallocentric world."

"But will you really love my penis?"

"Your average small penis?" Brenda replied. She lowered her hand to my zipper, but didn't touch me.

"What do you want me to do?" I asked her.

Brenda had a plan. She always had a plan. I would appear in another movie, a savage critique of the celebrity world, and do a full-frontal nude scene. My public would see a stripped down and authentic version of me. When I asked who would direct the movie, I got another surprise.

MARIACHI

En la mesa del bufet había un platón de ensalada. Yo estaba a treinta centímetros de ahí.

La vida es un caos pero tiene secretos: antes de bajarme los pantalones, me comí un tomate.

"I will," Brenda responded. "I'm calling it 'Guadalajara.'"

Brenda again didn't give me the complete screenplay to read. The scenes in which I was to appear were strange, but that didn't mean anything; the movies that I think are strange win awards. One afternoon, during a break in the shooting, I entered her trailer and asked her: "What do you think will happen to me after 'Guadalajara'?" "Do you really care?" she responded.

Brenda had sacrificed like no one else to be with me. If I were to hug her at that moment I would break down and cry. I felt scared to be weak when I touched her, but I was more scared that she would never want to touch me. I had learned something from Cata: the body has parts that are not platonic.

"Are you going to sleep with me?" I asked.

"We're missing one last scene," she replied, stroking her hair.

She cleared the set to film me nude. The excused workers left in a bad mood because catering had just arrived with the food. Brenda positioned me next to a table which gave off a rich smell of sausages.

She remained in front of me for a moment. She looked at me in a way that I can't forget, as if we were about to cross a river. Positioning herself behind the camera, she smiled and said what we were both waiting for: "Shall we do it?"

On the buffet table there was a big plate of salad. I was thirty centimeters away from it.

Life is chaos, but it holds secrets. Before lowering my pants I ate a tomato.

TRANSLATED BY HARRY MORALES

LOS CRUCIGRAMAS

Para Alicia y Ana García Bergua

Tan pronto como el señor Amílcar se fue, ella regresó al comedor y abrió el paquete que le había traído el amigo de su hermana. Siempre tenía la esperanza de encontrar, junto con las revistas de crucigramas que Irma le enviaba dos veces al año, una carta de ella, una fotografía o algún recado afectuoso. Pero no había nada, para variar, y comprobó con desagrado que por primera vez desde que empezó a mandarle los ejemplares de la revista de crucigramas a la que estaba suscrita, Irma había olvidado borrar los crucigramas resueltos.

Le extrañó aquel descuido y creyó percibir en las letras de Irma un trazo menos firme. Fue a la ventana y miró afuera con la esperanza de ver al señor Amílcar cruzar la calle. De pronto le urgía saber si Irma estaba bien. Se lo había preguntado al señor Amílcar, desde luego, y el otro, con su acostumbrada mansedumbre, le había contestado afirmativamente. Sin embargo, al ver que los crucigramas no habían sido borrados, supo que algo andaba mal. Buscó al señor Amílcar entre el gentío de la calle, sin encontrarlo. De haber sabido el nombre del hotel donde se hospedaba, lo habría llamado allí.

Dos veces al año aquel hombre bajito y obsequioso se comunicaba con ella por teléfono, para preguntarle cuándo podría pasar a dejarle el

FABIO MORÁBITO

CROSSWORDS

For Alicia and Ana García Bergua

As soon as Mr. Amílcar left, she went back to the dining room and opened the parcel her sister's friend had brought. She always hoped she'd find a letter, photograph, or loving message in with the crossword magazines her sister sent twice a year. But, as usual, there was nothing, and she noticed that for the first time since she'd started sending her copies of the magazine she subscribed to, Irma had forgotten to erase the puzzles she'd solved.

That carelessness surprised her and she thought she detected a less sure hand behind Irma's letters. She went to the window and looked out hoping to see Mr. Amílcar cross the street. Suddenly she was desperate to know if Irma was all right. She had, of course, asked Mr. Amílcar, and he'd been his usual bland self and had said she was fine. Nonetheless, when she saw the answers hadn't been erased, she realized something was wrong. She tried to spot Mr. Amílcar in the throng on the street, but couldn't. If she'd known the name of the hotel where he was staying, she'd have given him a call.

The obsequious little man used to ring her twice a year to ask when he could drop by and leave the parcel of magazines Irma had sent. He would come straightaway, she would offer him a coffee, and for the twenty min-

paquete de revistas que le mandaba Irma. Venía en seguida, ella le ofrecía un café y durante los veinte minutos que duraban esas visitas, hablaban sobre todo del trabajo de él, que consistía en visitar a los clientes latinoamericanos de una compañía de perfiles de aluminio cuya sede central estaba en Bruselas. Era de las contadas ocasiones en que ella tenía la oportunidad de practicar su lengua materna. Qué afortunado es usted que viaja tanto, le decía, y el otro contestaba que tanto viaje era malo para la salud y enumeraba sus achaques circulatorios y digestivos.

Ahora, por primera vez, le habría gustado saber dónde se hospedaba el señor Amílcar, para preguntarle si no había notado en Irma algunas señales de debilidad o de desánimo. También habría podido hablar directamente a Irma, pero sabía que ella nunca le diría la verdad. Además, nunca se hablaban por teléfono. Tenían poco que decirse. Desde que ella, treinta años atrás, se había ido a vivir al otro lado del Atlántico, casada con un hombre que apenas conocía, podían contarse con los dedos de una mano las veces que había hablado con su hermana.

Ni siquiera cinco años atrás, cuando ella regresó por primera vez a su país y las dos vivieron juntas durante dos meses, habían hablado mucho. La convivencia había transcurrido plácidamente, pero en exceso silenciosa. Fue en ese tiempo que ella recuperó su antigua afición por los crucigramas. Nunca había podido cogerles gusto en su nuevo idioma, a pesar de que lo hablaba tan bien o mejor que su idioma materno; sólo en su lengua natal le parecían estimulantes, y así, desde el primer día que estuvo en casa de Irma, esa casa que había sido su propia casa cuando era niña, se había volcado con fruición en ese antiguo pasatiempo, aunque sin llegar a los extremos puntillosos de su hermana mayor, quien no admitía dejar en blanco ningún crucigrama del medio centenar que contenía la revista semanal a la que estaba suscrita. Para ello, tenía siempre a la mano un grueso diccionario y la vieja enciclopedia que sus padres le habían regalado en sus tiempos de estudiante.

utes these visits lasted they'd talk mostly about his work, which involved visiting Latin American customers of an aluminum beam company that had its headquarters in Brussels. It was one of the rare opportunities she had to practice her mother tongue. How lucky you are to travel, she'd say, and he'd reply that so much traveling was bad for his health and would list the aches and pains caused by poor circulation and constipation.

Now, for the first time, she'd have liked to know where Mr. Amílcar was staying, to ask him whether he'd noticed if Irma was in any way debilitated or down at heart. She could also have spoken directly to Irma, but she knew she'd never tell her the truth. Besides, they never spoke on the phone. They had little to say to one another. Ever since she'd crossed the Atlantic thirty years ago to live on the other side of the ocean, married to a man she hardly knew, you could count the number of times she'd spoken to her sister on the fingers of one hand.

They hadn't even talked much five years ago when she returned to her country for the first time and the two of them lived together for two months. They coexisted peacefully enough, but were far too silent. That was when she recovered her fondness for crosswords. They'd never appealed to her in her new language, although she spoke it as well as, if not better than, her mother tongue; but they gave a thrill in her native language, and, from the very first day in Irma's house, the house that had been her home as a child, she wallowed with relish in that timeworn hobby, though she never plumbed the painstaking and obsessive depths of her elder sister, who wouldn't leave blank a single one of the fifty-plus puzzles in the weekly magazine she subscribed to. She always had a fat dictionary on hand and the old encyclopedia her parents had given her as a present in her student days.

She was less fanatical, and if a crossword proved too stubborn, she'd abandon it and go on to the next, something her sister chided her for one afternoon when they settled down in the living room to their favorite

LOS CRUCIGRAMAS

Ella, menos fanática, si un crucigrama se le resistía demasiado, lo abandonaba y pasaba al siguiente, cosa que su hermana le reprochó una tarde mientras estaban en la sala entretenidas en su distracción favorita. Fue el único roce que tuvieron durante aquellos dos meses de convivencia apacible. Siempre fuiste voluble, le dijo esa tarde Irma sin mirarla, y ella tradujo para sus adentros «voluble» por «traidora», que era como se sentía con respecto a Irma: un ser desleal y volátil, cuya decisión de seguir a un hombre tan guapo como desconocido al otro lado del Atlántico había condenado a su hermana a permanecer atada a su madre paralítica. Había levantado la cabeza, lista para un enfrentamiento que en el fondo deseaba más que nunca, y supo que había hecho ese viaje para que Irma le echara en cara de una vez por todas su egoísmo. Pero su hermana no le dio esa satisfacción. El roce se redujo a un breve intercambio de recuerdos punzantes de cuando las dos eran niñas, después de lo cual prosiguieron la labor callada de resolver los crucigramas de la revista.

A veces salían de su encierro, tomaban un autobús cuya ruta desconocían y se apeaban en la última estación, daban una vuelta por los alrededores y una hora después regresaban a la parada para tomar el autobús de regreso. Tan sólo en dos ocasiones se metieron en un cine, pues sus economías no daban para derroches. Ella, después del divorcio, se había encontrado sin trabajo y con escasos ahorros, parte de los cuales se habían ido en cruzar el Atlántico para visitar a su hermana y, en cuanto a ésta, la pensión que recibía apenas le alcanzaba para sostenerse sola. Por eso no se daban el lujo de comprar un ejemplar adicional de la revista de crucigramas a la que Irma estaba suscrita, y se conformaban con la copia que ésta recibía semanalmente por correo. Una vez que Irma terminaba de resolver la totalidad de los crucigramas, borraba las letras hechas a lápiz para que su hermana los resolviera de nuevo. Ella, como buena hermana menor, se había plegado dócilmente a ese sistema, sin

pastime. It was the only argument they had in those two months of tranquil cohabitation. You were always fickle, Irma told her that afternoon without looking up, and she translated that "fickle" as "traitor," for that was how she felt about herself with respect to Irma: a disloyal, flighty being, whose decision to follow a man as handsome as he was unknown to the other side of the Atlantic had sentenced her sister to remain tied down to their paralyzed mother. She'd looked up, ready for a fight that deep down she wanted more than ever, and understood she'd come on this trip so Irma could accuse her to her face of being downright selfish. But her sister didn't allow her that satisfaction. The fight didn't go beyond a brief interchange of hurtful memories of when they were little girls, after which they proceeded with their silent puzzle-solving labors.

They sometimes emerged from their confinement, caught a bus on an unfamiliar route and got out at the last stop, went for a walk round the outskirts, and an hour later returned to the stop to catch the bus back. They only went to the movies twice, because their budget didn't run to such ruinous spending. After her divorce, she'd found herself unemployed and with scant savings, part of which had gone towards the Atlantic crossing to visit her sister and, as far as she was concerned, the pension she received barely covered the cost of living. That's why they couldn't afford the luxury of buying an extra copy of the crosswords magazine to which Irma subscribed and settled for the weekly issue she received by post. Once Irma had finished solving all the crosswords she erased the letters she'd penciled in so her sister could solve them all again. Like a good younger sister, she had tamely adapted to that system, always wondering why Irma reserved the right to solve the crosswords before her, and concluded she was still treating her like a kid sister who had to be fed pre-digested doses of the world.

LOS CRUCIGRAMAS

dejar de preguntarse por qué Irma se asignaba el derecho a resolver los crucigramas antes que ella, y concluyó que seguía tratándola como a su hermana pequeña, a quien había que suministrarle el mundo en dosis ya digeridas.

Tan pronto como acababa de llenar a lápiz todos los crucigramas de la revista, Irma cogía la goma y se daba a la tarea de blanquearlos de nuevo para ella. Su borradura, sin embargo, dejaba mucho que desear. Tenía una mano pesada cuando escribía y, por más que se esforzara con la goma, quedaba siempre una marca tenue en el papel, suficiente para reconocer, si se ponía la hoja a contraluz, las letras borradas, procedimiento este último al que ella recurría más de una vez cuando no lograba dar con una palabra de la que dependía el éxito de un crucigrama. Irma se daba cuenta y la reprendía («No seas floja, piensa con tu cabeza», la amonestaba), pero, en el fondo, como ella adivinó sin dificultad, le halagaba aquel gesto de dependencia de su hermana menor.

Fue después de ese viaje cuando se instauró entre las dos la costumbre de los envíos semestrales de la revista, aprovechando los desplazamientos del señor Amílcar, esposo de una vieja amiga de Irma, que dos veces al año venía a visitar a los clientes latinoamericanos de la compañía de perfiles de aluminio de la que era subgerente. Casi siempre, cuando el señor Amílcar le traía el nuevo paquete, ella ya había agotado las revistas del envío anterior, así que más de una vez se había visto en la obligación de borrar sobre lo borrado, pasando la goma sobre sus propias letras, que habían sido plasmadas sobre las letras borradas de su hermana, y había descubierto que mientras sus trazos desaparecían sin dificultad, los de Irma resistían incluso esa nueva borradura, de modo que el procedimiento de poner la hoja a contraluz para invocar la «ayuda» de su hermana mayor cuando se atoraba en alguna definición crucial, seguía vigente aun en esas segundas vueltas, que ella llamaba, para sus adentros,

CROSSWORDS

As soon as she'd penciled in the solutions to all the crosswords in the magazine, Irma picked up the eraser and engaged in the task of turning them blank again for her. However, her erasing left much to be desired. She wrote with a heavy hand and, however hard she pressed the eraser, a slight mark always remained on the paper, enough for her sister to discern the erased letters when holding the page against the light, a tactic she had recourse to more than once when she couldn't find the word upon which the whole success of a crossword hinged. Irma took note and scolded her ("Don't be so lazy, use your head") but, as she intuited effortlessly, Irma found her little sister's gesture of dependency deeply flattering.

It was after that trip that they began the custom of the semiannual dispatches of magazines, taking advantage of the visits by Mr. Amílcar, the husband of an old friend of Irma's, who twice a year visited the Latin American customers of the aluminum beam company where he was deputy-manager. By the time Mr. Amílcar brought the new parcel, she had already exhausted the magazines from the previous consignment, so more than once she'd been compelled to erase what had already been erased, and had discovered that while her scribbles disappeared easily, Irma's even resisted this second erasure, so that the trick of putting a page to the light to invoke her elder sister's "help" when she was stuck on a key clue still worked a second time around—she silently called it "going for seconds." She started to think Irma deliberately imparted a special vigor to her letters, as a way of reminding her from the other side of the Atlantic that she, her elder sister, had always pointed the way, the furrow from which she should never wander. The only time she'd not taken any notice of her sister's guidance and, obeying an inexplicable impulse, had decided to marry that foreigner who took her to live in his country, look how it turned out.

el «recalentado». Llegó a pensar que Irma imprimía con toda alevosía un especial vigor a sus letras, como una forma de recordarle desde el otro lado del Atlántico que ella, su hermana mayor, le había señalado siempre el camino a seguir, el surco del cual no tendría que apartarse, y que la única vez que ella no le había hecho caso y, obedeciendo a un impulso inexplicable, había decidido casarse con aquel hombre extranjero que la llevó a vivir a su país, le había ido como le había ido.

Precisamente la relación entre ambas había alcanzado el punto más bajo después del divorcio de ella, cuando le escribió a Irma para ponerla al tanto del fracaso de su matrimonio y sólo recibió de su hermana un obstinado silencio. En su carta, lejos de quejarse de su marido, se pasó defendiéndolo, sabedora de que Irma lo tenía en muy poca estima, como para mostrarle a su hermana que la decisión de casarse con él no había obedecido a un impulso pasajero, sino que entre ella y su esposo había existido un amor genuino. E inmediatamente después de poner la carta en el buzón descubrió que no era una carta destinada a otra persona sino a ella misma, en el intento de comprender por qué ese amor se había terminado. ¿Fue por eso que Irma nunca le contestó?

Tomó el silencio de su hermana como una afrenta y ese periodo fue de los peores de su vida. Se halló de golpe sola en una tierra extraña. Su nuevo país le pareció ajeno e incomprensible, su vieja patria inalcanzable. Poco después, cuando ya no esperaba ninguna señal de Irma y había tomado la decisión de no volver a establecer contacto con ella, recibió una carta donde su hermana le comunicaba el deceso de la madre de ambas. Irma no hacía mención del divorcio, pero le explicaba que la larga enfermedad terminal de su madre la había absorbido día y noche, sin permitirle prácticamente salir de su casa. Con ello le daba indirectamente las razones de su prolongado silencio, y ella, a pesar de la noticia funesta, probó un intenso alivio que superaba con mucho la aflicción por

CROSSWORDS

Their relationship reached its lowest ebb precisely after her divorce when she wrote to Irma to tell about her failed marriage and her sister had responded with a stubborn silence. Far from complaining about her husband, she'd gone out of her way to defend him in her letter, knowing Irma had formed a low opinion of him, as if to show her sister that the decision to marry hadn't been the result of a sudden impulse, but was based on genuine love between her and her husband. Immediately after she'd mailed the letter she'd realized it was in fact a letter she had written to herself, in an attempt to understand why that love had ended. Was that why Irma never replied?

She saw her sister's silence as an insult and it was one of the worst periods in her life. Suddenly she found herself alone in a foreign land. Her new country seemed alien and incomprehensible, her old motherland beyond reach. Soon after, when she'd given up hope of ever hearing from Irma and had decided not to get back into contact with her, she'd received a letter in which her sister informed her of their mother's passing. Irma made no mention of her divorce, but spelled out their mother's long terminal illness that had absorbed her night and day, almost never allowing her to leave the house. Irma thus indirectly explained the reasons behind her prolonged silence, and, despite the dreadful news, the sister felt an intense relief that much exceeded her sorrow at her mother's death. She understood how important her sister was to her, more important than her mother, no doubt about that. She was her only grip on life and it was then she began to save up to visit her. She wondered if she was also important to her sister, but how would she ever find out? Irma was so aloof and always had been, as if when she was a child she'd anticipated her future as a woman alone, destined to look after her paralyzed mother, and had groomed herself stoically for the task. She'd gotten used to seeing her sister as the strong one in the house, and that was why she

la muerte de su madre. Comprendió cuán importante era su hermana para ella; más importante que su madre, sin duda. Era su único asidero en el mundo y fue entonces que comenzó a ahorrar para ir a visitarla. Se preguntó si también para su hermana ella era importante, pero ¿cómo saberlo? Irma era tan impenetrable, siempre lo había sido, como si desde niña hubiera presentido su futuro de mujer sola, destinada a cuidar de su madre paralítica, y se hubiera preparado con estoicismo para esa tarea. Ella se había acostumbrado a considerarla la más fuerte de la casa, y por eso, cuando pocos minutos después de haberse marchado el señor Amílcar creyó percibir en las letras de los crucigramas resueltos por ella un trazo tembloroso, la invadió la angustia. Comprendió, aunque siempre lo había sabido, que todas las puertas por las que había tenido que pasar a lo largo de su vida desde que era niña, habían sido abiertas por su hermana; que había recorrido un trecho que su hermana había vuelto transitable, y que su decisión de cruzar el Atlántico tras un hombre del que sabía muy poco había respondido en parte a su necesidad de abrir, por una vez, una puerta ella misma. En cierto modo había huido de Irma, del fuerte surco trazado por Irma, para encontrar sus propias pisadas en una arena no hollada por su hermana, y se preguntó si Irma no lo había comprendido desde el primer momento.

Toda la semana estuvo tentada a levantar el auricular del teléfono y marcar su número, pero en el último momento desistía. Tenía miedo de que ahora que el trazo de su hermana era más endeble, Irma, al no hallarse ya tan dueña de sí misma, pudiera sacar a relucir sus viejos resentimientos. En realidad, la idea de una Irma debilitada le producía horror. Su hermana, al fin y al cabo, había sido su verdadera madre, más próxima y concreta que la madre de ambas. Entre ella y su madre siempre se había interpuesto la primogénita, como un enlace que era también un tabique de separación, y durante varios días posteriores a la

suddenly felt distressed when, a few minutes after Mr. Amílcar's departure, she thought she detected a shaky hand in the letters of the solved crosswords. Then she understood, although she'd always known it to be so, that every door she passed through in her life from childhood on had been opened by her sister; that she had traveled a path her sister had smoothed for her, and that her decision to cross the Atlantic on the heels of a man she barely knew had in part responded to her need to open a door for herself, for once. To an extent she had fled from Irma, from the deep furrow Irma had drawn so she could find her own footprints on sand her sister had never trod, and she wondered whether Irma hadn't understood that from the beginning.

The whole week she'd been tempted to lift the receiver and dial Irma's number, but always desisted at the last moment. She was afraid that now that her sister's hand was feebler, Irma would no longer have such self-control and might parade all her old resentments. In truth, the idea of a sickly Irma horrified her. After all, her sister had been her real mother, closer and more tangible than their mother. The first-born had placed herself between her and her mother, a bond that was more like a partition, and for several days after Mr. Amílcar's visit she wondered if a jealous Irma had herself prompted that state of affairs or if her mother, who'd not expected to have a second daughter so long after the first, had delegated her maternal duties to Irma.

The parcel of magazines stayed where she put it when she'd taken it from Mr. Amílcar more than a fortnight ago. She even thought she might never again solve a single crossword puzzle. Then, one afternoon, she perked up and set about erasing her sister's letters, those unmistakable letters that flooded her with childhood memories.

Six months later, when Mr. Amílcar handed her a new parcel of magazines, she decided not to open it in front of him. She anticipated

visita del señor Amílcar se preguntó si la propia Irma había provocado ese estado de cosas, celosa de ella, o si su madre, que no esperaba tener a una segunda hija a tal distancia de la primera, había delegado en Irma sus deberes maternos.

El paquete de revistas quedó durante más de dos semanas en el mismo lugar en que ella lo había dejado luego de recibirlo del señor Amílcar. Llegó incluso a pensar que no volvería a resolver un solo crucigrama. Luego, una tarde, se animó a tomar la goma y se dio a la tarea de borrar las letras de su hermana, esas letras inconfundibles que siempre significaban para ella una inmersión en su infancia.

Seis meses después, cuando el señor Amílcar le entregó el nuevo paquete de revistas, ella no quiso abrirlo delante de él. Presintió algo desagradable, y durante los veinte minutos que duró la visita del amigo de su hermana estuvo distraída, escuchándolo apenas, mientras el otro, para variar, se quejaba de sus dolencias circulatorias. El hombre le aseguró que había encontrado a su hermana tan bien como siempre, quizá un poco más delgada, es cierto, pero qué le vamos a hacer, la edad es la edad, dijo, y ella comprendió que de ese ser satisfecho y metódico no podría sacar nada en claro. Le ofreció un café como siempre y esperó que se marchara pronto. Abrió el paquete de revistas hasta el otro día y, desde que reconoció en el primer ejemplar las letras de Irma, sus miedos se confirmaron. El crucigrama que aparecía en la portada estaba incompleto. Hojeó toda la revista, y al ver que la mayoría de los crucigramas estaba en el mismo estado, sintió una opresión en las vísceras. Deseaba sentarse, pero no quiso hacerlo para no dar visos de dramatismo a lo que sentía. No recordaba una sola vez en que Irma no hubiera completado un crucigrama. Su hermana era capaz de no dormir cuando un crucigrama se le resistía particularmente. Esta vez no había olvidado pedirle al señor Amílcar el teléfono de su hotel, pero ¿en qué podría ayudarle aquel hombre? ¿Acaso

something unpleasant. During the twenty minutes of her sister's friend's visit she was quite distracted, hardly heard him, as he went on, as usual, about the pain from his poor circulation. The man assured her he had found her sister as well as ever, perhaps slightly thinner, to be sure, but what is one to do about that, the years pass, he said, and she understood she'd never get a straight word from this methodical, self-satisfied soul. She offered him a cup of coffee and couldn't wait to see him leave. She opened the parcel the following day and, as soon as she saw Irma's handwriting on the first magazine, her fears were confirmed. The crossword on the front cover hadn't been finished. She leafed through the whole magazine, and when she saw that most of the puzzles were in the same state, she felt a heavy weight in the pit of her stomach. She wanted to sit down, but decided she wouldn't to avoid over-dramatizing her feelings. She couldn't recall a single time Irma hadn't finished a crossword. Her sister was capable of staying up all night when a crossword put up a tough fight. This time she didn't forget to ask Mr. Amílcar for his telephone number, but how could that man help her? Perhaps she could ask him to go and see her sister when he returned and write and tell her how he'd found her. You know her and how proud she is, she'd never tell me if she was seriously ill. She rehearsed that sentence with a set of variations, but finally decided against communicating with the deputy-manager of the aluminum beam company, as she reckoned he only knew Irma superficially and probably didn't even go to her house to pick up the parcel of magazines he brought her, that it was his wife who saw to that, and everything he told her about Irma was just a repeat of what his wife told him.

There were so many puzzles to be solved that, rather than erasing Irma's letters, she decided to complete the puzzles for her and, for the first time, as she managed to do this, she felt stronger than her sister;

iba a pedirle que a su regreso volviera a visitar a su hermana y le escribiera para informarle expresamente cómo la había encontrado? Usted la conoce y sabe lo orgullosa que es, a mí nunca me diría que está enferma de gravedad. Ensayó esa frase con distintas variantes, pero al cabo renunció a la idea de comunicarse con el subgerente de perfiles de aluminio, pues supuso que él conocía a Irma superficialmente y a lo mejor ni siquiera iba a su casa a recoger el paquete de las revistas que le traía, sino que era su esposa quien se encargaba de eso, y todo lo que él le contaba acerca de Irma provenía de lo que le refería su mujer.

Eran tantos los crucigramas dejados sin resolver que, en lugar de borrar las letras de Irma, decidió completarlos y, por primera vez, conforme lo iba logrando, se sintió más fuerte que ella; incluso presintió que siempre lo había sido y que, por una mezcla de egoísmo y de comodidad, había optado por no darse cuenta. Pero ahora que no contaba con «ayuda» alguna; ahora que no podría salir de ningún aprieto poniendo la página a contraluz para hallar las letras de Irma bajo la borradura, comprendió la ardua tarea que la esperaba, pues su habilidad no se comparaba con la de su hermana y de hecho nunca había intentado resolver cierto tipo de crucigramas particularmente difíciles. Además, apenas contaba con un viejo y destartalado diccionario de su lengua materna y, con todo, fueron esas condiciones de una dificultad que se le antojó insuperable las que la persuadieron de que no podía retroceder, porque sentía oscuramente que del éxito de aquella empresa dependía la salud de Irma, la vida misma de su hermana, y que tenía por vez primera la posibilidad de devolverle a Irma todo lo que le debía. Concibió la idea de mandarle de vuelta esas mismas revistas si lograba completarlas en su totalidad y trató de imaginar la cara que pondría Irma cuando el señor Amílcar, de regreso de su recorrido latinoamericano, le llevara el paquete con todos los crucigramas resueltos. ¿Se sonreiría, intuyendo el alcance simbólico

she even sensed it had always been the case and that, out of a mixture of selfishness and convenience, she'd opted to turn a blind eye. But now she had no "help," now she couldn't get out of a jam by holding a page to the light to find Irma's letters under the eraser marks, she understood the arduous task that lay ahead, because she didn't share her sister's skills and had in fact never tried to solve certain particularly difficult crosswords. Besides, all she had to rely on was an old, battered dictionary in her mother tongue. Yet the very situation that was so difficult, that made her feel she'd never get through it, was what convinced her not to give up, because she had this vague feeling that Irma's health, her very life, depended on the success of the enterprise, and that for the first time ever she had an opportunity to repay Irma everything she owed her. She thought of the idea of sending those same magazines back to her if she succeeded in completing every single one and tried to imagine the look on Irma's face when Mr. Amílcar, back from his Latin American trip, took her the parcel with all the puzzles solved. Would she smile, intuit the symbolic intent of her gesture, or would she remain indifferent, or even feel offended, interpreting the effort that had gone into completing what she had left incomplete as fatuous showing off on the part of her younger sister? It was difficult to tell, for one could never predict Irma's reactions. She didn't let this put her off and without more ado tackled that therapeutic endeavor which was how she read the impulse to finish the crosswords Irma had inexplicably left half done.

In her search for the right words, she had to consult not only that old dictionary, but also various people who spoke her mother tongue, people she'd always refused to have close contact with in those long years she'd remained in that country, despite the repeated invitations they'd given her to join the colony of compatriots residing in the city. In exchange for the help she needed, she was forced to promise to go to that meeting or

de aquel gesto, o permanecería indiferente, o incluso se sentiría ofendida, interpretando aquella labor de completar lo que ella había dejado incompleto como un alarde fatuo de parte de su hermana menor? Era difícil saberlo, pues las reacciones de Irma eran imprevisibles. No dejó que esto la desanimara y se enfrentó sin más a aquella labor de curación, que era así como veía su empeño en completar los crucigramas que Irma había dejado inexplicablemente a medio hacer.

Además del viejo diccionario, tuvo que recurrir, en su búsqueda de las palabras correctas, a varias personas de su propia lengua materna con quienes nunca había querido intimar durante los largos años de su estancia en aquel país, pese a los reiterados ofrecimientos que se le habían hecho de integrarse a la colonia de sus compatriotas afincada en la ciudad. A cambio de la ayuda que solicitaba se vio obligada a prometer que acudiría a tal reunión o a tal fiesta, y acudió no a una, sino a muchas, porque descubrió que en esos lugares llenos de gente que hablaba el mismo idioma de sus crucigramas, tenía más posibilidad de encontrar las palabras que le hacían falta. En medio de una conversación se las ingeniaba, a través de unos rodeos no muy sutiles, para plantear tal o cual acertijo geográfico, histórico o científico, cuya solución le era vital para destrabar un crucigrama, sin imaginar que su afición era compartida por muchos de los miembros de aquella comunidad, en especial la gente mayor. Cuando se enteró de ello, sintió por primera vez un tímido anclaje a la gente de su sangre. Tal parecía que, sobre todo entre las personas que, igual que ella, habían llegado a ese país veinte o treinta años atrás, la solución de crucigramas en el propio idioma era a veces el único vínculo que les quedaba con su país de origen. También ellos, que se habían adaptado perfectamente a la lengua y a la comida, a las costumbres y a la mentalidad nativas, preferían los crucigramas en su viejo idioma, a pesar de que a menudo ya lo hablaban con trabajo. Por si fuera

this party, and went not to one, but to many, because she discovered she was more likely to find the words she lacked in those places full of people who spoke the same language as her puzzles. In mid-conversation, she would find a way to not so subtly slip in a question about this or that geographical, historical, or scientific conundrum, the solution to which was vital to unravel a crossword, never imagining that her hobby was shared by many members of that community, especially by the older folk. When she did discover that, she felt a vague link to people of her blood for the first time ever. It even seemed that, particularly among the people who, like her, had come to that country twenty or thirty years earlier, solving crossword puzzles in their own language was sometimes the only link they had with their country of origin. They too had adapted perfectly to the local language and food, customs, and mentality, but preferred crosswords in their old language, even though they often spoke it with increasing difficulty. She was surprised to discover that there existed a kind of telephone fraternity of practitioners of that hobby, with its experts in history, sports, politics, and show business. She was invited to join that mutual help network, and now, while solving the crosswords that Irma had left incomplete, the knowledge that others close to her faced the same challenge, perhaps even the same crossword she was solving, gave her a novel feeling, one she'd never experienced, even as a youngster, in her own country, which was to feel herself part of something larger than herself. Confronted by the titanic labors required to finish all those truncated crosswords in a few months, she was amazed Irma was able to resolve the entire contents of a magazine in less than a week, and when someone told her such telephone fraternities were fairly common among crossword devotees, she told herself that Irma must belong to one and that her pride as an elder sister had stopped her from confessing as much to her when they lived together for two months. And

poco, descubrió que existía entre los practicantes de ese pasatiempo una suerte de cofradía telefónica, con sus expertos en historia, en deportes, en política y en personajes de la farándula. Fue invitada a incorporarse a aquella red de ayuda mutua, y ahora, mientras resolvía los crucigramas que Irma había dejado inconclusos, el saber que otros cercanos a ella encaraban el mismo reto, quizá incluso el mismo crucigrama que ella estaba resolviendo, le produjo un sentimiento novedoso, que ni de joven, en su patria, había tenido, y que era el de sentirse parte de algo más grande. Le asombró, ante la labor titánica que le representó completar al cabo de unos meses todos los crucigramas truncos, que Irma pudiera resolver en su totalidad el contenido de una revista en el plazo de apenas una semana, y cuando alguien le dijo que aquellas cofradías telefónicas eran bastante comunes entre los aficionados a los crucigramas, se dijo que Irma debía de pertenecer a alguna y que su vanidad de hermana mayor le había impedido confesárselo durante los dos meses de su última convivencia. E imaginar a su hermana hablando por teléfono para pedir ayuda dulcificó el recuerdo de su figura, y la rígida mujer que la había criado a ella como una madre y que a su vez se había sacrificado por no dejar a su madre sola, se le apareció de pronto como un ser no exento de lazos afectivos con el mundo, conocedor de sus alegrías, de sus pasiones e, incluso, quizá, de sus placeres carnales.

Cuando el señor Amílcar le trajo seis meses después el nuevo paquete, lo notó encogido. Por primera vez no habló de sus trastornos circulatorios, sino que le preguntó si había pensado volver alguna vez a su país. Presintió algo grave y su pulso se aceleró. Dijo que no había pensado en la posibilidad de regresar a vivir a su país, y el señor Amílcar le dijo que, si tomaba una decisión en ese sentido, podía contar con él y con su mujer por cualquier cosa. Gracias, pero tengo a Irma, dijo ella mirando a los ojos al subgerente de la compañía de perfiles de aluminio,

the thought of her sister talking on the phone to ask for help sweetened her memory of her sister's character, and the stiff woman who'd brought her up like a mother and in turn had sacrificed herself and not left her mother alone, suddenly seemed a being who was not bereft of affectionate bonds with the world, but one who knew its joys and passions and perhaps even its pleasures of the flesh.

When Mr. Amílcar brought her the new parcel six months later, she noted he was rather withdrawn. For the first time he didn't talk about his circulatory problems but asked her if she'd ever thought about returning to her country. She sensed something was wrong and her pulse raced. She said she hadn't considered the possibility of going back to live in her country, and Mr. Amílcar said, if she ever did decide to, she could count on him and his wife for anything. Thanks, but I've got Irma, she said looking the aluminum beam company's deputy-manager in the eye, and he looked down with an anguished smile. She had been standing up and felt herself collapsing and had to lean on the chair's arm to stop herself from falling. Mr. Amílcar jumped to his feet and supported her on one arm. You are her sister, perhaps you can understand why she forbade my wife and me from telling you at a proper time, he mumbled in her ear, his voice shaking, as if shedding a ton weight. When did it happen? She choked, and he told her two months ago. He assured her Irma hadn't suffered and added that his wife hadn't left Irma's bedside in two weeks. As she burst into tears, he hugged her and she was surprised by the strength coming from that short, squat man's fatherly embrace. Then he told her that Irma had asked his wife to make sure to deliver the next issues of the magazine, because she didn't want her younger sister to miss out on that last dispatch in any way, and when she heard that, the sorrow went to the root of her being, and she had to sit down in the armchair. Mr. Amílcar unexpectedly joined in her lament, keeping a hand on her

y el otro, después de una sonrisa angustiosa, bajó los ojos. Ella, que estaba de pie, sintió un desplome y tuvo que apoyarse en el brazo del sillón para no caerse. El señor Amílcar, que se había levantado con presteza, la sostuvo de un brazo. Usted, que es su hermana, tal vez entienda por qué nos prohibió a mi mujer y a mí que le avisáramos a su debido tiempo, le murmuró casi al oído, la voz temblorosa, como si se quitara una tonelada de encima. ¿Cuándo pasó? , preguntó ella con la garganta obstruida, y el otro le dijo que dos meses atrás. Le aseguró que Irma no había sufrido y agregó que su esposa no se había despegado de su cama durante las últimas dos semanas. Mientras rompía a llorar, el otro la abrazó, y a ella le sorprendió la fortaleza que desprendía aquel hombre menudo y chaparro que la rodeaba paternalmente. Luego él le dijo que Irma le había pedido a su esposa que se hiciera cargo de los ejemplares pendientes de la revista, pues no quería que por nada del mundo le faltara a su hermana menor ese último envío, y ella, al oír eso, halló la raíz más profunda de su llanto y tuvo que sentarse en el sillón. Inesperadamente, el señor Amílcar unió su llanto al suyo, manteniendo una mano sobre su hombro. Cuando el subgerente se marchó, no antes de narrarle con algún detalle las características y evolución de la enfermedad que había acabado con su hermana, ella abrió el paquete como hipnotizada. Esperaba como siempre, pero ahora más que nunca, encontrar una carta de Irma, alguna fotografía o un recado mínimo, pero el envoltorio sólo contenía el número acostumbrado de revistas. Todas estaban en blanco, señal de que las fuerzas habían abandonado a su hermana desde tiempo atrás, impidiéndole dedicarse, aunque fuera a ratos, a su pasatiempo favorito, y ella miró aquellos crucigramas vacíos, inmaculados, libres de cualquier trazo de Irma, consciente de que por primera vez tendría que resolverlos ella sola desde la primera hasta la última letra.

CROSSWORDS

shoulder. When the deputy-manager left, not before informing her in some detail about the nature and evolution of the illness that had been her sister's end, she opened the parcel as if in a hypnotic state. She was hoping, as usual, but now more than ever, to find a letter from Irma, a photograph or minimal message, but the wrappings only contained the customary quota of magazines. They were all blank, a sign that her sister had lost all strength some time ago, and that had prevented her from devoting even a brief moment to her favorite hobby, and she stared at those empty, spotless crosswords, free of any trace of Irma, and realized that for the first time she'd have to solve them on her own, from the first letter to the last.

TRANSLATED BY PETER BUSH

LA MUDA BOCA

Creía que la Sorbona no era para mí ("Te menosprecias", me atacó Lucila, que en ese entonces era mi novia: colombiana, veterinaria). Tanto me insistieron mis padres ("Ni siquiera hablo francés", les dije) y tanto se empeñó mi tío Simón al proponerse como tutor ("Podrías gastar tu dinero en otras cosas", le aseguré), que no tuve de otra: viajé a París, me inscribí en la carrera de Letras Clásicas y me puse a cursar las materias indicadas por los planes de estudio.

En realidad yo quería ser político: ganar posiciones poco a poco, como debe ser, llegar a un cargo directivo de prestigio, al menos. Ser ministro, incluso.

No sabía qué tenía que ver la literatura clásica en esas mis aspiraciones ("Al andar se hace camino", me indicó mi madre). No sabía tampoco por qué esos estudios en París, y no en Paraguay, por ejemplo, tendrían más sentido para mi futuro como político ("La Sorbona es la Sorbona", me explicó mi padre, abogado de profesión, historiador por gusto, educado en Oxford).

El primer invierno fue muy difícil ("Abrígate lo más que puedas", me aconsejaba mi nueva novia francesa: comunicóloga, en realidad italiana). Y por más que me arropaba no lograba concentrarme en las clases: tenía frío a toda hora y extrañaba mi tierra o quizás mi clima. Un

THE MUTED MOUTH

I felt the Sorbonne wasn't for me ("You're selling yourself short," objected Lucila—Colombian, a veterinarian—who was my girlfriend back then). But both my parents insisted ("I don't even speak French," I replied), and so did my uncle Simon, who appointed himself my mentor ("Spend your money on other things," I suggested), but there was no getting around it: I went to Paris, enrolled in the Classical Studies program, and started in on the subjects of that curriculum.

I really wanted to be a politician: to move up the ranks gradually, as one must, and reach some position of responsibility and prestige, at least. Maybe even become a diplomat.

I couldn't see what Classical Studies had to do with those aspirations ("The way is made by going," said my mother). Nor did I know why studying in Paris rather than Paraguay, say, would win me more respect in my future as a politician ("The Sorbonne is the Sorbonne," explained my father—a professional lawyer, an amateur historian—who had an Oxford education).

The first winter was very difficult ("You've got to take better care of yourself," my new French girlfriend—a communications major, and in fact Italian—advised). But even though I bundled myself up I still couldn't concentrate in class: I was always cold and I longed for my

maestro se empeñaba en hablar en latín durante los cincuenta minutos que duraba su cátedra.

Por su parte, el francés tampoco lo entendía aún del todo ("Ve la televisión todos los días", me aleccionó un compañero de nombre León, ruso, "así aprendí yo. Aunque mi pronunciación no es muy buena, me hago entender, y además ya soy un conocedor de cine").

Pasaron los meses, aprendí francés y griego, y el latín dejó de dificultárseme. Le encontré gusto a Ovidio, a Séneca y a La Rochefoucauld. Hasta que decidí abandonar la carrera ("Debes pensarlo dos veces antes de determinar tu rumbo futuro", me escribió mi madre. "No ha sido una decisión tomada a la ligera", le respondí tres días después. "Tu tío sentirá tristeza", me dijo mi padre por teléfono. "No es algo personal", le contesté).

Mi tío Simón siguió enviándome dinero para subsistir ("De cualquier manera te hará bien París", me escribió en una carta).

Tenía alquilado un pequeño departamento y todos los días caminaba sin rumbo fijo para que me hiciera bien París y se justificara así el gasto de mi tío. Fui a todos los museos para enterarme de qué trataban. Leí, extra-cátedra, muchos libros sobre la historia de Francia (la Revolución, la Bastilla, el 68). Aprecié a Monet, a Manet y a Rembrandt (que no era francés).

Un día entré en relación con Carol: gringa, traductora, rubia, alta, perfumada. Cenamos couscous (con pollo ella, con carnero yo) en cantidades exageradas ("Así es el couscous", me explicó) y nos fuimos a su piso. Tenía baño. Era un poco más pequeño que el mío ("Si necesitas algo más holgado", me escribió un día mi tío Simón, "debes decírmelo. Quiero lo mejor para ti"). Ella también adoraba al Hesíodo de *Los trabajos y los días*. Le canté canciones mexicanas y tomamos vino blanco, que le gustaba especialmente ("A mí, un tinto", decía mi padre cuando podía elegir).

homeland, or maybe just its climate. And there was one teacher who insisted on making Latin the only language spoken during the fifty minutes of his class.

For that matter, I didn't get a lot of the French either. ("Watch television every day," a friend named Leon—a Russian—advised. "That's how I learned French. Even though my pronunciation is not very good, I can make myself understood—and what's more, I've become a cinema buff.")

Months passed. I learned French and Greek, and Latin stopped confounding me so much. I got a lot of pleasure out of Ovid, Seneca, and La Rochefoucauld. Then I decided to drop out. ("Think twice before deciding your future," my mother wrote. "This wasn't a decision made lightly," I replied three days later. "Your uncle will be disappointed," my father told me over the phone. "It's nothing personal," I replied.)

My uncle Simon continued to send me money to live on ("At least you will get to know Paris," he wrote).

I rented a small apartment, and every day I wandered around aimlessly in order to get to know Paris and justify my uncle's outlay. I visited all the museums to immerse myself in their subjects. Beyond the required texts I read many books on the history of France (the revolution, the Bastille, 1968). I developed an appreciation for Monet, Manet, and Rembrandt (who wasn't French).

At some point I fell into a relationship with Carol—Anglo, tall, blonde, perfumed, a translator. We ate couscous (she had chicken, I had lamb) in enormous portions ("That's couscous for you," she said), and then we went to her flat. She had a bathroom. It was a bit smaller than mine. ("If you need something more comfortable," my uncle Simon had written, "just let me know. I want the best for you.") Like me, Carol loved Hesiod's *Works and Days*. I sang Mexican songs and we drank

LA MUDA BOCA

Viajé con Carol a Oslo, La Haya, Bruselas y Copenhague. En Amsterdam alquilamos bicicletas. En Colonia nos perdimos. Y comencé a fumar marihuana ("En Europa, cuídate de las drogas", me había dicho mi abuela al partir). El viaje fue muy instructivo: aprendí mucho acerca de las diferentes monedas, de las lenguas, de las comidas y de la caridad ("En la calle te van a pedir. No des dinero a lo loco", me sugirió mi tío-tutor). Probé el salmón, dormí con Carol y una amiga suya de nombre Linda, di una conferencia sobre Esopo y la cultura maya en Brujas, y canté canciones cubanas y puertorriqueñas. La gente me dio dinero. Me aficioné a la cerveza oscura y al arenque.

Al regresar a París me encontré con la noticia: había muerto mamá y mi sobrino Luciano. Ambos se estrellaron en un vuelo hacia Bangladesh ("Espero que no te sientas triste por lo que voy a contarte", empezó así la carta de mi padre). Pero sí me llené de tristeza. A mi madre la tenía en alto: su amor, sus recomendaciones, su cocina, el piano, la homeopatía, el jerez. Luciano jugaba tenis y quería ser actor. La muerte de ambos me hizo llorar un día completo.

Una semana después me enteré de que Carol se había enamorado de un joven francés. Yo no la amaba ni la quería ni la toleraba mucho. Era una mujer demasiado aséptica y demasiado típica. Según mi manera de ver.

No fue difícil aceptar la ruptura. Tampoco sencillo, pues estaba acostumbrado a sus maneras: nos bañábamos juntos: hablábamos sobre Hesíodo y Sexto Propercio: a veces nos encariñábamos ("Encaríñate sólo cuando estés seguro de que debes hacerlo", me decía mi finada madre). El francés se llamaba Zazie. Lo conoció en el metro. Creo que en la estación Denfert Rochereau. Le gustaba leer a Balzac y todo eso. Prefería beber tequila japonés.

Al día siguiente se apareció la rata. Era una rata común. No se sentía

white wine, which she especially liked ("Give me red," my father would say if he had a choice).

I traveled with Carol to Oslo, The Hague, Brussels, and Copenhagen. In Amsterdam we rented bicycles. We got lost in Cologne. And I started smoking marijuana ("In Europe, watch out for drugs," my grandmother had warned me when I left). The trip was quite instructive: I learned a lot about the different currencies, languages, foods, and charity ("They will hit you up on the street—don't waste your money," advised my uncle-guardian). I sampled salmon, slept with Carol and with a friend of hers named Linda, gave a lecture on Aesop and Maya culture in Bruges, and sang Cuban and Puerto Rican songs. People gave me money. I developed a taste for dark beer and herring.

When I got back to Paris, I heard the news: my mother and my nephew Luciano had died. They had crashed on a flight to Bangladesh ("I hope you will not feel sad because of what I am going to tell you," began the letter from my father). But I was full of sadness. I had a high regard for my mother: her love, her council, her cooking, her piano playing, her homeopathy, her sherry. Luciano had played tennis and hoped to be an actor. The pair of deaths caused me to mourn for a full day.

The next week I learned that Carol had fallen in love with a young Frenchman. But I didn't really love or desire or even enjoy her company that much. She was too dry, too common. At least, that's how I saw her.

So the break-up wasn't too difficult to accept. But it wasn't that simple either, because I had gotten used to our life together: we had bathed together, talked about Hesiod and Sextus Propertius, and sometimes cuddled ("Don't cuddle with anyone until you're sure that's what you should do," my departed mother had said). The Frenchman was named Zazie. She met him on the metro. I think at the Denfert Rochereau

incómoda al verme sorprendido con su presencia: creo que yo tenía más miedo de ella que ella de mí. Se decidió por habitar abajo del único sillón del departamento.

Volví a inscribirme en la Sorbona ("Me llena de alegría tu decisión", me escribió mi tío. "Estaba seguro de que volverías a tus estudios"). Mis nuevos compañeros discutían mucho acerca de los emperadores romanos, leían todos los libros de la bibliografía básica y traducían obras de Plauto, Tácito y Apuleyo. Jan (minusválido, polaco) se decidió por Quinto Horacio Flaco. Me dijo "Ego mira poemata pango". Sin embargo nadie consideraba que sus escritos fueran poemas, y mucho menos admirables.

Luego, mi maestra de Introducción a Virgilio me besó en la boca. Era un miércoles. Yo estaba en la barra de un café de la calle Vaugirard. Tomaba una cerveza o un café. Ella llegó y me preguntó algo acerca del funcionamiento de los pararrayos: le dije lo poco que sabía: entonces puso sus labios sobre los míos ("A las mujeres", me dijo un día mi padre, "les encanta besarlo a uno"). Fue fabuloso. Pierre, Jan e Isaak habían confesado que querían besarla. Iris, una compañera inglesa, me dijo que también deseaba sus labios. Y sí, eran unos labios especiales. Como muy carnosos o lascivos.

Convivimos durante algunas semanas, en mi departamento y en el suyo. Lo que más hacíamos era besarnos en la boca. Hasta que ya no se pudo más con la ascesis y me dijo: "volvamos a *La Eneida*, dejemos estas prácticas y ya . . . , esto no nos conduce a nada . . . , para qué continuar algo que habrá de frenarse . . . , sé que no debo precipitarme . . ." Luego preguntó: "¿qué tiene que ver el que yo sea francesa?"

Dos meses después me llamó por teléfono mi tío Simón ("No todo es miel sobre hojuelas . . .", me dijo). Le pedí que no me repitiera frases hechas, que si para algo me estaba educando era para no caer en la

station. He liked to read Balzac and all that. And he preferred Japanese tequila.

The following day, I saw a rat. It was a common rat. It didn't seem at all bothered by my startled reaction at encountering it—I think I was more afraid of it than it was of me. It decided to live under the only armchair in my apartment.

I re-enrolled at the Sorbonne ("Your decision fills me with joy," my uncle wrote. "I was sure you would go back to your studies"). My new colleagues discussed Roman emperors a lot, read all the books on the required reading list, and translated works of Plautus, Tacitus, and Apuleius. Jan—handicapped, Polish—settled on Quintus Horatius Flaccus. "*Ego mira poemata pango,*" he said. But no one thought his writings were poems, or anything of merit.

Then my teacher from "Introduction to Virgil" kissed me on the mouth. It was a Wednesday. I was at a coffee bar in Vaugirard Street. I was drinking a beer or a coffee. She came over and asked me something about how lightning rods worked—I told her what little I knew—and she pressed her lips to mine ("Women," my father had told me once, "love to kiss a person"). It was great. Pierre, Jan, and Isaak all confessed they wanted to kiss her. Iris, an Englishwoman in my class, told me she desired those lips of hers as well. And yes, her lips were special. They were fleshy, erotic.

We lived together for a few weeks, in my apartment and hers. What we mostly did was kiss each other on the mouth. Finally she couldn't take any more asceticism and said to me, "Let's go back to the *Aeneid*, give up these games, and . . . this isn't getting us anywhere . . . why go on with something that has to be held in check . . . I know I shouldn't rush . . ." And she added, "So what if I'm French?"

Two months later, my uncle Simon called ("Not everything is a bowl

vulgaridad ("¿Te parezco vulgar?", se incomodó conmigo. "Sí, tío, tú no fuiste educado en la Sorbona." "En fin", continuó, "las cosas han cambiado, querido sobrino . . ."). Le pedí que no me dijera *querido*, que no eran necesarias las formalidades. ("Ha habido carestía en la casa y, en resumidas cuentas, ya no podré enviarte el dinero que . . .") Dejé de escucharlo y colgué el teléfono porque volvió a soltarme un lugar común: "las vacas están flacas".

¡Las vacas están flacas!

Ya para entonces hablaba un francés bastante aceptable, sabía cómo comer por unos cuantos francos y tenía a mi maestra de Introducción a Virgilio cortante pero convencible y atenta. Le dije que me iría a vivir con ella. Aceptó ("Te lleva más de diez años", me escribió mi padre. "¿Te importa en realidad su edad?", le respondí. Y luego lo ataqué de frente: "¿Eres acaso tú el de la relación? ¿Alguna vez te reclamé que mi madre no fuera de tu misma raza?").

Titania, la rata, había tenido ya a sus hijitos. Eran unas larvas rosadas que se pegaban a sus tetas y lanzaban unos chillidos apenas perceptibles. Con una esponja le di agua a la madre, y luego leche, para que su lactancia fuera más feliz. Creo que lo agradeció, sin más.

En cambio, la maestra de Introducción a Virgilio no me aceptó con la rata y sus críos ("¿Estás loco?", me provocó. "¿Crees que tu linda cara te da derecho a traerme ese animal? Esto es Francia. Esto no es como alguno de esos países").

Me di cuenta en ese momento de dos cosas que en realidad ya sabía: que ciertamente yo era un oriundo de uno de "esos países" y que tenía una "linda cara". Esto segundo lo había intuido algunas veces con Marie, Marguerite, Ofelia y Enadina ("Te vas a llevar muy bien con Ofelia", me dijo Lucila, mi ex novia: colombiana, veterinaria). Las cuatro habían exaltado mi cara, las cuatro quisieron tener relaciones conmigo y

of cherries," he said). I said he shouldn't repeat clichés, that if I was getting an education it was so I wouldn't be mired in vulgarity ("You think
I'm vulgar?" He was annoyed with me. "Yes, uncle, you weren't educated
at the Sorbonne." "Well," he went on, "things have changed, my dear
nephew . . ."). I asked him not to call me his dear nephew, that between
us there could be no formalities. ("There have been shortages at home,
and in short, I can no longer send money to . . .") I stopped listening and
I hung up the phone because he had coughed up another old saw: "The
cupboards are bare."

The cupboards are bare!

By then I spoke perfectly acceptable French, and I knew how to eat for
just a few francs, so I went back to my "Introduction to Virgil" teacher,
who was a little short with me but listened closely and finally came
around. I offered to live with her, and she agreed ("She has more than
ten years on you," my father wrote. "What does her age matter to
you?" I answered. And then I attacked him head on: "Aren't you the
one with a questionable relationship? Are you and mom even from the
same race?").

Titania, the rat, had a litter. Little pink larvae that clamped onto her
teats and emitted a few barely perceptible squeals. With a sponge I gave
the mother some water, and then some milk, so that the breastfeeding
went better. I think she appreciated it, that's all.

But the "Introduction to Virgil" teacher turned me away with my
rat and its babies ("Are you crazy?" she demanded. "Do you think your
beautiful face gives you the right to impose that creature on me? This is
France. This is not like one of those countries").

I realized then two things that I actually already knew: that I was
indeed a native of one of "those countries" and that I had a "beautiful
face." The second point I had intuited at times with Marie, Marguerite,

amarme por mi cara. Carol y la maestra de Introducción a Virgilio se interpusieron en esos entonces. Las seis sabían que yo era de alguno de "esos países" y que tenía buen rostro.

Acudí a Enadina (catalana, trilingüe, Naf-Naf): era una estudiante bastante más independiente que la mayoría. Le faltaban cinco o seis kilos, quizás ocho, usaba gafas ornamentales ("Cuídate de las ciegas", me dijo una vez mi fallecida madre) y hablaba de los escritores de moda. Le gustaba ir al tabac de la plaza de la Sorbona a discutir conmigo sobre literatura contemporánea y luego, al ver que no tenía interés en sus rollos, me decía que yo tenía una linda cara. Lo de la rata no le importó.

Me mudé a su piso un domingo: mi linda cara hizo lo principal. Luego barrí, cociné y me enfrenté al vecino que ponía su despertador a las cinco de la mañana. Ella se la vivía en la biblioteca y en las aulas, mientras yo me dedicaba a traducir un texto fácil de Cicerón ("Las *Disputas Tusculanas* son mis preferidas", me dijo un día la Güera: esposa de mi tío Simón, guanajuatense).

Las ratitas empezaban a independizarse de las tetas de Titania y necesitaban comida. Les di queso y leche. Luego les empecé a cocinar pasta con jamón. Enadina no las atendía: tampoco se fijaba en ellas. Sólo le gustaba estar conmigo, discutir y comer pasta o moules, o las dos cosas, o simplemente queso o pescado, o a veces comida tailandesa, vietnamita o peruana, según su capricho, o papas fritas y carne. Con dos tequilas enloquecía; con una botella de rojo se ponía a hablar de Diderot, y con un calvadós meditaba: Enadina era una mujer altamente propia ("Si de verdad te gusta", me dijo mi padre al teléfono, "no la sueltes. ¡Si mi nieto ha de ser francés, que lo sea!").

Conseguí un trabajo gracias a una recomendación de William Murdoch (irlandés, barman, estudiante de Fenomenología). Todos los días tenía que ir a Montreuil para cocinar platillos diversos en una brasserie

THE MUTED MOUTH

Ofelia, and Enadina ("You will get along very well with Ofelia," Lucila, my ex-girlfriend—Colombian, a veterinarian—had said). All four had praised my face, all four wanted to have intercourse with me and make love to me because of my face. That's when Carol and the "Introduction to Virgil" teacher had come into the picture. All six agreed that I was from one of "those countries" and that I had good face.

I went to Enadina—Catalan, trilingual, slave to fashion—who was much more independent-minded than most of the students. She was ten or twelve, maybe fifteen, pounds underweight, and she wore ornamental glasses ("Beware of the blind," my late mother had warned me once). She talked about fashionable writers. She wanted to hang out at the smoke shop on the Place de la Sorbonne and discuss contemporary literature with me, but then, seeing that I had no interest in her ramblings, she said that I had a pretty face. The rat didn't matter.

I moved to her flat on a Sunday: my beautiful face got me in. Then I swept up, cooked, and confronted a neighbor who set his alarm clock for five in the morning. Enadina lived in the library and in classrooms, while I occupied myself translating an easy text of Cicero ("The *Tusculanarum Disputationum Libri* are my favorites," Güera—my uncle Simon's wife, from Guanajuato—told me one day).

The little rats were beginning to wean themselves from Titania's teats, and they needed food. I gave them cheese and milk. Then I began to cook them pasta with ham. Enadina didn't notice—she wasn't focused on them. She liked to be alone with me, discussing things and eating pasta or mussels, or both, or just cheese or fish, or sometimes Thai, Vietnamese, or Peruvian food depending on her whim, or French fries and meat. Two tequilas would make her crazy, with a bottle of red she would talk about Diderot, and a calvados would turn her meditative: Enadina was an unusual woman ("If you really like her," my father told

de nombre Le Coq de Bruyère. El dueño del lugar me preguntaba a cada rato ora acerca de Catulo y Longo, ora acerca de Platón y Homero. Le decía lo poco que había aprendido en la Sorbona. Él me lo agradecía con algunos francos de más y con el aprecio de su señora, doña Sylvie, que francamente me adoraba.

No había cobrado el dinero del primer mes cuando me entraron las ganas de regresar con mi gente ("La situación ya no está tan difícil", me dijo mi tío Simón. "Si el problema es económico, no regreses. Nunca dejaré de apoyarte").

Liquidé mi relación con Enadina. Ella se molestó conmigo: "¿Por qué me cortas de manera tan abrupta? No soy un objeto". De cualquier manera lo hice. Ella misma se ofreció a cuidar a la rata y sus hijitos.

El viaje en avión fue espantoso. Hubo una demora en París y otra en Londres. En Miami fui asaltado por un cubano, llamado Hectico, que no dejó de preguntarme acerca de mi vida privada. Tuve que invitarle una cerveza y platicarle acerca de la muerte de mamá y de mi sobrino Luciano en su infortunado viaje a Bangladesh. Él me habló de literatura norteamericana, de beisbol y de su tía Cary. Prometió buscarme en México o en París para continuar la plática.

Al llegar, sentí que había dejado de ser yo. Sentí incluso que nunca lo había sido. Se me antojó renunciar a todo y dedicarme a platicar con desconocidos en los aeropuertos. Como Hectico.

La Güera me esperaba: ella también creía que yo tenía una linda cara. Me esperaba con ansia. Nos besamos en una tienda de curiosidades turísticas mientras mi tío Simón orinaba. Me dijo que mi padre tenía problemas con la vesícula: que por eso no había ido a recibirme: le confesé que ya lo intuía.

Mis amigos de siempre me hicieron una gran fiesta. Cené con Lucila (mi ex novia colombiana, veterinaria, especializada ya en equinos de

me over the phone, "I will not object. If my grandson has to be French, so be it!").

I got a job thanks to a recommendation from William Murdoch—Irish barman, student of phenomenology. Every day I had to go to Montreuil to cook various dishes in a brasserie called Le Coq de Bruyère. The owner of the place asked me every now and then about Catullus and Longus, or about Plato and Homer. I shared the little I had learned at the Sorbonne. He thanked me with a few extra francs and with the appreciation of his wife, Mme. Sylvie, who openly adored me.

I hadn't yet collected my first month's wages when I got the urge to go home ("Things are no longer so difficult," my uncle Simon told me. "If the problem is economic, you should stay put. I will always help you out").

I ended my relationship with Enadina. She was upset with me: "Why did you cut me out of your life so abruptly? I'm not an object." However that might be, I did it. She even offered to take care of the rat and her babies.

The flight was horrible. There was a delay in Paris and another in London. In Miami, I found myself confronted by a Cuban named Hectico, who would not let up questioning me about my private life. I had to invite him for a beer and chat with him about the death of my mother and nephew Luciano on their unfortunate trip to Bangladesh. He talked to me about American literature, baseball, and his aunt Cary. He promised to look me up in Mexico or in Paris to continue the discussion.

Upon arriving home, I felt that I had stopped being me. I even felt that I had never existed. I felt like renouncing everything and dedicating myself to talking with strangers at airports. Like Hectico.

Güera was there to greet me: she also felt that I had a pretty face. She had been waiting for me impatiently. We kissed in a tourist shop while

raza pura): era una chica sencilla y con la cadera un poco baja. Le canté canciones dominicanas y le conté todo acerca de Titania y sus críos. Estaba fascinada: me dijo que podríamos casarnos y que estaba dispuesta a vivir conmigo y con los roedores en París para que yo continuara mis estudios. Le hablé de Enadina y de mi maestra de Introducción a Virgilio. Me preguntó mucho acerca de mis rutinas y de mis actos sexuales con mis amantes. Le dije cualquier cosa. Ella me platicó acerca de sus exnovios (tres: Paco, Lalito Díaz y el señor Mendoza, dueño de una estética para perros).

En fin: nos casamos.

Mi tío Simón estaba muy envejecido ("No debiste regresar", me dijo. "Si la cosa no está como la requieres, olvídate, confía en mí, regresa a París, regresa a tus estudios o a tus amoríos. Yo te seguiré pagando todo. Las vacas ya no …". "Ahora, ya somos dos", lo asalté, y le dije todo acerca de mi reciente matrimonio).

Regresé con Lucila a París. Para entonces, ya no notaba que su cadera estaba un poco baja. En cambio, descubrí que tenía una agradable manera de hacer el amor ("Cuídate del sexo en Europa", me aconsejaba mi abuela. Supongo que quería decirme que me cuidara de las europeas. Lucila era colombiana).

Con dificultades, Enadina me regresó a la rata y a sus ratitas (se había encariñado con ellas) y me instalé con mi nueva esposa en Montparnasse. Le mostré París, la inscribí en la Sorbona (Semiótica y Lingüística) y a la semana nos fuimos a comer a un restaurante Tex-Mex ("La mejor comida es la que te gusta", solía decirme mi madre cuando le pedía que me preparara entomatadas. "Las cocinas híbridas", me decía la Güera, "no son ni una cosa ni la otra. Tampoco las dos: son una tercera cocina. A veces buena, a veces mala. El tipo de couscous que a ti te gusta, por ejemplo, ni es francés ni es marroquí ni es nada. Eso es todo").

my uncle Simon was in the bathroom. She told me that my father was having problems with his gallbladder—that is why he had not come to meet me; I confessed that I had already guessed as much.

Some old friends threw me a big party. I had dinner with Lucila—my ex-girlfriend, Colombian, a veterinarian specializing in purebred racehorses. She was a simple sort of girl, a bit low-waisted. I sang her Dominican songs and told her all about Titania and her children. She was fascinated: she said that we should get married and that she was ready to live with me and my rodents in Paris so that I could continue my studies. I told her about Enadina and my "Introduction to Virgil" teacher. She asked a lot of questions about my habits and my sexual practices with my lovers. I just said whatever. She went on about her ex-boyfriends—three: Paco, Lalito Diaz, and Sr. Mendoza, owner of a salon for dogs.

In the end we got married.

My uncle Simon had grown old ("You don't have to stay," he said. "If things aren't as you like them, forget about it, just see me and you can go back to Paris, back to your studies, your affairs. I'll go on paying for everything. The cupboards aren't bare any..." "There are two of us now," I interrupted, and I told him all about my recent marriage).

I returned to Paris with Lucila. By then I had stopped noticing that she was low-waisted. Instead, I discovered that she had a nice way of making love ("Be careful about sex in Europe," my grandmother had warned. I suppose she wanted me to watch out for Europeans. Lucila was Colombian).

Grudgingly, Enadina returned the mother rat and its little rats to me (she had grown fond of them), and I settled in with my new wife in Montparnasse. I showed her Paris, enrolled her at the Sorbonne (Semiotics and Linguistics), and at the end of the week we went to eat at a Tex-Mex restaurant ("The best food is the food you like," my mother

LA MUDA BOCA

A mi graduación (defendí un trabajo de mi autoría sobre Sexto Propercio) asistieron mi padre, Lucila, Carol, mi abuela, mi tío Simón y su esposa la Güera, mi maestra de Introducción a Virgilio, Jan y algunos otros compañeros de carrera. Celebramos en un restaurante sin aspecto. Al día siguiente me presté como guía por París para mis familiares: desde los lugares turísticos hasta el departamento que compartía con Lucila, Titania y sus ratitas. Mi tío me regaló un reloj, mi padre un encendedor de oro y mi abuela dos paquetes de harina para hacer tortillas. Compraron llaveritos de la Torre Eiffel y postales de Notre-Dame. Se llevaron agua del Sena en un frasquito.

Fue difícil su estancia. Agotadora. Se fueron de París un 5 de abril (por la tarde).

Para descansar de ellos tomé unas pequeñas vacaciones, solo, en un pequeño pueblo de los Alpes franceses. Dos días fueron suficientes para recobrar las energías perdidas.

Al regresar, en un acto de locura, golpee a Lucila. Empezó por decirme que la visita de mi familia la había dejado extenuada ("La familia es la familia", me decía mi padre). Despreció el reloj y el encendedor ("Un regalo es un gesto", me aleccionaba mi occisa madre). Según dijo Lucila: mi abuela no era lo que yo pensaba de ella, sino una anciana obsesiva e incoherente, senil ("Cuando creas que soy una vieja inútil y obsesiva, dame una pistola", me dijo un día mi abuela). No pude más. Le arrojé a la cara un vaso de vino y luego la tundí. Era débil. Murió ("Un hombre tundido es un hombre con vida", me dijo mi padre ante un atropellado: "Un hombre muerto no sabe mirar").

He de confesar que estaba consciente de lo que había hecho. (En eso me llamó Carol para decirme que la cena en el restaurante sin aspecto le había parecido estupenda, que mi familia era adorable y que estaba segura de que yo iba a ser el especialista en Sexto Propercio que Francia necesitaba.)

used to tell me when I asked her to prepare salsa. "Fusion cooking," said Güera, "is neither the one thing nor the other. Nor the two things: it is a third thing entirely. Which sometimes is good, sometimes bad. The kind of couscous you like, for example, is neither French nor Moroccan nor anything at all. And that's that").

My graduation ceremony (I had defended a paper on Sextus Propertius) was attended by my father, Lucila, Carol, my grandmother, my uncle Simon and his wife Güera, my "Introduction to Virgil" teacher, Jan, and some fellow students. We all celebrated together in a nondescript restaurant. The next day I was pressed into service as a guide to Paris for my family, from the tourist sites to the apartment that I shared with Lucila, Titania, and the little rats. My uncle gave me a watch, my father a gold lighter, and my grandmother two packages of flour for making tortillas. They bought key rings of the Eiffel Tower and postcards of Notre Dame. They took home some water from the Seine in a vial.

It was a difficult visit. Exhausting. They left Paris on April 5 (in the afternoon).

To recover from their visit I took a little break, alone, in a small village in the French Alps. Two days were sufficient to recover my lost energy.

Upon returning, in an act of madness, I hit Lucila. She started to tell me how the visit from my family had worn her out ("Family is family," my father always said). She sneered at the watch and the lighter ("A gift is a gesture," my deceased mother had told me). Lucila said that my grandmother was not as I thought her, but an obsessive, incoherent, senile old woman ("When you think I'm a useless, obsessive old woman, give me a gun," my grandmother had told me once). I couldn't take any more. I hurled a glass of wine in her face and then beat her. She was weak. She died ("A beaten man is still a living man," my father told me once before he hit me: "A dead man is simply dead").

I have to confess that I was aware of what I was doing. (At this point

LA MUDA BOCA

Al colgar, descubrí que Titania roía un muslo de Lucila. No tuve la mente clara como para impedírselo: recuerdo que estuve un largo rato mirando la escena. Me dormí a los pies de la cama ("Cuida tu espalda", me decía mi madre muerta, "cuando no puedas dormir en la cama, hazlo en el suelo: te va a reconfortar").

A la mañana siguiente me desperté aliviado de los dolores de espalda. Ya no estaba el cadáver de Lucila. Busqué primero. Luego dudé de mí: una pesadilla, quizás; muy vívida, ciertamente. Sentí alivio. Esperanza. Recordé las desastrosas empresas de Puck y Oberón en el *Sueño* de Shakespeare. Verano, además.

Titania y sus ratitas desayunaron todo lo que les di: hígados de pollo y leche. Yo me cociné un huevo y traté de hacerme una tortilla ("Primero pon a freír la papa con mucho ajo y sal", me enseñaba mi abuela. "Cuando ya esté bien cocida, échale los huevos batidos").

Entonces llamó Lucila: estaba en el tabac de la Sorbona y quería que yo la alcanzara "para hablar de la situación, de nosotros, del futuro, de las ratas".

No estaba seguro de la impresión que me causaría verla viva. Fui. Me dijo que ya no pensaba lo mismo de mi familia, que la comprendiera ("La falta de costumbre", dijo), que la ayudara a hacer un trabajo sobre Barthes y otro sobre Chomsky, y que la invitara a comer comida japonesa: brochetas, sushis, vino blanco, café, calvadós ("Un digestivo", me explicó un día la Güera en un hotel, "te puede ahorrar muchos estropicios estomacales").

Traté de ponerme en contacto con Roland (Barthes): había salido de viaje. Quedó impresionada ("¿De dónde lo conoces?", me preguntó. "De la Sorbona"). A Noam (Chomsky) no lo conocía.

A partir de ese día vivimos un romance maravilloso: hubo mucho sexo, amor y comida, hablamos de Barthes, de Titania y las ratitas, fuimos a los museos, platicamos largas horas sobre semiología, veterinaria com-

THE MUTED MOUTH

Carol called me to tell me that the dinner in the nondescript restaurant was fantastic, my family was adorable, and that she was sure I was going to be the Sextus Propertius specialist that France needed.)

Hanging up, I discovered that Titania had gnawed on Lucila's thigh. I didn't have the clarity of mind to stop her: I remember watching the scene for a long time. I went to sleep at the foot of the bed ("Take care of your back" my dead mother had advised, "if you can't sleep in the bed, do so on the floor and you will feel better").

The next morning I woke up free of back pain. Lucila's body was nowhere to be seen. At first I searched for it. Then I began to have doubts: a nightmare, maybe, very vivid indeed. I was relieved. Hopeful. I remembered the disastrous tricks of Puck and Oberon in Shakespeare's *Dream*. And it was summer, too.

Titania and her little rats ate all the breakfast I gave them: milk and chicken livers. I cooked an egg and tried to make an omelet ("First fry potatoes with plenty of garlic and salt," my grandmother had instructed. "When the mixture is properly cooked, add the beaten eggs").

Then Lucila called: she was in the smoke shop in the Sorbonne and wanted to meet me "to discuss the situation—the two of us, our future, and the rats."

I wasn't sure what effect seeing her alive would have on me. I went. She told me she no longer felt the same way about my family, that she understood them now ("It was the lack of familiarity," she said), that I should help her do a piece on Barthes and another on Chomsky, and we should go get some Japanese food: skewers, sushi, white wine, coffee, calvados ("A digestive," Güera told me in a hotel one day, "can save you a lot of stomach trouble").

I tried to contact Roland (Barthes), but he had left on a trip. She was impressed ("Where do you know him from?" she asked. "The Sorbonne"). I didn't know how to reach Noam (Chomsky).

parada, Propercio, Joyce y Roald Dahl, fumamos hashish y consumimos ergotamina. Por decir algo. Nos acostamos con otra pareja (un noruego y una guatemalteca), leímos en voz alta a Nerval, robamos comida y encontramos en la basura muchas cosas útiles. Por decir algo más.

Le escribí a mi tío Simón: "Ya no necesito de tu apoyo: he de vérmelas por mí mismo" ("Si ése es tu deseo, querido sobrino", me respondió dos meses después, "tienes ya la edad de decidir por ti mismo". "Eres un hijo de la chingada", le respondí ese día, "y por favor no vuelvas a decirme *querido*").

Llamó Hectico: estaba en el aeropuerto y quería que fuera a buscarlo. Durante el largo recorrido que hicimos en metro, continuó la plática sobre su tía Cary y me habló de comida y dinosaurios. A cambio, le conté sobre la dulce Titania y sus ratitas, y luego sobre Lucila. Llevaba cuatro maletas y un portafolios.

Ese día dormimos los tres en nuestro piso de Montparnasse. Cenamos pasta con almejas, queso y cerveza. Fuimos al cine: una película rural (australiana o polaca).

A la mañana siguiente, Hectico nos platicó su sueño: vivíamos los tres en una pequeña casa de campo y nos dedicábamos a cultivar lechugas y árboles frutales. A Lucila le encantó la idea. Me dio tanta emoción verla tan entusiasmada que le llamé a mi tío Simón para pedirle dinero ("No sé cuánto pueda juntar, querido sobrino"). Acepté que me dijera *querido* sólo por amor a Lucila.

En lo que llegaba el dinero de mi tío, Hectico se dedicó a hacer negocios con su portafolios "para incrementar el capital".

Las ratas se reprodujeron entre ellas, de tal manera que hubo tres natalicios múltiples en una semana.

Al fin, casi medio año después, nos fuimos al Sur, cerca de la frontera con España, compramos una pequeña casa de campo y nos pusimos a cultivar lechuga, jitomate y cebolla. También adquirimos cabras, cochi-

THE MUTED MOUTH

From that day on our life was a wonderful romance: there was a lot of sex, love, and food, we talked about Barthes, Titania and her little rats, went to museums, chatted for hours about semiology, comparative veterinary theory, Propertius, Joyce, and Roald Dahl, smoked hashish, and took ergotamine. Just to give a sense. We slept with another couple (a Norwegian and a Guatemalan), read Nerval aloud, stole food, and found lots of useful things in the garbage. To expand on things a bit.

I wrote my uncle Simon: "I don't need your support: I can take care of myself" ("If that is your wish, my dear nephew," he said two months later, "you are old enough to decide for yourself." "You're a son of a bitch," I replied the same day, "and please don't call me your dear nephew any more").

Hectico called: he was at the airport and wanted me to come pick him up. During our long trip in the metro he prattled on about his aunt Cary and talked to me about food and dinosaurs. In return, I told him about sweet Titania and her little rats, and about Lucila. He was carrying four bags and a briefcase.

That day all three of us slept on our floor in Montparnasse. We dined on pasta with clams, cheese, and beer. We went to the movies: a film with a country setting (Australian or Polish).

The next morning, Hectico shared his dream: the three of us would live in a little cottage where we would grow lettuce and fruit trees. Lucila loved the idea. I was so pleased to see her so excited that I called uncle Simon to ask for money ("I don't know how much I can get together, my dear nephew"). I let him call me his dear nephew for the sake of Lucila.

While the money arrived from my uncle, Hectico got out his briefcase "to work on increasing our capital."

The little rats started breeding, with the result that there were three litters within a week.

nos y una vaca ("Acuérdate del rancho: tú ordeñabas a las vacas", me decía mi finada madre cuando me obligaba a tomar leche bronca). Lucila se encargaba de vacunar a los animales, de aparearlos y de escribir sus memorias. Hectico seguía "incrementando el capital" gracias a su portafolios. Y yo me dedicaba a la hortaliza y sus frutos.

A los cuatro meses de vivir allí, Lucila dio a luz a las mellizas ("Las niñas dan menos problemas que los varones", me decía mi padre cuando me pegaba con el cinturón. "¿Cómo sabes?", le preguntaba mientras chillaba. "Dicen", respondía). No sabíamos si eran mis hijas o de Hectico. De broma decíamos que una era suya y la otra mía.

Al bautizo acudieron mi padre, mi abuela, mi tío Simón, la Güera y Enadina. Ausentes: mi maestra de Introducción a Virgilio, que había muerto, Jan, que vivía en su país, y León, que estaba en una clínica antidrogas.

La Güera intentó manipularme: me abstraje. Mi tío Simón se dio cuenta de nuestros besuqueos en la cocina: se abstrajo. Mi padre tuvo una embolia, lo condujimos al sanatorio y al fin no falleció.

Por su parte, mi abuela compró veneno para expulsar a Titania, sus hijos y sus nietos de la casa: Lucila, Hectico y yo nos opusimos con palabras convincentes. Adujo la rabia. Le mentimos: Titania y su descendencia habían recibido vacuna ("No huyas, cobarde", me gritaba mi abuela con la jeringa en la mano cada que ella me inyectaba.)

Se fueron quince días después. Lo celebramos con anís ("No vuelvas a beber anís en mi presencia", me dijo mi finada madre el día que me rompió el brazo; yo tenía trece años), y con una sopa de verduras cultivadas en nuestra hortaliza. Al terminar, Hectico dijo que tenía que ir al aeropuerto.

Nunca regresó.

Lucila, las mellizas, Titania y su gran familia, Valmont —nuestro perro— y yo hicimos un hogar sólido ("Sólo el hogar te dará seguridad",

THE MUTED MOUTH

Finally, almost half a year later, we left for the south, near the border with Spain, where we bought a little cottage and set about growing lettuce, tomatoes, and onions. We also acquired goats, pigs, and a cow ("Remember, on the farm you're the boss of the cows," my departed mother had said when I was stubborn and she was trying to get me to drink my milk). Lucila was responsible for vaccinating animals, breeding them, and keeping a journal. Hectico continued working on "increasing our capital," thanks to his briefcase. And I was in charge of the vegetables and fruits.

Within four months of living there, Lucila gave birth to twins ("Girls give fewer problems than boys," my father had told me as he was beating me with his belt. "How do you know?" I wondered between wails. "So they say," he replied). We didn't know if they were my daughters or Hectico's. As a joke, we said that one was his and the other mine.

My father, my grandmother, my uncle Simon, Güera, and Enadina came to the baptism. Absent: my "Introduction to Virgil" teacher, who had died; Jan, who had gone back to his own country; and Leon, who was in rehab.

Güera tried to grope me: I got away. My uncle Simon discovered our clinches in the kitchen: he went away. My father had a stroke. We drove him to the hospital, and he ended up not dying.

For her part, my grandmother bought some poison to rid the house of Titania, her children, and her grandchildren; Lucila, Hectico, and I stopped her in no uncertain terms. She brought up rabies. I lied: Titania and her offspring had had their shots ("Stop squirming, you coward," my grandmother had screamed with the syringe in her hand whenever she had to inject me).

After fifteen days they left. We celebrated with anisette ("Don't come around drinking anisette in my presence," my departed mother had told me the day she broke my arm, when I was thirteen), and a soup of veg-

me dijo mi padre el día que golpeó al hermano de mi madre en una cantina; le extirpó un ojo).

Fui a comprar vino, leche, aceitunas, queso y pan ("La combinación del queso y el vino te va a caer bien", me dijo mi tío Simón la primera vez que me violó).

Las mellizas disfrutaron la tarde, especialmente porque un grupo de teatro del pueblo representó una comedia bastante pueril. De hadas. Muy vistosa ("La gente de teatro es vulgar", me dijo mi abuela, que había sido actriz y prostituta, cuando representé el papel de lobo en una obra de teatro escolar).

Al día siguiente me llamaron de la Sorbona para que impartiera un curso. Me negué ("No digas no si no sabes", me decía mi tío Simón por las tardes. "No te niegues porque sí", me dijo la Güera la primera vez que me sedujo. "No te opongas a lo que habrá de suceder", me instruyó mi padre la noche que me circuncidó con su navaja suiza. "No caigas en la negación fácil", me dijo mi finada madre el día en que me pidió que rezara con ella. "No digas que no si no sabes qué", me aleccionó mi abuela antes de meterme una vez la hipodérmica en el lugar equivocado). "No rechaces la oferta", me exigió Lucila, "necesitamos dinero".

La cátedra sobre Sexto Propercio que di en la Sorbona tuvo un éxito irrefutable. El primer día tuve dos alumnos. Al mes siguiente había catorce. "Quizás sea usted un genio", me dijo el rector de la Sorbona en su oficina. ("Eres un genio", me alentaba mi tío Simón cuando yo tenía once años. "Vas a ser un genio", confiaba en mí mi finada.)

Un derrame frustró mi futuro como sabio. Quedé muy disminuido, apático, fuera de ritmo, parcialmente paralizado. Perdí el habla y el olfato. La dieta que el doctor me impuso excluía casi todo.

Durante el primer año de mi convalecencia, la anciana Titania, sus hijos y sus nietos me hicieron compañía por las mañanas. Las mellizas, por las tardes. Y Lucila, por las noches. Luego llegó, sin aviso, mi tío

etables from our garden. Afterward Hectico said he had to go to the airport.

He never returned.

Lucila, the twins, Titania and her large family, Valmont—our dog—and I made ourselves a snug little home ("Only a home will give you security," my father told me the day he struck my mother's brother in a bar and took out his eye).

I went to buy wine, milk, olives, cheese, and bread ("A little wine and cheese will do you a world of good," my uncle Simon said the first time he violated me).

The twins enjoyed the afternoon, especially since a theater group was putting on a rather childish comedy. About fairies. A real spectacle. ("Theater people are vulgar," my grandmother, who had been an actress and a prostitute, told me when I played the role of the wolf in a school play.)

The following day the Sorbonne called to ask me to teach a course. I declined. ("Don't say no if you don't know," my uncle Simon told me one afternoon. "Don't deny the yes," Güera told me the first time she seduced me. "Don't fight against the inevitable," instructed my father the night he circumcised me with his Swiss army knife. "Don't give in to easy denial," my departed mother told me the day she asked me to pray with her. "Don't say no if you're not sure," my grandmother lectured me before sticking the hypodermic needle in me in the wrong place.) "Don't refuse the offer," Lucila insisted. "We need the money."

My course on Sextus Propertius at the Sorbonne was an indisputable success. The first day I had two students. The following month there were fourteen. "Maybe you're a genius," the rector of the Sorbonne told me in his office. ("You're a genius," my uncle Simon encouraged me when I was eleven years old. "You're going to be a genius," my departed mother assured me.)

LA MUDA BOCA

Simón. A vivir con nosotros. Se había separado de la Güera y quería una vida tranquila.

Encontró el veneno que le habíamos quitado a mi abuela cuando quiso deshacerse de las ratas. Llenó una cuchara sopera y me abrió la muda boca.

THE MUTED MOUTH

An accident foiled my future as a learned man. I grew shrunken, apathetic, out of sorts, partially paralyzed. I lost my sense of speech and smell. The diet my doctor prescribed ruled out almost everything.

During the first year of my convalescence, the elderly Titania, her children, and her grandchildren kept me company in the mornings. The twins in the afternoon. And Lucila in the evenings. Then my uncle Simon showed up, without warning. To live with us. He had separated from Güera and wanted a quiet life.

He found the poison that we had taken from my grandmother when she had attempted to get rid of the rats. He filled a soupspoon and opened my muted mouth.

TRANSLATED BY THOMAS CHRISTENSEN

EL FENÓMENO OMINOSO

Se puede vivir lejos, muy lejos, allá donde no llega ninguna carretera ni hay vías de tren cercanas: en un viejo aposento perdido en la llanura; allá donde no existen ni veredas fortuitas ni enemigo que salte, en ese duro espacio que amolda voluntades y cede al abandono dejando tras de sí los aires mundaneros, la humeante sociedad que nunca para, las tentaciones prontas. A cambio . . . Optar y para siempre por el retiramiento, por la experiencia viva que afina los sentidos y alarga cuanta forma. ¿Acaso es necesario? No, pero alguna vez sí —aproximadamente— se puede vivir solo. Lejos, donde el tiempo no premia las sabias lentitudes.

Corneliano Pineda desde hacía muchos años vivía solo en un rancho llamado *El Gavilán*: lugar seco y talludo como un cuero atezado, con mellas de erosión y bajo un sol hendido en todas partes. Ámbito legendario donde la incandescencia parece asesinar a tanta sombra intrusa y donde por doquier hay un enorme "No" de un golpe machacado que provoca a la postre la estirada del tiempo. Serenidad a cuestas acaso categórica que le ha dado al fulano el amor necesario por lo que no ha de ser, también para su alivio, una memoria agreste capaz de regodearse en el silencio de los años que ruedan de ida y de regreso.

De hecho para él la vida diaria no era sino un largo suceso y nada más.

DANIEL SADA

THE OMINOUS PHENOMENON

You can live far away, very far away, out there where neither roads nor train tracks reach: in an old shack lost on the plain; out there where no fortuitous sidewalks exist nor enemies lurk, in that hardened space that molds the will and leads to resignation, leaving in its wake worldly airs, ceaseless and smoldering society, immediate temptations. In exchange for . . . To opt for, and forever more, withdrawal, first-hand experience that sharpens the senses and extends what it creates. Is it necessary? No, but at some point, yes—more or less—one can live alone. Far away, where time doesn't reward the wisdom of the slow.

For many years Corneliano Pineda had been living alone on a ranch called El Gavilán: a place as dry and tough as an old tanned pelt, with deep ruts under a ubiquitous cleft sun. A legendary environment whose incandescence seems to murder intrusive shadows and everywhere the enormous "no" of a crushing blow expands time. The weight of possibly categorical serenity gave this man the love necessary for what never will be, and by way of comfort, a wild memory that can gloat on the silence of the years that roll back and forth.

In fact, for him daily life was but one long incident, nothing else.

Sometimes, on a whim, the man wanted to change the rhythm of this, his solitude, this absence of ups and downs, but he managed only

EL FENÓMENO OMINOSO

A veces, a capricho, el fulano quería cambiarle el ritmo a ésta su soledad carente de altibajos, y era que podía a medias, porque la tal monotonía lo arrastraba hacia el método en que siempre se cae cuando no hay esperanzas de que las cosas cambien.

Sin embargo, he aquí su cuadro vital:

Por lo común las hambrunas: comiendo puros trompillos: única hierba a la mano, pues si quería variedad —matehualas, culantrillos o cardenchas— tenía que ir a buscarlos. Pocas veces carne roja, cada que mataba bestias con su rifle de tasquiles, de donde: sentíase beneficiado al poder entremezclar el trabajo rutinario con la suave recreación. Ese hechizo de ser único en el mundo cantando canciones de antes y dejándose llevar que al cabo que estaba solo. Un perro su compañero, único escucha posible, éste, con orejas muy paradas, flaco y bravo, y sus ojos: dos tizones. Entonces, de qué podía lamentarse Corneliano y con quién que lo entendiera. ¿Con el perro?, por decir . . . Una posibilidad; y con ello su ventura se parecía mal que bien a la punta de un cuchillo: un atisbo que es difícil contemplar.

Empero, tenía un encargo: él era peón velador, mas no recibía salario, ¿para qué? Ya con tener una estancia le era más que suficiente; por supuesto, allá cada cuatro meses cuando venía su patrón se zampaban un puerquito o una gallina asada, traídos por este último, pero ésa era la excepción.

Siendo así, pues lo de siempre: al mediodía largos sueños en que no pasaba nada.

Siestas que cambian el ritmo . . .

Siestas, aparentemente dulces, que engañan y que apechugan, y después, ya por las tardes, Corneliano solía ir al portal —construido por él mismo— de aquella casa de adobe para quedarse mirando el hundimiento del sol. Sentábase en una piedra, por no tener mecedora, al

partially, because such monotony led him to ways and means one resorts to when no hope exists for things to change.

Nonetheless, here's the chart of his daily life:

Often famine: eating annatto: the only plant on hand, for if he wanted some variety—*matehualas* cactus, maidenhair, or teasel—he'd have to go looking for it. Rarely red meat, only when he killed a beast with his shotgun when he felt lucky enough to mix routine chores with gentle recreation. The spell of thinking oneself unique in the world, singing old songs and knowing in the end that he was alone. A dog, his companion, the only possible listener, a dog with very pointy ears, skinny and fierce, and its eyes: two pieces of coal. So, what could Corneliano complain about and who would understand. His dog? that is . . . A possibility; and thus his fate seemed somehow to balance on the tip of a knife: an inkling difficult to contemplate.

But he had a job: he was the caretaker, but he received no salary, what for? Just having the ranch was more than enough; of course, every four months when his boss came they feasted on a piglet or roasted chicken, which his boss brought, but that was the exception.

Such as it was, as usual: at noon long dreams wherein nothing happened.

Siestas that change the rhythm . . .

Siestas, apparently sweet, that deceive him and seize him, and then, in the evenings, Corneliano would go to the doorway—built with his own hands—of that adobe house to watch the sinking of the sun. He sat on a rock, because he didn't have a rocking chair, while calling to his guard-companion. "Pssst, Dandy . . . Come here!" and the one who obeyed him appeared, lying down at the feet of the seated man so that both could observe the slope of the clouds between orange swaths. The colors swell deeply as they die.

tiempo que le llamaba a su guardián-compañero. "Psst, Dandy... ¡Ven!", y aquél que lo obedecía echándose por costumbre a los pies del sedentario para ambos observar los declives de las nubes entre colores naranja. Esas graves hinchazones de los tintes que agonizan.

Y ¡qué decir de las noches! Un escenario estrellado casi a punto de caerse...

Mas sucedió un día de tantos que don Gumaro Velázquez, propietario de aquel rancho, llegó de prisa en su jeep. Venía con él un fulano, quien, según dijo el patrón, se quedaría en su ranchillo y por el tiempo que fuera a fin de que secundara a Corneliano Pineda en unos nuevos proyectos que se le habían ocurrido. Y que piensa el viejo peón: *Ya me fregué para siempre. ¡Ya tengo otro como yo!* El problema, en realidad, era mucho más agudo, y que añade con enojo para sí: *Qué de mañas no tendrá ese hombre potrancón. De seguro que ha venido de un lugar mucho mejor.*

El patrón expuso luego un argumentazo bárbaro acerca de sus deseos, dando a entender por lo tanto que a partir de ese momento el trabajo aumentaría. Se explayó más de la cuenta en ideas casi fantásticas sobre el porvenir del rancho y por ende de los peones. ¡Hacer un poblado aparte!, pero en el mero desierto. Anuncioles que traería dentro de una semana en camiones de redilas a cientos de jornaleros a sueldo con sus picos y sus palas, asimismo, y tomando bastante aire, igualito a un orador de plazuela: les dijo que iba a venir con dos baúles repletos de carabinas y balas. ¿Armas?, al respecto, no hizo esbozo del motivo. El caso es que también dijo que semana con semana iba a traer muchas casas de campaña, herramientas, equipos de soldadura, ferrería y ganado al por mayor, todo lo que hiciera falta según las necesidades, y además les ordenó que ya empezaran a hacer adobes y más adobes para construir estancias.

Invertir: era su fórmula mágica para los cambios completos. Pero, ¿armas?, ¿habría líos de muchedumbres en las zonas circundantes?

THE OMINOUS PHENOMENON

And, what can one say about the nights! A star-studded stage on the verge of collapse . . .

But one day among many Don Gumaro Velázquez, owner of said ranch, arrived in his jeep. There came with him a man who, according to the boss, would stay there for the time being to assist Corneliano Pineda with some new projects. And what is old Corneliano thinking: *Now I'm screwed for good. Now I've got another one like me!* The problem, in fact, was much more acute, so he added angrily to himself: *What might this young buck be up to? Surely he has come from a much better place.*

The boss then laid out his wishes starkly, explaining that from then on the workload would increase. He elaborated more than necessary some almost preposterous ideas about the future of the ranch and thus of the two men. Build a whole settlement! but in the middle of the desert. He announced that within a week he would bring hundreds of day laborers with picks and shovels in a stake-bed truck, what's more, and taking a deep breath, just like an orator in the main plaza: he told them he would come with two trunks full of carbines and bullets. Weapons? he gave no clue as to why. In any case, he also said that in the following weeks he would bring tents, tools, welding equipment, foundries, and herds of cattle, everything necessary, and furthermore he ordered them to start making adobe bricks and more adobe bricks to build houses.

Invest: his magical formula to effect total change. But, weapons? Might there be teeming trouble in the surrounding areas?

Don Gumaro took his leave. Before: he left them hunks of goat meat and chicken and told the two to shake hands—the dog was happy— giving orders to the man he trusted, almost whispering in his ear: "Teach him what you know, show him the ropes" . . . Finally the boss gave a few more instructions and shot off like an arrow.

Alone, there, out in the open, these men stood without uttering a word,

EL FENÓMENO OMINOSO

Se despidió don Gumaro. Antes: les dejó retazos de cabrito y de gallina e hizo que sus empleados se saludaran de mano —el perro estaba contento— exigiéndole a su hombre de confianza y casi junto a su oreja: "Aconséjamelo, enséñalo". . . Ya por último el patrón dio breves indicaciones y se fue como de rayo.

Solos, ahí, al aire libre, estos peones se quedaron sin decir una palabra, timoratos entrecruzaron miradas de escarceo y conocimiento al tiempo que contemplaban la polvareda del jeep alejándose veloz: lo bueno es que encontraría algún camino sinuoso o una alegre carretera que derecho lo llevara a cierto punto remoto . . . El patrón entre otras cosas les dijo que cada quien por su cuenta debía hacer su lodo en grande, sus adobes bien tableados. Y si ellos se miraron con ojos perdonavidas, Corneliano tuvo un simple titubeo, se le escapó una risilla reprimida pero amable y necesaria. El otro ni se fijó, porque sin hacerle caso que se dirige al portal. Corneliano que lo sigue con la vista para luego decidir irse tras él, que, tan pronto entró, ya empezaba a descargar en el piso de cemento su equipaje terregoso.

—¡No! —que grita Corneliano mientras apretaba el paso para llegar sofocado—. ¡Allí no!

Es que: era el sitio predilecto para ver atardeceres. Que le indica Corneliano otro lugar. Fue: abajo del lavadero, el cual estaba ubicado en un recodo mugriento, aunque sí en el interior de aquella estancia olorosa a catingas antañonas. Con gran énfasis le dijo que allí dormiría por mientras, o sea: hasta no estar terminadas las nuevas habitaciones.

Era pleno mediodía y el primer inconveniente: no había agua. Bueno, sí, nada más la de tomar: un tambo de treinta litros calculados para un mes; de modo que: si se lavaban las manos o de plano se dieran un remojón: sería, para bien o para mal, revolucionar un hábito, a sabiendas de que el agua quedaba a mucha distancia como para ir a traerla cuando

shyly exchanging glances both furtive and searching as they watched the dust churned up by the quickly departing jeep: the good news is that it would find some winding road or a happy highway leading straight to some distant spot . . . The boss told them among other things that each should make his own pile of mud, and his bricks straight and level. And though they glanced at each other threateningly, Corneliano hesitated slightly, and let escape a little chuckle, under his breath but friendly and necessary. The other didn't notice because, not paying attention, he'd turned toward the house. Corneliano following him with his eyes before going after the man, who, just as soon as he entered, started unpacking his dusty bag on the cement floor.

"No!" Corneliano shouting as he rushed in breathlessly. "Not there!"

It's just that: it was his favorite place to watch the evenings. Corneliano would show him someplace else. It was: under the sink, in a filthy corner, but still inside that room stinking of bodily stenches. In an assertive voice he told him he'd sleep there, in the meantime, or rather: until the new rooms were built.

It was noon and their first difficulty: there was no water. Well, there was, but only for drinking: an eight-gallon tub supposed to last a month; thus: if they washed their hands or dared to rinse off: that would, for better or for worse, revolutionize habits, knowing that the water was too far away to fetch, let's say, twice a week. This being so: how were they going to make bricks if they couldn't make mud?

"We can't do what the boss told us to do. There's only enough water to quench our thirst."

"So what are we going to do?"

"We need to get organized."

So it was in his own way the old man understood that he had been granted power over the newcomer, who, by the looks of him, his dandi-

menos, supongamos, dos veces a la semana. Siendo así: ¿cómo iban a hacer adobes si no podían hacer lodo?

—No podemos trabajar en lo que pidió el patrón. Sólo hay agua para cuando nos dé sed.

—¿Y qué hacemos?

—Debemos organizarnos.

Téngase que a su manera el viejo peón entendió que se le había conferido poder sobre aquel fulano que, por la facha atildada, se le notaba a las claras que era nuevo en estas lides. Sí, con su sombrero y sus botas, pero exquisito en el fondo; por lo cual, pues, Corneliano, con crudeza, tuvo que explicarle un poco sobre la horrible carencia, y conforme aparecieran le explicaría las demás, desde luego, de acuerdo a la apreciación del hombre recién llegado.

Concerniente a lo del agua el trabajo consistía en caminar varias leguas con carga de tambo posmo y aparte con la molestia del calorón y el solazo. No contaba Corneliano ni siquiera con mulas o carretillas. Nada. Sólo su espalda y sus brazos, dado que le parecía un arrojo descarado exigirle a don Gumaro utensilios para el rancho, no fuera a pensar que él era un simple currutaco. De ahí se infiere por tanto que la crítica a su manera de hacer, sería un señero apachurre a su vida anacoreta.

Lo dicho tenía que ser: las preguntas abundaron, y armándose de paciencia, por no estar acostumbrado a hablar más de lo debido, ni siquiera con el perro, el viejo peón se explayó en una y más sutilezas para dar a conocer sus hábitos tan añejos o sus métodos probados. Diciéndole a aquel novato, por ejemplo, que hasta llevaba la cuenta del uso proporcional de cada vaso con agua, a tal grado de aguantarse la sed durante horas y horas, a veces un día completo con su noche respectiva.

—Yo me baño, más o menos, allá cada cuatro meses, cuando de plano no aguanto el sarpullido en la piel. Eso es un gran sacrificio, tengo que ir

fied air, was obviously new to such difficulties. Okay, wearing hat and boots, but groomed after all; thus, then, Corneliano had to explain to him crudely a bit about the terrible scarcity, and the rest he would explain as it arose, such as it was, and in keeping with his sense about the recently arrived man.

Regarding the issue of water, the task involved walking several leagues burdened with the corroded tub, not to mention the vexation of the wretched heat and strong sun. Corneliano didn't even have mules or a cart. Nothing. Only his back and arms, as it seemed to him a shameless liberty to ask Don Gumaro for equipment for the ranch, lest he think him a sissy. Thus, it would seem, a critique of his way of doing things would be a peerless blow to his reclusive life.

What was said had to be: the questions were plentiful, and steeling himself with patience, unaccustomed as he was to speak more than was strictly necessary, not even with his dog, the old man talked at some length on one or another subtle point to explain his age-old habits and well-proven methods. Telling this novice, for example, that he rationed each glass of water, withstanding thirst for hour after hour, sometimes a whole day and its corresponding night.

"I bathe, more or less, once every four months, when I can no longer stand the rash on my skin. It's a huge sacrifice, a trek to a quaking bog between some knolls, very far away, about seven leagues . . . Just so you know what to expect."

"But we have to make the bricks. Boss's orders."

"Yes, that's true, it's just that all I have is one tub and it's small. To fetch water we must leave at first light. It is many hours by foot and carrying such a load. It takes me almost a whole day when I go . . ."

"But now I'm here. Don't you think between two the work will be easier?"

a un tremedal que está entre unos oteros, a gran distancia de aquí, como a unas siete leguas . . . Entonces, ya sabe lo que le espera.

—Pero hay que hacer los adobes. Fue la orden del patrón.

—Sí, es cierto, lo que pasa es que sólo tengo un tambo disponible y más chico. Para ir al acarreo necesitamos salir casi cuando raye el alba. Son muchas horas a pie y más con el peso encima. Yo casi me tardo un día cuando voy . . .

—Lo bueno es que ya estoy yo. ¿No se le hace que entre dos el trabajo es más sencillo?

—Sí, pues sí . . . aunque no es mucho remedio. El desierto es peliagudo.

Al fulano que llegó le empezaron a entrar dudas naciéndole por lo tanto mieditis y desencanto. Por el simple beneficio de un futuro entendimiento, no podía mostrar flaqueza ante los ojos del peón, que no siendo aún su amigo podía humillarlo a la brava nomás portándose huraño; entre los dos y de tajo se establecería quizás una barrera infranqueable, la incómoda relación entre el que debe instruirse y el que enseña secamente: sólo porque es menester. Puras recomendaciones y nada de intimidades. También, el fuereño presintió que aquel lugar desolado no era ni para cuándo el ideal para vivir por un tiempo indefinido. Lo que sí que ¡ya ni modo! Su realidad era ésta porque no podía escaparse. Todo estaba tan distante que lo más aconsejable era tratar de adaptarse y hacerse amigo del peón: entre más pronto mejor. Entonces la solución: darle por su lado y bien, al menos durante unos días, y ya después que Dios diga. No obstante, volvió al tema de la orden:

—Insisto, tenemos que hacer el lodo.

Era un dardo solamente. Este hombre acostumbrado a tratar con los demás manejaba perspicacias de preguntas y respuestas:

—Mejor salimos mañana. Es que: regresaríamos de noche y a mí no me gusta eso. Nada a ciegas sale bien. Yo prefiero que le entremos de una

THE OMINOUS PHENOMENON

"Yes, you're right . . . though it's not much help. The desert is wily."

The new arrival began to feel doubts rise within him, also trembling and disappointment. Hoping for the benefits of a future understanding, he couldn't show weakness in front of the old man, for not yet being his friend he risked humiliating him by acting reticent; between them and decisively, an insurmountable barrier would thus be erected, an awkward relationship between he who needs to learn and he who teaches curtly: just because it is necessary. Only instruction and no closeness. What's more, the stranger suspected that this desolate spot was in no way ideal to live in for an indeterminate length of time. On the contrary, no way! This was his reality because he couldn't escape. Everything was so far away that it was best to try to adapt and make friends with the old man: the sooner the better. The solution: give him his way, at least for a few days, and then God only knows. Nonetheless, he returned to the subject of their orders:

"I mean it, we have to make the mud."

It was just one dart. That man so used to dealing with others managed questions and answers with shrewdness:

"We'll go tomorrow. It's just that: we'd get back at night and I don't like that. Nothing good comes of going blindly. I'd rather we eat the meat Don Gumaro brought once and for all, such food is a luxury because we don't have it every day."

A plausible solution: a good try anyway. Here all affirmations sounded different. Time had different standards, and concepts, too. The newcomer now struck back with a confident stroke:

"A life without contact with others is difficult."

"I'm used to it . . . Now it's your turn."

"The boss told us he'd bring lots of people. Things are going to change!"

vez a la carne que nos trajo don Gumaro, es un lujo esta comida porque no hay todos los días.

Plausible despachadera: buscada a final de cuentas. Sonaban distinto aquí todas las afirmaciones. El tiempo tenía otras normas y los conceptos igual. El fulano arremetió ya con sobrado conato:

—Es difícil una vida sin contacto con la gente.

—Yo ya estoy acostumbrado . . . Ahora sólo falta usted.

—El patrón nos dijo claro que traería a muchas personas. ¡Las cosas van a cambiar!

—Mm, siempre promete lo mismo. La vez anterior que vino dijo que iba a poner una fábrica de yeso. Otras veces ha venido entusiasmado con planes disparatados de hacer de esto algo así como una cuenca lechera, y a cada nueva visita trae diferentes proyectos. La verdad que no ha cumplido con ninguno todavía. Para colmo, sus venidas son escasas. Se le olvida o se hace guaje sobre lo que prometió, y yo ni se lo recuerdo, ¿para qué? Lo oigo como oír llover . . . Pero ¿a usted le confió algo cuando venían en camino?

—Antes de salir me dijo que *El Gavilán* era un rancho muy bonito, pero que necesitaba una poca de atención. Como yo andaba en el pueblo buscando un nuevo trabajo supe que él me podía dar y por eso le pedí, porque según me contaron él es dueño de muchísimos terrenos y siempre requiere gente. Lo que sí que durante el viaje no hablamos media palabra, y eso que fueron cuatro horas.

—¿Y le va a pagar salario?

—Me dio por adelantado veinte pesos de papel.

—Que no le van a servir porque no hay dónde gastarlos.

—De modo que me mintió.

—Lo mismo hizo conmigo. Tengo en el rancho diez años; a lo largo de este tiempo me ha prometido mil cosas, las cuales todavía espero. Al

"Mmm, he always makes promises like that. The last time he came he said he was going to build a gypsum factory. Another time he was enthusiastic about some madcap idea of turning this into a dairy farm of sorts, and every time he comes he has new plans. The fact is, he's never carried out any. On top of that, his visits are rare. He forgets or plays the fool about what he has promised, and I don't bother reminding him. Why should I? I listen to him like I listen to the rain . . . But, did he tell you anything on the way here?"

"Before leaving he told me that El Gavilán was a beautiful ranch, but that it needed some work. I was hanging around town looking for a job and heard he might be able to give me one so I asked him, because they told me he owns lots of land and is always looking for people. But on the way here we didn't exchange so much as half a word, and it took four hours."

"Is he going to pay you?"

"He gave me as an advance a twenty-peso bill."

"That you won't be able to use because there's nowhere to spend it."

"So he lied to me."

"He did the same to me. I've been here for ten years; he has promised me a thousand things, and I'm still waiting. At first I wanted to leave, but then I gave up, because just thinking that living among people I'd have to earn money and to do that I'd have to sharpen my wits, I couldn't make up my mind. Over time I've come to love El Gavilán."

"From the looks of it, I'll be in your way."

"Not necessarily, though I figure you'll probably get bored pretty soon. Other men have come and before long they leave without saying good-bye. I've seen many take off . . . They walk away like blind fools. They don't know the stinginess of the desert."

"The boss doesn't give them a ride back?"

principio quise irme, pero luego me rajé, porque nomás de pensar que viviendo entre la gente yo debía ganar dinero, y para eso la verdad necesitaba hacerme retemañoso, pues me entró la indecisión. Con el tiempo le he tomado mucho amor a *El Gavilán*.

—Por lo visto, yo le estorbo.

—No se crea, aunque se me hace que usted bien pronto se aburrirá. Otros hombres han venido y a las primeras de cambio se van sin decir adiós. He visto a muchos partir . . . Se van a pie a lo tarugo. Ah, no conocen las penurias del desierto.

—¿Y el patrón no les da raite?

—No, él cumple con acarrearlos.

—Pues, por lo que usted me dice, no es necesario hacer lodo.

—Sí, al contrario, a la mejor ahora sí va de a de veras. No pierdo las esperanzas de que *El Gavilán* sea otro. El problema son las gentes que no logran adaptarse.

El hombre recién llegado tomó sobria providencia al no entrarle más al diálogo, por no desilusionarse. Su silencio posterior fue una forma de apetencia: alusiva meramente: con objeto de tener chanza de asimilación. Entre ambos, por lo pronto, hubo apenas un discreto intercambio de miradas para compensar quizás sus pareceres opuestos. Mas ninguno todavía coloreaba un poco al otro como para competir.

Un respeto subconsciente pero cierto, tanto, que el fulano que llegó dio unos pasos hacia atrás. No amistad de toma y daca sino examen de su parte. Desde luego comprendió que en circunstancias como ésta él era un simple bisoño que lento estaba aprendiendo. Ah, pues no tenía a dónde hacerse. Si optara por el retorno al pueblo de, adonde fuera, sería muy calaverudo. Una vastedad así por supuesto le ofrecía una tregua vagarosa: aplastamiento de fuerzas: un enigma y mil terrores. Fue que su miedo expresivo hacía que él reculara cada vez y: el viejo peón se sonrió:

THE OMINOUS PHENOMENON

"No, his job is to bring them."

"Well, according to you, we don't have to make mud."

"No, on the contrary, maybe now he means what he says. I haven't lost hope that El Gavilán will change. The problem is the people who don't manage to adjust."

The new arrival made a prudent decision not to engage in further dialogue, and so not to lose hope. His subsequent silence was a kind of hunger: merely a hint: his goal was to take a stab at assimilation. Between them, in the meantime, was a discreet exchange of glances to compensate perhaps for their differences. But neither yet derided the other in order to compete.

A definite if unconscious respect, such that the new arrival took a few steps back. Not a give-and-take friendship but rather, for his part, a test. No doubt he soon understood that under such circumstances he was a simple rookie learning slowly. Oh, and he had nowhere to go. If he decided to return to that town where, wherever it was—it would be reckless. Such a huge expanse as this of course offered him a meandering respite: strength-crushing: one enigma and a thousand terrors. His expressive fear made him retreat further: the old man smiled: until: he stopped him with a "hey!" inviting him to dig in to what remained of the food.

Feeling sad, the new arrival obeyed, hoping to find at least a new mood. Then they turned their steps toward the side of the house where the wind doesn't frolic, next to the west wall, also to find a bit of shade to light the fire. Yes, agreed. As a result both allowed their suspicions and cares to drift away, leaving room for the concreteness of a comforting activity. Then, first to look for stones; difficult to find, but finally with only four set in a circle and an old grill the old man kept under lock and key they made a pit. They placed the meat in the middle. The newcomer

hasta que: lo detuvo con un "¡ey!", convidándolo a zampar los retazos de comida.

Aquél, triste, obedeció dispuesto a encontrar siquiera un nuevo estado de ánimo. Encaminaron al cabo hacia el lado de la casa donde el viento no hace juegos, junto a la pared oeste, también buscando un poco de sombra para prender la lumbrita. Sí, aceptado. Como consecuencia ambos dejaron pues que volaran las sospechas y las cargas dando paso a lo concreto de una acción reconfortante. Entonces, primero buscar piedrones; fue una lata conseguirlos, pero al fin, nomás con cuatro de éstos colocados como en rueda y gobernadora seca que el peón tenía bajo llave completaron la pirula. Pusieron la carne al centro. Lo que llamó la atención al fulano fue que el viejo solitario sacara chispas capaces de producir vivas llamas mediante dos pedernales: roce correcto y ¡qué tal!

Luego la gran recompensa. Ese gusto, esa avidez, hasta bailaban los ojos de Corneliano Pineda al morder aquellas carnes traídas por el patrón. Vianda frita, ¡qué caray!, un prodigio a sus expensas. El hombre recién llegado quiso entender por lo mismo el pote de tal deleite y por ende la plática sobrevino. Hablaron del alimento: ¿qué era lo cotidiano? En respuesta: salieron a relucir los trompillos —de fibra y jugo sabrosos, además, sus propiedades de cura—, también salieron a flote varias plantas resinosas, aunque no muy nutritivas, pero sí muy chiquiadoras. Muy rara vez lo de hoy. Ya una víbora era un lujo.

—Las liebres nunca se acercan. Me imagino que han de estar bien enteradas de mi buena puntería. Aunque le voy a ser franco, a mí me da harta flojera andar cazando animales. Eso sí, cuando vienen me los echo.

Candidez al por mayor: y férrea para acabarla . . .

De resultas, pese a pese —si se ve—, principios que se sostienen tan sólo por la experiencia. No cerebro atormentado siempre expuesto a pormenores, sino lógica sencilla, por lo que cualquier palabra dicha por

was impressed by how the solitary old man produced sparks capable of producing flames with two pieces of flint: just the right stroke and, what do you know!

Then came the great reward. That taste, that eagerness, Corneliano Pineda's eyes danced as he bit into the meat the boss had brought. Grilled food, wow!, a miracle at his expense. The new arrival wanted to understand the extent of such a delight and hence the conversation ensued. They talked about food: what was daily bread? In response: annatto first of all—delicious juice and fibers, and its medicinal properties—as well as several resinous shrubs, though not very nourishing, but good for plasters. Food like today's, a rarity. A snake was a luxury.

"The hares never come anywhere near. They must know how good my aim is. Though I'll be honest with you, I'm pretty lazy about going out and hunting. Of course, when they come I get them."

Wholesale candor: and steely to the end . . .

As far as results, regardless—obviously—principles were sustained by experience alone. Not a tormented mind always susceptible to omens, but rather simple logic, such that any word spoken by the old man was an extraordinary gloss for this other who came with a different idea about harmony and urgent hungers. His silence—reconsidered—was in keeping with the environment: to listen would be the same as to wait for something better, for in this case he was the apprentice hoping to adapt as soon as possible.

By the way, the newcomer ate only one helping, allowed Corneliano to stuff himself happily; so he could focus on calmly observing the desperate chewing, also the ranch dog who waited a bit impatiently a few feet away. Thus, whatever fell at his feet would be a supreme gift, a delicious entirety.

The meal over, they didn't budge. Corneliano, full, soliloquizing as never before, out loud, as if praying to nobody. He started telling stories

el viejo peón era glosa extraordinaria para el hombre que llegó con otra idea de concordia y de prontas apetencias. Su silencio —repensado— era acorde con el medio: escuchar sería lo mismo que esperar algo mejor, siendo que él era en tal caso el aprendiz que deseaba adaptarse cuanto antes.

A propósito el fulano sólo comió una ración: una tirita de carne, dejando que Corneliano se atiborrara feliz; por ello se limitó a observar con toda calma los masques desesperados, también al perro ranchero que aguardaba un tanto inquieto a unos pasos de ellos. Así, lo que cayera a sus pies sería un regalo supremo, una entera sabrosura.

Concluida la zampada no se movieron de ahí. Corneliano, satisfecho, monologó como nunca, en voz alta, cual si le rezara a nadie. Le dio por narrar historias de cuando él era muchacho. Anécdotas paradójicas y proyectos al vapor fatalmente bien contrarios a ésta su vida rucia. Expuso, como con sorna, sus ideales de aquel tiempo y las causas —arbitrarias a los ojos del fulano— que lo indujeron después a vivir en soledad. Fue tal su declaración que el otro lo secundó.

Nuevamente las preguntas viceversas aparecieron sin más. Las respuestas, sin embargo, enfatizaban de a tiro su tiesura melancólica. Ambos queriendo ser fuertes, por no poder extraviarse, se afirmaban en las chanzas de lo que pudo haber sido y que ahora no preocupa. El avance de las horas bajo la sombra buscada fue un caudal de confesiones de ambas partes para llegar a saberse algo así como elegidos por un designio divino casi fuera de este mundo. Entonces, el sol se estaba ocultando y:

—Yo acostumbro ir al portal para recibir la noche. ¿No quisiera acompañarme?

—Está bien.

Caminata refrescante de los dos por haber soltado tristes sus amarras de comienzo. Pauta para que en seguida, conforme la adaptación, tal

about when he was a boy. Paradoxical anecdotes and the ghost of ambitions inevitably contrary to this gray life. He explained, almost sarcastically, his ideals at the time and the causes—arbitrary, it seemed to the newcomer—that led him later to live in solitude. Such was his plea that the other joined in.

Again, the vice-versa questions appeared. The answers, nevertheless, all at once emphasized his melancholy stubbornness. They both wanted to be strong, unable to stray, so they held firm to the promises that could have been and that now didn't matter. The passing of the hours in the shade they had found was a wealth of confessions from both so they could think of themselves as somehow chosen by an almost unworldly divine plan. Then, the sun began to set and:

"I usually wait for night in the doorway. Want to join me?"

"Sure."

Refreshing walk for them both after having unhappily loosened their earlier restraints. A pattern, adapted accordingly, leading to a possible baring of souls. So: they reach the door where: finally Corneliano claimed his rock—with a molded seat—and the dog lying down in automatic loyalty.

"You can sit on the floor. I'm ashamed to say I don't even have a chair to offer you."

"It doesn't matter. I'll stand."

The scene, anyway, melted, a straight horizon's lethargic sediment, for all to see!: the plains below, that's all, because silence descended for a long time so they could see. Then: stillness. In the doorway: an engraving and two colors, a silhouette—and—: all around them a blur and a frantic erasure, but when the last hue seemed to end, they opened their mouths to tell each other their names. The old man said his, waiting:

"My name is Adelo Bringas."

vez se abrieran de capa. Así: que llegan hasta el portal donde: luego luego Corneliano acaparó su piedrota —por el uso, ya con moldura de asiento—, y el perro presto que se echa con su leal automatismo.

—Puede sentarse en el piso. Por desgracia, ni siquiera tengo silla que ofrecerle.

—No importa. Aquí me quedo parado.

La escena, pues, derretida, sedimento aletargado de horizonte parejito, ¡a la vista!: mancha y cujos hacia abajo, sólo eso, porque el silencio se impuso largo rato para ver. Después: la inmovilidad. En el portal: una estampa y dos colores, como para recortarse —y—: alrededor desdibujo o atareada borradura, mas cuando el último tinte parecía finalizar ellos abrieron sus bocas para decirse sus nombres. El viejo peón dijo el suyo, en espera de que:

—Yo me llamo Adelo Bringas.

Entonces, gravemente apareció la antigüedad de la noche. A meterse de inmediato, según la costumbre de años. Cerrar puertas. Guarecerse. Que lo de afuera se ahogara.

—Como usted podrá notar, no hay luz eléctrica aquí. Yo me acuesto muy temprano para que me rinda el día. La noche es para dormir.

En lo oscuro Corneliano volvió a usar sus pedernales; ¡zas!: la chispa, y que enciende la cachimba. En seguida abrió el cajón de una cómoda para sacar presumido un pistolón de a de veras con unas cachas preciosas.

—Tenga . . . Guárdesela bien. Tiene una bala allí adentro, no vaya a desperdiciarla . . .

Y.

—Ah, coja esa almohada de plumas y con esa lona azul haga su cama en el piso; cobíjese como pueda porque tendrá mucho frío.

Sorprendido Adelo Bringas tomó el arma con cuidado. Que la mete en su equipaje, en la parte superior, sí, quería tenerla a la mano por lo

Then, the night's antiquity solemnly arrived. Get inside immediately, according to years of habit. Close the doors. Take refuge. What's outside can drown.

"As you can see, there's no electricity here. I go to bed very early to take advantage of the day. The night is for sleeping."

In the dark Corneliano took up his flints; crack!: the spark to light the lamp. Then he opened the dresser drawer with a sure hand to take out a real pistol with beautiful markings.

"Here . . . Put it somewhere safe. It's got one bullet, don't waste it . . ."

And.

"Oh, and here's a feather pillow and make your bed on the floor with that blue sackcloth; cover yourself as best you can because you'll be very cold."

Surprised, Adelo Bringas handled the weapon carefully. He should put it in his bag, in the top part, yes, he wanted it within reach in case something happened, but, why so much trust? He thought he was still a stranger.

In fact, his astonishment still found no common thread, nevertheless, he didn't even want to ask Corneliano Pineda why the offering. Ugly games and strange ways: toward what dark end; though yes, taking precautions, he took a tangent:

"I guess in a place like this it's a good idea to be armed."

"Yes, and I repeat: don't waste a shot . . ."

"Do you have a gun, too?"

"I have a shotgun."

Adelo remained hanging after finding out so easily that this was only a secret detour. Just long-standing suspicion or disgust, perhaps a subtle trap so that the newcomer would keep wondering and not be able to sleep. No, it wasn't right to think that a man so incommunicado for so

que fuera a pasar, pero ¿por qué la confianza? A su juicio todavía él era un desconocido.

En efecto, su estupor aún no hallaba hilazones, sin embargo, no quiso ni preguntarle a Corneliano Pineda el motivo de la entrega. Juego feo o extraño modo: hacia qué turbio acabose; aunque sí, por precaución, se salió por la tangente:

—Pienso que en este lugar es bueno andar bien armado.

—Sí, y le vuelvo a repetir: no vaya a disparar mal . . .

—¿Y usted también tiene arma?

—Tengo un rifle de tasquiles.

En suspenso quedó Adelo tras saber a la ligera que tan sólo se trataba de una oscura diversión. Suspicacias veteranas o fastidio solamente, acaso una trampa fina para que el recién llegado se quedara boquiabierto y no pudiera dormir. No, no era correcto pensar que un hombre incomunicado desde mucho tiempo atrás tuviese tanta malicia. La verdad éste quería hundirse ya en las cobijas sin hacer más comentarios. Se le notaba la prisa.

Empero, Adelo Bringas dudó. Tolerar a un inocente era fórmula triunfal. De por sí el simple hecho de asignarle aquel rincón para acurrucarse incómodo no era de gente obsequiosa. Lo que: cuando menos por orgullo tenía que tomar revancha: una revancha sutil que doliera más delante; pues de plano, si se quisiera terrible, ¿qué ganaba con matarlo? Adviértase que este hombre venía de un pueblo difícil, de mucha agresividad, por lo tanto cada frase le parecía una indirecta, inclusive hasta un mohín. Esos miedos.

—Entonces, como quien dice, mi pistola trae metida una balita de salva —y que se ríe chachalaco. Creyó que era chistosísima la frase de contraataque. Con enfado que contesta Corneliano:

—Puede ser. Cuando usted jale el gatillo sabrá si es de salva o no.

Franco reto . . . y de mientras la mudez . . . El viejo peón le dio vueltas

long would harbor malice. In fact he was burying himself in his blankets without another word. His urgency was evident.

But Adelo had his doubts. Tolerating the innocent was a triumphal formula. Just the fact that he assigned him that corner to curl up in uncomfortably was not the act of an obsequious man. So: at least out of pride he had to take his revenge: a subtle revenge that would hurt later on; first of all, even if he wanted to terribly, what would he gain by killing him? Remember this man came from a difficult town, lots of aggression, so each sentence seemed to him like a slight, even an insult. Such fears.

"I guess I'll be firing blanks, as they say," and he giggled. He thought it was hilarious as a counterattack. Corneliano angrily answering:

"Could be. You'll find out when you pull the trigger."

Straight scolding ... and then mute ... The old man turned the lever on the hanging lamp to dim the light. Adelo felt better. He knew at that moment that adjusting to the ranch would consist solely in slowly learning to dodge triple meanings. It was a matter of entering the purity of something ethereal and unequalled. Nonetheless, reflecting, he pretended to feel good knowing himself lucky to be so far away from everything.

That was a palliative. Also a paradox.

Later, the recently arrived man had confused ideas. What if the boss came back and fulfilled his promise. Hopefully he would the next day. For if not: how would he leave? Both fears invaded him about his future. But, in the end, on the contrary, a light bulb went on. Now he had the solution to mitigate slightly his ambiguous despair.

"Excuse me, sir," Adelo said, almost in the voice of a little girl, "sorry for waking you up. It's just that I've got a transistor radio here and I want to try it now ... The batteries aren't very new, to tell the truth. I just want to see if it can get anything. I'm used to falling asleep to music."

Corneliano, half asleep, heard that as rubbish, though very attractive.

al husillo para atenuar el alumbre de la cachimba colgada. Adelo se consoló. Supo desde ese momento que su adaptación al rancho consistiría únicamente en zafarse poco a poco de tantos triples sentidos. Era entrar en la pureza de algo etéreo y sin igual. No obstante, reflexionando, pretendió sentirse bien sabiéndose afortunado por estar lejos de todo.

Aquello era un paliativo. También una paradoja.

Después, al fulano llegadizo se le cruzaron ideas. Que si el patrón volvería cumpliendo con su promesa. Ojalá fuera la víspera. Que si no: ¿pues cómo irse? Le entraron sendos temores en cuanto a su porvenir. Pero, al cabo, por contraste, el foco se le prendió. Ya tenía una solución para mitigar un poco su ambigua desesperanza.

—Oiga señor —dijo Adelo con una voz casi niña—, perdone que lo despierte. Es que traigo aquí conmigo un radio de transistores y quiero probarlo ahora . . . Las pilas no están muy nuevas, eso sí. Nomás quiero ver si jala. Estoy muy acostumbrado a arrullarme con la música.

Corneliano, en duermevela, oyó aquello como un desbarramiento, empero, muy atractivo. Abrió los ojos de nuevo sin convencerse del todo; ahora sí que por un lado este dichoso fulano representaba un problema, y por otro, le encantó la idea del radio; uh, lejanas ensoñaciones de una vida ya imposible, oportuna sugerencia dado que cantaba a veces, ¡cómo no!, podía gritar sus recuerdos de juventud y de amor. Las besadas en la boca de hace mucho. ¡Claro!

—Bueno, ¡préndalo! . . . Nada más no se le olvide que mañana muy temprano hay que salir por el agua.

Adelo se puso a hurgar: ¡con un gusto! . . . Que saca su radiecito denotando un entusiasmo casi casi de chamaco, a su vez: tiraba a diestra y siniestra la ropa de su veliz; por fin teniendo en la mano el aparato en mención sintonizó por doquier. Primeramente escucharon muchos sonidos raspones, luego una voz en inglés, la cual pues no tenía caso. En

He opened his eyes without being fully convinced; now it seemed on one hand that said newcomer posed a problem, and on the other, he loved the idea of a radio; oh, distant fantasies of a life no longer possible, a timely suggestion because sometimes he sang, why not!, he could shout out his memories of youth and love. The kissing on the mouth of so long ago. Of course!

"Okay, turn it on! ... Just don't forget that tomorrow morning we have to leave very early to get water."

Adelo started rummaging around: with such delight! ... Then taking out his radio exuding very nearly childlike excitement, in turn: he threw the clothes out of his bag helter-skelter; finally with his hand on said appliance he tried to tune in to whatever station he could find. At first they heard many abrasive noises, then a voice in English, which was useless. Then, a husky voice that excitedly narrated a game on the diamond.

"No, not baseball! What I want is to hear songs from my time!" Corneliano gravely proclaimed.

Adelo Bringas would change the station, also hoping to find good music. Yes, excitedly he turned the dial all the way up, but a clear signal didn't come through even when he found a station. Bad reception. Distorted: a hubbub of lengths that shortened, though suddenly could be heard very clearly: *We now bring you the inspired song, "A Stain," by the recently deceased Oaxacan composer Álvaro Carrillo, arranged and sung by the one and only Pepe Jara, the so-called solitary troubadour ...* Introductory guitar strumming and: *What to do with a stain. We all carry a stain ... In this world profane ... No man dies pure ... It's only human ... If you could see how terrible are those too good ...*

"Change the station! Find some rancheras. I can't stand that music."

Without a word Adelo Bringas turned the dial, he also wanted something else, and no matter how he skipped and jumped, even shaking the

seguida, una voz aguardentosa que narraba con pimienta un juego de triple "A".

—¡No!, ¡beisbol no! Yo lo que quiero es oír una canción de mis tiempos —clamó grave Corneliano.

Que le cambia Adelo Bringas, su deseo era también encontrar música buena. Sí, ilusionado movía la peonza de mero arriba, mas la frecuencia correcta ni para cuándo encontrarla. Sintonías equivocadas. Es que las modulaciones se estiraban como chiles: un disloque de larguras que iban en disminución, aunque luego bien clarito se escuchó: *Ahora les ofrecemos la inspirada melodía que lleva por título: "Como un lunar", del recientemente fallecido compositor oaxaqueño: Álvaro Carrillo, en la voz y el estilo de su mejor intérprete: Pepe Jara, el llamado: trovador solitario* . . . Guitarreo de introducción y: *Como se lleva un lunar . . . Todos podemos una mancha llevar . . . En este mundo tan profano . . . Quien muere limpio . . . No ha sido humano . . . Si vieras qué terribles resultan las gentes demasiado buenas . . .*

—¡Cámbiele! Busque una estación ranchera. A mí de ésas no me gustan.

Sin chistar Adelo Bringas giró el sintonizador, él también deseaba de otras, y por más que hacía cabriolas, inclusive sacudiendo el aparato, no pescaba la del género. Todavía las tentativas por localizar el número de la transmisión cabal, y no, no había forma de alargar hasta el tope la antenilla —por ejemplo— enderezando la punta que estaba algo retorcida.

Para abrume de los dos —expectante Corneliano esperaba sin cobija con medio cuerpo en flexión y las manos en la nuca— los registros sólo eran vil embrollo de chinadas, burbujeo murmurador y lineazos estridentes. Ni siquiera, de chiripa, las estaciones oídas hacía apenas un momento recobraran tal como antes su nitidez pasajera; porque, después de varios minutos de intentonas y subidas de volumen al menos se conformaban con escucharlas de nuevo: la voz gringa. Pepe Jara. O el beisbol.

Solamente vocecillas redivivas al garete.

set, he couldn't find that genre. Still his attempts to catch the signal of the desired station, but no, there was no way to stretch the antenna any farther—for example—straightening out the end, which was slightly bent.

But oppressive to both—hopeful, Corneliano waited uncovered half sitting up with his hands on his neck—the radio was only a despicable jumble of confusion, bubbling chatter, and stridency. Not even, in a fluke, did those frequencies captured moments ago recover their previous transitory clarity; because, after a few minutes of new attempts and rising volumes they'd settle for listening to them again: the voice in English. Pepe Jara. Or baseball.

Only resuscitated voices down the tubes.

The worst thing would be to take apart that complex mechanism to adjust a wire: they knew nothing about such workings, it would only make it worse, compounded, and then because of those tinkerings the reception got worse. True, the batteries could have already gone dead. If that were the case, there wouldn't be anywhere to get new ones or even used, for the closest town was about thirty leagues away so—damn!

"Okay, turn it off! Your radio doesn't work and I don't know why; I think it means it's time to go to sleep."

To avoid any problems Adelo settled down in what resembled a bed. Yes, he was cold, but: so what? he wasn't going to die right away. His feeling of failure rose, sharper than ever, preventing any waning of his fruitless scheming. To sleep: no; to think, what the hell? Perhaps in some oblique way he understood that in this place there was no chance for partial conquest, at least understood in the usual way of someone who believes in the spectacle of noises, things, people, what falls under the festive; there were only contingencies wherein the cleverest lived by retreating in apparent harmony, almost beyond this world and projected

EL FENÓMENO OMINOSO

Lo peor sería desarmar el complejo mecanismo para moverle algún cable: no sabían de esas hechuras, sería mayor la regada, y de plano por azar de los vaguíos, se diluyeron las ondas. Cierto, pudiera ser que las pilas ya se hubieran acabado. Si esto fuese, no había dónde conseguir unas nuevas o quizá de medio uso, pues el pueblo más cercano estaba a unas treinta leguas y ¡carajo!

—Bueno, ¡apáguele! Su aparato se fregó y no sé por qué razón; yo creo que esto significa que ya es hora de dormirnos.

Para no entrar en problemas Adelo se acomodó en su apariencia de lecho. Sí tenía frío pero: ¿qué?, no se iba a morir ahora. Su sensación de fracaso repuntaba más que nunca, no permitiéndole entonces encontrar alguna mengua a su infructuosa ensayada. Dormir: no; pensar; ¿qué diablos? Acaso de refilón supo que en este lugar no había posibilidades ni de conquistas parciales, por lo menos entendidas a la manera habitual de quien cree en el espectáculo de ruidos, cosas y gente, de lo que se hunde festivo; sólo existían contingencias para que el más avispado viviera retrocediendo en aparente armonía, casi fuera de este mundo proyectado hacia el futuro, y por tanto, mientras la fuera pasando, mientras estuviera allí, quedaría desconectado.

Su radio: ¿la única vía?

Desenredo y desazón, alguna fe despistada y nomás por no dejar. Digamos que por inercia el hombre recién llegado fue cayendo en dormideras. Las vivencias de esta vez, el rudo cambio, el encuentro con tan drásticas rebajas lo obligan a tantear en alguna fantasía; quimeras o pasatiempos: irrealidad sugestiva. Pero todos los caminos eran largos e improbables y supuso que ni el sueño sería una revelación . . . ¿Qué pasó durante esa noche? . . . ¡A saber! Lo cierto es que muy temprano Adelo se levantó a la carrera; que toma su radio y sale para calarlo de nuevo.

into the future, and as such, while this was going on, while he was there, he would remain out of touch.

His radio: the only way?

Untangled and uneasy, a deluded faith so as not to let it go. We might say that the recently arrived man dozed off out of inertia. The events of that day, the abrupt change, the encounter with such drastic reductions, forced him to dabble in some kind of fantasy; chimeras or amusements: suggestive unreality. But all roads were long and improbable and he suspected that even his dreams would not be revealing . . . What happened during that night? . . . Who knows! What is known is that Adelo awoke very early and jumped up quickly; to grab his radio and take aim with it again.

The dew of the morning—still dawning—would assist the reception: other stations perhaps: the desired ones: rancheras, one at least; more out there, in the elements.

Only noise and a jumble of buzzing and then after a brief pause the radio died: the batteries? a loose wire? or a rusty part? Open the banged-up box to check, in detail: but: how? He didn't have a screwdriver. Furious, he shook it to see if maybe, but he heard nothing so he tossed it to the ground: once, twice, and that's it, because the third time he hurled it more angrily, seeing to his sorrow that it broke into a thousand pieces: springs, red and green wires, an aluminum plate, and the rest of the pieces falling in turn. Not a chance, no way! So at his feet were spread-out the smithereens that little by little the breeze on the surface of the earth began to blow about.

Destiny's dense joke, realizing that one's last contact with the world of others had broken forever. It was cold: it's true, numb as a guinea pig he quickly stuffed his hands in his cowboy pants and stood contemplating

EL FENÓMENO OMINOSO

El relente mañanero —todavía cuando el albor— ayudaría a captar ondas: otras quizá: las deseadas: las rancheras, una acaso; contimás a la intemperie.

Puro rumor y vareo de zumbos en reducción y luego de un breve lapso el radio se quedó muerto: ¿las pilas?, ¿un cable flojo?, ¿o una pieza ya oxidada? Abrir para revisar el relleno descompuesto, en detalle: pero: ¿cómo? No tenía desarmador. Iracundo fue a agitarlo a ver si así, mas como no se oía nada que lo azota contra el suelo: una, dos veces y ya, porque a la tercera vez con más rabia lo aventó, viendo para su desgracia que se partía en mil pedazos: saltando en torno resortes, hilachos verdes y rojos, una placa de aluminio y demás estrapalucios. No se pudo, ¡ya ni qué! Fue pues que a sus pies quedaron los añicos esparcidos que poco a poco las rachas a ras de tierra empezaban a mover.

Densa burla del destino como para percatarse que su último contacto con el mundo de los otros se había roto para siempre. Hacía frío: es la verdad, entumido como un cuyo metiose aprisa sus manos en el pantalón vaquero y se quedó contemplando hacia donde amanecía. El tibio confín naciente pintaba apenas el llano.

Adelo reconcentrado en difusos devenires por suerte vio la antenilla entre la pedacería, que la coge y que la aprieta para lanzarla con fuerza en dirección hacia el sol que surgía tras de los cerros. Observó el iluso vuelo cuyo desplome a unos pasos se escuchó como traquido de hoja contra peñón.

Corneliano, encobijado —en el portal—: expectante, luego de ver la maniobra que lo llama:

—¿Qué hace tan de madrugada?

El hombre volvió su cara hacia donde provenía la voz casi como en eco. Vio a distancia *El Gavilán* rodeado de peladuras y hasta atrás el lomerío; en ensanche: todo raso, y el hechizo: aquella casa —cual for-

the direction of the dawn. The nascent tepid horizon barely sketched the plain.

Adelo, alert to vague becomings, luckily saw the antennae among the shards, picking it up and clutching it only to fling it toward the sun rising behind the hills. He observed the illusive flight whose end a few steps away sounded like the crack of a leaf on a crag.

Corneliano, wrapped in his blanket—in the doorway—: eager, after watching the maneuver that summons him:

"What are you doing up so early?"

The man turned his face like an echo in the direction of the voice. He saw from this distance El Gavilán surrounded by barren earth and even beyond the ridge; expanding; all flat, and the spell: that house—a fortuitous garrison—enveloped in a meager mist of scarlet hues. A lifting of his spirits, though he didn't dare respond because the old man came to him still tied in a knot; when he reached him, he was prudent enough not to look at the damage, but rather, he said dryly:

"We have to hurry . . . We can carry the empty tank together. Let's go! so . . . And just so you don't complain, I'll let you use my blanket. At this time of day the cold goes as deep as the bones . . ."

"Thank you very much."

"Oh yes, since yesterday, I meant to tell you so you know: don't give up on the boss coming back soon."

Yes? It's just that: from now on the recently arrived man would let himself be led by that expert mind in all rugged concerns. It was his definitive decision given that he was an apprentice. On the way, wrapped in the blanket—the shared blanket—they spoke of nothing else.

On their way to the place where:

"Grab the top of the tank, it's the easier part, I'll grab the bottom. When we get halfway, we'll switch."

tuita guarnición— envuelta en brumas exiguas de tinturas escarlatas. Un regalo para su ánimo, aunque, no se atrevió a responder porque el peón venía a su encuentro hecho un nudo todavía; al llegar, éste tuvo la prudencia de no ver el estropicio, antes bien, le dijo seco:

—Hay que irnos apurando . . . Podemos entre los dos cargar el tanque vacío. ¡Ande!, entonces . . . Y nomás pa que no diga, yo le ofrezco la mitad de mi cobija. Es que a esta hora los fríos penetran hasta los huesos . . .

—Muchas gracias.

—Ah, desde ayer quería decirle pa que lo tenga presente: no pierda las esperanzas de que el patrón vuelva pronto.

¿Sí? Lo que es que: desde ahora en adelante el hombre recién llegado se dejaría conducir por aquella mente experta en los asuntos agrestes. Fue su plena decisión dado que era un aprendiz. De regreso, encobijados —la cobija compartida— ya no hablaron de otra cosa.

Que se dirigen al sitio donde:

—Agarre de arriba el tanque, que es la parte descansada, yo lo agarro por abajo. Ya que vayamos llegando a la mitad del camino entonces hacemos cambio.

Y lo hicieron tal cual fue la indicación, pero:

—Se me pasaba decirle algo que es muy importante: no se le vaya a olvidar la pistola que le di, cuando uno sale de casa hay que llevarla con uno.

—¿Y usted va a llevar su rifle?

—No, no hace falta, con su arma es suficiente. Una bala mata más que cinco tasquiles juntos. Aparte, la pistola es menos carga.

Sin poner ideas en claro —ese juego suspicaz de muerte, potencias y armas— Adelo acató la orden. Fue. Vino con la incertidumbre de la sinrazón letal metiéndose el artefacto bajo su cinto de cuero.

THE OMINOUS PHENOMENON

And they did just as he instructed, but:

"I forgot to tell you something very important: don't forget to bring the pistol I gave you, whenever you leave the house you have to take it with you."

"Are you going to take your shotgun?"

"No, we don't need it, one weapon is enough. One bullet kills more than five shells. Anyway, the pistol is lighter."

Without any clear idea—that suspicious game of death, power, and weapons—Adelo followed orders. He went. He came back with the uncertainty of this lethal irrationality while stuffing the artifact under his leather belt.

Ready and lifting the load. They started on their way. What did it matter under the circumstances that Corneliano Pineda had left all the doors open! Though a doubt grew in the mind of the newcomer when he failed to understand the innocence or abundance of that ship-wrecked man.

Along the still short distance they covered, Adelo Bringas thought that after what had happened he had no choice but to resign himself to living without ambition or sorrow. The idea of the boss now seemed like the ghost of his own will and every step in the direction of who knows where he knew to be a firm step away from any kind of happiness. After they had been walking for about one kilometer he couldn't resist the urge to stop and turn around: to ask for no reason:

"And you leave the house all alone?"

"No, there's the dog, he takes care of it. But that doesn't mean much because there are no thieves around here, and if they come: they can take what they want . . ."

Adelo was stunned—without dropping his load—contemplating in the distance the silhouette of the house standing majestic on the diffuse

EL FENÓMENO OMINOSO

Listo y arriba la carga. Iniciaron su camino. ¡Qué importaba en este caso que Corneliano Pineda dejara sin más ni más todas las puertas abiertas! Aunque la duda crecía en la mente del fulano al no lograr entender la inocencia o el hartazgo de aquel hombre a la deriva.

Durante el trayecto aún corto Adelo Bringas pensó que luego de lo ocurrido no le quedaría otra cosa que resignarse a vivir sin ambición ni dolor. La figura del patrón ahora le resultaba un arbitrio fantasmal y a cada paso que daba rumbo a quién sabe qué sitio supo que era un paso firme que lo alejaba de veras de cualquier felicidad. Cuando llevaban andado más o menos un kilómetro pues no se aguantó las ganas de hacer alto y de voltear: preguntando sin motivo:

—¿Y a poco la casa se queda sola?

—No, está el perro, él se encarga de cuidarla. Pero eso es un decir porque aquí no andan ladrones, y si vienen: que se lleven lo que quieran...

Adelo se quedó atónito —sin dejar su carga abajo— contemplando a la distancia la silueta de la casa despuntando holgadamente en la difusa extensión. Ya sorteaba el espejismo en aquella soledad: cruenta, aciaga, intemporal. Corneliano al ver que el hombre estaba como alelado sin hacer ni un movimiento, seguramente abstrayendo formas vagas y continuas, que le dice:

—¡Ande!, ¡vamos por el agua!

Y siguieron su camino.

THE OMINOUS PHENOMENON

expanse. He'd already sorted out the mirage of that solitude: bloody, fateful, timeless. Corneliano, seeing that the man was stupefied, unmoving, surely lost in thoughts of formless and continuous shapes, then said:

"Let's go! Let's go get water!"

And they kept walking.

TRANSLATED BY KATHERINE SILVER

GUILLERMO SAMPERIO

LA MUJER DE LA GABARDINA ROJA

Hacía mucho que no fumaba. Salió del edificio, directo a la tabaquería.
Le temblaban las manos. Tabaco negro. Yendo por la calle, encendió el
primer cigarrillo. Sin filtro, chaparros y gorditos. A punto del llanto. Un
cristal líquido en los ojos. Era una de las tardes más frías de la temporada.
Pero no debía llorar. El coraje vibraba en sus párpados. En la barbilla.
En los músculos de las piernas. Le empañaba la visión del mundo. No
derramaría ninguna lágrima. Detenidas en el borde de la mirada, como
si viera la calle a través de un vidrio esmerilado. Los edificios eran más
viejos en su gris oscuro percudido. La herrería desalmada. Personas que
venían de frente no ponían atención en Maira. Iban en sus andanzas
preconcebidas, sus gabardinas y sobretodos. Los balconcetes vacíos.
   Ella no miraba a nadie. Prácticamente no iba mirando. Se guiaba
por lo grueso de los bultos. También le daba coraje fumar. Ir soltando
el humo por las esquinas. Aquella tarde fría inolvidable. Distinguía las
gabardinas, pero no a la gente. Miraba los muros, pero no el estilo decadente. Como garabatos del tiempo, manchones fugaces de lo perdido.
Hacía mucho que no fumaba. Caray. Por ahora no importaba. Cigarro
tras cigarro. Debía dejar transcurrir el tiempo. Y mucho más. Aguantar los primeros momentos. La primera noche. Algunos días. Después,
quizá todo se iría acomodando. Trataba de consolarse. Principalmente

THE WOMAN IN THE RED COAT

She hadn't smoked in a while. She left the building, straight to the smoke shop. Hands trembling. Black tobacco. She lit the first cigarette walking down the street. Unfiltered, stubby, and thick. On the verge of tears. Liquid crystal in her eyes. It was one of the coldest afternoons of the season. But she mustn't cry. The rage twitched in her eyelids. In her chin. In the muscles on her legs. It blurred her vision of the world. She wouldn't shed a tear. Held back on the edge of her gaze, as if she were seeing the street through frosted glass. The buildings looked older in their dark, gritty gray. A heartless forge. The people coming at her paid Maira no mind. They went along in their preconceived adventures, raincoats, and overcoats. Empty little balconies.

She didn't look at anyone. She really wasn't looking where she was going. She guided herself by the outlines of shapes. Smoking also made her mad. Puffing out smoke on the corners. That unforgettable, cold afternoon. She distinguished the raincoats, but not the people. She looked at the walls, but not the decadent style. Like the scrawl of time, fleeting stains of loss. She hadn't smoked in a while. Jeez. Didn't matter now. One cigarette after another. She had to let time pass. And much more. To endure the first few moments. The first night. A few days. Afterwards, maybe everything would fall in place. She tried to console herself. That

eso la disgustaba. Tener que aguantarse. Imposibilitada de rechazar el deseo. El asunto estaba podrido. Y, sin embargo, la atraía.

Un esfuerzo mayor, doble, el más determinante. Eso debía hacer: incendiar otro cigarrillo a media calle. Impedir el llanto, andar velozmente con sus menudos pasos. Extraviarse por la ciudad. Dejarse acoger por ella, aun el tiempo terrible. Con la gabardina roja abierta. Como brotando de una arquitectura en escombros. Que me castigara el viento filoso. Me cortara las mejillas. Con los filos de un agua apenas visible. Como hojas sueltas al azar. Conocía ese frío. Había escapado varias veces de él. A favor de la calidez del aislamiento. Hoy iba así, con la gabardina roja abierta. Las solapas, libres. El cuello, levantado. Contra los muros plomizos del barrio. Una como neblina apenas naciente. El cinturón rojo, balanceándose lento. El cuerpo abierto al ocaso del día. Recibir un poco de aliento. Por las calles de la ciudad.

El cigarro, fijo a la izquierda, en sus labios. No alcanzaban a hacer un corazón. Breves y carnudos, como con el beso prefigurado. Incluso, dormida. O escuchando a algún profesor. La oruga hermosa del beso. Se iba hacia los callejones para andar un poco más en la soledad y tener aire más decoroso.

A su paso recogían los parasoles. Bajaban las cortinas los comerciantes. En sus gorras y delantales de medio cuerpo. Alguno traía un chamarrón. Pero ella no se fijaba en los rostros. Era como si no tuvieran cuerpo. Las puras camisas de franela a cuadros grises y cafés. Las capas azul marino. Sobretodos extraídos del fondo del ropero, de una maleta o la bolsa. Extraños sobretodos. Algún paraguas extraviado. El humo del cigarrillo se enlazaba con el pelo rojizo de Maira. Una onda de cabello medio caída. La noche empezaba a descender temprano. Se apagaban algunos anuncios. Noche prematura, cortando la tarde. La noción de temporalidad se le iba descomponiendo. No derramaría ninguna lágrima. Detenidas en

was what she disliked most of all. Having to grin and bear it. Prevented from rejecting the desire. It was rotten. And yet she was drawn to it.

A major effort, double, the determining factor. This is what she has to do: burn through another cigarette right here in the middle of the street. Hold back the tears, walk quickly in her short strides. Lose herself in the city. Let herself be taken in by it, even in the horrid weather. With the red raincoat open. As if sprouting out of an architecture in ruins. Let the biting wind punish me. Cut my cheeks. With its blades of barely visible water. Like razors released at random. She knew that cold. She had escaped it more than once. To the warmth of isolation. So today she went like that, in the red raincoat. Lapels open. Collar turned up. Against the neighborhood's leaden walls. Like a newborn mist. The red belt swinging slowly. The coat open to the day's sunset. Taking in a little breath. On the streets of the city.

The cigarette, planted on the left, in her lips. They didn't manage to form a heart. Dainty yet fleshy, like a preconceived kiss. Even asleep. Or listening to a professor. The beautiful caterpillar of the kiss. She headed toward the alleys to walk a little more and look a bit more respectable.

As she walked, umbrellas were put away. Merchants closed their shutters. In their hats and short aprons. Some were wearing jackets. But she didn't notice faces. It was as if they had no bodies. Pure gray and brown-checked flannel shirts. Navy blue cloaks. Overcoats pulled from the bottom of the wardrobe, suitcase, or bag. Strange overcoats. A missing umbrella. The smoke from the cigarette billowed through Maira's reddish hair. A wave of hair falling across her face. Night began to fall early. Some signs flickered off. A premature night, cutting the afternoon short. The idea of transience was breaking her down. She wouldn't shed a tear. Held back on the edge of her gaze. A lack of logic between the shadows and the delicate lights. Suddenly, there were bright spots for

el borde de la mirada. Una falta de lógica entre las sombras y las luces leves. De pronto había zonas luminosas por un instante. O sombras de diversas calidades entrelazadas en los zaguanes, pegadas a los muros y las cornisas. Como una pelusa sobrepuesta. Percibía el camino como andar por un extravío. En un espacio paralelo. O de otro tipo. Evitaba las avenidas. El corto taconeo de sus zapatos de tacón negros. Las piernas blancas sonrojadas por el frío. Desde medio muslo. El vestido negro. Tejido con estambre grueso en forma de tubo, pegado al cuerpo, dibujándolo. Cuello oval, mangas negras tres cuartos bajo la gabardina roja. Y mucho más. Aguantar los primeros momentos. Se detuvo en una esquina. Tiró la colilla del cigarro y la talló contra el piso. Encendió otro con los cerillos de palo de la cocina. Dio una bocanada grande. La exhaló con lentitud, enredándosele con la nariz respingada, los ojos y el cabello. Como si estuviera representando una fotografía donde el humo le ocultara el rostro.

Fue la primera ropa que encontró. De pasada, se llevó los cerillos. Ya con la idea de ir a la tabaquería. Aún sentía las ataduras en muñecas y tobillos. Cuando inició el paso, supo que terminaría yendo a La Nube. Allí se le dificultaría ponerse a llorar. Anduvo varias calles entre sombras múltiples. O brillos a punto de borrarse. Hasta que llegó a la callecita. Vio que entraban dos jóvenes en la peluquería. Avanzó hacia el café contra los últimos filos del viento. Empujó una de las hojas de la puerta. Entró y se acercó al perchero. Quería releer la frase. Y lo hizo, con dificultad. Como que los sonidos se le resistían. Pero al fin las palabras "La reprivatización de la vida interior" se le hicieron claras. El recinto estaba a punto de llenarse. La nube de humo se empezaba a formar. Descubrió una mesa al fondo, cerca de la barra. Fue atravesando el café. Vio a la otra Maira andar por el espejo. Su rostro de niña se había disipado. Un atadito de arrugas junto a los ojos. Era una señora de cuarenta años, baja

an instant. Or shadows of varying qualities intertwined in the entry-
ways, stuck to the walls and cornices. Like a layer of lint. She sensed her
way, like walking through a loss. In a parallel universe. Or some other
kind. She avoided the avenues. The muted sound of her black heels. Her
white legs blushing from the cold. From mid-thigh down. The black
dress. Thick-worsted fabric in the form of a tube, clinging to her body,
marking its curves. Oval neckline, black, three-quarter-length sleeves
beneath the red coat. And much more. To endure the first few moments.
She stopped at a corner. She tossed the butt away and stamped it out on
the ground. She lit another with the wooden kitchen matches. She took
a long drag. And exhaled it slowly, letting it wind around her turned-up
nose, eyes, and hair. As if she were depicted in a photograph with the
smoke hiding her face.

They were the first clothes she found. She grabbed the matches on the
way out. Already thinking about stopping by the smoke shop. She could
still feel the marks on her wrists and ankles. When she started walking,
she knew she'd end up at La Nube—the Cloud. It would be hard for
her to cry there. She walked several streets among many shadows. Or
sparkles on the verge of going dark. Until she reached the alleyway. She
saw two girls enter the salon. She moved toward the café against the last
gusts of wind. She pushed one side of the double door. She entered and
went to the coat rack. She wanted to reread the sentence. And she did so,
with difficulty. As if the sounds were holding out against her. But finally
the words "Making intimacy private again" came into focus. The place
was about to fill up. The cloud of smoke was beginning to form. She
noticed a table in the back, near the bar. She ventured across the café. She
saw the other Maira walking in the mirror. Her girlish face had faded. A
cluster of wrinkles next to her eyes. She was a forty-year-old woman, not
too tall, attractive, walking to a table. The collar on her coat turned up.

de estatura, guapa, dirigiéndose hacia una mesa. El cuello de la gabardina levantado. El cinto se movía lentamente. Alguno fijó su atención en ella y luego volvió a su taza de café. A medio camino, insistieron las lágrimas. No podría creer. Era imposible. Alcanzó a ver cómo la señora Maira se borroneaba en el espejo. Una bocanada de humo terminó por disiparla. Ahora, la fotografía era difusa, captando fantasmas citadinos. Como si Maira no tuviera derecho a existir. Eso le sugirió la Maira que desaparecía en el espejo. Pasó junto a las puertas de los baños. Y por fin pudo llegar a su mesa.

Pero si ella no tenía derecho a existir, tampoco las calles. Ni las oficinas. Ni la universidad. Ni los perros. Ni el gobierno. Ni los árboles. Ni las canciones. Tampoco la gente que estaba en La Nube. Le dio rabia la sonrisa del hombre de corbata de moño y tirantes, tras la barra; subía una palanca de la cafetera. A Maira le parecieron ridículos los tubos cromados, las servilletas apiladas tras el hombre. El ambiente azuloso de la luz de neón.

No necesitó más que una mesa y una silla. Que nadie fuera a incomodarla. No quiero mirarle la cara al mesero. Le molestó que la llamara por su nombre. Señora Maira. La voz le pareció pretenciosa. Ordenó, entre dientes, un express. Con gusto, señora Maira. No quería escuchar su nombre. Le daba rabia y vergüenza. Si ella no existía, tampoco su nombre. Si no importaba el nombre del día, tampoco el del año. Y ahora la mujer era sólo humo. Hacía mucho que no fumaba. Flotaba frente a la taza de café. Flotaba con el humo. Lo dejaba escapar como una voz ronca y lenta. Allí fumaría varios cigarrillos. Para irse leyendo a sí misma, a la nube, al espejo, a los carteles sombríos.

La mano detenida bajo el mentón. El codo sobre la mesa. Vio a toda esa gente sentenciada a muerte. No pudo más que simpatizar con los carteles, a su derecha. Representaban una señal de su estado de ánimo. Ella

THE WOMAN IN THE RED COAT

Her belt swung slowly. Some looked up at her, and then turned back to their cups of coffee. Halfway to the table, the tears insisted. She couldn't believe it. It was impossible. She managed to see Ms. Maira get blurry in the mirror. A puff of smoke dispelled the image. Now the photo was diffuse, picking up urban phantoms. As if Maira had no right to exist. That led Maira to think she would disappear in the mirror. She passed by the doors to the restrooms. And finally reached her table.

But if she had no right to exist, the streets didn't either. Or the offices. Or the university. Or the dogs. Or the government. Or the trees. Or the songs. Or even the people in La Nube. She was pissed off by the smile on the man in the bowtie and suspenders, behind the bar, raising a lever on the espresso machine. Maira thought the chrome-plated tubes and napkins stacked behind the man were ridiculous. The bluish haze of the neon light.

She needed no more than a table and chair. And nobody to make her uncomfortable. I don't want to look the waiter in the eye. She was bothered that he called her by her name. Ms. Maira. She found his voice pretentious. She muttered her order, an espresso. My pleasure, Ms. Maira. She didn't want to hear her name. It made her angry and ashamed. If she didn't exist, her name didn't either. If it didn't matter what day it was, the year didn't matter either. And now the woman was only smoke. She hadn't smoked in a while. She floated in front of her cup of coffee. Floated with the smoke. She let it escape like a slow, husky voice. She'd smoke several cigarettes there. To read herself, the cloud, the mirror, the dark signs.

Her hand under her chin. Elbow on the table. She saw all those people sentenced to death. She could only sympathize with the signs to her right. They depicted an indication of her mood. She was an indication of the signs. She noticed a light going out on the other side of the windows.

era una señal de los carteles. Notó una luz apagándose tras los ventanales. Una sombra que entra en el edificio. Así de sensible se encontraba. Pensó en la calle. En ese momento se instalaba llena la noche parda, prematura, sobre la estúpida ciudad. Aspiró una larga fumada. Le dio un trago a su express. Y hasta entonces reconoció la tibieza del lugar.

Mientras iba soltando el humo, recordó a Gregorio. Un hombre moreno, más obeso que robusto. Hijo primogénito del primer matrimonio de su madre. Una señora trigueña, pequeñita, que salía muy poco de casa. Del mandado a la casa. O de la casa a la iglesia. O en la casa. Se había dedicado a sus cuatro hijos. Dos del primero y dos del segundo matrimonio. A Maira se le dificultó comprenderla. Cómo, al enviudar del pianista, se había casado con un ingeniero mecánico. Por qué hablaba a escondidas con ellos. Luego, el ingeniero iba poco a la casa. Un hombre más bien alto, de piel blanca. Una ligera corva le daba aspecto de cansado. Y, por lo tanto, de bonachón. Tuvo canas prematuras entre su cabello pelirrojo. En las tensiones familiares, se acogía a un silencio prudente, a lo mejor un tanto humilde. Vivía prácticamente en su estudio anexo al taller de piezas mecánicas y al expendio. Ambas propiedades de él. Este hombre murió cuando Maira entraba en la adolescencia. Ella era la menor de los cuatro. Gregorio anuló a Armando, el zombi, medio hermano menor de Maira. Lo convirtió en un hombre atemorizado, servicial, con una sonrisa obligada en los labios. También era gentil servidor de la madre, en especial por su parecido con ella. Era la razón que se daba.

La señora, el zombi y Maira eran los menores de estatura de la familia. Gregorio rivalizó con el padrastro. Y con Felipe, el hermano de sangre de Maira. De ahí la distancia del ingeniero mecánico. Estaba a veces con la señora. Metidos un buen rato en la recámara. Se cuchicheaban cosas. Hafablafabafan cofon efefes. El hombre trataba de que los pocos momentos con sus hijos fueran sustanciales. Y evitaba, en lo posible, toparse

THE WOMAN IN THE RED COAT

A shadow entering the building. She felt that sensitive. She thought of the street. At that moment, the dull, brownish-gray, premature night fell completely over the ridiculous city. She took a long drag. Then a sip of her espresso. And she recognized the warmth of the place up to that point.

While blowing smoke, she remembered Gregorio. A dark-skinned man, more obese than robust. The firstborn son of her mother's first marriage. A petite, dark-skinned woman, who seldom ventured out of the house. From the market home. Or from home to church. Or at home. She had devoted herself to her four children. Two from her first and two from her second marriage. Maira had a hard time understanding her. How, after being widowed by the pianist, had she married a mechanical engineer. Why did she speak with them behind closed doors. Later, the engineer seldom came home. A rather tall man, with white skin. A slight curve of his spine made him look tired. And therefore good-natured. His ginger hair was graying prematurely. In moments of family stress, he maintained a prudent silence, perhaps a bit meek. He practically lived in a studio next to the machine shop and store. He owned both. This man died when Maira was starting her teens. She was the youngest of the four. Gregorio destroyed Armando, the zombie, Maira's younger half-brother. He turned him into a brow-beaten, obliging man, with a forced smile on his lips. He was also his mother's humble servant, especially because of his resemblance to her. That was the reason they gave.

The mother, the zombie, and Maira were the shortest in the family. Gregorio rivaled the stepfather. And Felipe, Maira's full brother. This created some distance with the mechanical engineer. Sometimes he was with their mother. In the bedroom a good while. Whispering things. Speaking in gibberish. The man tried to make the little time he spent with his children significant. And he avoided, to the extent possible,

con su hijastro mayor. Maira tardó demasiado tiempo en reconocer la patanería de Gregorio. Era bueno que el ingeniero no fuera tanto a la casa. Recargado en el silencio, era un padre misterioso. Mostraba a la familia pequeñas máquinas de su invención, de movimiento propio. La más bella se la había dado a Maira, según Maira. La de engranes cobrizados. La que se movía permanentemente. Te regalé el movimiento perpetuo, le decía el padre, señalándola con el dedo índice, cerca del rostro. Aunque la muchacha no distinguiera el alcance del regalo. La viuda no ponía demasiada atención. Le interesaba que estuviera un hombre suyo en casa. Más o menos así era la cosa. Felicitaba al esposo de cumplido, desentendida de las maquinarias, como vivió desentendida del piano. Maira veía su artefacto en las noches, antes de dormir. Escuchaba el ruido del balín en la oscuridad, le provocaba sueño. Su madre hablaba del pianista en cualquier momento: reunidos a la mesa, en la sala, tendiendo las camas. Refería la sentencia en contra que le echó la abuela: "Así vivirás", cuando los encontró en el cuarto del fondo. El pianista, tan hipócrita. Yo era demasiado chica, se amparaba la viuda. Luego, en voz baja, agregaba otra frase: "Si hubiera estado más grande, también lo hubiera hecho, pero eso no puedo afirmarlo". Como si cualquier territorio fuera suyo. Siempre, en cualquier momento.

Las imágenes atravesaban el humo. Se formaban y se convertían en humo. Las palabras vueltas a decir. Vueltas humo. Palabras que se fueran fumando. Expulsándolas hacia la nube. Los acontecimientos oscuros. La familia de su madre. Los miedos tempranos, los secretos de vida. El mundo abriéndose en un corte temeroso, triste, tal vez con odio. En algún lugar de ella, sola, abandonada. Tabaco negro. Fumar de pronto siete cigarros. La impulsaba la ansiedad, le daba cierto mareo. Una pizca más de falta de ubicación, en un sopor olvidado. Apariencia de persona serena. Mientras sucedía la ensoñación. Las imágenes que atravesaban

running into his eldest stepson. Maira was late to recognize Gregorio's boorishness. It was a good thing the engineer didn't come by the house too often. Draped in silence, he was a mysterious father. He showed the family little machines he invented that moved by themselves. He had given the most beautiful one to Maira, according to Maira. The one with the coppery cogs. The one that never stopped moving. I gave you perpetual motion, her father told her, pointing with his index finger, near her face. But the girl didn't recognize the significance of the gift. The widow didn't pay much attention. She was interested in having her man at home. That was more or less how it was. She congratulated her husband just to be polite, knowing nothing about machines, just as she had lived knowing nothing of the piano. Maira looked at her device at night, before going to sleep. She listened to the noise of the ball bearing in the darkness; it made her sleepy. Her mother talked about the pianist whenever she had the chance: at the table, in the living room, making the beds. She told of grandmother's judgment against him: "That's how you'll live," when she found them in the back room. The pianist was such a hypocrite. I was too young, the widow claimed. Then, in a whisper, she added: "If I had been older, I would have done the same, but I can't be sure of that." As if any territory were hers. Always, at any time.

Images crossed through the smoke. They formed, then vanished into the smoke. Words said again. Turned into smoke. Words that went up in smoke. Puffing them toward the cloud. Dark events. Her mother's family. The early fears, lifelong secrets. The world opening up into a frightening wound, sad, perhaps with hatred. Somewhere inside her, alone, abandoned. Black tobacco. Suddenly smoking seven cigarettes. She was driven by anxiety; it made her kind of dizzy. Unable to situate herself once again, in a forgotten torpor. An appearance of serenity. While the fantasy took place. The images moving through the smoke were vivid.

el humo pasaban nítidas. ¿Cómo lo había olvidado? Los engranes en movimiento. La bola grande del balín. Lustrosa y huidiza. Exacta y bella. ¿Dónde habría quedado? En una de las cajas, seguramente.

El estudio de su padre era más bien una casa pequeña. Había una cocinita. Algunos sillones. Un catre empotrado en la pared. Muebles como vitrinas largas. Sobre ellos, viejos aparatos, algunos sin terminar. Frascos con piezas metálicas. Una pequeña biblioteca. Al estudio nunca entró la viuda. Ni los otros hombres, incluido Felipe. Debido a ello, Maira sentía una gran ventaja. El hecho de tomar cualquier libro era ya una ventaja, por las ocasiones en que pudo estar con él; se quedaba mirando a su padre y no se le ocurría nada. En mirarlo se detenía la acción. Mirarlo era la acción completa. Embeberse con sus gestos y sus olores. Al trasponer la puerta. Siendo todavía niña, doce años quizá, pensó que el ingeniero la poseería. Era la primera vez que lo pensaba. Le vino como si rodara una pelota. No lo había pensado adrede. El ingeniero la sentaba en sus piernas. La regalaba con higos. Le daba cariñosas nalgaditas. La trataba como niña pequeña. Una parvularia. Eso la decepcionaba. Pero le fue auditando las dimensiones de los senos. Y las caderas. Le preparaba un té en la estufita. Pero nunca la llevó a la cama. Aunque al trasponer la puerta, ella lo pensara. Le enseñaba diagramas de máquinas de aparatos extranjeros. Intentaba descifrárselos. La trayectoria de un impulso. La extravagancia de un punto de energía. Para atravesar la red. Un poco así es la vida. Y otro poco la persona. Era una manera de darle cariño a su única hija mujer. La mitad que entienda, le servirá.

El hombre murió electrocutado en su negocio. Una cuestión de principiantes. Piso húmedo y demasiados voltios. No había puesto el seguro de alta tensión. Nunca se le ocurrió redactar un testamento, aunque la vida que llevaba le anunciara una temprana muerte. Había fallecido como el pianista, en un accidente. Al músico lo habían atropellado a la

How had she forgotten? The moving cogs. The big ball bearing. Shiny and elusive. Precise and beautiful. Where had it ended up? In one of the boxes, most likely.

Her father's study was more like a little house. It had a kitchenette. A couple of armchairs. A bed built into the wall. Furniture, like long display cases. On them, old gadgets, some incomplete. Jars full of metal parts. A small library. The widow never went in the studio. Neither did the other men, including Felipe. For this reason, Maira felt a great advantage. Being able to take any book was already an advantage, because of the time she could spend with him; she sat there looking at her father and didn't think of anything. Looking at him stopped action. Looking at him was the total action. Steeping herself in his gestures and smells. By going through the door. Still a girl, maybe twelve years old, she thought the engineer would possess her. It was the first time she thought about it. It came to her like a rolling ball. She hadn't thought about it deliberately. The engineer sat her on his lap. He gave her figs. He gave her affectionate pats on the bottom. He treated her like a little girl. Like a kindergartner. That disappointed her. But he did keep an eye on the size of her breasts. And her hips. He made her tea on the little stove. But he never took her to bed. Although when going through the door she thought about it. He showed her diagrams of foreign machines and gadgets. She tried to decipher them. The trajectory of an impulse. The extravagance of a point of energy. To slip through the net. Life's a little like that. And people too. It was a way to give some affection to his only female child. Even if she understands only half, it will serve her well.

The man died, electrocuted at work. A beginner's mistake. Wet floor and too many volts. He hadn't grounded the high-voltage line properly. He'd never thought about making a will, though the life he led foretold an early death. He had died like the pianist, in an accident. The musician

vuelta del salón de ensayos. Llegaba tarde y en la avenida lo agarró el camión. Murió de un solo encontronazo. En la constitución física de los hombres iba el anuncio. La señora los detectó como si trajera un imán para hombres con una ligera corva de melancolía, entregados a sueños, a tontas y a locas. Tropezándose con sus deseos e imaginerías. Las composiciones del pianista, dispersas por la casa. La señora las guardó en las cajas de su colección. Cuando se le murió el fabricante de maquinarias, la doble viuda decidió no volver a casarse. Comenzó a vestir las faldas a media pantorrilla. Negras o gris oscuro. Unas entre calcetas y medias cafés. Blusas serias y chalecos cafés. Saldría poco de casa. No quiero dejar otro muerto a mis espaldas. Lo comentó hasta lo último. O no quiero traer más muertos a la casa. Eran el tipo de sus frases. No podía hablar si no estaba haciendo algo. Maira pensó que su madre no salía de casa debido a la culpa. Las culpas le cerraron la vida. Sin colorete en las mejillas; sólo se llenaba de polvo de arroz la cara. Y un color pálido en los labios: nácar desvanecido. Trenza de tres bolas. Responsable de amar hombres proclives al suicidio. Quizá los dos estuvieran un tanto locos. De cualquier manera, ambos daban la impresión de guardar un misterio. Llevaban un lunar de muerte desde la cuna. Sentenciaba la doble viuda. Mientras, unas sábanas ondulaban desde sus manos.

La segunda muerte le dejó a la doble viuda una herencia modesta, suficiente para que todos salieran bien. No le interesaron los números ni el papeleo. Los dejó en manos de Gregorio. Nadie más podía hacerlo. Aunque Felipe tuviera nociones de contabilidad. Allí decidió las cosas la madre. Y los amó igual a todos. Pero alguien debe llevar el orden. Y no traeré a otro muerto para que se haga cargo. Todos tendrán para sus cosas, si colaboran con el mayor. Maira me ayudará y estudiará lo que pueda. Sin embargo, a los pocos meses, Felipe tuvo un accidente, en una bravuconearía entre las máquinas. Discutía con Gregorio sobre el conteo

was run down around the corner from the rehearsal studio. He was late for a session and got clipped by a truck. He died on impact. The omen was the men's physical constitution. Her mother was drawn to them as if she carried a magnet for men with a slight hint of melancholy, devoted to their dreams, and to stupid or crazy women. Stumbling over their desires and fantasies. The pianist's compositions, scattered around the house. Her mother kept them in the boxes of her collection. When the machine-maker died, the two-time widow decided not to marry again. She started wearing skirts below the knee. In black or dark gray. With brown socks and stockings. Traditional blouses and brown vests. She would seldom leave home. I don't want to leave another dead body in my wake. She said that until the end. Or I don't want to bring any more dead men home. She used those kinds of sentences. She couldn't speak if she wasn't doing something. Maira thought her mother didn't leave home out of guilt. Guilt had closed her life. No blush on her cheeks; she only used rice powder on her face. And a pale color on her lips: faded mother-of-pearl. Braided hair in buns. Guilty of having loved men prone to suicide. Maybe both husbands were a little crazy. Anyway, both gave the impression of keeping a secret. They bore the mark of death since childhood. Declared the double-widow. Meanwhile, sheets fluttered from her hands.

The second death left the double-widow a modest inheritance, enough for all of them to get by. She didn't care about the numbers or the paperwork. She left that to Gregorio. No one else could do it. Though Felipe knew a little about accounting. Mother decided these things. And I love you all the same. But someone had to take care of things. And I won't find another dead man to take care of it. You'll all get what you need, if you work with your big brother. Maira will help me and study as best she can. Nevertheless, a few months later, Felipe

de un pedido. Se empezaron a empujar y el mayor le metió un golpe que lo hizo trastabillar. Felipe intentó encontrar un apoyo. Topó con la mesa de la máquina, pero la mano no se detuvo. Se deslizó, resbaló, sobre la lámina gruesa. La navaja de la cortadora caía en ese instante. Se la cortó de tajo hasta la muñeca. En la desesperación intentó pegársela. El mismo Gregorio le puso un torniquete y lo llevó al médico. Cuando regresó con el muñón envuelto en vendas, nadie objetó nada. Ni los trabajadores ni la familia. Todos creyeron el pretexto del accidente. Incluso Maira en su adolescencia. Dejaron así, vencido, a Felipe. Al poco tiempo fue tan apocado como el otro. Se volvió habilidoso con un brazo. Pero de poco le valió. Le habían amputado toda presunción. Tenía el aire del ingeniero. Alto y tez blanca. El cabello castaño de la madre. Guapo, pero tímido, melindroso, cobarde.

En ese orden de cosas, Gregorio se encargó del destino de Maira. Se hacía acompañar por la adolescente en los viajes, cuando llevaba piezas mecánicas fuera de la ciudad. En los cuartos de hotel la hacía estudiar las lecciones. Maira llevaba siempre un libro de los que pertenecieron a su padre, para irlos leyendo de a poco. Así podía tenerlo cerca después de que la abandonara. Eso lo pensaba Maira con coraje. Su padre, desentendido de ella en el momento en que más lo necesitaba. Inclusive, sacó de su cuarto el artefacto de movimiento constante. Prefería no asomarse por el negocio. Ni mucho menos por el estudio. La había dejado sola, abandonada. Una curiosidad inevitable le hizo llevarse los libros a casa. Nadie los reclamaba.

Un par de años después, Gregorio la llevaba a los convivios. Quienes no los conocían, los pensaban amantes. Tal vez medio abusivo el hombre robusto. Pero mujeres había para todo, decían. El negocio dio mayores dividendos. Y Gregorio decidió independizarse. Se compró un departamento amueblado y Maira se fue a vivir con él. Era indudable que su

had an accident during a show of bravado near the machines. He was arguing with Gregorio about the piece count for an order. It came to blows and the big brother landed a punch that made the other stumble. Felipe reached for support. He bumped into the machine's platform, but his hand didn't stop. It slid, slipped, on the thick plate. The cutter's blade fell just then. It cut his hand off clean at the wrist. In desperation, he tried to stick it back on. Gregorio applied a tourniquet himself and took him to the doctor. When he returned with the stump wrapped in bandages, no one made any objections. Not the workers or the family. They all believed the pretext of the accident. Even Maira in her teens. They left Felipe like that, defeated. Not long thereafter, he was as timid as the other one. He became quite good with one arm. But it wasn't much good to him. They had amputated all his arrogance. He had the air of the engineer. Tall with white skin. His mother's brown hair. Handsome, but shy, finicky, cowardly.

Given the circumstances, Gregorio took charge of Maira's fate. He had the teenager accompany him on trips, when he took mechanical parts outside the city. He had her study her lessons in hotel rooms. Maira always carried one of the books that belonged to her father, to read little by little. That way she could keep him close after he abandoned her. That's what Maira thought angrily. Her father, indifferent to her when she needed him most. She even took the perpetual motion machine out of her room. She had no desire to go to the business. And even less to the studio. He had left her alone, abandoned. An inevitable curiosity made her take the books home. No one claimed them.

A couple years later, Gregorio began taking her to social events. Those who didn't know them thought they were lovers. Maybe the guy was a little abusive. But there were women for all kinds, they'd say. The business turned a larger profit. And Gregorio decided to get his own place.

medio hermano la protegería contra cualquier ataque, real o imaginario. En sus tristezas y nostalgias. En la ausencia honda que le había heredado el ingeniero. Mientras se hacía joven, vivía como embrujada. Luego, bajo un temor bastante claro. Alguna vez lo comentó con Bernarda, cuando empezaron a ser amigas. Sorbió otro trago a su express. Hacía mucho tiempo que no fumaba. Mientras removía el papel plateado de los cigarros, se dio cuenta de que aún traía puesta la gabardina. Dejó la cajetilla, sacó los brazos con dificultad y dejó que el paño rojo se desmayara sobre el respaldo de la silla.

Percibió que el calorcito del lugar había aumentado. Más gente, el café en su punto máximo. El entrecruzamiento de voces. El resoplido de la cafetera aún la inconformaba. Y ya se había creado la nube. A ella iban las palabras. Y la vida del tabaco negro. Y sus recuerdos. La voz sin voz. No le dijo toda la verdad a Bernarda. Nunca se la dijo. Y a nadie tampoco. Se la pintó como hermanos que compartían un mismo espacio. No dijo que, en sus borracheras, Gregorio iba a metérsele en la cama. Que le daba tristeza pensar en eso. Que aunque se había negado, finalmente había cedido. Alguna noche. No dijo que, después, para justificar el encuentro, hacían la escena del forcejeo. Alentadora, prometedora, distorsionante. Que se negaba de manera rotunda, actuando la gestualidad de la sorpresa. El espanto y no lo creo posible en ti. La doblegaba, se dejaba doblegar. La ataba con el cinturón a la cabecera.

Incluso le cuereaba el pubis y el trasero. A la pequeña Maira. Así eran las posesiones. Un fingimiento que los disculpaba. Y les permitía un placer exacerbado. A veces, desde antes de comenzar el juego. O cuando imaginaba lo que vendría. Se masturbaba recordando las escenas. No dijo que Gregorio le había conseguido el primer trabajo. Y mucho más, como el de los seguros de vida con cartera abierta. Que, aun casado, la seguía viendo. Que permanecía como embrujada. Con un temor incon-

THE WOMAN IN THE RED COAT

He bought a furnished apartment and Maira went to live with him. There was no doubt that her half-brother would protect her from any attack, real or imaginary. In her sadness and nostalgia. In the deep absence she had inherited from the engineer. While she acted young, she lived as if haunted. Then, under a rather apparent fear. She'd mentioned it to Bernarda, when they started becoming friends. She took another sip of her espresso. She hadn't smoked in a long time. While she removed the foil from the cigarette pack, she realized she still had her coat on. She put the pack down, pulled her arms out with difficulty, and let the red cloth faint on the back of her chair.

She noticed the place was getting warmer. More people, the café at maximum capacity. The intertwining of voices. The whistle of the espresso machine still didn't sit well with her. And now the cloud had formed. The words went to her. And the life of black tobacco. And her memories. The voiceless voice. She didn't tell Bernarda the whole truth. She never told her. Or anyone else either. She described it like siblings sharing the same space. She didn't say that, when he got drunk, Gregorio would get in bed with her. It made her sad to think about that. Though she refused, she eventually gave in. Some nights. She didn't say that, afterwards, to justify the encounter, they feigned a struggle. Encouraging, promising, distorting. She would categorically refuse, acting surprised. The horror, and I didn't think you were capable of this. He broke her will, she let it be broken. He tied her to the headboard with a belt.

He even whipped her pubis and her behind. Little Maira. That's the way it was with possessions. A deception that provided their excuse. And allowed them an acute pleasure. Sometimes, even before the game began. Or when she imagined what would come. She would masturbate recalling the scenes. She didn't say that Gregorio had found her her first job. And much more, like the life insurance job with an open portfolio.

trolable. Sujeta entre culpas densas. Y el olvido durante el acto sexual, prolongado hasta el confín posible. Que sí llegó el momento en que deseaba rechazarlo. Y que ya no se daba tanto fingimiento. Iba y la tomaba en cualquier momento, como si Maira fuera una extensión más de sus influencias. Y que sólo al ligarse a Patricio había podido librarse de aquella locura. Nada de esto dijo. Pero supuso que para Bernarda sería fácil imaginarlo. Si no, no le habría dicho que parecían amantes. Patricio, tan grande, tan callado, hombre trabajador. Y las lágrimas volvieron a insistir. No lloraría. Se terminó su express. Encendió otro cigarro. Aventó el humo hacia la nube. Se acodó, viendo sin ver. Una señora de unos cuarenta años. Desde ese día viviría sola. Aunque le resultara pavoroso. No quería problemas. No deseaba ya exponerse a otro hombre. Aunque ahora la agarrara ese miedo antiguo. La angustia que exhalaba con el humo. Las cosas tomarían otro orden, de otra forma. Reposaría en su orden arbitrario. El muy de ella. Quizá por primera vez diciendo y haciendo lo que quisiera. Y se entregaría definitivamente a la pasión por la serpiente blanca, la efigie que le propiciaba la serenidad que tanta falta le había hecho. Cómo no lo había descubierto años atrás. Cuando las cosas andaban escondidas, turbias, sin descubrirlas. O Maira extraviada entre ellas desde los doce años. Le agradecía a Bernarda el regalo de la esculturita serpentina. De por sí, siempre se había preocupado por su amiga. Y no fueron pocos los consejos y las recomendaciones durante todos estos años. Pero principalmente se agradecía a sí misma el sueño que la acompañaba. En la oscuridad de las cosas. Absorbido por ellas. Fuera y dentro de Maira. Y que ahorita mismo Patricio se fuera al carajo, para siempre. Seguramente ya habría terminado de recoger sus cosas. Ella se quedaría en el café hasta que cerraran, hasta que la nube se fuera disipando, hasta que el espejo se tragara al mundo entero.

Fumaba también para apaciguar la rabia. Se envolvía en un concentrado de sensaciones contradictorias. La revolvían, la mareaban. Hacía

THE WOMAN IN THE RED COAT

Even tired, he still went to see her. She remained as if under his spell. With uncontrollable fear. Caught between dense clouds of guilt. And the abandonment during the sexual act, prolonged as long as possible. The time did come when she wanted to reject him. And there was no longer so much deception. He came and took her at any time, as if Maira were just one more extension of his influence. And only by getting together with Patricio had she been able to escape that madness. She didn't say any of this. But she supposed it would be easy for Bernarda to imagine. If not, she wouldn't have said that they seemed like lovers. Patricio, so big, so quiet, a hard-working man. And the tears welled up again. She wouldn't cry. She finished her espresso. Lit another cigarette. Blew the smoke toward the cloud. Leaned on her elbows, looking without seeing. A woman about forty. From that day on she would live alone. Even though the idea terrified her. She didn't want problems. She no longer wanted to expose herself to another man. Though that old fear was gripping her again. The anguish she exhaled with the smoke. Things would take on another shape, another form. She would rely on her own arbitrary sense of order. Her very particular one. Maybe for the first time saying and doing whatever she wanted. And she would abandon herself to the passion for the white serpent, the image that brought her the serenity she had needed so. Why hadn't she discovered it years ago. When things were hidden, cloudy, obscured. Or Maira lost among them since age twelve. She thanked Bernarda for the gift of the serpentine sculpture. She had always taken an interest in her friend. And there had been plenty of advice and recommendations over all those years. But mostly she was grateful to herself for the dream that accompanied her. In the darkness of things. Absorbed by them. Outside and inside Maira. And now Patricio could go to hell, forever. He must have finished packing his things by now. She'd stay at the café until closing, until the cloud started to dissipate, until the mirror swallowed the whole world.

mucho que no fumaba. Antes, sólo iban a ella fragmentos de su historia. O cuando se asomaban, prefería no recuperarlos. Perdidos bajo la estufa, entre el cochambre. O bajo la cama. Hundidos en un estanque fangoso. Donde soñaba que emergían los nenúfares de la vida. Siempre tuvo esos oropeles de hipocresía cuando necesitó comentar su destino. A Bernarda, a sus otras amigas, a Patricio. A todos les enseñó el álbum de estampitas bellas. Incluso, al Patricio mismo le inventó otra historia. Decía que no le gustaba enredarse en historias. Así estaban las cosas. Algunos fragmentos cristalinos. Sin palabra alguna. Límpidos y vacíos, oh Dios. Lo más delicado, tal vez, que se mintiera. Que creyera lo que platicaba. Lo mismo, pero adornado como su espejo oval. Quizás ir viviendo sobre la deslealtad hacia ella misma, sobre la espalda de frases inventadas. La misma pero otra. Nunca terminó la carrera. Se hacía llamar licenciada. Picando de curso en curso. Casi en secreto vendía seguros. Pero decía que era jefa de relaciones públicas. No aclaraba para qué compañía ni nada por estilo. La recomendación eficaz de Gregorio.

Sí, tal vez, lo peligroso habían sido las mentiras. Y creérselas. Atravesarlas. Y vivirlas. Como una pantalla polifónica tras de sí. O coloreada con polvo de pinturas. El algodón de las mentiras giraba sobre la plana. Sí, tal vez, eso fue lo peligroso. Hasta este momento, se dijo. Aplastó la colilla de su tabaco negro. Pidió a la barra otro express. El hombre de corbata de moño le hizo signos de okey. Le pareció engorroso. ¿Mentirse? Este día. ¿En este instante? Le dejaron una tacita silenciosa. Miró la espuma canela. Sus ojos azul oscuro, opacos e inquietos, mostraban pesar, tristeza. El atadito de arrugas. ¿Mentirse? ¿Ahorita? Puso la boca en la taza para sorber la espuma amarga. Encendió un tabaco. Mantuvo la flama frente a sus ojos. Hasta que el cerillo de madera semejó el cuello de un cisne calcinado. Le sopló, antes de quemarse, con los labios en forma de corazón. Los ojos azul oscuro. ¿Este día? Fumó largo y firme. Sintió

THE WOMAN IN THE RED COAT

She also smoked to calm the rage. She wrapped herself up in a concentrate of contradictory feelings. They stirred her up, made her dizzy. She hadn't smoked in a while. Before, only fragments of her story came to her. Or when they emerged, she preferred to let them be. Lost under the stove, in the muck. Or under the bed. Sunken in a muddy pond. Where she dreamed that the water lilies of life emerged. She always had that glitter of hypocrisy when she needed to comment on her fate. To Bernarda, her other girlfriends, Patricio. She showed them all the beautiful scrapbook. For Patricio, she even made up another story. She said she didn't like to get tangled up in stories. That's the way it was. A few crystalline fragments. Without a word. Limpid and empty, oh God. For more delicate matters, she might even lie to herself. She had to believe what she was saying. The same thing, but embellished, like her oval mirror. Perhaps living one step removed from her own disloyalty to herself, looking over the shoulders of her own made-up sentences. The same, but different. She never finished school. She referred to herself as a graduate. A course here, a course there. She sold insurance almost secretly. But she said she was director of public relations. She didn't mention the name of the company or anything like that. Gregorio's effective recommendation.

Yes, maybe the lies had been dangerous. And believing them. Going through them. And living them. Like a polyphonic screen behind her. Or one colored with powdered paint. The cotton of her lies swirled on the page. Yes, maybe that was the dangerous part. Until now, she said to herself. She stubbed out the butt of her black tobacco. She ordered another espresso at the bar. The man in the bowtie gave her the OK sign. It seemed complicated. Lie to herself? Today. Right now? They left her a silent little cup. She looked at the cinnamon-colored foam. Her dark blue, opaque, restless eyes were showing regret, sadness. The cluster of

perfecto entrar la bocanada. Entre la pequeña nube que se deshilachó de sus labios, dijo no. Esta vez, no. En esta ocasión se estaba fumando la verdad completa. Debía decírselo internamente. Virgen del demonio. A ambas, a la grande y a la pequeña Maira. Enfrentarlas, descoserles la hipocresía. No importaba que se pensara loca.

Dejar que Patricio desapareciera para siempre. Desterrarlo. No desterrarse. Dejarlo a partir de este día, en este instante. Que nadie la molestara. No quería tener problemas. Hice todo lo que quiso. Todo lo que me pidió. Y lo que inventó. Me fue ultrajando cada vez más. Medias y liguero. Ligas para las medias. Brassieres con orificio en las puntas de la copa. Cuerdas de distintos espesores. Aditamentos extraños: de cuero, de fierro, de plástico duro. Llenaban media puerta del ropero. Me invadía un estupor placentero. Sucio y prohibido, mayor la excitación. Llegué a adorar esos momentos. Que se alargaran, pasaran las horas. Y la noche. Emputeciéndome para él. La voz de Patricio se transfiguraba. Las posesiones fueron violentas. Dictaba órdenes. Me maldecía. Ese hombre grande asfixiándome. Me gustaba eso. Como si estuvieran transcurriendo otros años. A veces, me dejaba poner mi música. Un poco tonto y tímido. Consultaba sus revistas. Fraguaba con exactitud nuestras noches. Sólo allí era imaginativo. Cada cierto tiempo me decía te tengo una sorpresita. Un dolor nuevo. Una aplicación distinta. Me ataba los pezones. De ahí dibujaba mi cuerpo a su antojo. Yo me iba enardeciendo en cada paso. Patricio se iba transfigurando. Eso era lo que a mí me calentaba. Al hombre empeñoso vuelto un cogedor enloquecido. Meticuloso y ansioso. Se colocaba masajeadores en la verga. Y me la metía en todos lados. Entre mis nalgas. O en mi boca. O montado sobre mi pubis. Soez, lascivo, la voz enronqueciéndose. Emputecido a plenitud. Transfigurado. Cabalgándome con aspereza. Hasta la asfixia. Hasta que me iba desvaneciendo. Entre la locura y el desmayo. Entre sus gritos. Sus sandeces. Hacía mucho que no fumaba.

wrinkles. Lie to herself? Now? She brought her lips to the cup to sip the bitter foam. She lit a cigarette. She held the flame in front of her eyes. Until the wooden match resembled the neck of a charred swan. She blew it out, before burning herself, with her lips in the form of a heart. The dark blue eyes. Today? She smoked long and firm. The puff felt perfect going in. With the little cloud that unraveled from her lips, she said no. Not this time. Now she was smoking the whole truth. She had to tell herself this internally. Blessed Virgin of the devil. To both of them, the big and the little Maira. Confront them, unstitch their hypocrisy. It didn't matter that she thought she was crazy.

Let Patricio disappear forever. Banish him. Not herself. Leave him as of that day, that moment. Nobody to bother her. She didn't want problems. I did everything he wanted. Everything he asked of me. And what he made up. He kept pushing me lower and lower. Stockings and garter belt. Garters for stockings. Peek-a-boo bras. Ropes of different thicknesses. Strange accessories: of leather, metal, hard plastic. They filled half of one side of the wardrobe. I was filled with a pleasant astonishment. Dirty and prohibited, the greater the arousal. I came to adore those moments. I wanted them to drag out, last for hours. And all night. Turning myself into a whore for him. Patricio's voice transformed. The acts of possession were violent. He called out orders. He swore at me. That big man suffocating me. I liked that. As if it were taking place years ago. Sometimes, he let me put my music on. A little stupid and shy. He consulted his magazines. He hatched precise plans for our nights. Only there was he imaginative. Every so often he told me I've got a surprise for you. A new pain. A different application. He tied up my nipples. Then he'd draw my body however he wished. I would grow more aroused with each step. Patricio was transforming. That was what made me hot. The hard-working man turned into a crazed fucking machine. Meticulous and eager. He'd attach vibrators to his cock. And he'd stick

LA MUJER DE LA GABARDINA ROJA

El mismo ritual de los últimos años. Se quedaba laxo. Cada ropa, cada aditamento tenía su caja, su envoltura. Patricio las ponía en una caja grande. Bajo mis faldas y blusas. Escondida, para que la madre de Patricio y los metiches no la vieran. Cerraba el ropero con llave. De algún lado, sacaba dulces de durazno, chocolates de menta, que me había llevado. Desnudos, nos los comíamos. Esos momentos también los amaba. Era entonces cuando lo acariciaba. Lo trataba de mi niño. Palabras y monosílabos cursis. Patricio se dejaba estar. Se acurrucaba. Los amaba. Porque al otro día todo se había olvidado. Como si un radio de bulbos estuviera descompuesto y siguiera en el mismo lugar de siempre. Así fueron los últimos días: pleitos, rabietas, discusiones, celos. Entonces, mayor violencia en la cama. Los encabronamientos por cualquier vuelo de la mosca.

Una densa nube de noticias indescifrables. Ideas fragmentarias que se iban al espejo. Una noche impostora tras los cristales. Un manchón como alas rojas caídas en el respaldo de la silla. Un listón de humo cruzándole el rostro, como la fotografía de un cartel, pegado al muro lateral. Nadie distinguiría la diferencia. Estoy segura. Yo podría estar en la pared, muy quitada de la pena. Y de aquí nadie se movería. Hasta que cierren. Asegurar que Patricio se haya ido. Quizá le pidiera asilo a Bernarda. Le explicaría punto por punto. Sin mentirme. Hasta arribar al día de ayer. Cuando Patricio la dejó atada a la cabecera. Se comenzó a vestir. Patricio, quítame esto. Se siguió vistiendo. Por favor. Patricio terminaba de atarse el segundo zapato. Desátame, con un carajo. Se puso su chamarra de camuflaje. Se acercó a la grabadora. La encendió. Le dio la espalda a Maira. Allí te dejo tu pinche música. Y salió de la pieza mayor. Patricio, con un carajo. Salió del departamento. En las escaleras, alcanzó a escuchar algunos insultos.

El silencio, empezaron a pasar las horas. Al principio, no lo podía creer. Las horas frías y terribles de la madrugada. Se me fue entumiendo

it everywhere. Between my buttocks. Or in my mouth. Or mounted on my pubis. Crude, lascivious, his voice going hoarse. Fully corrupted. Transformed. Riding me roughly. To the point of suffocation. Until I was fading away. Somewhere between insanity and fainting. Between his shouts. His nonsense. I hadn't smoked in a while.

The same ritual of the last few years. It was relaxed. Each item of clothing, each accessory had its case, its cover. Patricio put them in a big box. Under my skirts and blouses. Hidden, so Patricio's mother or any other busybody wouldn't see it. He kept the wardrobe under lock and key. From somewhere, he'd pull out peach candies, chocolate mints he had brought me. We'd eat them naked. I also loved those moments. That was when I caressed him. I treated him as my boy. Sentimental words and monosyllables. Patricio let himself be. He'd cuddle up. I loved those moments. Because the next day, all was forgotten. As if an old tube radio were broken and remained in the same place as always. The last few days were like this: fights, tantrums, arguments, jealousy. Then, more violence in bed. Sudden rages for any little old thing.

A dense cloud of indecipherable news. Sketchy ideas that went into the mirror. A false night behind the glass. A stain like red wings fallen on the back of the chair. A ribbon of smoke crossing her face, like the photograph on a poster, stuck to the side wall. No one would notice the difference. I'm sure of it. I could be on the wall, well removed from my sadness. And nobody here would move an inch. Until they close. To be sure Patricio has gone. Maybe ask Bernarda to take me in. I'd explain it to her point by point. Without lying to myself. Until getting to yesterday. When Patricio left her tied to the headboard. He started to get dressed. Patricio, get these off me. He kept on getting dressed. Please. Patricio finished tying his second shoe. Untie me, dammit. He put on his cam-ouflage jacket. He went to the tape deck. Turned it on. Turned his back to Maira. I'll leave you there with your fucking music. And he walked

el cuerpo, poseída de una gran vergüenza, un coraje absoluto. Fue amaneciendo. Y el terror a estar así más tiempo. Creí que me volvería loca, que me quería matar. A mi vez, pensé en distintas formas de matarlo. Lloré intermitentemente. Grité en distintos momentos. Y nadie vino. Patricio regresó al día siguiente, pasada la tarde. Me desató rápido. No me miraba. Pero traía su cara de niño mal portado. Primero, esperé a que se me pasara la sensación. Me di un baño para que se desentumieran los tobillos y las muñecas. Salí y metí la mano al ropero. Patricio estaba en la cama, dándome la espalda. Me puse lo que encontré. Fui a la cocina, me guardé la caja de cerillos. Tomé una escoba, regresé ante Patricio y se la quebré en la cabeza. Lo insulté hasta el cansancio. Me dejó que le pegara todo lo que quise. Se cubría la cara. No dijo nada. No hubo ningún reclamo. Le pedí que juntara sus cosas y se fuera. Patricio empezaba a enredar un palabrerío de lamentaciones. Salí a la calle con unas inmensas ganas de fumar. Pediré otro café. Compraré otros cigarros. Podría quedarme a vivir aquí. Que me colocaran en aquel muro.

out of the bedroom. Patricio, son of a bitch. He left the apartment. In the stairwell, he managed to hear a few insults.

The silence, the hours started to pass. At first, I couldn't believe it. The cold and terrible early morning hours. My body was going numb, possessed by a heavy shame, an absolute rage. Dawn was breaking. And the terror of spending more time like that. I thought I'd go crazy, that he wanted to kill me. Then, I thought about different ways of killing him. I cried sporadically. I yelled at various times. And no one came. Patricio returned the next day, in the early evening. He untied me quickly. He didn't look at me. But he was pulling his I've-been-a-bad-boy face. First, I waited for the feeling to pass. I took a bath to bring the feeling back to my ankles and wrists. I went out and stuck my hand in the wardrobe. Patricio was in bed, with his back to me. I put on the first thing I found. I went to the kitchen and took the box of matches. I grabbed a broom, went back to Patricio and broke it over his head. I hurled insults at him until I was tired. He let me hit him all I wanted. He covered his face. He didn't say a thing. There were no complaints. I asked him to pick up his things and get out. Patricio started to get tangled up in a mess of excuses. I went out to the street with an incredible desire to smoke. I'll order another coffee. I'll buy more cigarettes. I could live here. They could hang me up on that wall.

TRANSLATED BY KIRK ANDERSON

A GOLPE DE MARTILLO

A Rubén Solís

I

Alvarito estaba muy preocupado. Antonio, su jefe y dueño de la tienda "La Embajada" en donde él servía como secretario, había salido desde las diez de la mañana en compañía de uno de sus primos de la Ciudad de México y todavía no regresaba a pesar de que ya eran más de las ocho de la noche y estaba a punto de cerrar. En el transcurso del día pasaron los de Sabritas, los de Bimbo, los de Coca-cola, los de Gamesa e incluso el agiotista del pueblo, el señor Chávez, al que le debían tres mil pesos y que fue a cobrar sus intereses sin que Álvaro pudiera darle ni un centavo pues tenía órdenes expresas de no pagar nada sin previa autorización de Antonio. Disculpándose despidió al último cliente, hizo el corte, guardó el dinero bajo llave y salió a indagar dónde diablos podría encontrarse Antonio pues jamás se ausentaba tanto tiempo sin avisar. Como sucede en las pequeñas poblaciones Alvarito empezó a preguntarle a la gente si no lo habían visto. "Lo vi en 'La Vencedora' como a eso de las tres", le contestó algún conocido con sonrisa socarrona. "Estaba tomando los tragos con un primo de México que creo es escritor", comentó. Qué raro, se dijo Alvarito, no creo que todavía esté allí pues Cervera siempre cierra antes de las seis. Y en efecto, llegó a 'La Vencedora' y la cantina ya estaba con la cortina bajada y en el más absoluto silencio. Con mucha pena se

HERNÁN LARA ZAVALA

HAMMERING AWAY

For Rubén Solís

I

Alvarito was very worried. Antonio, his boss and owner of the store "The Embassy," where he worked as a bookkeeper, had left at ten that morning with a cousin from Mexico City and hadn't come back. Now it was past eight and he was about to close up. Throughout the day, sales reps from Sabritas, Bimbo, Coca-Cola, and Gamesa had come by. Even the town loan shark, Mr. Chávez, whom Antonio owed three thousand pesos, showed up determined to collect what he was due even though Alvarito couldn't give him a cent since he had express orders not to pay anything without Antonio's authorization. Making excuses, he showed the last customer to the door, did the day's count, stashed the money under lock and key, and set off to find out where the devil Antonio could be. He'd never been away for so long with no notice. As is the custom in small towns, Alvarito started by asking people if they'd seen him. "I saw him at The Queen Bee around three," an acquaintance told him with a sly smile. "He was doing shots with a cousin from Mexico City, the one who's a writer, I think." That's strange, Alvarito said to himself. He can't still be there. Samuel Cervera always closes by six. Sure enough, when he got to The Queen Bee, its shades were pulled down and it was dead quiet. Dragging his feet, he headed for Samuel's house and knocked on

435

dirigió a la casa de Samuel y tocó la puerta. Le abrió la esposa y cuando Alvarito preguntó por él la señora le dijo que ya estaba dormido pues había tenido un día muy pesado. "Se trata de algo urgente", se disculpó Alvarito. "Mucho le agradeceré si me permite hablar con él aunque sea un momentito". De mala gana la señora se internó en la casa y al poco rato Samuel salió en calzoncillos, con los ojos irritados y el cabello alborotado. "Ya me espantaste el sueño", le dijo sin mayor averiguación. "Qué quieres". "Supe que Antonio estuvo en tu cantina y quería preguntarte si no sabes dónde acabó. Estoy preocupado porque tiene diabetes y la presión alta y el doctor le tiene estrictamente prohibido tomar y pienso que le pudo haber pasado algo". "Pues cuando yo cerré andaba muy contento y bien chumado", dijo el otro. "Es más, se fue con la botella de Holcatzín en la mano rumbo al panteón pues insistía en que su primo visitara la tumba de sus abuelos".

II

Antonio efectivamente se encontraba en el cementerio. Su primo se había vuelto ya a Mérida en el automóvil rentado en que llegó y había dejado a Antonio solo dentro del campo santo con el resto de la botella y el silencio sepulcral de la noche. Antonio se encontraba hincado, bebiendo frente a la lápida de su propio padre, cuando se le ocurrió sacar el pequeño martillo de acero que siempre llevaba consigo en el bolsillo del pantalón. Se concentró durante un momento y empezó a darle pequeños golpecitos a la tumba con el martillito mientras decía: "¡Papá, papá! Sé que me estás oyendo donde quiera que estés", dijo, y volvió a golpear la lápida, "este martillito era tuyo y lo cargo siempre como un recuerdo vivo de ti, es la parte tuya que llevo conmigo. Hoy no sé, será porque me siento un poco triste, tengo algo que decirte, algo importante que nunca

the door. Samuel's wife opened the door and told him her husband was already asleep. He'd had a really hard day. "It's urgent," Alvarito said apologetically. "I'd really appreciate it if you'd let me talk to him. It'll just take a minute." Very reluctantly, the lady retreated into the house and in a few minutes Samuel came to the door in his boxer shorts, his eyes red and raw, his hair a tangled mess. "Now I'll never get back to sleep," he said, not putting up much of a fight. "What do you want?" "I heard Antonio was at your bar and I came by to see if you know where he ended up. I'm worried because of his diabetes and high blood pressure, and the doctor gave him strict orders not to drink. I think something might have happened to him." "Well, when I closed up he was feeling no pain, drunk as a skunk. On the way out, he grabbed a bottle of that rotgut Holcatzín, and headed for the graveyard. He kept saying that his cousin needed to visit their grandparents' graves."

II

Antonio did indeed end up in the cemetery. His cousin had already headed back to Mérida in his rental car and had left Antonio alone in the churchyard with the rest of the bottle and the sepulchral silence of the night. Antonio was on his knees, drinking in front of his father's headstone when he got the idea to take out the little steel hammer he carried around in his pants pocket. He thought for a moment, then tapped the stone with the little hammer, saying, "Papá! Papá! I know you can hear me wherever you are." He hit the headstone again. "This was your little hammer, and I've kept it with me all this time as a vivid reminder of you—I always have a little part of you with me. Today, I don't know why, maybe because I'm feeling a little sad, I have something to tell you, something important that I never had the nerve to bring

me atreví a reclamarte mientras Dios te dio vida pero que esta noche quiero hablar contigo: ¿Me oyes Papá? Fíjate muy bien en lo que te voy a decir. ¿Te acuerdas del día de reyes de 1948? Yo sé que allí donde estés podrás acordarte de toda tu vida y de la mía, así como de la de mamá y la de Conchita. No hacía ni un año que te habías hecho de la tienda de abarrotes gracias a los mil pesos que te prestó el tío Leandro, esa misma tienda que luego me heredaste y que hasta ahora conservo, a duras penas, pero la conservo. Tenía yo ocho años, papá ¿Te acuerdas? Al fondo del corral había un gran árbol de guayaba que se había convertido en mi refugio cuando te hacía enojar y me regañabas. Muchas tardes yo me trepaba hasta lo más alto de la mata a llorar por todo lo que me habías dicho hasta que se me pasaba el coraje.

"Pero cuando llegaba la navidad todo cambiaba y un ambiente festivo reinaba por todo Zitilchén. A Conchita, mi querida hermanita a la que todos le decían 'la muñeca', por ser la chiquita y por su cara bonita, los Santos Reyes siempre le traían muchos regalos. Gran parte de mi desilusión era que yo nunca recibía ni uno solo a pesar de que creía fervientemente en ellos y escribía con buena letra mi cartita pidiéndoles cualquier cosa y hasta les ponía un poco de zacate, maíz y agua en la parte de abajo de mi hamaca para que el caballo, el camello y el elefante tuvieran algo de comer. Pero nunca me traían nada y cuando me levantaba en la madrugada del día seis y veía que a mi hermanita le habían dejado una muñeca y un jueguito de té y que los otros niños salían a la calle con sus patines, sus pelotas, sus bicicletas y sus cochecitos y a mi nada, lo que se dice absolutamente nada, tenía que hacer un gran esfuerzo para controlar mis ganas de llorar. Más triste aún era que los animales no habían ni bebido ni comido lo que yo les había puesto y entonces no me quedaba más remedio que treparme a lo alto de la mata de guayaba y preguntarme, ¿por qué a mí no me traen nada si yo creo en ellos y no

up while God gave you life, but tonight I want to talk to you. Are you listening, Papá? Pay close attention to what I'm going to say. Do you remember *el día de los Reyes Magos*—Three Kings Day—back in 1948? I know that wherever you are you can recall your entire life and mine, and Mom's life and Conchita's life, too. Less than a year before, you opened the grocery store thanks to the thousand pesos Uncle Leandro loaned you, the same store I inherited and run to this day—it's really hard but I keep it going. I was eight, Papá, remember? At the far end of the yard was a great big guayaba tree where I hid out when I made you mad and you yelled at me. Many afternoons I scrambled to the highest branch to cry about everything you said until I calmed down.

"But at Christmas, everything changed and all Zitilchén was in a holiday mood. The Holy Kings always brought a lot of presents to Conchita, my beloved little sister, whom everyone called 'a little doll' because she was so tiny and had such a pretty face. I was always so disappointed that I never got a single present even though I fervently believed in the Kings and wrote my hopeful little letter in good penmanship asking for anything they wanted to bring me. I even set out some hay, corn, and water under my hammock for their horse and camel and elephant. But they never brought me a thing and when I got up in the morning on January 6th and saw they'd left my little sister a doll and a toy tea set and saw the other kids playing in the street in their skates, with their balls, bicycles, and little toy cars and me with nothing, absolutely nothing, it was really hard not to cry. Even worse, the animals hadn't drunk or eaten what I'd left for them. All I could do was climb to the top of the guayaba tree and ask myself why don't they bring me anything? I believe in them. I've been pretty good. I even put out food for their animals. They must hate me, I decided. I couldn't understand why they didn't bring me presents and paid no attention to me.

me he portado tan mal y hasta les puse comida a sus animales? ¿Será que ellos me odian?, llegué a pensar sin entender por qué no me traían regalos y ni caso me hacían.

"Al año siguiente, cuando cumplí nueve años, tu tienda ya estaba mejor surtida: además de alimentos, refrescos, dulces y comestibles, vendías velas, sogas, sombreros, papelería, regalitos y algunos juguetes. El día de reyes se acercaba y yo ya le había echado el ojo a un precioso soldadito de plomo con su casco dorado, montado en un caballo alazán y con una bandera francesa en la mano y una espada a la cintura. Me gustaba tanto ese soldadito que cada vez que algún cliente preguntaba por él y tú lo sacabas de la vitrina para enseñárselo yo me acercaba y lo observaba detenidamente pensando qué hermoso sería que me trajeran uno así los Santos Reyes.

"Llegó por fin el cinco de enero y sin perder la esperanza volví a insistir y escribí mi cartita con mucho cuidado pidiéndole a los Santos Reyes un soldadito como el que tenías en la vitrina y que, afortunadamente, hasta entonces nadie había comprado. Esa noche volví a poner maíz, zacate y agua debajo de mi hamaca y me acosté a dormir, emocionado y confiado de que ahora sí no me olvidarían. Como a eso de las doce desperté y vi que debajo de la hamaca de Conchita había varios regalos. Me levanté como de rayo y para mi desilusión descubrí que debajo de mi hamaca estaba intacto el alimento que yo mismo había colocado además de mi pobre cartita que los Reyes ni siquiera se habían molestado en abrir. No te imaginas, papá, cómo me dolió ver que los Reyes Magos me habían ignorado una vez más por completo.

"'¡Malditos Reyes!', me atreví a decir llorando en silencio, 'ustedes son malos conmigo y no les importa nada lo que yo sienta'. Ese año me había esmerado particularmente en la escuela, sobre todo en las materias de historia y geografía que eran las que más me gustaban y en las que no me

HAMMERING AWAY

"The next year, when I turned nine, your store was better stocked. Besides food, soft drinks, candy, and other groceries, you sold candles, rope, hats, stationery, little gifts, and some toys. Three Kings Day was not far off and I had my eye on a beautiful lead toy soldier wearing a gold helmet, sitting on a chestnut horse with a French flag in his hand and a sword at his waist. I liked that little soldier so much that each time you took it out of the shop window to show a customer, I got real close and studied every inch of it, thinking how wonderful it would be if the Holy Kings brought me one like it.

"Finally it was the fifth of January. Not giving up hope, I tried again and wrote my little letter very carefully, asking the Holy Kings for a toy soldier like the one in the shop window. Luckily no one had bought it. That night I put corn, hay, and water under my hammock again and got into bed, excited, sure they wouldn't forget me this time. Around midnight I woke up and saw several presents under Conchita's hammock. I shot out of bed like a bolt of lightning. But I was crushed to find the food I'd set out under my hammock with my own two hands untouched. The Kings hadn't even bothered to open my poor little letter. Imagine, Papá, how hurt I was! The Holy Kings had completely ignored me again.

"'Damned Kings!' I dared to say, crying in silence. 'You treat me so bad and you don't care one bit how I feel.' That year I had tried even harder at school, especially in history and geography, my favorite subjects. I had no trouble memorizing the capitals and rivers and names of mountains; besides, I loved coloring maps of foreign countries in different colors and painting the ocean blue then rubbing it with a cotton ball to shade it in. I got a ten in those subjects and even managed to get an eight in math and language, which were harder for me.

"The house was dark, only part of our apartment was lit up by the thin flame of a candle Mamá had placed under the Sacred Heart she was so

costaba ningún esfuerzo memorizar las capitales y los ríos y los nombres de las montañas, además de que me fascinaba colorear los mapas de los países de distintos colores y pintar el mar de azul que yo difuminaba con un algodoncito; me saqué diez en esas dos materias y aún en matemáticas y lenguaje, que me costaban mucho más trabajo, logré pasar con ocho.

"La casa estaba a oscuras y sólo parte de la habitación estaba iluminada por la tenue flama de una veladora que mamá había puesto bajo un Sagrado Corazón del que era tan devota. Me levanté, cogí la veladora y me cercioré de que mamá y tú estuvieran bien dormidos. De puntitas atravesé el comedor crucé la puerta que conducía a la tienda y fui hasta la vitrina donde exhibías los juguetes. 'Reyes hijos de puta' pensé: todavía estaba ahí el soldadito que les había pedido con tanto cariño en la cartita que ni se habían molestado en leer. Con mucho sigilo y sin hacer el menor ruido abrí la puerta de la vitrina y cogí el soldadito por las ancas del caballo. ¡No te imaginas qué bonito lo vi papá, cómo lo admiraba, cómo lo deseaba! Sin más se me ocurrió llevármelo hasta la recámara y ponerlo debajo de mi hamaca, ¡qué caray! Así hasta ustedes pensarían que los Reyes me lo habían traído. Sin hacer el menor ruido regresé a la habitación, dejé la veladora, deposité el soldadito, cogí mi cartita la hice bola y me la metí en los calzones lleno de furia. Me volví a acostar y me dormí pensando en el soldadito."

Mientras hablaba con su padre Antonio golpeaba rítmicamente con el martillito —a veces suave, a veces con furia— la lápida dando cuenta de la botella de Holcatzín que tenía en la otra mano.

"¿Por qué papá, por qué? ¿Ya te acordaste? ¿O quieres que te cuente lo que pasó después? Muy satisfecho de saber que yo mismo me había hecho justicia ante la maldad de los Reyes me sentí feliz con la idea de que ahora sí, a la mañana siguiente, podría jugar con mi preciado soldadito y presumírselo a mis amigos.

"Cuando llegó la luz del nuevo día y me levanté contentísimo para

devoted to. I grabbed the candle and made sure you and Mamá were sound asleep. I tiptoed across the dining room and through the door to the store and over to the shop window where you displayed the toys. 'Those sons-of-bitches,' I thought. The little soldier was still there, the one I'd asked for so lovingly in my letter they hadn't even bothered to read. Cautiously, not making a sound, I opened the shop window and grabbed the little soldier by the horse's haunches. You can't imagine how beautiful it looked to me, Papá, how I admired it, how much I wanted that toy! It suddenly occurred to me to take it to my room and put it under my hammock, then damn it! even you and Mamá would think the Kings had brought it to me. Without making a sound, I went back to our apartment, put the candle back, set the toy soldier down, grabbed my letter, balled it up, and jammed it down in my underpants, mad as hell. I got back in bed and fell asleep, thinking about the toy soldier."

Antonio kept time as he talked, beating on his father's headstone with the little hammer—sometimes tapping, sometimes pounding furiously—taking swigs from the bottle of Holcatzín in his other hand.

"Why Papá? Why? Do you remember the rest? Want me to tell you what happened next? I felt very satisfied, knowing I'd gotten back at the Kings who'd been so mean to me. I was happy thinking that finally, the next morning, I would play with the toy soldier I loved so much and show it off to my friends.

"At first light, I got up, so excited to show everyone what the Holy Kings had brought me, but I discovered to my great sorrow that the little soldier I had laid under my hammock with my own hands had disappeared.

"I went running to the store and there it was, back in the shop window, as if nothing had happened. I headed for the dining room where you and Mamá were calmly having hot chocolate and sweet rolls and with tears in my eyes protested: 'Why did you take my toy soldier, Papá? The

mostrarles lo que me habían traído los Reyes Magos descubrí con gran pesar que el soldadito aquel que yo mismo había colocado debajo de mi hamaca había desaparecido.

"Fui corriendo a la tienda y vi que estaba otra vez en la vitrina, como si nada. Entonces me dirigí al comedor donde mamá y tú tomaban tranquilamente su chocolate con bizcochos y te reclamé con lágrimas en los ojos:

"'¿Por qué me quitaste mi soldadito? ¡Me lo trajeron los Santos Reyes! ¿Por qué? ¿Con qué derecho si este año me porté mejor que nunca y saqué buenas calificaciones? Los Reyes me lo trajeron a mí y por eso lo dejaron ahí, debajo de mi hamaca. ¿Por qué me lo quitas?'

"¿Y sabes lo que hiciste papá?", preguntó Antonio golpeando con fuerza la tumba con el pequeño martillo, "¿sabes lo que me dijiste?", repitió pegándole a la lápida obsesivamente:

"'Estás loco chiquito, lárgate de aquí antes de que te dé de chicotazos.'

"Yo vi los ojos de mamá, suplicándote con la mirada que me dieras el soldadito pero tú seguiste tan tranquilo sorbiendo tu chocolate y masticando tus bizcochos sin inmutarte.

"Lo que nunca pensaste es que ese soldadito era yo, papá, que era yo el que quería ir montado en al alazán listo para cabalgar por la vida con mis botas lustrosas.

"Tengo sesenta y cinco años y nunca me casé papá. No tengo hijos. Ya perdí la casa que me heredaste y mal llevo la tienda. Padezco diabetes, prostatitis, rinitis, tengo alta la presión y sufro de un estrés bárbaro. No soy feliz papá, no lo soy ahora ni lo he sido nunca. Sin embargo hoy que te llamo con este martillito que fue tuyo y que tanto te gustaba quiero que sepas algo: te perdono, papá, te juro que te perdono", dijo Antonio y rompió a llorar como un niño metiendo la cabeza entre los brazos que tenía recargados sobre la lápida.

Holy Kings brought it to me! Why? What right do you have? This year I behaved the best ever and got good grades! The Kings brought it to me and left it under my hammock. Why did you take it?'

"Know what you did, Papá?" Antonio asked, pounding hard with the little hammer. "Know what you told me?" He struck the headstone over and over.

"'You're crazy, kid, get out of here before I give you a whipping.'

"I saw Mamá's eyes begging you to give me the soldier, but you just went on calmly sipping your hot chocolate and chewing your rolls, unmoved.

"It never occurred to you that I was that soldier, Papá. I wanted to ride around on a lively, chestnut horse, ride through life wearing bright, shiny boots . . .

"I'm sixty-five years old. I never got married, Papá. Never had children. I lost the house you left me, and I'm no good at running the store. I've got diabetes, prostatitis, rhinitis, and high blood pressure, and I'm under unbelievable stress. I'm not happy, Papá, I'm not happy now and I've never been happy. But today I'm calling to you with the little hammer you liked so much. I really want you to know something: I forgive you, Papá, I swear I forgive you," Antonio said and burst into tears like a little boy, laying his head on his arms that were draped over the headstone.

III

Just then, he thought he saw one of the graves open up and out came none other than Pedro Toraya, better know as "Chuga," who'd played craps with him. He rubbed his eyes and said, "Chuga?" "One and the same, my friend," the other man answered, smiling. "Great to see you!"

III

De súbito le pareció ver que una de las tumbas se abría y de allí emergía ni más ni menos que Pedro Toraya, mejor conocido como el "Chuga" con el que acostumbraba jugar "topo-dados". Se restregó los ojos y preguntó: "¿Chuga?" "El mismo, mi amigo", contestó el otro sonriente. "¡Qué gustazo!", exclamó y no acabó de pronunciar la frase cuando vio que se levantaba la lápida de otra tumba. No lo podía creer: era Néstor Cervera, "Ziclán", aquél que de joven era bueno para los golpes, saliendo de la fosa completamente desnudo. "Al menos cúbrete", lo reprendió Antonio, "no es culpa tuya que te hayan enterrado encuerado pero tápate", y el otro se quedó como si nada. Y surgieron también Alvar Buenfil, "el Much" y William Rosado y "Macho Viejo" y "Pata de Palo". Y más allá le pareció ver al tío Leandro y a la tía Chelito muy formales y elegantes caminando de la mano por uno de los pasillos del panteón. Las lápidas se abrían aquí y allá y a lo lejos le pareció ver a don Indalecio Baqueiro rigurosamente vestido de blanco con su bastón y al tío Tomás y a su hijo Tomás, que no dejaba de decir festivamente: "¡Pica gallo, pica!" Todos los muertos resucitaban por acá y por allá. "Vamos a armar la jugada aquí en el mismísimo panteón", propuso Antonio: "al fin que todavía queda un poco de Holcatzín para calentarnos los huesos".

IV

Alvarito se dirigió al cementerio sumamente disgustado. Vio la torre del reloj: ya pasaban de las diez de la noche. ¡Qué poca de Antonio! Con lo enfermo que estaba y haberse salido antes del mediodía, desde que pasó su primo por él. Pensó que habrían ido a Zibalchén a visitar a Manuelito Ich, tal vez a comer con él frijol con puerco que la verdad le

he exclaimed. No sooner had he said those words than he saw another headstone rising out of its grave. He couldn't believe it: it was Néstor Cervera, "Ziclán," good for a laugh ever since he was a teenager, leaving his grave naked as a jaybird. "At least cover yourself up," Antonio scolded him. "It's not your fault they buried you without a stitch on, but cover up." The other man stood there as if nothing were wrong. Then up rose Alvar Buenfil, "The Mooch" and William Rosado and "Old Stud" and "Peg Leg." Down a ways, he thought he saw Uncle Leandro and Aunt Chelito, so proper and elegant, walking hand in hand along one of the cemetery paths. Graves were opening up here and there. In the distance he thought he saw Don Indalecio Baqueiro meticulously dressed all in white, cane in hand, and Uncle Tomás and his son, Tomás, who kept saying gaily, "Peck, rooster, peck!" Everywhere he turned, the dead were coming back to life. "Let's kick up some dust right here in this graveyard," Antonio proposed. "There's still a little Holcatzín left to warm our bones."

IV

Alvarito headed for the cemetery extremely annoyed. He looked up at the clock tower. It was way past ten. That damned Antonio! As sick as he was, gone since before noon when his cousin had come by. Maybe they'd gone to Zibalchén to visit Manuelito Ich and have some of his pork and beans—which were delicious, truth be told—but then, damn! They'd made the rounds instead, dropping in on some relatives and spending hours at the bar until Samuel literally had to run them out so he could close up. Who knows what they ate. True, Samuel always serves good snacks, though lately Antonio had had less of an appetite. He'd already warned him: if you keep drinking and don't eat I'm going

quedaba muy sabroso pero, caramba, habían dado una vueltecita por el pueblo, saludado a algunos parientes y se habían metido horas enteras a la cantina hasta que Samuel literalmente los tuvo que correr para cerrar. Quién sabe qué comerían. Bueno, Samuel siempre ofrece buena botana aunque Antonio cada vez tiene menos apetito. Ya le había advertido: si sigues bebiendo y dejas de comer te voy a meter a alcohólicos anónimos. Rodeó la plaza y atravesó el boulevard. Cómo ha crecido el pueblo. Antes el cementerio se encontraba en las afueras de Zitilchén y ahora el camino está lleno de casitas y bien iluminado. Todavía hace poco estaba tan oscuro que daba miedo pasar por ahí y nadie se atrevía a caminar por esas calles cuando anochecía. Llegó a la puerta del cementerio. En apariencia no había nadie pues no se escuchaba ni el volar de una mosca y adentro reinaba la más completa oscuridad. Se sintió un poco nervioso pero se sobrepuso, se aclaró la garganta, prendió su encendedor y abrió la reja. ¡Carajo! Apenas y alcanzaba a ver lo que tenía delante de sus narices. Empezó a recorrer uno a uno los pasillos del panteón que afortunadamente todavía no era muy grande. De pronto lo divisó. Ahí estaba, plácidamente ovillado en una de las lápidas abrazando la botella. "¡Qué poca madre!" Se acercó a él y le iluminó el rostro con el encendedor. Antonio estaba sonriente. "¡Levántate carajo!", lo reprendió, "no ves que ya son más de las diez!" Pero Antonio no respondió. Alvarito lo sacudió una, dos, tres veces: entonces se le pusieron los pelos de punta.

to sign you up for AA. He circled the plaza and crossed the boulevard. The town had really grown. Before, the cemetery sat on the outskirts of Zitilchén, but now the road was lined with little houses and was all lit up. Not that long ago, it was so dark you were afraid to go anywhere near there and no one dared to walk down those streets at night. He came to the cemetery gate. To all appearances, no one was there. You couldn't even hear a fly buzzing, and inside complete darkness reigned. He felt a little nervous but he got over it; he cleared his throat, flicked his lighter on, and pushed the iron grate open. Hell! Even then, he could only make out what was right in front of his nose. He set off down the paths in the graveyard one by one. Fortunately the cemetery was still not very big. Suddenly he spotted Antonio. There he was, peacefully curled over one of the headstones, hugging the bottle. "I'll be damned!" He went up to him and shone his lighter in his face. He was smiling. "Get up, damn it!" he scolded him. "It's after ten!" But Antonio didn't answer. Alvarito shook him once, twice, three times. Then his hair stood on end.

TRANSLATED BY PAMELA CARMELL

FIN DEL MUNDO

Si otra generación tuviera que reconstruir al hombre a partir de sus escritos más sensibles, pensaría que se trata de un corazón con testículos.

GEORG CHRISTOPH LICHTENBERG

Llevamos horas y horas en esta carretera tortuosa, lenta, llena de baches, de coches, de pick-ups, de camiones, de autobuses, de autocars, de microbuses, de peseras y colectivos que van de pueblo en pueblo, de tractorcitos desvencijados.

Ya nada nos interesa. Ni las estaciones locales de radio con toda su gracia y horror, ni las iglesias, ni los anuncios de tocadas de Los Seis de Paracho en casi todas las bardas, ni los panes, dulces, licores y artesanías.

Los dos estamos hartos y ella, que maneja mejor en carretera, está muy cansada de tanto volante.

Hace un gran esfuerzo para no exhalar su impaciencia y malhumor en el coche, que hierve con el calor de la una y lleva las ventanillas cerradas a causa de la insoportable fetidez del aire en los últimos cinco kilómetros, recorridos a vuelta de rueda cuando nos ha ido bien.

Pestilencia de miles y miles de puercos vivos, de porqueriza.

Por mi parte, yo sacrifico mis ansiosas ganas de fumar, multiplicadas por el tedio, la irritación y el hambre.

HÉCTOR MANJARREZ

THE END OF THE WORLD

If a later species had to reconstruct us from the evidence of men's most deeply emotional writings, they would conclude that the human was a creature made up of a heart with testicles.

GEORG CHRISTOPH LICHTENBERG

We've been driving for hours and hours on this tortuous road filled with potholes, cars, pickups, semis, tour buses, minibuses, taxis, passenger vans that loop from village to village, little broken-down tractors.

Nothing interests us anymore. The local radio stations with all their charm and nastiness, the churches, the ads for a show by Los Seis de Paracho on almost every wall, the pastries, candies, liqueurs, handicrafts—none of it.

We've both had it, and she, who's a better driver on the open road, is worn out from her long stint behind the wheel.

She's making a big effort not to exude her impatience and ill humor in the car, which is boiling with the noonday heat, the windows rolled up to keep out the insufferable stench that's been in the air for the last five kilometers, which we've traveled bumper to bumper when we're moving at all.

It reeks of thousands and thousands of live pigs, of pigsty.

As for me, I'm sacrificing a nervous urge to smoke, heightened by boredom, irritation, and hunger.

FIN DEL MUNDO

Tenemos que salvar esta relación: para eso hacemos el viaje a las playas de Nayarit, donde pocos van.

La gente debe luchar por lo que quiso y creyó, aunque parezca no haber remedio.

No sé quién dijo esa frase. Tal vez nosotros.

Nos vamos a fundir adentro de esta lámina. El coche no tiene aire acondicionado y ella se niega a abrir las ventanillas.

Yo creo que la pestilencia es más soportable que el calor, pero ella no. Total, si me gana el asco, abro la puerta, vomito y ya. Pero a ella vomitar le da pánico. Cree que puede ahogarla su basca.

—Me estoy meando —digo.

—¿Qué hacemos?

—No sé.

Estamos en un pueblote horrendo, gigantesco criadero y matadero de cerdos, "La Capital Mundial del Embutido", donde todo está cerrado hasta las dos o tres.

—¿Qué es eso?

—¿Qué?

—Ese ruido —dice ella.

No oigo nada. No se oye absolutamente nada. Cientos de autos están inmóviles bajo la canícula, sobre el asfalto calcinante.

Las casas y los magueyes están cubiertos de un polvo grisáceo, supongo que de las cenizas de los chanchos.

Aparte de dos niños mugrosos que nos hacen gestos obscenos, no hay un alma.

Se agarran los güevos y nos gritan:

—¡Prau-prau, prau-prau!

El sexo es un tema que me obsesiona, pero que quisiera no encarar antes de llegar a la playa.

THE END OF THE WORLD

We have to save this relationship: that's why we're taking this trip to the beaches of Nayarit, where hardly anyone goes.

People should fight for what they've loved and believed in, even when things look hopeless.

I don't know who said that. Maybe it was us.

We're going to melt inside this tin box. The car has no air-conditioning, and she refuses to open the windows.

Me, I think the stench is easier to handle than the heat, but she doesn't agree. I mean, if it got to me, I'd open the door, vomit and be done with it. But she panics if she gets the urge to throw up. Thinks she might choke to death.

"I'm about to pee in my pants," I say.

"What should we do?"

"I don't know."

We're passing through a sprawling, horrendously ugly town, La Piedad—"Pity"—a gigantic breeding ground and slaughterhouse for pigs, "The Sausage Capital of the World," where everything is closed until two or three.

"What's that?"

"What's what?"

"That sound," she says.

I don't hear anything. There's absolutely nothing to hear. Hundreds of vehicles are sitting immobile on the searing asphalt in the heat.

The houses and cactuses are covered with a grayish dust. The ashes of the pigs, I imagine.

Except for two grimy children who are making obscene gestures at us, there's not a soul in sight.

They grab their balls and shout:

"Wing-wang, wing-wang!"

FIN DEL MUNDO

—¿No oíste? —me pregunta unos minutos después.

—No, nada.

—¿De veras no oíste?

—No. ¿Como qué suena?

—Niños gritando. Gritando de susto y de dolor.

Un escalofrío me recorre. Sí, sí lo he oído y he querido ignorarlo, ahora me doy cuenta.

—No, no he oído nada, arañita.

Sé que el desapego de mi respuesta va a irritarla, pero lo prefiero a que empecemos a saber que el otro piensa también en esos chillidos atroces, intermitentes.

Tengo tantas ganas de mear que empieza a arderme el glande.

Las latas de cerveza del asiento trasero las consumí yo.

—Voy a buscar dónde mear.

—Tendrá que ser un árbol o una barda, porque todo está cerrado.

Asiento, pero no me muevo. Me da culpa dejarla sola, encerrada en su propio coche.

Es increíble la cantidad de culpas que hemos conseguido achacarnos y asumir.

Disimuladamente he abierto la ventila de mi lado. Pero no entra más que hediondez de marranos. Para poder cerrarla, distraigo su atención:

—Aquélla es una panadería, ¿no?

—Sí, pero cerrada.

—Me gustaría mear en el baño de una panadería.

Ella me mira de reojo y no me pregunta por qué.

Por el olor a pan dulce.

Primero descubrimos que no preguntábamos suficientemente sobre el otro, y luego, que muchas veces era mejor no preguntar.

—¿No quieres bajarte a orinar?

—Sí, pero.

THE END OF THE WORLD

Sex is an obsessional topic for me, but one I don't want to broach until we get to the beach.

"You didn't hear it?" she asks me a few minutes later.

"No, nothing."

"Seriously, you didn't hear it?"

"No, what did it sound like?"

"Children screaming. Screams of fear and pain."

A shudder runs through me. Yes, I heard it and tried to ignore it, I realize it now.

"No, I didn't hear anything, Spidey."

The offhandedness of my answer will annoy her, but that's better than knowing we're both focused on those horrific intermittent shrieks.

I have to pee so badly the head of my penis is burning.

The empty beers in the back seat? I drank them.

"I'm going to look for a place to pee."

"It'll have to be a tree or a wall, because everything's closed."

I nod, but I don't move. I feel guilty leaving her alone, a prisoner in her own car.

It's incredible how much guilt we've managed to take on for ourselves and to lay on each other.

Covertly, I've opened the vent on my side. But all it lets in is sow stink. I distract her attention so I can close it:

"That's a bakery, isn't it?"

"Yes, but it's closed."

"I'd love to pee in a bakery bathroom."

She glances at me from the corner of her eye and doesn't ask me why.

For the smell of fresh pastry.

First we discovered that we didn't ask each other enough questions, and later, that a lot of the time it was better not to ask.

FIN DEL MUNDO

—Ve, por favor, vas a acabar poniéndonos nerviosos a los dos.

Y me apeo. La esquina más cercana parece estar a unos cuarenta metros, y no quiero orinar, no sé por qué, a la vista de la gente.

El calor y el polvo y la fealdad y la mugre de este lugar son apabullantes.

¿Quién puede vivir aquí?, me pregunto mientras rengueo hacia alguna esquina donde doblar.

El olor asqueroso a cochinos vivos y puercos hervidos se añade a la fealdad y desolación, como la mierda humana cuando se apila.

Los coches se mueven. Me imagino el gesto de ella al encender el motor.

Ya no puedo caminar. De un paso a otro me voy a empapar la pierna izquierda.

Otra vez escucho los lejanos chillidos de horror y dolor. ¡No son niños, son cerdos! De todas maneras son berridos horrendos.

El coche me ha alcanzado y ella se apea, lívida, verdosa, con la boca entreabierta.

—Maneja tú —me dice—, yo ya no puedo más.

Mas no llega a la puerta derecha. Se detiene, con ojos aterrados, y vomita con arcadas dramáticas, espantosas, interrumpidas, apoyándose sobre el coche.

La gente la mira, inmóvil, desde sus autos.

Pronto otros acabarán como ella, que echa las piernas —¡tan bellas!— hacia atrás para no mancharse, y rocía la trompa del Nissan.

Yo no puedo hacer nada. No puedo moverme.

Ella cae al suelo de rodillas y acaba por expulsar la hiel, la última hez, y luego corre a meterse en el coche.

Yo camino lentamente hacia la puerta del conductor, procurando acabar de mearme antes de subirme.

Los dos cerramos los ojos.

THE END OF THE WORLD

"Don't you want to get out and pee?"

"Yes and no."

"Go, please, you're stressing both of us out."

So I get out. The nearest corner is maybe forty meters away, but I don't like to urinate where anyone can see me, I don't know why.

The heat and dust and ugliness and grime of the place are excruciating.

Who could live here? I wonder, as I limp toward a corner to get out of sight.

The nauseating smell of live pigs and boiled pork adds to the ugliness and desolation, like piled-up human shit.

The cars start moving. I imagine the expression on her face as she starts the engine.

I can't walk anymore. With every step I'm in danger of showering my left leg.

Once again I hear the far-off shrieks of terror and pain. It's not children, it's pigs! Either way, the bellowing is ghastly.

The car has caught up to me and she gets out, livid, greenish, her mouth half open.

"You drive," she says. "I've had enough."

But she doesn't make it as far as the passenger door. She stops, her eyes wide with fright, and retches in dramatic, appalling spasms, holding onto the car.

People are watching, motionless, from their vehicles.

Soon others will be doing the same. She splays her legs—so gorgeous!—behind her so she won't dirty herself, and ends up getting it on the Nissan's hood.

I can't do a thing. I can't move.

She falls to her knees on the ground and spits up the last dregs of bile, then runs to get in the car.

FIN DEL MUNDO

Yo enciendo un cigarro y abro la ventanilla. Total, ya vomitó. El coche pronto va a oler a meados.

Tengo la pierna toda pringosa y me siento desesperadamente triste, con una piedad incomunicable.

Nos miramos de lado y no nos hablamos ni nos tocamos.

Cómo me gustaría volver a quedarme dormido sobre sus nalgas, pero quizás ya nunca vuelva a suceder.

Ya es más natural vivir con el rencor, el resentimiento, el odio, el desprecio —el dolor— que con la esperanza, con el perdón, con el deseo.

¿A partir de qué momento?

No recuerdo. No sabría decir.

Hay una querencia al dolor.

Hacemos este viaje para salir de la encerradura que hemos hecho de nuestras vidas y bodas. Para cambiar de palabras y de tono, para bendecirnos. Para comer mariscos y beber coco tonics, para lamernos otra vez de punta a punta, para coger en la playa bajo la luna.

¿Y creemos de verdad, ella y yo, que vamos a volver a pasmarnos con la dicha? ¿Que abandonaremos el botín de suplicios que cada uno ha ganado para sí en la guerra?

Misericordiosamente, de pronto los coches arrancan de nuevo. Los berridos se escuchan cada vez más cerca.

Ella está más blanca que la luna y es recorrida por arcadas inútiles que ya me hicieron arrojar el cigarrillo.

Un enorme camión lleno de marranos chicos y medianos, cada uno en su jaula, se ha volcado. Algunos chanchos murieron —hay un poco de sangre en el piso— y los otros sufren ataques cíclicos de terror.

Sus gritos casi humanos penetran hasta la médula de los huesos y los recovecos más primitivos del cerebro.

THE END OF THE WORLD

I walk slowly over to the driver's door; I finish peeing in my pants before I get in.

We both close our eyes.

I light a cigarette and open the window. I mean, she's already vomited. Soon the car is going to smell like piss.

My leg is wet and sticky and I feel a desperate sadness, an incommunicable pity.

We look at each other sideways and don't speak or touch.

How I'd love to fall asleep once more on her buttocks, but it might never happen again.

These days, living with the anger, resentment, hate, contempt—with the pain—has become normal, more so than living with hope, with forgiveness, with desire.

Since when?

I don't remember. Couldn't guess.

There's a certain attachment to the pain.

We're taking this trip to get out of this cage that our lives and our marriage have become. To come up with different words, a different tone, to find our blessing. To eat seafood and sip coconut drinks, to lick each other all over, the way we used to, to fuck on the beach under the moon.

And do we really believe, she and I, that we will sweep each other away with ecstasy again? That we will relinquish the bounty of torment we've each won in this war?

Mercifully, the cars start up again. The bellowing seems to come nearer and nearer.

She is as white as the moon and wracked with dry heaves that make me toss out my cigarette.

A huge truck full of small and midsize sows, each in its own cage,

FIN DEL MUNDO

Ella cierra los ojos y tiembla. A mí me cuesta pisar el clutch y el freno con tino.

Ella está bañada en lágrimas, yo en orines.

La circulación se desahoga.

Al salir, un letrero.

DEJA USTED LA PIEDAD

En Guadalajara los mariachis nocturnos cantan, como escenografía de los años cuarenta y cincuenta:

—¡Háblenme montes y valles, grítenme piedras del campo!

Ella dice que Guadalajara es una ciudad limpia y que le agrada, y yo guardo silencio porque no me siento a gusto.

Sé que las placas del DF suscitan odio y violencia entre muchos de los nativos.

Bebo un poco de charanda, pero con mayor molestia de mi estómago que contento de mi corazón.

Nos peleamos hace hora y media. Hay momentos en que los pleitos tranquilizan a las parejas. Se dicen cosas injustas y cosas ciertas, dolorosas todas; y se pierde una vez más la esperanza.

Perder la esperanza entristece al alma, pero apacigua un poco al corazón, que es más visceral.

Los hoteles están llenos, los moteles también, y los empleados son groseros.

No huelo a pis, porque me enjuagué las piernas y cambié los pantalones, pero tengo cara de pis.

Ella a su vez tiene cara de guácara, pero es mujer y bonita, y más práctica que yo.

Es ella por ende la que encuentra un hotel pintado de azul, y la que averigua y paga la tarifa mientras yo tengo infinitos problemas para es-

has overturned. Some of the pigs were killed—there's blood on the ground—the others are seized by cyclical convulsions of terror.

Their almost human cries pierce us to the marrow of our bones, the most primitive recesses of the brain.

She closes her eyes, trembling. It's hard for me to keep a steady foot on the clutch and brake.

She is bathed in tears, I in urine.

The traffic jam eases.

As we exit the town, a sign:

LEAVING LA PIEDAD

In Guadalajara the mariachis sing at night, like some movie from the forties or fifties:

"Sing me mountains, whisper me valleys, cry me tears of stone!"

She says Guadalajara is a clean city and she likes it. I keep quiet because I don't feel comfortable here.

I know that license plates from the capital inspire hatred and violence in a lot of the locals.

I drink a little *charanda*, but it unsettles my stomach more than it cheers my heart.

We've been fighting for an hour and a half. There are times when an argument can restore peace in a couple. Things are said that are unfair, and things that are true, all of them painful, and hope is lost once more.

Losing hope saddens the soul, but in some small way it soothes the heart, which is more visceral.

The hotels are all full, so are the motels, and the staff is always rude.

I don't smell like piss, because now I've rinsed my legs off and changed pants, but I look like piss.

tacionarme bien y bajar las maletas correctas.

El hotel es tranquilo, limpio, silencioso y muy modesto.

El propietario, un hombre un poco bizco, nos guía a nuestra habitación: una regadera sin cortina ni borde, un excusado sin asiento, una cama individual llena de resortes torcidos y cubierta de ropa de cama rugosa y percudida, un piso de cemento, una cortina de manta que no tapa la luz del arbotante, una ventana por la que entra el eco del canto del mariachi, un foco macilento.

—Yo aquí duermo vestida.

—Yo también. Pero antes me voy a dar un regaderazo.

—Hasta mañana.

—Hasta mañana.

Nos damos un beso en la boquita, aliviados: no tenemos que enfrentarnos al sexo y hemos sobrevivido a una difícil primera jornada.

Ella se tapa minuciosamente de pies a cabeza, en la mitad alejada de la pared. La destapo y le doy un beso en la sien, acariciándole la cabeza. Abre los ojos y me sonríe, y yo a ella. Le doy otro beso y la tapo.

—Espero que no haya alacranes —dice su voz bajo las bastas sábanas y mantas.

—No es tierra de alacranes. Y además estamos en una ciudad grande.

—Ya lo sé. Te quiero.

—Yo también, arañita.

—Báñate y no tardes.

—No.

Pongo la ropa a los pies de la cama (no hay buró, ni silla, ni tocador), abro el agua, pronto descubro que es fría, me meto bajo el chorro desigual pero reparador, hasta canturreo "¡Guadalajara, Guadalajara, hueles a pura tierra templada, Guadalajara, Guadalajara!"

THE END OF THE WORLD

She in turn looks like puke, but she's a woman and pretty, and has more of a practical bent than I do.

She's the one who ends up finding a hotel with blue paint, who asks the rate and pays it while I have endless problems parking the car straight and getting the right suitcases out.

The hotel is peaceful, clean, quiet, and very basic.

The slightly cross-eyed owner takes us to our room: a shower with no curtain or partition from the rest of the room, a toilet without a seat, a single bed full of warped springs and covered with permanently grimy, wrinkled linen; a cement floor, a wan lightbulb, a sack-cloth curtain that doesn't cover the arched top of the window where the mariachis' song seeps in.

"I'm going to sleep in my clothes," she says.

"Me too. But first I'm going to take a shower."

"Good night."

"Good night."

We give each other a little kiss on the lips, relieved: we don't have to deal with sex, and we've survived a difficult first day.

Ensconced on the side of the bed farthest from the wall, she carefully covers up from head to toe. I pull back the blanket and give her a kiss on the temple, rubbing her head. She opens her eyes and smiles at me, and I at her. I give her another kiss and cover her up again.

"I hope there aren't any scorpions," says her voice from beneath the coarse sheets and blankets.

"This isn't scorpion country. Besides, we're in a big city."

"I know. I love you."

"Love you too, Spidey."

"Take your shower and don't be long."

"I won't."

FIN DEL MUNDO

Olvidé sacar la toalla y abro la maleta con cuidado: me parece haber visto una cucaracha. Me seco mirándome en el espejo casi desvanecido del lavabo. Tengo buena cara. No traigo la cara de pis de hace un rato, ni la de pedo apretado que me descubro a veces, un feo estreñimiento del alma y el cuerpo.

A mis espaldas se oye un regurgitar.

En medio del cuartucho hay una coladera, de la que sale el agua que la cañería no alcanza a conducir.

El ruidajo de esa coladera borboteando es capaz de despertar a alguien que, como mi amigocha, tiene el sueño extremadamente ligero y es muy dada, por desgracia, a noches de insomnio o de pesadillas.

Pero no hay nada que yo pueda hacer para acallar esa erupción de agua.

Me pongo la camiseta, los calzones, los pantalones. Los calcetines me los pondré cuando me trepe a la cama.

He visto otra cucaracha. Rapidísima, ruidosa (en un sentido no sonoro), ancha, grande, de unos ocho o diez centímetros de largo.

Súbitamente me lleno de horror y de asco al dar un paso atrás y pisar la mitad de uno de esos monstruos, que mueve sus antenas violentamente, con furia.

No sé si su sistema es capaz de sentir dolor, espero que no.

Ahora soy yo el que tiene ganas de vomitar. Los bizcochos harinosos que merendamos se me apeñuscan en el esófago.

El piso del cuarto está invadido de cucarachas, unas veinte y más, que han salido y mueven las antenas como en una de esas películas en que los humanos son diez veces menores que los insectos.

Se están acercando a la cama. Cuatro de ellas, acorazadas, seguras de su fuerza.

Un pie y una mejilla de la bella durmiente están al descubierto.

THE END OF THE WORLD

I place my clothing on the end of the bed (there is no bureau, or chair, or dressing table), turn on the water, discover that it's cold, step under the uneven but restorative spray, even croon "Guadalajara, Guadalajara, the aroma of your sun-baked earth, Guadalajara!"

I've forgotten to get out my towel. I open my suitcase cautiously: I think I've seen a cockroach. I dry off looking at myself in the almost totally faded mirror above the sink. I look good now. I don't see that pissy expression I was wearing a little while ago, or the stifled-fart look I catch on my face at times, an unbecoming constipation of body and soul.

Behind me I hear a regurgitating sound.

In the middle of this shabby room is a drain hole, and gushing out of it is the water the plumbing can't handle.

The blare of this burbling drain is enough to waken someone who, like my compañera, is an extremely light sleeper, and unfortunately given to insomnia and nightmares.

But there is nothing I can do to silence the watery eruption.

I don my T-shirt, shorts, and pants. I'll put my socks on once I climb into bed.

I see another cockroach. Lightning fast, cacophonous (in a soundless way), broad, fat, maybe three or four inches long.

I step back and am suddenly horrified, nauseated, when my foot lands on half of one of these monsters, which bats its antennae violently, enraged.

I don't know if its system is capable of experiencing pain; I hope not.

Now I'm the one who feels like vomiting. The floury biscuits we had for lunch mass in my esophagus.

The floor of the room is teeming with cockroaches; twenty or more have come out now, shimmying their antennae like in one of those movies where insects are ten times the size of humans.

FIN DEL MUNDO

Estos bichos no me temen. Parecen saber que les tengo asco, pánico. Lo saben desde hace cientos de millones de años.

Tengo que saltar a la cama.

Tengo que impulsarme del lavabo y brincar desde la partecita rugosa del cemento.

Y caer bien.

Lo logro.

Soy un mono, me admiro de mí mismo.

Lo que no sé es si soy uno de esos changos y macacos que suben y bajan por los templos abandonados de la India, cuyos frisos muestran a hombres esbeltos y mujeres redondeadas haciendo lo que dicta naturaleza.

—¿Estás bien? ¿Estás incómodo? —dice ella.

—Sí, amor —respondo a la primera pregunta.

Tengo en las manos los dos trapos ríspidos que nos entregaron como toallas y con ellas recorro el suelo, alejando a las cucarachas sin golpearlas.

Sé que no es racional, pero el hecho es que temo matar a alguna y encrespar a las otras.

La que pisé todavía mueve las antenas.

Con horror, al acordarme, me limpio el talón.

—¿Qué pasa, amor? ¿Quieres que cambiemos de lado? —me dice ella.

—No, estoy bien.

—No estás acostado, estás sentado.

—Sí. Estoy pensando.

—Ya no pienses. Ya no pienses tanto. Vamos a estar de vacaciones en la playa. Creo que vamos a poder encontrarnos.

—¿Tú crees? —le pregunto, mirando la arrogante, acorazada parsimonia con que las cucarachas caminan por el piso, deteniéndose para percibir el mundo cada tanto.

THE END OF THE WORLD

They're heading toward the bed. Four of them, armored, sure of their strength.

A foot and a cheek of the sleeping beauty are exposed.

These bugs aren't afraid of me. They seem to know I'm revolted and panicked by them. They've known it for hundreds of millions of years.

I'm going to have to jump onto the bed.

I'll need to push off from the sink and take a leap from the small patch of furrowed cement.

And land just right.

I do.

Slick as a monkey, I think, admiring myself.

But it remains to be seen whether I am one of those macaques that climb around abandoned temples in India with friezes showing slender men and curvy women doing what nature dictates.

"You okay? Are you uncomfortable?" she says.

"Yes, love," I reply to the first question.

I'm holding the two rough rags we were given as towels, swishing them across the floor, keeping the cockroaches at bay without hitting them.

I know it's not rational, but the fact is that I'm afraid of killing one and infuriating the others.

The one I stepped on is still moving its antennae.

Horrified at the recollection, I wipe at my heel again.

"What's the matter, love? Do you want to change sides?" she says to me.

"No, I'm fine."

"You're not lying down, you're sitting up."

"Yes. I'm thinking."

"Stop thinking. Stop thinking so much. We're going to the beach for a vacation. I think we're going to find ourselves there."

FIN DEL MUNDO

—Por lo menos eso espero, de veras.

—Yo también —susurro.

Para que ella vuelva a dormirse, me recuesto a medias, del lado de la pared, que es nuestro lado vulnerable.

Siento cómo su cuerpo se sacude dos veces y luego se relaja.

Pasa como una hora.

Vine sin reloj.

Poco a poco, vuelve la calma.

Las cucarachas recorren minuciosamente el piso en busca de alimento, pero nos ignoran.

Yo las miro y, sobre todo, las percibo, como si también tuviera antenas. ¿Ella?

Ella duerme intranquilamente, mascullando palabras incomprensibles.

Y yo la acaricio pudorosamente.

Mañana vamos a despertarnos cansados.

No le diré nada de estos insectos, pues ella desearía no haber dormido en este lugar.

El calor es agobiante y seco, pero la carretera está bastante despejada y circulamos con tranquilidad, incluso con una especie de alborozo.

En un puesto comemos un conejo en barbacoa delicioso, observados por tres perros esmirriados.

Mientras remontamos la sierra, no muy alta, muchos kilómetros más adelante, hay una congregación de zopilotes exasperados que da vueltas y vueltas, arriba de una cañada en la que debe de haber un animal muerto, al que el ramaje les impide llegar.

Cuando llegamos al hotel donde reservamos la habitación, en el poblado de x, dos hombres y tres niños están asomados a un pozo de unos

THE END OF THE WORLD

"You do?" I ask her, gazing at the arrogant, armor-plated parsimony of the cockroaches as they crisscross the floor, stopping every now and then to take stock of their world.

"I hope so, anyway, I really do."

"Me too," I whisper.

So she'll go back to sleep, I lie down halfway, taking the wall side of the bed, our vulnerable side.

I feel her body twitch twice and then relax.

Perhaps an hour goes by.

I didn't bring my watch.

Little by little, calm returns.

The cockroaches meticulously cover every inch of the floor in search of food, but they ignore us.

I watch them; mainly I sense them, as though I too had antennae.

And she?

She sleeps restlessly, mumbling incomprehensible words.

I caress her chastely.

Tomorrow we'll wake up tired.

I won't tell her about the insects, because she'll wish she had never slept here.

The heat is dry and oppressive, but the road is clear and we're moving along peacefully, even with a sort of gaiety.

At a roadside stand we have some delicious barbecued rabbit under the watchful eyes of three scrawny dogs.

We climb the low sierra, and after many kilometers we come to a congregation of exasperated buzzards circling around and around above a canyon where there must be some dead animal they can't get to under the dense branches.

dos metros de diámetro, al que arrojan pescado y legumbres y fruta en descomposición.

Hay fetidez, peste; pero por prudencia y cortesía me acerco y saludo.

El dueño del hotel, el señor López Fragoso, es un hombre de unos cincuenta años, ciento sesentaicuatro centímetros y piel amarillenta, hepática.

Me presento.

—¡Bienvenidos!, los estábamos esperando —me dice.

—Nos retrasamos unas horitas —le digo.

—A cualquiera le pasa, por no decir que a todos. Nayarit es más grande de lo que se supone.

—Nayarit ha dado grandes deportistas —comento.

—Un día este país se dará cuenta de cuánto le debe al estadito este —me espeta, y asiento.

Ninguno de los dos menciona al chacal Victoriano Huerta.

En el pozo, que se ensancha hacia abajo, hay dos cocodrilos adultos, además de uno mediano y otro pequeño. Los cuatro nos miran con sus ojitos malvados e imbéciles y las fauces entreabiertas, pleistocénicas. Cuando ven que se les va a arrojar comida, coletean para desplazarse unos a otros.

Sin embargo, no emiten ruido alguno con la boca.

El espectáculo es tan repulsivo como fascinante.

El señor López Fragoso disfruta de su poder sobre esos saurios terribles que viven y se reproducen dentro de este pozo, al que los dos mayores deben haber sido arrojados cuando eran crías, o poco más, supongo.

Como la boca del orificio suele estar clausurada por unas maderas y candados, los caimanes sólo ven la luz cuando el señor López o su ayudante les arrojan alimento.

El cocodrilo padre ya está casi totalmente ciego, y es el que más coletazos pega cuando percibe, arriba, las siluetas en movimiento.

THE END OF THE WORLD

When we come to the hotel where we've reserved a room, in the village of X, two men and three children are staring into a well a couple of meters wide, tossing in rotting fish and vegetables and fruit.

It smells, in fact it reeks, but out of caution·and courtesy I walk over and wave.

The owner of the hotel, Señor López Fragoso, is a man of about fifty, five foot four, yellowish skin, probably a liver disorder.

I introduce myself.

"Welcome! We've been waiting for you," he tells me.

"We're a couple of hours late," I say.

"That happens to a lot of folks, if not everyone. Nayarit is bigger than people think."

"Nayarit has given us great athletes," I comment.

"Someday the country will realize how much it owes this fine state," he shoots back, and I nod in agreement.

Neither of us mentions "The Jackal," Victoriano Huerta.[1]

Inside the well, which gets wider toward the bottom, are two adult crocodiles along with a medium-size and a small one. The four of them look up at us with their evil, imbecilic eyes and half-open, Pleistocene jaws. When they see that food is coming, they thrash their tails to bat each other away.

But they make no sound with their mouths.

The spectacle is repulsive and fascinating in equal measure.

---

1   *Translator's note*: Victoriano Huerta was a brutal, drunken general who became president of Mexico in 1913 after conspiring with U.S. ambassador Henry Lane Wilson to depose and assassinate democratically elected president Francisco Madero. Less than two years later, as the revolution flared, Huerta was forced from office and fled the country; he died of delerium tremens, penniless, in an El Paso jail cell. Commonly referred to as *el Chacal*—the jackal—he was the son of a mestizo woman and a Huichol father from Nayarit.

—¿Los grandes no se comen a los chicos? —pregunto.

—Sí, casi siempre —dice el señor López—. ¿No quiere ver los cocodrilos, señora? —interroga a mi compañera—. Ya merendaron y vamos a cerrar el pozo.

Ella se acerca, mira y no dice nada; pero me imagino lo que siente, y no me gusta.

—La recepción está allá al fondo, mi esposa la atenderá. A ver, escuincles, llévense el equipaje de los señores —indica López.

Mientras ella va al coche y la recepción con los niños, yo arrojo un huachinango ya azuloso a la boca del caimán mayor.

—Se asustó su esposa —me dice López—, se puso bien pálida. Mire, mire cómo se pelean aunque el grande ya se zampó el pescado. Son bichos tan feroces como estúpidos.

—El mediano se mantiene al margen —señalo.

—Ey —dice el ayudante de López—, así es como ha logrado sobrevivir, volviéndose taimado. Es el que menos pelea, pero le aseguro que no es el que come menos.

El señor López asiente, aunque está claro que no le gusta que el otro tome la palabra.

—¿Tienen nombre?

Mi pregunta los hace mirarse a los ojos y sonreír.

—No, si no son perros —dice el ayudante.

No son animales domésticos. Son monstruos encerrados bajo tierra, y como tales los alimenta y observa el propietario todos los días. Es un sátrapa que domina a sus empleados y a los monstruos de la tierra.

—A ver, vamos a cerrar —dice López, mirando por última vez, aún más detenida y ávidamente, a sus fieras sometidas y nunca sumisas.

Colocan la tapa de madera, semejante a la de un tonel pero más ancha, pasan una gran cadena y cierran los tres candados.

THE END OF THE WORLD

Señor López Fragoso enjoys his power over these terrible saurians that live and reproduce inside his well, where the older ones must have been thrown when they were not much older than hatchlings, I conjecture.

Because the orifice of the well is covered with planks and padlocked most of the time, the crocodiles only see the light of day when Señor López or his helper feeds them.

The father crocodile is almost totally blind now, and it is he who flails his tail the most when he senses silhouettes in motion above.

"Don't the big ones eat the little ones?" I ask.

"Yes, almost always," says Señor López. "Don't you want to see the crocodiles, Señora?" he asks my compañera. "They've had their lunch now and we're about to close up the well."

She approaches, looks in and says nothing, but I can imagine what she's feeling, and it's not pleasant.

"The reception desk is that way, in the back; my wife will take care of you. All right, kids, bring in the people's luggage for them," says Señor López.

While she goes to the car and the reception desk with the children, I pick up a fish that's gone bluish with rot and throw it into the mouth of the largest crocodile.

"Your wife was scared," López says to me. "Turned pretty pale. Look, look at them fighting even though the big one already snapped it up. Nasty and dumb both, these varmints."

"The middle-size one stays out of things," I note.

"Yep," says López's helper, "that's why it's still alive. Learned to be smart. It does the least fighting, but it sure doesn't do the least eating."

Señor López nods, but he clearly doesn't like it when the other man takes the floor.

—Si no —explica el dueño— la gente viene a echar a sus enemigos . . . ¿Qué le parecieron mis bichitos?

—Bastante impresionantes.

—A los grandes los tengo hace ya siete años —me informa—. En fin, le deseo una muy placentera estadía. No le estrecho la mano a causa del pescado, pero siéntase usted en su casa.

—Muchas gracias —replico.

Cuando llego a la recepción, la señora López, que es sumamente atractiva y veinte años más joven que su marido, me recibe:

—¡Qué guapa es su esposa! Pero no parece feliz.

—Creo que la asustaron los cocodrilos —contesto.

—¿Se los enseñó mi marido? Es una bestia . . . ¿Cuántos días se van a quedar usted y su señora?

—Todavía no sabemos —aduzco.

—Olvídense de los estúpidos cocodrilos de mi esposo y disfruten de su estancia. Los demás hoteles están llenos y el nuestro de todas maneras es el mejor —y me mira y mira. No puedo evitar sentir, como ella lo desea, unas ganas terribles de saltarme el mostrador y bajarle los calzones a la señora López.

Le gusta el efecto que me ha causado. A mí también.

—Me cae usted bien —me dice.

—Muy amable.

—Creo que vamos a llevarnos muy bien usted y yo —me enuncia—. Sólo le pido que sea prudente, pues mi marido es muy celoso y todo el tiempo anda checándome, él y su ayudante Pepe. Si pudiera, me pondría un cinturón de castidad. Y ahora váyase, que no lo vean aquí. Su cuarto es el 15, suba por esa escalera y al fondo.

No digo nada.

No puedo evitar mirarla mientras empiezo a alejarme.

THE END OF THE WORLD

"Do they have names?"

At my question, they look at each other with amusement.

"No, they're not dogs," says the helper.

They're not pets. They're monsters shut up beneath the earth, and as such their owner feeds and observes them every day. He is a satrap who reigns over his hired help and the monsters of the Earth.

"Okay, let's close up," says López with one last look, even more lingering and intense than before, at his subjugated but not submissive beasts.

They place the wooden cover, like the top of a barrel but bigger, over the hole, cross it with a stout chain and close the three padlocks.

"If I don't," explains the owner, "people will throw in their enemies. . . . What do you think of my beasties?"

"Impressive."

"The big ones I've had for seven years," he informs me. "Well, I wish you a very pleasant stay. I won't shake your hand—the fish and all—but make yourselves at home."

"Thank you very much," I reply.

When I get to the reception desk, Señora López, an extremely attractive woman twenty years younger than her husband, greets me with:

"Your wife is so beautiful! But she doesn't seem happy."

"I think the crocodiles scared her," I answer.

"My husband showed them to her? He's a brute. . . . How many days will you and your wife be staying?"

"We don't know yet," I allow.

"Forget my husband's silly crocodiles and enjoy your stay. The rest of the hotels are full, and anyway ours is the best." She stares at me and won't look away. I can't help feeling, as she wants me to, a terrible urge to leap over the counter and pull down her panties.

FIN DEL MUNDO

Hace mucho que nadie me excitaba tanto a las primeras.

En la habitación, mi compañera (que fue la última que me excitó así) ya está en bikini y apresta el maletín con toallas, aceites, latas de mejillones (nuestro más reciente entusiasmo), tequila, cigarros, libros, radio casetera.

Me lavo las manos.

Ni ella ni yo comentamos nada sobre los cocodrilos y el matrimonio López. Ninguno de los dos quiere decir algo desagradable.

No sé cómo decirle que quiero marcharme, que hemos venido al peor lugar del mundo, que no puedo quitarme de la mente los pechos y los ojos y las nalgas de la dueña, cuyo horrendo cónyuge tiene los mismos problemas que yo.

La López es una calientabraguetas terrible, lo sé; pero también sé —el cuerpo no miente— que le atraigo. Yo sé cómo hacen el amor las mujeres como ella, muy pegadas a sus huesos. Y me gusta mucho.

La playa cercana al hotel es sosa, pero eso ya lo sabíamos. Ya mañana, en el coche, iremos a las playas de los surfistas, a los farallones, a la laguna.

El sol, el tequila, la jícama, los mejillones, el ceviche, las cervezas. Tendido en la arena, veo el cuerpo de mi compañera y me estremece entender cuánto la deseo, cuánta necesidad tengo de meterme en ella y gritar de placer y de ternura.

Mientras finjo que leo, logro quitarme de la cabeza a la señora López y me concentro en cómo acariciaré y besaré y lameré y estrujaré cada una de las partes del cuerpo de esta mujer, la mía, tan cercana y tan lejana a la vez.

El sol que se nos mete, la arena que se nos amolda, la brisa que nos hoza, el rumor del mar que nos acuna, los mariscos que nos nutren, todo nos favorece, nos fortalece. Es sólo cuestión de encontrar el momento en que la gana sea grande, sea irresistible, sea feliz, sea salaz, sea animal.

THE END OF THE WORLD

Señora López is enjoying the effect she has on me. So am I.

"I like you," she says.

"That's nice."

"I think we're going to get along great, you and I," she pronounces. "Just please be careful, because my husband's very jealous and is always checking up on me, he and his helper Pepe. He'd have me in a chastity belt if he could. Go on now, don't let them see you here. Your room is number 15, the stairway at the end."

I say nothing.

I can't help looking back at her as I leave.

It's been a long time since anyone turned me on so much at first sight.

Back in the room, my compañera (the last one who did) is already in her bikini and is packing a beach bag with towels, oils, cans of mussels (our latest craze), tequila, cigarettes, books, a radio-cassette player.

I wash my hands.

We don't mention the crocodiles or the Lópezes. Neither of us wants to bring up anything unpleasant.

I don't know how to tell her that I want out, that we've come to the worst place in the world, that I can't put out of my mind the breasts and eyes and rump of Señora López, whose horrid husband has the same problems I do.

She's a terrible cocktease, I know, I know, but I also know—the body doesn't lie—that she's attracted to me. I know how women like her make love, clenching you tight all over. And I like it a lot.

The beach right next to the hotel is dull, but we knew that. Tomorrow we'll take the car to the surfers' beaches, the headlands, the lagoon.

Sun, tequila, jícama, mussels, ceviche, beer. Stretched out on the sand, I look at my wife's body and shudder, feeling how much I desire her, how much I need to be inside her, to roar with pleasure and tenderness.

FIN DEL MUNDO

Y con una vez que nuestros cuerpos se apareen, podrá haber una segunda. Y estaremos más preparados para enfrentar todas las demás cosas que nos afrentan y enconan.

Me he quedado dormido y ella también.

Algo, no sé qué, tal vez sueños parecidos, nos despierta al mismo tiempo. Miramos hacia el mar, que golpea con mayor fuerza ahora.

Nos estamos aproximando al crepúsculo. El sol se torna anaranjado y parece crecer, y todo se queda quieto. Hay momentos en que la tierra se mueve como sin pensar en sí misma, como dormitando.

Las olas caen y caen, como han caído durante millones de años. Por estas epifanías profundas, elementales, es que uno viene al mar.

El inmenso Pacífico nos saluda y nos conmueve.

Estamos completamente solos. No hay nadie más en la playa.

—El mar. Teníamos que venir al mar —digo. Antes de que ella pueda responder, nos cae encima, plaga de langostas infinitesimales, una nube de jejenes que pican por centenas al mismo tiempo.

Los malditos jejenes nos acribillaron, nos enfadaron, nos humillaron, nos hicieron objeto de carcajada para los perros y los cerdos y los pájaros. Los humanos se habían encerrado.

Nos damos un regaderazo, el cual parece exacerbar las picaduras; y luego nos tumbamos en la cama a aplicarnos no sé qué loción transparente y crema rosada que, en efecto, al cabo de veinte minutos nos aplacan la comezón y, sobre todo, el dolor, que parece casi muscular y nervioso.

Mirando la pared, y un caracol que la recorre con lentitud, cavilo que los animales se confabulan en contra nuestra.

Como si ellos fueran los instrumentos justicieros encargados de hacernos pagar no sé qué desequilibrio que le hemos causado a la tierra.

THE END OF THE WORLD

While I pretend to read, I manage to get Señora López out of my head and concentrate on how I'll fondle and kiss and lick and squeeze every inch of this woman, my wife, so close to me and yet so far.

The sun soaking into us, the sand molding us, the breeze nuzzling us, the ocean's sound lulling us, the seafood nourishing us, everything is on our side, building us up. All we need is the perfect moment when our desire is huge, irresistible, joyous, salacious, animal.

And once our bodies meet and couple, they may do it again. And we'll be better prepared to confront all the things that upset and embitter us.

I've fallen asleep and so has she.

Something, who knows what, maybe the same dream, wakes us at the same time. We look toward the sea, which is pounding harder now.

Twilight is approaching. The sun turns orange and appears to swell, everything quiets. There are times when the earth seems to move without thinking about itself, as though dozing.

The waves break, over and over, the way waves have been breaking for millions of years. These epiphanies, profound and elemental, are why people come to the sea.

The immense Pacific greets us, stirs us.

We're completely alone. There's no one else on the beach.

"The sea," I say. "We had to come to the sea." Before she can reply, a plague of infinitesimal locusts falls upon us, a cloud of sand gnats stinging us by the hundreds.

The bloody gnats peppered us, jabbed us like darts, humiliated us, gave the dogs and the pigs and the birds a good laugh: the humans had to lock themselves indoors.

We take a shower, which seems to make the bites sear more intensely, then we flop onto the bed and rub on some kind of transparent lotion or

FIN DEL MUNDO

¿Son acaso nuestro amor y desamor —el de ella y yo— importantes para la naturaleza?

Debimos quedarnos en la Ciudad de México, donde los animales tienen un rango subordinado y aprecian la domesticidad.

Pero estamos aquí, desnudos y bocarriba, picoteados y desesperados.

El rumor del aire acondicionado ha suplantado el latido del océano.

Afuera, un perro aúlla como si le hubieran dado una patada.

El caracol se ha quedado inmóvil. Más inmóvil.

Probablemente los cocodrilos se durmieron.

Mi mujer hace como que se ha quedado dormida, lo cual a veces es su técnica para colaborar —pasivamente— con la seducción.

O bien sí se ha quedado dormida, lo cual es su técnica para sabotear la seducción.

No es el tipo de hembra a la que le guste medio despertarse ya mojadita. (O lo fue alguna vez, ya no recuerdo.)

El caracol me percibe y yo lo miro a él y decido que su presencia es un buen augurio; pacífico, indefenso, es un aliado baboso en el hostil mundo de los animales.

Alguien me ha dicho que los caracoles cogen durante horas y horas.

A lo mejor lo que les pasa es que les cuesta meterla.

A ella la beso suavemente, fraternalmente, dulcemente.

Sin arrobo, sin pasión.

La beso tiernamente, cuidadosamente.

Poco a poco bajo entre sus pechos, apenas rozándolos, casi sin intención, y me instalo, meticulosamente, alrededor de su ombligo, que es el más simpático de los ombligos; y que el resto de ella.

Ella exhala un suspiro de tranquilidad, de contento.

Minutos después, arribo a sus muslos magníficos, estrechados —no necesariamente apretados— el uno contra el otro.

other and a pink cream that, in fact, after twenty minutes quells the itching, and especially the pain, which feels almost muscular and neural.

Staring at the wall, a snail slowly crawling across it, I conjecture that animals seem to be plotting against us.

As though they are instruments of justice exacting a penalty from us for causing who knows what imbalance on earth.

Could our being in love, or out of it—she and I—be of import to nature?

We should have stayed in Mexico City, where animals hold a subordinate rank and know how to appreciate domesticity.

But we are here, naked, on our backs, covered with bites and in despair.

The sound of the air-conditioning has supplanted the rolling of the ocean.

Outside, a dog howls as though it's been kicked.

The snail is now motionless. More motionless.

The crocodiles are probably sleeping.

My wife pretends she has fallen asleep, which is sometimes her technique for collaborating—passively—in seduction.

Or she has really fallen asleep, which is her technique for sabotaging seduction.

She's not the type of woman who likes to wake up and find herself already wet. (Or she was at one point, I don't remember.)

The snail senses me and I look at it. I decide that its presence is a good omen: peaceful, vulnerable, a slimy ally in the hostile world of animals.

Someone once told me that snails fuck for hours on end.

Most likely, it's just really hard to get it in.

I kiss her softly, fraternally, gently.

Without rapture, without passion.

FIN DEL MUNDO

Más y más minutos después, le entreabro las piernas un poquito.

Huele a limpia, lo cual casi casi me desanima.

Pero quiero hacer el amor con ella. Quiero que sienta cuánto la quiero y la deseo.

Y muy poco a poco, con suavísima suavidad, mi nariz y mi lengua suben entre los muslos.

Y luego hozan y rozan sus labia majora, que son delgados.

Y un buen rato después entreabro las puertas del paraíso y medio meto lateralmente la lengua.

Y me quedo bien quieto y espero su reacción, que no es desfavorable. Ni favorable.

Luego logro un pequeñísimo progreso hacia su interior.

Una parte de mi cuerpo arde en deseo.

Otra parte (evidentemente es la misma) prevé cada milímetro y se mueve como uno de esos robots perfectísimos que arman maquinarias de alta precisión.

Si yo consigo lo que quiero, si ella me recibe con ternura, así sólo sea la mitad de la que yo puedo sentir por ella, entonces mi emoción y mi disfrute serán mayores que yo.

Cómo me gustaría.

Lamo y lamo un poquito más confiadamente.

Ella parece estar un poco húmeda.

Con exquisito cuidado, saludo al clítoris y me quedo un buen rato con él, muy comedidamente.

El caracol está quieto, con la cabeza siempre entresaliendo de la concha. Lo veo desde aquí.

Cambio meticulosamente de posición.

Me empapo el pene con la rebanada de sandía que nos dejaron sobre el buró: y lo coloco en la entrada, lo meto lentamente, dulcemente,

THE END OF THE WORLD

I kiss her tenderly, carefully.

Little by little I slip down between her breasts, barely brushing them, almost without meaning to, and concentrate, meticulously, on her navel, the most adorable of navels, the most adorable part of her, as well.

She lets out a sigh of peace, of contentment.

Minutes later, I come to her magnificent thighs, stretched out side by side—not necessarily clenched.

Many more minutes later, I open her legs a little.

She smells clean, which almost—almost—deters me.

But I want to make love with her. I want her to feel how much I love her and desire her.

And very very little by little, with the softest softness, my nose and tongue nuzzle between her thighs.

And then I root and graze amid her slim labia.

Then, after a long while, I open the doors to Paradise, and sideways, I slip my tongue halfway in.

And I hold very still and wait for her reaction, which is not unfavorable.

Or favorable.

Then I inch a tiny bit inside.

One part of my body is burning with desire.

Another part (obviously the same one) gauges each millimeter, moving like one of those highly perfected robots that assemble precision machinery.

If my hopes are granted, if she receives me with tenderness, even half the amount I feel toward her, my emotion and enjoyment would know no bounds.

How I would love it.

I lick, then lick a little more confidently.

calientemente, cuidadosamente, y de pronto ella grita y me arroja, aduciendo:

—¡Me lastimas, me haces daño!

¿Cómo puede decir tal cosa?

¿Con qué razón?

—Me lastimaste —repite, y se levanta desnuda, enfurecida, dolida, afrentada, y corre al baño a lavarse y ponerse crema.

La oigo maldecir y sollozar sobre el lavabo.

No sólo me sé un imbécil, sino que me siento un violador.

Me siento una mierda.

¿Algún día los hombres expiarán sus culpas y serán libres?

Ella se demora.

¡¿Cómo no me di cuenta?!

(Pero ¿de qué fue que no me di cuenta?)

Me tapo con la sábana y cierro los ojos.

Sólo los hombres saben lo que es el dolor de los hombres, y sólo las mujeres saben lo que es el dolor de las mujeres.

—¡Me lastimaste! ¡Echaste a perder todo, cuando más cerca me sentía de ti!

—Yo también me sentía cerca.

—¡Tenías que darle preferencia a lo que más nos cuesta, el maldito sexo!

—Si no arreglamos eso, no vamos a arreglar nada.

—¡No sé para qué hicimos este viaje! —dice ella.

Me gustaría que me saltaran las lágrimas: para desahogarme y, desde luego, para que ella tuviera una mínima noción de *mi* dolor.

Pero sólo importa su dolor, que expresa tan elocuentemente, violentamente, insoportablemente.

—¡Y ahora me vas a decir que estás deshecho, que no entiendes por qué me pongo así y que no grite, que estamos en un hotel! —me lanza.

She seems to be a bit moist.

With exquisite care, I greet the clitoris and spend a long time with it, most obligingly.

The snail is motionless, its head still poking out of its shell. I can see it from here.

I shift position with the utmost caution.

I take a slice of watermelon the hotel has left for us and use it to moisten my penis: I nudge it to the entry point, move it inward slowly, gently, warmly, carefully, and suddenly she screams and pushes me away, yelling:

"You're hurting me, that hurts!"

How can she say such a thing?

By what right?

"You hurt me," and she stands up, naked, furious, in pain, aggrieved, and runs to the bathroom to wash herself off and apply lotion.

I hear her cursing and sobbing over the sink.

I'm an idiot, and now I feel like a rapist as well.

I feel like shit.

Will men someday expiate their sins and be free?

She's taking a long time.

How could I not have realized?!

(What was it I didn't realize?)

I pull the sheet over me and close my eyes.

Only men know what a man's pain is, and only women know what a woman's pain is.

"You hurt me! You ruined everything, just when I was feeling closest to you!"

"I was feeling close to you too."

"You had to go for the part that's hardest for us goddamn it, the sex!"

"If we don't work this out, we'll never work anything out."

FIN DEL MUNDO

Está claro que yo no puedo decir mis parlamentos; por lo que callo.

Además, no tengo nada que decir.

Me odio a mí mismo más que a ella.

La miro a los ojos mientras se cambia de ropa y, con ojos enrojecidos, no me mira.

Y sale, cogiendo su bolso, y yo me levanto con la verga dura y adolorida, con los ojos secos, con las manos crispadas, con el alma hecha un cigarrillo apagado dos pitadas después de encender. Y agarro el caracolito, abro la ventana y lo aviento.

El pobre bicho se estrella en el parabrisas del Nissan.

Me quedo inmóvil frente a la ventana.

¿Cuántas veces he sentido lo que siento?

Tocan suavemente a la puerta, y no contesto.

Sé que no es Ella la que toca; acabo de ver que en el estacionamiento limpiaba el vidrio con mucho trabajo y luego se iba en el coche.

¡No quiero que ninguna otra mujer me toque, ni siquiera para entregarme las toallas de mano y el jabón que faltan!

Vuelven a tocar suavemente.

Se marchan.

Lleno la tina y me meto.

Una mosca me hostiga.

Vuela muy cerca de mi cara, una y otra vez.

Nunca había sentido tanto horror y asco por los animales.

La mosca podría buscar la salida en el cuarto, donde a fin de cuentas está abierta la ventana por la que entró.

Pero no. Grandota, negra y verde, me ataca la jeta como si quisiera enloquecerme.

Por tercera o cuarta vez tocan suavemente, y una voz femenina susurra, no sé si la recamarera o la señora López; pero yo no contesto, yo tomo la toalla y la mojo ligeramente.

THE END OF THE WORLD

"I don't know why we took this trip!" she says.

I wish tears would come, so I could let it all out, of course, and so she'd have some small idea of *my* pain.

But all that matters is her pain, which she expresses so eloquently, vehemently, excruciatingly.

"And now you're going to say you're devastated, you don't understand why I'm acting like this, and 'Don't yell, we're in a hotel,'" she snaps.

Clearly, I can't say my lines, so I keep silent.

Besides, I don't have anything to say.

I hate myself more than I hate her.

I look her in the face while she changes clothes, and she, her eyes red, doesn't look back.

She storms out, grabbing her purse, and I stand up, my cock hard and hurting, my eyes dry, my fists clenched, my soul a cigarette stubbed out after two drags. And I pick up the snail, open the window, and fling it out.

The unlucky animal smashes on the windshield of the Nissan.

I stand motionless in front of the window.

How many times have I felt what I'm feeling now?

A soft knock comes at the door, and I don't answer.

I know it's not Her knocking; I've just seen her go to our parked car, laboriously clean off the glass, and then drive off.

I don't want any other woman to touch me, even to pass me the hand towels and soap we need!

The soft knock comes again.

Whoever it is goes away.

I fill the bathtub and get in.

A fly starts pestering me.

It buzzes very close to my face, over and over again.

I have never felt such hatred and revulsion for animals.

FIN DEL MUNDO

Cuando la mosca vuelve al ataque, logro golpearla con la toalla doblada.

El maldito insecto se estrella en la pared y cae a la tina, donde aletea desesperado y furibundo.

Lo saco por las alas y, sin pensarlo, se las arranco.

La mosca camina unos pasos en el borde de la tina y dobla las patitas articuladas.

Si un varón se mete en una bañera templada y se pone una mosca sin alas sobre la cabeza del sexo para que le camine y camine, se dice que el orgasmo es extraordinario.

Los días pasan tranquilos.

Por debajo están soliviantados, el centro no se sostiene, la locura y el espanto se contienen de estallar, las flautas tocan sones de guerra. Pero los días transcurren tranquilos.

Por momentos parece que es gracias a nuestra voluntad, a nuestro esfuerzo, que los días y las noches cumplen sus ciclos en orden.

Nadie está tranquilo aquí, empezando por los cocodrilos en su subsuelo ciego.

Si la cercanía es poca y mala entre ella y yo, la lejanía, en cambio, es pacífica y apaciguante.

—Hoy van cuatro veces —me dice esta mañana la señora de López.

¿Veces de qué?

¿De masturbarse pensando en mí?

¿De que su esposo abre el pozo y habla con sus cocodrilos y se burla de ellos?

¿De qué me está hablando?

"Señora López, me gustaría que me regalara unos calzones suyos", fantaseaba yo ayer con decirle.

THE END OF THE WORLD

The fly might be looking for a way out of the room, but hey, the window it came in by is still open.

But no. Huge, black, and green, it pelts me with its snout as though trying to drive me insane.

For the third or fourth time there is a soft knock, and a female voice whispers something. I don't know if it's the maid or Señora López, but I don't answer; I pick up the towel and dampen it slightly.

When the fly attacks again I manage to hit it with the towel.

The damned thing smashes against the wall and falls into the tub, where it beats its wings desperately, enraged.

I pull it out by its wings and without thinking twice, tear them off.

The fly takes a few steps along the edge of the tub, flexing its multijointed legs.

If a male subject enters a warm bath, places a wingless fly on the head of his penis, and allows it to creep around and around, the orgasm is said to be extraordinary.

The days pass calmly.

Beneath the surface, they are roiling, the center does not hold, madness and dread are barely contained, the fifes are playing war songs. But the days go by calmly.

At moments it seems to be due to our will, our effort, that day and night cycle by in order.

No one is calm here, starting with the crocodiles in their blind subsoil.

Closeness between us is scant and dismal; distance, on the other hand, is peaceful and soothing.

"Today makes four times," Señora López says to me this morning.

For what?

That she's masturbated thinking of me?

FIN DEL MUNDO

Pero aquí no se puede hablar con nadie, menos aún decir locuras.

Y los días no son felices. Aunque son deliciosos.

Nuestros cuerpos se han llenado de sol y de sal. Estamos más deseables que nunca.

Dormimos abrazados, semiabrazados, juntos, con nuestros sexos respectivos entremirándose, cada cual en su guarida.

Además, tenemos perfectamente claro cuáles son los mejores ámbitos y horarios del pueblo, de los comederos, de las playas, de la laguna.

Espiritual, sentimental y sexualmente somos dos seres miserables (como se dice en inglés).

Pero en todo lo demás, tanto ella como yo estamos muy bien.

Cada mañana vamos a la Playa de los Surfistas. Es mar abierto, desde luego, y tiene una arena todavía más fina y blanca, y los ostiones y las almejas y el ceviche son de los mejores que he comido en el Pacífico.

Para llegar a la Playa de los Surfistas, hay que manejar doce kilómetros; el último y medio es una pista de mal asfalto de uno y medio carriles, misma que atraviesan en esta temporada, en un sentido y otro, cientos y cientos de tarántulas, algunas de ellas muy grandes.

Hay que cerrar las ventanillas y los ojos y apretar los dientes y taparse los oídos.

Esos animales rapidísimos o no tienen memoria genética de que en esta carretera los aplastan, o están tan enloquecidos por la búsqueda de cópula, que no reaccionan cuando un coche se les echa encima.

Nos decían en la Ciudad de México, cuando nos encomiaban estos parajes, que parece que un ser humano sereno puede pasar indemne entre esos enjambres obsesionados por la reproducción; y que las tarántulas se pasman ante la fornicación humana.

Los dieciocho a treinta asiduos a la Playa de los Surfistas de hecho

THE END OF THE WORLD

That her husband has opened the well and talked to his crocodiles and lorded it over them?

What is she telling me?

"Señora López, would you be so kind as to give me a pair of your panties," I fantasized saying to her yesterday.

But you can't talk to anyone here, let alone talk crazy.

And the days are not happy. Although they're delightful.

Our bodies are saturated with sun and salt. We are more desirable than ever.

We sleep wrapped around each other, wholly or halfway, our genitals glimpsing each other from their respective lairs.

In addition, we're now perfectly attuned to the village, the best places and times for the food stands, the beach, the laguna.

Spiritually, emotionally, and sexually, we are two miserable creatures (in the sense of tormented, not impoverished).

But in everything else, both of us are doing great.

Every morning we go to Surfers' Beach. It's on the open ocean, of course, with sand even finer and whiter than the others', and the oysters and clams and ceviche are among the best I've ever had from the Pacific.

It's a twelve-kilometer drive to Surfers' Beach; the last kilometer or so is a strip of choppy asphalt little more than one lane wide, and in this season, scurrying across it in every direction, are hundreds and hundreds of tarantulas, some of them gigantic.

All you can do is roll up the windows and close your eyes and grit your teeth and cover your ears.

These lightning-fast animals either have no genetic memory that they get run over on this road, or they're so crazed by the urgency to copulate that they don't notice when they're crushed by a car.

agradecen las migraciones de las tarántulas, porque les permiten estar solos en su playa singular.

En este lugar increíble, todos los habitués se comportan como hermanos, primos y amigos del alma, menos yo, que me trepo a las dos mesas del farallón, ordeno y pago por mi parte y, ostensiblemente, leo librototes, miro por los binoculares, zampo moluscos, fumo tabaco y bebo coco tonics y cervezas.

Nada más para que no me consideren del todo un pobre pendejo, cada dos horas me meto a torear las muy grandes olas.

Mi compañera me viene a ver cada hora y veinte, cada hora y cincuenta, y nos besamos en la boca, pero básicamente convive con los surfistas, hombres y mujeres suculentos todos ellos a primera vista.

Sé que ninguna de esas mujeres jóvenes y musculosas y perfiladas subirá aquí a tratar de seducirme. No soy su tipo.

Lo que sí sé que quiero, que deseo, que espero, es que alguno de los apuestos y audaces surfistas no sólo camine por la playa con mi compañera, como lo hacen de tarde en tarde, sino que la desnude, la ponga bocabajo o bocarriba y le abra la vulva en canal, le sacuda las tripas, le enardezca los pechos, le destape la cera de las orejas, la haga babear y chillar, le sacuda el esqueleto, le saque un grito de triunfo y dolor del alma.

No importa mucho quién sea; me gustaría, me apaciguaría, me excitaría, me haría más inteligente que mi compañera se revolcara con alguien.

Hasta sentiría unos pinches celotes saludables.

Y mi glande y mi mente dejarían de sufrir a tal punto.

Mientras tanto, parece que todo se descompone . . .

Hace dos días, vararon dos peces vela.

Los gatos semisalvajes que vienen a las palapas en busca de sobras, desde ayer no se aparecen.

THE END OF THE WORLD

We were told in Mexico City, when people talked up this area, that apparently if you stay calm, a person can walk unharmed amid these reproduction-obsessed swarms, and that tarantulas hold perfectly still when witnessing human fornication.

The eighteen to thirty regulars at Surfers' Beach even welcome the tarantula migration, which allows them to have this beach all to themselves.

In this incredible spot, everyone treats each other like brothers, sisters, cousins, and soul mates, except for me; I climb up to the two tables partway up the rock face, order and pay for my own drinks, ostensibly read giant books, look through my binoculars, wolf down clams, smoke tobacco, and drink coconut drinks and beer.

Only to keep them from thinking I'm a complete asshole, every two hours I struggle into a few of the huge waves.

My companion comes to see me every hour at twenty past, at fifty past, and we kiss on the lips, but basically she keeps company with the surfers, succulent men and women every one, it seems.

I know that none of these young, toned, muscular women will come up here and try to seduce me. I'm not their type.

What I really want, desire, hope, is for one of these buff, bold surfers to not just stroll along the beach with my compañera, as they do every afternoon, but to strip her naked, flop her onto the beach face down or face up and open her vulva like a gate, shake up her guts, set her nipples tingling, pop the wax out of her ears, make her slobber and squeal, rattle her skeleton, rip a howl of triumph and pain from her soul.

It wouldn't much matter which one of them; it would please me, appease me, excite me, make me more intelligent to see her rolling around with someone.

I'd even feel a salutary jolt of jealousy.

FIN DEL MUNDO

Y hasta donde yo percibo, a mi mujer no se la coge nadie.

¿Por qué, si es de las mujeres más deseables de esta playa donde todos somos deseables?, me pregunto mientras las llantas quedan embarradas de pelos, de patas, de cabezas de tarántulas.

¿Por qué alguno de esos narcisos no la arroja o la deposita en la arena y se le mete hasta el ombligo, por lo menos?

Cada noche, en el hotel, olfateo y calibro a mi mujer. Que sigue tan tensa e inmaculada como suele. Extraño bicho.

Busca mi hombro, la abrazo, la siento, la huelo, le acaricio la cabeza, le pongo saliva en los pezones, le sobo la nuca, la siento que se relaja lentamente y miro el techo, donde no se reflejan luces de coches, no sé si afortunada o desafortunadamente.

Y cuando ella se queda dormida, yo me hago ovillo y me imagino los largos pelos púbicos de la señora López, de quien mi mujer tiene —no sólo dice tener— muchos celos.

—Házlo con Madame López una tarde que yo me vaya al pueblo. Métela en el cuarto de blancos o donde sea. Solamente no la metas aquí.

—¿No ves que si tú no estás a ella no le interesa andar de cachonda conmigo? Esa mujer no se fijaría en mí si no estuvieras tú —respondo.

Creo no ser totalmente insincero al decir esto.

Creo que "Madame López" nunca fornicaría conmigo, ni con nadie, solamente por el placer de los cuerpos. Pienso que pediría a cambio la humillación de la otra mujer, o el asesinato de su marido, o alguna otra cosa.

Se siente irresistible; y lo es, pero por lo pequeño del pueblo y la enloquecida vigilancia de López, nunca obtiene la prueba.

Generalmente la evito. He llegado a temerla.

A veces, sin embargo, sí me acerco para que me maúlle. Me alivia un poco de mi mal.

THE END OF THE WORLD

And my mind and the head of my penis would stop hurting so badly.

In the meantime, everything seems to be coming undone . . .

A couple of days ago, two sailfish washed up on the beach.

The half-feral cats that hang around the palapas to scavenge food haven't shown up since the day before yesterday.

And as far as I can tell, no one has fucked my wife.

Why, when she's one of the most desirable women on this beach where we're all desirable?, I ask myself as our tires acquire a coating of tarantula hairs, legs, and heads.

Why doesn't one of these narcissists throw her or deposit her on the sand and shove it up her to the navel, at least?

Every night, at the hotel, I inhale her smell and size her up. My wife remains as tense and chaste as ever. Odd little bug.

She nuzzles my shoulder, I kiss her, I sniff her, I smell her, I rub her head, I daub her nipples with saliva, I fondle her neck, I feel her slowly relax and I stare at the ceiling, where no headlights sweep by, luckily or unluckily, I don't know.

And when she falls asleep I curl up and imagine the luxuriant pubic hair on Señora López, of whom my wife is, in fact, extremely jealous; she's not just saying that.

"Do it with Madame López some afternoon while I'm at the beach. Screw her in the linen closet, or wherever. Just not in here."

"Don't you get that if you're not around she has no interest in fooling around with me? She wouldn't give me a second glance if you weren't here," I reply.

I think I'm not totally insincere in saying that.

I think "Madame López" would never have sex with me, or with anyone, for pure pleasure. I think she'd demand in trade the humiliation of the other woman, or the murder of her husband, or some such thing.

FIN DEL MUNDO

—Deberías coger con ella. Yo sufriría, pero estaría más tranquila por otra parte.

—Yo lo que quiero es estar contigo. Que las cosas nos salgan bien. Que podamos decir que . . . —me interrumpo, porque los dos estamos llora y llora, patéticamente, y eso de pronto nos da risa, la primera risa en no sé cuántos meses, y nos abrazamos.

—Te quise tanto. Y te deseé tanto, la primera vez que te vi.

—Yo también. Me acuerdo cómo me ponía de sólo oír tu voz por teléfono.

El señor López está mirando sus cocodrilos.

Le pregunto cordialmente:

—¿Qué tal? ¿Qué me cuenta de la infestación de aguamala que se dice que viene bajando de Sinaloa?

Me mira como suele: fijamente. Aspira de un puro tipo panatella, pero rústico.

Luego se ríe y me palmea los hombros.

—¿Qué voy a decirle? ¡Pues que la gente siempre dice cosas! . . . Y que siempre dice Las Mismas Cosas. Una y otra y otra vez. ¿No se ha dado cuenta?

Asiento. Aparto la mirada y observo el cielo, inmisericordemente azul.

—Entonces, ¿según usted, no habrá aguamalas? —pregunto.

Vuelve a mirarme, con sus globos oculares amarillentos, como si un riñón se le hubiera pinchado y derramara tintura.

—Yo le apuesto a que no las habrá, mi estimado —me toma del brazo.

—¿Cuánto? —pregunto.

—¿Cuánto qué?

She feels irresistible, and she is, but the town is so small and her husband so obsessively watchful that she can never prove it.

Generally I avoid her. I've come to fear her.

Sometimes, though, I do go and let her meow over me. It lessens my unhappiness a little.

"You should fuck her. It would hurt me, but in another way it would give me peace."

"What I want is to be with you. I want things to work out for us. I want us to be able to say . . ." I stop, because we're both crying and crying and crying, and suddenly this makes us laugh, the first time we've laughed in I don't know how many months, and we fall into each other's arms.

"I loved you so much. And you turned me on so much, the minute I saw you."

"Me too. I remember what it did to me just to hear your voice on the telephone."

Señor López is looking at his crocodiles.

I ask him warmly:

"How're you doing? Any news about the tide of jellyfish they say is on its way down here from Sinaloa?"

He turns to me with his typical gaze: an intense stare. He takes a drag on a crudely made panatela.

Then he laughs and claps me on the shoulders.

"What can I tell you? People are always saying things . . . ! And they always say The Same Old Things. Over and over. Ever notice that?"

I agree. I glance away to look at the sky, mercilessly blue.

"So you're saying the jellyfish won't come?" I ask.

He gazes at me again with his yellowed orbs, as though one of his kidneys has sprung a leak and is oozing dye.

—¿Cuánto apostaría?

López me suelta y me calibra con la mirada.

—Le apuesto la mitad de su alquiler y su consumo —se sonríe.

—¡Olvídelo! —exclamo, riéndome.

Un coche color guinda pasa a gran velocidad, casi sin detenerse en los topes.

—O podemos apostar alguna otra cosa —propone López, y me imagino que piensa: "A nuestras mujeres".

Pero lo que dice, al cabo de un instante, es:

—¿Gusta un purito de por aquí, mi amigo?

—Sí, gracias —y lo tomo, por cortesía.

Mientras me da luz con un encendedor de platino, con iniciales garigoleadas, se sincera:

—No, ¡qué le voy a apostar nada, mi estimado huésped . . . ! Cómo cree . . .

López verifica si mi puro ha encendido parejamente, y añade:

—Lo que pasa es que como hotelero, y por la simpatía que usted y su hermosísima señora me inspiran, no puedo admitir que yo tengo miedo también de que se nos vengan las aguamalas.

Cierra el encendedor con un clic.

Se frota las narices con el pulgar y el índice de la mano izquierda.

—Pero yo creo que sí van a venir —agrega.

Me mira con ojos entrecerrados, moviendo la lengua sobre los dientes.

—El puertito de San Pedro Zalantongo, a menos de cien kilómetros de aquí, por culpa de las aguamalas perdió el turismo hace doce años, y lo perdió para siempre —sigue contándome.

Experimento simpatía por este sujeto que, por lo general, siente y suscita odio.

THE END OF THE WORLD

"I bet they won't, my friend." He takes my arm.

"How much?" I ask.

"How much what?"

"How much do you bet?"

López unhands me and looks me up and down.

"I'll bet you half of your bill for the room and food," he smiles.

"Forget it!" I exclaim, laughing.

A cherry-colored car goes by at high speed, barely slowing down for the speed bumps.

"Or we could bet something else," suggests López, and I imagine him thinking: "Our wives."

But what he says after a moment is:

"Would you like one of these good cigars we make here, my friend?"

"Yes, thanks." And I take it, out of courtesy.

While he lights it for me from a platinum lighter with ornate engraved initials, he says sincerely:

"No! I'm not going to bet with you, my guest . . . ! How could . . ."

López checks to be sure my cigar is lit evenly, and adds:

"The truth is that because I run a hotel, and because I like you and your very beautiful wife so much, it's hard to admit it scares me, too, that maybe those jellyfish will show up."

He closes the lighter with a click.

He rubs his nostrils with his left thumb and forefinger.

"But yes, I think they're coming," he adds.

He looks at me, his eyes half open, running his tongue over his teeth.

"A little port town less than a hundred kilometers from here, San Pedro Zalantongo, lost all its tourist business twelve years ago on account of jellyfish. Lost it for good," he continues.

I'm warming to him, a departure from our usual mutual antipathy.

FIN DEL MUNDO

—Espero que no les pase a ustedes lo mismo —digo yo, también con sinceridad.

—Gracias. Nos ayuda que estamos en mar abierto.

Me acerco a la fosa de los lagartos, que se agita como el averno al percibirme y despide hedor a animales vivos y muertos.

Miro hacia adentro.

Todavía hay cuatro fauces, tan desesperadas como feroces.

Y ocho ojos casi diminutos, fijos.

Lo cual me tranquiliza.

Me despido con una cordial inclinación de la cabeza, a la que López corresponde.

. . . En realidad, yo hubiera ganado la apuesta. Las primeras medusas ya han llegado, transparentes, algunas del tamaño de una pelota de playa, con largos tentáculos invisibles que causan quemaduras horrendas.

Un turista alemán detallista me cuenta que un pescador joven de un pueblo un poco al norte lleva tres días en estado de shock y con el cuerpo lacerado de una manera espantosa; que tal vez sea mejor que no sobreviva.

Seguramente exagera.

Pero exagerar es la única forma que tenemos para entender la idea de que todo el mar alcanzable, todo, ante nuestros ojos, puede estar plagado ya de miles y miles de medusas.

Medusa era la gorgona cuya cabellera estaba hecha de serpientes, y cuya mirada volvía de piedra aguas, animales, plantas y personas.

De piedra, no de fuego.

Un mar que en silencio e invisiblemente se repleta de aguamalas, de las que huyen los peces en pánico mudo, horrísono.

Un mar repleto de muerte, un mar que hasta ahora sólo nos desafiaba con la altura y la fuerza de su oleaje.

THE END OF THE WORLD

"I hope that doesn't happen to you folks," I say, and I mean it.

"Thanks. It helps that we're on the open ocean."

I go over to the lizard pit, which writhes like Hades when I come into sensory range and excretes a stench of live and dead animals.

I look inside.

As before, four sets of jaws, fierce and desperate.

And eight fixed, minuscule eyes.

Which calms me.

I take my leave with a friendly nod; López nods back.

...Actually, I would have won the bet. The first transparent jellyfish—medusas, by their other name—have already arrived, some the size of a beach ball, with long invisible tentacles that inflict horrendous burns.

A German tourist fond of details tells me that a young fisherman from a village a little north of here has been in a coma for three days with frightful lacerations all over his body; it might be better if he didn't live.

Surely he exaggerates.

But exaggeration is the only way we can possibly cope with the idea that every bit of sea before us, all of it, as far as the eye can see, could be infested with thousands and thousands of medusas.

Medusa was the Gorgon with hair made of snakes, whose gaze turned water, animals, plants, and people to stone.

Stone, not fire.

A sea silently, invisibly swelling with jellyfish, beasts that the other fish flee in a gabbling mute panic.

A sea bloated with death, a sea that up to now has challenged us only with the height and power of its waves.

The surfers have decided to leave, and today they're holding a giant bash on the beach, to which they've invited me with a sort of affection,

FIN DEL MUNDO

Los surfistas han decidido marcharse y hoy dan un fiestón en su playa al que me han invitado con una especie de cariño, que no dudo que corresponde a mi propia especie de cariño por ellos.

Para los surfistas, es el fin de la temporada, el fin de la más grande felicidad, y derrochan en el banquete.

Desde ayer andan por el pueblo oliendo y comprando las mejores viandas.

(Para las y los marchantes que les venden, estos días pueden ser los últimos de su relativa prosperidad.)

(Para mi mujer y para mí, es el final del plazo del placer y la esperanza.)

Sólo una cosa hemos logrado: no odiarnos y despreciarnos más. Todo lo demás sigue allí, sigue infestándonos.

¡Hurra, hurra por nosotros!

Mientras manejo rápido el coche entre y sobre las tarántulas, aplastándolas con saña y horror, con ojos entreabiertos, me repito que tengo que separarme; que ya no puedo más; que son demasiadas las humillaciones: las recibidas y las inferidas; que hace mucho que no aguanto más el dolor, ni el suyo ni el mío; que punto, que este bolero ya se acabó, que a chingar a su madre todo; que estoy podrido por dentro, y como que no me doy cuenta; que me odio y desprecio tanto y más que a ella.

Que ya no puedo más, que ya no puedo más.

Y lo he dicho tantas veces.

"Yo, que ya he luchado contra toda la maldad / Tengo las manos tan deshechas de apretar / Que ni te puedo sujetar / ¡Vete de mí! . . .", como cantaba Álvaro Carrillo.

Odio las tarántulas con odio.

Las odio por su veneno y sus patas y su aracnidez.

Las detesto y las abomino y me dan asco.

probably the same sort of affection I feel for them.

For the surfers it's the end of the season, of their high times, and they're blowing everything they've got on this final feast.

All yesterday they nosed through the village buying up all the best food.

(For the vendors, these could be the last days of relative prosperity.)

(For my wife and me, this episode of hope and pleasure is over.)

We've accomplished only one thing: to feel no more hate and contempt for each other than before. Everything else is still there, infesting us.

Hurrah, hurrah for us!

As I drive at high speed between and over the tarantulas, flattening them with cruelty and horror, slitting my eyes, I keep telling myself I have to break it off; I can't go on; too many humiliations, received and inflicted; that I can't take the pain anymore, hers or mine, it's been going on too long; that *fini*, end of story, fuck this; that I'm eaten up inside, why haven't I seen it; that my hatred and disgust is more for myself than for her.

I can't do this, I can't do this anymore.

I've said it so many times.

"My hands so weak with pain / From battling all our woes / From all the hanging on / Can't hold you anymore / Begone from me! . . ." as Álvaro Carrillo used to sing.

I hate the tarantulas with hate.

I hate them for their venom and their legs and their spiderhood.

I detest them and abominate them and they revolt me.

I crush them, disembowel them; they land, whole or in pieces, on the windshield, and I feel no pity for them, not anymore.

When we finally get to the beach, people greet us effusively. We're sort of the guests of honor, their privileged witnesses.

FIN DEL MUNDO

Las aplasto, las destripo; me caen enteras o en pedazos en el parabrisas, y no las compadezco, ya no.

Cuando por fin llegamos a la playa, la gente nos recibe efusivamente. Somos un poco sus invitados de honor, sus distinguished guests, sus testigos privilegiados.

Mi compañera, que rara vez bebe, se sirve bastante vodka solo, con hielo y limón.

Le brillan los ojos.

Es una pantera.

Es bella y fuerte como sólo ella puede serlo, a veces.

A mí también me destellan los ojos, por cierto.

A causa de las medusas, de las tarántulas, de los caimanes, de los López, de ella y de mis años y de todo lo que siento y pienso.

Treintaitantos individuos bebemos y comemos y fumamos y hablamos mucho. ¡La boca en su apogeo!

La boca que deglute, mastica, inhala, exhala, saliva, traga. Y habla.

Y besa. Hay algunos besándose.

¡La boca, que nos hace humanos!

Hay conversaciones alegres y efusivas por todas partes.

¡Son bellos los que parecían ridículos! Son sensibles los que teníamos por estúpidos.

Somos solidarios, somos amigos, hemos vivido algo importante juntos.

Bebemos vinos, vodkas, whiskys, tequilas, rones, cervezas, refrescos.

Mordisqueamos huachinangos, mojarras, charales, cazones, tortugas, iguanas, pollos, ancas de rana, gusanos de maguey, cocos, guayabas, guanábanas, plátanos, mangos, sandías, zapotes negros, aguacates, nopales, jitomates, lechugas, cebollas, echalotes, cilantro, chiles, perejil, totopos.

La mar está calma. El sol, nutritivo. Las nubes, preciadas y preciosas.

THE END OF THE WORLD

My compañera, who rarely drinks, serves herself quite a bit of vodka, straight, with lime and ice.

Her eyes are shiny.

She is a panther.

She is beautiful and strong the way only she can be, at times.

My eyes are definitely glassy too.

Due to the medusas, the tarantulas, the crocodiles, the Lópezes, her, my age, and all that I'm feeling and thinking.

Thirty-some of us drink and eat and smoke and talk endlessly. A field day for the mouth!

The mouth, which swallows, chews, inhales, exhales, salivates, devours. And speaks.

And kisses. Several people are kissing.

The mouth, the thing that makes us human!

I'm surrounded by happy, effusive conversation.

People who seemed ridiculous are beautiful! People we thought were dullards are quite sensitive.

We feel supportive, we're friends, we've lived through something big together.

We drink wine, vodka, whiskey, tequila, rum, beer, soda.

We have a few bites of fish—snapper, bass, charal, dogfish—and turtles, iguanas, chickens, frogs' legs, caterpillars, coconuts, guayabas, guanábanas, bananas, mangos, watermelons, sapodillas, avocadoes, nopales, tomatoes, lettuce, onions, shallots, cilantro, chilis, parsley, toasted tortillas.

The sea is calm. The sun, nourishing. The clouds, precious and appreciated.

The horizon in its place: one reliable thing.

And on top of all this I've lost count of how many women have smiled

FIN DEL MUNDO

El horizonte, en su lugar; bastante confiable.

Y, por otra parte, no llevo la cuenta de cuántas mujeres me han sonreído y platicado como si pudiéramos ser amigos o amantes. Ni de cuántos hombres podrían ser verdaderos cuates.

Y entre tanto bienestar playero, transcurren seis rápidas horas, a juzgar por el Rolex de una surfista, madre soltera, que me cuenta de las ganas que tiene de ver a su hijo.

Le sonrío.

Me pregunta:

—Ustedes no tienen hijos, ¿verdad?

—Yo sí —le explico.

—¿Y no los adoras?

—No puedo decirte cuánto.

Nos sonreímos, cómplices, conspiradores.

Cuatro veces, o cinco, mi compañera y yo hemos brindado y nos hemos abrazado, y besado en la boca, aunque casi sin meter la lengua.

Nos hemos llamado por nuestros apodos ("arañita" y los otros) y hasta por nuestros nombres.

Nos hemos sentido muy cerca. Sin dejar de respetar todas nuestras distancias.

Le tengo tanto, tanto cariño.

Y hace algunos largos minutos que me senté en el límite de la arena seca y la húmeda.

Con ganas de averiguar si quiero y si puedo poner en palabras lo que siento ...

Escucho, miro y huelo el mar, que existe exactamente como todos los días anteriores: fuerte, inmenso, tranquilo, bondadoso, magnífico, absoluto, repetitivo, misterioso ..., como si no estuviera infestado.

Como si sólo tuviera un catarro.

at me and chatted me up as though we could be friends or lovers. And how many guys here could be good buds, really.

And amidst all this beach bliss, six hours speed by, to judge by the Rolex on one of the surfers, a single mother who is telling me how eager she is to get back to her son.

I smile.

"You two don't have children, do you?"

"I do," I explain.

"Don't you adore them?"

"More than I can say."

We smile complicitly, conspiratorially.

Four times, or five, my compañera and I have toasted each other, embraced and kissed on the lips, although with hardly any tongue.

We've called each other by our pet names ("Spidey" and more) and even by our names.

We've felt very close. All the while keeping our distance.

I feel so, so much for her.

For long minutes I've been sitting here on the line between the dry and wet sand.

Trying to figure out whether I want to, and am able to, put my feelings into words . . .

I can hear and see and smell the sea, existing exactly as it has on all the other days: powerful, vast, tranquil, benevolent, magnificent, absolute, repetitive, mysterious . . . as if it weren't infested.

As though it just had a cold.

Today, we've all ignored it.

No one has gone in, or even touched the edges of nature's baptismal waters.

The vivid colors of the surfboards are strident in their absence.

FIN DEL MUNDO

Hoy lo hemos ignorado todos.

Nadie se ha metido ni en los límites de esas aguas baptismales de la naturaleza.

El color vívido de las tablas de surf ha brillado por su ausencia.

El mar es solamente un enemigo y un gran ruido de fondo.

Todos nos vamos tierra adentro.

Pueblitos, kilómetros, cordilleras, puertos de montaña, valles, eriales, ciudades.

Nos vamos de aquí, en busca de nuestras camas y nuestros teléfonos y nuestra tele y nuestros discos y demás y nuestros trabajos.

Y de nuestros hijos, amigos, padres.

En voz alta le digo adiós al mar:

—Adiós, papacito.

El mar me responde a su manera.

Miro hacia arriba, preguntándome si no tendremos una luna vespertina.

Los cielos están claros, azules, apacibles, translúcidos, sin asomo de tempestad.

Luego miro mis pies parados de talón sobre la playa.

Cansado, con un cansancio profundo y placentero ... remonto la arena ... regreso a la fiesta ... miro personajes que siguen hablando con gusto ... cojo un bote de cerveza sumergido en el agua turbia de una hielera; le limpio la cabeza con el traje de baño, le jalo la oreja y bebo un líquido todavía bastante fresco, mientras siento cómo pasan el tiempo y el aire.

Pero desde hace un rato el tiempo ha empezado a apresurarse; a hacerse paranoico. Se siente.

De pronto, de pie sobre una pick-up, un tipo rubio y velludo, como un simio muy apuesto, le grita fortísimo a dos hombres y dos mujeres, muy sus amigos, para que desistan de apaciguarlo:

THE END OF THE WORLD

The sea is just an enemy and a vast background noise.

We're all going inland.

Tiny hamlets, kilometers, ridges, mountain passes, valleys, scrublands, cities.

We're leaving here to go back to our beds and our telephones and our TVs and our CDs and everything else and our jobs.

And our children, friends, parents.

Aloud, I say farewell to the sea:

"Bye, big guy."

The sea answers me in its way.

I look up, wondering if we're going to see a sunset moon.

The skies are clear, blue, mild, translucent, not a hint of stormy weather.

I look at my feet, my heels dug into the beach.

Weary with a deep sensual weariness . . . I walk back up the sand . . . return to the party . . . people are still talking animatedly . . . Now I grab a can of beer submerged in the murky water of an ice chest, wipe off the top with my bathing suit, pull the tab, drink—it's still quite cool— feeling the passage of time and air.

But time has started speeding up, getting paranoid. You can feel it.

Suddenly a guy standing on top of a pickup—he's blond, hairy, he looks like a handsome simian—yells at the top of his lungs to two men and two women, his close friends, to stop trying to cool him down:

"Shut up! *Let me talk!*"

His cohorts move away a bit.

We all fall silent, little by little, and the champion surfer of the last two seasons clasps his hands behind his neck, breathing shakily. He's obviously had more to drink than usual or more than he can handle.

"I'D LIKE TO TALK, IF YOU DON'T MIND!" he yells.

His resolute intensity clashes with the mood of the drifting crowd.

FIN DEL MUNDO

—¡Ya cállense!, *¡déjenme hablar!*

Sus cofrades se alejan un poco.

Todos vamos guardando silencio, poco a poco, y el campeón surfista de las dos últimas temporadas se pone las manos en la nuca y respira agitadamente. Se le nota que ha bebido más de lo que suele o puede.

—¡QUIERO HABLAR, SI ME LO PERMITEN! —grita.

Su intensidad animosa cala mal en las dispersiones.

Sus mismos amigos lo ven con recelo.

Finalmente, cambia de tono:

—Amigos, tengo que decir algo, escuchen . . .

Carraspea, se demora y dice:

—Escúchenme, ¡por favor, escúchenme!

Bastante gente sigue hablando.

—¡ESCÚCHENME! —exige.

Acaba por lograrse un cierto silencio.

Lo miro.

Está asustado, está encabronado.

El hombre blanco, joven, fornido y bronceado nos vocifera:

—¡Amigos! . . . Aparte de nosotros, ¡aquí no queda ni un pinche perro!

En esta playa nunca ha habido perros.

Nos mira.

—Supongo que ya se habían dado cuenta, ¿no?

Guardamos absoluto silencio.

Tiene razón.

Menos las tarántulas y las medusas, todos los animales se han ido.

Además, hace tres horas que se fueron las seños y las niñas y los chavitos que atienden las palapas.

Son las cinco y media de la tarde, me imagino.

His own friends are looking at him with misgiving.

Finally, he changes his tone:

"Friends, I have something to say. Listen . . ."

He clears his throat, hesitates, and says:

"Listen—please listen to me!"

Quite a few people go on talking.

"LISTEN TO ME!" he demands.

He manages to impose a modicum of silence.

I look at him.

He's scared, and he's pissed off.

The fair-haired, tanned, brawny young man shouts at us:

"Look, everybody! . . . Besides us, there's not a fucking dog in sight!"

There have never been dogs on this beach.

He looks at us.

"Already noticed that, did you?"

Total silence.

He's right.

Except for the tarantulas and the medusas, all the animals have left.

In addition, all the señoras and little kids minding the palapas went home three hours ago.

It's five-thirty or so, I imagine.

Twilight will soon be upon us.

The mood is shifting from ease and enjoyment to fright.

I suppose even the goddamn sand fleas have disappeared.

Some of us have stirrings that could quickly mount into panic . . .

I pace around amid the tables. I look for my compañera.

It takes a while, but I find her.

"Let's go!" I say.

"Yes, let's go, let's go."

FIN DEL MUNDO

El crepúsculo caerá sobre nosotros muy pronto.

Vamos pasando del desparpajo y la alegría al susto.

Supongo que hasta las pinches pulgas de playa han desaparecido.

En algunos de nosotros hay sentimientos que pueden desembocar en pánico antes de mucho . . .

Me muevo entre las tres mesas. Busco a mi compañera.

Me tardo, pero la encuentro.

—¡Vámonos! —le digo.

—Sí, vámonos, vámonos.

Mientras tanto, otro atleta se sube, con furia, en la pick-up:

—¡Oigan, cabrones!

Su voz logra bastante silencio.

A lo cual agrega:

—A ver, ¿quién fue el pendejo, quién fue el pinche animal que dejó abierta la combi azul?

Nadie parece saber.

—¡Para que venga a sacar un chingamadral de pinches tarántulas!

Los jefes de la manada quieren salir de aquí.

Algunos garañones están asustados, casi histéricos.

Nos encontramos entre las tarántulas y las medusas.

Los únicos otros animales son los que el oleaje arroja a nuestra playa, pestilentes.

Como todo el mundo, menos los desafortunados de la combi, mi mujer y yo recogemos nuestras cosas, nos ponemos los zapatos tenis y nos metemos en el auto.

Abandonamos las viandas restantes, la mayoría de las botellas, los cubiertos y platos y vasos de plástico, y, desde luego, las mesas de varas trenzadas, que son de la gente de aquí.

—¡Apúrense, carajo, o se nos va a hacer de noche con estas malditas arañas! —grita alguien.

THE END OF THE WORLD

In the meantime, another surfer has climbed up onto the pickup, in a rage:

"Listen, assholes!"

His voice commands near total silence.

"So who's the fuckhead, who's the goddamn jackass who left the blue van open?"

No one seems to know.

"Get your butt over there and shovel out that shitload of tarantulas!"

The leaders of the herd want to get out of here.

Some of the studs are so scared they're almost hysterical.

We're between the medusas and the tarantulas.

The only other animals are the ones washed up by the waves, already stinking.

Like everyone else except the unlucky owners of the van, she and I gather our belongings, put our shoes on, and get in our car.

We leave behind the rest of the food, most of the bottles, all the plastic utensils and plates and glasses, and, of course, the tables made out of bundled driftwood that belong to the people who live here.

"Hurry up, dammit, or these goddamn spiders will be crawling on us in the dark!" someone yells.

She and I, inside our car, look at each other, wondering whether we should wait and maybe help someone.

But the car won't start, as often happens.

"Fucking points," she says.

It hiccups and grumbles, but won't catch.

And that's not all—I have this feeling there's someone behind me, and I turn and see two tarantulas on the back seat, a big one and a middle-size one, huddled together behind the driver's seat.

Instantly, I close the window to keep out the rest of them, now picking their way across the roof and trunk.

FIN DEL MUNDO

Mi mujer y yo, adentro del coche, nos miramos, preguntándonos si debemos esperar y quizá ayudar a alguien.

Pero el coche no arranca, como tantas otras veces.

—Los putos platinos —dice ella.

Remolonea y rumia, pero no arranca.

Y no sólo no arranca, sino que yo siento que hay alguien detrás de mí, y me vuelvo y veo dos tarántulas, una grande y una mediana, en el asiento trasero, muy juntas, detrás del asiento del conductor.

Rápido, cierro la ventanilla antes de que se metan otras, que ya caminan sobre el techo y el cofre.

Son rojizas, como orangutanes. Y amarillas, creo, y negras.

Siento que me miran a los ojos, midiendo mis fuerzas, en mi terreno.

El asiento trasero de pronto se me figura un perro muerto, color gris, de buen tamaño, como un gran danés.

El vidrio trasero, como un estanque.

¿Deliro?

—Arañita, hay dos tarántulas en el asiento de atrás.

—¿Qué hago? —pregunta aterrada.

—No te muevas, no arranques el coche . . . Voltéate despacito a mirarlas.

—¿Cuántas son?

—Sólo dos.

Ella rota muy lentamente.

La tarántula menor parece prepararse para saltar.

No salta.

Afuera se oyen voces y motores.

Me doy cuenta que nunca sabré lo que pasa afuera, excepto que los coches están rodeados de tarántulas.

Mi mujer susurra:

They're reddish, like orangutans. And yellow, I think. And black.

I feel them looking me in the eyes, gauging my strength on my terrain.

Suddenly the back seat seems to be a dead dog, a large gray one like a Great Dane.

The rear window looks like a stagnant pond.

Am I delirious?

"Spidey, there are two tarantulas in the back seat."

"What do we do?" she asks, terrified.

"Don't move, don't start the car . . . Turn your head—keep it slow— and take a look."

"How many are there?"

"Just two."

She rotates very slowly.

The smaller tarantula looks like it's getting ready to spring.

It doesn't spring.

Outside we hear voices and engines.

I realize I'll never know what's going on outside, except that the cars are surrounded by tarantulas.

She whispers:

"Remember, they don't want to harm us, they just want to survive."

"I don't know how long I can keep calm," I murmur.

"The best we can . . ."

How long has it been since we understood each other so well with just a few words?

"Remember they told us that tarantulas won't hurt you when you're screwing," she whispers.

Our tongues find each other. Her left nipple and my penis get erect.

The old, cherished, underground mechanisms . . .

"But they didn't say it works in a car . . ." I say. "Won't it rile them up?"

—No hay que pensar que lo que quieren es atacarnos, sino sobrevivir.

—No sé cuánto tiempo voy a poder estar tranquilo —murmuro.

—Lo más que podamos . . .

¿Hace cuánto tiempo que ella y yo no nos entendíamos tan profundamente con unas cuantas palabras?

—Acuérdate que nos dijeron que las tarántulas respetan a los que están cogiendo —murmura ella.

Nos lamemos las lenguas. Su pezón izquierdo y mi pene se elevan.

La vieja, querida mecánica de subsuelos . . .

—Pero no dijeron si adentro de un coche . . . —digo—. ¿No será peor?

—No hables tanto.

—Tú ábrete de piernas . . .

Ella se vuelve un poco más hacia mí y se abre el traje de baño con el índice.

Me muestra lo que de niños llamábamos El Mono.

Yo me agarro la raíz aérea del árbol interno, y la humedezco con mi saliva y la palma izquierda de ella.

Pasando sobre el freno de mano y de lado de la columna de velocidades, me pongo a tiro y me arriñono entre sus piernas.

Estoy terriblemente excitado.

Las tarántulas, efectivamente, parecen estar tranquilas.

—¿Me meto? —pregunto.

—¡Méteteme! —exclama con pánico.

Mi órgano entra, tan majestuoso como sensible, en los meandros de esa caverna milenaria que yo alguna vez conocí muy bien.

¡Es recibido con abrazos y apretones de afecto!

Nos golpeamos con la puerta, la ventanilla, las velocidades, los pedales, el techo, las manijas, pero las tarántulas no se inquietan, al contrario.

"Don't talk so much."

"Spread your legs . . ."

She turns slightly toward me and pulls her bathing suit aside with her index finger.

She shows me what we used to call The Monkey when we were kids.

I grasp the air root of my inner tree, moisten it with my saliva and her left palm.

Slipping past the hand brake and below the gear shifter, I move within range and hunker down between her legs.

I'm wildly excited.

The tarantulas, in fact, seem calm.

"Shall I?" I ask.

"Put it in me!" she cries in a panic.

My member, majestic and sensitive, enters the windings of that millennial cavern I used to know so well.

And is received with hugs, with squeezes of affection!

We're bumping against the door, the window, the gearshift, the pedals, the roof, various levers, but the tarantulas are not disturbed. On the contrary.

Our souls—sped by the rush of blood toward the center of our bodies—enter the veins of our genitals.

We're fucking like hummingbirds.

"How are they doing?" She means the tarantulas.

"Totally still," I respond.

"We should have broken up a long time ago."

"Yes."

"I never thought we'd have sex again, let alone like this. Get on my left side. Your right. That's it. A little further that way. There. Shove it in me. Turn me so I can see your face."

FIN DEL MUNDO

El alma —apurada por el torrente de sangre hacia el centro del cuerpo— se mete dentro de las venas de nuestros sexos.

Estamos cogiendo como colibríes.

—¿Cómo están? —se refiere a las tarántulas.

—Bien quietecitas —respondo.

—Hace mucho que teníamos que habernos separado.

—Sí.

—Nunca pensé que volveríamos a coger, y menos así. Métete por mi izquierda. Tu derecha. Sí, por allí. Un poco más para acá. Allí. Ráspame con tu cosa. Hazme que vuelva a verte la cara.

Lo hago y hago y hago, gozando extremadamente y mirándola a los ojos.

Para detener la eyaculación, suspendo mis movimientos, excepto lamerle el pezón izquierdo.

(Confío en que ella observa a las tarántulas.)

Luego vuelvo a moverme dentro de ella, sintiendo cada vez más.

Vuelvo a tocar los pliegues de su oquedad húmeda.

Mi cabeza se separa del pecho de ella.

Escucho con avidez y terror.

—Ya se fueron los otros.

—O se murieron —dice ella en un filo de humor desconocido.

Volvemos al bamboleo y zarandeo de nuestros abdómenes, a la embriaguez, a las obscenidades y ternezas, a las labores de los dedos y las uñas, a las mordidas y los gruñidos.

Le voy a decir cuánto la amo todavía, cuando percibo que se viene, se viene con demasiado empuje.

—¡No te vengas . . . ! —le susurro—, ¡no te vengas!

—¿Por? Me estoy viniendo, arañito, me estoy viniendo.

—¡No! No te vengas todavía.

THE END OF THE WORLD

I do it and do it and do it, wildly exhilarated and looking straight into her eyes.

To hold back my ejaculation, I stop all movement except for my tongue on her left nipple.

(I'm trusting her to keep an eye on the tarantulas.)

Then I start moving again inside her, the sensation mounting.

Again I submerge in the folds of her, drenched and deep.

I lift my head from her breast.

I listen with avidity and terror.

"The others have all left."

"Or died," she says, in an unknown vein of humor.

We turn back to the rocking and jigging of our bellies, the intoxication, the obscenities and endearments, the kneadings of our fingers and nails, the nibbles and groans.

I'm about to tell her how much I still love her, when I sense that she's coming, she's coming with too much impetus.

"Don't come!" I whisper, "don't come!"

"Why not? I'm coming, Spidey, I'm coming."

"No! Don't come yet."

"'Don't come yet, my love,'" she says, for me to repeat.

"Don't come yet, my love," I whisper.

"Yes, hold me back . . . Yes, I'm hanging on, yes, my love."

"Remember, the tarantulas are still there."

"I know, but they're not moving . . ."

"But if you come, they'll be startled," I say.

"You think if we keep screwing and screwing, they'll fall asleep and we can throw them outside?" she asks.

"I'm counting on it, doll."

"Let's hope so . . . Give it to me good."

FIN DEL MUNDO

—"No te vengas todavía, amor mío" —me dice, para que yo repita.

—No te vengas todavía, mi amor —le susurro.

—Sí, detenme . . . Sí, me detengo, me detengo, amor.

—Están las tarántulas, acuérdate.

—Sí, ya lo sé, pero están tranquilas . . .

—Pero si te vienes, igual se asustan —digo.

—Tú crees que si seguimos y seguimos cogiendo, ellas dos van a quedarse dormidas y las aventamos para afuera —me pregunta.

—Es lo que espero, flaquita.

—Ojalá . . . Oye, cógeme rico.

—Es lo que estoy haciendo.

—Ya lo sé.

—Pero no te vayas a venir, amor.

Mi mujer me mira a los ojos y llora:

—Si sientes que me vengo, prefiero que me ahorques.

THE END OF THE WORLD

"I am."

"I know."

"But don't come, my love."

She looks me in the eyes and weeps:

"If you feel me coming, I'd rather you wring my neck."

TRANSLATED BY ELIZABETH BELL

AUTHORS

VIVIAN ABENSHUSHAN (Mexico City, 1972) has a degree in Spanish literature from UNAM. She has been a contributing editor for the literary magazines *Letras Libres*, *Paréntesis*, and *Tierra Adentro*. Abenshushan received the Gilberto Owen national literary prize in 2002. Her essays have been included in various anthologies, including *Ensayos y divertimentos* and *Antología de letras y dramaturgia*. She has engaged in cross-disciplinary collaborations with playwrights, visual artists, and musicians.

ROSA BELTRÁN (Mexico City, 1960) is the author of the novels *La corte de los ilusos* (Premio Planeta, 1995), *El paraíso que fuimos*, and *Alta infidelidad* and a collection of essays, *América sin americanismos*. Her short story collections include *Amores que matan*, *Optimistas*, and *La espera*. Her work has been translated into English, French, Dutch, and Slovenian. A former contributing editor with the literary supplement *La Jornada Semanal*, she has taught at UCLA, University of Colorado, and elsewhere, and currently teaches comparative literature at UNAM.

ÁLVARO ENRIGUE (Guadalajara, Jalisco, 1969) was the literary editor of the magazine *Letras Libres* and has contributed to *Vuelta*, *Lateral*, and *Insula*. As a professor, he has taught Latin American literature at the Universidad Iberoamericana in Mexico City and creative writing at the University of Maryland. He is the author of the novels *La muerte de un instalador*, *El cementerio de sillas*, and *Vidas perpendiculares* and the short story collections *Virtudes capitales* and *Hipotermia*. Enrigue received the Joaquín Mortiz prize for a first novel in 1996.

GUILLERMO FADANELLI (Mexico City, 1963) founded the magazine *Moho* in 1989 and later a publishing house by the same name. He is the recipient of national

AUTHORS

literary prizes for his novels *La otra cara de Rock Hudson* and *Lodo*, as well as an international fellowship to reside in Berlin. His work has been translated into French, Portuguese, Italian, and German. Fadanelli's most recent publications include *Educar a los topos*, *En busca de un lugar habitable*, *Plegarias de un inquilino*, and *Malacara*. He is an editorial contributor to various literary magazines in Mexico, Chile, Spain, and Germany.

ANA GARCÍA BERGUA (Mexico City, 1960) studied French literature and theatrical design. Her published work includes, among other books, the short story collection *El imaginador* and the novels *El umbral*, *Púrpura*, *Rosas negras*, and *Isla de bobos*. She received the Young Creators award from Mexico's National Foundation for Culture and the Arts in 1992. In recent years Bergua has turned her talents to translation, historical investigation, and journalism. She writes the column "Y ahora paso a retirarme" in *La Jornada Semanal*.

JORGE F. HERNÁNDEZ (Mexico City, 1962) spent his childhood in Cologne, Germany, and Washington DC, where his father worked for Mexico's foreign service. He received his doctorate in history from the Universidad Complutense in Madrid. He has published two short story collections, *En las nubes* and *Escenarios del sueño*, and the novel *La Emperatriz de Lavapiés*. Hernández writes the weekly column "Agua de azar" for the newspaper *Milenio* and teaches essay writing at the Foundation for Mexican Letters in Mexico City.

FRANCISCO HINOJOSA (Mexico City, 1954) is a poet, prose writer, and editor. Much of his work is devoted to literature for children and young adults, including textbooks aimed at elementary, secondary, and preparatory school levels. He has published four books of short stories, two of travel writings, one book of poems, and more than 20 works of children's literature. Hinojosa has been honored by several prizes and distinctions, including the San Luis Potosí short story prize (1993) and a fellow in the National System for Creative Artists (1993–2005).

HERNÁN LARA ZAVALA (Mexico City, 1946) is a short story writer, novelist, essayist, and travel chronicler. In his long career as a professor, editor, cultural promoter, translator, and writer he received the Colima prize for literature in 1987 for *El mismo cielo* and the José Fuentes Mares prize in 1994 for *Después del amor y otros cuentos*. In addition to teaching at the University of East Anglia in the UK, he participated in the University of Iowa's International Writing Program, and one

AUTHORS

of his stories was published in *Sudden Fiction International* (1989). Lara Zavala's novel *Península, Península* was published this year.

HÉCTOR MANJARREZ (Mexico City, 1945) has lived in Spain, Turkey, France, England, and the former Yugoslavia. He is a professor of communications at Xochimilco Metropolitan University. His numerous national awards include the Xavier Villaurrutia prize and the José Fuentes Mares prize; internationally, he has received Spain's Novel of Diversity award and a Guggenheim Fellowship. Manjarrez has written, among other works, *No todos los hombres son románticos*; *Pasaban en silencio nuestros dioses*; *Ya casi no tengo rostro*; *El otro amor de su vida*; *Rainey, el asesino*; *La maldita pintura*; and *El bosque en la ciudad.*

FABIO MORÁBITO (1955) was born in Alexandria, Egypt, of Italian parents. He spent his childhood in Milan and moved to Mexico at the age of 15. His complete poetry was published in 2006 under the title *La ola que regresa*. Morábito has also written three collections of short stories as well as several volumes of prose and essays. His national awards for poetry include the Carlos Pellicer prize and the Aguascalientes literary award, and he recently translated into Spanish the complete poetry of Eugenio Montale.

EDUARDO ANTONIO PARRA (León, Guanajuato, 1965) has won numerous national prizes for his short stories and in 2000 received the Juan Rulfo award from Radio France International in Paris. He was also awarded a Guggenheim fellowship and his work has been translated into English, French, Portuguese, Italian, German, Danish, Hungarian, and Bulgarian. Parra's books include the short story collections *Los límites de la noche, Tierra de nadie, Nadie los vio salir*, and *Parábolas del silencio* and the novel *Nostalgia de la sombra.*

CRISTINA RIVERA-GARZA (Matamoros, Tamaulipas, 1964), co-director of the humanities department at Monterrey Technical Institute's Toluca campus, has won numerous major literary prizes in Latin America. Her work is characterized by a free interplay of languages, disciplines, and genres, and ranges from poetry to articles on the history of madness in early-20th-century Mexico. Rivera-Garza's publications include the novels *La muerte me da, Nadie me verá llorar, La cresta de Ilión*, and *Lo anterior*; the short story collections *Ningún reloj cuenta eso* and *La guerra no importa*; and the poetry collections *La más mía* and *Los textos del yo.*

AUTHORS

DANIEL SADA (Mexicali, Baja California, 1953) received the Xavier Villaurrutia prize for his book of short stories *Registro de causantes* in 1992; the José Fuentes Mares award for his novel *Porque parece mentira la verdad nunca se sabe* in 1999; the Colima fiction award for *Ritmo delta* in 2005; and Spain's Premio de Novela Herrelde for *Casi nunca* in 2008. Two of his novels have been made into films, *Una de dos* and *Luces artificiales* (titled *El guapo* in the screen version). Sada's work has been translated into 10 languages and is widely anthologized both in Mexico and abroad.

GUILLERMO SAMPERIO (Mexico City, 1948) is the author of more than 25 books of short stories, essays, poems, and chronicles, as well as novels and children's literature. He is a columnist for the newspaper *El Financiero* and an editorial contributor to the magazines *Siempre!*, *Quo*, and *Personae*, among others. Samperio received the Casa de las Américas award for the book *Miedo ambiente*. His other works include the novels *Anteojos para la abstracción* and *Ventriloquía inalámbrica*; the short story collections *Gente de la Ciudad* and *La Gioconda en bicicleta*; and the poetry collection *La pantera de Marsella*.

ENRIQUE SERNA (Mexico City, 1959) has worked as a movie publicist, scriptwriter for television serials, and biographer of pop idols. His work includes the novels *Señorita México*, *Uno soñaba que era rey*, *El miedo a los animales*, *El seductor de la patria*, *Ángeles del abismo*, and *Fruta verde*; the short story collections *Amores de segunda mano* and *El orgasmógrafo*; and a collection of essays, *Las caricaturas me hacen llorar*. Serna received the Mazatlán award for literature in 2000 and the Colima fiction prize in 2004. He currently lives in Barcelona.

JUAN VILLORO (Mexico City, 1956) received the Xavier Villaurrutia award for his short story collection *La casa pierde*, the Mazatlán literature prize for the collected essays *Efectos personales*, the international Vázquez Montalbán prize for his soccer chronicles *Dios es redondo*, the Herralde novel award for *El testigo*, and the Antonin Artaud prize for the short stories in *Los culpables*. He has taught at UNAM, Yale, and Universidad Pompeu Fabra in Barcelona. He is a columnist for the Mexican daily *La Reforma* and former director of *La Jornada Semanal*.

TRANSLATORS

KIRK ANDERSON is an independent translator of Spanish and French who has published translations of more than 50 writers from more than 20 different countries. In addition to literary work, he translates for international organizations and the private sector.

ELIZABETH BELL is an award-winning translator whose work has been published by City Lights (San Francisco), Fernand Nathan (Paris), Catalan (New York), University of Notre Dame (Indiana), and Cambridge University Press (UK). Her most recent work appears in the Cuban poetry anthology *Island of My Hunger* (City Lights, 2007).

PETER BUSH works in Barcelona as a literary translator. His recent translations include *Queen Cocaine* by Nuria Amat, *Havana Gold* by Leonardo Padura, and *The Enormity of the Tragedy* by Quim Monzó. He is preparing translations of Juan Goytisolo's *Campos de Níjar* and *Juan sin tierra* as well as his latest novel. He was formerly Director of the British Centre for Literary Translation.

PAMELA CARMELL received a 2008 NEA Fellowship for translating *Oppiano Licario* by José Lezama Lima. She has translated books by Matilde Asensi, Antonio Larreta, Belkis Cuza Malé, and Nancy Morejón, and co-translated the anthology *Cuba on the Edge*. Her translations of Luisa Valenzuela, Manuel Puig, and Gloria Fuertes have appeared widely.

LELAND H. CHAMBERS has worked primarily with contemporary novels and short fiction from Spanish. Writers translated include Julieta Campos, Carmen Boullosa, Juan Tovar, Maria Luisa Puga, Juan Benet, Susana Fortes, and Sergio Ramirez. He has won an NEA Translator's Fellowship (1991) and the Eugene M. Kayden Translation Award (2000–2001).

TRANSLATORS

THOMAS CHRISTENSEN's books include *The U.S.–Mexican War and The Discovery of America*. He has translated Carlos Fuentes, Alejo Carpentier, Julio Cortázar, and others. His *Ballets Without Music, Without Dancers, Without Anything* by Louis-Ferdinand Céline was a finalist for the PEN America West translation award. His most recent publication is *New World / New Words: Recent Writing from the Americas*.

DICK CLUSTER writes fiction and popular history, most recently *The History of Havana* (with Rafael Hernández). He translates fiction and scholarly work, especially from Cuba but also from elsewhere in Latin America and from Spain. He teaches at the University of Massachusetts at Boston.

LISA DILLMAN is co-editor (with Peter Bush) of *Spain: A Literary Traveler's Companion*. She translates from Spanish and Catalan and teaches in the Department of Spanish and Portuguese at Emory University. She lives in Decatur, Georgia.

ANDREW HURLEY, professor emeritus of English and Translation at the University of Puerto Rico, has published more than 40 book-length translations of fiction, literary and art criticism, history, architecture, and autobiography and memoir. Perhaps best known are his translations of Jorge Luis Borges's *Collected Fictions* and Reinaldo Arenas's "pentalogy" novels.

C. M. MAYO is the author of *Miraculous Air* (a memoir of Baja California) and *Sky Over El Nido*, which won the Flannery O'Connor Award for Short Fiction. Her most recent translations (fiction by Agustín Cadena, Mónica Lavín, Fernando del Paso, and Juan Villoro) are in her anthology, *Mexico: A Traveler's Literary Companion*.

HARRY MORALES is a Spanish literary translator who has translated Reinaldo Arenas, Eugenio María de Hostos, Emir Rodríguez Monegal, Juan Rulfo, Cristina Peri Rossi, Julia de Burgos, and Ilan Stavans, among others. His work has appeared in numerous anthologies and journals, and he has translated two verse collections by Mario Benedetti.

SUSAN OURIOU is a Calgary-based translator, interpreter, and fiction writer. She is also the Director of the Banff International Literary Translation Centre. Two of her translations, *The Road to Chilfa* by Michèle Marineau and *Necessary Betrayals* by Guillaume Vigneault, were short-listed for the Governor General's Award in Canada.

TRANSLATORS

BARBARA PASCHKE is a freelance translator living in San Francisco. Her publications include *Riverbed of Memory* by Daisy Zamora, *Clamor of Innocence*, and *Volcán* (all from City Lights Books), *Clandestine Poems* (Curbstone), and short stories in the literary travel companions to Costa Rica, Cuba, and Spain (all from Whereabouts Press).

ANITA SAGÁSTEGUI, a native speaker of Spanish and English, is a freelance literary translator and editor of both Spanish and French. She also teaches poetry and translation with Poetry Inside Out, a program of the Center for the Art of Translation.

KATHERINE SILVER's most recent translations include works by Antonio Skármeta, Pedro Lemebel, Jorge Franco, and Horacio Castellanos Moya (for which she received a PEN translation grant and an NEA Fellowship). Her collection of modern and contemporary Chilean fiction, *Chile: A Traveler's Literary Companion*, was published by Whereabouts Press in 2003.

ÁLVARO URIBE (b. 1953) is the author of four novels, three short story collections, and three books of essays. His work has been published in Mexico's major literary magazines and journals, as well as in publications abroad. Two of his novels have won international literary awards. He is an editor with the Department of Publications and Editorial Promotion of the National Autonomous University of Mexico and also a fellow in Mexico's National System of Artistic Creators.

Founding editor and publisher of *TWO LINES World Writing in Translation*, OLIVIA SEARS is also a poet and translator. She is the president of the Center for the Art of Translation, a non-profit organization committed to international literature in translation and cross-cultural exchange in the arts.

SELECTED DALKEY ARCHIVE PAPERBACKS

PETROS ABATZOGLOU, *What Does Mrs. Freeman Want?*
PIERRE ALBERT-BIROT, *Grabinoulor.*
YUZ ALESHKOVSKY, *Kangaroo.*
FELIPE ALFAU, *Chromos.*
   Locos.
IVAN ÂNGELO, *The Celebration.*
   The Tower of Glass.
DAVID ANTIN, *Talking.*
ANTÓNIO LOBO ANTUNES, *Knowledge of Hell.*
ALAIN ARIAS-MISSON, *Theatre of Incest.*
JOHN ASHBERY AND JAMES SCHUYLER, *A Nest of Ninnies.*
DJUNA BARNES, *Ladies Almanack.*
   Ryder.
JOHN BARTH, *LETTERS.*
   Sabbatical.
DONALD BARTHELME, *The King.*
   Paradise.
SVETISLAV BASARA, *Chinese Letter.*
MARK BINELLI, *Sacco and Vanzetti Must Die!*
ANDREI BITOV, *Pushkin House.*
LOUIS PAUL BOON, *Chapel Road.*
   Summer in Termuren.
ROGER BOYLAN, *Killoyle.*
IGNÁCIO DE LOYOLA BRANDÃO, *Teeth under the Sun.*
   Zero.
BONNIE BREMSER, *Troia: Mexican Memoirs.*
CHRISTINE BROOKE-ROSE, *Amalgamemnon.*
BRIGID BROPHY, *In Transit.*
MEREDITH BROSNAN, *Mr. Dynamite.*
GERALD L. BRUNS,
   Modern Poetry and the Idea of Language.
EVGENY BUNIMOVICH AND J. KATES, EDS.,
   Contemporary Russian Poetry: An Anthology.
GABRIELLE BURTON, *Heartbreak Hotel.*
MICHEL BUTOR, *Degrees.*
   Mobile.
   Portrait of the Artist as a Young Ape.
G. CABRERA INFANTE, *Infante's Inferno.*
   Three Trapped Tigers.
JULIETA CAMPOS, *The Fear of Losing Eurydice.*
ANNE CARSON, *Eros the Bittersweet.*
CAMILO JOSÉ CELA, *Christ versus Arizona.*
   The Family of Pascual Duarte.
   The Hive.
LOUIS-FERDINAND CÉLINE, *Castle to Castle.*
   Conversations with Professor Y.
   London Bridge.
   North.
   Rigadoon.
HUGO CHARTERIS, *The Tide Is Right.*
JEROME CHARYN, *The Tar Baby.*
MARC CHOLODENKO, *Mordechai Schamz.*
EMILY HOLMES COLEMAN, *The Shutter of Snow.*
ROBERT COOVER, *A Night at the Movies.*
STANLEY CRAWFORD, *Log of the S.S. The Mrs Unguentine.*
   Some Instructions to My Wife.
ROBERT CREELEY, *Collected Prose.*
RENÉ CREVEL, *Putting My Foot in It.*
RALPH CUSACK, *Cadenza.*
SUSAN DAITCH, *L.C.*
   Storytown.
NICHOLAS DELBANCO, *The Count of Concord.*
NIGEL DENNIS, *Cards of Identity.*
PETER DIMOCK,
   A Short Rhetoric for Leaving the Family.
ARIEL DORFMAN, *Konfidenz.*
COLEMAN DOWELL, *The Houses of Children.*
   Island People.
   Too Much Flesh and Jabez.
ARKADII DRAGOMOSHCHENKO, *Dust.*
RIKKI DUCORNET, *The Complete Butcher's Tales.*
   The Fountains of Neptune.
   The Jade Cabinet.
   The One Marvelous Thing.
   Phosphor in Dreamland.
   The Stain.
   The Word "Desire."
WILLIAM EASTLAKE, *The Bamboo Bed.*
   Castle Keep.
   Lyric of the Circle Heart.
JEAN ECHENOZ, *Chopin's Move.*
STANLEY ELKIN, *A Bad Man.*
   Boswell: A Modern Comedy.
   Criers and Kibitzers, Kibitzers and Criers.
   The Dick Gibson Show.
   The Franchiser.
   George Mills.
   The Living End.
   The MacGuffin.
   The Magic Kingdom.
   Mrs. Ted Bliss.
   The Rabbi of Lud.
   Van Gogh's Room at Arles.
ANNIE ERNAUX, *Cleaned Out.*

LAUREN FAIRBANKS, *Muzzle Thyself.*
   Sister Carrie.
LESLIE A. FIEDLER, *Love and Death in the American Novel.*
GUSTAVE FLAUBERT, *Bouvard and Pécuchet.*
KASS FLEISHER, *Talking out of School.*
FORD MADOX FORD, *The March of Literature.*
JON FOSSE, *Melancholy.*
MAX FRISCH, *I'm Not Stiller.*
   Man in the Holocene.
CARLOS FUENTES, *Christopher Unborn.*
   Distant Relations.
   Terra Nostra.
   Where the Air Is Clear.
JANICE GALLOWAY, *Foreign Parts.*
   The Trick Is to Keep Breathing.
WILLIAM H. GASS, *Cartesian Sonata and Other Novellas.*
   A Temple of Texts.
   The Tunnel.
   Willie Masters' Lonesome Wife.
ETIENNE GILSON, *The Arts of the Beautiful.*
   Forms and Substances in the Arts.
C. S. GISCOMBE, *Giscome Road.*
   Here.
   Prairie Style.
DOUGLAS GLOVER, *Bad News of the Heart.*
   The Enamoured Knight.
WITOLD GOMBROWICZ, *A Kind of Testament.*
KAREN ELIZABETH GORDON, *The Red Shoes.*
GEORGI GOSPODINOV, *Natural Novel.*
JUAN GOYTISOLO, *Count Julian.*
   Makbara.
   Marks of Identity.
PATRICK GRAINVILLE, *The Cave of Heaven.*
HENRY GREEN, *Blindness.*
   Concluding.
   Doting.
   Nothing.
JIŘÍ GRUŠA, *The Questionnaire.*
GABRIEL GUDDING, *Rhode Island Notebook.*
JOHN HAWKES, *Whistlejacket.*
AIDAN HIGGINS, *A Bestiary.*
   Bornholm Night-Ferry.
   Flotsam and Jetsam.
   Langrishe, Go Down.
   Scenes from a Receding Past.
   Windy Arbours.
ALDOUS HUXLEY, *Antic Hay.*
   Crome Yellow.
   Point Counter Point.
   Those Barren Leaves.
   Time Must Have a Stop.
MIKHAIL IOSSEL AND JEFF PARKER, EDS., *Amerika:*
   Contemporary Russians View the United States.
GERT JONKE, *Geometric Regional Novel.*
   Homage to Czerny.
JACQUES JOUET, *Mountain R.*
HUGH KENNER, *The Counterfeiters.*
   Flaubert, Joyce and Beckett: The Stoic Comedians.
   Joyce's Voices.
DANILO KIŠ, *Garden, Ashes.*
   A Tomb for Boris Davidovich.
ANITA KONKKA, *A Fool's Paradise.*
GEORGE KONRÁD, *The City Builder.*
TADEUSZ KONWICKI, *A Minor Apocalypse.*
   The Polish Complex.
MENIS KOUMANDAREAS, *Koula.*
ELAINE KRAF, *The Princess of 72nd Street.*
JIM KRUSOE, *Iceland.*
EWA KURYLUK, *Century 21.*
ERIC LAURRENT, *Do Not Touch.*
VIOLETTE LEDUC, *La Bâtarde.*
DEBORAH LEVY, *Billy and Girl.*
   Pillow Talk in Europe and Other Places.
JOSÉ LEZAMA LIMA, *Paradiso.*
ROSA LIKSOM, *Dark Paradise.*
OSMAN LINS, *Avalovara.*
   The Queen of the Prisons of Greece.
ALF MAC LOCHLAINN, *The Corpus in the Library.*
   Out of Focus.
RON LOEWINSOHN, *Magnetic Field(s).*
BRIAN LYNCH, *The Winner of Sorrow.*
D. KEITH MANO, *Take Five.*
MICHELINE AHARONIAN MARCOM, *The Mirror in the Well.*
BEN MARCUS, *The Age of Wire and String.*
WALLACE MARKFIELD, *Teitlebaum's Window.*
   To an Early Grave.
DAVID MARKSON, *Reader's Block.*
   Springer's Progress.
   Wittgenstein's Mistress.
CAROLE MASO, *AVA.*
LADISLAV MATEJKA AND KRYSTYNA POMORSKA, EDS.,
   Readings in Russian Poetics: Formalist and
   Structuralist Views.

www.dalkeyarchive.com

SELECTED DALKEY ARCHIVE PAPERBACKS

HARRY MATHEWS,
  The Case of the Persevering Maltese: Collected Essays.
  Cigarettes.
  The Conversions.
  The Human Country: New and Collected Stories.
  The Journalist.
  My Life in CIA.
  Singular Pleasures.
  The Sinking of the Odradek Stadium.
  Tlooth.
  20 Lines a Day.
ROBERT L. MCLAUGHLIN, ED.,
  Innovations: An Anthology of Modern &
    Contemporary Fiction.
HERMAN MELVILLE, *The Confidence-Man.*
AMANDA MICHALOPOULOU, *I'd Like.*
STEVEN MILLHAUSER, *The Barnum Museum.*
  In the Penny Arcade.
RALPH J. MILLS, JR., *Essays on Poetry.*
OLIVE MOORE, *Spleen.*
NICHOLAS MOSLEY, *Accident.*
  Assassins.
  Catastrophe Practice.
  Children of Darkness and Light.
  Experience and Religion.
  The Hesperides Tree.
  Hopeful Monsters.
  Imago Bird.
  Impossible Object.
  Inventing God.
  Judith.
  Look at the Dark.
  Natalie Natalia.
  Serpent.
  Time at War.
  The Uses of Slime Mould: Essays of Four Decades.
WARREN MOTTE,
  Fables of the Novel: French Fiction since 1990.
  Fiction Now: The French Novel in the 21st Century.
  Oulipo: A Primer of Potential Literature.
YVES NAVARRE, *Our Share of Time.*
  Sweet Tooth.
DOROTHY NELSON, *In Night's City.*
  Tar and Feathers.
WILFRIDO D. NOLLEDO, *But for the Lovers.*
FLANN O'BRIEN, *At Swim-Two-Birds.*
  At War.
  The Best of Myles.
  The Dalkey Archive.
  Further Cuttings.
  The Hard Life.
  The Poor Mouth.
  The Third Policeman.
CLAUDE OLLIER, *The Mise-en-Scène.*
PATRIK OUŘEDNÍK, *Europeana.*
FERNANDO DEL PASO, *Palinuro of Mexico.*
ROBERT PINGET, *The Inquisitory.*
  Mahu or The Material.
  Trio.
RAYMOND QUENEAU, *The Last Days.*
  Odile.
  Pierrot Mon Ami.
  Saint Glinglin.
ANN QUIN, *Berg.*
  Passages.
  Three.
  Tripticks.
ISHMAEL REED, *The Free-Lance Pallbearers.*
  The Last Days of Louisiana Red.
  Reckless Eyeballing.
  The Terrible Threes.
  The Terrible Twos.
  Yellow Back Radio Broke-Down.
JEAN RICARDOU, *Place Names.*
RAINER MARIA RILKE,
  The Notebooks of Malte Laurids Brigge.
JULIÁN RÍOS, *Larva: A Midsummer Night's Babel.*
  Poundemonium.
AUGUSTO ROA BASTOS, *I the Supreme.*
OLIVIER ROLIN, *Hotel Crystal.*
JACQUES ROUBAUD, *The Great Fire of London.*
  Hortense in Exile.
  Hortense Is Abducted.
  The Plurality of Worlds of Lewis.
  The Princess Hoppy.
  The Form of a City Changes Faster, Alas,
    Than the Human Heart.
  Some Thing Black.
LEON S. ROUDIEZ, *French Fiction Revisited.*

VEDRANA RUDAN, *Night.*
LYDIE SALVAYRE, *The Company of Ghosts.*
  Everyday Life.
  The Lecture.
  The Power of Flies.
LUIS RAFAEL SÁNCHEZ, *Macho Camacho's Beat.*
SEVERO SARDUY, *Cobra & Maitreya.*
NATHALIE SARRAUTE, *Do You Hear Them?*
  Martereau.
  The Planetarium.
ARNO SCHMIDT, *Collected Stories.*
  Nobodaddy's Children.
CHRISTINE SCHUTT, *Nightwork.*
GAIL SCOTT, *My Paris.*
JUNE AKERS SEESE,
  Is This What Other Women Feel Too?
  What Waiting Really Means.
AURELIE SHEEHAN, *Jack Kerouac Is Pregnant.*
VIKTOR SHKLOVSKY, *Knight's Move.*
  A Sentimental Journey: Memoirs 1917–1922.
  Energy of Delusion: A Book on Plot.
  Literature and Cinematography.
  Theory of Prose.
  Third Factory.
  Zoo, or Letters Not about Love.
JOSEF ŠKVORECKÝ,
  The Engineer of Human Souls.
CLAUDE SIMON, *The Invitation.*
GILBERT SORRENTINO, *Aberration of Starlight.*
  Blue Pastoral.
  Crystal Vision.
  Imaginative Qualities of Actual Things.
  Mulligan Stew.
  Pack of Lies.
  Red the Fiend.
  The Sky Changes.
  Something Said.
  Splendide-Hôtel.
  Steelwork.
  Under the Shadow.
W. M. SPACKMAN, *The Complete Fiction.*
GERTRUDE STEIN, *Lucy Church Amiably.*
  The Making of Americans.
  A Novel of Thank You.
PIOTR SZEWC, *Annihilation.*
STEFAN THEMERSON, *Hobson's Island.*
  The Mystery of the Sardine.
  Tom Harris.
JEAN-PHILIPPE TOUSSAINT, *The Bathroom.*
  Camera.
  Monsieur.
  Television.
DUMITRU TSEPENEAG, *Pigeon Post.*
  Vain Art of the Fugue.
ESTHER TUSQUETS, *Stranded.*
DUBRAVKA UGRESIC, *Lend Me Your Character.*
  Thank You for Not Reading.
MATI UNT, *Diary of a Blood Donor.*
  Things in the Night.
ÁLVARO URIBE AND OLIVIA SEARS, EDS.,
  The Best of Contemporary Mexican Fiction.
ELOY URROZ, *The Obstacles.*
LUISA VALENZUELA, *He Who Searches.*
PAUL VERHAEGHEN, *Omega Minor.*
MARJA-LIISA VARTIO, *The Parson's Widow.*
BORIS VIAN, *Heartsnatcher.*
AUSTRYN WAINHOUSE, *Hedyphagetica.*
PAUL WEST, *Words for a Deaf Daughter & Gala.*
CURTIS WHITE, *America's Magic Mountain.*
  The Idea of Home.
  Memories of My Father Watching TV.
  Monstrous Possibility: An Invitation to
    Literary Politics.
  Requiem.
DIANE WILLIAMS, *Excitability: Selected Stories.*
  Romancer Erector.
DOUGLAS WOOLF, *Wall to Wall.*
  Ya! & John-Juan.
JAY WRIGHT, *Polynomials and Pollen.*
  The Presentable Art of Reading Absence.
PHILIP WYLIE, *Generation of Vipers.*
MARGUERITE YOUNG, *Angel in the Forest.*
  Miss MacIntosh, My Darling.
REYOUNG, *Unbabbling.*
ZORAN ŽIVKOVIĆ, *Hidden Camera.*
LOUIS ZUKOFSKY, *Collected Fiction.*
SCOTT ZWIREN, *God Head.*

FOR A FULL LIST OF PUBLICATIONS, VISIT:

www.dalkeyarchive.com

——————— *Banker*

Also available in Large Print
by Dick Francis:

Also available in Large Print
by Dick Francis:

Reflex
Twice Shy

Banker

Dick Francis

G.K. HALL &CO.
Boston, Massachusetts
1983

Published in Large Print by arrangement with
G. P. Putnam's Sons.

Set in 16 pt English Times.

8/91 GIFT

Library of Congress Cataloging in Publication Data

Francis, Dick.
  Banker.

  Published in large print.
  I. Title.
[PR6056.R27B3   1983b]   823'.914   83-10813
ISBN 0-8161-3579-1 (hardcover)
ISBN 0-8161-3604-1 (paperback)

My sincere thanks for the
generous help of
JEREMY H. THOMPSON
M.D., F.R.C.P.I.
Professor of Pharmacology
University of California
Los Angeles

and of
MICHAEL MELLUISH
and
JOHN COOPER.

＿＿＿＿＿ Contents

Introduction　　　　　　　　　　　　　　　　　*ix*

The First Year　　　　　　　　　　　　　　　　　*1*

MAY　3
JUNE　29
OCTOBER　71
NOVEMBER　93
DECEMBER　128

The Second Year　　　　　　　　　　　　　　　*157*

FEBRUARY　159
APRIL　181
OCTOBER　209
NOVEMBER　227

The Third Year　　　　　　　　　　　　　　　　*239*

APRIL　241
MAY　291
JUNE　341
OCTOBER　404
DECEMBER　415

Introduction

It's difficult to say where disaster begins, to point to one particular happening as the first significant step towards distant cataclysm. Tim Ekaterin, looking back, saw the beginning as the day his boss stepped into a fountain. Onwards from there he came across people and events as yet unconnected but which when woven together by time and chance led towards violent explosive action and the threat of death.

Set in the worlds of thoroughbred racing and merchant banking, *Banker* covers a span of three years, growing from quiet harmless-seeming seeds to a wholly horrific harvest.

The First Year

May

Gordon Michaels stood in the fountain with all his clothes on.

"My God," Alec said. "What is he doing?"

"Who?"

"Your boss," Alec said. "Standing in the fountain."

I crossed to the window and stared downwards: down two floors to the ornamental fountain in the forecourt of the Paul Ekaterin merchant bank. Down to where three entwining plumes of water rose gracefully into the air and fell in a glittering circular curtain. To where, in the bowl, calf-deep, stood Gordon in his navy pin-striped suit . . . in his white shirt and sober silk tie . . . in his charcoal socks and black shoes . . . in his gold cufflinks and onyx ring . . . in his polished City persona . . . soaking wet.

It was his immobility, I thought, which principally alarmed. Impossible to interpret this profoundly uncharacteristic behavior as in any way an expression of lightheartedness, of

celebration or of joy.

I whisked straight out of the deep-carpeted office, through the fire doors, down the flights of gritty stone staircase and across the marbled expanse of entrance hall. The uniformed man at the security desk was staring towards the wide glass front doors with his fillings showing and two arriving visitors were looking stunned. I went past them at a rush into the open air and slowed only in the last few strides before the fountain.

"Gordon!" I said.

His eyes were open. Beads of water ran down his forehead from his dripping black hair and caught here and there on his lashes. The main fall of water slid in a crystal sheet just behind his shoulders with scatterings of drops spraying forwards on to him like rain. Gordon's eyes looked at me unblinkingly with earnest vagueness as if he were not at all sure who I was.

"Get into the fountain," he said.

"Er . . . why, exactly?"

"They don't like water."

"Who don't?"

"All those people. Those people with white faces. They don't like water. They won't follow you into the fountain. You'll be all right if you're wet."

His voice sounded rational enough for me to wonder wildly whether this was not after all a joke: but Gordon's jokes were normally small, civilized, glinting commentaries on the stupidities of mankind, not whooping, gusty, practical

4

affairs smacking of the surreal.

"Come out of there, Gordon," I said uneasily.

"No, no. They're waiting for me. Send for the police. Ring them up. Tell them to come and take them all away."

"But *who,* Gordon?"

"All those people, of course. Those people with white faces." His head slowly turned from side to side, his eyes focused as if on a throng closely surrounding the whole fountain. Instinctively I too looked from side to side, but all I could see were the more distant stone and glass walls of Ekaterin's, with, now, a growing chorus of heads appearing disbelievingly at the windows.

I clung still to a hope of normality. "They work here," I said. "Those people work here."

"No, no. They came with me. In the car. Only two or three of them, I thought. But all the others, they were here, you know. They want me to go with them, but they can't reach me here, they don't like the water."

He had spoken fairly loudly throughout so that I should hear him above the noise of the fountain, and the last of these remarks reached the chairman of the bank, who came striding briskly across from the building.

"Now, Gordon, my dear chap," the chairman said authoritatively, coming to a purposeful halt at my side. "What's all this about, for God's sake?"

"He's having hallucinations," I said.

The chairman's gaze flicked to my face, and

back to Gordon, and Gordon seriously advised him to get into the fountain, because the people with white faces couldn't reach him there, on account of disliking water.

"Do something, Tim," the chairman said, so I stepped into the fountain and took Gordon's arm.

"Come on," I said. "If we're wet they won't touch us. We don't have to stay in the water. Being wet is enough."

"Is it?" Gordon said. "Did they tell you?"

"Yes, they did. They won't touch anyone who's wet."

"Oh. All right. If you're sure."

"Yes, I'm sure."

He nodded understandingly and with only slight pressure from my arm took two sensible-seeming paces through the water and stepped over the knee-high coping onto the paving slabs of the forecourt. I held on to him firmly and hoped to heaven that the people with white faces would keep their distance; and although Gordon looked around apprehensively it appeared that they were not so far trying to abduct him.

The chairman's expression of concern was deep and genuine, as he and Gordon were firm and long-time friends. Except in appearance they were much alike; essentially clever, intuitive, and with creative imaginations. Each in normal circumstances had a manner of speaking that expressed even the toughest commands in gentle politeness, and both had a visible appetite for their occupation. They were both in their fifties, both

at the top of their powers, both comfortably rich.

Gordon dripped onto the paving stones.

"I think," the chairman said, casting a glance at the inhabited windows, "that we should go indoors. Into the boardroom, perhaps. Come along, Gordon."

He took Gordon Michaels by his other sodden sleeve, and between us one of the steadiest banking brains in London walked obediently in its disturbing fog.

"The people with white faces," I said as we steered a calm course across the marble entrance hall between clearly human open-mouthed watchers, "are they coming with us?"

"Of course," Gordon said.

It was obvious also that some of them came up in the elevator with us. Gordon watched them dubiously all the time. The others, as we gathered from his reluctance to step out into the top-floor hallway, were waiting for our arrival.

"It's all right," I said to Gordon encouragingly. "Don't forget, we're still wet."

"Henry isn't," he said, anxiously eyeing the chairman.

"We're all together," I said. "It will be all right."

Gordon looked doubtful, but finally allowed himself to be drawn from the elevator between his supporters. The white faces apparently parted before us, to let us through.

The chairman's personal assistant came hurrying along the corridor but the chairman

waved him conclusively to a stop and said not to let anyone disturb us in the boardroom until he rang the bell; and Gordon and I in our wet shoes sloshed across the deep-piled green carpet to the long glossy mahogany boardroom table. Gordon consented to sit in one of the comfortable leather armchairs that surrounded it with me and the chairman alongside, and this time it was the chairman who asked if the people with white faces were still there.

"Of course," Gordon said, looking around. "They're sitting in all the chairs round the table. And standing behind them. Dozens of them. Surely you can see them?"

"What are they wearing?" the chairman asked.

Gordon looked at him in puzzlement, but answered simply enough. "White suits of course. With black buttons. Down the front, three big black buttons."

"All of them?" the chairman asked. "All the same?"

"Oh, yes, of course."

"Clowns," I exclaimed.

"What?"

"White-faced clowns."

"Oh, no," Gordon said. "They're not clowns. They're not funny."

"White-faced clowns are sad."

Gordon looked troubled and wary, and kept a good eye on his visitations.

"What's best to do?" wondered the chairman; but he was talking principally to himself. To me

directly, after a pause, he said, "I think we should take him home. He's clearly not violent, and I see no benefit in calling in a doctor here, whom we don't know. I'll ring Judith and warn her, poor girl. I'll drive him in my car, as I'm perhaps the only one who knows exactly where he lives. And I'd appreciate it, Tim, if you'd come along, sit with Gordon on the back seat, keep him reassured."

"Certainly," I agreed. "And incidentally, his own car's here. He said that when he drove in he thought there were two or three of the white faces with him. The rest were waiting here."

"Did he?" The chairman pondered. "He can't have been hallucinating when he actually left home. Surely Judith would have noticed."

"But he seemed all right in the office when he came in," I said. "Quiet, but all right. He sat at his desk for nearly an hour before he went out and stood in the fountain."

"Didn't you talk with him?"

"He doesn't like people to talk when he's thinking."

The chairman nodded. "First thing, then," he said, "see if you can find a blanket. Ask Peter to find one. And . . . er . . . how wet are you, yourself?"

"Not soaked, except for my legs. No problem, honestly. It's not cold."

He nodded, and I went on the errand. Peter, the assistant, produced a red blanket with "Fire" written across one corner for no good reason that

I could think of, and with this wrapped snugly round his by now naked chest Gordon allowed himself to be conveyed discreetly to the chairman's car. The chairman himself slid behind the wheel and with the direct effectiveness that shaped his whole life drove his still half-damp passengers southwards through the fair May morning.

Henry Shipton, chairman of Paul Ekaterin Ltd., was physically a big-framed man, whose natural bulk was kept short of obesity by raw carrots, mineral water and will power. Half visionary, half gambler, he habitually subjected every soaring idea to rigorous analytic test: a man whose powerful instinctive urges were everywhere harnessed and put to work.

I admired him. One had to. During his twenty-year stint (including ten as chairman) Paul Ekaterin Ltd. had grown from a moderately successful banking house into one of the senior league, accepted worldwide with respect. I could measure almost exactly the spread of public recognition of the bank's name, since it was mine also: Timothy Ekaterin, great-grandson of Paul the founder. In my school days people always said "Timothy *who?* E-*kat*-erin? How do you spell it?" Quite often now they simply nodded—and expected me to have the fortune to match, which I hadn't.

"They're very peaceful, you know," Gordon said after a while.

"The white faces?" I asked.

He nodded. "They don't say anything. They're just waiting."

"Here in the car?"

He looked at me uncertainly. "They come and go."

At least they weren't pink elephants, I thought irreverently: but Gordon, like the chairman, was abstemious beyond doubt. He looked pathetic in his red blanket, the sharp mind confused with dreams, the well-groomed businessman a pre-fountain memory, the patina stripped away. This was the warrior who dealt confidently every day in millions, this huddled mass of delusions going home in wet trousers. The dignity of man was everywhere tissue-paper thin.

He lived, it transpired, in leafy splendor by Clapham Common, in a late-Victorian family pile surrounded by head-high garden walls. There were high cream-painted wooden gates, which were shut, and which I opened, and a short graveled driveway between tidy lawns.

Judith Michaels erupted from her opening front door to meet the chairman's car as it rolled to a stop, and the first thing she said, aiming it variously between Henry Shipton and myself, was "I'll throttle that bloody doctor."

After that she said, "How is he?" and after that, in compassion, "Come along, love, it's all right, come along in, darling, we'll get you warm and tucked into bed in no time."

She put sheltering arms round the red blanket as her child of a husband stumbled out of the car,

and to me and to Henry Shipton she said again in fury, "I'll kill him. He ought to be struck off."

"They're very bad these days about house calls," the chairman said doubtfully. "But surely . . . he's coming?"

"No, he's not. Now you lambs both go into the kitchen—there's some coffee in the pot—and I'll be down in a sec. Come on Gordon, my dear love, up those stairs. . . ." She helped him through the front door, across a Persian-rugged hall and towards a paneled wood staircase, with me and the chairman following and doing as we were told.

Judith Michaels, somewhere in the later thirties, was a brown-haired woman in whom the life-force flowed strongly and with whom I could easily have fallen in love. I'd met her several times before that morning (at the bank's various social gatherings) and had been conscious freshly each time of the warmth and glamour that were as normal to her as breathing. Whether I in return held the slightest attraction for her I didn't know and hadn't tried to find out, as entangling oneself emotionally with one's boss's wife was hardly best for one's prospects. All the same I felt the same old tug, and wouldn't have minded taking Gordon's place on the staircase.

With these thoughts, I hoped, decently hidden, I went with Henry Shipton into the friendly kitchen and drank the offered coffee.

"A great girl, Judith," the chairman said with feeling, and I looked at him in rueful

surprise and agreed.

She came to join us after a while, still more annoyed than worried. "Gordon says there are people with white faces sitting all round the room and they won't go away. It's really too bad. It's infuriating. I'm so angry I could *spit*."

The chairman and I looked bewildered.

"Didn't I tell you?" she said, observing us. "Oh, no, I suppose I didn't. Gordon hates anyone to know about his illness. It isn't very bad, you see. Not bad enough for him to have to stop working, or anything like that."

"Er . . ." said the chairman. "What illness?"

"Oh. I suppose I'll have to tell you, now this has happened. I could kill that doctor, I really could." She took a deep breath and said, "Gordon's got mild Parkinson's disease. His left hand shakes a bit now and then. I don't expect you've noticed. He tries not to let people see."

We blankly shook our heads.

"Our normal doctor's just retired, and this new man, he's one of those frightfully bumptious people who think they know better than everyone else. So he's taken Gordon off the old pills, which were fine as far as I could see, and put him on some new ones. As of the day before yesterday. So when I rang him just now in an absolute *panic* thinking Gordon had suddenly gone raving mad or something and I'd be spending the rest of my life visiting mental hospitals he says lightheartedly not to worry, this new drug quite often causes hallucinations, and it's just a matter of getting the

13

dosage right. I tell you, if he hadn't been at the other end of a telephone wire, I'd have *strangled* him.''

Both Henry Shipton and I, however, were feeling markedly relieved.

"You mean," the chairman asked, "that this will all just . . . wear off?"

She nodded. "That bloody doctor said to stop taking the pills and Gordon would be perfectly normal in thirty-six hours. I *ask* you! And after that he's got to start taking them again, but only half the amount, and to see what happens. And if we were *worried,* he said pityingly, as if we'd no right to be, Gordon could toddle along to the surgery in a couple of days and discuss it with him, though as Gordon would be perfectly all right by tomorrow night we might think there was no need."

She herself was shaking slightly with what still looked like anger but was more probably a release of tension, because she suddenly sobbed, twice, and said, "Oh, God," and wiped crossly at her eyes.

"I was so frightened, when you told me," she said, half apologetically. "And when I rang the surgery I got that damned obstructive receptionist and had to argue for ten minutes before she let me even *talk* to the doctor."

After a brief sympathetic pause the chairman, going as usual to the heart of things, said, "Did the doctor say how long it would take to get the dosage right?"

She looked at him with a defeated grimace.

"He said that as Gordon had reacted so strongly to an average dose it might take as much as six weeks to get him thoroughly stabilized. He said each patient was different, but that if we would persevere it would be much the best drug for Gordon in the long run."

Henry Shipton drove me pensively back to the City.

"I think," he said, "that we'll say—in the office—that Gordon felt 'flu' coming on and took some pills that proved hallucinatory. We might say simply that he imagined that he was on holiday, and felt the need for a dip in a pool. Is that agreeable?"

"Sure," I said mildly.

"Hallucinatory drugs are, after all, exceedingly common these days."

"Yes."

"No need, then, Tim, to mention white-faced clowns."

"No," I agreed.

"Nor Parkinson's disease, if Gordon doesn't wish it."

"I'll say nothing," I assured him.

The chairman grunted and lapsed into silence; and perhaps we both thought the same thoughts along the well-worn lines of drug-induced side effects being more disturbing than the disease.

It wasn't until we were a mile from the bank that Henry Shipton spoke again, and then he said, "You've been in Gordon's confidence for two

years now, haven't you?"

"Nearly three," I murmured, nodding.

"Can you hold the fort until he returns?"

It would be dishonest to say that the possibility of this offer hadn't been in my mind since approximately ten-fifteen, so I accepted it with less excitement than relief.

There was no rigid hierarchy in Ekaterin's. Few explicit ranks: to be "in so and so's confidence," as house jargon put it, meant one would normally be on course for more responsibility, but unlike the other various thirty-two-year-olds who crowded the building with their hopes and expectations I lived under the severe disadvantage of my name. The whole board of directors, consistently afraid of accusations of nepotism, made me double-earn every step.

"Thank you," I said neutrally.

He smiled a shade. "Consult," he said, "whenever you need help."

I nodded. His words weren't meant as disparagement. Everyone consulted, in Ekaterin's, all the time. Communication between people and between departments was an absolute priority in Henry Shipton's book, and it was he who had swept away a host of small-room offices to form opened-up expanses. He himself sat always at one (fairly opulent) desk in a room that contained eight similar, his own flanked on one side by the vice-chairman's and on the other by that of the head of Corporate Finance. Further senior directors from other departments occupied a row

of like desks opposite, all of them within easy talking earshot of each other.

As with all merchant banks, the business carried on by Ekaterin's was different and separate from that conducted by the High Street chains of clearing banks. At Ekaterin's one never actually saw any money. There were no tellers, no clerks, no counters, no deposits, no withdrawals and hardly any check books.

There were three main departments, each with its separate function and each on its own floor of the building. Corporate Finance acted for major clients on mergers, takeovers and the raising of capital. Banking, which was where I worked with Gordon, loaned money to enterprise and industry. And Investment Management, the oldest and largest department, aimed at producing the best possible returns from the vast investment funds of charities, companies, pensions, trusts and trade unions.

There were several small sections, like Administration, which did everyone's paperwork; Property, which bought, sold, developed and leased; Research, which dug around; Overseas Investments, growing fast; and Foreign Exchange, where about ten frenetic young wizards bought and sold world currencies by the minute, risking millions on decimal-point margins and burning themselves out by forty.

The lives of all the three hundred and fifty people who worked for Ekaterin's were devoted to making money work. To the manufacture, in the

main, of business, trade, industry, pensions and jobs. It wasn't a bad thing to be convinced of the worth of what one did, and certainly there was a tough basic harmony in the place, which persisted unruffled by the surface tensions and jealousies and territorial defenses of everyday office life.

Events had already moved on by the time the chairman and I returned to the hive. The chairman was pounced upon immediately in the entrance hall by a worriedly waiting figure from Corporate Finance, and upstairs in Banking Alec was giggling into his blotter.

Alec, my own age, suffered, professionally speaking, from an uncontrollable bent for frivolity. It brightened up the office no end, but as court jesters seldom made it to the throne his career path was already observably sideways and erratic. The rest of us were probably hopelessly stuffy. Thank God, I often thought, for Alec.

He had a well-shaped face of scattered freckles on cream-pale skin; a high forehead, a mat of tight tow-colored curls. Stiff blond eyelashes blinked over alert blue eyes behind gold-framed spectacles, and his mouth twitched easily as he saw the funny side. He was liked on sight by almost everybody, and it was only gradually that one came to wonder whether the examiner who had awarded him a First in law at Oxford had been suffering from critical blindness.

"What's up?" I said, instinctively smiling to match the giggles.

"We've been leaked." He lifted his head but

18

tapped the paper that lay on his desk. "My *dear*," he said with mischievous pleasure, "this came an hour ago and it seems we're leaking all over the place like a punctured bladder. Like a baby. Like the *Welsh*."

Leeking like the Welsh . . . ah well.

He lifted up the paper, and all, or at least a great deal, was explained. There had recently appeared a slim bimonthly publication called *What's Going On Where It Shouldn't,* which had fast caught the attention of most of the country and was reportedly read avidly by the police. Descendant of the flood of investigative journalism spawned by the tidal wave of Watergate, *What's Going On* was said to be positively bombarded by informers telling *precisely* what was going on, and all the investigating the paper had to do was into the truth of the information: which task it had been known to perform less than thoroughly.

"What does it say?" I asked; as who wouldn't.

"Cutting out the larky innuendo," he said, "it says that someone at Ekaterin's has been selling inside information."

"*Selling* . . ."

"Quite so."

"About a takeover?"

"How did you guess?"

I thought of the man from Corporate Finance hopping from leg to leg with impatience while he waited for the chairman to return and knew that nothing but extreme urgency would have brought

him down to the doorstep.

"Let's see," I said, and took the paper from Alec's outstretched hand.

The piece, headed merely "Tut tut," was only four paragraphs long, and the first three of those were taken up with explaining with seductive authority that in merchant banks it was possible for the managers of investment funds to learn at an early stage about a takeover being organized by their colleagues. It was strictly illegal, however, for an investment manager to act on this private knowledge, even though by doing so he might make a fortune for his clients.

The shares of a company about to be taken over were likely to rise in value. If one could buy them at a low price before even a rumor of takeover started, the gain could be huge.

Such unprofessional behavior by a merchant bank would be instantly recognized simply *because of* the profits made, and no investment manager would invite personal disaster in that way.

However, asked the article, *What's Going On in the merchant bank of Paul Ekaterin Ltd.? Three times in the past year takeovers managed by this prestigious firm have been "scooped" by vigorous buying beforehand of the shares concerned. The buying itself cannot be traced to Ekaterin's investment managers, but we are informed that the information did come from within Ekaterin's, and that someone there has been selling the golden news, either for straight*

cash or a slice of the action.

"It's a guess," I said flatly, giving Alec back the paper. "There are absolutely no facts."

"A bucket of cold water," he complained, "is a sunny day compared with you."

"Do you *want* it to be true?" I asked curiously.

"Livens the place up a bit."

And there, I thought, was the difference between Alec and me. For me the place was alive all the time, even though when I'd first gone there eight years earlier it had been unwillingly; a matter of being forced into it by my uncle. My mother had been bankrupt at that point, her apartment stripped to the walls by the bailiffs of everything except a telephone (property of the Post Office) and a bed. My mother's bankruptcy, as both my uncle and I well knew, was without doubt her own fault, but it didn't stop him applying his blackmailing pressure.

"I'll clear her debts and arrange an allowance for her if you come and work in the bank."

"But I don't want to."

"I know that. And I know you're stupid enough to try to support her yourself. But if you do that she'll ruin you like she ruined your father. Just give the bank a chance, and if you hate it after three months I'll let you go."

So I'd gone with mulish rebellion to tread the path of my great-grandfather, my grandfather and my uncle, and within three months you'd have had to prize me loose with a crowbar. I suppose it was in my blood. All the snooty teenage scorn I'd

felt for "money-grubbing," all the supercilious disapproval of my student days, all the negative attitudes bequeathed by my failure of a father, all had melted into comprehension, interest and finally delight. The art of money management now held me as addicted as any junkie, and my working life was as fulfilling as any mortal could expect.

"Who do you think did it?" Alec said.

"If anyone did."

"It must have happened," he said positively. "Three times in the last year . . . that's more than a coincidence."

"And I'll bet that that coincidence is all the paper's working on. They're dangling a line. Baiting a hook. They don't even say which takeovers they mean, let alone give figures."

True or not, though, the story itself was bad for the bank. Clients would back away fast if they couldn't trust, and *What's Going On* was right often enough to instill disquiet. Henry Shipton spent most of the afternoon in the boardroom conducting an emergency meeting of the directors, with ripples of unease spreading outwards from there through all departments. By going-home time that evening practically everyone in the building had read the bombshell, and although some took it as lightheartedly as Alec it had the effect of almost totally deflecting speculation from Gordon Michaels.

I explained only twice about flu and pills: only two people asked. When the very reputation of

the bank was being rocked, who cared about a dip in the ornamental fountain, even if the bather had had all his clothes on and was a director in Banking.

On the following day I found that filling Gordon's job was no lighthearted matter. While he had gradually given me power of decision over loans up to certain amounts, anything larger was in his own domain entirely. This meant that, within my bracket, I could arrange any loan if I believed the client was sound and could repay principal and interest at an orderly rate: but if I judged wrong and the client went bust, the lenders lost both their money and their belief in my common sense. As the lenders were quite often the bank itself, I couldn't afford for it to happen too often.

With Gordon there, the ceiling of my possible disasters had at least been limited. For him, though, the ceiling hardly existed, except that with loans incurring millions it was normal for him to consult with others on the board.

These consultations, already easy and informal because of the open-plan layout, also tended to stretch over lunch, which the directors mostly ate together in their own private dining room. It was Gordon's habit to look with a pleased expression at his watch at five to one and take himself amiably off in the direction of a tomato juice and roast lamb; and he would return an hour later with his mind clarified and made up.

I'd been loaned Gordon's job but not his seat on the board, so I was without the benefit of the lunches; and as he himself had been the most senior in our own green pasture of office expanse, there was no one else of his stature immediately at hand. Alec's advice tended to swing between the brilliantly perceptive and the maniacally reckless, but one was never quite sure which was which at the time. All high-risk Cinderellas would have gone to the ball under Alec's wand: the trick was in choosing only those who would keep an eye on the clock and deliver the crystal goods.

Gordon tended therefore to allocate only cast-iron certainties to Alec's care and most of the Cinderella type to me, and he'd said once with a smile that in this job one's nerve either toughened or broke, which I'd thought faintly extravagant at the time. I understood, though, what he meant when I faced without him a task that lay untouched on his desk: a request for financial backing for a series of animated cartoon films.

It was too easy to turn things down . . . and perhaps miss Peanuts or Mickey Mouse. A large slice of the bank's profits came from the interest paid by borrowers. If we didn't lend, we didn't earn. A toss-up. I picked up the telephone and invited the hopeful cartoonist to bring his proposals to the bank.

Most of Gordon's projects were halfway through, his biggest at the moment being three point four million for an extension to a cake factory. I had heard him working on this one for

a week, so I merely took on where he had left off, telephoning people who sometimes had funds to lend and asking if they'd be interested in underwriting a chunk of Home-made Heaven. The bank itself, according to Gordon's list, was lending three hundred thousand only, which made me wonder whether he privately expected the populace to go back to eating bread.

There was also, tucked discreetly in a folder, a glossy-prospectus invitation to participate in a multi-million project in Brazil, whereon Gordon had doodled in pencil an army of question marks and a couple of queries: *Do we or don't we? Remember Brasilia! Is coffee enough??* On the top of the front page, written in red, was a jump-to-it memo: *Preliminary answer by Friday.*

It was already Thursday. I picked up the prospectus and went along to the other and larger office at the end of the passage, where Gordon's almost-equal sat at one of the seven desks. Along there the carpet was still lush and the furniture still befitting the sums dealt with on its tops, but the view from the windows was different. No fountain, but the sunlit dome of St. Paul's Cathedral rising like a Fabergé egg from the white stone lattice of the City.

"Problem?" asked Gordon's almost-equal. "Can I help?"

"Do you know if Gordon meant to go any further with this?" I asked. "Did he say?"

Gordon's colleague looked the prospectus over and shook his head. "Who's along there

with you today?"

"Only Alec. I asked him. He doesn't know."

"Where's John?"

"On holiday. And Rupert is away because of his wife."

The colleague nodded. Rupert's wife was imminently dying: cruel at twenty-six.

"I'd take it around," he said. "See if Gordon's put out feelers in Research, Overseas, anywhere. Form a view yourself. Then if you think it's worth pursuing you can take it to Val and Henry." Val was head of Banking and Henry was Henry Shipton. I saw that to be Gordon was a big step up indeed, and was unsure whether to be glad or sorry that the elevation would be temporary.

I spent all afternoon drifting round with the prospectus and in the process learned less about Brazil than about the tizzy over the report in *What's Going On*. Soul-searching appeared to be fashionable. Long faces inquired anxiously, "Could one possibly . . . without knowing . . . have mentioned a takeover to an interested party?" And the short answer to that, it seemed to me, was No, one couldn't. Secrecy was everywhere second nature to bankers.

If the article in the paper were true there had to be three people involved; the seller, the buyer and the informant; and certainly neither the buyer nor the informant could have acted in ignorance or by chance. Greed and malice moved like worms in the dark. If one were infested by them, one knew.

Gordon seemed to have asked no one about

Brazil, and for me it was make-up-your-mind time. It would have been helpful to know what the other merchant banks thought, the sixteen British accepting houses like Schroders, Hambro's, Morgan Grenfell, Kleinwort Benson, Hill Samuel, Warburg's, Robert Fleming, Singer and Friedlander . . . all permitted, like Paul Ekaterin's, to assume that the Bank of England would come to their aid in a crisis.

Gordon's opposite numbers in those banks would all be pursing mouths over the same prospectus, committing millions to a fruitful enterprise, pouring millions down the drain, deciding not to risk it either way.

Which?

One could hardly directly ask, and finding out via the grapevine took a little time.

I carried the prospectus finally to Val Fisher, head of Banking, who usually sat at one of the desks facing Henry Shipton, two floors up.

"Well, Tim, what's your own view?" he said. A short man, very smooth, very charming, with nerves like toughened ice.

"Gordon had reservations, obviously," I said. "I don't know enough, and no one else here seems to. I suppose we could either make a preliminary answer of cautious interest and then find out a bit more, or just trust to Gordon's instinct."

He smiled faintly. "Which?"

Ah, which?

"Trust to Gordon's instinct, I think," I said.

"Right."

He nodded and I went away and wrote a polite letter to the Brazil people expressing regret. And I wouldn't know for six or seven years, probably, whether that decision was right or wrong.

The gambles were all long term. You cast your bread on the waters and hoped it would float back in the future with butter and jam.

Mildew . . . too bad.

June

Gordon telephoned three weeks later sounding thoroughly fit and well. I glanced across to where his desk stood mute and tidy, with all the paper action now transferred to my own.

"Judith and I wanted to thank you . . ." he was saying.

"Really no need," I said. "How are you?"

"Wasting time. It's ridiculous. Anyway . . . we've been offered a half-share in a box at Ascot next Thursday. We thought it might be fun . . . We've six places. Would you like to come? As our guest, of course. As a thank-you."

"I'd love it," I said. "But . . ."

"No buts," he interrupted. "If you'd like to, Henry will fix it. He's coming himself. He agreed you'd earned a day off, so all you have to do is decide."

"Then I'd like to, very much."

"Good. If you haven't a morning coat, don't worry. We're not in the Royal Enclosure."

"If you're wearing one . . . I inherited my father's."

"Ah. Good. Yes, then. One o'clock Thursday, for lunch. I'll send the entrance tickets to you in the office. Both Judith and I are very pleased you can come. We're very grateful. Very." He sounded suddenly half-embarrassed, and disconnected with a click.

I wondered how much he remembered about the white faces, but with Alec and Rupert and John all in earshot it had been impossible to ask. Maybe at the races he would tell me. Maybe not.

Going racing wasn't something I did very often nowadays, although as a child I'd spent countless afternoons waiting around the Tote lines while my mother in pleasurable agony backed her dozens of hunches and bankers and third strings and savers and lost money by the ton.

"I've won!" she would announce radiantly to all about her, waving an indisputably winning ticket: and the bunch of losses on the same race would be thrust into a pocket and later thrown away.

My father at the same time would be standing drinks in the bar, an amiable open-fisted lush with more good nature than sense. They would take me home at the end of the day giggling happily together in a hired chauffeur-driven Rolls, and until I was quite old I never questioned but that this contented affluence was built on rock.

I had been their only child and they'd given me a very good childhood, to the extent that when I

thought of holidays it was of yachts on warm seas or Christmas in the Alps. The villain of those days was my uncle, who descended on us occasionally to utter Dire Warnings about the need for his brother (my father) to find a job.

My father, however, couldn't shape up to "money-grubbing" and in any case had no real ability in any direction; and with no habit of working he quietly scorned people who had. He never tired of his life of aimless ease, and if he earned no one's respect, few detested him either. A weak, friendly, unintelligent man. Not bad as a father. Not good at much else.

He dropped dead of a heart attack when I was nineteen and it was then that the point of the Dire Warnings became apparent. He and mother had lived on the capital inherited from grandfather, and there wasn't a great deal left. Enough just to see me through college; enough, with care, to bring mother a small income for life.

Not enough to finance her manner of betting, which she wouldn't or couldn't give up. A lot more of the Dire Warnings went unheeded, and finally, while I was trying to stem a hopeless tide by working (of all things) for a bookmaker, the bailiffs knocked on the door.

In twenty-five years, it seemed, my mother had gambled away the best part of half a million pounds; all gone on horses, fast and slow. It might well have sickened me altogether against racing, but in a curious way it hadn't. I remembered how much she and father had

enjoyed themselves: and who was to say that it was a fortune ill spent?

"Good news?" Alec said, eyeing my no doubt ambivalent expression.

"Gordon's feeling better."

"Hm," he said judiciously, "so he should be. Three weeks off for flu . . ." He grinned. "Stretching it a bit."

I made a noncommittal grunt.

"Be glad, shall we, when he comes back?"

I glanced at his amused, quizzical face and saw that he knew as well as I did that when Gordon reappeared to repossess his kingdom, I wouldn't be glad at all. Doing Gordon's job, after the first breath-shortening initial plunge, had injected me with great feelings of vigor and good health; had found me running up stairs and singing in the bath and showing all the symptoms of a love affair: and like many a love affair it couldn't survive the return of the husband. I wondered how long I'd have to wait for such a chance again, and whether next time I'd feel as high.

"Don't think I haven't noticed," Alec said, the eyes electric blue behind the gold-rimmed specs.

"Noticed what?" Rupert asked, raising his head above papers he'd been staring blindly at for ninety minutes.

Back from his pretty wife's death and burial poor Rupert still wore a glazed, otherwhere look and tended too late to catch up with passing conversations. In the two days since his return he had written no letters, made no telephone calls,

reached no decisions. Out of compassion one had had to give him time, and Alec and I continued to do his work surreptitiously without him realizing.

"Nothing," I said.

Rupert nodded vaguely and looked down again, an automaton in his living grief. I'd never loved anyone, I thought, as painfully as that. I think I hoped that I never would.

John, freshly returned also, but from his vacation, glowed with a still-red sunburn and had difficulty in fitting the full lurid details of his sexual adventures into Rupert's brief absences to the washroom. Neither Alec nor I ever believed John's sagas, but at least Alec found them funny, which I didn't. There was an element lurking there of a hatred of women, as if every boasted possession (real or not) was a statement of spite. He didn't actually use the word possession. He said "made" and "screwed" and "had it off with the little cow." I didn't like him much and he thought me a prig: we were polite in the office and never went together to lunch. And it was he alone of all of us who actively looked forward to Gordon's return, he who couldn't disguise his dismay that it was I who was filling the empty shoes instead of himself.

"Of course, if I'd been here . . ." he said at least once a day; and Alec reported that John had been heard telling Gordon's almost-equal along the passage that now he, John, was back, Gordon's work should be transferred from me to him.

"Did you hear him?" I asked, surprised.

"Sure. And he was told in no uncertain terms that it was the Old Man himself who gave you the green light, and there was nothing John could do about it. Proper miffed was our Lothario. Says it's all because you are who you are, and all that."

"Sod him."

"Rather you than me." He laughed gently into his blotter and picked up the telephone to find backers for a sewage and water purification plant in Norfolk.

"Did you know," he said conversationally, busy dialing a number, "that there are so few sewage farms in West Berlin that they pay the East Berliners to get rid of the extra?"

"No, I didn't." I didn't especially want to know, either, but as usual Alec was full of useless information and possessed by the urge to pass it on.

"The East Berliners take the money and dump the stuff out on the open fields. Untreated, mind you."

"Do shut up," I said.

"I saw it," he said. "And smelled it. Absolutely disgusting."

"It was probably fertilizer," I said, "and what were you doing in East Berlin?"

"Calling on Nefertiti."

"She of the one eye?"

"My God, yes, isn't it a shock? Oh . . . hello . . ." He got through to his prospective

money-source and for far too long and with a certain relish explained the need for extra facilities to reverse the swamp of effluent which had been killing off the Broads. "No risk involved, of course, with a water authority." He listened. "I'll put you in, then, shall I? Right." He scribbled busily and in due course disconnected. "Dead easy, this one. Ecology and all that. Good emotional stuff."

I shuffled together a bunch of papers of my own that were very far from dead easy and went up to see Val Fisher, who happened to be almost alone in the big office. Henry Shipton, it seemed, was out on one of his frequent walkabouts through the other departments.

"It's a cartoonist," I said. "Can I consult?"

"Pull up a chair." Val nodded and waved hospitably, and I sat beside him, spread out the papers, and explained about the wholly level-headed artist I had spent three hours with two weeks earlier.

"He's been turned down by his own local bank, and so far by three other firms like ourselves," I said. "He's got no realizable assets, no security. He rents an apartment and is buying a car on HP. If we financed him, it would be out of faith."

"Background?" he asked. "Covenant?"

"Pretty solid. Son of a sales manager. Respected at art school as an original talent: I talked to the Principal. His bank manager gave him a clean bill but said that his head office wouldn't grant what he's asking. For the past two

years he's worked for a studio making animated commercials. They say he's good at the job; understands it thoroughly. They know he wants to go it alone, they think he's capable and they don't want to lose him.''

"How old?''

"Twenty-four.''

Val gave me an ''Oh ho ho'' look, knowing, as I did, that it was the cartoonist's age above all that had invited negative responses from the other banks.

"What's he asking?'' Val said, but he too looked as if he were already deciding against.

"A studio, properly equipped. Funds to employ ten copying artists, with the expectation that it will be a year before any films are completed and can expect to make money. Funds for promotion. Funds for himself to live on. These sheets set out the probable figures.''

Val made a face over the pages, momentarily rearranging the small neat features, slanting the tidy dark moustache, raising the arched eyebrows towards the black cap of hair.

"Why haven't you already turned him down?'' he asked finally.

"Um,'' I said. "Look at his drawings.'' I opened another file and spread out the riotously colored progression of pages that established two characters and told a funny story. I watched Val's sophisticated world-weary face as he leafed through them: saw the awakening interest, heard the laugh.

"Exactly," I said.

"Hmph." He leaned back in his chair and gave me an assessing stare. "You're not saying you think we should take him on?"

"It's an unsecured risk, of course. But yes, I am. With a string or two, of course, like a cost accountant to keep tabs on things and a first option to finance future expansion."

"Hm." He pondered for several minutes, looking again at the drawings, which still seemed funny to me even after a fortnight's close acquaintance. "Well, I don't know. It's too like aiming at the moon with a bow and arrow."

"They might watch those films one day on space shuttles," I said mildly, and he gave me a fast amused glance while he squared up the drawings and returned them to their folder.

"Leave these all here, then, will you?" he said. "I'll have a word with Henry over lunch," and I guessed in a swift uncomfortable moment of insight that what they would discuss would be not primarily the cartoonist but the reliability or otherwise of my judgment. If they thought me a fool I'd be back behind John in the promotion line in no time.

At four-thirty, however, when my interoffice telephone rang, it was Val at the other end.

"Come up and collect your papers," he said. "Henry says this decision is to be yours alone. So sink or swim, Tim, it's up to you."

One's first exposure to the Royal Ascot meeting

was, according to one's basic outlook, either a matter of surprised delight or of puritanical disapproval. Either the spirits lifted to the sight of emerald grass, massed flowers, bright dresses, fluffy hats and men elegant in gray formality, or one despised the expenditure, the frivolity, the shame of champagne and strawberries while some in the world starved.

I belonged, without doubt, to the hedonists, both by upbringing and inclination. The Royal meeting at Ascot was, as it happened, the one racing event from which my parents had perennially excluded me, children in any case being barred from the Royal Enclosure for three of the four days, and mother more interested on this occasion in socializing than betting. School, she had said firmly every year, must come first: though on other days it hadn't, necessarily. So it was with an extra sense of pleasure that I walked through the gates in my father's resurrected finery and made my way through the smiling throng to the appointed, high-up box.

"Welcome to the charade," Gordon said cheerfully, handing me a bubbling glass, and "Isn't this *fun?*" Judith exclaimed, humming with excitement in yellow silk.

"It's great," I said, and meant it; and Gordon, looking sunburned and healthy, introduced me to the owner of the box.

"Dissdale, this is Tim Ekaterin. Works in the bank. Tim—Dissdale Smith."

We shook hands. His was plump and warm,

like his body, like his face. "Delighted," he said. "Got a drink? Good. Met my wife? No? Bettina, darling, say hello to Tim." He put an arm round the thin waist of a girl less than half his age whose clinging white black-dotted dress was cut low and bare at neck and armholes. There was also a wide black hat, beautiful skin and a sweet and practiced smile.

"Hello, Tim," she said. "So glad you could come." Her voice, I thought, was like the rest of her: manufactured, processed, not natural top drawer but a long way from gutter.

The box itself was approximately five yards by three, most of the space being filled by a dining table laid with twelve places for lunch. The far end wall was of windows looking out over the green course, with a glass door opening to steps going down to the viewing balcony. The walls of the box were covered, as if in a house, with pale blue hessian, and a soft blue carpet, pink flowers and pictures lent an air of opulence far greater than the actual expense. Most of the walls of the boxes into which I'd peered on the way along to this one were of builders' universal margarine color, and I wondered fleetingly whether it was Dissdale or Bettina who had the prettying mind.

Henry Shipton and his wife were standing in the doorway to the balcony, alternately facing out and in, like a couple of Januses. Henry across the room lifted his glass to me in a gesture of acknowledgment, and Lorna as ever looked as if faults were being found.

Lorna Shipton, tall, over-assured, and dressed that frilly day in repressive tailored gray, was a woman from whom disdain flowed outward like a tide, a woman who seemed not to know that words could wound and saw no reason not to air each ungenerous thought. I had met her about the same number of times as I'd met Judith Michaels and mostly upon the same occasions, and if I smothered love for the one it was irritation I had to hide for the other. It was, I supposed, inevitable, that of the two it was Lorna Shipton I was placed next to at lunch.

More guests arrived behind me, Dissdale and Bettina greeting them with whoops and kisses and making the sort of indistinct introductions that one instantly forgets. Dissdale decided there would be less crush if everyone sat down and so took his place at the top of the table with Gordon, his back to the windows, at the foot. When each had arranged their guests around them there were two empty places, one next to Gordon, one up Dissdale's end.

Gordon had Lorna Shipton on his right, with me beside her: the space on his left, then Henry, then Judith. The girl on my right spent most of her time leaning forward to speak to her host Dissdale, so that although I grew to know quite well the blue chiffon back of her shoulder, I never actually learned her name.

Laughter, chatter, the study of race cards, the refilling of glasses: Judith with yellow silk roses on her hat and Lorna telling me that my morning

coat looked a size too small.

"It was my father's," I said.

"Such a stupid man."

I glanced at her face, but she was merely expressing her thoughts, not positively trying to offend.

"A beautiful day for racing," I said.

"You should be working. Your Uncle Freddie won't like it, you know. I'm certain that when he bailed you out he made it a condition that you and your mother should both stay away from racecourses. And now look at you. It's really too bad. I'll have to tell him, of course."

I wondered how Henry put up with it. Wondered, as one does, why he'd married her. He, however, his ear attuned across the table in a husbandly way, said to her pleasantly, "Freddie knows that Tim is here, my dear. Gordon and I obtained dispensation, so to speak." He gave me a glimmer of a smile. "The wrath of God has been averted."

"Oh." Lorna Shipton looked disappointed and I noticed Judith trying not to laugh.

Uncle Freddie, ex-vice-chairman, now retired, still owned enough of the bank to make his unseen presence felt, and I knew he was in the habit of telephoning Henry two or three times a week to find out what was going on. Out of interest, one gathered, not from desire to meddle; as certainly, once he had set his terms, he never meddled with mother and me.

Dissdale's last guest arrived at that point with

an unseen flourish of trumpets, a man making an entrance as if well aware of newsworthiness. Dissdale leaped to his feet to greet him and pumped him warmly by the hand.

"Calder, this is great. Calder Jackson, everybody."

There were yelps of delight from Dissdale's end and polite smiles round Gordon's. "Calder Jackson," Dissdale said down the table, "you know, the miracle-worker. Brings dying horses back to life. You must have seen him on television."

"Ah yes," Gordon responded. "Of course."

Dissdale beamed and returned to his guest, who was lapping up adulation with a show of modesty.

"Who did he say?" Lorna Shipton asked.

"Calder Jackson," Gordon said.

"Who?"

Gordon shook his head, his ignorance showing. He raised his eyebrows in a question to me, but I fractionally shook my head also. We listened, however, and we learned.

Calder Jackson was a shortish man with a head of hair designed to be noticed. Designed literally, I guessed. He had a lot of dark curls going attractively gray, cut short towards the neck but free and fluffy on top of his head and over his forehead; and he had let his beard grow in a narrow fringe from in front of his ears round the line of his jaw, the hairs of this being also bushy and curly but gray to white. From in front his weathered face was thus circled with curls: from the side he looked as if he were wearing a helmet.

Or a coal scuttle, I thought unflatteringly. Once seen, in any case, never forgotten.

"It's just a gift," he was saying deprecatingly in a voice that had an edge to it more compelling than loudness: an accent very slightly of the country but of no particular region; a confidence born of acclaim.

The girl sitting next to me was ecstatic. "How *divine* to meet you. One has heard so *much* . . . Do tell us, now do tell us your secret."

Calder Jackson eyed her blandly, his gaze sliding for a second beyond her to me and then back again. Myself he quite openly discarded as being of no interest, but to the girl he obligingly said, "There's no secret, my dear. None at all. Just good food, good care and a few age-old herbal remedies. And of course . . . well . . . the laying on of hands."

"But *how,*" asked the girl, "how do you do that to horses?"

"I just . . . touch them." He smiled disarmingly. "And then sometimes I feel them quiver, and I know the healing force is going from me into them."

"Can you do it infallibly?" Henry asked politely, and I noted with interest that he'd let no implication of doubt sound in his voice: Henry whose gullibility could be measured in micrograms, if at all.

Calder Jackson took his seriousness for granted and slowly shook his head. "If I have the horse in my care for long enough, it usually happens in the

43

end. But not always. No, sadly, not always."

"How fascinating," Judith said, and earned another of those kind bland smiles. Charlatan or not, I thought, Calder Jackson had the mix just right: an arresting appearance, a modest demeanor, no promise of success. And for all I knew, he really could do what he said. Healers were an age-old phenomenon, so why not a healer of horses?

"Can you heal people too?" I asked in a mirror-image of Henry's tone. No doubts. Just inquiry.

The curly head turned my way with more civility than interest and he patiently answered the question he must have been asked a thousand times before. Answered in a sequence of words he had perhaps used almost as often. "Whatever gift it is that I have is especially for horses. I have no feeling that I can heal humans, and I prefer not to try. I ask people not to ask me, because I don't like to disappoint them."

I nodded my thanks, watched his head turn away and listened to him willingly answering the next question, from Bettina, as if it too had never before been asked. "No, the healing very seldom happens instantaneously. I need to be near the horse for a while. Sometimes for only a few days. Sometimes for a few weeks. One can never tell."

Dissdale basked in the success of having hooked his celebrity and told us all that two of Calder's ex-patients were running that very afternoon. "Isn't that right, Calder?"

The curly head nodded. "Cretonne, in the first race, she used to break blood vessels, and Molyneaux, in the fifth, he came to me with infected wounds. I feel they are my friends now. I feel I know them."

"And shall we back them, Calder?" Dissdale asked roguishly. "Are they going to win?"

The healer smiled forgivingly. "If they're fast enough, Dissdale."

Everyone laughed. Gordon refilled his own guests' glasses. Lorna Shipton said apropos of not much that she had occasionally considered becoming a Christian Scientist and Judith wondered what color the Queen would be wearing. Dissdale's party talked animatedly among themselves, and the door from the corridor tentatively opened.

Any hopes I might have had that Gordon's sixth place was destined for a Bettina-equivalent for my especial benefit were immediately dashed. The lady who appeared and whom Judith greeted with a kiss on the cheek was nearer forty than twenty-five and more solid than lissome. She wore a brownish-pink linen suit and a small white straw hat circled with a brownish-pink ribbon. The suit, I diagnosed, was an old friend: the hat, new in honor of the occasion.

Judith in her turn introduced the newcomer: Penelope Warner—Pen—a good friend of hers and Gordon's. Pen Warner sat where invited, next to Gordon, and made small talk with Henry and Lorna. I half-listened and took in few desultory

details like no rings on the fingers, no polish on the nails, no gray in the short brown hair, no artifice in the voice. Worthy, I thought. Well-intentioned; slightly boring. Probably runs the church.

A waitress appeared with an excellent lunch, during which Calder could from time to time be heard extolling the virtues of watercress, for its iron content, and garlic, for the treatment of fever and diarrhea.

"And of course in humans," he was saying, "garlic is literally a life-saver in whooping-cough. You make a poultice and bind it onto the bottom of the feet of the child every night, in a bandage and a sock, and in the morning you'll smell the garlic on the breath of the child, and the cough will abate. Garlic, in fact, cures almost everything. A truly marvelous life-giving plant."

I saw Pen Warner lift her head to listen and I thought that I'd been wrong about the church. I had missed the worldliness of the eyes, the long sad knowledge of human frailty. A magistrate, perhaps? Yes, perhaps.

Judith leaned across the table and said teasingly, "Tim, can't you forget you're a banker even at the races?"

"What?" I said.

"You look at everyone as if you're working out just how much you can lend them without risk."

"I'd lend you my soul," I said.

"For me to pay back with interest?"

"Pay in love and kisses."

Harmless stuff, as frivolous as her hat. Henry, sitting next to her, said in the same vein, "You're second in the line, Tim. I've a first option, eh, Judith? Count on me, dear girl, for the last drop of blood."

She patted his hand affectionately and glowed a little from the deep truth of our idle protestations: and Calder Jackson's voice came through with "Comfrey heals tissues with amazing speed and will cause chronic ulcers to disappear in a matter of days, and of course it mends fractures in half the time considered normal. Comfrey is miraculous."

There was a good deal of speculation after that all round the table about a horse called Sandcastle that had won the 2,000 Guineas six weeks earlier and was hot favorite for the King Edward VII Stakes, the top Ascot race for three-year-old colts, due to be run that afternoon.

Dissdale had actually seen the Guineas at Newmarket and was enthusiastic. "Daisy-cutter action. Positively eats up the ground." He sprayed his opinions good-naturedly to the furthest ear. "Big rangy colt, full of courage."

"Beaten in the Derby, though," Henry said, judiciously responding.

"Well, yes," Dissdale allowed. "But fourth, you know. Not a total disgrace, would you say?"

"He was good as a two-year-old," Henry said, nodding.

"Glory, yes," said Dissdale fervently. "And you can't fault his breeding. By Castle out of an

Ampersand mare. You can't get much better than that.''

Several heads nodded respectfully in ignorance.

"He's my banker," Dissdale said and then spread his arms wide and half-laughed. "OK, we've got a roomful of bankers. But Sandcastle is where I'm putting my money today. Doubling him with my bets in every other race. Trebles. Accumulators. The lot. You all listen to your Uncle Dissdale. Sandcastle is the soundest banker at Ascot." His voice positively shook with evangelical belief. "He simply can't be beaten."

"Betting is out for you, Tim," Lorna Shipton said severely in my ear.

"I'm not my mother," I said mildly.

"Heredity," Lorna said darkly. "And your father drank."

I smothered a bursting laugh and ate my strawberries in good humor. Whatever I'd inherited from my parents it wasn't an addiction to their more expensive pleasures: rather a firm intention never again to lose my record collection to the bailiffs. Those stolid men had taken even the rocking horse on which at the age of six I'd ridden my fantasy Grand Nationals. They'd taken my books, my skis and my camera. Mother had fluttered around in tears saying those things were mine, not hers, and they should leave them, and the men had gone on marching out with all our stuff as if they were deaf. About her own disappearing treasures she had been distraught,

her distress and grief hopelessly mixed with guilt.

I had been old enough at twenty-four to shrug off our actual losses and more or less replace them (except for the rocking horse) but the fury of that day had affected my whole life since: and I had been silent when it happened, white and dumb with rage.

Lorna Shipton removed her disapproval from me long enough to tell Henry not to have cream and sugar on his strawberries or she would have no sympathy if he put on weight, had a heart attack, or developed pimples. Henry looked resignedly at the forbidden delights, which he wouldn't have eaten anyway. God preserve me, I thought, from marrying a Lorna Shipton.

By the coffee-brandy-cigar stage the tranquil seating pattern had broken up into people dashing out to back their hopes in the first race, and I, not much of a gambler whatever Mrs. Shipton might think, had wandered out onto the balcony to watch the Queen's procession of sleek horses, open carriages, gold, glitter and fluttering feathers trotting like a fairy tale up the green course.

"Isn't it *splendid,*" said Judith's voice at my shoulder, and I glanced at the characterful face and met the straight smiling eyes. Damn it to hell, I thought, I'd like to live with Gordon's wife.

"Gordon's gone to bet," she said. "So I thought I'd take the opportunity . . . He's appalled at what happened . . . and we're really grateful to you, you know, for what you did that dreadful day."

I shook my head. "I did nothing, believe me."

"Well, that's half the point. You *said* nothing. In the bank, I mean. Henry says there hasn't been a whisper."

"But . . . I wouldn't."

"A lot of people *would,*" she said. "Suppose you had been that Alec."

I smiled involuntarily. "Alec isn't unkind. He wouldn't have told."

"Gordon says he's as discreet as a town crier."

"Do you want to go down and see the horses?" I asked.

"Yes. It's lovely up here, but too far from life."

We went down to the paddock, saw the horses walk at close quarters round the ring and watched the jockeys mount ready to ride out onto the course. Judith smelled nice. Stop it, I told myself. Stop it.

"That horse over there," I said, pointing, "is the one Calder Jackson said he cured. Cretonne. The jockey in bright pink."

"Are you going to back it?" she asked.

"If you like."

She nodded the yellow silk roses and we lined up in good humor to make the wager. All around us in gray toppers and frothy dresses the Ascot crowd swirled, a feast to the eye in the sunshine, a ritual in make-believe, a suppression of gritty truth. My father's whole life had been a pursuit of the spirit I saw in those Royal Ascot faces; the pursuit and entrapment of happiness.

"What are you thinking?" Judith said. "So solemnly."

"That lotus-eaters do no harm. Let terrorists eat lotus."

"As a steady diet," she said, "it would be sickening."

"On a day like this one could fall in love."

"Yes, one could." She was reading her race card over-intently. "But should one?"

After a pause I said, "No, I don't think so."

"Nor do I." She looked up with seriousness and understanding and with a smile in her mind. "I've known you six years."

"I haven't been faithful," I said.

She laughed and the moment passed, but the declaration had quite plainly been made and in a way accepted. She showed no awkwardness in my continued presence but rather an increase of warmth, and in mutual contentment we agreed to stay in the paddock for the first short race rather than climb all the way up and find it was over by the time we'd reached the box.

The backs of the jockeys disappeared down the course as they cantered to the start, and I said, as a way of conversation, "Who is Dissdale Smith?"

"Oh." She looked amused. "He's in the motor trade. He loves to make a splash, as no doubt you saw, but I don't think he's doing as well as he pretends. Anyway, he told Gordon he was looking for someone to share the expense of this box here and asked if Gordon would be interested in buying half the box for today. He's sold halves

for the other days as well. I don't think he's supposed to, actually, so better say nothing to anyone else."

"No."

"Bettina's his third wife," she said. "She's a model."

"Very pretty."

"And not as dumb as she looks."

I heard the dryness in her voice and acknowledged that I had myself sounded condescending.

"Mind you," Judith said forgivingly, "his second wife was the most gorgeous thing on earth, but without two thoughts to rub together. Even Dissdale got tired of the total vacancy behind the sensational violet eyes. It's all very well to get a buzz when all men light up on meeting your wife, but it rather kicks the stilts away when the same men diagnose total dimness within five minutes and start pitying you instead."

"I can see that. What became of her?"

"Dissdale introduced her to a boy who'd inherited millions and had an IQ on a par with hers. The last I heard they were in a fog of bliss."

From where we stood we couldn't see much of the race, only a head-on view of the horses as they came up to the winning post. In no way did I mind that, and when one of the leaders proved to carry bright pink Judith caught hold of my arm and shook it.

"That's Cretonne, isn't it?" She listened to the announcement of the winner's number. "Do you realize, Tim, that we've damned well won?" She

was laughing with pleasure, her face full of sunshine and wonder.

"Bully for Calder Jackson."

"You don't trust him," she said. "I could see it in all your faces, yours and Henry's and Gordon's. You all have the same way of peering into people's souls: you too, though you're so young. You were all being incredibly polite so that he shouldn't see your reservations."

I smiled. "That sounds disgusting."

"I've been married to Gordon for nine years," she said.

There was again a sudden moment of stillness in which we looked at each other in wordless question and answer. Then she shook her head slightly, and after a pause I nodded acquiescence: and I thought that with a woman so straightforwardly intelligent I could have been content forever.

"Do we collect our winnings now or later?" she asked.

"Now if we wait awhile."

Waiting together for the jockeys to weigh in and the all-clear to be given for the payout seemed as little hardship for her as for me. We talked about nothing much and the time passed in a flash; and eventually we made our way back to the box to find that everyone there too had backed Cretonne and was high with the same success. Calder Jackson beamed and looked modest, and Dissdale expansively opened more bottles of excellent Krug, champagne of kings.

Escorting one's host's wife to the paddock was not merely acceptable but an expected civility, so that it was with a benign eye that Gordon greeted our return. I was both glad and sorry, looking at his unsuspecting friendliness, that he had nothing to worry about. The jewel in his house would stay there and be his alone. Unattached bachelors could lump it.

The whole party, by now markedly carefree, crowded the box's balcony for the big race. Dissdale said he had staked his all on his banker, Sandcastle; and although he said it with a laugh I saw the tremor in his hands, which fidgeted with the race glasses. He's in too deep, I thought. A bad way to bet.

Most of the others, fired by Dissdale's certainty, happily clutched tickets doubling Sandcastle every which way. Even Lorna Shipton, with a pink glow on each bony cheekbone, confessed to Henry that just for once, as it was a special day, she had staked five pounds in forecasts.

"And you, Tim?" Henry teased. "Your shirt?"

Lorna looked confused. I smiled. "Buttons and all," I said cheerfully.

"No, but . . ." Lorna said.

"Yes, but," I said, "I've dozens more shirts at home."

Henry laughed and steered Lorna gently away, and I found myself standing next to Calder Jackson.

"Do you gamble?" I asked, for something to say.

"Only on certainties." He smiled blandly in the way that scarcely warmed his eyes. "Though on certainties it's hardly a gamble."

"And is Sandcastle a certainty?"

He shook his curly head. "A probability. No racing bet's a certainty. The horse might feel ill. Might be kicked at the start."

I glanced across at Dissdale, who was faintly sweating, and hoped for his sake that the horse would feel well and come sweetly out of the stalls.

"Can you tell if a horse is sick just by looking at him?" I inquired. "I mean, if you just watched him walk round the parade ring, could you tell?"

Calder answered in the way that revealed it was again an often-asked question. "Of course sometimes you can see at once, but mostly a horse as ill as that wouldn't have been brought to the races. I prefer to look at a horse closely. To examine for instance the color inside the eyelid and inside the nostril. In a sick horse, what should be a healthy pink may be pallid." He stopped with apparent finality, as if that were the appointed end of that answer, but after a few seconds, during which the whole huge crowd watched Sandcastle stretch out in the sun in the canter to the post, he said almost with awe, "That's a superb horse. Superb." It sounded to me like his first spontaneous remark of the day and it vibrated with genuine enthusiasm.

"He looks great," I agreed.

Calder Jackson smiled as if with indulgence at the shallowness of my judgment compared with

the weight of his inside knowledge. "He should have won the Derby," he said. "He got shut in on the rails, couldn't get out in time."

My place at the great man's side was taken by Bettina, who threaded her arm through his and said, "Dear Calder, come down to the front, you can see better than here at the back." She gave me a photogenic little smile and pulled her captive after her down the steps.

In a buzz that rose to a roar the runners covered their mile-and-a-half journey; longer than the 2,000 Guineas, the same length as the Derby. Sandcastle, in scarlet and white, was making no show at all to universal groans and lay only fifth as the field swept round the last bend, and Dissdale looked as if he might have a heart attack.

Alas for my shirt, I thought. Alas for Lorna's forecasts. Bang goes the banker that can't lose.

Dissdale, unable to watch, collapsed weakly onto one of the small chairs that dotted the balcony, and in the next-door boxes people were standing on top of theirs and jumping up and down and screaming.

"Sandcastle making his move . . ." the commentator's voice warbled over the loud-speakers, but the yells of the crowd drowned the rest.

The scarlet-and-white colors had moved to the outside. The daisy-cutter action was there for the world to see. The superb horse, the big rangy colt full of courage was eating up his ground.

Our box in the grandstand was almost a furlong

down the course from the winning post, and when he reached us Sandcastle still had three horses ahead. He was flying, though, like a streak, and I found the sight of this fluid valor, this all-out striving, most immensely moving and exciting. I grabbed Dissdale by his despairing shoulder and hauled him forcefully to his feet.

"Look," I shouted in his ear. "Watch. Your banker's going to win. He's a marvel. He's a dream."

He turned with a gaping mouth to stare in the direction of the winning post and he saw . . . he saw Sandcastle among the tumult going like a javelin, free now of all the others, aiming straight for the prize.

"He's won," Dissdale's mouth said slackly, though amid the noise I could hardly hear him. "He's bloody won."

I helped him up the steps into the box. His skin was gray and damp and he was stumbling.

"Sit down," I said, pulling out the first chair I came to, but he shook his head weakly and made his shaky way to his own place at the head of the table. He almost fell into it, heavily, and stretched out a trembling hand to his champagne.

"My God," he said, "I'll never do that again. Never on God's earth."

"Do what?"

He gave me a flickering glance over his glass and said, "All on one throw."

All. He'd said it before. "All on the banker . . ." He surely couldn't, I thought, have

meant literally *all;* but not much else could have produced such physical symptoms.

Everyone else piled back into the room with ballooning jollity. Everyone without exception had backed Sandcastle, thanks to Dissdale. Even Calder Jackson, when pressed by Bettina, admitted to "a small something on the Tote. I don't usually, but just this once." And if he'd lost, I thought, he wouldn't have confessed.

Dissdale, from near fainting, climbed rapidly to a pulse-throbbing high, the color coming back to his plump cheeks in a hectic red. No one seemed to have noticed his near-collapse, certainly not his wife, who flirted prettily with the healer and got less than her due response. More wine easily made its way down every throat, and there was no doubt that for the now commingled party the whole day was a riotous success.

In a while Henry offered to take Judith to the paddock. Gordon to my relief invited Lorna, which left me with the mystery lady, Pen Warner, with whom I'd so far exchanged only the thrilling words "How do you do."

"Would you like to go down?" I asked.

"Yes, indeed. But you don't need to stay with me if it's too much bother."

"Are you so insecure?"

There was a quick widening of the eyes and a visible mental shift. "You're damned rude," she said. "And Judith said you were nice."

I let her go past me out onto the landing and smiled as she went. "I should like to stay with

you," I said, "if it's not too much bother."

She gave me a dry look, but as we more or less had to walk in single file along the narrow passageway owing to people going in the opposite direction she said little more until we had negotiated the elevators, the escalators and the pedestrian tunnel and had emerged into the daylight of the paddock.

It was her first time at Ascot, she said. Her first time, in fact, at the races.

"What do you think of it?"

"Very beautiful. Very brave. Quite mad."

"Does sanity lie in ugliness and cowardice?" I asked.

"Life does, pretty often," she said. "Haven't you noticed?"

"And some aren't happy unless they're desperate."

She quietly laughed. "Tragedy inspires, so they say."

"They can stick it," I said. "I'd rather lie in the sun."

We stood on the raised tiers of steps to watch the horses walk round the ring, and she told me that she lived along the road from Judith in another house fronting the common. "I've lived there all my life, long before Judith came. We met casually, as one does, in the local shops, and just walked home together one day several years ago. Been friends ever since."

"Lucky," I said.

"Yes."

"Do you live alone?" I asked conversationally.

Her eyes slid my way with inner amusement. "Yes, I do. Do you?"

I nodded.

"I prefer it," she said.

"So do I."

Her skin was clear and still girlish, the thickened figure alone giving an impression of years passing. That and the look in the eyes, the "I've seen the lot" sadness.

"Are you a magistrate?" I asked.

She looked startled. "No, I'm not. What an odd thing to ask."

I made an apologetic gesture. "You just look as if you might be."

She shook her head. "Wouldn't have time, even if I had the urge."

"But you do do good in the world."

She was puzzled. "What makes you say so?"

"I don't know. The way you look." I smiled to take away any seriousness and said, "Which horse do you like? Shall we choose one and bet?"

"What about Burnt Marshmallow?"

She liked the name, she said, so we stopped briefly at a Tote window and invested some of the winnings from Cretonne and Sandcastle.

During our slow traverse of the paddock crowds on our way back to the box we came towards Calder Jackson, who was surrounded by respectful listeners and didn't see us.

"Garlic is as good as penicillin," he was saying. "If you scatter grated garlic onto a septic wound

it will kill all the bacteria . . ."

We slowed a little to hear.

". . . and comfrey is miraculous," Calder said. "It knits bones and cures intractable skin ulcers in half the time you'd expect."

"He said all that upstairs," I said.

Pen Warner nodded, faintly smiling. "Good sound herbal medicine," she said. "You can't fault him. Comfrey contains allantoin, a well-known cell proliferant."

"Does it? I mean . . . do you know about it?"

"Mm." We walked on, but she said nothing more until we were high up again in the passageway to the box. "I don't know whether you'd think I do good in the world . . . but basically I dole out pills."

"Er . . . ?" I said.

She smiled. "I'm a lady in a white coat. A pharmacist."

I suppose I was in a way disappointed, and she sensed it.

"Well," she sighed, "we can't all be glamorous. I told you life was ugly and frightening, and from my point of view that's often what it is for my customers. I see fear every day . . . and I know its face."

"Pen," I said. "Forgive my frivolity. I'm duly chastened."

We reached the box to find Judith alone there, Henry having loitered to place a bet.

"I told Tim I'm a pharmacist," Pen said. "He thinks it's boring."

I got no further than the first words of protestation when Judith interrupted.

"She's not just 'a' pharmacist," she said. "She owns her own place. Half the medics in London recommend her. You're talking to a walking gold mine with a heart like a wet sponge."

She put her arm around Pen's waist and the two of them together looked at me, their eyes shining with what perhaps looked like liking, but also with the mischievous feminine superiority of being five or six years older.

"Judith!" I said compulsively. "I . . . I . . ." I stopped. "Oh *damn* it," I said. "Have some Krug."

Dissdale's friends returned giggling to disrupt the incautious minute and shortly Gordon, Henry and Lorna crowded in. The whole party pressed out onto the balcony to watch the race, and because it was a time out of reality Burnt Marshmallow romped home by three lengths.

The rest of the afternoon slid fast away. Henry at some point found himself alone out on the balcony beside me while inside the box the table was being spread with a tea that was beyond my stretched stomach entirely and a temptation from which the ever-hungry Henry had bodily removed himself.

"How's your cartoonist?" he said genially. "Are we staking him, or are we not?"

"You're sure . . . I have to decide . . . all alone?"

"I said so. Yes."

"Well . . . I got him to bring some more drawings to the bank. And his paints."

"His *paints?*"

"Yes. I thought if I could see him at work, I'd know . . ." I shrugged. "Anyway, I took him into the private interview room and asked him to paint the outline of a cartoon film while I watched; and he did it, there and then, in acrylics. Twenty-five outline sketches in bright color, all within an hour. Same characters, different story, terrifically funny. That was on Monday. I've been . . . well . . . dreaming about those cartoons. It sounds absurd. Maybe they're too much on my mind."

"But you've decided?"

After a pause I said, "Yes."

"And?"

With a sense of burning bridges I said, "To go ahead."

"All right." Henry seemed unalarmed. "Keep me informed."

"Yes, of course."

He nodded and smoothly changed the subject. "Lorna and I have won quite a bit today. How about you?"

"Enough to give Uncle Freddie fits about the effect on my unstable personality."

Henry laughed aloud. "Your Uncle Freddie," he said, "knows you better than you may think."

At the end of that splendid afternoon the whole party descended together to ground level and made its way to the exit; to the gate that opened

onto the main road, and across that to the car park and to the covered walk that led to the station.

Calder just ahead of me walked in front, the helmet curls bent kindly over Bettina, the strong voice thanking her and Dissdale for "a most enjoyable time." Dissdale himself, not only fully recovered but incoherent with joy as most of his doubles, trebles and accumulators had come up, patted Calder plumply on the shoulder and invited him over to "my place" for the weekend.

Henry and Gordon, undoubtedly the most sober of the party, were fiddling in their pockets for car keys and throwing their race cards into wastebins. Judith and Pen were talking to each other and Lorna was graciously unbending to Dissdale's friends. It seemed to be only I, with unoccupied eyes, who saw at all what was about to happen.

We were out on the pavement, still in a group, half-waiting for a chance to cross the road, soon to break up and scatter. All talking, laughing, busy; except me.

A boy stood there on the pavement, watchful and still. I noticed first the fixed, burning intent in the dark eyes, and quickly after that the jeans and faded shirt, which contrasted sharply with our Ascot clothes, and then finally with incredulity the knife in his hand.

I had almost to guess at whom he was staring with such deadly purpose, and no time even to shout a warning. He moved across the pavement

with stunning speed, the stab already on its upward travel.

I jumped almost without thinking; certainly without assessing conseqences or chances. Most unbankerlike behavior.

The steel was almost in Calder's stomach when I deflected it. I hit the boy's arm with my body in a sort of flying tackle and in a flashing view saw the weave of Calder's trousers, the polish on his shoes, the litter on the pavement. The boy fell beneath me and I thought in horror that somewhere between our bodies he still held that wicked blade.

He writhed under me, all muscle and fury, and tried to heave me off. He was lying on his back, his face just under mine, his eyes like slits and his teeth showing between drawn-back lips. I had an impression of dark eyebrows and white skin and I could hear the breath hissing between his teeth in a tempest of effort.

Both of his hands were under my chest and I could feel him trying to get space enough to up-end the knife. I pressed down onto him solidly with all my weight and in my mind I was saying "Don't do it, don't do it, you bloody fool"; and I was saying it *for his sake,* which seemed crazy to me at the time and even crazier in retrospect. He was trying to do me great harm and all I thought about was the trouble he'd be in if he succeeded.

We were both panting but I was taller and stronger and I could have held him there for a good while longer but for the two policemen who

had been out on the road directing traffic. They had seen the mêlée; seen as they supposed a man in morning dress attacking a pedestrian, seen us struggling on the ground. In any case the first I knew of their presence was the feel of viselike hands fastening onto my arms and pulling me backwards.

I resisted with all my might. I didn't know they were policemen. I had eyes only for the boy: his eyes, his hands, his knife.

With peremptory strength they hauled me off, one of them anchoring my upper arms to my sides by encircling me from behind. I kicked furiously backwards and turned my head, and only then realized that the new assailants wore navy blue.

The boy comprehended the situation in a flash. He rolled over onto his feet, crouched for a split second like an athlete at the blocks and without lifting his head above waist-height slithered through the flow of the crowds still pouring out of the gates and disappeared out of sight inside the racecourse. Through there they would never find him. Through there he would escape to the cheaper rings and simply walk out of the lower gate.

I stopped struggling but the policemen didn't let go. They had no thought of chasing the boy. They were incongruously calling me "sir" while treating me with contempt, which if I'd been calm enough for reflection I would have considered fairly normal.

"For God's sake," I said finally to one of

them. "What do you think that knife's doing on the pavement?"

They looked down to where it lay; to where it had fallen when the boy ran. Eight inches of sharp steel kitchen knife with a black handle.

"He was trying to stab Calder Jackson," I said. "All I did was stop him. Why do you think he's gone?"

By this time Henry, Gordon, Laura, Judith and Pen were standing round in an anxious circle continually assuring the law that never in a million years would their friend attack anyone except out of direst need, and Calder was looking dazed and fingering a slit in the waistband of his trousers.

The farce slowly resolved itself into duller bureaucratic order. The policemen relinquished their hold and I brushed the dirt off the knees of my father's suit and straightened my tangled tie. Someone picked up my tumbled top hat and gave it to me. I grinned at Judith. It all seemed such a ridiculous mixture of death and bathos.

The aftermath took half of the evening and was boring in the extreme: police station, hard chairs, polystyrene cups of coffee.

No, I'd never seen the boy before.

Yes, I was sure the boy had been aiming at Calder specifically.

Yes, I was sure he was only a boy. About sixteen, probably.

Yes, I would know him again. Yes, I would help with an Identikit picture.

No. My fingerprints were positively not on the

knife. The boy had held on to it until he ran.

Yes, of course they could take my prints, in case.

Calder, wholly mystified, repeated over and over that he had no idea who could want to kill him. He seemed scandalized, indeed, at the very idea. The police persisted: most people knew their murderers, they said, particularly when as seemed possible in this case the prospective killer had been purposefully waiting for his victim. According to Mr. Ekaterin the boy had known Calder. That was quite possible, Calder said, because of his television appearances, but Calder had *not* known *him*.

Among some of the police there was a muted quality, among others a sort of defiant aggression, but it was only Calder who rather acidly pointed out that if they hadn't done such a good job of hauling me off, they would now have the boy in custody and wouldn't need to be looking for him.

"You could have asked first," Calder said, but even I shook my head.

If I had indeed been the aggressor I could have killed the boy while the police were asking the onlookers just who was fighting whom. Act first, ask questions after was a policy full of danger, but getting it the wrong way round could be worse.

Eventually we both left the building, Calder on the way out trying his best with unrehearsed words. "Er . . . Tim . . . Thanks are in order . . .

If it hadn't been for you . . . I don't know what to say."

"Say nothing," I said. "I did it without thinking. Glad you're OK."

I had taken it for granted that everyone else would be long gone, but Dissdale and Bettina had waited for Calder, and Gordon, Judith and Pen for me, all of them standing in a group by some cars and talking to three or four strangers.

"We know you and Calder both came by train," Gordon said, walking towards us, "but we decided we'd drive you home."

"You're extraordinarily kind," I said.

"My dear Dissdale . . ." Calder said, seeming still at a loss for words. "So grateful, really."

They made a fuss of him; the endangered one, the lion delivered. The strangers round the cars turned out to be gentlemen of the press, to whom Calder Jackson was always news, alive or dead. To my horror they announced themselves, producing notebooks and a camera, and wrote down everything anyone said, except they got nothing from me because all I wanted to do was shut them up.

As well try to stop an avalanche with an outstretched palm. Dissdale and Bettina and Gordon and Judith and Pen did a diabolical job, which was why for a short time afterwards I suffered from public notoriety as the man who had saved Calder Jackson's life.

No one seemed to speculate about his assailant setting out for a second try.

I looked at my photograph in the papers and wondered if the boy would see it, and know my name.

October

Gordon was back at work with his faintly trembling left hand usually out of sight and unnoticeable.

During periods of activity, as on the day at Ascot, he seemed to forget to camouflage, but at other times he had taken to sitting forwards in a hunched way over his desk with his hand anchored down between his thighs. I thought it a pity. I thought the tremor so slight that none of the others would have remarked on it, either aloud or to themselves, but to Gordon it was clearly a burden.

Not that it seemed to have affected his work. He had come back in July with determination, thanked me briskly in the presence of the others for my stopgapping and taken all major decisions off my desk and back to his.

John asked him, also in the hearing of Alec, Rupert and myself, to make it clear to us that it was he, John, who was the official next-in-line to Gordon, if the need should occur again. He

71

pointed out that he was older and had worked much longer in the bank than I had. Tim, he said, shouldn't be jumping the line.

Gordon eyed him blandly and said that if the need arose no doubt the chairman would take every factor into consideration. John made bitter and audible remarks under his breath about favoritism and unfair privilege, and Alec told him ironically to find a merchant bank where there *wasn't* a nephew or some such on the force.

"Be your age," he said. "Of *course* they want the next generation to join the family business. Why shouldn't they? It's natural." But John was unplacated, and didn't see that his acid grudge against me was wasting a lot of his time. I seemed to be continually in his thoughts. He gave me truly vicious looks across the room and took every opportunity to sneer and denigrate. Messages never got passed on, and clients were given the impression that I was incompetent and only employed out of family charity. Occasionally on the telephone people refused to do business with me, saying they wanted John, and once a caller said straight out, "Are you that playboy they're shoving ahead over better men's heads?"

John's gripe was basically understandable: in his place I'd have been cynical myself. Gordon did nothing to curb the escalating hate campaign and Alec found it funny. I thought long and hard about what to do and decided simply to work harder. I'd see it was very difficult for John to make his allegations stick.

His aggression showed in his body, which was roundedly muscular and looked the wrong shape for a city suit. Of moderate height, he wore his wiry brown hair very short so that it bristled above his collar, and his voice was loud, as if he thought volume equaled authority: and so it might have done in schoolroom or on barracks square, instead of on a civilized patch of carpet.

He had come into banking via business school with high ambitions and good persuasive skills. I sometimes thought he would have made an excellent export salesman, but that wasn't the life he wanted. Alec said that John got his kicks from saying "I am a merchant banker" to pretty girls and preening himself in their admiration.

Alec was a wicked fellow, really, and a shooter of perceptive arrows.

There came a day in October when three whirlwind things happened more or less simultaneously. The cartoonist telephoned; *What's Going On Where It Shouldn't* landed with a thud throughout the City; and Uncle Freddie descended on Ekaterin's for a tour of inspection.

To begin with, the three events were unconnected, but by the end of the day, entwined.

I heard the cartoonist's rapid opening remarks with a sinking heart. "I've engaged three extra animators and I need five more," he said. "Ten isn't nearly enough. I've worked out the amount of increased loan needed to pay them all."

"Wait," I said.

He went right on. "I also need more space, of

course, but luckily that's no problem, as there's an empty warehouse next to this place. I've signed a lease for it and told them you'll be advancing the money, and of course more furniture, more materials . . ."

"*Stop,*" I said distractedly, "you *can't.*"

"What? I can't what?" He sounded, of all things, bewildered.

"You can't just keep on borrowing. You've a limit. You can't go beyond it. Look, for heaven's sake come over here quickly and we'll see what can be undone."

"But you said," his voice said plaintively, "that you'd want to finance later expansion. That's what I'm doing. Expanding."

I thought wildly that I'd be licking stamps for a living as soon as Henry heard. Dear *God* . . .

"*Listen,*" the cartoonist was saying, "we all worked like hell and finished one whole film. Twelve minutes long, dubbed with music and sound effects, everything, titles, the lot. And we did some rough cuts of three others, no music, no frills, but enough . . . and I've sold them."

"You've what?"

"Sold them." He laughed with excitement. "It's solid, I promise you. That agent you sent me to, he's fixed the sale and the contract. All I have to do is sign. It's a major firm that's handling them, and I get a big perpetual royalty. Worldwide distribution, that's what they're talking about, and the BBC are taking them. But we've got to make twenty films in a year from

now, not seven like I meant. Twenty! And if the public like them, that's just the start. Oh, heck, I can't believe it. But to do twenty in the time I need a lot more money. Is it all right? I mean . . . I was so sure . . ."

"Yes," I said weakly. "It's all right. Bring the contract when you've signed it, and new figures, and we'll work things out."

"Thanks," he said. "Thanks, Tim Ekaterin, God bless your darling bank."

I put the receiver down feebly and ran a hand over my head and down the back of my neck.

"Trouble?" Gordon asked, watching.

"Well no, not exactly . . ." A laugh like the cartoonist's rose in my throat. "I backed a winner. I think perhaps I backed a bloody geyser." The laugh broke out aloud. "Did you ever do that?"

"Ah yes," Gordon nodded, "of course."

I told him about the cartoonist and showed him the original set of drawings, which were still stowed in my desk: and when he looked through them, he laughed.

"Wasn't that application on my desk," he said, wrinkling his forehead in an effort to remember, "just before . . . er . . . I was away?"

I thought back. "Yes, it probably was."

He nodded. "I'd decided to turn it down."

"Had you?"

"Mm. Isn't he too young, or something?"

"That sort of talent strikes at birth."

He gave me a brief assessing look and handed

the drawings back. "Well," he said. "Good luck to him."

The news that Uncle Freddie had been spotted in the building rippled through every department and stiffened a good many slouching backbones. Uncle Freddie was given to growling out devastatingly accurate judgments of people in their hearing, and it was not only I who'd found the bank more peaceful (if perhaps also more complacent) when he retired.

He was known as "Mr. Fred" as opposed to "Mr. Mark" (grandfather) and "Mr. Paul," the founder. No one ever called me "Mr. Tim"; sign of the changing times. If true to form Uncle Freddie would spend the morning in Investment Management, where he himself had worked all his office life, and after lunch in the boardroom would put at least his head into Corporate Finance, to be civil, and end with a march through Banking. On the way, by some telepathic process of his own, he would learn what moved in the bank's collective mind; sniff, as he had put it, the prevailing scent on the wind.

He had already arrived when the copies of *What's Going On* hit the fan.

Alec as usual slipped out to the local paper shop at about the time they were delivered there and returned with the six copies the bank officially sanctioned. No one in the City could afford not to know about What was Going On on their own doorstep.

Alec shunted around delivering one copy to each floor and keeping ours to himself to read first, a perk he said he deserved.

"Your uncle," he reported on his return, "is beating the shit out of poor Ted Lorrimer in Investments for failing to sell Winkler Consolidated when even a squint-eyed baboon could see it was overstretched in its Central American operation, and a neck sticking out asking for the comprehensive chop."

Gordon chuckled mildly at the verbatim reporting, and Alec sat at his desk and opened the paper. Normal office life continued for perhaps five more minutes before Alec shot to his feet as if he'd been stung.

"Jes-us *Christ,*" he said.

"What is it?"

"Our leaker is at it again."

"What?" Gordon said.

"You'd better read it." He took the paper across to Gordon, whose preliminary face of foreboding turned slowly to anger.

"It's disgraceful," Gordon said. He made as if to pass the paper to me, but John, on his feet, as good as snatched it out of his hand.

"I should come first," he said forcefully, and took the paper over to his own desk, sitting down methodically and spreading the paper open on the flat surface to read. Gordon watched him impassively and I said nothing to provoke. When John at his leisure had finished, showing little reaction but a tightened mouth, it was Rupert he

gave the paper to, and Rupert, who read it with small gasps and widening eyes, who brought it eventually to me.

"It's bad," Gordon said.

"So I gather." I lolled back in my chair and lifted the offending column to eye level. Under a heading of *"Dinky Dirty Doings"* it said:

It is perhaps not well known to readers that in many a merchant bank two thirds of the annual profits come from interest on loans. Investment and Trust management and Corporate Finance departments are the public faces and glamour machines of these very private banks. Their investments (of other people's money) in the stock market and their entrepreneurial role in mergers and takeovers earn the spotlight year by year in the City Pages.

Below stairs, so to speak, lies the tail that wags the dog, the secretive Banking department, which quietly lends from its own deep coffers and rakes in vast profits in the shape of interest at rates they can set to suit themselves.

These rates are not necessarily high.

Who in Paul Ekaterin Ltd. has been effectively lending to himself small fortunes from these coffers at FIVE percent? Who in Paul Ekaterin Ltd. has set up private companies, which are NOT carrying on the business for which the money has ostensibly been loaned? Who has not declared that these companies are his?

The man-in-the-street (poor slob) would be delighted to get unlimited cash from Paul Ekaterin

Ltd. at five percent so that he could invest it in something else for more.

Don't Bankers have a fun time?

I looked up from the damaging page and across at Alec, and he was, predictably, grinning.

"I wonder who's had his hand in the cookie jar," he said.

"And who caught it there?" I asked.

"Wow, yes."

Gordon said bleakly, "This is very serious."

"If you believe it," I said.

"But this paper . . ." he began.

"Yeah," I interrupted. "It had a dig at us before, remember? Way back in May. Remember the flap everyone got into?"

"I was at home . . . with flu."

"Oh, yes. Well, the furor went on here for ages and no one came up with any answers. This column today is just as unspecific. So . . . supposing all it's designed to do is stir up trouble for the bank? Who's got it in for us? To what raving nut have we for instance refused a loan?"

Alec was regarding me with exaggerated wonder. "Here we have Sherlock Holmes to the rescue," he said admiringly. "Now we can all go out to lunch."

Gordon, however, said thoughtfully, "It's perfectly possible, though, to set up a company and lend it money. All it would take would be paperwork. I could do it myself. So could anyone here, I suppose, up to his authorized ceiling, if he thought he could get away with it."

John nodded. "It's ridiculous of Tim and Alec to make a joke of this," he said importantly. "The very reputation of the bank is at stake."

Gordon frowned, stood up, took the paper off my desk, and went along to see his almost-equal in the room facing St. Paul's. Spreading consternation, I thought; bringing out cold sweats from palpitating banking hearts.

I ran a mental eye over everyone in the whole department who could possibly have had enough power along with the opportunity, from Val Fisher all the way down to myself; and there were twelve, perhaps, who could theoretically have done it.

But . . . not Rupert, with his sad mind still grieving, because he would not have had the appetite or energy for fraud.

Not Alec, surely; because I liked him.

Not John: too self-regarding.

Not Val, not Gordon, unthinkable. Not myself.

That left the people along in the other pasture, and I didn't know them well enough to judge. Maybe one of them did believe that a strong fiddle on the side was worth the ruin of discovery, but all of us were already generously paid, perhaps for the very reason that temptations would be more likely to be resisted if we weren't scratching around for the money for the gas.

Gordon didn't return. The morning limped down to lunchtime, when John bustled off announcing he was seeing a client, and Alec encouraged Rupert to go out with him for a pie

and pint. I'd taken to working through lunch because of the quietness, and I was still there alone at two o'clock when Peter, Henry's assistant, came and asked me to go up to the top floor, because I was wanted.

Uncle Freddie, I thought. Uncle Freddie's read the rag and will be exploding like a warhead. In some way he'll make it out to be my fault. With a gusty sigh I left my desk and took the elevator to face the old warrior, with whom I had never in my life felt easy.

He was waiting in the top-floor hallway, talking to Henry. Both of them, at six foot three, overtopped me by three inches. Life would never have been as ominous, I thought, if Uncle Freddie had been small.

"Tim," Henry said when he saw me, "go along to the small conference room, will you?"

I nodded and made my way to the room next to the boardroom where four or five chairs surrounded a square polished table. A copy of *What's Going On* lay there, already dog-eared from many thumbs.

"Now Tim," said my uncle, coming into the room behind me, "do you know what all this is about?"

I shook my head and said "No."

My uncle growled in his throat and sat down, waving Henry and myself to seats. Henry might be chairman, might indeed in office terms have been Uncle Freddie's boss, but the white-haired old tyrant still personally owned the leasehold of

the building itself and from long habit treated everyone in it as guests.

Henry absently fingered the newspaper. "What do you think?" he said to me. "*Who* . . . do you think?"

"It might not be anyone."

He half-smiled. "A stirrer?"

"Mm. Not a single concrete detail. Same as last time."

"Last time," Henry said, "I asked the paper's editor where he got his information from. Never reveal sources, he said. Useless asking again."

"Undisclosed sources," Uncle Freddie said, "never trust them."

Henry said, "Gordon says you can find out, Tim, how many concerns, if any, are borrowing from us at five percent. There can't be many. A few from when interest rates were low. The few who got us in the past to agree to a long-term fixed rate." The few, though he didn't say so, from before his time, before he put an end to such unprofitable straightjackets. "If there are more recent ones among them, could you spot them?"

"I'll look," I said.

We both knew it would take days rather than hours and might produce no results. The fraud, if it existed, could have been going on for a decade. For half a century. Successful frauds tended to go on and on unnoticed, until someone tripped over them by accident. It might almost be easier to find out who had done the tripping, and why he'd told

the paper instead of the bank.

"Anyway," Henry said, "that isn't primarily why we asked you up here."

"No," said my uncle, grunting. "Time you were a director."

I thought: I didn't hear that right.

"Er . . . what?" I said.

"A director. A director," he said impatiently. "Fellow who sits on the board. Never heard of them, I suppose."

I looked at Henry, who was smiling and nodding.

"But," I said, "so soon . . ."

"Don't you want to, then?" demanded my uncle.

"Yes, I do."

"Good. Don't let me down. I've had my eye on you since you were eight."

I must have looked as surprised as I felt.

"You told me then," he said, "how much you had saved, and how much you would have if you went on saving a pound a month at four percent compound interest for forty years, by which time you would be very old. I wrote down your figures and worked them out, and you were right."

"It's only a formula," I said.

"Oh, sure. You could do it now in a drugged sleep. But at *eight?* You'd inherited the gift, all right. You were just robbed of the inclination." He nodded heavily. "Look at your father. My little brother. Got drunk nicely, never a mean thought, but hardly there when the brains were

handed out. Look at the way he indulged your mother, letting her gamble like that. Look at the life he gave you. All pleasure, regardless of cost. I despaired of you at times. Thought you'd been ruined. But I knew the gift was there somewhere, might still be dormant, might grow if forced. So there you are, I was right."

I was pretty well speechless.

"We all agree," Henry said. "The whole board was unanimous at our meeting this morning that it's time another Ekaterin took his proper place."

I thought of John, and of the intensity of rage my promotion would bring forth.

"Would you," I said slowly, "have given me a directorship if my name had been Joe Bloggs?"

Henry levelly said, "Probably not this very day. But soon, I promise you, yes. You're almost thirty-three, after all, and I was on the board here at thirty-four."

"Thank you," I said.

"Rest assured," Henry said. "You've earned it." He stood up and formally shook hands. "Your appointment officially starts as of the first of November, a week today. We will welcome you then to a short meeting in the boardroom, and afterwards to lunch."

They must both have seen the depth of my pleasure, and they themselves looked satisfied. Hallelujah, I thought, I've made it. I've got there . . . I've barely started.

Gordon went down with me in the elevator, also smiling.

"They've all been dithering about it on and off for months," he said. "Ever since you took over from me when I was ill, and did OK. Anyway I told them this morning about your news from the cartoonist. Some of them said it was just lucky. I told them you'd now been lucky too often for it to be a coincidence. So there you are."

"I can't thank you . . ."

"It's your own doing."

"John will have a fit."

"You've coped all right so far with his envy."

"I don't like it, though," I said.

"Who would? Silly man, he's doing his career no good."

Gordon straightaway told everyone in the office, and John went white and walked rigidly out of the room.

I went diffidently a week later to the induction and to the first lunch with the board, and then in a few days, as one does, I got used to the change of company and to the higher level of information. In the departments one heard about the decisions that had been made: in the dining room one heard the decisions being reached. "Our daily board meeting," Henry said. "So much easier this way when everyone can simply say what they think without anyone taking notes."

There were usually from ten to fifteen directors at lunch, although at a pinch the elongated oval table could accommodate the full complement of twenty-three. People would vanish at any moment

to answer telephone calls, and to deal. Dealing, the buying and selling of stocks, took urgent precedence over food.

The food itself was no great feast, though perfectly presented. "Always lamb on Wednesdays," Gordon said at the buffet table as he took a couple from a row of trimmed lean cutlets. "Some sort of chicken on Tuesdays, beef wellington most Thursdays. Henry never eats the crust." Each day there was a clear soup before and fruit and cheese after. Alcohol if one chose, but most of them didn't. No one should deal in millions whose brain wanted to sleep, Henry said, drinking Malvern water steadily. Quite a change, all of it, from a rough-hewn sandwich at my desk.

They were all polite about my failure to discover "paper" companies to whom the bank had been lending at five percent, although Val and Henry, I knew, shared my own view that the report originated from malice and not from fact.

I had spent several days in the extra-wide office at the back of our floor, where the more mechanical parts of the banking operation were carried on. There in the huge expanse (gray carpet, this time) were row upon row of long desks whose tops were packed with telephones, adding machines and above all computers.

From there went out our own interest checks to the depositors who had lent us money for us to lend to things like "Home-made Heaven cakes" and "Water Purification" plants in Norfolk. Into there came the interest paid *to* us by cakes and

water and cartoonists and ten thousand such. Machines clattered, phone bells rang, people hurried about.

Many of the people working there were girls, and it had often puzzled me why there were so few women among the managers. Gordon said it was because few women wanted to commit their whole lives to making money and John (in the days when he was speaking to me) said with typical contempt that it was because they preferred to spend it. In any case, there were no female managers in Banking, and none at all on the board.

Despite that, my best helper in the fraud search proved to be a curvy redhead called Patty who had taken the *What's Going On* article as a personal affront, as had many of her colleagues.

"No one could do that under our noses," she protested.

"I'm afraid they could. You know they could. No one could blame any of you for not spotting it."

"Well . . . . where do we start?"

"With all the borrowers paying a fixed rate of five percent. Or perhaps four percent, or five point seven five, or six or seven. Who knows if five is right?"

She looked at me frustratedly with wide amber eyes. "But we haven't got them sorted like that."

Sorted, she meant, on the computer. Each loan transaction would have its own agreement, which in itself could originally range from one single slip

of paper to a contract of fifty pages, and each agreement should say at what rate the loan interest was to be levied, such as two above the current official minimum. There were thousands of such agreements typed onto and stored on computer discs. One could retrieve any one transaction by its identifying number, or alphabetically, or by the dates of commencement, or full term, or by the date when the next interest payment was due, but if you asked the computer who was paying at what percent you'd get a blank screen and the microchip version of a raspberry.

"You can't sort them out by rates," she said. "The rates go up and down like seesaws."

"But there must still be some loans being charged interest at a fixed rate."

"Well . . . yes."

"So when you punch in the new interest rate the computer adjusts the interest due on almost all the loans but doesn't touch those with a fixed rate."

"I suppose that's right."

"So somewhere in the computer there must be a code which tells it when not to adjust the rates."

She smiled sweetly and told me to be patient, and half a day later produced a cheerful-looking computer programmer to whom the problem was explained.

"Yeah, there's a code," he said. "I put it there myself. What you want, then, is a program that will print out all the loans that have the code attached. That right?"

We nodded. He worked on paper for half an hour with a much-chewed pencil and then typed rapidly onto the computer, pressing buttons and being pleased with the results.

"You leave this program on here," he said. "Then feed in the discs, and you'll get the results on that line-printer over there. And I've written it all out for you tidily in pencil, in case someone switches off your machine. Then just type it all in again, and you're back in business."

We thanked him and he went away whistling, the aristocrat among ants.

The line-printer clattered away on and off for hours as we fed through the whole library of discs, and it finally produced a list of about a hundred of the ten-digit numbers used to identify an account.

"Now," Patty said undaunted, "do you want a complete printout of all the original agreements for those loans?"

"I'm afraid so, yes."

"Hang around."

It took two days even with her help to check through all the resulting paper and by the end I couldn't spot any companies there that had no known physical existence, though short of actually tramping to all the addresses and making an on-the-spot inquiry, one couldn't be sure.

Henry, however, was against the expenditure of time. "We'll just be more vigilant," he said. "Design some more safeguards, more tracking devices. Could you do that, Tim?"

"I could, with that programmer's help."

"Right. Get on with it. Let us know."

I wondered aloud to Patty whether someone in her own department, not one of the managers, could set up such a fraud, but once she'd got over her instinctive indignation she shook her head.

"Who would bother? It would be much simpler . . . in fact it's almost dead easy . . . to feed in a mythical firm who has lent *us* money, and to whom we are paying interest. Then the computer goes on sending out interest checks forever, and all the crook has to do is cash them."

Henry, however, said we had already taken advice on that one, and the "easy" route had been plugged by systematic checks by the auditors.

The paper-induced rumpus again gradually died down and became undiscussed if not forgotten. Life in our plot went on much as before with Rupert slowly recovering, Alec making jokes and Gordon stuffing his left hand anywhere out of sight. John continued to suffer from his obsession, not speaking to me, not looking at me if he could help it, and apparently telling clients outright that my promotion was a sham.

"Cosmetic, of course," Alec reported his saying on the telephone. "Makes the notepaper heading look impressive. Means nothing in real terms, you know. Get through to me, I'll see you right."

"He said all that?" I asked.

"Word for word." Alec grinned. "Go and bop

90

him on the nose.''

I shook my head, however, and wondered if I should get myself transferred along to the St. Paul's-facing office. I didn't want to go, but it looked as if John wouldn't recover his balance unless I did. If I tried to get John himself transferred, would it make things that much worse?

I was gradually aware that Gordon, and behind him Henry, were not going to help, their thought being that I was a big boy now and should be able to resolve it myself. It was a freedom that brought responsibility, as all freedoms do, and I had to consider that for the bank's sake John needed to be a sensible member of the team.

I thought he should see a psychiatrist. I got Alec to say it to him lightly as a joke, out of my hearing (''what you need, old pal, is a friendly shrink''), but to John his own anger appeared rational, not a matter for treatment.

I tried saying to him straight, "Look, John, I know how you feel. I know you think my promotion isn't fair. Well, maybe it is, maybe it isn't, but either way I can't help it. You'll be a lot better off if you just face things and forget it. You're good at your job, we all know it, but you're doing yourself no favors with all this bellyaching. So shut up, accept that life's bloody, and let's lend some money.''

It was a homily that fell on a closed mind, and in the end it was some redecorating that came to the rescue. For a week while painters rewhitened

our walls the five of us in the fountain-facing office squeezed into the other one, desks jammed together in every corner, phone calls made with palms pressed to ears against the noise and even normally placid tempers itching to snap. Overcrowd the human race, I thought, and you always got a fight. In distance lay peace.

Anyway, I used the time to do some surreptitious persuasion and shuffling, so that when we returned to our own patch both John and Rupert stayed behind. The two oldest men from the St. Paul's office came with Gordon, Alec and myself, and Gordon's almost-equal obligingly told John that it was great to be working again with a younger team of bright energetic brains.

November

Val Fisher said at lunch one day, "I've received a fairly odd request." (It was a Friday: grilled fish.)

"Something new?" Henry asked.

"Yes. Chap wants to borrow five million pounds to buy a racehorse."

Everyone at the table laughed except Val himself.

"I thought I'd toss it at you," he said. "Kick it around some. See what you think."

"What horse?" Henry said.

"Something called Sandcastle."

Henry, Gordon and I all looked at Val with sharpened attention; almost perhaps with eagerness.

"Mean something to you three, does it?" he said, turning his head from one to the other of us.

Henry nodded. "That day we all went to Ascot. Sandcastle ran there, and won. A stunning performance. Beautiful."

Gordon said reminiscently, "The man whose box we were in saved his whole business on that

race. Do you remember Dissdale, Tim?"

"Certainly do."

"I saw him a few weeks ago. On top of the world. God knows how much he won."

"Or how much he staked," I said.

"Yes, well," Val said. "Sandcastle. He won the 2,000 Guineas, as I understand, and the King Edward VII Stakes at Royal Ascot. Also the 'Diamond' Stakes in July, and the Champion Stakes at Newmarket last month. This is, I believe, a record second only to winning the Derby or the Arc de Triomphe. He finished fourth, incidentally, in the Derby. He could race next year as a four-year-old, but if he flopped his value would be less than it is at the moment. Our prospective client wants to buy him now and put him to stud."

The rest of the directors got on with their filets of sole while listening interestedly with eyes and ears. A stallion made a change, I supposed, from chemicals, electronics and oil.

"Who is our client?" Gordon asked. Gordon liked fish. He could eat it right-handed with his fork, in no danger of shaking it off between plate and mouth.

"A man called Oliver Knowles," Val said. "He owns a stud farm. He got passed along to me by the horse's trainer, whom I know slightly because of our wives' being distantly related. Oliver Knowles wants to buy, the present owner is willing to sell. All they need is the cash." He smiled. "Same old story."

"What's your view?" Henry said.

Val shrugged his well-tailored shoulders. "Too soon to have one of any consequence. But I thought, if it interested you at all, we could ask Tim to do a preliminary look-see. He has a background, after all, a lengthy acquaintance, shall we say, with racing."

There was a murmur of dry amusement round the table.

"What do you think?" Henry asked me.

"I'll certainly do it if you like."

Someone down the far end complained that it would be a waste of time and that merchant banks of our stature should not be associated with the Turf.

"Our own dear Queen," someone said ironically, "is associated with the Turf. And knows the Stud Book backwards, so they say."

Henry smiled. "I don't see why we shouldn't at least look into it." He nodded in my direction. "Go ahead, Tim. Let us know."

I spent the next few working days alternately chewing pencils with the computer programmer and joining us to a syndicate with three other banks to lend twelve point four million pounds short term at high interest to an international construction company with a gap in its cash flow. In between those I telephoned around for information and opinions about Oliver Knowles, in the normal investigative preliminaries to any loan for anything, not only for a hair-raising

price for a stallion.

Establishing a covenant, it was called. Only if the covenant was sound would any loan be further considered.

Oliver Knowles, I was told, was a sane, sober man of forty-one with a stud farm in Hertfordshire. There were three stallions standing there with ample provision for visiting mares, and he owned the one hundred and fifty acres outright, having inherited them on his father's death.

When talking to local bank managers one listened attentively for what they left out, but Oliver Knowles' bank manager left out not much. Without in the least discussing his client's affairs in detail he said that occasional fair-sized loans had so far been paid off as scheduled and that Mr. Knowles' business sense could be commended. A rave notice from such a source.

"Oliver Knowles?" a racing acquaintance from the long past said. "Don't know him myself. I'll ask around," and an hour later called back with the news. "He seems to be a good guy but his wife's just buggered off with a Canadian. He might be a secret wife-beater, who can tell? Otherwise the gen is that he's as honest as any horse-breeder, which you can take as you find it, and how's your mother?"

"She's fine, thanks. She remarried last year. Lives in Jersey."

"Good. Lovely lady. Always buying us ice creams. I adored her."

I put the receiver down with a smile and tried a

credit rating agency. No black marks, they said: the Knowles credit was good.

I told Gordon across the room that I seemed to be getting nothing but green lights, and at lunch that day repeated the news to Henry. He looked around the table, collecting a few nods, a few frowns and a great deal of indecision.

"We couldn't carry it all ourselves, of course," Val said. "And it isn't exactly something we could go to our regular sources with. They'd think us crackers."

Henry nodded. "We'd have to canvass friends for private money. I know a few people here or there who might come in. Two million, I think, is all we should consider ourselves. Two and a half at the outside."

"I don't approve," a dissenting director said. "It's madness. Suppose the damn thing broke its leg?"

"Insurance," Henry said mildly.

Into a small silence I said, "If you felt like going into it further I could get some expert views on Sandcastle's breeding, and then arrange blood and fertility tests. And I know it's not usual with loans, but I do think someone like Val should go and personally meet Oliver Knowles and look at his place. It's too much of a risk to lend such a sum for a horse without going into it extremely carefully."

"Just listen to who's talking," said the dissenter, but without ill-will.

"Mm," Henry said, considering. "What do

you think, Val?"

Val Fisher smoothed a hand over his always smooth face. "Tim should go," he said. "He's done the groundwork, and all I know about horses is that they eat grass."

The dissenting director almost rose to his feet with the urgency of his feelings.

"Look," he said, "all this is ridiculous. How can we possibly finance a *horse?*"

"Well, now," Henry answered. "The breeding of thoroughbreds is big business, tens of thousands of people round the world make their living from it. Look upon it as an industry like any other. We gamble here on shipbuilders, motors, textiles, you name it, and all of those can go bust. And none of them," he finished with a near-grin, "can procreate in their own image."

The dissenter heavily shook his head. "Madness. Utter madness."

"Go and see Oliver Knowles, Tim," Henry said.

Actually I thought it prudent to bone up on the finances of breeding in general before listening to Oliver Knowles himself, as I would then have a better idea whether what he was proposing was sensible or not.

I didn't myself know anyone who knew much on the subject, but one of the beauties of merchant banking was the ramification of people who knew people who knew people who could find someone with the information that was

wanted. I sent out the question-mark smoke signal and from distant out-of-sight mountaintops the answer puff-puffed back.

Ursula Young, I was told, would put me right. "She's a bloodstock agent. Very sharp, very talkative, knows her stuff. She used to work on a stud farm, so you've got it every which way. She says she'll tell you anything you want, only if you want to see her in person this week it will have to be at Doncaster races on Saturday, she's too busy to spend the time else."

I went north to Doncaster by train and met the lady at the racecourse, where the last Flat meeting of the year was being held. She was waiting as arranged by the entrance to the Members' Club and wearing an identifying red velvet beret, and she swept me off to a secluded table in a bar where we wouldn't be interrupted.

She was fifty, tough, good-looking, dogmatic and inclined to treat me as a child. She also gave me a patient and invaluable lecture on the economics of owning a stallion.

"Stop me," she said to begin with, "if I say something you don't understand."

I nodded.

"All right. Say you own a horse that's won the Derby and you want to capitalize on your gold mine. You judge what you think you can get for the horse, then you divide that by forty and try to sell each of the forty shares at that price. Maybe you can, maybe you can't. It depends on the horse. With Troy, now, they were lining up. But

if your winner isn't frightfully well bred or if it made little show *except* in the Derby you'll get a cool response and have to bring the price down. OK so far?"

"Um," I said. "Why only forty shares?"

She looked at me in amazement. "You don't know a *thing,* do you?"

"That's why I'm here."

"Well, a stallion covers forty mares in a season, and the season, incidentally, lasts roughly from February to June. The mares come to *him,* of course. He doesn't travel, he stays put at home. Forty is just about average; physically I mean. Some can do more, but others get exhausted. So forty is the accepted number. Now, say you have a mare and you've worked out that if you mate her with a certain stallion you might get a top-class foal, you try to get one of those forty places. The places are called nominations. You apply for a nomination, either directly to the stud where the stallion is standing, or through an agent like me, or even by advertising in a breeders' newspaper. Follow?"

"Gasping," I nodded.

She smiled briefly. "People who invest in stallion shares sometimes have broodmares of their own they want to breed from." She paused. "Perhaps I should have explained more clearly that everyone who owns a share automatically has a nomination to the stallion every year."

"Ah," I said.

"Yes. So say you've got your share and

consequently your nomination but you haven't a mare to send to the stallion, then you sell your nomination to someone who *has* a mare, in the ways I already described."

"I'm with you."

"After the first three years the nominations may vary in price and in fact are often auctioned, but of course for the first three years the price is fixed."

"Why of course?"

She sighed and took a deep breath. "For three years no one knows whether the progeny on the whole are going to be winners or not. The gestation period is eleven months, and the first crop of foals don't race until they're two. If you work it out, that means that the stallion has stood for three seasons, and therefore covered a hundred and twenty mares, before the crunch."

"Right."

"So to fix the stallion fee for the first three years you divide the price of the stallion by one hundred and twenty, and that's it. That's the fee charged for the stallion to cover a mare. That's the sum you receive if you sell your nomination."

I blinked.

"That means," I said, "that if you sell your nomination for three years you have recovered the total amount of your original investment?"

"That's right."

"And after that . . . every time, every year you sell your nomination, it's clear profit?"

"Yes. But taxed, of course."

"And how long does that go on?"

She shrugged. "Ten to fifteen years. Depends on the stallion's potency."

"But that's . . ."

"Yes," she said. "One of the best investments on earth."

The bar had filled up behind us with people crowding in, talking loudly, and breathing on their fingers against the chill of the raw day outside. Ursula Young accepted a warmer in the shape of whisky and ginger wine, while I had coffee.

"Don't you drink?" she asked with mild disapproval.

"Not often in the daytime."

She nodded vaguely, her eyes scanning the company, her mind already on her normal job. "Any more questions?" she asked.

"I'm bound to think of some the minute we part."

She nodded. "I'll be here until the end of racing. If you want me, you'll see me near the weighing room after each race."

We were on the point of standing up to leave when a man whose head one could never forget came into the bar.

"Calder Jackson!" I exclaimed.

Ursula casually looked. "So it is."

"Do you know him?" I asked.

"Everyone does." There was almost a conscious neutrality in her voice, as if she didn't

want to be caught with her thoughts showing. The same response, I reflected, that he had drawn from Henry and Gordon and me.

"You don't like him?" I suggested.

"I feel nothing either way." She shrugged. "He's part of the scene. From what people say, he's achieved some remarkable cures." She glanced at me briefly. "I suppose you've seen him on television, extolling the value of herbs?"

"I met him," I said, "at Ascot, back in June."

"One tends to." She got to her feet, and I with her, thanking her sincerely for her help.

"Think nothing of it," she said. "Any time." She paused. "I suppose it's no use asking what stallion prompted this chat?"

"Sorry . . . no. It's on behalf of a client."

She smiled slightly. "I'm here if he needs an agent."

We made our way towards the door, a path, I saw, which would take us close to Calder. I wondered fleetingly whether he would know me, remember me after several months. I was after all not as memorable as himself, just a standard-issue six foot with eyes, nose and mouth in roughly the right places, dark hair on top.

"Hello Ursula," he said, his voice carrying easily through the general din. "Bitter cold day."

"Calder." She nodded acknowledgment.

His gaze slid to my face, dismissed it, focused again on my companion. Then he did a classic double-take, his eyes widening with recognition.

"Tim," he said incredulously. "Tim . . ." he

flicked his fingers to bring the difficult name to mind ". . . Tim Ekaterin!"

I nodded.

He said to Ursula, "Tim, here, saved my life."

She was surprised until he explained, and then still surprised I hadn't told her. "I read about it, of course," she said. "And congratulated you, Calder, on your escape."

"Did you ever hear any more," I asked him. "From the police, or anyone?"

He shook his curly head. "No, I didn't."

"The boy didn't try again?"

"No."

"Did you really have no idea where he came from?" I said. "I know you told the police you didn't know, but . . . well . . . you just might have done."

He shook his head very positively, however, and said, "If I could help to catch the little bastard I'd do it at once. But I don't know who he was. I hardly saw him properly, just enough to know I didn't know him from Satan."

"How's the healing?" I said. "The tingling touch."

There was a brief flash in his eyes as if he had found the question flippant and in bad taste, but perhaps mindful that he owed me his present existence he answered civilly. "Rewarding," he said. "Heartwarming."

Standard responses, I thought. As before.

"Is your yard full, Calder?" Ursula asked.

"Always a vacancy if needed," he replied

hopefully. "Have you a horse to send me?"

"One of my clients has a two-year-old that looks ill and half-dead all the time, to the despair of the trainer, who can't get it fit. She—my client—was mentioning you."

"I've had great success with that sort of general debility."

Ursula wrinkled her forehead in indecision. "She feels Ian Pargetter would think her disloyal if she sent you her colt. He's been treating him for weeks, I think, without success."

Calder smiled reassuringly. "Ian Pargetter and I are on good terms, I promise you. He's even persuaded owners himself sometimes to send me their horses. Very good of him. We talk each case over, you know, and act in agreement. After all, we both have the recovery of the patient as our prime objective." Again the swift impression of a statement often needed.

"Is Ian Pargetter a vet?" I asked incuriously.

They both looked at me.

"Er . . . yes," Calder said.

"One of a group practice in Newmarket," Ursula added. "Very forward-looking. Tries new things. Dozens of trainers swear by him."

"Just ask him, Ursula," Calder said. "Ian will tell you he doesn't mind owners sending me their horses. Even if he's a bit closed-minded about the laying on of hands, at least he trusts me not to make the patient worse." It was said as a self-deprecating joke, and we all smiled. Ursula Young and I in a moment or two walked on and out of

the bar, and behind us we could hear Calder politely answering another of the everlasting questions.

"Yes," he was saying, "one of my favorite remedies for a prolonged cough in horses is licorice root boiled in water with some figs. You strain the mixture and stir it into the horse's normal feed . . ."

The door closed behind us and shut him off.

"You'd think he'd get tired of explaining his methods," I said. "I wonder he never snaps."

The lady said judiciously, "Calder depends on television fame, good public relations and medical success, roughly in that order. He owns a yard with about thirty boxes on the outskirts of Newmarket—it used to be a regular training stables before he bought it—and the yard's almost always full. Short-term and long-term crocks, all sent to him either from true belief or as a last resort. I don't pretend to know anything about herbalism, and as for supernatural healing powers . . ." She shook her head. "But there's no doubt that whatever his methods, horses do usually seem to leave his yard in a lot better health than when they went in."

"Someone at Ascot said he'd brought dying horses back to life."

"Hmph."

"You don't believe it?"

She gave me a straight look, a canny business-woman with a lifetime's devotion to thorough-breds.

"Dying," she said, "is a relative term when it doesn't end in death."

I made a nod into a slight bow of appreciation.

"But to be fair," she said, "I know for certain that he totally and permanently cured a ten-year-old broodmare of colitis X, which has a habit of being fatal."

"They're not all horses in training, then, that he treats?"

"Oh, no, he'll take anybody's pet from a pony to an event horse. Show jumpers, the lot. But the horse has to be worth it, to the owner, I mean. I don't think Calder's hospital is terribly cheap."

"Exorbitant?"

"Not that I've heard. Fair, I suppose, if you consider the results."

I seemed to have heard almost more about Calder Jackson than I had about stallion shares, but I did after all have a sort of vested interest. One tended to want a life one had saved to be of positive use in the world. Illogical, I daresay, but there it was. I was pleased that it was true that Calder cured horses, albeit in his own mysterious unorthodox ways: and if I wished that I could warm to him more as a person, that was unrealistic and sentimental.

Ursula Young went off about her business, and although I caught sight of both her and Calder during the afternoon, I didn't see them again to speak to. I went back to London on the train, spent two hours of Sunday morning on the telephone, and early Sunday afternoon drove off

to Hertfordshire in search of Oliver Knowles.

He lived in a square hundred-year-old stark red brick house that to my taste would have been friendlier if softened by trailing creeper. Blurred outlines, however, were not in Oliver Knowles' soul: a crisp bare tidiness was apparent in every corner of his spread.

His land was divided into a good number of paddocks of various sizes, each bordered by an immaculate fence of white rails; and the upkeep of those, I judged, as I pulled up on the weedless gravel before the front door, must alone cost a fortune. There was a scattering of mares and foals in the distance in the paddocks, mostly heads down to the grass, sniffing out the last tender shoots of the dying year. The day itself was cold with a muted sun dipping already towards distant hills, the sky quiet with the grayness of coming winter, the damp air smelling of mustiness, wood smoke and dead leaves.

There were no dead leaves as such to be seen. No flower beds, no ornamental hedges, no nearby trees. A barren mind, I thought, behind a business whose aim was fertility and the creation of life.

Oliver Knowles himself opened his front door to my knock, proving to be a pleasant lean man with an efficient, cultured manner of authority and politeness. Accustomed to command, I diagnosed. Feels easy with it; second nature. Positive, straightforward, self-controlled. Charming also, in an understated way.

"Mr. Ekaterin?" he shook hands, smiling. "I must confess I expected someone . . . older."

There were several answers to that, such as "time will take care of it" and "I'll be older tomorrow," but nothing seemed appropriate. Instead I said "I report back" to reassure him, which it did, and he invited me into his house.

Predictably the interior was also painfully tidy, such papers and magazines as were to be seen being squared up with the surface they rested on. The furniture was antique, well polished, brass handles shining, and the carpets venerably from Persia. He led me into a sitting room, which was also office, the walls thickly covered with framed photographs of horses, mares and foals, and the window giving on to a view of, across a further expanse of gravel, an archway leading into an extensive stable yard.

"Boxes for mares," he said, following my eyes. "Beyond them, the foaling boxes. Beyond those, the breeding pen, with the stallion boxes on the far side of that again. My stud groom's bungalow and the lads' hostel, those roofs you can see in the hollow, they're just beyond the stallions." He paused. "Would you care, perhaps, to look round?"

"Very much," I said.

"Come along, then." He led the way to a door at the back of the house, collecting an overcoat and a black retriever from a mud room on the way. "Go on then, Squibs, old fellow," he said, fondly watching his dog squeeze ecstatically

through the opening outside door. "Breath of fresh air won't hurt you."

We walked across to the stable arch with Squibs circling and zigzagging nose-down to the gravel.

"It's our quietest time of year, of course," Oliver Knowles said. "We have our own mares here, of course, and quite a few at livery." He looked at my face to see if I understood and decided to explain anyway. "They belong to people who own broodmares but have nowhere of their own to keep them. They pay us to board them."

I nodded.

"Then we have the foals born to the mares this past spring, and of course the three stallions. Total of seventy-eight at the moment."

"And next spring," I said, "the mares coming to your stallions will arrive?"

"That's right." He nodded. "They come here a month or five weeks before they're due to give birth to the foals they are already carrying, so as to be near the stallion within the month following. They have to foal here, because the foals would be too delicate straight after birth to travel."

"And . . . how long do they stay here?"

"About three months altogether, by which time we hope the mare is safely in foal again."

"There isn't much pause then," I said. "Between . . . er . . . pregnancies?"

He glanced at me with civil amusement. "Mares come into use nine days after foaling, but normally we would think this a bit too soon for

breeding. The estrus—heat you would call it—lasts six days, then there's an interval of fifteen days, then the mare comes into use again for six days, and this time we breed her. Mind you," he added, "nature being what it is, this cycle doesn't work to the minute. In some mares the estrus will last only two days, in some as much as eleven. We try to have the mare covered two or three times while she's in heat, for the best chance of getting her in foal. A great deal depends on the stud groom's judgment, and I've a great chap just now, he has a great feel for mares, a sixth sense, you might say."

He led me briskly across the first big oblong yard, where long dark equine heads peered inquisitively from over half-open stable doors, and through a passage on the far side that led to a second yard of almost the same size but whose doors were fully shut.

"None of these boxes is occupied at the moment," he said, waving a hand around. "We have to have the capacity, though, for when the mares come."

Beyond the second yard lay a third, a good deal smaller and again with closed doors.

"Foaling boxes," Oliver Knowles explained. "All empty now, of course."

The black dog trotted ahead of us, knowing the way. Beyond the foaling boxes lay a wide path between two small paddocks of about half an acre each, and at the end of the path, to the left, rose a fair-sized barn with a row of windows

just below its roof.

"Breeding shed," Oliver Knowles said economically, producing a heavy key ring from his trouser pocket and unlocking a door set into a large roll-aside entrance. He gestured to me to go in, and I found myself in a bare concrete-floored expanse surrounded by white walls topped with the high windows, through which the dying sun wanly shone.

"During the season of course the floor in here is covered with peat," he said.

I nodded vaguely and thought of life being generated purposefully in that quiet place, and we returned prosaically to the outer world with Oliver Knowles locking the door again behind us.

Along another short path between two more small paddocks we came to another small stable yard, this time of only six boxes, with feed room, tack room, hay and peat storage alongside.

"Stallions," Oliver Knowles said.

Three heads almost immediately appeared over the half-doors, three sets of dark liquid eyes turning inquisitively our way.

"Rotaboy," my host said, walking to the first head and producing a carrot unexpectedly. The black mobile lips whiffled over the outstretched palm and sucked the goodie in: strong teeth crunched a few times and Rotaboy nudged Oliver Knowles for a second helping. Oliver Knowles produced another carrot, held it out as before, and briefly patted the horse's neck.

"He'll be twenty next year," he said. "Getting

old, eh, old fella?"

He walked along to the next box and repeated the carrot routine. "This one is Diarist, rising sixteen."

By the third box he said, "This is Parakeet," and delivered the treats and the pat. "Parakeet turns twelve on January first."

He stood a little away from the horse so that he could see all three heads at once and said, "Rotaboy has been an outstanding stallion and still is, but one can't realistically expect more than another one or two seasons. Diarist is successful, with large numbers of winners among his progeny, but none of them absolutely top rank like those of Rotaboy. Parakeet hasn't proved as successful as I'd hoped. He turns out to breed better stayers than sprinters, and the world is mad nowadays for very fast two-year-olds. Parakeet's progeny tend to be better at three, four, five and six. Some of his first crops are now steeplechasing and jumping pretty well."

"Isn't that good?" I asked, frowning, since he spoke with no great joy.

"I've had to reduce his fee," he said. "People won't send their top flat-racing mares to a stallion who breeds jumpers."

"Oh."

After a pause he said, "You can see why I need new blood here. Rotaboy is old, Diarist is middle rank, Parakeet is unfashionable. I will soon have to replace Rotaboy, and I must be sure I replace him with something of at least equal quality. The

prestige of a stud farm, quite apart from its income, depends on the drawing power of its stallions.''

"Yes," I said. "I see."

Rotaboy, Diarist and Parakeet lost interest in the conversation and hope in the matter of carrots, and one by one withdrew into the boxes. The black retriever trotted around smelling unimaginable scents and Oliver Knowles began to walk me back towards the house.

"On the bigger stud farms," he said, "you'll find stallions that are owned by syndicates."

"Forty shares?" I suggested.

He gave me a brief smile. "That's right. Stallions are owned by any number of people between one and forty. When I first acquired Rotaboy it was in partnership with five others. I bought two of them out—they needed the money—so now I own half. This means I have twenty nominations each year, and I have no trouble in selling all of them, which is most satisfactory." He looked at me inquiringly to make sure I understood, which, thanks to Ursula Young, I did.

"I own Diarist outright. He was as expensive in the first place as Rotaboy, and as he's middle rank, so is the fee I can get for him. I don't always succeed in filling his forty places, and when that occurs I breed him to my own mares, and sell the resulting foals as yearlings."

Fascinated, I nodded again.

"With Parakeet it's much the same. For the last

three years I haven't been able to charge the fee I did to begin with, and if I fill his last places these days it's with mares from people who *prefer* steeplechasing, and this is increasingly destructive of his flat-racing image.''

We retraced our steps past the breeding shed and across the foaling yard.

''This place is expensive to run,'' he said objectively. ''It makes a profit and I live comfortably, but I'm not getting any further. I have the capacity here for another stallion —enough accommodation, that is to say, for the extra forty mares. I have a good business sense and excellent health, and I feel under-extended. If I am ever to achieve more I must have more capital . . . and capital in the shape of a world-class stallion.''

''Which brings us,'' I said, ''to Sandcastle.''

He nodded. ''If I acquired a horse like Sandcastle this stud would immediately be more widely known and more highly regarded.''

Understatement, I thought. The effect would be galvanic. ''A sort of overnight stardom?'' I said.

''Well, yes,'' he agreed with a satisfied smile. ''I'd say you might be right.''

The big yard nearest the house had come moderately to life, with two or three lads moving about carrying feed scoops, hay nets, buckets of water and sacks of muck. Squibs, with madly wagging tail, went in a straight line towards a stocky man who bent to fondle his black ears.

''That's Nigel, my stud groom,'' Oliver

Knowles said. "Come and meet him." And as we walked across he added, "If I can expand this place I'll up-rate him to stud manager; give him more standing with the customers."

We reached Nigel, who was of about my own age, with crinkly light-brown hair and noticeably bushy eyebrows. Oliver Knowles introduced me merely as "a friend" and Nigel treated me with casual courtesy but not as the possible source of future fortune. He had a Gloucestershire accent, but not pronounced, and I would have placed him as a farmer's son, if I'd had to.

"Any problems?" Oliver Knowles asked him, and Nigel shook his head.

"Nothing except that Floating mare with the discharge."

His manner to his employer was confident and without anxiety but at the same time diffident, and I had a strong impression that it was Nigel's personality that suited Oliver Knowles, as much as any skill he might have with mares. Oliver Knowles was not a man, I judged, to surround himself with awkward, unpredictable characters: the behavior of everyone around him had to be as tidy as his place.

I wondered idly about the wife who had "just buggered off with a Canadian," and at that moment a horse trotted into the yard with a young woman aboard. A girl, I amended, as she kicked her feet from the stirrups and slid to the ground. A noticeably curved young girl in jeans and heavy sweater with her dark hair tied in a

pony tail. She led her horse into one of the boxes and presently emerged carrying the saddle and bridle, which she dumped on the ground outside the box before closing the bottom half of the door and crossing the yard to join us.

"My daughter," Oliver Knowles said.

"Ginnie," added the girl, holding out a polite brown hand. "Are you the reason we didn't go out to lunch?"

Her father gave an instinctive repressing movement and Nigel looked only fairly interested.

"I don't know," I said. "I wouldn't think so."

"Oh, I would," she said. "Dad really doesn't like parties. He uses any old excuse to get out of them, don't you, Dad?"

He gave her an indulgent smile while looking as if his thoughts were elsewhere.

"I didn't mind missing it," Ginnie said to me, anxious not to embarrass. "Twelve miles away and people all Dad's age . . . but they do have frightfully good canapés, and also a lemon tree growing in their greenhouse. Did you know that a lemon tree has everything all at once—buds, flowers, little green knobbly fruit and big fat lemons, all going on all the time?"

"My daughter," Oliver Knowles said unnecessarily, "talks a lot."

"No," I said, "I didn't know about lemon trees."

She gave me an impish smile and I wondered if she was even younger than I'd first thought: and as if by telepathy she said, "I'm fifteen."

"Everyone has to go through it," I said.

Her eyes widened. "Did you hate it?"

I nodded. "Spots, insecurity, a new body you're not yet comfortable in, self-consciousness . . . terrible."

Oliver Knowles looked surprised. "Ginnie isn't self-conscious, are you, Ginnie?"

She looked from him to me and back again and didn't answer. Oliver Knowles dismissed the subject as of no importance anyway and said he ought to walk along and see the mare with the discharge. Would I care to go with him?

I agreed without reservation and we all set off along one of the paths between the white-railed paddocks, Oliver Knowles and myself in front, Nigel and Ginnie following, Squibs sniffing at every fencing post and marking his territory. In between Oliver Knowles explaining that some mares preferred living out of doors permanently, others would go inside if it snowed, others went in at night, others lived mostly in the boxes, I could hear Ginnie telling Nigel that school this term was a dreadful drag owing to the new headmistress being a health fiend and making them all do jogging.

"How do you know what mares prefer?" I asked.

Oliver Knowles looked for the first time nonplussed. "Er . . ." he said. "I suppose . . . by the way they stand. If they feel cold and miserable they put their tails to the wind and look hunched. Some horses never do that, even in a blizzard. If

118

they're obviously unhappy we bring them in. Otherwise they stay out. Same with the foals." He paused. "A lot of mares are miserable if you keep them inside. It's just . . . how they are."

He seemed dissatisfied with the loose ends of his answer, but I found them reassuring. The one thing he had seemed to me to lack had been any emotional contact with the creatures he bred: even the carrots for the stallions had been slightly mechanical.

The mare with the discharge proved to be in one of the paddocks at the boundary of the farm, and while Oliver Knowles and Nigel peered at her rump end and made obscure remarks like "With any luck she won't slip," and "It's clear enough, nothing yellow or bloody," I spent my time looking past the last set of white rails to the hedge and fields beyond.

The contrast from the Knowles land was dramatic. Instead of extreme tidiness, a haphazard disorder. Instead of short green grass in well-tended rectangles, long unkempt brownish stalks straggling through an army of drying thistles. Instead of rectangular brick-built stable yards, a ramshackle collection of wooden boxes, light gray from old creosote and with tarpaulins tied over patches of roof.

Ginnie followed my gaze. "That's the Watcherleys' place," she said. "I used to go over there a lot but they're so grimy and gloomy these days, not a laugh in sight. And all the patients have gone, practically, and they don't even have

the chimpanzees anymore, they say they can't afford them."

"What patients?" I said.

"Horse patients. It's the Watcherleys' hospital for sick horses. Haven't you ever heard of it?"

I shook my head.

"It's pretty well known," Ginnie said. "Or at least it was until that razzamatazz man Calder Jackson stole the show. Mind you, the Watcherleys were no great shakes, I suppose, with Bob off to the boozer at all hours and Maggie sweating her guts out carrying muck sacks, but at least they used to be fun. The place was *cozy,* you know, even if bits of the boxes were falling off their hinges and weeds were growing everywhere, and all the horses went home blooming, or most of them, even if Maggie had her knees through her jeans and wore the same jersey for weeks and weeks on end. But Calder Jackson, you see, is the *in* thing, with all those chat shows on television and the publicity and such, and the Watcherleys have sort of got elbowed out."

Her father, listening to the last of these remarks, added his own view. "They're disorganized," he said. "No business sense. People liked their gypsy style for a while, but, as Ginnie says, they've no answer to Calder Jackson."

"How old are they?" I asked, frowning.

Oliver Knowles shrugged. "Thirties. Going on forty. Hard to say."

"I suppose they don't have a son of about

sixteen, thin and intense, who hates Calder Jackson obsessively for ruining his parents' business?''

"What an extraordinary question," said Oliver Knowles, and Ginnie shook her head. "They've never had any children," she said. "Maggie can't. She told me. They just lavish all that love on animals. It's really grotty, what's happening to them."

It would have been so neat, I thought, if Calder Jackson's would-be assassin had been a Watcherley son. Too neat, perhaps. But perhaps also there were others like the Watcherleys whose star had descended as Calder Jackson's rose. I said, "Do you know of any other places, apart from this one and Calder Jackson's, where people send their sick horses?"

"I expect there *are* some," Ginnie said. "Bound to be."

"Sure to be," said Oliver Knowles, nodding. "But of course we don't send away any horse that falls ill here. I have an excellent vet, great with mares, comes day or night in emergencies."

We made the return journey, Oliver Knowles pointing out to me various mares and foals of interest and distributing carrots to any head within armshot. Foals at foot, foals in utero; the fertility cycle swelling again to fruition through the quiet winter, life growing steadily in the dark.

Ginnie went off to see to the horse she'd been riding and Nigel to finish his inspections in the main yard, leaving Oliver Knowles, the dog and

myself to go into the house. Squibs, poor fellow, got no farther than his basket in the mud room, but Knowles and I returned to the sitting room-office from which we'd started.

Thanks to my telephone calls of the morning I knew what the acquisition and management of Sandcastle would mean in the matter of taxation, and I'd also gone armed with sets of figures to cover the interest payable should the loan be approved. I found that I needed my knowledge not to instruct but to converse: Oliver Knowles was there before me.

"I've done this often, of course," he said. "I've had to arrange finance for buildings, for fencing, for buying the three stallions you saw, and for another two before them. I'm used to repaying fairly substantial bank loans. This new venture is of course huge by comparison, but if I didn't feel it was within my scope I assure you I shouldn't be contemplating it." He gave me a brief charming smile. "I'm not a nut case, you know. I really do know my business."

"Yes," I said. "One can see."

I told him that the maximum length of an Ekaterin loan (if one was forthcoming at all) would be five years, to which he merely nodded.

"That basically means," I insisted, "that you'd have to receive getting on for eight million in that five years, even allowing for paying off some of the loan every year with consequently diminishing interest. It's a great deal of money . . . Are you sure you understand how much is involved?"

"Of course I understand," he said. "Even allowing for interest payments and the ridiculously high insurance premiums on a horse like Sandcastle, I'd be able to repay the loan in five years. That's the period I've used in planning."

He spread out his sheets of neatly written calculations on his desk, pointing to each figure as he explained to me how he'd reached it. "A stallion fee of forty thousand pounds will cover it. His racing record justifies that figure, and I've been most carefully into the breeding of Sandcastle himself, as you can imagine. There is absolutely nothing in the family to alarm. No trace of hereditary illness or undesirable tendencies. He comes from a healthy blue-blooded line of winners, and there's no reason why he shouldn't breed true." He gave me a photocopied genealogical table. "I wouldn't expect you to advance a loan without getting an expert opinion on this. Please do take it with you."

He gave me also some copies of his figures, and I packed them all into the briefcase I'd taken with me.

"Why don't you consider halving your risk to twenty-one shares?" I asked. "Sell nineteen. You'd still outvote the other owners—there'd be no chance of them whisking Sandcastle off somewhere else—and you'd be less stretched."

With a smile he shook his head. "If I found for any reason that the repayments were causing me acute difficulty, I'd sell some shares as necessary.

But I hope in five years' time to own Sandcastle outright, and also as I told you to have attracted other stallions of that caliber, and to be numbered among the world's top-ranking stud farms.''

His pleasant manner took away any suggestion of megalomania, and I could see nothing of that nature in him.

Ginnie came into the office carrying two mugs, with slightly anxious diffidence.

"I made some tea. Do you want some, Dad?''

"Yes, please,'' I said immediately, before he could answer, and she looked almost painfully relieved. Oliver Knowles turned what had seemed like an incipient shake of the head into a nod, and Ginnie, handing over the mugs, said that if I wanted sugar she would go and fetch some. "And a spoon, I guess.''

"My wife's away,'' Oliver Knowles said abruptly.

"No sugar,'' I said. "This is great.''

"You won't forget, Dad, will you, about me going back to school?''

"Nigel will take you.''

"He's got visitors.''

"Oh . . . all right.'' He looked at his watch. "In half an hour, then.''

Ginnie looked even more relieved, particularly as I could clearly sense the irritation he was suppressing. "The school run,'' he said as the door closed behind his daughter, "was one of the things my wife always did. Does . . .'' He shrugged. "She's away indefinitely. You

might as well know."

"I'm sorry," I said.

"Can't be helped." He looked at the tea mug in my hand. "I was going to offer you something stronger."

"This is fine."

"Ginnie comes home on four Sundays a term. She's a boarder, of course." He paused. "She's not yet used to her mother not being here. It's bad for her, but there you are, life's like that."

"She's a nice girl," I said.

He gave me a glance in which I read both love for his daughter and a blindness to her needs. "I don't suppose," he said thoughtfully, "that you go anywhere near High Wycombe on your way home?"

"Well," I said obligingly, "I could do."

I consequently drove Ginnie back to her school, listening on the way to her views on the new headmistress's compulsory jogging program ("all our bosoms flopping up and down, bloody uncomfortable and absolutely *disgusting* to look at") and to her opinion of Nigel ("Dad thinks the sun shines out of his you-know-what and I daresay he is pretty good with the mares, they all seem to flourish, but what the lads get up to behind his back is nobody's business. They smoke in the feed sheds, I ask you! All that hay around . . . Nigel never notices. He'd make a rotten school prefect") and to her outlook on life in general. ("I can't wait to get out of school uniform and out of dormitories and being bossed

around, and I'm no good at lessons; the whole thing's a *mess*. Why has everything *changed?* I used to be happy, or at least I wasn't *unhappy,* which I mostly seem to be nowadays, and no, it isn't because of Mum going away, or not especially, as she was never a lovey-dovey sort of mother, always telling me to eat with my mouth shut and so on . . . and you must be bored silly hearing all this.'')

"No," I said truthfully. "I'm not bored."

"I'm not even *beautiful,*" she said despairingly. "I can suck in my cheeks until I faint but I'll never look pale and bony and interesting."

I glanced at the still rounded child-woman face, at the peach-bloom skin and the worried eyes.

"Practically no one is beautiful at fifteen," I said. "It's too soon."

"How do you mean—too soon?"

"Well," I said, "say at twelve you're a child and flat and undeveloped and so on, and at maybe seventeen or eighteen you're a full-grown adult, just think of the terrific changes your body goes through in that time. Appearance, desires, mental outlook, everything. So at fifteen, which isn't much more than halfway, it's still too soon to know exactly what the end product will be like. And if it's of any comfort to you, you do now look as if you may be beautiful in a year or two, or at least not unbearably ugly."

She sat in uncharacteristic silence for quite a distance, and then she said, "Why did you come

today? I mean, who are you? If it's all right to ask?"

"It's all right. I'm a sort of financial adviser. I work in a bank."

"Oh." She sounded slightly disappointed but made no further comment, and soon after that gave me prosaic and accurate directions to the school.

"Thanks for the lift," she said, politely shaking hands as we stood beside the car.

"A pleasure."

"And thanks . . ." she hesitated. "Thanks anyway."

I nodded, and she half-walked, half-ran to join a group of other girls going into the buildings. Looking briefly back she gave me a sketchy wave, which I acknowledged. Nice child, I thought, pointing the car homewards. Mixed up, as who wasn't at that age. Middling brains, not quite pretty, her future a clean stretch of sand waiting for footprints.

_____ December

It made the headlines in the *Sporting Life (Oliver Knowles, King of the Sandcastle)* and turned up as the lead story under less fanciful banners on the racing pages of all the other dailies.

Sandcastle to go to stud, Sandcastle to stay in Britain, Sandcastle shares not for sale, Sandcastle bought privately for huge sum. The story in every case was short and simple. One of the year's top stallions had been acquired by the owner of a heretofore moderately ranked stud farm. "I am very happy," Oliver Knowles was universally reported as saying. "Sandcastle is a prize for British bloodstock."

The buying price, all the papers said, was "not unadjacent to five million pounds," and a few of them added, "the financing was private."

"Well," Henry said at lunch, tapping the *Sporting Life,* "not many of our loans make so much splash."

"It's a belly-flop," muttered the obstinate dissenter, who on that day happened to be

sitting at my elbow.

Henry didn't hear and was anyway in good spirits. "If one of the foals runs in the Derby we'll take a party from the office. What do you say, Gordon? Fifty people on open-topped buses?"

Gordon agreed, with the sort of smile that hoped he wouldn't actually be called upon to fulfill his promise.

"Forty mares," Henry said musingly. "Forty foals. Surely one of them might be Derby material."

"Er," I said, from newfound knowledge. "Forty foals is stretching it. Thirty-five would be pretty good. Some mares won't 'take,' so to speak."

Henry showed mild alarm. "Does that mean that five or six fees will have to be returned? Doesn't that affect Knowles' program of repayment?"

I shook my head. "For a horse of Sandcastle's stature the fee is all up front. Payable for services rendered, regardless of results. That's in Britain, of course, and Europe. In America they have the system of no foal, no fee, even for the top stallions. A live foal, that is. Alive, standing on its feet and suckling."

Henry relaxed, leaning back in his chair and smiling. "You've certainly learned a lot, Tim, since this all started."

"It's absorbing."

He nodded. "I know it isn't usual, but how do

you feel about keeping an eye on the bank's money at close quarters? Would Knowles object to you dropping in from time to time?''

''I shouldn't think so. Not out of general interest.''

''Good. Do that, then. Bring us progress reports. I must say I've never been as impressed with any horse as I was that day with Sandcastle.''

Henry's direct admiration of the colt had led in the end to Ekaterin's advancing three of the five million to Oliver Knowles, with private individuals subscribing the other two. The fertility tests had been excellent, the owner had been paid, and Sandcastle already stood in the stallion yard in Hertfordshire alongside Rotaboy, Diarist and Parakeet.

December was marching along towards Christmas, with trees twinkling all over London and sleet falling bleakly in the afternoons. On an impulse I sent a card embossed with tasteful robins to Calder Jackson, wishing him well, and almost by return of post received (in the office) a missive (Stubbs reproduction) thanking me sincerely and asking if I would be interested some time in looking round his place. If so, he finished, would I telephone—number supplied.

I telephoned. He was affable and far more spontaneous than usual. ''Do come,'' he said, and we made a date for the following Sunday.

I told Gordon I was going. We were working on an interbank loan of nine and a half million

for five days to a competitor, a matter of little more than a few telephone calls and a promise. My hair had almost ceased to rise at the size and speed of such deals, and with only verbal agreement from Val and Henry I had recently on my own loaned seven million for forty-eight hours. The trick was never to lend for a longer time than we ourselves were able to borrow the necessary funds: if we did, we ran the risk of having to pay a higher rate of interest than we were receiving on the loan, a process that physically hurt Val Fisher. There had been a time in the past when, owing to a client's repaying late, he had had to borrow several million for eighteen days at twenty-five percent, and he'd never got over it.

Most of our dealings weren't on such a heavy scale, and next on my agenda was a request for us to lend fifty-five thousand pounds to a man who had invented a wastepaper basket for use in cars and needed funds for development. I read the letter out to Gordon, who made a fast thumbs-down gesture.

"Pity," I said. "It's a sorely needed object."

"He's asking too little." He put his left hand hard between his knees and clamped it there. "And there are far better inventions dying the death."

I agreed with him and wrote a brief note of regret. Gordon looked up from his pages shortly after, and asked me what I'd be doing at Christmas.

"Nothing much," I said.

"Not going to your mother in Jersey?"

"They're cruising in the Caribbean."

"Judith and I wondered . . ." he cleared his throat " . . . if you'd care to stay with us. Come on Christmas Eve, stay three or four days? Just as you like, of course. I daresay you wouldn't find us too exciting . . . but the offer's there, anyway."

Was it wise, I wondered, to spend three or four days with Judith when three or four *hours* at Ascot had tempted acutely? Was it wise, when the sight of her aroused so many natural urges, to sleep so long—and so near—under her roof?

Most unwise.

"I'd like to," I said. "Very much," and I thought, you're a bloody stupid fool, Tim Ekaterin, and if you ache it'll be your own ridiculous fault.

"Good," Gordon said, looking as if he meant it. "Judith will be pleased. She was afraid you might have younger friends to go to."

"Nothing fixed."

He nodded contentedly and went back to his work, and I thought about Judith wanting me to stay, because if she hadn't wanted it I wouldn't have been asked.

If I had any sense I wouldn't go: but I knew I would.

Calder Jackson's place at Newmarket, seen that next Sunday morning, was a gem of public

relations, where everything had been done to please those visiting the sick. The yard itself, an open-sided quadrangle, had been cosmetically planted with central grass and a graceful tree, and brightly painted tubs, bare now of flowers, stood at frequent intervals outside the boxes. There were park-bench type seats here and there, and ornamental gates and railings in black iron scrollwork, and a welcoming archway labeled "Comfort Room This Way."

Outside the main yard, and to one side, stood a small separate building painted glossy white. There was a large prominent red cross on the door, with, underneath it, the single word "Surgery."

The yard and the surgery were what the visitor first saw: beyond and screened by trees stood Calder Jackson's own house, more private from prying eyes than his business. I parked beside several other cars on a stretch of asphalt, and walked over to ring the bell. The front door was opened to me by a manservant in a white coat. Butler or nurse?

"This way, sir," he said deferentially, when I announced my name. "Mr. Jackson is expecting you."

Butler.

Interesting to see the dramatic haircut in its home setting, which was olde-worlde cottage on a grand scale. I had an impression of a huge room, oak rafters, stone-flagged floor, rugs, dark oak furniture, great brick fireplace with burning

logs . . . and Calder advancing with a broad smile and outstretched arm.

"Tim!" he exclaimed, shaking hands vigorously. "This is a pleasure, indeed it is."

"Been looking forward to it," I said.

"Come along to the fire. Come and warm yourself. How about a drink? And . . . oh . . . this is a friend of mine . . ." he waved towards a second man already standing by the fireplace ". . . Ian Pargetter."

The friend and I nodded to each other and made the usual strangers-meeting signals, and the name tumbled over in my mind as something I'd heard somewhere before but couldn't quite recall.

Calder Jackson clinked bottles and glasses and upon consultation gave me a Scotch of noble proportions.

"And for you, Ian," he said. "A further tincture?"

Oh, yes, I thought. The vet. Ian Pargetter, the vet who didn't mind consorting with unlicensed practitioners.

Ian Pargetter hesitated but shrugged and held out his glass as one succumbing to pleasurable temptation.

"A small one, then, Calder," he said. "I must be off."

He was about forty, I judged; large and reliable-looking, with sandy graying hair, a heavy moustache and an air of being completely in charge of his life. Calder explained that it was I who had deflected the knife aimed at him at

Ascot, and Ian Pargetter made predictable responses about luck, fast reactions and who could have wanted to kill Calder?

"That was altogether a memorable day," Calder said, and I agreed with him.

"We all won a packet on Sandcastle," Calder said. "Pity he's going to stud so soon."

I smiled. "Maybe we'll win on his sons."

There was no particular secret, as far as I knew, about where the finance for Sandcastle had come from, but it was up to Oliver Knowles to reveal it, not me. I thought Calder would have been interested, but bankers' ethics as usual kept me quiet.

"A superb horse," Calder said, with all the enthusiasm he'd shown in Dissdale's box. "One of the greats."

Ian Pargetter nodded agreement, then finished his drink at a gulp and said he'd be going. "Let me know how that pony fares, Calder."

"Yes, of course." Calder moved with his departing guest towards the door and slapped him on the shoulder. "Thanks for dropping in, Ian. Appreciate it."

There were sounds of Pargetter leaving by the front door, and Calder returned rubbing his hands together and saying that although it was cold outside, I might care to look round before his other guests arrived for lunch. Accordingly we walked across to the open-sided quadrangle, where Calder moved from box to box giving me a brief résumé of the illness and prospects

of each patient.

"This pony only came yesterday . . . it's a prize show pony supposedly, and look at it. Dull eyes, rough coat, altogether droopy. They say it's had diarrhea on and off for weeks. I'm their last resort, they say." He smiled philosophically. "Can't think why they don't send me sick horses as a *first* resort. But there you are, they always try regular vets first. Can't blame them, I suppose."

We moved along the line. "This mare was coughing blood when she came three weeks ago. I was her owner's last resort." He smiled again. "She's doing fine now. The cough's almost gone. She's eating well, putting on condition." The mare blinked at us lazily as we strolled away.

"This is a two-year-old filly," Calder said, peering over a half-door. "She'd had an infected ulcer on her withers for six weeks before she came here. Antibiotics had proved useless. Now the ulcer's dry and healing. Most satisfactory."

We went on down the row.

"This is someone's favorite hunter, came all the way from Gloucestershire. I don't know what I can do for him, though of course I'll try. His trouble, truthfully, is just age."

Further on: "Here's a star three-day-eventer. Came to me with intermittent bleeding in the urine, intractable to antibiotics. He was clearly in great pain, and almost dangerous to deal with on account of it. But now he's fine. He'll be staying here for a while longer but I'm sure the trouble is cured."

"This is a three-year-old colt who won a race back in July but then started breaking blood vessels and went on doing it despite treatment. He's been here a fortnight. Last resort, of course!"

By the next box he said, "Don't look at this one if you're squeamish. Poor wretched little filly, she's so weak she can't hold her head up and all her bones are sharp under the skin. Some sort of wasting sickness. Blood tests haven't shown what it is. I don't know if I can heal her. I've laid my hands on her twice so far, but there's been nothing. No . . . feeling. Sometimes it takes a long time. But I'm not giving up with her, and there's always hope."

He turned his curly head and pointed to another box farther ahead. "There's a colt along there who's been here two months and is only just responding. His owners were in despair, and so was I, privately, but then just three days ago when I was in his box I could feel the force flowing down my arms and into him, and the next day he was mending."

He spoke with a far more natural fluency on his home ground and less as if reciting from a script, but all the same I felt the same reservations about the healing touch as I had at Ascot. I was a doubter, I supposed. I would never in my life have put my trust in a seventh son of a seventh son, probably because the only direct knowledge I had of any human seeking out "the touch" had been a close friend of mine at college who'd had

hopeless cancer and had gone to a woman healer as a last resort, only to be told that he was dying because he wanted to. I could vividly remember his anger, and mine on his behalf: and standing in Calder's yard I wondered if that same woman would also think that *horses* got sick to death because they wanted to.

"Is there anything you can't treat?" I asked. "Anything you turn away?"

"I'm afraid so, yes." He smiled ruefully. "There are some things, like advanced laminitis, with which I feel hopeless, and as for coryne . . ." he shook his head " . . . it's a killer."

"You've lost me," I said.

"So sorry. Well, laminitis is a condition of the feet where the bone eventually begins to crumble, and horses in the end can't bear the pain of standing up. They lie down, and horses can't live for more than a few days lying down." He spoke with regret. "And coryne," he went on, "is a frightful bacterial infection which is deadly to foals. It induces a sort of pneumonia with abcesses in the lungs. Terribly contagious. I know of one stud farm in America that lost seventy foals in one day."

I listened in horror. "Do we have it in England?" I asked.

"Sometimes, in pockets, but not widespread. It doesn't affect older horses. Foals of three months or over are safe." He paused. "Some very young foals do survive, of course, but they're likely to have scar tissue in the lungs, which may impair

their breathing for racing purposes."

"Isn't there a vaccine?" I said.

He smiled indulgently. "Very little research is done into equine diseases, chiefly because of the cost but also because horses are so large, and can't be kept in a laboratory for any controlled series of tests."

I again had the impression that he had said all this many times before, but it was understandable and I was getting used to it. We proceeded on the hospital round (four-year-old with general debility, show jumper with festering leg) and came at length to a box with an open door.

"We're giving this one sun treatment," Calder said, indicating that I should look; and inside the box a thin youth was adjusting the angle of an ultraviolet lamp set on a head-high, wall-mounted bracket. It wasn't at the dappled gray that I looked, however, but at the lad, because in the first brief glimpse I thought he was the boy who had tried to attack Calder.

I opened my mouth . . . and shut it again.

He wasn't the boy. He was of the same height, same build, same litheness, same general coloring, but not with the same eyes or jawline or narrow nose.

Calder saw my reaction and smiled. "For a split second, when I saw that boy move at Ascot, I thought it was Jason here. But it wasn't, of course."

I shook my head. "Alike but different."

Calder nodded. "And Jason wouldn't want to

kill me, would you, Jason?" He spoke with a jocularity to which Jason didn't respond.

"No, sir," he said stolidly.

"Jason is my right-hand man," said Calder heartily. "Indispensable."

The right-hand man showed no satisfaction at the flattery and maintained an impassive countenance throughout. He touched the gray horse and told it to shift over a bit in the manner of one equal to another, and the horse obediently shifted.

"Mind your eyes with that lamp," Calder said. "Where are your glasses?"

Jason fished into the breast pocket of his shirt and produced some ultra-dark sunglasses. Calder nodded. "Put them on," he said, and Jason complied. Where before there had already been a lack of mobility of expression, there was now, with the obscured eyes, no way at all of guessing Jason's thoughts.

"I'll be finished with this one in ten minutes," he said. "Is there anything else after that, sir?"

Calder briefly pondered and shook his head. "Just the evening rounds at four."

"Your invalids get every care," I said, complimenting them.

Jason's blacked-out eyes turned my way, but it was Calder who said, "Hard work gets results." And you've said that a thousand times, I thought.

We reached the last box in the yard, the first one that was empty.

"Emergency bed," Calder said, jokingly, and I

smiled and asked how much he charged for his patients.

He replied easily and without explanation or apology. "Twice the training fees currently charged for horses in the top Newmarket stables. When their rates go up, so do mine."

"*Twice . . . ?*"

He nodded. "I could charge more, you know. But if I charged less I'd be totally swamped by all those 'last resort' people, and I simply haven't the room or the time or the spiritual resources to take more cases than I do."

I wondered how one would ever get to the essence of the man behind the temperate, considerate public face, or indeed if the public face was not a façade at all but the essence itself. I looked at the physical strength of the shoulders below the helmet head and listened to the plain words describing a mystical force, considered the dominating voice and the mild manner, and still found him a man to admire rather than like.

"The surgery," he said, gesturing towards it as we walked that way. "My drug store!" He smiled at the joke (how often, I wondered, had he said it?) and produced a key to unlock the door. "There's nothing dangerous or illegal in here, of course, but one has to protect against vandals. So sad, don't you think?"

The surgery, which had no windows, was basically a large brick-built hut. The internal walls, like the outer, were painted white, and the floor was tiled in red. There were antiseptic-

looking glass-fronted cabinets along the two end walls and a wide bench with drawers underneath along the wall facing the door. On the bench, a delicate-looking set of scales, a pestle and mortar and a pair of fine rubber gloves: behind the glass of the cabinets, rows of bottles and boxes. Everything very businesslike and tidy: and along the wall that contained the door stood three kitchen appliances, refrigerator, stove and sink.

Calder pointed vaguely towards the cabinets. "In there I keep the herbs in pill and powder form. Comfrey, myrrh, sarsaparilla, golden seal, fo-ti-tieng, things like that."

"Er . . ." I said. "What do they do?"

He ran through them obligingly. "Comfrey knits bones, and heals wounds, myrrh is antiseptic and good for diarrhea and rheumatism, sarsaparilla contains male hormones and increases physical strength, golden seal cures eczema, improves appetite and digestion, fo-ti-tieng is a revitalizing tonic second to none. Then there's licorice for coughs and papaya enzymes for digesting proteins and passiflora to use as a general pacifier and tranquilizer." He paused. "There's ginseng also, of course, which is a marvelous rejuvenator and invigorator, but it's really too expensive in the quantities needed to do a horse significant good. It has to be taken continuously, forever." He sighed. "Excellent for humans, though."

The air in the windowless room was fresh and smelled very faintly fragrant, and as if to account

for it Calder started showing me the contents of the drawers.

"I keep seeds in here," he said. "My patients eat them by the handful every day." Three or four of the drawers contained large opaque plastic bags fastened by bulldog clips. "Sunflower seeds for vitamins, phosphorus and calcium, good for bones and teeth. Pumpkin seeds for vigor—they contain male hormones—and also for phosphorus and iron. Carrot seeds for calming nervous horses. Sesame seeds for general health."

He walked along a yard or two and pulled open an extra-large deep drawer that contained larger bags; more like sacks. "These are hops left after beer-making. They're packed full of all good things. A great tonic, and cheap enough to use in quantity. We have bagfuls of them over in the feed shed to grind up as chaff but I use these here as one ingredient of my special decoction, my concentrated tonic."

"Do you make it . . . on the stove?" I asked.

He smiled. "Like a chef." He opened the refrigerator door. "I store it in here. Want to see?"

I looked inside. Nearly the whole space was taken with gallon-sized plastic containers full of a brownish liquid. "We mix it in a bran mash, warmed of course, and the horses thrive."

I knew nothing about the efficiency of his remedies, but I was definitely impressed.

"How do you get the horses to take pills?" I said.

"In an apple, usually. We scoop out half the core, put in the tablet or capsule, or indeed just powder, and replace the plug."

So simple.

"And incidentally, I make most of my own pills and capsules. Some, like comfrey, are commercially available, but I prefer to buy the dried herbs in their pure form and make my own recipes." He pulled open one of the lower drawers under the workbench and lifted out a heavy wooden box. "This," he said, laying it on the work surface and opening the lid, "contains the makings."

I looked down at a whole array of brass dies, each a small square with a pill-sized cavity in its center. The cavities varied from tiny to extra large, and from round to oblong.

"It's an antique," he said with a touch of pride. "Early Victorian. Dates from when pills were always made by hand—and it's still viable, of course. You put the required drug in powder form into whatever sized cavity you want, and compress it with the rod that exactly fits." He lifted one of a series of short brass rods from its rack and fitted its end into one of the cavities, tamping it up and down: then picked the whole die out of the box and tipped it right over. "Hey presto," he said genially, catching the imaginary contents, "a pill!"

"Neat," I said, with positive pleasure.

He nodded. "Capsules are quicker and more modern." He pulled open another drawer and

briefly showed me the empty tops and bottoms of a host of gelatin capsules, again of varying sizes, though mostly a little larger than those swallowed easily by humans. "Veterinary size," he explained.

He closed his gem of a pill-making box and returned it to its drawer, straightening up afterwards and casting a caring eye around the place to make sure everything was tidy. With a nod of private satisfaction he opened the door for us to return to the outside world, switching off the fluorescent lights and locking the door behind us.

A car was just rolling to a stop on the asphalt, and presently two recognized figures emerged from it: Dissdale Smith and his delectable Bettina.

"Hello, hello," said Dissdale, striding across with ready hand. "Calder said you were coming. Good to see you. Calder's been showing you all his treasures, eh? The conducted tour, eh, Calder?" I shook the hand. "Calder's proud of his achievements here, aren't you, Calder?"

"With good reason," I said civilly, and Calder gave me a swift glance and a genuine-looking smile.

Bettina drifted more slowly to join us, a delight in high-heeled boots and cuddling fur, a white silk scarf round her throat and smooth dark hair falling glossily to her shoulders. Her scent traveled sweetly across the quiet cold air and she laid a decorative hand on my arm in an intimate touch.

"Tim the savior," she said. "Calder's hero."

The over-packaged charm unaccountably brought the contrasting image of Ginnie sharply to my mind, and I briefly thought that the promise was more beckoning than the performance, that child more interesting than that woman.

Calder took us all soon into his maxi-cottage sitting room and distributed more drinks. Dissdale told me that Sandcastle had almost literally saved his business and metaphorically his life, and we all drank a toast to the wonder horse. Four further guests arrived—a married couple with their two twentyish daughters—and the occasion became an ordinarily enjoyable lunch party, undemanding, unmemorable, good food handed round by the manservant, cigars offered with the coffee.

Calder at some point said he was off to America in the New Year on a short lecture tour.

"Unfortunately," he said, "I'll be talking to health clubs, not horse people. American racehorse trainers aren't receptive to me. Or not yet. But then, it took a few years for Newmarket to decide I could make a contribution."

Everyone smiled at the skepticism of America and Newmarket.

Calder said, "January is often a quiet month here. We don't take any new admissions if I'm away, and of course my head lad just keeps the establishment routines going until I return. It works pretty well." He smiled. "If I'm lucky I'll get some skiing; and to be honest, I'm looking forward to the skiing much more than the talks."

Everyone left soon after three, and I drove back to London through the short darkening afternoon wondering if the herbs of antiquity held secrets we'd almost willfully lost.

"Caffeine," Calder had been saying towards the end, "is a get-up-and-go stimulant, tremendously useful. Found in coffee beans of course, and in tea and cocoa and in cola drinks. Good for asthma. Vigorous marvelous tonic. A life-saver after shock. And now in America, I ask you, they're casting caffeine as a villain and are busy taking it out of everything it's naturally *in*. You might as well take the alcohol out of bread."

"But Calder dear," Bettina said, "there's no alcohol in bread."

He looked at her kindly as she sat on his right. "Bread that is made with yeast definitely does contain alcohol before it's cooked. If you mix yeast with water and sugar you get alcohol and carbon dioxide, which is the gas that makes the dough rise. The air in a bakery smells of wine . . . simple chemistry, my dear girl, no magic in it. Bread is the staff of life and alcohol is good for you."

There had been jokes and lifted glasses, and I could have listened to Calder for hours.

The Christmas party at Gordon Michaels' home was in a way an echo, beccause Judith's apothecary friend Pen Warner was in attendance most of the time. I got to know her quite well and to like her very much, which Judith may or may

not have intended. In any case, it was again the fairy-tale day at Ascot that had led on to friendly relations.

"Do you remember Burnt Marshmallow?" Pen said. "I bought a painting with my winnings."

"I spent mine on riotous living."

"Oh yes?" She looked me up and down and shook her head. "You haven't the air."

"What do I have the air of?" I asked curiously, and she answered in amusement, "Of intelligent laziness and boring virtue."

"All wrong," I said.

"Ho hum."

She seemed to me to be slightly less physically solid than at Ascot, but it might have been only the change of clothes; there were still the sad eyes and the ingrained worthiness and the unexpected cast of humor. She had apparently spent twelve hours that day—it was Christmas Eve—doling out remedies to people whose illnesses showed no sense of timing, and proposed to go back at six in the morning. Meanwhile she appeared at the Michaels' house in a long festive caftan with mood to match, and during the evening the four of us ate quail with our fingers, and roasted chestnuts, and played a board game with childish gusto.

Judith wore rose pink and pearls and looked about twenty-five. Gordon in advance had instructed me "Bring whatever you like as long as it's informal" and himself was resplendent in a plum velvet jacket and bow tie. My own newly

bought cream wool shirt, which in the shop had looked fairly theatrical, seemed in the event to be right, so that on all levels the evening proved harmonious and fun, much more rounded and easy than I'd expected.

Judith's housekeeping throughout my stay proved a poem of invisibility. Food appeared from freezer and cupboard, remnants returned to dishwasher and dustbin. Jobs were distributed when essential but sitting and talking had priority: and nothing so smooth, I reflected, ever got done without hard work beforehand.

"Pen will be back soon after one tomorrow," Judith said at midnight on that first evening. "We'll have a drink then and open some presents, and have our Christmas feast at half past three. There will be breakfast in the morning, and Gordon and I will go to church." She left an invitation lingering in the air, but I marginally shook my head. "You can look after yourself, then, while we're gone."

She kissed me goodnight, with affection and on the cheek. Gordon gave me a smile and a wave, and I went to bed along the hall from them and spent an hour before sleep deliberately not thinking at all about Judith in or out of her nightgown—or not much.

Breakfast was taken in dressing gowns. Judith's was red, quilted and unrevealing.

They changed and went to church. Pray for me, I said, and set out for a walk on the common.

There were brightly wrapped gifts waiting

around the base of the silver-starred Christmas tree in the Michaels' drawing room, and a surreptitious inspection had revealed one from Pen addressed to me. I walked across the windy grass, shoulders hunched, hands in pockets, wondering what to do about one for her, and as quite often happens came by chance to a solution.

A small boy was out there with his father, flying a kite, and I stopped to watch.

"That's fun," I said.

The boy took no notice but the father said, "There's no satisfying the little bleeder. I give him this and he says he wants roller skates."

The kite was a brilliant phosphorescent Chinese dragon with butterfly wings and a big frilly tail, soaring and circling like a joyful tethered spirit in the Christmas sky.

"Will you sell it to me?" I asked. "Buy the roller skates instead?" I explained the problem, the need for an instant present.

Parent and child consulted and the deal was done. I wound up the string carefully and bore the trophy home, wondering what on earth the sober pharmacist would think of such a thing: but when she unwrapped it from gold paper (cadged from Judith for the purpose) she pronounced herself enchanted, and back we all went onto the common to watch her fly it.

The whole day was happy. I hadn't had so good a Christmas since I was a child. I told them so, and kissed Judith uninhibitedly under some mistletoe, which Gordon didn't seem to mind.

"You were born sunny," Judith said, briefly stroking my cheek, and Gordon, nodding, said, "A man without sorrows, unacquainted with grief."

"Grief and sorrow come with time," Pen said, but not as if she meant it imminently. "They come to us all."

On the morning after Christmas Day I drove Judith across London to Hampstead to put flowers on her mother's grave.

"I know you'll think me silly, but I always go. She died on Boxing Day when I was twelve. It's the only way I have of remembering her . . . of feeling I had a mother at all. I usually go by myself. Gordon thinks I'm sentimental and doesn't like coming."

"Nothing wrong with sentiment," I said.

Hampstead was where I lived in the upstairs half of a friend's house. I wasn't sure whether or not Judith knew it, and said nothing until she'd delivered the pink chrysanthemums to the square marble tablet let in flush with the grass and communed for a while with the memories floating there.

It was as we walked slowly back towards the iron gates that I neutrally said, "My flat's only half a mile from here. This part of London is home ground."

"Is it?"

"Mm."

After a few steps she said, "I knew you lived

somewhere here. If you remember, you wouldn't let us drive you all the way home from Ascot. You said Hampstead was too far.''

"So it was.''

"Not for Sir Galahad that starry night.''

We reached the gates and paused for her to look back. I was infinitely conscious of her nearness and of my own stifled desire; and she looked abruptly into my eyes and said, "Gordon knows you live here, also.''

"And does he know how I feel?'' I asked.

"I don't know. He hasn't said.''

I wanted very much to go that last half mile: that short distance on wheels, that far journey in commitment. My body tingled . . . rippled . . . from hunger, and I found myself physically clenching my back teeth.

"What are you thinking?'' she said.

"For God's sake . . . you know damn well what I'm thinking . . . and we're going back to Clapham right this minute.''

She sighed. "Yes, I suppose we must.''

"What do you mean . . . you suppose?''

"Well, I . . .'' she paused. "I mean, yes we must. I'm sorry . . . it was just that . . . for a moment . . . I was tempted.''

"As at Ascot?'' I said.

She nodded. "As at Ascot.''

"Only here and now,'' I said, "we have the place and the time and the opportunity to do something about it.''

"Yes.''

"And what we're going to do . . . is . . . nothing." It came out as half a question, half a statement: wholly an impossibility.

"Why do we *care?*" she said explosively. "Why don't we just get into your bed and have a happy time? Why is the whole thing so tangled up with bloody concepts like honor?"

We walked down the road to where I'd parked the car and I drove southwards with careful observance at every red light: stop signals making round eyes at me all the way to Clapham.

"I'd have liked it," Judith said as we pulled up outside her house.

"So would I."

We went indoors in a sort of deprived companionship, and I realized only when I saw Gordon's smiling unsuspicious face that I couldn't have returned there if it had been in any other way.

It was at lunch that day, when Pen had again resurfaced from her stint among the pills, that I told them about my visit to Calder. Pen, predictably, was acutely interested and said she'd dearly like to know what was in the decoction in the refrigerator.

"What's a decoction?" Judith asked.

"A preparation boiled with water. If you dissolve things in alcohol, that's a tincture."

"One lives and bloody well learns!"

Pen laughed. "How about carminative, anodyne and vermifuge . . . effects of drugs. They

simply roll off the tongue with grandeur.''

"And what do they mean?'' Gordon asked.

"Getting rid of gas, getting rid of pain, getting rid of worms.''

Gordon too was laughing. "Have some anodyne tincture of grape.'' He poured wine into our glasses. "Do you honestly believe, Tim, that Calder cures horses by touch?''

"I'm sure *he* believes it.'' I reflected. "I don't know if he will let anyone watch. And if he did, what would one see? I don't suppose with a horse it's a case of 'take up your bed and walk.' ''

Judith said in surprise, "You sound as if you'd like it to be true. You, that Gordon and Harry have trained to doubt!''

"Calder's impressive,'' I admitted. "So is his place. So are the fees he charges. He wouldn't be able to set his prices so high if he didn't get real results.''

"Do the herbs come extra?'' Pen said.

"I didn't ask.''

"Would you expect them to?'' Gordon said.

"Well . . .'' Pen considered. "Some of those that Tim mentioned are fairly exotic. Golden seal—that's hydrastis—said to cure practically anything you can mention, and often used nowadays in tiny amounts in eye drops. Has to be imported from America. And fo-ti-tieng—which is *Hydrocotyle asiatica minor,* also called the source of the elixir of long life—that only grows as far as I know in the tropical jungles of the far east. I mean, I would have thought that giving

things like that to horses would be wildly expensive."

If I'd been impressed with Calder I was probably more so with Pen. "I didn't know pharmacists were so clued up on herbs," I said.

"I was just interested so I learned their properties," she explained. "The age-old remedies are hardly even hinted at in the official pharmacy courses, though considering digitalis and penicillin one can't exactly see why. A lot of chemists' shops don't sell nonprescription herbal remedies, but I do, and honestly for a stack of people they seem to work."

"And do you advocate garlic poultices for the feet of babies with whooping-cough?" Gordon asked.

Pen didn't. There was more laughter. If one believed in Calder, Judith said firmly, one believed in him, garlic poultices and all.

The four of us spent a comfortable afternoon and evening together, and when Judith and Gordon went to bed I walked along with Pen to her house, filling my lungs with the fresh air off the common.

"You're going home tomorrow, aren't you?" she said, fishing out her keys.

I nodded. "In the morning."

"It's been great fun," She found the keys and fitted one in the lock. "Would you like to come in?"

"No . . . I'll just walk for a bit."

She opened the door and paused there. "Thank

you for the kite . . . it was brilliant. And goodbye for this time, though I guess if Judith can stand it I'll be seeing you again."

"Stand what?" I asked.

She kissed me on the cheek. "Goodnight," she said. "And believe it or not, the herb known as passion flower is good for insomnia."

Her grin shone out like the Cheshire Cat's as she stepped inside her house and closed the door, and I stood hopelessly on her pathway wanting to call her back.

The Second Year

_____February

Ian Pargetter was murdered at about one in the morning on February first.

I learned about his death from Calder when I telephoned that evening on impulse to thank him belatedly for the lunch party, invite him for a reciprocal dinner in London and hear whether or not he had enjoyed his American tour.

"Who?" he said vaguely when I announced myself. "Who? Oh . . . Tim . . . Look, I can't talk now, I'm simply distracted, a friend of mine's been killed and I can't think of anything else."

"I'm so sorry," I said inadequately.

"Yes . . . Ian Pargetter . . . but I don't suppose you know . . ."

This time I remembered at once. The vet; big, reliable, sandy moustache.

"I met him," I said, "in your house."

"Did you? Oh, yes. I'm so upset I can't concentrate. Look, Tim, ring some other time, will you?"

"Yes, of course."

"It's not just that he's been a friend for years," he said, "but I don't know . . . I really don't know how my business will fare without him. He sent so many horses my way . . . such a good friend . . . I'm totally distraught. . . . Look, ring me another time . . . Tim, so sorry." He put his receiver down with the rattle of a shaking hand.

I thought at the time that he meant Ian Pargetter had been killed in some sort of accident, and it was only the next day when my eye was caught by a paragraph in a newspaper that I realized my mistake.

Ian Pargetter, said the report, *well known, much respected Newmarket veterinary surgeon, was yesterday morning found dead in his home. Police suspect foul play. They state that Pargetter suffered head injuries and that certain supplies of drugs appear to be missing. Pargetter's body was discovered by Mrs. Jane Halson, a daily cleaner. The vet is survived by his wife and three young daughters, all of whom were away from home at the time of the attack. Mrs. Pargetter was reported last night to be very distressed and under sedation.*

A lot of succinct bad news, I thought, for a lot of sad bereft people. He was the first person I'd known who'd been murdered, and in spite of our very brief meeting I found his death most disturbing: and if I felt so unsettled about a near-stranger, how, I wondered, did one ever recover from the murder of someone one knew well and

loved? How did one deal with the anger? Come to terms with the urge to revenge?

I'd of course read reports of husbands and wives who pronounced themselves "not bitter" over the slaughter of a spouse, but I'd never understood it. I felt furious on Ian Pargetter's behalf that anyone should have had the arrogance to wipe him out.

Because of Ascot and Sandcastle my long-dormant interest in racecourses seemed thoroughly to have reawakened, and on three or four Saturday afternoons that winter I'd trekked to Kempton or Sandown or Newbury to watch the jumpers. Ursula Young had become a familiar acquaintance, and it was from this brisk well-informed lady bloodstock agent that I learned most about Ian Pargetter and his death.

"Drink?" I suggested at Kempton, pulling up my coat collar against a biting wind.

She looked at her watch (I'd never seen her do anything without checking the time) and agreed to a quick one. Whisky-mac for her, coffee for me, as at Doncaster.

"Now tell me," she said, hugging her glass and yelling in my ear over the general din of the bar packed with other cold customers seeking inner warmth, "when you asked all those questions about stallion shares, was it for Sandcastle?"

I smiled without actually answering, shielding my coffee inadequately from adjacent nudging elbows.

"Thought so," she said. "Look—there's a table. Grab it."

We sat down in a corner with the racket going on over our heads and the closed-circuit television playing reruns of the last race fortissimo. Ursula bent her head towards mine. "A wow-sized coup for Oliver Knowles."

"You approve?" I asked.

She nodded. "He'll be among the greats in one throw. Smart move. Clever man."

"Do you know him?"

"Yes. Meet him often at the sales. He had a snooty wife who left him for some Canadian millionaire or other, and maybe that's why he's aiming for the big time; just to show her." She smiled fiendishly. "She was a real pain and I hope he makes it."

She drank half her whisky and I said it was a shame about Ian Pargetter, that I'd met him once at Calder's house.

She grimaced with a stronger echo of the anger I had myself felt. "He'd been out all evening saving the life of a classic-class colt with colic. It's so beastly. He went home well after midnight, and they reckon whoever killed him was already in the house stealing whatever he could lay his hands on. Ian's wife and family were away visiting her mother, you see, and the police think the killer thought the house would be empty for the night." She swallowed. "He was hit on the back of the head with a brass lamp off one of the tables in the sitting room. Just casual.

Unpremeditated. Just . . . *stupid.*" She looked moved, as I guessed everyone must have been who had known him. "Such a waste. He was a really nice man, a good vet, everyone liked him. And all for practically nothing. . . . The police found a lot of silver and jewelry lying on a blanket ready to be carried away, but they think the thief just panicked and left it when Ian came home . . . all that anyone can think of that's missing is his case of instruments and a few drugs that he'd had with him that evening . . . nothing worth killing for . . . not even for an addict. Nothing in it like that." She fell silent and looked down into her nearly empty glass, and I offered her a refill.

"No, thanks all the same, one's enough. I feel pretty maudlin as it is. I liked Ian. He was a good sort. I'd like to *throttle* the little beast who killed him."

"I think Calder Jackson feels much as you do," I said.

She glanced up, her good-looking fiftyish face full of general concern. "Calder will miss Ian terribly. There aren't that number of vets around who'd not only put up with a faith-healer on their doorstep but actually treat him as a colleague. Ian had no professional jealousy. Very rare. Very good man. Makes it all the worse."

We went out again into the raw air and I lost five pounds on the afternoon, which would have sent Lorna Shipton swooning to Uncle Freddie, if she'd known.

Two weeks later with Oliver Knowles' warm approval I paid another visit to his farm in Hertfordshire, and although it was again a Sunday and still winter, the atmosphere of the place had fundamentally changed. Where there had been quiet sleepy near-hibernation there was now a wakeful bustle and eagerness; where a scattering of dams and foals across the paddocks, now a crowd of mares moving alone and slowly with big bellies.

The crop had come to the harvest. Life was ripening into the daylight, and into the darkness the new seed would be sown.

I had not been truly a country child (ten acres of wooded hill in Surrey) and to me the birth of animals still seemed a wonder and joy: to Oliver Knowles, he said, it meant constant worry and profit and loss. His grasp of essentials still rang out strong and clear, but there were lines on his forehead from the details.

"I suppose," he said frankly, walking me into the first of the big yards, "that the one thing I hadn't mentally prepared myself for was the value of the foals now being born here. I mean . . ." he gestured around at the patient heads looking over the rows of half-doors ". . . these mares have been to the top stallions. They're carrying fabulous bloodlines. They're history." His awe could be felt. "I didn't realize, you know, what anxiety they would bring me. We've always done our best for the foals, of course we have, but if one died it wasn't a tragedy, but with this

lot . . ." He smiled ruefully. "It's not enough just owning Sandcastle. I have to make sure that our reputation for handling top broodmares is good and sound."

We walked along beside one row of boxes with him telling me in detail the breeding of each mare we came to and of the foal she carried, and even to my ignorant ears it sounded as if every Derby and Oaks winner for the past half-century had had a hand in the coming generation.

"I had no trouble selling Sandcastle's nominations," he said. "Not even at forty thousand pounds a throw. I could even choose, to some extent, which mares to accept. It's been utterly amazing to be able to turn away mares that I considered wouldn't do him justice."

"Is there a temptation," I asked mildly, "to sell more than forty places? To . . . er . . . accept an extra fee . . . in untaxed cash . . . on the quiet?"

He was more amused than offended. "I wouldn't say it hasn't been done on every farm that ever existed. But I wouldn't do it with Sandcastle . . . or at any rate not this year. He's still young. And untested, of course. Some stallions won't look at as many as forty mares . . . though shy breeders do tend to run in families, and there's nothing in his pedigree to suggest he'll be anything but energetic and fertile. I wouldn't have embarked on all this if there had been any doubts."

It seemed that he was trying to reassure himself as much as me; as if the size and responsibility of

his undertaking had only just penetrated, and in penetrating, frightened.

I felt a faint tremor of dismay but stifled it with the reassurance that come hell or high water Sandcastle was worth his buying price and could be sold again even at this late date for not much less. The bank's money was safe on his hoof.

It was earlier in the day than my last visit—eleven in the morning—and more lads than before were to be seen mucking out the boxes and carrying feed and water.

"I've had to take on extra hands," Oliver Knowles said matter-of-factly. "Temporarily, for the season."

"Has recruitment been difficult?" I asked.

"Not really. I do it every spring. I keep the good ones on for the whole year, if they'll stay, of course: these lads come and go as the whim takes them, the unmarried ones, that is. I keep the nucleus on and put them painting fences and such in the autumn and winter."

We strolled into the second yard, where the butty figure of Nigel could be seen peering over a half-door into a box.

"You remember Nigel?" Oliver said. "My stud manager?"

Nigel, I noted, had duly been promoted.

"And Ginnie?" I asked, as we walked over. "Is she home today?"

"Yes, she's somewhere about." He looked around as if expecting her to materialize at the sound of her name, but nothing happened.

"How's it going, Nigel?" he asked.

Nigel's hairy eyebrows withdrew from the box and aimed themselves in our direction. "Floradora's eating again," he said, indicating the inspected lady and sounding relieved. "And Pattacake is still in labor. I'm just going back there."

"We'll come," Oliver said. "If you'd like to?" he said, looking at me questioningly.

I nodded and walked on with them along the path into the third, smaller quadrangle, the foaling yard.

Here too, in this place that had been empty, there was purposeful life, and the box to which Nigel led us was larger than normal and thickly laid with straw.

"Foals usually drop at night," Oliver said, and Nigel nodded. "She started about midnight. She's just lazy, eh, girl?" He patted the brown rump. "Very slow. Same thing every year."

"She's not come for Sandcastle, then?" I said.

"No. She's one of mine," Oliver said. "The foal's by Diarist."

We hovered for a few minutes but there was no change in Pattacake. Nigel, running delicately knowledgeable hands over the shape under her ribs, said she'd be another hour, perhaps, and that he would stay with her for a while. Oliver and I walked onwards, past the still closed breeding shed and down the path between the two small paddocks towards the stallion yard. Everything, as before, meticulously tidy.

There was one four-legged figure in one of the paddocks, head down and placid. "Parakeet," Oliver said. "Getting more air than grass, actually. It isn't warm enough yet for the new grass to grow."

We came finally to the last yard, and there he was, the gilt-edged Sandcastle, looking over his door like any other horse.

One couldn't tell, I thought. True, there was a poise to the well-shaped head, and an interested eye and alertly pricked ears, but nothing to announce that this was the marvelous creature I'd seen at Ascot. No one ever again, I reflected, would see that arrowlike raking gallop, that sublime throat-catching valor: and it seemed a shame that he should be denied his ability in the hope that he would pass it on.

A lad, broom in hand, was sweeping scatterings of peat off the concrete apron in front of the six stallions' boxes, watched by Sandcastle, Rotaboy and Diarist with the same depth of interest as a bus line would extend to a street singer.

"Lenny," Oliver said, "you can take Sandcastle down to the small paddock opposite to the one with Parakeet." He looked up at the sky as if to sniff the coming weather. "Put him back in his box when you return for evening stables."

"Yes, sir."

Lenny was well into middle age, small, leathery and of obviously long experience. He propped the broom against one of the empty boxes and disappeared into a doorway, to reappear presently

carrying a length of rope.

"Lenny is one of my most trusted helpers," Oliver Knowles said. "Been with me several years. He's good with stallions and much stronger than he looks. Stallions can be quite difficult to handle, but Lenny gets on with them better than with mares. Don't know why."

Lenny clipped the rope onto the head collar that Sandcastle, along with every other equine resident, wore at all times. Upon the head collar was stapled a metal plate bearing the horse's name, an absolute essential for identification. Shuffle all those mares together without their head collars, I thought, and no one would ever sort them. I suggested the problem mildly to Oliver, who positively blanched. "God forbid! Don't suggest such things. We're very careful. Have to be. Otherwise, as you say, we could breed the wrong mare to the wrong stallion and never know it."

I wondered, but privately, how often that in fact had happened, or whether indeed it was possible for two mares or two foals to be permanently swapped. The opportunities for mistakes, if not for outright fraud, put computer manipulation in the shade.

Nigel arrived in the yard, and with his scarcely necessary help Lenny opened Sandcastle's door and led the colt out; and one could see in all their strength the sleek muscles, the tugging sinews, the spring-like joints. The body that was worth its weight in gold pranced and scrunched on the hard

apron, wheeling round impatiently and tossing its uncomprehending head.

"Full of himself," Oliver explained. "We have to feed him well and keep him fairly fit, but of course he doesn't get the exercise he used to."

We stepped to one side with undignified haste to avoid Sandcastle's restless hindquarters. "Has he . . . er . . . started work yet?" I asked.

"Not yet," Oliver said. "Only one of his mares has foaled so far. She's almost through her foal-heat, so when she comes into use in fifteen or sixteen days' time, she'll be his first. After that there will be a pause—give him time to think!—then he'll be busy until into June."

"How often . . . ?" I murmured delicately.

Oliver fielded the question as if he, like Calder, had had to give the same answer countless times over.

"It depends on the stallion," he said. "Some can cover one mare in the morning and another in the afternoon and go on like that for days. Others haven't that much stamina or that much desire. Occasionally you get very shy and choosy stallions. Some of them won't go near some mares but will mate all right with others. Some will cover only one mare a fortnight, if that. Stallions aren't machines, you know, they're individuals like everyone else."

With Nigel in attendance Lenny led Sandcastle out of the yard, the long bay legs stalking in powerful strides beside the almost trotting little man.

"Sandcastle will be all right with mares," Oliver said again firmly. "Most stallions are."

We stopped for Oliver to give two carrots and a pat each to Rotaboy and Diarist, so that we didn't ourselves see the calamity. We heard a distant clatter and yell and the thud of fast hooves, and Oliver went white as he turned to run to the disaster.

I followed him, also sprinting.

Lenny lay against one of the white painted posts of the small paddock's rails, dazedly trying to pull himself up. Sandcastle, loose and excited, had found his way into one of the paths between the larger paddocks and from his bolting speed must have taken the rails to be those of a racecourse.

Nigel stood by the open gate of the small paddock, his mouth wide, as if arrested there by shock. He was still almost speechless when Oliver and I reached him, but had at least begun to unstick.

"For Christ's sake," Oliver shouted. "Get going. Get the Land Rover. He can get out onto the road that way through the Watcherleys'." He ran off in the direction of his own house, leaving a partially resurrected Nigel to stumble off toward the bungalow, half in sight beyond the stallion yard.

Lenny raised himself and began his excuses, but I didn't wait to listen. Unused to the problem and ignorant of how best to catch fleeing horses, I simply set off in Sandcastle's wake, following his

path between the paddocks and seeing him disappear ahead of me behind a distant hedge.

I ran fast along the grassy path between the rails, past the groups of incurious mares in the paddocks, thinking that my brief January vacation skiing down the pistes at Gstaad might have its practical uses after all; there was currently a lot more muscle in my legs than was ever to be found by July.

Whereas on my last visit the hedge between Oliver Knowles' farm and the Watcherleys' run-down hospital for sick horses had been a thorny unbroken boundary, there were now two or three wide gaps, so that passing from one side to the other was easy. I pounded through the gap that lay straight ahead and noticed almost unconsciously that the Watcherleys' dilapidation had been not only halted but partially reversed, with new fencing going up and repairs in hand on the roofs.

I ran towards the stable buildings across a thistly field in which there was no sign of Sandcastle, and through an as yet unmended gate that hung open on broken hinges on the far side. Beyond there, between piles of rubble and rusting iron, I reached the yard itself, to find Ginnie looking around her with unfocused anxiety and a man and a girl walking towards her inquiringly.

Ginnie saw me running, and her first instinctively cheerful greeting turned almost at once to alarm.

"What is it?" she said. "Is one of the mares out?"

"Sandcastle."

"Oh, no . . ." It was a wail of despair. "He can get on the road." She turned away, already running, and I ran after her; out of the Watcherleys' yard, round their ramshackle house and down the short, weedy, gateless drive to the dangerous outside world where a car could kill a horse without even trying.

"We'll never catch him," Ginnie said as we reached the road. "It's no use running. We don't know which way he went." She was in great distress: eyes flooding, tears on her cheeks. "Where's Dad?"

"I should think he's out in his car, looking. And Nigel's in a Land Rover."

"I heard a horse gallop through the Watcherleys'," she said. "I was in one of the boxes with a foal. I never thought . . . I mean, I thought it might be a mare . . ."

A speeding car passed in front of us, followed closely by two others doing at least sixty miles an hour, one of them dicily passing a heavy tractor-trailer rig, which should have been home in its nest on a Sunday. The thought of Sandcastle loose in that battlefield was literally goose-pimpling and I began for the first time to believe in his imminent destruction. One of those charging monsters would be sure to hit him. He would waver across the road into their path, swerving, rudderless, hopelessly vulnerable . . . a

five-million-pound traffic accident in the making.

"Let's go this way," I said, pointing to the left. A motorcyclist roared from that direction, head down in a black visor, going too fast to stop.

Ginnie shook her head sharply. "Dad and Nigel will be on the road. But there's a track over there . . ." She pointed slantwise across the road. "He might just have found it. And there's a bit of a hill and even if he isn't up there at least we might see him from there . . . you can see the road in places . . . I often ride up there." She was off again, running while she talked, and I fell in beside her. Her face was screwed up with the intensity of her feelings and I felt as much sympathy for her as dismay about the horse. Sandcastle was insured—I'd examined and approved the policy myself—but Oliver Knowles' prestige wasn't. The escape and death of the first great stallion in his care would hardly attract future business.

The track was muddy and rutted and slippery from recent rain. There were also a great many hoofprints, some looking new, some overtrodden and old. I pointed to them as we ran and asked Ginnie pantingly if she knew if any of those were Sandcastle's.

"Oh." She stopped running suddenly. "Yes. Of course. He hasn't got shoes on. The blacksmith came yesterday, Dad said . . ." she peered at the ground dubiously ". . . he left Sandcastle without new shoes because he was going to make leather pads for under them . . . I wasn't really

listening." She pointed. "I think that might be him. Those new marks . . . they could be, they really could." She began running again up the track, impelled by hope now as well as horror, fit in her jeans and sweater and jodhpur boots after all that compulsory jogging.

I ran beside her thinking that mud anyway washed easily from shoes, socks and trouser legs. The ground began to rise sharply and to narrow between bare-branched scratchy bushes; and the jumble of hoofmarks inexorably led on and on.

"Please be up here," Ginnie was saying. "Please, Sandcastle, please be up here." Her urgency pumped in her legs and ran in misery down her cheeks. "Oh please . . . *please* . . ."

The agony of adolescence, I thought. So real, so overpowering . . . so remembered.

The track curved through the bushes and opened suddenly into a wider place where grass grew in patches beside the rutted mud; and there stood Sandcastle, head high, nostrils twitching to the wind, a brown-and-black creature of power and beauty and majesty.

Ginnie stopped running in one stride and caught my arm fiercely.

"Don't move," she said. "I'll do it. You stay here. Keep still. Please keep still."

I nodded obediently, respecting her experience. The colt looked ready to run again at the slightest untimely movement, his sides quivering, his legs stiff with tension, his tail sweeping up and down restlessly.

He's frightened, I thought suddenly. He's out here, lost, not knowing where to go. He's never been free before, but his instinct is still wild, still against being caught. Horses were never truly tamed, only accustomed to captivity.

Ginnie walked towards him, making crooning noises and holding out her hand palm upwards, an offering hand with nothing to offer. "Come on, boy," she said. "Come on boy, there's a good boy, it's all right, come on now."

The horse watched her as if he'd never seen a human before, his alarm proclaimed in a general volatile trembling. The rope hung down from his head collar, its free end curling on the ground: and I wondered whether Ginnie would be able to control the colt if she caught him, where Lenny with all his strength had let him go.

Ginnie came to within a foot of the horse's nose, offering her open left hand upwards and bringing her right hand up slowly under his chin, reaching for the head collar itself, not the rope: her voice made soothing, murmuring sounds and my own tensed muscles began to relax.

At the last second Sandcastle would have none of it. He wheeled away with a squeal, knocking Ginnie to her knees; took two rocketing strides towards a dense patch of bushes, wheeled again, laid back his ears and accelerated in my direction. Past me lay the open track, downhill again to the slaughtering main road.

Ginnie, seen in peripheral vision, was struggling to her feet in desperation. Without thinking of

anything much except perhaps what that horse meant to her family, I jumped not out of his way but at his flying head, my fingers curling for the head collar and missing that and fastening round the rope.

He nearly tore my arms out of their sockets and all the skin off my palms. He yanked me off my feet, pulled me through the mud and trampled on my legs. I clung all the same with both hands to the rope and bumped against his shoulder and knee, and shortly, more by weight than skill, hauled him to the side of the track and into the bushes.

The bushes, indeed, acted as an anchor. He couldn't drag my heaviness through them, not if I kept hold of the rope; and I wound the rope clumsily around a stump of branch for leverage, and that was roughly that. Sandcastle stood the width of the bush away, crossly accepting the inevitable, tossing his head and quivering but no longer trying for full stampede.

Ginnie appeared round the curve in the track, running and if possible looking more than ever distraught. When she saw me she stumbled and half fell and came up to me uninhibitedly crying.

"Oh, I'm so glad, so glad, and you should never do that, you can be killed, you should never do it, and I'm so grateful, so glad . . . oh, dear." She leaned against me weakly and like a child wiped her eyes and nose on my sleeve.

"Well," I said pragmatically, "what do we do with him now?"

What we decided, upon consideration, was that I and Sandcastle should stay where we were, and that Ginnie should go and find Nigel or her father, neither she nor I being confident of leading our prize home without reinforcements.

While she was gone I made an inventory of damage, but so far as my clothes went there was nothing the cleaners couldn't see to, and as for the skin, it would grow again pretty soon. My legs, though bruised, were functioning, and there was nothing broken or frightful. I made a ball of my handkerchief in my right palm, which was bleeding slightly, and thought that one of these days a habit of launching oneself at things like fleeing stallions and boys with knives might prove to be unwise.

Oliver, Ginnie, Nigel and Lenny all appeared in the Land Rover, gears grinding and wheels spinning in the mud. Sandcastle, to their obvious relief, was upon inspection pronounced sound, and Oliver told me forcefully that *no one,* should *ever,* repeat *ever,* try to stop a bolting horse in that way.

"I'm sorry," I said.

"You could have been killed."

"So Ginnie said."

"Didn't it occur to you?" He sounded almost angry; the aftermath of fright. "Didn't you *think?*"

"No," I said truthfully. "I just did it."

"Never do it again," he said, "and thanks," he paused and swallowed and tried to make light of

his own shattered state. "Thanks for taking care of my investment."

Lenny and Nigel had brought a different sort of head collar, which involved a bit in the mouth and a fierce-looking curb chain, and with these in place the captive (if not chastened) fugitive was led away. There seemed to me to be a protest in the stalking hindquarters, a statement of disgust at the injustices of life. I smiled at that fanciful thought; the pathetic fallacy, the ascribing to animals of emotions one felt only oneself.

Oliver drove Ginnie and me back in the Land Rover, traveling slowly behind the horse and telling how Nigel and Lenny had allowed him to go free.

"Sheer bloody carelessness," he said forthrightly. "Both of them should know better. They could see the horse was fresh and jumping out of his skin yet Lenny was apparently holding the rope with only one hand and stretching to swing the gate open with the other. He took his eyes off Sandcastle so he wasn't ready when Nigel made some sharp movement or other and the horse reared and ran backwards. I ask you! Lenny! Nigel! How can they be so bloody stupid after all these years?"

There seemed to be no answer to that so we just let him curse away, and he was still rumbling like distant thunder when the journey ended. Once home he hurried off to the stallion yard and Ginnie trenchantly said that if Nigel was as sloppy with discipline for animals as he was with the

lads, it was no wonder any horse with spirit would take advantage.

"Accidents happen," I said mildly.

"Huh." She was scornful. "Dad's right. That accident *shouldn't* have happened. It was an absolute miracle that Sandcastle came to no harm at all. Even if he hadn't got out on the road he could have tried to jump the paddock rails—loose horses often do—and broken his leg or something." She sounded as angry as her father, and for the same reason; the flooding release after fear. I put my arm round her shoulders and gave her a quick hug, which seemed to disconcert her horribly. "Oh dear, you must think me so silly . . . and crying like that . . . and everything."

"I think you're a nice dear girl who's had a rotten morning," I said. "But all's well now, you know; it really is."

I naturally believed what I said, but I was wrong.

_____ *April*

Calder Jackson finally came to dinner with me while he was staying in London to attend a world conference of herbalists. He would be glad, he said, to spend one of the evenings away from his colleagues, and I met him in a restaurant, on the grounds that although my flat was civilized my cooking was not.

I sensed immediately a difference in him, though it was hard to define; rather as if he had become a figure still larger than life. Heads turned and voices whispered when we walked through the crowded place to our table, but because of television this would have happened anyway. Yet now, I thought, Calder really enjoyed it. There was still no overt arrogance, still a becoming modesty of manner, but something within him had intensified, crystallized, become a governing factor. He was now, I thought, even to himself, the Great Man.

I wondered what, if anything, had specifically altered him, and it turned out to be the one thing

I would have least expected: Ian Pargetter's death.

Over a plateful of succulent smoked salmon Calder apologized for the abrupt way he'd brushed me off on the telephone on that disturbing night, and I said it was most understandable.

"Fact is," Calder said, squeezing lemon juice, "I was afraid my whole business would collapse. Ian's partners, you know, never approved of me. I was afraid they would influence everyone against me, once Ian had gone."

"And it hasn't worked out that way?"

He shook his head, assembling a pink forkful. "Remarkably not. Amazing." He put the smoked salmon in his mouth and made appreciative noises, munching. I was aware, and I guessed he was, too, that the ears of the people at the tables on either side were almost visibly attuned to the distinctive voice, to the clear loud diction with its country edge. "My yard's still full. People have faith, you know. I may not get quite so many racehorses, that's to be expected, but still a few."

"And have you heard any more about Ian Pargetter's death? Did they ever find out who killed him?"

He looked regretful. "I'm sure they haven't. I asked one of his partners the other day, and he said no one seemed to be asking questions anymore. He was quite upset. And so am I. I suppose finding his murderer won't bring Ian back, but all the same one wants to *know*."

"Tell me some of your recent successes," I

said, nodding, changing the subject and taking a slice of paper-thin brown bread and butter. "I find your work tremendously interesting." I also found it about the only thing else to talk about, as we seemed to have few other points of contact. Regret it as I might, there was still no drift towards an easy personal friendship.

Calder ate some more smoked salmon while he thought. "I had a colt," he said at last, "a two-year-old in training. Ian had been treating him, and he'd seemed to be doing well. Then about three weeks after Ian died the colt started bleeding into his mouth and down his nose and went on and on doing it, and as Ian's partner couldn't find out the trouble the trainer persuaded the owner to send the horse to me."

"And did you discover what was wrong?" I asked.

"Oh, no." He shook his head. "It wasn't necessary. I laid my hands on him three succeeding days, and the bleeding stopped immediately. I kept him at my place for two weeks altogether, and returned him on his way back to full good health."

The adjacent tables were fascinated, as indeed I was myself.

"Did you give him herbs?" I asked.

"Certainly. Of course. And alfalfa in his hay. Excellent for many ills, alfalfa."

I had only the haziest idea of what alfalfa looked like, beyond its being some sort of grass.

"The one thing you can't do with herbs," he

said confidently, "is *harm.*"

I raised my eyebrows with my mouth full.

He gave the nearest thing to a grin. "With ordinary medicines one has to be so careful because of their power and their side effects, but if I'm not certain what's wrong with a horse I can give it all the herbal remedies I can think of all at once in the hope that one of them will hit the target, and it quite often does. It may be hopelessly unscientific, but if a trained vet can't tell exactly what's wrong with a horse, how can I?"

I smiled with undiluted pleasure. "Have some wine," I said.

He nodded the helmet of curls, and the movement I made towards the bottle in its ice-bucket was instantly forestalled by a watchful waiter who poured almost reverently into the healer's glass.

"How was the American trip," I asked, "way back in January?"

"Mm." He sipped his wine. "Interesting." He frowned a little and went back to finishing the salmon, leaving me wondering whether that was his total answer. When he'd laid down his knife and fork, however, he sat back in his chair and told me that the most enjoyable part of his American journey had been, as he'd expected, his few days on the ski slopes; and we discussed skiing venues throughout the roast beef and burgundy that followed.

With the crepes suzette I asked after Dissdale

and Bettina and heard that Dissdale had been to New York on a business trip and that Bettina had been acting a small part in a British movie, which Dissdale hadn't known whether to be pleased about or not. "Too many gorgeous young studs around," Calder said, smiling. "Dissdale gets worried anyway, and he was away for ten days."

I pondered briefly about Calder's own seemingly nonexistent sex life: but he'd never seen me with a girl either, and certainly there was no hint in him of the homosexual.

Over coffee, running out of subjects, I asked about his yard in general, and how was the right-hand man, Jason, in particular.

Calder shrugged. "He's left. They come and go, you know. No loyalty these days."

"And you don't fear . . . well, that he'd take your knowledge with him?"

He looked amused. "He didn't know much. I mean, I'd hand out a pill and tell Jason which horse to give it to. That sort of thing."

We finished amiably enough with a glass of brandy for each and a cigar for him, and I tried not to wince over the bill.

"A very pleasant evening," Calder said. "You must come out to lunch again one day."

"I'd like to."

We sat for a final few minutes opposite each other in a pause of mutual appraisal: two people utterly different but bonded by one-tenth of a second on a pavement in Ascot. Saved and saver, inextricably interested in each other; a continuing

curiosity that would never quite lose touch. I smiled at him slowly and got a smile in return, but all surface, no depth, a mirror exactly of my own feelings.

In the office things were slowly changing. John had boasted too often of his sexual conquests and complained too often about my directorship, and Gordon's almost-equal had tired of such waste of time. I'd heard from Val Fisher in a perhaps edited version that at a small and special seniors' meeting (held in my absence and without my knowledge) Gordon's almost-equal had said he would like to boot John vigorously over St. Paul's. His opinion was respected. I heard from Alec one day merely that the mosquito that had stung me for so long had been squashed, and on going along the passage to investigate found John's desk empty and his bull-like presence but a quiver in the past.

"He's gone to sell air-conditioning to Eskimos," Alec said, and Gordon's almost-equal, smiling affably, corrected it more probably to a partnership with some brokers on the Stock Exchange.

Alec himself seemed restless, as if his own job no longer held him enthralled.

"It's all right for you," he said once. "You've the gift. You've the *sight*. I can't tell a gold mine from a pomegranate at five paces, and it's taken me all these years to know it."

"But you're a conjuror," I said. "You can

rattle up outside money faster than anyone."

"Gift of the old gab, you mean." He looked uncharacteristically gloomy. "Syrup with a chisel in it." He waved his hand towards the desks of our new older colleagues, who had both gone out to lunch. "I'll end up like them, still here, still smooth-talking, part of the furniture, coming up to *sixty*." His voice held disbelief that such an age could be achieved. "That isn't life, is it? That's not *all*?"

I said that I supposed it might be.

"Yes, but for you it's exciting," he said. "I mean, you love it. Your eyes *gleam*. You get your kicks right here in this room. But I'll never be made a director, let's face it, and I have this grotty feeling that time's slipping away, and soon it will be too late to start anything else."

"Like what?"

"Like being an actor. Or a doctor. Or an acrobat."

"It's been too late for that since you were six."

"Yeah," he said. "Lousy, isn't it?" He put his heart and soul ten minutes later, however, into tracking down a source of a hundred thousand for several years and lending it to a businessman at a profitable rate, knitting together such loan packages all afternoon with diligence and success.

I hoped he would stay. He was the yeast of the office: my bubbles in the dough. As for myself, I had grown accustomed to being on the board and had slowly found I'd reached a new level of confidence. Gordon seemed to treat me

unreservedly as an equal, though it was not until he had been doing it for some time that I looked back and realized.

Gordon's hitherto uniformly black hair had grown a streak or two of gray. His right hand now trembled also, and his handwriting had grown smaller through his efforts to control his fingers. I watched his valiant struggles to appear normal and respected his privacy by never making even a visual comment: it had become second nature to look anywhere but directly at his hands. In the brain department he remained energetic, but physically over all he was slowing down.

I had only seen Judith once since Christmas, and that had been in the office at a retirement party given for the head of Corporate Finance, a golden-handshake affair to which all managers' wives had been invited.

"How are you?" she said amid the throng, holding a glass of wine and an unidentifiable canapé and smelling of violets.

"Fine. And you?"

"Fine."

She was wearing blue, with diamonds in her ears. I looked at her with absolute and unhappy love and saw the strain it put into her face.

"I'm sorry," I said.

She shook her head and swallowed. "I thought . . . it might be different . . . here in the bank."

"No."

She looked down at the canapé, which was squashy and yellow. "If I don't eat this damned

thing soon it'll drop down my dress."

I took it out of her fingers and deposited it in an ashtray. "Invest in a salami cornet. They stay rock-hard for hours."

"What's Tim telling you to invest in?" demanded Henry Shipton, turning to us a beaming face.

"Salami," Judith said.

"Typical. He loaned money to a seaweed processor last week. Judith, my darling, let me freshen your glass."

He took the glass away to the bottles and left us again looking at each other with a hundred ears around.

"I was thinking," I said, "when it's warmer, could I take you and Gordon, and Pen if she'd like it, out somewhere one Sunday? Somewhere not ordinary. All day."

She took longer than normal politeness required to answer, and I understood all the unspoken things, but finally, as Henry could be seen returning, she said, "Yes. We'd all like it. I'd like it . . . very much."

"Here you are," Henry said. "Tim, you go and fight for your own refill, and leave me to talk to this gorgeous girl." He put his arm round her shoulders and swept her off, and although I was vividly aware all evening of her presence, we had no more moments alone.

From day to day when she wasn't around I didn't precisely suffer: her absence was more of a faint background ache. When I saw Gordon daily

in the office I felt no constant envy, nor hated him, nor even thought much of where he slept. I liked him for the good clever man he was, and our office relationship continued unruffled and secure. Loving Judith was both pleasure and pain, delight and deprivation, wishes withdrawn, dreams denied. It might have been easier and more sensible to have met and fallen heavily for some young glamorous unattached stranger, but the one thing love never did have was logic.

"Easter," I said to Gordon one day in the office. "Are you and Judith going away?"

"We had plans—they fell through."

"Did Judith mention that I'd like to take you both somewhere—and Pen Warner—as a thank-you for Christmas?"

"Yes, I believe she did."

"Easter Monday, then?"

He seemed pleased at the idea and reported the next day that Judith had asked Pen, and everyone was poised. "Pen's bringing her kite," he said. "Unless it's a day trip to Manchester."

"I'll think of something," I said, laughing. "Tell her it won't be raining."

What I did eventually think of seemed to please them all splendidly and also to be acceptable to others concerned, and I consequently collected Gordon and Judith and Pen (but not the kite) from Clapham at eight-thirty on Easter Bank Holiday morning. Judith and Pen were in fizzing high spirits, though Gordon seemed already tired.

I suggested abandoning what was bound to be a fairly taxing day for him, but he wouldn't hear of it.

"I want to go," he said. "Been looking forward to it all week. But I'll just sit in the back of the car and rest and sleep some of the way." So Judith sat beside me while I drove and touched my hand now and then, not talking much but contenting me deeply by just being there. The journey to Newmarket lasted two and a half hours and I would as soon it had gone on forever.

I was taking them to Calder's yard, to the utter fascination of Pen. "But don't tell him I'm a pharmacist," she said. "He might clam up if he knew he had an informed audience."

"We won't tell," Judith assured her. "It would absolutely spoil the fun."

Poor Calder, I thought: but I wouldn't tell him either.

He greeted us expansively (making me feel guilty) and gave us coffee in the huge oak-beamed sitting room where the memory of Ian Pargetter hovered peripherally by the fireplace.

"Delighted to see you again," Calder said, peering at Gordon, Judith and Pen as if trying to conjure a memory to fit their faces. He knew of course who they were by name, but Ascot was ten months since, and although it had been an especially memorable day for him he had met a great many new people between then and now. "Ah *yes*," he said with relief, his brow clearing. "Yellow hat with roses."

Judith laughed. "Well done."

"Can't forget anyone so pretty."

She took it as it was meant, but indeed he hadn't forgotten, as one tended never to forget people whose vitality brought out the sun.

"I see Dissdale and Bettina quite often," he said, making conversation, and Gordon agreed that he and Judith, also, sometimes saw Dissdale, though infrequently. As a topic it was hardly riveting, but served as an acceptable unwinding interval between the long car journey and the Grand Tour.

The patients in the boxes were all different but their ailments seemed the same: and I supposed surgeons could be excused their impersonal talk of "the appendix in bed 14," when the occupants changed week by week but the operation didn't.

"This is a star three-day-eventer who came here five weeks ago with severe muscular weakness and no appetite. Wouldn't eat. Couldn't be ridden. He goes home tomorrow, strong and thriving. Looks well, eh?" Calder patted the glossy brown neck over the half-door. "His owner thought he was dying, poor girl. She was weeping when she brought him here. It's really satisfying, you know, to be able to help."

Gordon said civilly that it must be.

"This is a two-year-old not long in training. Came with an intractably infected wound on his fetlock. He's been here a week, and he's healing. It was most gratifying that the trainer sent him without delay, since I'd treated several of his

horses in the past.''

"This mare,'' Calder went on, moving us all along, "came two or three days ago in great discomfort with blood in her urine. She's responding well, I'm glad to say.'' He patted this one too, as he did them all.

"What was causing the bleeding?'' Pen asked, but with only an uninformed-member-of-the-public intonation.

Calder shook his head. "I don't know. His vet diagnosed a kidney infection complicated by crystalluria, which means crystals in the urine, but he didn't know the type of germ, and every antibiotic he gave failed to work. So the mare came here. Last resort.'' He gave me a wink. "I'm thinking of simply renaming this whole place 'Last Resort.' ''

"And you're treating her,'' Gordon asked, "with herbs?''

"With everything I can think of,'' Calder said. "And of course . . . with hands.''

"I suppose,'' Judith said diffidently, "that you'd never let anyone watch . . . ?''

"My dear lady, for you, anything,'' Calder said. "But you'd see nothing. You might stand for half an hour, and nothing would happen. It would be terribly boring. And I might, perhaps, be *unable,* you know, if someone was waiting and standing there.''

Judith smiled understandingly and the tour continued, ending, as before, in the surgery.

Pen stood looking about her with sociable

blankness and then wandered over to the glass-fronted cabinets to peer myopically at the contents.

Calder, happily ignoring her in favor of Judith, was pulling out his antique tablet-maker and demonstrating it with pride.

"It's beautiful," Judith said sincerely. "Do you use it much?"

"All the time," he said. "Any herbalist worth the name makes his own pills and potions."

"Tim said you had a universal magic potion in the fridge."

Calder smiled and obligingly opened the refrigerator door, revealing the brown-filled plastic containers, as before.

"What's in it?" Judith asked.

"Trade secret," he said, smiling. "Decoction of hops and other things."

"Like beer?" Judith said.

"Yes, perhaps."

"Horses do drink beer," Gordon said. "Or so I've heard."

Pen bent down to pick up a small peach-colored pill that was lying unobtrusively on the floor in the angle of one of the cupboards, and put it without comment on the bench.

"It's all so *absorbing,*" Judith said. "So tremendously kind of you to show us everything. I'll watch all your programs with more fervor than ever."

Calder responded to her warmly as all men did and asked us into the house again for a drink

before we left. Gordon, however, was still showing signs of fatigue and now also hiding both hands in his pockets, which meant he felt they were trembling badly, so the rest of us thanked Calder enthusiastically for his welcome and made admiring remarks about his hospital and climbed into the car, into the same places as before.

"Come back any time you like, Tim," he said; and I said thank you and perhaps I would. We shook hands, and we smiled, caught in our odd relationship and unable to take it further. He waved, and I waved back as I drove away.

"Isn't he amazing?" Judith said. "I must say, Tim, I do understand why you're impressed."

Gordon grunted and said that theatrical surgeons weren't necessarily the best: but yes, Calder was impressive.

It was only Pen, after several miles, who expressed her reservations.

"I'm not saying he doesn't do a great deal of good for the horses. Of course he must do, to have amassed such a reputation. But I don't honestly think he does it all with herbs."

"How do you mean?" Judith asked, twisting round so as to see her better.

Pen leaned forward. "I found a pill on the floor. I don't suppose you noticed."

"I did," I said. "You put it on the bench."

"That's right. Well, that was no herb, it was plain straightforward warfarin."

"It may be plain straightforward war-whatever to you," Judith said. "But not to me."

Pen's voice was smiling. "Warfarin is a drug used in humans, and I daresay in horses, after things like heart attacks. It's a coumarin—an anticoagulant. Makes the blood less likely to clot and block up the veins and arteries. Widely used all over the place."

We digested the information in silence for a mile or two, and finally Gordon said, "How did you know it was warfarin? I mean, how can you tell?"

"I handle it every day," she said. "I know the dosages, the sizes, the colors, the manufacturers' marks. You see all those things so often, you get to know them at a glance."

"Do you mean," I said interestedly, "that if you saw fifty different pills laid out in a row you could identify the lot?"

"Probably. If they all came from major drug companies and weren't completely new, certainly, yes."

"Like a wine-taster," Judith said.

"Clever girl," Gordon said, meaning Pen.

"It's just habit." She thought. "And something else in those cupboards wasn't strictly herbal, I suppose. He had one or two bags of potassium sulfate, bought from Goodison's Garden Center, wherever that is."

"Whatever for?" Judith asked. "Isn't potassium sulfate a fertilizer?"

"Potassium's just as essential to animals as to plants," Pen said. "I wouldn't be surprised if it isn't one of the ingredients in that secret brew."

"What else would you put in it, if you were making it?" I asked curiously.

"Oh, heavens." She pondered. "Any sort of tonic. Perhaps licorice root, which he once mentioned. Maybe caffeine. All sorts of vitamins. Just a pepping-up mish-mash."

The hardest part of the day had been to find somewhere decent to have lunch, and the place I'd chosen via the various gourmet guides turned out, as so often happens, to have changed hands and chefs since the books were written. The resulting repast was slow to arrive and disappointing to eat, but the mood of my guests forgave all.

"You remember," Gordon said thoughtfully over the coffee, "that you told us on the way to Newmarket that Calder was worried about his business when that vet was killed?"

"Yes," I said. "He was, at the time."

"Isn't it possible," Gordon said, "that the vet was letting Calder have regular official medicines, like warfarin, and Calder thought his supplies would dry up, when the vet died?"

"Gordon!" Judith said. "How devious you are, darling."

We all thought about it, however, and Pen nodded. "He must have found another willing source, I should think."

"But," I protested, "would vets really do that?"

"They're not particularly brilliantly paid," Pen said. "Not badly by my standards, but they're never *rich.*"

"But Ian Pargetter was very much liked," I said.

"What's that got to do with it?" Pen said. "Nothing to stop him passing on a few pills and advice to Calder in return for a fat untaxed fee."

"To their mutual benefit," Gordon murmured.

"The healer's feet of clay," Judith said. "What a shame."

The supposition seemed slightly to deflate the remembered pleasure of the morning, but the afternoon's visit put the rest of the day up high.

We went this time to Oliver Knowles' stud farm and found the whole place flooded with foals and mares and activity.

"How *beautiful,*" Judith said, looking away over the stretches of white-railed paddocks with their colonies of mothers and babies. "How speechlessly *great.*"

Oliver Knowles, introduced, was as welcoming as Calder and told Gordon several times that he would never, ever, be out of his debt of gratitude to Paul Ekaterin's, however soon he had paid off his loan.

The anxiety and misgivings to be seen in him on my February visit had all disappeared: Oliver was again, and more so, the capable and decisive executive I had met first. The foals had done well, I gathered. Not one from the mares coming to Sandcastle had been lost, and none of those mares had had any infection, a triumph of care. He told me all this within the first ten minutes, and also that Sandcastle had proved thoroughly potent and

fertile and was a dream of a stallion. "He's tireless," he said. "Forty mares will be easy."

"I'm so glad," I said, and meant it from the bottom of my banking heart.

With his dog Squibs at his heels he showed us all again through the succession of yards, where since it was approximately four o'clock the evening ritual of mucking out and feeding was in full swing.

"A stud farm is not like a racing stable, of course," Oliver was explaining to Gordon. "One lad here can look after far more than three horses, because they don't have to be ridden. And here we have a more flexible system because the mares are sometimes in, sometimes out in the paddocks, and it would be impossible to assign particular mares to particular lads. So here a lad does a particular section of boxes, regardless of which animals are in them."

Gordon nodded, genially interested.

"Why are some foals in the boxes and some out in the paddocks?" Judith asked, and Oliver without hesitation told her it was because the foals had to stay with their dams, and the mares with foals in the boxes were due to come into heat, or were already in heat, and would go from their boxes to visit the stallion. When their heat was over they would go out into the paddocks, with their foals.

"Oh," Judith said, blinking slightly at this factory aspect. "Yes, I see."

In the foaling yard we came across Nigel and

also Ginnie, who ran across to me when she saw me and gave me a great hug and a smacking kiss somewhere to the left of the mouth. Quite an advance in confidence, I thought, and hugged her back, lifting her off her feet and whirling her in a circle. She was laughing when I put her down, and Oliver watched in some surprise.

"I've never known her so demonstrative," he said.

Ginnie looked at him apprehensively and held on to my sleeve. "You didn't mind, did you?" she asked me worriedly.

"I'm flattered," I said, meaning it and also thinking that her father would kill off her spontaneity altogether if he wasn't careful.

Ginnie, reassured, tucked her arm into mine and said, "Come and look at the newest foal. It was born only about twenty minutes ago. It's a colt. A darling." She tugged me off, and I caught a fleeting glance of Judith's face, which was showing a mixture of all sorts of unreadable thoughts.

"Oliver's daughter," I said in explanation over my shoulder and heard Oliver belatedly introducing Nigel.

They all came to look at the foal over the half-door; a glistening little creature half-lying, half-sitting on the thick straw, all long nose, huge eyes and folded legs, new life already making an effort to balance and stand up. The dam, on her feet, alternately bent her head to the foal and looked up at us warily.

"It was an easy one," Ginnie said. "Nigel and I just watched."

"Have you seen many foals born?" Pen asked her.

"Oh, hundreds. All my life. Most often at night."

Pen looked at her as if she, as I did, felt the imagination stirred by such an unusual childhood: as if she, like myself, had never seen one single birth of any sort, let alone a whole procession by the age of fifteen.

"This mare has come to Sandcastle," Oliver said.

"And will that foal win the Derby?" Gordon asked, smiling.

Oliver smiled in return. "You never know. He has the breeding." He breathed deeply, expanding his chest. "I've never been able to say anything like that before this year. No foal born or conceived here has in the past won a Classic, but now . . ." he gestured widely with his arm ". . . one day, from these . . ." he paused. "It's a whole new world. It's . . . tremendous."

"As good as you hoped?" I asked.

"Better."

He had a soul after all, I thought, under all that tidy martial efficiency. A vision of the peaks, which he was reaching in reality. And how soon, I wondered, before the glossy became common-place, the Classic winners a routine, the aristocrats the common herd. It would be what he'd aimed for; but in a way it would be blunting.

We left the foal and went on down the path past the breeding shed, where the main door was today wide open, showing the floor thickly covered with soft brown crumbly peat. Beyond succinctly explaining what went on in there when it was inhabited, Oliver made no comment, and we all walked on without stopping to the heart of the place, to the stallions.

Lenny was there, walking one of the horses round the small yard and plodding with his head down as if he'd been doing it for some time. The horse was dripping with sweat, and from the position of the one open empty box I guessed he would be Rotaboy.

"He's just covered a mare," Oliver said matter-of-factly. "He's always like that afterwards."

Judith and Gordon and Pen all looked as if the overt sex of the place was earthier than they'd expected, even without hearing, as I had at one moment, Oliver quietly discussing a vaginal disinfectant process with Nigel. They rallied valiantly, however, and gazed with proper awe at the head of Sandcastle, which swam into view from the inside-box shadows.

He held himself almost imperiously, as if his new role had basically changed his character; and perhaps it had. I had myself seen during my renewed interest in racing how constant success endowed some horses with definite "presence," and Sandcastle, even lost and frightened up on top of the hill, had perceptibly had it; but now, only two months later, there was a new quality

one might almost call arrogance, a fresh certainty of his own supremacy.

"He's splendid," Gordon exclaimed. "What a treat to see him again after that great day at Ascot."

Oliver gave Sandcastle the usual two carrots and couple of pats, treating the king with familiarity. Neither Judith nor Pen, nor indeed Gordon or myself, tried even to touch the sensitive nose: afraid of getting our fingers bitten off at the wrist, no doubt. It was all right to admire, but distance had virtue.

Lenny put the calming-down Rotaboy back in his box and started mucking out Diarist next door.

"We have two lads looking after the stallions full time," Oliver said. "Lenny, here, and another much-trusted man, Don. And Nigel feeds them."

Pen caught the thought behind his words and asked, "Do you need much security?"

"Some," he said, nodding. "We have the yard wired for sound, so either Nigel or I, when we're in our houses, can hear if there are any irregular noises."

"Like hooves taking a walk?" Judith suggested.

"Exactly." He smiled at her. "We also have smoke alarms and massive extinguishers."

"And brick-built boxes and combination locks on these door bolts at night and lockable gates on all the ways out to the roads," Ginnie said, chattily. "Dad's really gone to town on security."

"Glad to hear it," Gordon said.

I smiled to myself at the classic example of bolting the stable door after the horse had done likewise, but indeed one could see that Oliver had learned a dire lesson and knew he'd been lucky to be given a second chance.

We began after a while to walk back towards the house, stopping again in the foaling yard to look at the new baby colt, who was now shakily on his feet and searching round for his supper.

Oliver drew me to one side and asked if I would like to see Sandcastle cover a mare, an event apparently scheduled for a short time hence.

"Yes, I would," I said.

"I can't ask them all—there isn't room," he said. "I'll get Ginnie to show them the mares and foals in the paddocks and then take them indoors for tea."

No one demurred at this suggested program, especially as Oliver didn't actually mention where he and I were going: Judith, I was sure, would have preferred to join us. Ginnie took them and Squibs off, and I could hear her saying, "Over there, next door, there's another yard. We could walk over that way if you like."

Oliver, watching them amble along the path that Sandcastle had taken at a headlong gallop and I at a sprint, said, "The Watcherleys look after any delicate foals or any mares with infections. It's all worked out most satisfactorily. I rent their place and they work for me, and their expertise with sick animals comes in very useful."

"And you were mending their fences for them, I guess, when I came in February."

"That's right." He sighed ruefully. "Another week and the gates would have been up in the hedge and across their driveway, and Sandcastle would never have got out."

"No harm done," I said.

"Thanks to you, no."

We went slowly back towards the breeding shed. "Have you seen a stallion at work before?" he asked.

"No, I haven't."

After a pause he said, "It may seem strong to you. Even violent. But it's normal to them. Remember that. And he'll probably bite her neck, but it's as much to keep himself in position as an expression of passion."

"All right," I said.

"This mare, the one we're breeding, is receptive, so there won't be any trouble. Some mares are shy, some are slow to arouse, some are irritable, just like humans." He smiled faintly. "This little lady is a born one-nighter."

It was the first time I'd heard him make anything like a joke about his profession and I was almost startled. As if himself surprised at his own words he said more soberly, "We put her to Sandcastle yesterday morning, and all went well."

"The mares go more than once, then, to the stallion?" I asked.

He nodded. "It depends of course on the stud farm, but I'm very anxious, as you can guess, that

all the mares here shall have the best possible chance of conceiving. I bring them all at least twice to the stallion during their heat, then we put them out in the paddocks and wait, and if they come into heat again it means they haven't conceived, so we repeat the breeding process."

"And how long do you go on trying?"

"Until the end of July. That means the foal won't be born until well on in June, which is late in the year for racehorses. Puts them at a disadvantage as two-year-olds, racing against March and April foals that have had more growing time." He smiled. "With any luck Sandcastle won't have any late-June foals. It's too early to be complacent, but none of the mares he covered three weeks or more ago has come back into use."

We reached and entered the breeding shed where the mare already stood, held at the head in a loose twitch by one lad and being washed and attended by another.

"She can't wait, sir," that lad said, indicating her tail, which she was holding high, and Oliver replied rather repressively, "Good."

Nigel and Lenny came with Sandcastle, who looked eagerly aware of where he was and what for. Nigel closed the door to keep the ritual private; and the mating that followed was swift and sure and utterly primeval. A copulation of thrust and grandeur, of vigor and pleasure, not without tenderness: remarkably touching.

"They're not all like that," Oliver remarked

prosaically, as Sandcastle slid out and backwards and brought his forelegs to earth with a jolt. "You've seen a good one."

I thanked him for letting me be there, and in truth I felt I understood more about horses then than I'd ever imagined I would.

We walked back to the house, with Oliver telling me that with the four stallions there were currently six, seven or eight matings a day in the breeding shed, Sundays included. The mind stuttered a bit at the thought of all that rampaging fertility, but that, after all, was what the bank's five million pounds was all about. Rarely, I thought, had anyone seen Ekaterin's money so fundamentally at work.

We set off homewards fortified by tea, scones and whisky, with Oliver and Gordon at the end competing over who thanked whom most warmly. Ginnie gave me another but more composed hug and begged me to come again, and Judith kissed her and offered female succor if ever needed.

"Nice child," she said as we drove away. "Growing up fast."

"Fifteen," I said.

"Sixteen. She had a birthday last week."

"You got on well with her," I said.

"Yes." She looked round at Pen and Gordon, who were again sitting in the back. "She told us about your little escapade here two months ago."

"She didn't!"

"She sure did," Pen said, smiling. "Why ever

didn't you say?"

"I know why," Gordon said dryly. "He didn't want it to be known in the office that the loan he'd recommended had very nearly fallen under a truck."

"Is that right?" Judith asked.

"Very much so," I admitted wryly. "Some of the board were against the whole thing anyway, and I'd have never heard the end of the horse getting out."

"What a coward," Pen said, chuckling.

We pottered slowly back to Clapham through the stop-go end-of-Bank-Holiday traffic, and Judith and Pen voted it the best day they'd had since Ascot. Gordon dozed, I drove with relaxation and so we finally reached the tall gates by the common.

I went in with them for supper, as already arranged, but all of them, not only Gordon, were tired from the long day, and I didn't stay late. Judith came out to the car to see me off and to shut the gates after I'd gone.

We didn't really talk. I held her in my arms, her head on my shoulder, my head on hers, close in the dark night, as far apart as planets.

We stood away and I took her hand, lingering, not wanting all contact lost.

"A great day," she said, and I said "mm," and kissed her very briefly.

Got into the car and drove away.

_____October

Summer had come, summer had gone, sodden, cold and unloved. It had been overcast and windy during Royal Ascot week and Gordon and I, clamped to our telephones and pondering our options, had looked at the sullen sky and hardly minded that this year Dissdale hadn't needed to sell half-shares in his box.

Only with the autumn, far too late, had days of sunshine returned, and it was on a bright golden Saturday that I took the race train to Newbury to see the mixed meeting of two jump races and four flat.

Ursula Young was there, standing near the weighing room when I walked in from the station and earnestly reading her race card.

"Hello," she said when I greeted her. "Haven't seen you for ages. How's the money-lending?"

"Profitable," I said.

She laughed. "Are you here for anything special?"

"No. Just fresh air and a flutter."

"I'm supposed to meet a client." She looked at her watch. "Time for a quick sandwich, though. Are you on?"

I was on, and bought her and myself a thin pallid slice of tasteless white meat between two thick pallid tasteless slices of soggy-crusted bread, the whole wrapped up in cardboard and cellophane and costing a fortune.

Ursula ate it in disgust. "They used to serve proper luscious sandwiches, thick, juicy hand-made affairs that came in a whole stack. I can't stand all this repulsive hygiene." The rubbish from the sandwiches indeed littered most of the tables around us. "Every so-called advance is a retreat from excellence," she said, dogmatic as ever.

I totally agreed with her and we chewed in joyless accord.

"How's trade with you?" I said.

She shrugged. "Fair. The cream of the yearlings are going for huge prices. They've all got high reserves on them because they've cost so much to produce—stallion fees and the cost of keeping the mare and foal to start with, let alone vet's fees and all the incidentals. My sort of clients on the whole settle for second, third or fourth rank, and many a good horse, mind you, has come from the bargain counter."

I smiled at the automatic sales pitch. "Talking of vets," I said, "is the Pargetter murder still unsolved?"

She nodded regretfully. "I was talking to his

poor wife in Newmarket last week. We met in the street. She's only half the girl she was, poor thing, no life in her. She said she asked the police recently if they were still even trying, and they assured her they were, but she doesn't believe it. It's been so long, nine months, and if they hadn't any leads to start with, how can they possibly have any now? She's very depressed, it's dreadful."

I made sympathetic murmurs, and Ursula went on, "The only good thing you could say is that he'd taken out decent life insurance and paid off the mortgage on their house, so at least she and the children aren't penniless as well. She was telling me how he'd been very careful in those ways, and she burst into tears, poor girl."

Ursula looked as if the encounter had distressed her also.

"Have another whisky-mac," I suggested. "To cheer you up."

She looked at her watch. "All right. You get it, but I'll pay. My turn."

Over the second drink, in a voice of philosophical irritation, she told me about the client she was presently due to meet, a small-time trainer of steeplechasers. "He's such a fool to himself," she said. "He makes hasty decisions, acts on impulse, and then when things go wrong he feels victimized and cheated and gets angry. Yet he can be perfectly nice when he likes."

I wasn't especially interested in the touchy trainer, but when I went outside again with Ursula

he spotted her from a short distance away and practically pounced on her arm.

"There you are," he said, as if she'd had no right to be anywhere but at his side. "I've been looking all over."

"It's only just time," she said mildly.

He brushed that aside, a short wiry intense man of about forty with a pork-pie hat above a weatherbeaten face.

"I wanted you to see him before he's saddled," he said. "Do come on, Ursula. Come and look at his conformation."

She opened her mouth to say something to me but he almost forcefully dragged her off, holding her sleeve and talking rapidly into her ear. She gave me an apologetic look of long-suffering and departed in the direction of the pre-parade ring, where the horses for the first race were being led round by their lads before going off to the saddling boxes.

I didn't follow but climbed onto the steps of the main parade ring, round which walked several of the runners already saddled. The last of the field to appear some time later was accompanied by the pork-pie hat, and also Ursula, and for something to do I looked the horse up in the race card.

Zoomalong, five-year-old gelding, trained by F. Barnet.

F. Barnet continued his dissertation into Ursula's ear, aiming his words from approximately six inches away, which I would have found irritating but which she bore without flinching.

According to the flickering numbers on the Tote board Zoomalong had a medium chance in the opinion of the public, so for interest I put a medium stake on him to finish in the first three.

I didn't see Ursula or F. Barnet during the race, but Zoomalong zoomed along quite nicely to finish third, and I walked down from the stands towards the unsaddling enclosure to watch the patting-on-the-back postrace routine.

F. Barnet was there, still talking to Ursula and pointing out parts of his now sweating and stamping charge. Ursula nodded noncommittally, her own eyes knowledgeably raking the gelding from stem to stern, a neat competent good-looking fifty in a rust-colored coat and a brown velvet beret.

Eventually the horses were led away and the whole cycle of excitement began slowly to regenerate towards the second race.

Without in the least meaning to I again found myself standing near Ursula, and this time she introduced me to the pork-pie hat, who had temporarily stopped talking.

"This is Fred Barnet," she said. "And his wife Susan." A rounded motherly person in blue. "And their son Ricky." A boy taller than his father, dark-haired, pleasant-faced.

I shook hands with all three, and it was while I was still touching the son that Ursula in her clear voice said my name, "Tim Ekaterin."

The boy's hand jumped in mine as if my flesh had burned him. I was astonished, and then I

looked at his whitening skin, at the suddenly frightened dark eyes, at the stiffening of the body, at the rising panic: and I wouldn't have known him if he hadn't reacted in that way.

"What's the matter, Ricky?" his mother said, puzzled.

He said, "Nothing," hoarsely and looked around for escape, but all too clearly I knew exactly who he was now and could always find him however far he ran.

"What do you think, then, Ursula?" Fred Barnet demanded, returning to the business in hand. "Will you buy him? Can I count on you?"

Ursula said she would have to consult her client.

"But he was third," Fred Barnet insisted. "A good third . . . in that company, a pretty good showing. And he'll win, I'm telling you. He'll win."

"I'll tell my client all about him. I can't say fairer than that."

"But you do like him, don't you? Look, Ursula, he's a good sort, easy to handle, just right for an amateur . . ." He went on for a while in this vein while his wife listened with a sort of aimless beam meaning nothing at all.

To the son, under cover of his father's hard sell, I quietly said, "I want to talk to you, and if you run away from me now I'll be telephoning the police."

He gave me a sick look and stood still.

"We'll walk down the course together to watch

the next race," I said. "We won't be interrupted there. And you can tell me *why*. And then we'll see."

It was easy enough for him to drop back unnoticed from his parents, who were still concentrating on Ursula, and he came with me through the gate and out across the track itself to the center of the racecourse, stumbling slightly as if not in command of his feet. We walked down towards the last fence, and he told me why he'd tried to kill Calder Jackson.

"It doesn't seem real, not now, it doesn't really," he said first. A young voice, slightly sloppy accent, full of strain.

"How old are you?" I asked.

"Seventeen."

I hadn't been so far out, I thought, fifteen months ago.

"I never thought I'd see you again," he said explosively, sounding faintly aggrieved at the twist of fate. "I mean, the papers said you worked in a bank."

"So I do. And I go racing." I paused. "You remembered my name."

"Yeah. Could hardly forget it, could I? All over the papers."

We went a few yards in silence. "Go on," I said.

He made a convulsive gesture of frustrated despair. "All right. But if I tell you, you won't tell *them,* will you, not Mum and Dad?"

I glanced at him, but from his troubled face it

was clear that he meant exactly what he'd said: it wasn't my telling the police he minded most, but my telling his parents.

"Just get on with it," I said.

He sighed. "Well, we had this horse. Dad did. He'd bought it as a yearling and ran it as a two-year-old and at three, but it was a jumper really, and it turned out to be good." He paused. "Indian Silk, that's what it was called."

I frowned. "But Indian Silk . . . didn't that win at Cheltenham this year, in March?"

He nodded. "The Gold Cup. The very top. He's only seven now and he's bound to be brilliant for years." The voice was bitter with a sort of resigned, stifled anger.

"But he doesn't any longer belong to your father?"

"No, he doesn't." More bitterness, very sharp.

"Go on, then," I said.

He swallowed and took his time, but eventually he said, "Two years ago this month, when Indian Silk was five, like, he won the Hermitage 'Chase very easily here at Newbury, and everyone was tipping him for the Gold Cup *last* year, though Dad was saying he was still on the young side and to give him time. See, Dad was that proud of that horse. The best he'd ever trained, and it was his own, not someone else's. Don't know if you can understand that."

"I do understand it," I said.

He gave a split-second glance at my face. "Well, Indian Silk got sick," he said. "I mean,

there was nothing you could put your finger on. He just lost his speed. He couldn't even gallop properly at home, couldn't beat the other horses in Dad's yard that he'd been running rings round all year. Dad couldn't run him in races. He could hardly train him. And the vet couldn't find out what was wrong with him. They took blood tests and all sorts, and they gave him antibiotics and purges, and they thought it might be worms or something, but it wasn't.''

We had reached the last fence, and stood there on the rough grass beside it while in twos and threes other enthusiasts straggled down from the grandstand towards us to watch the horses in action at close quarters.

"I was at school a lot of the time, see," Ricky said. "I was home every night of course but I was taking exams and had a lot of homework and I didn't really want to take much notice of Indian Silk getting so bad or anything. I mean, Dad does go on a bit, and I suppose I thought the horse just had the virus or something and would get better. But he just got slowly worse and one day Mum was crying." He stopped suddenly, as if that part was the worst. "I hadn't seen a grownup cry before," he said. "Suppose you'll think it funny, but it upset me something awful."

"I don't think it funny," I said.

"Anyway," he went on, seeming to gather confidence, "it got so that Indian Silk was so weak he could barely walk down the road and he wasn't eating, and Dad was in real despair

because there wasn't nothing anyone could do, and Mum couldn't bear the thought of him going to the knackers, and then some guy telephoned and offered to buy him.''

"To buy a sick horse?" I said, surprised.

"I don't think Dad was going to tell him just how bad he was. Well, I mean, at that point Indian Silk was worth just what the knackers would pay for his carcass, which wasn't much, and this man was offering nearly twice that. But the man said he knew Indian Silk couldn't race anymore but he'd like to give him a good home in a nice field for as long as necessary, and it meant that Dad didn't have the expense of any more vets' bills and he and Mum didn't have to watch Indian Silk just getting worse and worse, and Mum wouldn't have to think of him going to the knackers for dog meat, so they let him go."

The horses for the second race came out onto the course and galloped down past us, the jockeys' colors bright in the sun.

"And then what?" I said.

"Then nothing happened for weeks and we were getting over it, like, and then someone told Dad that Indian Silk was back in training and looking fine, and he couldn't believe it."

"When was that?" I asked.

"It was last year, just before . . . before Ascot."

A small crowd gathered on the landing side of the fence, and I drew him away down the course a bit further, to where the horses would set

themselves right to take off.

"Go on," I said.

"My exams were coming up," he said. "And I mean, they were important, they were going to affect my whole life, see?"

I nodded.

"Then Dad found that the man who'd bought Indian Silk hadn't put him in any field, he'd sent him straight down the road to Calder Jackson."

"Ah," I said.

"And there was this man saying Calder Jackson had the gift of healing, some sort of magic, and had simply touched Indian Silk and made him well. I ask you . . . And Dad was in a frightful state because someone had suggested he should send the horse there, to Calder Jackson, while he was so bad, of course, and Dad had said don't be so ridiculous it was all a lot of rubbish. And then Mum was saying he should have listened to her, because she'd said why not try it, it couldn't do any harm, and he wouldn't do it, and they were having rows, and she was crying . . ." He gulped for air, the story now pouring out faster than he could speak. "And I wasn't getting any work done with it all going on, they weren't ever talking about anything else, and I took the first exam and just sat there and couldn't do it, and I knew I'd failed and I was going to fail them all because I couldn't concentrate . . . and then there was Calder Jackson one evening talking on television, saying he'd got a friend of his to buy a dying horse, because the people who owned it would

219

just have let it die because they didn't believe in healers, like a lot of people, and he hoped the horse would be great again some day, like before, thanks to him, and I knew he was talking about Indian Silk. And he said he was going to Ascot on that Thursday . . . and there was Dad screaming that Calder Jackson had stolen the horse away, it was all a filthy swindle, which of course it wasn't, but at the time I believed him . . . and it all got so that I hated Calder Jackson so much that I couldn't think straight. I mean, I thought *he* was the reason Mum was crying and I was failing my exams and Dad had lost the only really top horse he'd have in his whole life, and I just wanted to *kill* him.''

The bedrock words were out, and the flood suddenly stopped, leaving the echo of them on the October air.

"And did you fail your exams?" I asked, after a moment.

"Yeah. Most of them. But I took them again at Christmas and got good passes.'' He shook his head, speaking more slowly, more quietly. "I was glad even that night that you'd stopped me stabbing him. I mean . . . I'd've thrown my whole life away, I could see it afterwards, and all for nothing, because Dad wasn't going to get the horse back whatever I did, because it was a legal sale, like.''

I thought over what he'd told me while in the distance the horses lined up and set off on their three-mile steeplechase.

"I was sort of mad," he said. "I can't really understand it now. I mean, I wouldn't go around trying to kill people. I really wouldn't. It seems like I was a different person."

Adolescence, I thought, and not for the first time, could be hell.

"I took Mum's knife out of the kitchen," he said. "She never could think where it had gone."

I wondered if the police still had it; with Ricky's fingerprints on file.

"I didn't know there would be so many people at Ascot," he said. "And so many gates into the course. Much more than Newmarket. I was getting frantic because I thought I wouldn't find him. I meant to do it earlier, see, when he arrived. I was out on the road, running up and down the pavement, mad, you know, really, looking for him and feeling the knife kind of burning in my sleeve, like I was burning in my mind . . . and I saw his head, all those curls, crossing the road, and I ran, but I was too late, he'd gone inside, through the gate."

"And then," I suggested, "you simply waited for him to come out?"

He nodded. "There were lots of people around. No one took any notice. I reckoned he'd come up that path from the station, and that was the way he would go back. It didn't seem long, the waiting. Went in a flash."

The horses came over the next fence down the course like a multicolored wave and thundered towards the one where we were standing. The

ground trembled from the thud of the hooves, the air rang with the curses of jockeys, the half-ton equine bodies brushed through the birch, the sweat and the effort and the speed filled eyes and ears and mind with pounding wonder and then were gone, flying away, leaving the silence. I had walked down several times before to watch from the fences, both there and on other tracks, and the fierce fast excitement had never grown stale.

"Who is it who owns Indian Silk now?" I asked.

"A Mr. Chacksworth, comes from Birmingham," Ricky answered. "You see him at the races sometimes, slobbering all over Indian Silk. But it wasn't him that bought him from Dad. He bought him later, when he was all right again. Paid a proper price for him, so we heard. Made it all the worse."

A sad and miserable tale, all of it.

"Who bought the horse from your father?" I said.

"I never met him . . . his name was Smith. Some funny first name. Can't remember."

Smith. Friend of Calder's.

"Could it," I asked, surprised, "have been *Dissdale* Smith?"

"Yeah. That sounds like it. How do you know?"

"He was there that day at Ascot," I said. "There on the pavement, right beside Calder Jackson."

"Was he?" Ricky looked disconcerted. "He

was a dead liar, you know, all that talk about nice fields.''

"Who tells the truth," I said, "when buying or selling horses?"

The runners were round again on the far side of the track, racing hard now on the second circuit.

"What are you going to do?" Ricky said. "About me, like? You won't tell Mum and Dad. You won't, will you?"

I looked directly at the boy-man, seeing the continuing anxiety but no longer the first panic-stricken fear. He seemed to sense now that I would very likely not drag him into court, but he wasn't sure of much else.

"Perhaps they should know," I said.

"No!" His agitation rose quickly. "They've had so much trouble and I would have made it so much worse if you hadn't stopped me, and afterwards I used to wake up sweating at what it would have done to them; and the only good thing was that I did learn that you can't put things right by killing people, you can only make things terrible for your family."

After a long pause I said, "All right. I won't tell them." And heaven help me, I thought, if he ever attacked anyone again because he thought he could always get away with it.

The relief seemed to affect him almost as much as the anxiety. He blinked several times and turned his head away to where the race was again coming round into the straight with this time an all-out effort to the winning post. There was again

the rise and fall of the field over the distant fences but now the one wave had split into separate components, the runners coming home not in a bunch but a procession.

I watched again the fierce surprising speed of horse and jockey jumping at close quarters and wished with some regret that I could have ridden like that: but like Alec I was wishing too late, even strong and healthy and thirty-three.

The horses galloped off towards the cheers on the grandstand and Ricky and I began a slow walk in their wake. He seemed quiet and composed in the aftermath of confession, the soul's evacuation giving him ease.

"What do you feel nowadays about Calder Jackson?" I asked.

He produced a lopsided smile. "Nothing much. That's what's so crazy. I mean, it wasn't his fault Dad was so stubborn."

I digested this. "You mean," I said, "that you think your father should have sent him the horse himself?"

"Yes, I reckon he should've, like Mum wanted. But he said it was rubbish and too expensive, and you don't know my Dad but when he makes his mind up he just gets fighting angry if anyone tries to argue, and he shouts at her, and it isn't fair."

"If your father had sent the horse to Calder Jackson, I suppose he would still own it," I said thoughtfully.

"Yes, he would, and don't think he doesn't know it, of course he does, but it's as much as

anyone's life's worth to say it.''

We trudged back over the thick grass, and I asked him how Calder or Dissdale had known that Indian Silk was ill.

He shrugged. ''It was in the papers. He'd been favorite for the King George VI on Boxing Day, but of course he didn't run, and the press found out why.''

We came again to the gate into the grandstand enclosure and went through it, and I asked where he lived.

''Exning,'' he said.

''Where's that?''

''Near Newmarket. Just outside.'' He looked at me with slightly renewed apprehension. '' You meant it, didn't you, about not telling?''

''I meant it,'' I said. ''Only . . .'' I frowned a little, thinking of the hothouse effect of his living with his parents.

''Only what?'' he asked.

I tried a different tack. ''What are you doing now? Are you still in school?''

''No, I left once I'd passed those exams. I really needed them, like. You can't get a halfway decent job without those bits of paper these days.''

''You're not working for your father, then?''

He must have heard the faint relief in my voice because for the first time he fully smiled. ''No, I reckon it wouldn't be good for his temper, and anyway I don't want to be a trainer, one long worry, if you ask me.''

''What do you do, then?'' I asked.

"I'm learning electrical engineering in a firm near Cambridge. An apprentice, like." He smiled again. "But not with horses, not me." He shook his head ruefully and delivered his young-Solomon judgment of life. "Break your heart, horses do."

November

To my great delight the cartoonist came up trumps, his twenty animated films being shown on television every week-night for a month in the best time slot for that sort of humor, seven in the evening, when older children were still up and the parents home from work. The nation sat up and giggled, and the cartoonist telephoned breathlessly to ask for a bigger loan.

"I do need a proper studio, not this converted warehouse. And more animators, and designers, and recordists, and equipment."

"All right," I said into the first gap. "Draw up your requirements and come and see me."

"Do you *realize,*" he said, as if he himself had difficulty, "that they'll take as many films as I can make? No limit. They said just go on making them for years and years . . . they said *please* go on making them."

"I'm very glad," I said sincerely.

"You gave me faith in myself," he said. "You'll never believe it, but you did. I'd been

turned down so often, and I was getting depressed, but when you loaned me the money to start it was like being uncorked. The ideas just rushed out."

"And are they still rushing?"

"Oh, sure. I've got the next twenty films roughed out in drawings already and we're working on those, and now I'm starting on the batch after that."

"It's terrific," I said.

"It sure is. Brother, life's amazing." He put down his receiver and left me smiling into space.

"The cartoonist?" Gordon said.

I nodded. "Going up like a rocket."

"Congratulations." There was warmth and genuine pleasure in his voice. Such a generous man, I thought: so impossible to do him harm.

"He looks like turning into a major industry," I said.

"Disney, Hanna Barbera, eat your hearts out," Alec said from across the room.

"Good business for the bank." Gordon beamed. "Henry will be pleased."

Pleasing Henry, indeed, was the aim of us all.

"You must admit, Tim," Alec said, "that you're a fairish rocket yourself . . . so what's the secret?"

"Light the blue paper and retire immediately," I said good-humoredly, and he balled a page of jottings to throw at me, and missed.

At midmorning he went out as customary for the six copies of *What's Going On Where It*

Shouldn't, and having distributed five was presently sitting back in his chair reading our own with relish.

Ekaterin's had been thankfully absent from the probing columns ever since the five-percent business, but it appeared that some of our colleagues along the road weren't so fortunate.

"Did you know," Alec said conversationally, "that some of our investment manager chums down on the corner have set up a nice little fiddle on the side, accepting payoffs from brokers in return for steering business their way?"

"How do you know?" Gordon asked, looking up from a ledger.

Alec lifted the paper. "The gospel according to this dicky bird."

"Gospel meaning good news," I said.

"Don't be so damned erudite." He grinned at me with mischief and went back to reading aloud. *"Contrary to popular belief the general run of so-called managers in merchant banks are not in the princely bracket."* He looked up briefly. "You can say that again." He went on, *"We hear that four of the investment managers in this establishment have been cozily supplementing their middle-incomes by steering fund money to three stockbrokers in particular. Names will be revealed in our next issue. Watch this space."*

"It's happened before," Gordon said philosophically. "And will happen again. The temptation is always there." He frowned. "All the same, I'm surprised their senior managers and

the directors haven't spotted it."

"They'll have spotted it *now,*" Alec said.

"So they will."

"It would be pretty easy," I said musingly, "to set up a computer program to do the spotting for Ekaterin's, in case we should ever find the pestilence cropping up here."

"Would it?" Gordon asked.

"Mm. Just a central program to record every deal done in the Investment Department with each stockbroker, with running totals, easy to see. Anything hugely unexpected could be investigated."

"But that's a vast job, surely," Gordon said.

I shook my head. "I doubt it. I could get our tame programmer to have a go, if you like."

"We'll put it to the others. See what they say."

"There will be screeches from Investment Management," Alec said. "Cries of outraged virtue."

"Guards them against innuendo like this, though," Gordon said, pointing to *What's Going On.*

The board agreed, and in consequence I spent another two days with the programmer, building dikes against future leaks.

Gordon these days seemed no worse, his illness not having progressed in any visible way. There was no means of knowing how he felt, as he never said and hated to be asked, but on the few times I'd seen Judith since the day at Easter, she had said he was as well as could be hoped for.

The best of those times had been a Sunday in July when Pen had given a lunch party at her house in Clapham; it was supposed to have been a lunch-in-the-garden party, but like so much that summer was frustrated by chilly winds. Inside was to me much better, as Pen had written place-cards for her long refectory table and put me next to Judith, with Gordon on her right hand.

The other guests remained a blur, most of them being doctors of some sort or another, or pharmacists like herself. Judith and I made polite noises to the faces on either side of us but spent most of the time talking to each other, carrying on two conversations at once, one with voice, one with eyes; both satisfactory.

When the main party had broken up and gone, Gordon and Judith and I stayed to supper, first helping Pen clear up from what she described as "repaying so many dinners at one go."

It had been a day when natural opportunities for touching people abounded, when kisses and hugs of greeting had been appropriate and could be warm, when all the world could watch and see nothing between Judith and me but an enduring and peaceful friendship: a day when I longed to have her for myself worse than ever.

Since then I'd seen her only twice, and both times when she'd come to the bank to collect Gordon before they went on to other events. On each of these occasions I'd managed at least five minutes with her, stiffly circumspect, Gordon's colleague being polite until Gordon himself

was ready to leave.

It wasn't usual for wives to come to the bank: husbands normally joined them at wherever they were going. Judith said, the second time, "I won't do this often. I just wanted to see you, if you were around."

"Always here," I said.

She nodded. She was looking as fresh and poised as ever, wearing a neat blue coat with pearls showing. The brown hair was glossy, the eyes bright, the soft mouth half-smiling, the glamour born in her and unconscious.

"I get . . . well . . . thirsty, sometimes," she said.

"Permanent state with me," I said lightly.

She swallowed. "Just for a moment or two . . ."

We were standing in the entrance hall, not touching, waiting for Gordon.

"Just to see you . . ." She seemed uncertain that I understood, but I did.

"It's the same for me," I assured her. "I sometimes think of going to Clapham and waiting around just to see you walk down the street to the baker's. Just to see you, even for seconds."

"Do you really?"

"I don't go, though. You might send Gordon to buy the bread."

She laughed a small laugh, a fitting size for the bank; and he came, hurrying, struggling into his overcoat. I sprang to help him and he said to her, "Sorry, darling, got held up on the telephone, you know how it is."

"I've been perfectly happy," she said, kissing him, "talking to Tim."

"Splendid. Splendid. Are we ready then?"

They went off to their evening smiling and waving and leaving me to hunger futilely for this and that.

In the office one day in November Gordon said, "How about you coming over to lunch on Sunday? Judith was saying it's ages since she saw you properly."

"I'd love to."

"Pen's coming, Judith said."

Pen, my friend; my chaperone.

"Great," I said positively. "Lovely."

Gordon nodded contentedly and said it was a shame we couldn't all have a repeat of last Christmas, he and Judith had enjoyed it so much. They were going this year to his son and daughter-in-law in Edinburgh, a visit long promised; to his son by his first long-dead wife, and his grandchildren, twin boys of seven.

"You'll have fun," I said regretfully.

"They're noisy little brutes."

His telephone rang, and mine also, and the money-lending proceeded. I would be dutiful, I thought, and spend Christmas with my mother in Jersey, as she wanted, and we would laugh and play backgammon, and I would sadden her as usual by bringing no girlfriend, no prospective producer of little brutes.

"*Why,* my love," she'd said to me once a few

years earlier in near despair, "do you take out these perfectly presentable girls and never marry them?"

"There's always something I don't want to spend my life with."

"But you do *sleep* with them?"

"Yes, darling, I do."

"You're too choosy."

"I expect so," I said.

"You haven't had a single one that's lasted," she complained. "Everyone else's sons have live-in girlfriends, sometimes going on for years even if they don't marry, so why can't you?"

I'd smiled at the encouragement to what would once have been called sin, and kissed her, and told her I preferred living alone, but that one day I'd find the perfect girl to love forever; and it hadn't even fleetingly occurred to me that when I found her she would be married to someone else.

Sunday came and I went to Clapham: bittersweet hours, as ever.

Over lunch I told them tentatively that I'd seen the boy who had tried to kill Calder, and they reacted as strongly as I'd expected, Gordon saying, "You've told the police, of course," and Judith adding, "He's dangerous, Tim."

I shook my head. "No. I don't think so. I hope not." I smiled wryly and told them all about Ricky Barnet and Indian Silk, and the pressure which had led to the try at stabbing. "I don't think he'll do anything like that again. He's

grown so far away from it already that he feels a different person."

"I hope you're right," Gordon said.

"Fancy it being Dissdale who bought Indian Silk," Pen said. "Isn't it amazing?"

"Especially as he was saying he was short of cash and wanting to sell box-space at Ascot," Judith added.

"Mm," I said. "But after Calder had cured the horse Dissdale sold it again pretty soon, and made a handsome profit, by what I gather."

"Typical Dissdale behavior," Gordon said without criticism. "Face the risk, stake all you can afford, take the loot if you're lucky, and get out fast." He smiled. "By Ascot I guess he'd blown the Indian Silk profit and was back to basics. It doesn't take someone like Dissdale any longer to lose thousands than it does to make them."

"He must have colossal faith in Calder," Pen said musingly.

"Not colossal, Pen," Gordon said. "Just twice what a knacker would pay for a carcass."

"Would *you* buy a sick-to-death horse?" Judith asked. "I mean, if Calder said buy it and I'll cure him, would you believe it?"

Gordon looked at her fondly. "I'm not Dissdale, darling, and I don't think I'd buy it."

"And that is precisely," I pointed out, "why Fred Barnet lost Indian Silk. He thought Calder's powers were all rubbish and he wouldn't lay out good money to put them to the test. But Dissdale *did*. Bought the horse and presumably also paid

Calder . . . who boasted about his success on television and nearly got himself killed for it.''

"Ironic, the whole thing,'' Pen said, and we went on discussing it desultorily over coffee.

I stayed until six, when Pen went off to her shop for a Sunday-evening stint and Gordon began to look tired, and I drove back to Hampstead in the usual post-Judith state; half-fulfilled, half-starved.

Towards the end of November, and at Oliver Knowles' invitation, I traveled to another Sunday lunch, this time at the stud farm in Hertfordshire.

It turned out, not surprisingly, to be one of Ginnie's days home from school, and it was she, whistling to Squibs, who set off with me through the yards.

"Did you know we had a hundred and fifty-two mares here all at the same time, back in May?'' she said.

"That's a lot,'' I said, impressed.

"They had a hundred and fourteen foals among them, and only one of the mares and three of the foals died. That's a terrifically good record, you know.''

"Your father's very skilled.''

"So is Nigel,'' she said grudgingly. "You have to give him his due.''

I smiled at the expression.

"He isn't here just now,'' she said. "He went off to Miami yesterday to lie in the sun.''

"Nigel?''

She nodded. "He goes about this time every year. Sets him up for the winter, he says."

"Always Miami?"

"Yes, he likes it."

The whole atmosphere of the place was back to where I'd known it first, to the slow chill months of gestation. Ginnie, snuggling inside her padded jacket, gave carrots from her pocket to some of the mares in the first yard and walked me without stopping through the empty places, the second yard, the foaling yard, and past the breeding shed.

We came finally, as always, to the stallion yard where the curiosity of the residents brought their heads out the moment they heard our footsteps. Ginnie distributed carrots and pats with the aplomb of her father, and Sandcastle graciously allowed her to stroke his nose.

"He's quiet now," she said. "He's on a much lower diet at this time of year."

I listened to the bulk of knowledge behind the calm words and I said, "What are you going to do when you leave school?"

"This, of course." She patted Sandcastle's neck. "Help Dad. Be his assistant."

"Nothing else?"

She shook her head. "I love the foals. Seeing them born and watching them grow. I don't want to do anything else, ever."

We left the stallions and walked between the paddocks with their foals and dams, along the path to the Watcherleys', Squibs trotting on ahead

and marking his fenceposts. The neighboring place, whose ramshackle state I'd only glimpsed on my pursuit of the loose five million, proved now to be almost as neat as the parent spread, with much fresh paint in evidence and weeds markedly absent.

"Dad can't bear mess," Ginnie said when I remarked on the spit-and-polish. "The Watcherleys are pretty lucky, really, with Dad paying them rent *and* doing up their place *and* employing them to look after the animals in this yard. Bob may still gripe a bit at not being on his own, but Maggie was telling me just last week that she would be everlastingly thankful that Calder Jackson stole their business."

"He hardly stole it," I said mildly.

"Well, you know what I mean. Did better at it, if you want to be pedantic." She grinned. "Anyway, Maggie's bought some new clothes at last, and I'm glad for her."

We opened and went into a few of the boxes, where she handed out the last of the carrots and fondled the inmates, both mares and growing foals, talking to them, and all of them responded amiably to her touch, nuzzling her gently. She looked at peace and where she belonged, all growing pains suspended.

The Third Year

Alec had bought a bunch of yellow tulips when he went out for *What's Going On,* and they stood on his desk in a beer mug, catching a shaft of spring sunshine and standing straight like guardsmen.

Gordon was making notes in a handwriting growing even smaller, and the two older colleagues were counting the weeks to their retirement. Office life: an ordinary day.

My telephone rang, and with eyes still bent on a letter from a tomato grower asking for more time to repay his original loan because of needing a new greenhouse (half an acre) right this minute, I slowly picked up the receiver.

"Oliver Knowles," the voice said. "Is that you, Tim?"

"Hello," I replied warmly. "Everything going well?"

"No." The word was sickenly abrupt, and both mentally and physically I sat up straighter.

"What's the matter?"

"Can you come down here?" he asked, not

241

directly answering. "I'm rather worried. I want to talk to you."

"Well . . . I could come on Sunday," I said.

"Could you come today? Or tomorrow?"

I reviewed my work load and a few appointments. "Tomorrow afternoon, if you like," I said. "If it's bank business."

"Yes, it is." The anxiety in his voice was quite plain, and communicated itself with much ease to me.

"Can't you tell me what's the trouble?" I asked. "Is Sandcastle all right?"

"I don't know," he said. "I'll tell you when you come."

"But Oliver . . ."

"Listen," he said. "Sandcastle is in good health and he hasn't escaped again or anything like that. It's too difficult to explain on telephone. I want your advice, that's all."

He wouldn't say any more and left me with the dead receiver in my hand and some horrid suspenseful question marks in my mind.

"Sandcastle?" Gordon asked.

"Oliver says he's in good health."

"That horse is insured against everything —those enormous premiums—so don't worry too much," Gordon said. "It's probably something minor."

It hadn't sounded like anything minor, and when I reached the stud farm the next day I found that it certainly wasn't. Oliver came out to meet me as I braked to a standstill by his front door,

and there were new deep lines on his face that hadn't been there before.

"Come in," he said, clasping my hand. "I'm seriously worried. I don't know what to do."

He led the way through the house to the office-sitting room and gestured me to a chair. "Sit down and read this," he said, and gave me a letter.

There had been no time for "nice day" or "how is Ginnie?" introductory noises, just this stark command. I sat down, and I read, as directed.

The letter, dated April twenty-first, said,

> Dear Oliver,
> I'm not complaining, because of course one pays one's fee and takes one's chances, but I'm sorry to tell you that the Sandcastle foal out of my mare Spiral Binding has been born with a half of one ear missing. It's a filly, by the way, and I daresay it won't affect her speed, but her looks are ruined.
> So sad.
> I expect I'll see you one day at the sales.
>
> Yours,
> Jane

"Is that very bad?" I asked, frowning.

In reply he wordlessly handed me another letter. This one said:

Dear Mr. Knowles,

You asked me to let you know how my mare Girandette, whom you liked so much, fared on foaling. She gave birth safely to a nice colt foal, but unfortunately he died at six days. We had a post mortem, and it was found that he had malformed heart valves, like hole-in-heart-babies.

This is a great blow to me, financially as well as all else, but that's life I suppose.

Yours sincerely,
George Page

"And now this," Oliver said, and handed me a third.

The heading was that of a highly regarded and well-known stud farm, the letter briefly impersonal.

Dear Sir,

Filly foal born March 31st to Poppingcorn.

Sire: Sandcastle.

Deformed foot, near fore.

Put down.

I gave him back the letters and with growing misgiving asked, "How common are these malformations?

Oliver said intensely, "They happen. They

happen occasionally. But those letters aren't all. I've had two telephone calls—one last night. Two more foals have died of holes in the heart. Two more! That's five with something wrong with them." He stared at me, his eyes like dark pits. "That's far too many." He swallowed. "And what about the others, the other thirty-five? Suppose . . . suppose there are more . . ."

"If you haven't heard, they're surely all right."

He shook his head hopelessly. "The mares are scattered all over the place, dropping Sandcastle's foals where they are due to be bred next. There's no automatic reason for those stud managers to tell me when a foal's born, or what it's like. I mean, some do it out of courtesy but they just don't usually bother, and nor do I. I tell the owner of the mare, not the manager of the stallion."

"Yes, I see."

"So there may be other foals with deformities . . . that I haven't heard about."

There was a long, tense pause in which the enormity of the position sank coldly into my banking consciousness. Oliver developed sweat on his forehead and a tic beside his mouth, as if sharing his anxiety had doubled rather than halved it.

The telephone rang suddenly, making us both jump.

"You answer it," he said. "Please."

I opened my mouth to protest that it would be only some routine call about anything else on

earth, but then merely picked up the receiver.

"Is that Oliver Knowles?" a voice said.

"No . . . I'm his assistant."

"Oh. Then will you give him a message?"

"Yes, I will."

"Tell him that Patrick O'Marr rang him from Limballow, Ireland. Have you got that?"

"Yes," I said. "Go ahead."

"It's about a foal we had born here three or four weeks ago. I thought I'd better let Mr. Knowles know that we've had to put it down, though I'm sorry to give him bad news. Are you listening?"

"Yes," I said, feeling hollow.

"The poor little fellow was born with a sort of curled-in hoof. The vet said it might straighten out in a week or two, but it didn't, so we had it X-rayed, and the lower pastern bone and the coffin bone were fused and tiny. The vet said there was no chance of them developing properly, and the little colt would never be able to walk, let alone race. A beautiful little fella too, in all other ways. Anyway, I'm telling Mr. Knowles because of course he'll be looking out for Sandcastle's first crop to win for him, and I'm explaining why this one won't be there. Pink Roses, that's the mare's name. Tell him, will you? Pink Roses. She's come here to be bred to Dallaton. Nice mare. She's fine herself, tell Mr. Knowles."

"Yes," I said. "I'm very sorry."

"One of those things." The cultured Irish accent sounded not too despairing. "The owner of

Pink Roses is cut up about it, of course, but I believe he's insured against a dead or deformed foal, so it's a case of wait another year and better luck next time.''

''I'll tell Mr. Knowles,'' I said. ''And thank you for letting us know.''

''Sorry and all,'' he said. ''But there it is.''

I put the receiver down slowly and Oliver said dully, ''Another one? Not another one.''

I nodded and told him what Patrick O'Marr had said.

''That's six,'' Oliver said starkly. ''And Pink Roses . . . that's the mare you saw Sandcastle cover, this time last year.''

''Was it?'' I thought back to that majestic mating, that moment of such promise. Poor little colt, conceived in splendor and born with a club foot.

''What am I going to do?'' Oliver said.

''Get out Sandcastle's insurance policy.''

He looked blank. ''No, I mean, about the mares. We have all the mares here who've come this year to Sandcastle. They've all foaled except one, and nearly all of them have already been covered. I mean . . . there's another crop already growing, and suppose those . . . suppose all of those . . .'' He stopped as if he simply couldn't make his tongue say the words. ''I was awake all night,'' he said.

''The first thing,'' I said again, ''is to look at that policy.''

He went unerringly to a neat row of files in a cupboard and pulled out the needed document, a

many-paged affair, partly printed, partly typed. I spread it open and said to Oliver, "How about some coffee? This is going to take ages."

"Oh. All right." He looked around him vaguely. "There'll be some put ready for me for dinner. I'll go and plug it in." He paused. "Percolator," he explained.

I knew all the symptoms of a mouth saying one thing while the mind was locked on to another. "Yes," I said. "That would be fine." He nodded with the same unmeshed mental gears, and I guessed that when he got to the kitchen he'd have trouble remembering what for.

The insurance policy had been written for the trade and not the customer, a matter of jargon-ridden sentences full of words that made plain sense only to people who used them for a living. I read it very carefully for that reason; slowly and thoroughly from start to finish.

There were many definitions of the word "accident," with stipulations about the number of veterinary surgeons who should be consulted and should give their signed opinions before Sandcastle (hereinafter called the horse) could be humanely destroyed for any reason whatsoever. There were stipulations about fractures, naming those bones that should commonly be held to be repairable, and about common muscle, nerve and tendon troubles that would not be considered grounds for destruction, unless of such severity that the horse actually couldn't stand up.

Aside from these restrictions the horse was to

be considered to be insured against death from any natural causes whatsoever, to be insured against accidental death occurring while the horse was free (such a contingency to be guarded against with diligence, gross negligence being a disqualifying condition), to be insured against death by fire should the stable be consumed, and against death caused maliciously by human hand. He was insured fully against malicious or accidental castration and against such accidental damage being caused by veterinarians acting in good faith to treat the horse. He was insured against infertility on a sliding scale, his full worth being in question only if he proved one hundred percent infertile (which laboratory tests had shown was not the case).

He was insured against accidental or malicious poisoning and against impotence resulting from nonfatal illness, and against incapacitating or fatal injuries inflicted upon him by any other horse.

He was insured against death caused by the weather (storm, flood, lightning, etc.) and also, surprisingly, against death or incapacity caused by war, riot or civil commotion, causes usually specifically excluded from insurance.

He was insured against objects dropped from the sky and against being driven into by mechanical objects on the ground and against trees falling on him and against hidden wells opening under his feet.

He was insured against every foreseeable disaster except one. He was not insured against

being put out of business because of congenital abnormalities among his progeny.

Oliver came back carrying a tray on which sat two kitchen mugs containing tea, not coffee. He put the tray on the desk and looked at my face, which seemed only very slightly to deepen his despair.

"I'm not insured, am I," he said, "against possessing a healthy potent stallion to whom no one will send their mares."

"I don't know."

"Yes . . . I see you do." He was shaking slightly. "When the policy was drawn up about six people, including myself and two vets, besides the insurers themselves, tried to think of every possible contingency, and to guard against it. We threw in everything we could think of." He swallowed. "No one . . . no one thought of a whole crop of deformed foals."

"No," I said.

"I mean, breeders usually insure their own mares, if they want to, and the foal, to protect the stallion fee, but many don't because of the premiums being high. And I . . . I'm paying this enormous premium . . . and the one thing . . . the one thing that happens is something we never . . . no one ever imagined . . . could happen."

The policy, I thought, had been too specific. They should have been content with something like "any factor resulting in the horse not being considered fit for stud purposes"; but perhaps the insurers themselves couldn't find underwriters for

anything so open to interpretation and opinion. In any case, the damage was done. All-risk policies all too often were not what they said; and insurance companies never paid out if they could avoid it.

My own skin felt clammy. Three million pounds of the bank's money and two million subscribed by private people were tied up in the horse, and if Oliver couldn't repay it was we who would lose.

I had recommended the loan. Henry had wanted the adventure and Val and Gordon had been willing, but it was my own report that had carried the day. I couldn't have foreseen the consequences any more than Oliver, but I felt most horribly and personally responsible for the mess.

"What shall I do?" he said again.

"About the mares?"

"And everything else."

I stared into space. The disaster that for the bank would mean a loss of face and a sharp dip in the profits and to the private subscribers just a painful financial setback meant in effect total ruin for Oliver Knowles.

If Sandcastle couldn't generate income, Oliver would be bankrupt. His business was not a limited company, which meant that he would lose his farm, his horses, his house; everything he possessed. To him too, as to my mother, the bailiffs would come, carrying off his furniture and his treasures and Ginnie's books and toys. . . .

I shook myself mentally and physically and said, "The first thing to do is nothing. Keep quiet and don't tell anyone what you've told me. Wait to hear if any more of the foals are . . . wrong. I will consult with the other directors at Ekaterin's and see what can be done in the way of providing time. I mean . . . I'm not promising . . . but we might consider suspending repayments while we look into other possibilities."

He looked bewildered. "What possibilities?"

"Well . . . of having Sandcastle tested. If the original tests of his fertility weren't thorough enough, for instance, it might be possible to show that his sperm had always been defective in some way, and then the insurance policy would protect you. Or at least it's a very good chance."

The insurers, I thought, might in that case sue the laboratory that had originally given the fertility all-clear, but that wasn't Oliver's problem, nor mine. What did matter was that all of a sudden he looked a fraction more cheerful, and drank his tea absentmindedly.

"And the mares?" he said.

I shook my head. "In fairness to their owners you'll have to say that Sandcastle's off-color."

"And repay their fees," he said gloomily.

"Mm."

"He'll have covered two today," he said. "I haven't mentioned any of this to Nigel. I mean, it's his job to organize the breeding sessions. He has a great eye for those mares, he knows when they are feeling receptive. I leave it to his

judgment a good deal, and he told me this morning that two were ready for Sandcastle. I just nodded. I felt sick. I didn't tell him."

"So how many does that leave, er, uncovered?"

He consulted a list, fumbling slightly. "The one that hasn't foaled, and . . . four others."

Thirty-five more mares, I thought numbly, could be carrying that seed.

"The mare that hasn't yet foaled," Oliver said flatly, "was bred to Sandcastle last year."

I stared. "You mean . . . one of his foals will be born *here?*"

"Yes." He rubbed his hand over his face. "Any day."

There were footsteps outside the door and Ginnie came in, saying on a rising, inquiring inflection, "Dad?"

She saw me immediately and her face lit up. "Hello! How lovely. I didn't know you were coming."

I stood up to give her a customarily enthusiastic greeting, but she sensed at once that the action didn't match the climate. "What's the matter?" She looked into my eyes and then at her father. "What's happened?"

"Nothing," he said.

"Dad, you're lying." She turned again to me. "Tell me. I can see something bad has happened. I'm not a child anymore. I'm seventeen."

"I thought you'd be at school," I said.

"I've left. At the end of last term. There wasn't

253

any point in me going back for the summer when all I'm interested in is here."

She looked far more assured, as if the schooldays had been a chrysalis and she were now the imago, flying free. The beauty she had longed for hadn't quite arrived, but her face was full of character and far from plain, and she would be very much liked, I thought, throughout her life.

"What is it?" she said. "What's happened?"

Oliver made a small gesture of despair and capitulation. "You'll have to know sometime." He swallowed. "Some of Sandcastle's foals . . . aren't perfect."

"How do you mean, not perfect?"

He told her about all six and showed her the letters, and she went slowly, swaying, pale. "Oh, Dad, no. No. It can't be. Not Sandcastle. Not that beautiful boy."

"Sit down," I said, but she turned to me instead, burying her face against my chest and holding on to me tightly. I put my arms round her and kissed her hair and comforted her for an age as best I could.

I went to the office on the following morning, Friday, and with a slight gritting of teeth told Gordon the outcome of my visit to Oliver.

He said, "My God," several times, and Alec came over from his desk to listen also, his blue eyes for once solemn behind the gold-rimmed spectacles, the blond eyelashes blinking slowly and the laughing mouth grimly shut.

"What will you do?" he said finally, when I stopped.

"I don't really know."

Gordon stirred, his hands trembling unnoticed on his blotter in his overriding concern. "The first thing, I suppose," he said, "is to tell Val and Henry. Though what any of us can do is a puzzle. As you said, Tim, we'll have to wait to assess quite how irretrievable the situation is, but I can't imagine anyone with a top-class broodmare having the confidence to send her to Sandcastle in future. Can you, really, Tim? Would *you?*"

I shook my head. "No."

"Well, there you are," Gordon said. "No one would."

Henry and Val received the news with undisguised dismay and told the rest of the directors at lunch. The man who had been against the project from the beginning reacted with genuine anger and gave me a furious dressing-down over the grilled sole.

"No one could foresee this," Henry protested, defending me.

"Anyone could foresee," said the dissenting director caustically, "that such a scatterbrained scheme would blow up in our faces. Tim has been given too much power too soon, and it's his judgment that's at fault here, his alone. If he'd had the common *nous* to recognize the dangers, you would have listened to him and turned the proposal down. It's certainly because of his stupidity and immaturity that the bank is facing

this loss, and I shall put my views on record at the next board meeting.''

There were a few uncomfortable murmurs round the table, and Henry with unruffled geniality said, ''We are all to blame, if blame there is, and it is unfair to call Tim stupid for not foreseeing something that escaped the imaginations of all the various experts who drew up the insurance policy.''

The dissenter, however, repeated his ''I told you so'' remarks endlessly through the cheese and coffee, and I sat there depressedly enduring his digs because I wouldn't give him the satisfaction of seeing me leave before he did.

''What will you do next?'' Henry asked me, when at long last everyone rather silently stood up to drift back to their desks. ''What do you propose?''

I was grateful that by implication he was leaving me in the position I'd reached and not taking the decisions out of my hands. ''I'm going down to the farm tomorrow,'' I said, ''to go through the financial situation. Add up the figures. They're bound to be frightful.''

He nodded with regret. ''Such a marvelous horse. And no one, Tim, whatever anyone says, could have dreamed he'd have such a flaw.''

I sighed. ''Oliver has asked me to stay tomorrow night and Sunday night. I don't really want to, but they do need support.''

''They?''

''Ginnie, his daughter, is with him. She's only

just seventeen. It's very hard on them both. Shattering, in fact.''

Henry patted my arm and walked with me to the lift. "Do what you can," he said. "Let us know the full state of affairs on Monday."

Before I left home that Saturday morning I had a telephone call from Judith.

"Gordon's told me about Sandcastle. Tim, it's so terrible. Those poor, poor people."

"Wretched," I said.

"Tim, tell Ginnie how sorry I am. Sorry . . . how hopeless words are, you say sorry if you bump someone in the supermarket. That dear child . . . she wrote to me a couple of times from school, just asking for feminine information, like I'd told her to."

"Did she?"

"Yes. She's such a nice girl. So sensible. But this . . . this is too much. Gordon says they're in danger of losing *everything*."

"I'm going down there today to see where he stands."

"Gordon told me. Do please give them my love."

"I will." I paused fractionally. "My love to you, too."

"Tim . . ."

"I just wanted to tell you. It's still the same."

"We haven't seen you for weeks. I mean . . . I haven't."

"Is Gordon in the room with you?" I asked.

"Yes, that's right."

I smiled twistedly. "I do hear about you, you know," I said. "He mentions you quite often, and I ask after you . . . it makes you feel closer."

"Yes," she said in a perfectly natural voice. "I know exactly what you mean. I feel the same about it exactly."

"Judith . . ." I took a breath and made my own voice calm to match hers. "Tell Gordon I'll telephone him at home, if he'd like, if there is anything that needs consultation before Monday."

"I'll tell him. Hang on." I heard her repeating the question and Gordon's distant rumble of an answer, and then she said, "Yes, he says please do, we'll be at home this evening and most of tomorrow."

"Perhaps you'll answer when the telephone rings."

"Perhaps."

After a brief silence I said, "I'd better go."

"Goodbye then, Tim," she said. "And do let us know. We'll both be thinking of you all day, I know we will."

"I'll call," I said. "You can count on it."

The afternoon was on the whole as miserable as I'd expected and in some respects worse. Oliver and Ginnie walked about like pale automatons making disconnected remarks and forgetting where they'd put things, and lunch, Ginnie version, had consisted of eggs boiled too hard and

packets of potato chips.

"We haven't told Nigel or the lads what's happening," Oliver said. "Fortunately there is a lull in Sandcastle's program. He's been very busy because nearly all his mares foaled in mid-March, close together, except for four and the one who's still carrying." He swallowed. "And the other stallions, of course, their mares are all here too, and we have their foals to deliver and their matings to be seen to. I mean . . . we have to go on. We have to."

Towards four o'clock they both went out into the yards for evening stables, visibly squaring their shoulders to face the stablehands in a normal manner, and I began adding the columns of figures I'd drawn up from Oliver's records.

The tally when I'd finished was appalling and meant that Oliver could be an undischarged bankrupt for the rest of his life. I put the results away in my own briefcase and tried to think of something more constructive; and Oliver's telephone rang.

"Oliver?" a voice said, sounding vaguely familiar.

"He's out," I said. "Can I take a message?"

"Get him to ring me. Ursula Young. I'll give you the number."

"Ursula!" I said in surprise. "This is Tim Ekaterin."

"Really?" For her it was equally unexpected. "What are *you* doing there?"

"Just staying the weekend. Can I help?"

She hesitated slightly but then said, "Yes, I suppose you can. I'm afraid it's bad news for him, though. Disappointing, you might say." She paused. "I've a friend who has a small stud farm, just one stallion, but quite a good one, and she's been so excited this year because one of the mares booked to him was in foal to Sandcastle. She was thrilled, you see, to be having a foal of that caliber born on her place."

"Yes," I said.

"Well, she rang me this morning, and she was crying." Ursula herself gulped: she might appear tough but other people's tears always moved her. "She said the mare had dropped the Sandcastle foal during the night and she hadn't been there. She said the mare gave no sign yesterday evening, and the birth must have been quick and easy, and the mare was all right, but . . ."

"But what?" I said, scarcely breathing.

"She said the foal—a filly—was on her feet and suckling when she went to the mare's box this morning, and at first she was overjoyed, but then . . . but then . . ."

"Go on," I said hopelessly.

"Then she saw. She says it's dreadful."

"Ursula . . ."

"The foal has only one eye."

Oh, my God, I thought: dear *God*.

"She says there's nothing on the other side," Ursula said, "no proper socket." She gulped again. "Will you tell Oliver? I thought he'd better know. He'll be most disappointed. I'm so sorry."

"I'll tell him."

"These things happen, I suppose," she said. "But it's so upsetting when they happen to your friends."

"You're very right."

"Goodbye then, Tim. See you soon, I hope, at the races."

I put down the receiver and wondered how I would ever tell them, and in fact I didn't tell Ginnie, only Oliver, who sat with his head in his hands, despair in every line of his body.

"It's hopeless," he said.

"Not yet," I said encouragingly, though I wasn't as certain as I sounded. "There are still the tests to be done on Sandcastle."

He merely slumped lower. "I'll get them done, but they won't help. The genes that are wrong will be minute. No one will ever see them, however powerful the microscope."

"You can't tell. If they can see D.N.A., why not a horse's chromosomes?"

He raised his head slowly. "Even then . . . it's such a long shot." He sighed deeply. "I think I'll ask the Equine Research Establishment at Newmarket to have him there, to see what they can find. I'll ring them on Monday."

"I suppose," I said tentatively, "well, I know it sounds silly, but I suppose it couldn't be anything as simple as something he'd *eaten?* Last year, of course."

He shook his head. "I thought of that. I've thought of bloody well everything, believe me. All

the stallions had the same food, and none of the others' foals are affected . . . or at least we haven't heard of any. Nigel feeds the stallions himself out of the feed room in that yard, and we're always careful what we give them because of keeping them fit.''

"Carrots?" I said.

"I give carrots to every horse on the place. Everyone here does. Carrots are good food. I buy them by the hundredweight and keep them in the first big yard where the main feed room is. I put handfuls in my pockets every day. You've seen me. Rotaboy, Diarist and Parakeet all had them. It can't possibly be anything to do with carrots.''

"Paint: something like that? Something new in the boxes, when you put in all the security? Something he could chew?''

He again shook his head. "I've been over it and over it. We did all the boxes exactly the same as each other. There's nothing in Sandcastle's box that wasn't in the others. They're all exactly alike.'' He moved restlessly. "I've even been down there to make sure there's nothing Sandcastle could reach to lick if he put his head right over the half-door as far as he could get. There's nothing, nothing at all.''

"Drinking pails?''

"No. They don't always use the same pails. I mean, when Lenny fills them he doesn't necessarily take them back to the particular boxes they came from. The pails don't have the stallion's name on, if that's what you mean.''

I didn't mean anything much: just grabbing at straws.

"Straw . . ." I said. "How about an allergy? An allergy to something around him? Could an allergy have such an effect?"

"I've never heard of anything like that. I'll ask the Research people, though, on Monday."

He got up to pour us both a drink. "It's good to have to you here," he said. "A sort of net over the bottomless pit." He gave me the glass with a faint half-smile, and I had the definite impression that he would not in the end go to pieces.

I telephoned then to the Michaels' house and Gordon answered at the first ring, as if he'd been passing nearby. Nothing good to report, I said, except that Ginnie sent Judith her love. Gordon said Judith was in the garden picking parsley for supper, and he would tell her. "Call tomorrow," he said, "if we can help."

Our own supper, left ready in the refrigerator by Oliver's part-time housekeeper, filled the hollows left by lunch, and Ginnie went to bed straight afterwards, saying she would be up at two o'clock and out with Nigel in the foal yard.

"She goes most nights," Oliver said. "She and Nigel make a good team. He says she's a great help, particularly if three or four mares are foaling at the same time. I'm often out there myself, but with all the decisions and paperwork as well I get very tired if I do it too much. Fall asleep over meals, that sort of thing."

We ourselves went to bed fairly early, and I

awoke in the large high-ceilinged guest room while it was still blackly dark. It was one of those fast awakenings that mean that sleep won't come back easily, and I got out of bed and went to the window, which looked out over the yard.

I could see only roofs and security lights and a small section of the first yard. There was no visible activity, and my watch showed four-thirty.

I wondered if Ginnie would mind if I joined her in the foaling yard; and got dressed and went.

They were all there, Nigel and Oliver as well as Ginnie, all in one open-doored box where a mare lay on her side on the straw. They all turned their heads as I approached but seemed unsurprised to see me and gave no particular greeting.

"This is Plus Factor," Oliver said. "In foal to Sandcastle."

His voice was calm and so was Ginnie's manner, and I guessed that they still hadn't told Nigel about the deformities. There was hope, too, in their faces, as if they were sure that this one, after all, would be perfect.

"She's coming," Nigel said quietly. "Here we go."

The mare gave a grunt and her swelling sides heaved. The rest of us stood silent, watching, taking no part. A glistening half-transparent membrane with a hoof showing within it appeared, followed by the long slim shape of the head, followed very rapidly by the whole foal, flopping out onto the straw, steaming, the membrane breaking open, the fresh air reaching

the head, new life beginning with the first fluttering gasp of the lungs.

Amazing, I thought.

"Is he all right?" Oliver said, bending down, the anxiety raw, unstifled.

"Sure," Nigel said. "Fine little colt. Just his foreleg's doubled over . . ."

He knelt beside the foal, who was already making the first feeble efforts to move his head, and he stretched out both hands gently to free the bent leg fully from the membrane, and to straighten it. He picked it up . . . and froze.

We could all see.

The leg wasn't bent. It ended in a stump at the knee. No cannon bone, no fetlock, no hoof.

Ginnie beside me gave a choking sob and turned abruptly towards the open door, towards the dark. She took one rocky pace and then another, and then was running: running nowhere, running away from the present, the future, the unimaginable. From the hopeless little creature on the straw.

I went after her, listening to her footsteps, hearing them on gravel and then losing them, guessing she had reached the grass. I went more slowly in her wake down the path to the breeding pen, not seeing her, but sure she was out somewhere in the paths around the paddocks. With eyes slowly acclimatizing I went that way and found her not far off, on her knees beside one of the posts, sobbing with the deep sound of a wholly adult desperation.

"Ginnie," I said.

She stood up as if to turn to me was natural and clung to me fiercely, her body shaking from the sobs, her face pressed hard against my shoulder, my arms tightly round her. We stood like that until the paroxysm passed; until, dragging a handkerchief from her jeans, she could speak.

"It's one thing knowing it in theory," she said, her voice full of tears and her body still shaking spasmodically from after-sobs. "I read those letters. I did know. But *seeing* it . . . that's different."

"Yes," I said.

"And it means . . ." She took gulps of air, trying hard for control. "It means, doesn't it, that we'll lose our farm. Lose everything?"

"I don't know yet. Too soon to say that."

"Poor Dad." The tears were sliding slowly down her cheeks, but like harmless rain after a hurricane. "I don't see how we can bear it."

"Don't despair yet. If there's a way to save you, we'll find it."

"Do you mean . . . your bank?"

"I mean everybody."

She wiped her eyes and blew her nose, and finally moved away a pace, out of my arms, strong enough to leave shelter. We went slowly back to the foaling yard and found nobody there except horses. I undid the closed top half of Plus Factor's box and looked inside; looked at the mare standing there patiently without her foal and

wondered if she felt any fretting sense of loss.

"Dad and Nigel have taken him, haven't they?" Ginnie said.

"Yes."

She nodded, accepting that bit easily. Death to her was part of life, as to every child brought up close to animals. I closed Plus Factor's door and Ginnie and I went back to the house while the sky lightened in the east to the new day, Sunday.

The work of the place went on.

Oliver telephoned to various owners of the mares who had come to the other three stallions, reporting the birth of foals alive and well and one dead before foaling, very sorry. His voice sounded strong, civilized, controlled, the competent captain at the helm, and one could almost see the steel creeping back, hour by hour, into his battered spirit. I admired him for it; and I would fight to give him time, I thought, to come to some compromise to avert permanent ruin.

Ginnie, showered, breakfasted, tidy in sweater and shirt, went off to spend the morning at the Watcherleys' and came back smiling; the resilience of youth.

"Both of those mares are better from their infections," she reported, "and Maggie says she's heard Calder Jackson's not doing so well lately, his yard's half-empty. Cheers Maggie up no end, she says."

For the Watcherleys too, I thought briefly, the fall of Oliver's business could mean a return to

rust and weeds, but I said, "Not enough sick horses just now, perhaps."

"Not enough sick horses with rich owners, Maggie says."

In the afternoon Ginnie slept on the sofa looking very childlike and peaceful, and only with the awakening did the night's pain roll back.

"Oh, dear . . ." The slow tears came. "I was dreaming it was all right. That that foal was a dream, only a dream . . ."

"You and your father," I said, "are brave people."

She sniffed a little, pressing her nose with the back of her hand. "Do you mean," she said slowly, "that whatever happens, we mustn't be defeated?"

"Mm."

She looked at me, and after a while nodded. "If we have to, we'll start again. We'll work. He did it all before, you know."

"You both have the skills," I said.

"I'm glad you came." She brushed the drying tears from her cheeks. "God knows what it would have been like without you."

I went with her out into the yards for evening stables, where the muck-carrying and feeding went on as always. Ginnie fetched the usual pocketful of carrots from the feed room and gave them here and there to the mares, talking cheerfully to the lads while they bent to their chores. No one, watching and listening, could ever have imagined that she feared the sky was falling.

"Evening, Chris, how's her hoof today?

"Hi, Danny. Did you bring this one in this morning?"

"Hello, Pete. She looks as if she'll foal any day now.

"Evening, Shane. How's she doing?

"Hi, Sammy, is she eating now OK?"

The lads answered her much as they spoke to Oliver himself, straightforwardly and with respect, and in most cases without stopping what they were doing. I looked back as we left the first big yard for the second, and for a moment took one of the lads to be Ricky Barnet.

"Who's that?" I said to Ginnie.

She followed my gaze to where the lad walked across to the yard tap, swinging an empty bucket with one hand and eating an apple with the other.

"Shane. Why?"

"He reminded me of someone I knew."

She shrugged. "He's all right. They all are, when Nigel's looking, which he doesn't do often enough."

"He works all night," I said mildly.

"I suppose so."

The mares in the second yard had mostly given birth already and Ginnie that evening had special eyes for the foals. The lads hadn't reached those boxes and Ginnie didn't go in to any of them, warning me that mares with young foals could be protective and snappy.

"You never know if they'll bite or kick you. Dad doesn't like me going in with them alone."

She smiled. "He still thinks I'm a baby."

We went on to the foaling yard, where a lad greeted as Dave was installing a heavy slow-walking mare in one of the boxes.

"Nigel says she'll foal tonight," he told Ginnie. "He's usually right."

We went on past the breeding pen and came to the stallions, where Lenny and Don were washing down Diarist (who appeared to have been working) in the center of the yard, using a lot of water, energy and oaths.

"Mind his feet," Lenny said. "He's in one of his moods."

Ginnie gave carrots to Parakeet and Rotaboy, and we came finally to Sandcastle. He looked as great, as charismatic as ever, but Ginnie gave him his tidbit with her own lips compressed.

"He can't help it all, I suppose," she said, sighing. "But I do wish he'd never won any races."

"Or that we'd let him die that day on the main road?"

"Oh, no!" She was shocked. "We couldn't have done that, even if we'd known . . ."

Dear girl, I thought; many people would personally have mown him down with a truck.

We went back to the house via the paddocks, where she fondled any heads that came to the railings and parted with the last of the crunchy orange goodies. "I can't believe that this will all end," she said, looking over the horse-dotted acres. "I just *can't* believe it."

I tentatively suggested to both her and Oliver that they might prefer it if I went home that evening, but they both declared themselves against.

"Not yet," Ginnie said anxiously and Oliver nodded forcefully. "Please do stay, Tim, if you can."

I nodded, and rang the Michaels', and this time got Judith.

"Do let me speak to her," Ginnie said, taking the receiver out of my hand. "I do so want to."

And I, I thought wryly, I too want so much to talk to her, to hear her voice, to renew my own soul through her: I'm no one's universal pillar of strength, I need my comfort too.

I had my crumbs, after Ginnie. Ordinary words, all else implied; as always.

"Take care of yourself," she said finally.

"You, too," I said.

"Yes." The word was a sigh, faint and receding, as if she'd said it with the receiver already away from her mouth. There was the click of disconnection, and Oliver was announcing briskly that it was time for whisky, time for supper; time for anything, perhaps, but thinking.

Ginnie decided that she felt too restless after supper to go to bed early, and would go for a walk instead.

"Do you want me to come?" I said.

"No. I'm all right. I just thought I'd go out. Look at the stars." She kissed her father's forehead, pulling on a thick cardigan for warmth.

"I won't go off the farm. You'll probably find me in the foal yard, if you want me."

He nodded to her fondly but absentmindedly, and with a small wave to me she went away. Oliver asked me gloomily, as if he'd been waiting for us to be alone, how soon I thought the bank would decide his fate, and we talked in snatches about his daunting prospects, an hour or two sliding by on possibilities.

Shortly before ten, when we had probably twice repeated all there was to say, there came a heavy hammering on the back door.

"Whoever's that?" Oliver frowned, rose to his feet and went to find out.

I didn't hear the opening words, but only the goose-pimpling urgency in the rising voice.

"She's where?" Oliver said loudly, plainly, in alarm. "Where?"

I went quickly into the hallway. One of the lads stood in the open doorway, panting for breath, wide-eyed and scared.

Oliver glanced at me over his shoulder, already on the move. "He says Ginnie's lying on the ground unconscious."

The lad turned and ran off, with Oliver following and myself close behind: and the lad's breathlessness, I soon found, was owing to Ginnie's being on the far side of the farm, away down beyond Nigel's bungalow and the lads' hostel, right down on the far drive, near the gate to the lower road.

We arrived there still running, the lad now

doubling over in his fight for breath, and found Ginnie lying on her side on the hard asphalt surface with another of the lads on his knees beside her, dim figures in the weak moonlight, blurred outlines of shadow.

Oliver and I too knelt there and Oliver was saying to the lads, "What happened, what happened? Did she fall?"

"We just found her," the kneeling lad said. "We were on our way back from the pub. She's coming round, though, sir, she's been saying things."

Ginnie in fact moved slightly, and said, "Dad."

"Yes, Ginnie, I'm here." He picked up her hand and patted it. "We'll soon get you right." There was relief in his voice, but short-lived.

"Dad," Ginnie said, mumbling. "Dad."

"Yes, I'm here."

"Dad . . ."

"She isn't hearing you," I said worriedly.

He turned his head to me, his eyes liquid in the dark of his face. "Get an ambulance. There's a telephone in Nigel's house. Tell him to get an ambulance here quickly. I don't think we'll move her . . . Get an ambulance."

I stood up to go on the errand but the breathless lad said, "Nigel's out. I tried there. There's no one. It's all locked."

"I'll go back to the house."

I ran as fast on the way back and had to fight to control my own gulping breaths there to make my words intelligible. "Tell them to take the

lower road from the village . . . the smaller right fork . . . where the road divides. Nearly a mile from there . . . wide metal farm gate, on the left.''

"Understood," a man said impersonally. "They'll be on their way."

I fetched the padded quilt off my bed and ran back across the farm and found everything much as I'd left it. "They're coming," I said. "How is she?"

Oliver tucked the quilt round his daughter as best he could. "She keeps saying things. Just sounds, not words."

"Da . . ." Ginnie said.

Her eyelids trembled and slightly opened.

"Ginnie," Oliver said urgently. "This is Dad."

Her lips moved in a mumbling unformed murmur. The eyes looked at nothing, unfocused, the gleam just reflected moonlight, not an awakening.

"Oh, God," Oliver said. "What's happened to her? What can have happened?"

The two lads stood there, awkward and silent, not knowing the answer.

"Go and open the gate," Oliver told them. "Stand on the road. Signal to the ambulance when it comes."

They went as if relieved; and the ambulance did come, lights flashing, with two brisk men in uniform who lifted Ginnie without much disturbing her onto a stretcher. Oliver asked them to wait while he fetched the Land Rover from

Nigel's garage, and in a short time the ambulance set off to the hospital with Oliver and me following.

"Lucky you had the key," I said, indicating it in the ignition. Just something to say: anything.

"We always keep it in that tin on the shelf."

The tin said "Blackcurrant Coughdrops. Take as Required."

Oliver drove automatically, following the rear lights ahead. "Why don't they go faster?" he said, though their speed was quite normal.

"Don't want to jolt her, perhaps."

"Do you think it's a stroke?" he said.

"She's too young."

"No. I had a cousin . . . an aneurysm burst when he was sixteen."

I glanced at his face: lined, grim, intent on the road.

The journey seemed endless, but ended at a huge bright hospital in a sprawling town. The men in uniform opened the rear doors of the ambulance while Oliver parked the Land Rover and we followed them into the brightly lit emergency reception area, seeing them wheel Ginnie into a curtained cubicle, watching them come out again with their stretcher, thanking them as they left.

A nurse told us to sit on some nearby chairs while she fetched a doctor. The place was empty, quiet, all readiness but no bustle. Ten o'clock on Sunday night.

A doctor came in a white coat, stethoscope

dangling. An Indian, young, black-haired, rubbing his eyes with forefinger and thumb. He went behind the curtains with the nurse and for about a minute Oliver clasped and unclasped his fingers, unable to contain his anxiety.

The doctor's voice reached us clearly, the Indian accent making no difference.

"They shouldn't have brought her here," he said. "She's dead."

Oliver was on his feet, bounding across the shining floor, pulling back the curtains with a frantic sweep of the arm.

"She's not dead. She was talking. Moving. She's not dead."

In dread I followed him. She couldn't be dead, not like that, not so fast, not without the hospital fighting long to save her. She *couldn't* be.

The doctor straightened up from bending over her, withdrawing his hand from under Ginnie's head, looking at us across the small space.

"She's my daughter," Oliver said. "She's not dead."

A sort of weary compassion drooped in the doctor's shoulders. "I am sorry," he said. "Very sorry. She is gone."

"No!" The word burst out of Oliver in an agony. "You're wrong. Get someone else."

The nurse made a shocked gesture but the young doctor said gently, "There is no pulse. No heartbeat. No contraction of the pupils. She has been gone for perhaps ten minutes, perhaps twenty. I could get someone else, but there is

nothing to be done."

"But *why?*" Oliver said. "She was talking."

The dark doctor looked down to where Ginnie was lying on her back, eyes closed, brown hair falling about her head, face very pale. Her jerseys had both been unbuttoned for the stethoscope, the white bra showing, and the nurse had also undone the waistband of the skirt, pulling it loose. Ginnie looked very young, very defenseless, lying there so quiet and still, and I stood numbly, not believing it, unable, like Oliver, to accept such a monstrous change.

"Her skull is fractured," the doctor said. "If she was talking, she died on the way here, in the ambulance. With head injuries it can be like that. I am sorry."

There was a sound of an ambulance's siren wailing outside, and sudden noise and rushing people by the doors where we had come in, voices raised in a jumble of instructions.

"Traffic accident," someone shouted, and the doctor's eyes moved beyond us to the new need, to the future, not the past.

"I must go," he said, and the nurse, nodding, handed me a flat white plastic bottle that she had been holding.

"You may as well take this," she said. "It was tucked into the waistband of her skirt, against the stomach."

She made as if to cover Ginnie with a sheet, but Oliver stopped her.

"I'll do it," he said. "I want to be with her."

The young doctor nodded, and he and I and the nurse stepped outside the cubicle, drawing the curtains behind us. The doctor looked in a brief pause of stillness towards the three or four stretchers arriving at the entrance, taking a breath, seeming to summon up energy from deep reserves.

"I've been on duty for thirty hours," he said to me. "And now the pubs are out. Ten o'clock, Sundays. Drunk drivers, drunk pedestrians. Always the same."

He walked away to his alive and bleeding patients and the nurse pinned a "Do Not Enter" sign onto the curtains of Ginnie's cubicle, saying she would be taken care of later.

I sat drearily on a chair, waiting for Oliver. The white plastic bottle had a label stuck onto one side saying "Shampoo." I put it into my jacket pocket and wondered if it was just through overwork that the doctor hadn't asked how Ginnie's skull had been fractured, asked whether she'd fallen onto a rock or a curb . . . or been hit.

The rest of the night and all the next day were in their own way worse, a truly awful series of questions, answers, forms and officialdom, with the police slowly taking over from the hospital and Oliver trying to fight against a haze of grief.

It seemed to me wicked that no one would leave him alone. To them he was just one more in a long line of bereaved persons, and although they treated him with perfunctory sympathy, it was for

their own paperwork and not for his benefit that they wanted signatures, information and guesses.

Large numbers of policemen descended on the farm early in the morning, and it gradually appeared that that area of the country was being plagued by a stalker of young girls who jumped out of bushes, knocked them unconscious and sexually assaulted them.

"Not Ginnie . . ." Oliver protested in deepening horror.

The most senior of the policemen shook his head. "It would appear not. She was still wearing her clothing. We can't discount, though, the possibility that it was the same man, and that he was disturbed by your grooms. When young girls are knocked unconscious at night, it's most often a sexual attack."

"But she was on my own land," he said, disbelieving.

The policeman shrugged. "It's been known in suburban front gardens."

He was a fair-haired man with a manner that was not exactly brutal but spoke of long years of acclimatization to dreadful experiences. Detective Chief Inspector Wyfold, he'd said, introducing himself. Forty-fivish, I guessed, sensing the hardness within him at sight and judging him through that day more dogged than intuitive, looking for results from procedure, not hunches.

He was certain in his own mind that the attack on Ginnie had been sexual in intent and he scarcely considered anything else, particularly

since she'd been carrying no money and had expressly said she wouldn't leave the farm.

"She could have talked to someone over the gate," he said, having himself spent some time on the lower drive. "Someone walking along the road. And there are all your grooms that we'll need detailed statements from, though from their preliminary answers it seems they weren't in the hostel but down at the village, in the pubs."

He came and went and reappeared again with more questions at intervals through the day and I lost track altogether of the hours. I tried, in his presence and out, and in Oliver's the same, not to think much about Ginnie herself. I thought I would probably have wept if I had, of no use to anyone. I thrust her away into a defensive compartment knowing that later, alone, I would let her out.

Some time in the morning one of the lads came to the house and asked what they should do about one of the mares who was having difficulty foaling, and Lenny also arrived wanting to know when he should take Rotaboy to the breeding pen. Each of them stood awkwardly, not knowing where to put their hands, saying they were so shocked, so sorry, about Ginnie.

"Where's Nigel?" Oliver said.

They hadn't seen him, they said. He hadn't been out in the yards that morning.

"Didn't you try his house?" Oliver was annoyed rather than alarmed: another burden on a breaking back.

"He isn't there. The door's locked and he didn't answer."

Oliver frowned, picked up the telephone and pressed the buttons. Listened: no reply.

He said to me, "There's a key to his bungalow over there on the board, third hook from the left. Would you go and look . . . would you mind?"

"Sure."

I walked down there with Lenny, who told me repeatedly how broken up the lads were over what had happened, particularly Dave and Sammy, who'd found her. They'd all liked her, he said. All the lads who lived in the hostel were saying that perhaps if they'd come back sooner, she wouldn't have been attacked.

"You don't live in the hostel, then?" I said.

"No. Down in the village. Got a house. Only the ones who come just for the season, they're the ones in the hostel. It's shut up, see, all winter."

We eventually reached Nigel's bungalow, where I rang the doorbell and banged on the knocker without result. Shaking my head slightly I fitted the key in the lock, opened the door, went in.

Curtains were drawn across the windows, shutting out a good deal of daylight. I switched on a couple of lights and walked into the sitting room, where papers, clothes and dirty cups and plates were strewn haphazardly and the air smelled faintly of horse.

There was no sign of Nigel. I looked into the equally untidy kitchen and opened a door, which proved to be that of a bathroom, and another,

which revealed a room with bare-mattressed twin beds. The last door in the small inner hall led to Nigel's own bedroom . . . and there he was, face down, fully clothed, lying across the counterpane.

Lenny, still behind me, took two paces back.

I went over to the bed and felt Nigel's neck behind the ear. Felt the pulse going like a steam hammer. Heard the rasp of air in the throat. His breath would have anesthetized a crocodile, and on the floor beside him lay an empty gin bottle. I shook his shoulder unsympathetically with a complete lack of result.

"He's drunk," I said to Lenny. "Just drunk."

Lenny looked all the same as if he was about to vomit. "I thought . . . I thought."

"I know," I said: and I'd feared it also, instinctively, the one because of the other.

"What will we do, then, out in the yard?" Lenny asked.

"I'll find out."

We went back to the sitting room, where I used Nigel's telephone to call Oliver and report.

"He's flat out," I said. "I can't wake him. Lenny wants instructions."

After a brief silence Oliver said dully, "Tell him to take Rotaboy to the breeding shed in half an hour. I'll see to things in the yards. And Tim?"

"Yes?"

"Can I ask you . . . would you mind . . . helping me here in the office?"

"Coming straight back."

The disjointed, terrible day wore on. I

telephoned to Gordon in the bank explaining my absence and to Judith also, at Gordon's suggestion, to pass on the heartbreak, and I took countless incoming messages as the news spread. Outside on the farm nearly two hundred horses got fed and watered, and birth and procreation went inexorably on.

Oliver came back stumbling from fatigue at about two o'clock, and we ate some eggs, not tasting them, in the kitchen. He looked repeatedly at his watch, and said finally, "What's eight hours back from now? I can't even *think*."

"Six in the morning," I said.

"Oh." He rubbed a hand over his face. "I suppose I should have told Ginnie's mother last night." His face twisted. "My wife . . . in Canada . . ." He swallowed. "Never mind, let her sleep. In two hours I'll tell her."

I left him alone to that wretched task and took myself upstairs to wash and shave and lie for a while on the bed. It was in taking my jacket off for those purposes that I came across the plastic bottle in my pocket, and I took it out and stood it on the shelf in the bathroom while I shaved.

An odd sort of thing, I thought, for Ginnie to have tucked into her waistband. A plastic bottle of shampoo; about six inches high, four across, one deep, with a screw cap on one of the narrow ends. The white label saying "Shampoo" had been handwritten and stuck on the top of the bottle's original dark-brown, white-printed label, of which quite a bit still showed around the edges.

Instructions, part of the underneath label said. *Shake well. Be careful not to get the shampoo in the dog's eyes. Rub well into the coat and leave for ten or fifteen minutes before rinsing.*

At the bottom, below the stuck-on label, were the words, in much smaller print, *Manufactured by Eagle, Inc., Michigan, U.S.A. List number 29931.*

When I'd finished shaving I unscrewed the cap and tilted the bottle gently over the basin.

A thick greenish liquid appeared, smelling powerfully of soap.

Shampoo: what else.

The bottle was to all intents full. I screwed on the cap again and put it on the shelf, and thought about it while I lay on the bed with my hands behind my head.

Shampoo for dogs.

After a while I got up and went down to the kitchen, and in a high cupboard found a small collection of empty, washed, screw-top glass jars, the sort of thing my mother had always saved for herbs and picnics. I took one that would hold perhaps a cupful of liquid and returned upstairs, and over the washbasin I shook the bottle well, unscrewed the cap and carefully poured more than half the shampoo into the jar.

I screwed the caps onto both the bottle and the jar, copied what could be seen on the original label into the small engagement diary I carried with me everywhere, and stowed the now half-full round glass container from Oliver's kitchen inside

my own sponge-bag: and when I went down-stairs again I took the plastic bottle with me.

"Ginnie had it?" Oliver said dully, picking it up and squinting at it. "Whatever for?"

"The nurse at the hospital said it was tucked into the waistband of her skirt."

A smile flickered. "She always did that when she was little. Plimsolls, books, bits of string, anything. To keep her hands free, she said. They all used to slip down into her little knickers, and there would be a whole shower of things sometimes when we undressed her." His face went hopelessly bleak at this memory. "I can't believe it, you know," he said. "I keep thinking she'll walk through the door." He paused. "My wife is flying over. She says she'll be here tomorrow morning." His voice gave no indication whether that was good news or bad. "Stay tonight, will you?"

"If you want."

"Yes."

Chief Inspector Wyfold turned up again at that point and we gave him the shampoo bottle, Oliver explaining about Ginnie's habit of carrying things in her clothes.

"Why didn't you give this to me earlier?" he asked me.

"I forgot I had it. It seemed so paltry at the time, compared with Ginnie dying."

The Chief Inspector picked up the bottle by its serrated cap and read what one could see of the

label, and to Oliver he said, "Do you have a dog?"

"Yes."

"Would this be what you usually use, to wash him?"

"I really don't know. I don't wash him myself. One of the lads does."

"The lads being the grooms?"

"That's right."

"Which lad washed your dog?" Wyfold asked.

"Um . . . any. Whoever I ask."

The Chief Inspector produced a thin white folded paper bag from one of his pockets and put the bottle inside it. "Who to your knowledge has handled this, besides yourselves?" he asked.

"I suppose," I said. "The nurse at the hospital . . . and Ginnie."

"And it spent from last night until now in your pocket?" He shrugged. "Hopeless for prints, I should think, but we'll try." He fastened the bag shut and wrote on a section of it with a ball pen. To Oliver, almost as an aside, he said, "I came to ask you about your daughter's relationships with men."

Oliver said wearily, "She didn't have any. She's only just left school."

Wyfold made small negative movements with head and hands as if amazed at the naiveté of fathers. "No sexual relationship to your knowledge?"

Oliver was too exhausted for anger. "No," he said.

"And you sir?" he turned to me. "What were your relations with Virginia Knowles?"

"Friendship."

"Including sexual intercourse?"

"No."

Wyfold looked at Oliver, who said tiredly, "Tim is a business friend of mine. A financial adviser, staying here for the weekend, that's all."

The policeman frowned at me with disillusion as if he didn't believe it. I gave him no amplified answer because I simply couldn't be bothered, and what could I have said? That with much affection I'd watched a child grow into an attractive young woman and yet not wanted to sleep with her? His mind ran on carnal rails, all else discounted.

He went away in the end taking the shampoo with him, and Oliver with immense fortitude said he had better go out into the yards to catch the tail end of evening stables. "Those mares," he said. "Those foals . . . they still need the best of care."

"I wish I could help," I said, feeling useless.

"You do."

I went with him on his rounds, and when we reached the foaling yard, Nigel, resurrected, was there.

His stocky figure leaned against the doorpost of an open box as if without its support he would collapse, and the face he slowly turned towards us had aged ten years. The bushy eyebrows stood out starkly over charcoal-shadowed eyes, puffiness in his skin swelling the eyelids and sagging in deep

bags on his cheeks. He was also unshaven, unkempt and feeling ill.

"Sorry," he said. "Heard about Ginnie. Very sorry." I wasn't sure whether he was sympathizing with Oliver or apologizing for the drunkenness. "A big noise of a policeman came asking if I'd killed her. As if I would." He put a shaky hand on his head, almost as if physically to support it on his shoulders. "I feel rotten. My own fault. Deserve it. This mare's likely to foal tonight. That shit of a policeman wanted to know if I was sleeping with Ginnie. Thought I'd tell you . . . I wasn't."

Wyfold, I reflected, would ask each of the lads, individually, the same question. A matter of time, perhaps, before he asked Oliver himself; though Oliver and I, he had had to concede, gave each other a rock-solid alibi.

We walked on towards the stallions and I asked Oliver if Nigel often got drunk, since Oliver hadn't shown much surprise.

"Very seldom," Oliver said. "He's once or twice turned out in that state but we've never lost a foal because of it. I don't like it, but he's so good with the mares." He shrugged. "I overlook it."

He gave carrots to all four stallions but scarcely glanced at Sandcastle, as if he could no longer bear the sight.

"I'll try the Research people tomorrow," he said. "Forgot about it, today."

From the stallions he went, unusually, in the

direction of the lower gate, past Nigel's bungalow and the hostel, to stand for a while at the place where Ginnie had lain in the dark on the night before.

The asphalt driveway showed no mark. Oliver looked to where the closed gate sixty feet away led to the road, and in a drained voice said, "Do you think she could have talked to someone out there?"

"She might have, I suppose."

"Yes." He turned to go back. "It's all so *senseless*. And unreal. Nothing feels real."

Exhaustion of mind and body finally overtook him after dinner and he went gray-faced to bed, but I in the first quiet of the long day went out again for restoration: for a look at the stars, as Ginnie had said.

Thinking only of her I walked slowly along some of the paths between the paddocks, the way lit by a half-moon with small clouds drifting, and stopped eventually at the place where, on the previous morning, I'd held her tight in her racking distress. The birth of the deformed foal seemed so long ago, yet it was only yesterday: the morning of the last day of Ginnie's life.

I thought about that day, about the despair in its dawn and the resolution of its afternoon. I thought of her tears and her courage, and of the waste of so much goodness. The engulfing, stupefying sense of loss that had hovered all day swamped into my brain until my body felt inadequate, as if it wanted to burst, as if it

couldn't hold in so much feeling.

When Ian Pargetter had been murdered I had been angry on his behalf and had supposed that the more one loved the dead person the greater one's fury against the killer. But now I understood that anger could simply be crowded out by something altogether more overwhelming. As for Oliver, he had displayed shock, daze, desolation and disbelief in endless quantities all day, but of anger, barely a flicker.

It was too soon to care who had killed her. The fact of her death was too much. Anger was irrelevant, and no vengeance could give her life.

I had loved her more than I'd known, but not as I loved Judith, not with desire and pain and longing. I'd loved Ginnie as a friend; as a brother. I'd loved her, I thought, right back from the day when I'd returned her to school and listened to her fears. I'd loved her up on the hill, trying to catch Sandcastle, and I'd loved her for her expertise and for her growing adult certainty that here, in these fields, was where her future lay.

I'd thought of her young life once as being a clear stretch of sand waiting for footprints, and now there would be none, now only a blank, chopping end to all she could have been and done, to all the bright love she had scattered around her.

"Oh . . . *Ginnie*," I said aloud, calling to her hopelessly in tearing body-shaking grief. "Ginnie . . . little Ginnie . . . come back."

But she was gone from there. My voice fled away into darkness, and there was no answer.

May

On and off for the next two weeks I worked on Oliver's financial chaos at my desk in the bank, and at a special board meeting argued the case for giving him time before we foreclosed and made him sell all he had.

I asked for three months, which was considered scandalously out of the question, but got him two, Gordon chuckling over it quietly as we went down together afterwards in the lift.

"I suppose two months was what you wanted?" he said.

"Er . . . yes."

"I know you," he said. "They were talking of twenty-one days maximum before the meeting, and some wanted to bring in liquidators at once."

I telephoned Oliver and told him. "For two months you don't have to pay any interest or capital repayments, but this is only temporary, and it is a special, fairly unusual concession. I'm afraid, though, that if we can't find a solution to Sandcastle's problem or come up with a cast-iron

reason for the insurance company to pay out, the prognosis is not good."

"I understand," he said, his voice sounding calm. "I haven't much hope, but thank you, all the same, for the respite—I will at least be able to finish the programs for the other stallions, and keep all the foals here until they're old enough to travel safely."

"Have you heard anything about Sandcastle?"

"He's been at the Research Establishment for a week, but so far they can't find anything wrong with him. They don't hold out much hope, I'd better tell you, of being able to prove anything one way or another about his sperm, even though they're sending specimens to another laboratory, they say."

"They'll do their best."

"Yes, I know. But . . . I walk around here as if this place no longer belongs to me. As if it isn't mine. I know, inside, that I'm losing it. Don't feel too badly, Tim. When it comes, I'll be prepared."

I put the receiver down not knowing whether such resignation was good because he would face whatever came without disintegration, or bad because he might be surrendering too soon. A great host of other troubles still lay ahead, mostly in the shape of breeders demanding the return of their stallion fees, and he needed energy to say that in most cases he couldn't return them. The money had already been lodged with us, and the whole situation would have to be sorted out by lawyers.

The news of Sandcastle's disgrace was so far only a doubtful murmur here and there, but when it all broke open with a screech it was, I supposed predictably, in *What's Going On Where It Shouldn't*.

The bank's six copies were read to rags before lunch on the day Alec fetched them, eyes lifting from the page with anything from fury to a wry smile.

Three short paragraphs, headed *"House on Sand,"* said:

Build not your house on sand. Stake not your banking house on a Sandcastle.

The five million pounds advanced by a certain prestigious merchant bank for the purchase of the stallion Sandcastle now look like being washed away by the tide. Sadly, the investment has produced faulty stock, or in plain language, several deformed foals.

Speculation now abounds as to what the bank can do to minimize its losses, since Sandcastle himself must be considered as half a ton of highly priced dog-meat.

"That's done it," Gordon said, and I nodded: and the dailies, who always read *What's Going On* as a prime news source, came up in the racing columns the next day with a more cautious approach, asking "Sandcastle's Progeny Flawed?" and saying things like "rumors have reached us" and "we are reliably informed."

Since our own home-grown leaker for once hadn't mentioned the bank by name, none of the

dailies did either, and for them, of course, the bank itself was unimportant compared with the implications of the news.

Oliver, in the next weekday issues, was reported as having been asked how many, precisely, of Sandcastle's foals were deformed, and as having answered that he didn't know. He had heard of some, certainly, yes. He had no further comment.

A day later still the papers began printing reports telephoned in to them by the stud farms where Sandcastle's scattered progeny had been foaled, and the tally of disasters mounted. Oliver was reported this time as having said the horse was at the Equine Research Establishment at Newmarket, and everything possible was being done.

"It's a mess," Henry said gloomily at lunch, and even the dissenting director had run out of insults, beyond saying four times that we were the laughingstock of the City and it was all my fault.

"Have they found out who killed Knowles' daughter?" Val Fisher asked.

"No." I shook my head. "He says the police no longer come to the house."

Val looked regretful. "Such a sadness for him, on top of the other."

There were murmurs of sympathy and I didn't think I'd spoil it by telling them what the police thought of Oliver's lads.

"That man Wyfold," Oliver had said on the telephone during one of our almost daily conversations, "he more or less said I was asking

for trouble, having a young girl on the place with all those lads. What's more, it seems many of them were halfway drunk that night, and with three pubs in the village they weren't even all together and have no idea of who was where at what time, so one of Wyfold's theories is that one of them jumped her and Dave and Sammy interrupted him. Alternatively Nigel did it. Alternatively some stranger walking down the road did it. Wyfold's manner is downright abrasive but I'm past caring. He despises my discipline. He says I shouldn't let my lads get drunk—as if anyone could stop them. They're free men. It's their business, not mine, what they do with their money and time on Sunday nights. I can only take action if they don't turn up on Monday morning. And as for Nigel being paralytic!'' Words momentarily failed him. ''How can Nigel possibly expect the lads to stay more or less sober if he gets like that? And he says he can't remember anything that happened the night Ginnie died. Nothing at all. Total alcoholic blackout. He's been very subdued since.''

The directors, I felt, would not be any more impressed than the Detective Chief Inspector with the general level of insobriety, and I wondered whether Nigel's slackness with the lads in general had always stemmed from a knowledge of his own occasional weakness.

The police had found no weapon, Oliver said on another day. Wyfold had told him that there was no way of knowing what had been used to

cause the depressed fracture at the base of her brain. Her hair over the fracture bore no traces of anything unexpected. The forensic surgeon was of the opinion that there had been a single very heavy blow. She would have been knocked unconscious instantly. She wouldn't even have known. The period of apparent semiconsciousness had been illusory: parts of her brain would have functioned but she would not have been aware of anything at all.

"I suppose it's a mercy," Oliver said. "With some girls you hear of . . . how do their parents bear it?"

His wife, he said, had gone back to Canada. Ginnie's death seemed not to have brought mother and father together, but to have made the separation complete.

"The dog shampoo?" Oliver repeated, when I asked. "Wyfold says that's just what it was, they checked it. He asked Nigel and all the lads if it was theirs, if they'd used it for washing Squibs, but none of them had. He seems to think Ginnie may have seen it lying in the road and picked it up, or that she got into conversation over the gate with a man who gave her the shampoo for Squibs as a come-on and then killed her afterwards."

"No," I said.

"Why not?"

"Because he'd have taken the shampoo away again with him."

"Wyfold says not if he couldn't find it, because of its being dark and her having hidden it to all

intents and purposes under her skirt and two jumpers, and not if Dave and Sammy arrived at that point.''

"I suppose it's possible," I said doubtfully.

"Wyfold says that particular shampoo isn't on sale at all in England, it's American, and there's absolutely no way at all of tracing how it got here. There weren't any fingerprints of any use; all a blur except a few of yours and mine.''

Another day he said, "Wyfold told me the hardest murders to solve were single blows on the head. He said the case would remain open, but they are busy again with another girl who was killed walking home from a dance, and this time she definitely is one of that dreadful series, poor child . . . I was lucky, Tim, you know, that Dave and Sammy came back when they did.''

There came a fine May day in the office when Alec, deciding we needed some fresh air, opened one of the windows that looked down to the fountain. The fresh air duly entered but like a lion, not a lamb, and blew papers off all the desks.

"That's a hurricane," I said. "For God's sake shut it.''

Alec closed off the gale and turned round with a grin. "Sorry and all that," he said.

We all left our chairs and bent down like gleaners to retrieve our scattered work, and during my search for page 3 of a long assessment of a proposed sports complex I came across a severe and unwelcome shock in the shape of a small,

pale blue sheet off a memo pad.

There were words penciled on it and crossed out with a wavy line, with other words underneath.

Build your castle not on Sand was crossed out, and so was *Sandcastle gone with the tide,* and underneath was written *Build not your house on sand. Build not your banking house on a Sandcastle.*

"What's that?" Alec said quickly, seeing it in my hand and stretching out his own. "Let's see."

I shook my head and kept it in my own hand while I finished picking up the sportsdrome, and when order was restored throughout the office I said, "Come along to the interview room."

"Right now?"

"Right now."

We went into the only room on our floor where any real privacy was possible and I said without any shilly-shallying, "This is your handwriting. Did you write the article in *What's Going On?*"

He gave a theatrical sigh and a tentative smile and a large shrug of the shoulders.

"That's just doodling," he said. "It means nothing."

"It means, for a start," I said, "that you shouldn't have left it round the office."

"Didn't know I had."

"Did you write the article?"

The blue eyes unrepentantly gleamed at me from behind the gold rims. "It's a fair cop, I suppose."

"But *Alec* . . ." I protested.

"Yeah."

"And the others," I said, "those other leaks, was that you?"

He sighed again, his mouth twisting.

"Was it?" I repeated, wanting above all things to hear him deny it.

"Look," he said, "what harm did it do? Yes, all right, the stories did come from me. I wrote them myself, actually, like that one." He pointed to the memo paper in my hand. "And don't give me any lectures on disloyalty because none of them did us any harm. Did us good, if anything."

"Alec . . ."

"Yes," he said, "but just think, Tim, what did those pieces really do? They stirred everyone up, sure, and it was a laugh a minute to see all their faces, but what else? I've been thinking about it, I assure you. It wasn't why I did it in the first place, that was just wanting to stir things, I'll admit, but *because* of what I wrote we've now got much better security checks than we had before."

I listened to him open-mouthed.

"All that work you did with the computer, making us safer against frauds, that was because of what I wrote. And the Corporate Finance boys, they now go around with their mouths zipped up like suitcases so as not to spill the beans to the investment managers. I did *good,* do you see, not harm."

I stood and looked at him, at the tight tow-colored curls, the cream-colored freckled skin, the eyes that had laughed with me for eight years. I

don't want to lose you, I thought: I wish you hadn't done it.

"And what about this piece about Sandcastle? What good has that done?" I said.

He half-grinned. "Too soon to say."

I looked at the damaging scrap in my hands and almost automatically shook my head.

"You're going to say," Alec said, "that I'll have to leave."

I looked up. His face was wholly calm.

"I knew I'd have to leave if any of you ever found out."

"But don't you *care?*" I said frustratedly.

He smiled. "I don't know. I'll miss *you,* and that's a fact. But as for the job . . . well, I told you, it's not my whole life, like it is yours. I loved it, I grant you, when I came here. All I wanted was to be a merchant banker, it sounded great. But to be honest it was the glamour I suppose I wanted, and there's honesty for you, I never thought I'd admit that, even to myself."

"But you do it well."

"Up to a point. We discussed all that."

"I'm sorry," I said helplessly.

"Yeah, well, so am I in a way, and in a way I'm not. I've been dithering for ages, and now that it isn't my choice I'm as much relieved as anything."

"But . . . what will you do?"

He gave a full cherubic smile. "I don't suppose you'll approve."

"What, then?"

"*What's Going On,*" he said, "have offered me a whole-time job." He looked at my shattered expression. "I've written quite a bit for them, actually. About other things, of course, not us. But in most editions there's something of mine, a paragraph or two or a whole column. They've asked me several times to go, so now I will."

I thought back to all those days when Alec had bounded out for the six copies and spent his next hour chuckling. Alec, the gatherer of news, who knew all the gossip.

"They get masses of information in," Alec said, "but they need someone to evaluate it all properly, and there aren't so many merchant bankers looking for that sort of job."

"No," I said dryly. "I can imagine. For a start, won't your salary be much less?"

"A bit," he admitted, cheerfully. "But my iconoclastic spirit will survive."

I moved restlessly, wishing things had been different.

"I'll resign from here," he said. "Make it easier."

Rather gloomily I nodded. "And will you say why?"

He looked at me thoughtfully. "If you really want me to, yes," he said finally. "Otherwise not. You can tell them yourself, though, after I've gone, if you want to."

"You're a damned fool," I said explosively, feeling the loss of him acutely. "The office will be bloody dull without you."

He grinned, my long-time colleague, and pointed to the piece of memo paper. "I'll send you pinpricks now and then. You won't forget me. Not a chance."

Gordon, three days later, said to me in surprise, "Alec's leaving, did you know?"

"I knew he was thinking of it."

"But why? He's good at his job, and he always seemed happy here."

I explained that Alec had been unsettled for some time and felt he needed to change direction.

"Amazing," Gordon said. "I tried to dissuade him, but he's adamant. He's going in four weeks."

Alec, indeed, addressed his normal work with the bounce and zealousness of one about to be liberated, and for the rest of his stay in the office was better company than ever. Chains visibly dropped from his spirits, and I caught him several times scribbling speculatively on his memo pad with an anything-but-angelic grin.

Oliver had sent me, at my request, a list of all the breeders who had sent their mares to Sandcastle the previous year, and I spent two or three evenings on the telephone asking after those foals we didn't know about. Oliver himself, when I'd asked him, said he frankly couldn't face the task, and I didn't in the least blame him: my inquiries brought forth an ear-burning amount of blasphemy.

The final count came to:

Five foals born outwardly perfect but dead
within two weeks because of internal
abnormalities.
One foal born with one eye. (Put down.)
Five foals born with deformed legs, de-
formation varying from a malformed hoof
to the absent half-leg of Plus Factor's colt.
(All put down.)
Three foals born with part of one or both
ears missing. (All still living.)
One foal born with no tail. (Still living.)
Two foals born with malformed mouths, the
equivalent of human harelips. (Both put
down.)
One foal born with a grossly deformed head.
(Foaled with heartbeat but couldn't breathe;
died at once.)

Apart from this horrifying tally, four mares who
had been sent home as in foal had subsequently
"slipped" and were barren: one mare had failed
to conceive at all; three mares had not yet foaled
(breeders' comments incendiary); and fourteen
had produced live, healthy foals with no defects
of any sort.

I showed the list to Gordon and Henry, who
went shockedly silent for a while as if in mourning
for the superb racer they had so admired.

"There may be more to come," I said, not
liking it. "Oliver says thirty mares covered by
Sandcastle this year are definitely in foal. Some of

those will be all right . . . and some may not.''

"Isn't there a test you can do to see if a baby is abnormal?'' Henry said. "Can't they do that with the mares, and abort the deformed foals now, before they grow?''

I shook my head. "I asked Oliver that. He says amniocentesis—that's what that process is called—isn't possible with mares. Something to do with not being able to reach the target with a sterile needle because of all the intestines in the way.''

Henry listened with the distaste of the nonmedical to these clinical realities. "What it means, I suppose,'' he said, "is that the owners of all of these thirty mares will have the foals aborted and demand their money back.''

"I'd think so, yes.''

He shook his head regretfully. "So sad, isn't it. Such a shame. Quite apart from the financial loss, a tragedy in racing terms.''

Oliver said on the telephone one morning, "Tim, I need to talk to you. Something's happened.''

"What?'' I said, with misgivings.

"Someone has offered to buy Sandcastle.''

I sat in a mild state of shock, looking at Alec across the room sucking his pencil while he wrote his future.

"Are you there?'' Oliver said.

"Yes. What for and for how much?''

"Well, he says to put back into training. I suppose it's possible. Sandcastle's only five. I

suppose he could be got fit to race by August or September, and he might still win races for a few more years."

"Good heavens."

"He's offering twenty-five thousand pounds."

"Um," I said. "Is that good or bad?"

"Realistically, it's as much as he's worth."

"I'll consult with my seniors here," I said. "It's too soon, this minute, to say yes or no."

"I did tell him that my bankers would have to agree, but he wants an answer fairly soon, because the longer the delay the less time there is for training and racing this season."

"Yes," I said, understanding. "Where is he? Sandcastle, I mean."

"Still in Newmarket. But it's pointless him staying there any longer. They haven't found any answers. They say they just don't know what's wrong with him, and I think they want me to take him away."

"Well," I pondered briefly. "You may as well fetch him, I should think."

"I'll arrange it," he said.

"Before we go any further," I said, "are you sure it's a bonafide offer and not just some crank?"

"I had a letter from him and I've talked to him on the telephone, and to me he sounds genuine," Oliver answered. "Would you like to meet him?"

"Perhaps, yes."

We fixed a provisional date for the following Saturday morning, and almost as an afterthought

I asked the potential buyer's name.

"Smith," Oliver said. "A Mr. Dissdale Smith."

I went to Hertfordshire on that Saturday with a whole host of question marks raising their eyebrows in my mind, but it was Dissdale, as it happened, who had the deeper astonishment.

He drove up while I was still outside Oliver's house, still clasping hands in greeting and talking of Ginnie. Dissdale had come without Bettina, and the first thing he said, emerging from his car, was "Hello, Tim, what a surprise, didn't know you knew Oliver Knowles."

He walked across, announced himself, shook hands with Oliver, and patted me chubbily on the shoulder. "How's things, then? How are you doing, Tim?"

"Fine," I said mildly.

Oliver looked from one of us to the other. "You know each other already?"

Dissdale said, "How do you mean, already?"

"Tim's my banker," Oliver said in puzzlement. "It was his bank, Ekaterin's, which put up the money for Sandcastle."

Dissdale stared at me in stunned amazement and looked bereft of speech.

"Didn't you know?" Oliver said. "Didn't I mention it?"

Dissdale blankly shook his head and finally found his voice. "You just said your banker was coming . . . I never for a moment thought . . ."

"It doesn't make much odds," Oliver said. "If

you know each other it may simply save some time. Let's go indoors. There's some coffee ready." He led the way through his immaculate house to the sitting room-office, where a tray stood on the desk with coffee hot in a pot.

Oliver himself had had four weeks by then in that house without Ginnie, but to me, on my first visit back, she seemed still most sharply alive. It was I, this time, who kept expecting her to walk into the room; to give me a hug, to say hello with her eyes crinkling with welcome. I felt her presence vividly, to an extent that to start with I listened to Dissdale with only surface attention.

"It might be better to geld him," he was saying. "There are some good prizes, particularly overseas, for geldings."

Oliver's instinctive response of horror subsided droopingly to defeat.

"It's too soon," I said, "to talk of that."

"Tim, face facts," Dissdale said expansively. "At this moment in time that horse is a walking bomb. I'm making an offer for him because I'm a bit of a gambler, you know that, and I've a soft spot for him, whatever his faults, because of him winning so much for me that day the year before last, when we were all in my box at Ascot. You remember that, don't you?"

"I do indeed."

"He saved my life, Sandcastle did."

"It was partly because of that day," I said, nodding, "that Ekaterin's loaned the money for him. When the request came in from Oliver, it

was because Henry Shipton—our chairman, if you remember—and Gordon and I had all seen the horse in action that we seriously considered the proposition.''

Dissdale nodded his comprehension. ''A great surprise, though,'' he said. ''I'm sorry it's you and Gordon. Sorry it's your bank, I mean, that's been hit so hard. I read about the deformed foals in the papers, of course, and that's what gave me the idea of buying Sandcastle in the first place, but it didn't say which bank . . .''

I wondered fleetingly if Alec could claim that omission as a virtue along with everything else.

Oliver offered Dissdale more coffee, which he accepted with cream and sugar, drinking almost absentmindedly while he worked through the possible alterations he would need in approach now he'd found he was dealing with semifriends. Having had time myself over several days to do it, I could guess at the speed he was needing for reassessment.

''Dissdale,'' I said neutrally, deciding to disrupt him, ''did the idea of buying Sandcastle come from your profitable caper with Indian Silk?''

His rounded features fell again into shock. ''How . . . er . . . did you know about that?''

I said vaguely, ''Heard it on the racecourse, I suppose. But didn't you buy Indian Silk for a pittance because he seemed to be dying, and then sent him to Calder?''

''Well . . .''

''And didn't Calder cure him? And then you

sold him again, but well this time, no doubt needing the money, as don't we all, since when Indian Silk's won the Cheltenham Gold Cup? Isn't that right?"

Dissdale raised a plump hand palm upwards in a gesture of mock defeat. "Don't know where you heard it, but yes, there's no secret, that's what happened."

"Mm." I smiled at him benignly. "Calder said on television, didn't he, that buying Indian Silk was his idea originally, so I wondered . . . I'm wondering if this is his idea too. I mean, did he by any chance suggest a repeat of the gamble that came off so happily last time?"

Dissdale looked at me doubtfully.

"There's nothing wrong in it," I said. "Is it Calder's idea?"

"Well, yes," he said, deciding to confide. "But it's my money, of course."

"And, um, if you do buy Sandcastle, will you send him too along to Calder, like Indian Silk?"

Dissdale seemed not to know whether to answer or not, but appearing to be reassured by my friendly interest said finally, "Calder said he could give him a quick pepping-up to get him fit quickly for racing, yes."

Oliver, having listened restlessly up to this point, said, "Calder Jackson can't do anything for Sandcastle that I can't."

Both Dissdale and I looked at Oliver in the same way, hearing the orthodox view ringing out with conviction and knowing that it was

very likely untrue.

"I've been thinking these past few days," I said to Dissdale, "first about Indian Silk. Didn't you tell Fred Barnet, when you offered him a rock-bottom price, that all you were doing was providing a dying horse with a nice quiet end in some gentle field?"

"Well, Tim," he said knowingly. "You know how it is. You buy for the best price you can. Fred Barnet, I know he goes round grousing that I cheated him, but I didn't, he could have sent his horse to Calder the same as I did."

I nodded. "So now, be honest, Dissdale, are you planning again to buy for the best price you can? I mean, does twenty-five thousand pounds for Sandcastle represent the same sort of bargain?"

"Tim," Dissdale said, half-affronted, half in sorrow, "what a naughty suspicious mind. That's not friendly, not at all."

I smiled. "I don't think I'd be wise, though, do you, to recommend to my board of directors that we should accept your offer without thinking it over very carefully?"

For the first time there was a shade of dismay in the chubby face. "Tim, it's a fair offer, anyone will tell you."

"I think my board may invite other bids," I said. "If Sandcastle is to be sold, we must recoup the most we can."

The dismay faded: man-of-the-world returned. "That's fair," he said. "As long as you'll come

back to me, if anyone tops me."

"Sure," I said. "An auction, by telephone. When we're ready, I'll let you know."

With a touch of anxiety he said, "Don't wait too long. Time's money, you know."

"I'll put your offer to the board tomorrow."

He made a show of bluff contentment, but the anxiety was still there underneath. Oliver took the empty coffee cup that Dissdale still held and asked if he would like to see the horse he wanted to buy.

"But isn't he in Newmarket?" Dissdale said, again looking disconcerted.

"No, he's here. Came back yesterday."

"Oh. Then yes, of course, yes, I'd like to see him."

He's out of his depth, I thought abruptly: for some reason Dissdale is very very unsettled.

We went on the old familiar walk through the yards, with Oliver explaining the layout to the new visitor. To me there was now a visible thinning out of numbers, and Oliver, with hardly a quiver in his voice, said that he was sending the mares home with their foals in an orderly progression as usual, with in consequence lower feed bills, fewer lads to pay wages to, smaller expenses all round: he would play fair with the bank, he said, matter-of-factly, making sure to charge what he could and also to conserve what he could towards his debt. Dissdale gave him a glance of amused incredulity, as if such a sense of honor belonged to a bygone age, and we came in

the end to the stallion yard, where the four heads appeared in curiosity.

The stay in Newmarket hadn't done Sandcastle much good, I thought. He looked tired and dull, barely arching his neck to lift his nose over the half-door, and it was he, of the four, who turned away first and retreated into the gloom of his box.

"Is that Sandcastle?" Dissdale said, sounding disappointed. "I expected something more, somehow."

"He's had a taxing three weeks," Oliver said. "All he needs is some good food and fresh air."

"And Calder's touch," Dissdale said with conviction. "That magic touch most of all."

When Dissdale had driven away Oliver asked me what I thought, and I said, "If Dissdale's offering twenty-five thousand he's certainly reckoning to make much more than that. He's right, he is a gambler, and I'll bet he has some scheme in mind. What we need to do is guess what the scheme is, and decide what we'll do on that basis, such as doubling or trebling the ante."

Oliver was perplexed. "How can we possibly guess?"

"Hm," I said. "Did you know about Indian Silk?"

"Not before today."

"Well, suppose Dissdale acts to a pattern, which people so often do. He told Fred Barnet he was putting Indian Silk out to grass, which was diametrically untrue; he intended to send him to Calder and with luck put him back in training. He

told *you* he was planning to put Sandcastle back into training, so suppose that's just what he *doesn't* plan to do. And he suggested gelding, didn't he?"

Oliver nodded.

"Then I'd expect gelding to be furthest from his mind," I said. "He just wants us to believe that's his intention." I reflected. "Do you know what I might do if I wanted to have a real gamble with Sandcastle?"

"What?"

"It sounds pretty crazy " I said. "But with Calder's reputation it might just work."

"What are you talking about?" Oliver said in some bewilderment. "What gamble?"

"Suppose," I said, "that you could buy for a pittance a stallion whose perfect foals would be likely to win races."

"But no one would risk . . ."

"Suppose," I interrupted, "there was nearly a fifty-percent chance, going on this year's figures, that you'd get a perfect foal. Suppose Dissdale offered Sandcastle as a sire at say a thousand pounds, the fee only payable if the foal was born perfect and lived a month."

Oliver simply stared.

"Say Sandcastle's perfect progeny do win, as indeed they should. There are fourteen of them so far this year, don't forget. Say that in the passage of time his good foals proved to be worth the fifty-percent risk. Say Sandcastle stands in Calder's yard, with Calder's skill on the line.

Isn't there a chance that over the years Dissdale's twenty-five-thousand-pound investment would provide a nice steady return for them both?''

"It's impossible," he said weakly.

"No, not impossible. A gamble." I paused. "You wouldn't get people sending top mares, of course, but you might get enough dreamers among the breeders who'd chance it."

"Tim . . ."

"Just think of it," I said. "A perfect foal by Sandcastle for peanuts. And if you get a malformed foal, well, some years your mare might slip or be barren anyway."

He looked at his feet for a while, and then into the middle distance, and then he said, "Come with me. I've something to show you. Something you'd better know."

He set off towards the Watcherleys', and would say nothing more on the way. I walked beside him down the familiar paths and thought about Ginnie because I couldn't help it, and we arrived in the next-door yard that was now of a neatness to be compared with all the others.

"Over here," Oliver said, going across to one of the boxes. "Look at that."

I looked where directed: at a mare with a colt foal suckling, not unexpected in that place.

"He was born three days ago," Oliver said. "I do so wish Ginnie had seen him."

"Why that one, especially?"

"The mare is one of my own," he said. "And that foal is Sandcastle's."

It was my turn to stare. I looked from Oliver to the foal and back again. "There's nothing wrong with him," I said.

"No."

"But . . ."

Oliver smiled twistedly. "I was going to breed her to Diarist. She was along here at the Watcherleys' because the foal she had then was always ailing, but she herself was all right. I was along here looking at her one day when she'd been in season awhile, and on impulse I led her along to the breeding pen and told Nigel to fetch Sandcastle, and we mated them there and then. That foal's the result." He shook his head regretfully. "He'll be sold, of course, with everything else. I wish I could have kept him, but there it is."

"He should be worth quite a bit," I said.

"I don't think so," Oliver said. "And that's the flaw in your gamble. It's not just the racing potential that raises prices at auction, it's the chance of breeding. And no one could be sure, breeding from Sandcastle's stock, that the genetic trouble wouldn't crop up for evermore. It's not on, I'm afraid. No serious breeder would send him mares, however great the bargain."

We stood for a while in silence.

"It was a good idea," I said, "while it lasted."

"My dear Tim . . . we're clutching at straws."

"Yes." I looked at his calm strong face; the captain whose ship was sinking. "I'd try anything, you know, to save you," I said.

"And to save the bank's money?"

"That too."

He smiled faintly. "I wish you could, but time's running out."

The date for bringing in the receiver had been set, the insurance company had finally ducked, the lawyers were closing in and the respite I'd gained for him was trickling away with no tender plant of hope growing in the ruins.

We walked back towards the house, Oliver patting the mares as usual as they came to the fences.

"I suppose this may all be here next year," he said, "looking much the same. Someone will buy it . . . it's just I who'll be gone."

He lifted his head, looking away over his white-painted rails to the long line of the roofs of his yards. The enormity of the loss of his life's work settled like a weight on his shoulders and there was a haggard set to his jaw.

"I try not to mind," he said levelly. "But I don't quite know how to bear it."

When I reached home that evening my telephone was ringing. I went across the sitting room expecting it to stop the moment I reached it, but the summons continued, and on the other end was Judith.

"I just came in," I said.

"We knew you were out. We've tried once or twice."

"I went to see Oliver."

"The poor, poor man." Judith had been very much distressed over Ginnie and still felt that Oliver needed more sympathy because of his daughter than because of his bankruptcy, which I wasn't sure was any longer the case. "Anyway," she said, "Pen asked me to call you as she's tied up in her shop all day and you were out when she tried . . . She says she's had the reply from America about the shampoo and are you still interested?"

"Yes, certainly."

"Then . . . if you're not doing anything else . . . Gordon and I wondered if you'd care to come here for the day tomorrow, and Pen will bring the letter to show you."

"I'll be there," I said fervently, and she laughed.

"Good, then. See you."

I was at Clapham with alacrity before noon, and Pen, over coffee, produced the letter from the drug company.

"I sent them a sample of what you gave me in that little glass jar," she said. "And, as you asked, I had some of the rest of it analyzed here, but honestly, Tim, don't hope too much from it for finding out who killed Ginnie, it's just shampoo, as it says."

I took the official-looking letter, which was of two pages clipped together, with impressive headings.

Dear Ms. Warner,

We have received the inquiry from your pharmacy and also the sample you sent us, and we now reply with this report, which is a copy of that which we recently sent to the Hertfordshire police force on the same subject.

The shampoo in question is our "Bannitch," which is formulated especially for dogs suffering from various skin troubles, including eczema. It is distributed to shops selling goods to dog owners and offering cosmetic canine services, but would not normally be used except on the advice of a veterinarian.

We enclose the list of active ingredients and excipients, as requested.

"What are excipients?" I asked, looking up.

"The things you put in with the active drug for various reasons," she said. "Like for instance chalk for bulk in pills."

I turned the top page over and read the list on the second.

Bannitch
Excipients
  Bentonite
  Ethylene glycol monostearate
  Citric acid
  Sodium phosphate
  Glyceryl monoricinoleate

        Perfume
    Active ingredients
        Captan
        Amphoteric
        Selenium

"Terrific," I said blankly. "What do they all mean?"

Pen, sitting beside me on the sofa, explained.

"From the top . . . bentonite is a thickening agent so that everything stays together and doesn't separate out. Ethylene glycol monostearate is a sort of wax, probably there to add bulk. Citric acid is to make the whole mixture acid, not alkaline, and the next one, sodium phosphate, is to keep the acidity level more or less constant. Glyceryl monoricinoleate is a soap, to make lather, and perfume is there so that the dog smells nice to the owner when she's washing him."

"How do you know so much?" Gordon asked, marveling.

"I looked some of them up," said Pen frankly, with a smile. She turned back to me and pointed to the short lower column of active ingredients. "Captan and amphoteric are both drugs for killing fungi on the skin, and selenium is also antifungal and is used in shampoos to cure dandruff." She stopped and looked at me doubtfully. "I did tell you not to hope too much. There's nothing there of any consequence."

"And nothing in the sample that isn't on the manufacturer's list?"

She shook her head. "The analysis from the British lab came yesterday, and the shampoo in Ginnie's bottle contained exactly what it should."

"What do you expect, Tim?" Gordon asked.

"It wasn't so much expect, as hope," I said regretfully. "Hardly hope, really. Just a faint outside chance."

"Of what?"

"Well . . . the police thought—think—that the purpose of killing Ginnie was sexual assault, because of those other poor girls in the neighborhood."

They all nodded.

"But it doesn't *feel* right, does it? Not when you know she wasn't walking home from anywhere, like the others, and not when she wasn't actually, well, interfered with. And then she had the shampoo . . . and the farm was in such trouble, and it seemed to me possible, just slightly possible, that she had somehow discovered that something in that bottle was significant . . ." I paused, and then said slowly to Pen, "I suppose what I was looking for was something that could have been put into Sandcastle's food or water that affected his reproductive organs. I don't know if that's possible. I don't know anything about drugs . . . I just *wondered.*"

They sat in silence with round eyes, and then Gordon, stirring, said with an inflection of hope, "Is that possible, Pen? Could it be something like that?"

"Could it *possibly?*" Judith said.

"My loves," Pen said. "I don't know." She looked also as if whatever she said would disappoint us. "I've never heard of anything like that, I simply haven't."

"That's why I took the shampoo and gave it to you," I said. "I know it's a wild and horrible idea, but I told Oliver I'd try everything, however unlikely."

"What you're suggesting," Judith said plainly, "is that someone might *deliberately* have given something to Sandcastle to make him produce deformed foals, and that Ginnie found out . . . and was killed for it."

There was silence.

"I'll go and get a book or two," Pen said. "We'll look up the ingredients, just in case. But honestly, don't *hope*."

She went home, leaving the three of us feeling subdued. For me this had been the last possibility, although since I'd heard from Oliver that the police check had revealed only the expected shampoo in the bottle, it had become more and more remote.

Pen came back in half an hour with a thick tome, a piece of paper, and worried creases across her forehead. "I've been reading," she said. "Sorry to be so long. I've been checking up on sperm deformities, and it seems the most likely cause is radiation."

I said instantly, "Let's ring Oliver."

They nodded and I got through to him with Pen's suggestion.

"Tim!" he said. "I'll see if I can get anyone in Newmarket . . . even though it's Sunday . . . I'll ring you back."

"Though how a stallion could get anywhere near a radioactive source," Pen said while we were waiting, "would be a first-class mystery in itself." She looked down at the paper she carried. "This is the analysis report from the British lab, bill attached, I'm afraid. Same ingredients, though written in the opposite order, practically, with selenium put at the top, which means that that's the predominant drug, I should think."

Oliver telephoned again in a remarkably short time. "I got the chief researcher at home. He says they did think of radiation but discounted it because it would be more likely to result in total sterility, and there's also the improbability of a horse being near any radioactive isotopes." He sighed. "Sandcastle has never even been X-rayed."

"See if you can check," I said. "If he ever was irradiated in any way it could come into the category of accidental or even malicious damage, and we'd be back into the insurance policy."

"All right," he said. "I'll try."

I put down the receiver to find Pen turning the pages of her large pharmacological book with concentration.

"What's that?" Judith asked, pointing.

"Toxicity of minerals," Pen answered absentmindedly. "Ethylene glycol . . ." She turned pages, searching. "Here we are." She read

down the column, shaking her head. "Not that, anyway." She again consulted the index, read the columns, shook her head. "Selenium . . . selenium . . ." She turned the pages, read the columns, pursed her lips. "It says that selenium is poisonous if taken internally, though it can be beneficial on the skin." She read some more. "It says that if animals eat plants that grow in soil that has much selenium in it, they can die."

"What is selenium?" Judith asked.

"It's an element," Pen said. "Like potassium and sodium." She read on, "It says here that it is mostly found in rocks of the Cretaceous age—such useful information—and that it's among the most poisonous of elements but also an essential nutrient in trace quantities for both animals and plants." She looked up. "It says it's useful for flower-growers because it kills insects, and that it accumulates mostly in plants that flourish where there's a low annual rainfall."

"Is that all?" Gordon asked, sounding disappointed.

"No, there's pages of it. I'm just translating the gist into understandable English."

She read on for a while, and then it seemed to me that she totally stopped breathing. She raised her head and looked at me, her eyes wide and dark.

"What is it?" I said.

"Read it." She gave me the heavy book, pointing to the open page.

I read: *Selenium is absorbed easily from the*

intestines and affects every part of the body, more lodging in the liver, spleen, and kidneys than in brain and muscle. Selenium is teratogenic.

"What does teratogenic mean?" I asked.

"It means," Pen said, "that it produces deformed offspring."

"*What?*" I exclaimed. "You don't mean . . ."

Pen was shaking her head. "It couldn't affect Sandcastle. It's impossible. It would simply poison his system. Teratogens have nothing to do with males."

"Then what . . . ?"

"They act on the developing embryo," she said. Her face crumpled almost as if the knowledge was too much and would make her cry. "You could get deformed foals if you fed selenium *to the mares.*"

I went on the following morning to see Detective Chief Inspector Wyfold, both Gordon and Henry concurring that the errand warranted time off from the bank. The forceful policeman shook my hand, gestured me to a chair and said briskly that he could give me fifteen minutes at the outside, as did I know that yet another young girl had been murdered and sexually assaulted the evening before, which was now a total of six, and that his superiors, the press and the whole flaming country were baying for an arrest? "And we are no nearer now," he added with anger, "than we were five months ago, when it started."

He listened all the same to what I said about

selenium, but in conclusion shook his head.

"We looked it up ourselves. Did you know it's the main ingredient in an antidandruff shampoo sold off open shelves all over America in the drugstores? It used to be on sale here too, or something like it, but it's been discontinued. There's no mystery about it. It's not rare, nor illegal. Just ordinary."

"But the deformities . . .."

"Look," he said restively. "I'll bear it in mind. But it's a big jump to decide from one bottle of ordinary dog shampoo that *that's* what's the matter with these foals. I mean, is there any way of proving it?"

With regret I said, "No, there isn't." No animal, Pen's book had inferred, would retain selenium in its system for longer than a day or two if it was eaten only once or twice and in nonfatal amounts.

"And how, anyway," Wyfold said, "would you get a whole lot of horses to drink anything as nasty as shampoo?" He shook his head. "I know you're very anxious to catch Virginia Knowles' killer, and don't think we don't appreciate your coming here, but we've been into the shampoo question thoroughly, I assure you."

His telephone buzzed and he picked up the receiver, his eyes still turned in my direction but his mind already elsewhere. "What?" he said. "Yes, all right. Straightaway." He put down the receiver. "I'll have to go."

"Listen," I said, "isn't it possible that one of

the lads was giving selenium to the mares this year also, and that Ginnie somehow found out . . .''

He interrupted. ''We tried to fit that killing onto one of those lads, don't think we didn't, but there was no evidence, absolutely none at all.'' He stood up and came round from behind his desk, already leaving me in mind as well as body. ''If you think of anything else, Mr. Ekaterin, by all means let us know. But for now—I'm sorry, but there's a bestial man out there we've got to catch—and I'm still of the opinion he tried for Virginia Knowles too, and was interrupted.''

He gave me a dismissing but not impatient nod, holding open the door and waiting for me to leave his office ahead of him. I obliged him by going, knowing that realistically he couldn't be expected to listen to any further unsubstantiated theories from me while another victim lay more horribly and recently dead.

Before I went back to him, I thought, I had better dig further and come up with connected, believable facts, and also a basis, at least, for proof.

Henry and Gordon heard with gloom in the bank before lunch that at present we were ''insufficient data'' in a Wyfold pigeonhole.

''But you still believe, do you, Tim . . . ?'' Henry said inquiringly.

''We have to,'' I answered. ''And yes, I do.''

''Hm.'' He pondered. ''If you need more time off from the office, you'd better take it. If there's the slightest chance that there's nothing wrong

with Sandcastle after all, we must do our absolute best not only to prove it to our own satisfaction but also to the world in general. Confidence would have to be restored to breeders, otherwise they wouldn't send their mares. It's a tall order altogether.''

"Yes," I said. "Well . . . I'll do all I can"; and after lunch and some thought I telephoned Oliver, whose hopes no one had so far raised.

"Sit down," I said.

"What's the matter?" He sounded immediately anxious. "What's happened?"

"Do you know what teratogenic means?" I said.

"Yes, of course. With mares one always has to be careful."

"Mm . . . Well, there was a teratogenic drug in the bottle of dog shampoo that Ginnie had."

"*What?*" His voice rose an octave on the word, vibrating with instinctive unthinking anger.

"Yes," I said. "Now calm down. The police say it proves nothing either way, but Gordon and Henry, our chairman, agree that it's the only hope we have left."

"But Tim . . ." The realization hit him. "That would mean . . . that would mean . . ."

"Yes," I said. "It would mean that Sandcastle was always breeding good and true and could return to gold-mine status."

I could hear Oliver's heavily disturbed breathing and could only guess at his pulse rate.

"No," he said. "No. If shampoo had got into a

batch of feed, all the mares who ate it would have been affected, not just those covered by Sandcastle.''

"If the shampoo got into the feed accidentally, yes. If it was given deliberately, no.''

"I can't . . . I can't . . .''

"I did tell you to sit down,'' I said reasonably.

"Yes, so you did.'' There was a pause. "I'm sitting,'' he said.

"It's at least possible,'' I said, "that the Equine Research people could find nothing wrong with Sandcastle because there actually *isn't* anything wrong with him.''

"Yes,'' he agreed faintly.

"It is possible to give teratogenic substances to mares.''

"Yes.''

"But horses wouldn't drink shampoo.''

"No, thoroughbreds especially are very choosy.''

"So how would you give them shampoo, and when?''

After a pause he said, still breathlessly, "I don't know how. They'd spit it out. But when is easier, and that could probably be no more than three or four days after conception. That's when the body tube is forming in the embryo . . . that's when a small amount of teratogenic substance could do a lot of damage.''

"Do you mean,'' I said, "that giving a mare selenium just *once* would insure a deformed foal?''

"Giving a mare what?"

"Sorry. Selenium. A drug for treating dandruff."

"Good . . . heavens." He rallied towards his normal self. "I suppose it would depend on the strength of the dose, and its timing. Perhaps three or four doses . . . No one could really *know,* because no one would have tried . . . I mean, there wouldn't have been any research."

"No," I agreed. "But supposing that in this instance someone got the dosage and the timing right, and also found a way of making the shampoo palatable, then *who was it?"*

There was a long quietness during which even his breathing abated.

"I don't know," he said finally. "Theoretically it could have been me, Ginnie, Nigel, the Watcherleys or any of the lads who were here last year. No one else was on the place often enough."

"Really no one? How about the vet or the blacksmith or just a visiting friend?"

"But there were *eighteen* deformed foals," he said. "I would think it would have to have been someone who could come and go here all the time."

"And someone who knew which mares to pick," I said. "Would that knowledge be easy to come by?"

"Easy!" he said explosively. "It is positively thrust at everyone on the place. There are lists in all the feed rooms and in the breeding pen itself saying which mares are to be bred to which

stallion. Nigel has one, there's one in my office, one at the Watcherleys'—all over. Everyone is supposed to double-check the lists all the time, so that mistakes aren't made."

"And all the horses," I said slowly, "wear head collars with their names on."

"Yes, that's right. An essential precaution."

All made easy, I thought, for someone intending mischief to particular mares and not to any others.

"Your own Sandcastle foal," I said. "He's perfect . . . and it may be because on the lists your mare was down for Diarist."

"Tim!"

"Look after him," I said. "And look after Sandcastle."

"I will," he said fervently.

"And Oliver . . . is that lad called Shane still with you?"

"No, he's gone. So have Dave and Sammy, who found Ginnie."

"Then could you send me at the bank a list of the names and addresses of all the people who were working for you last year, and also this year? And I mean *everyone,* even your housekeeper and anyone working for Nigel or cleaning the lads' hostel, things like that."

"Even my part-time secretary girl?"

"Even her."

"She only comes three mornings a week."

"That might be enough."

"All right," he said. "I'll do it straightaway."

"I went to see Chief Inspector Wyfold this morning," I said. "But he thinks it's just a coincidence that Ginnie had shampoo with a foal-deforming drug in it. We'll have to come up with a whole lot more, to convince him. So anything you can think of . . ."

"I'll think of nothing else."

"If Dissdale Smith should telephone you, pressing for an answer," I said, "just say the bank are deliberating and keeping you waiting. Don't tell him anything about this new possibility. It might be best to keep it to ourselves until we can prove whether or not it's true."

"Dear God," he said fearfully, "I hope it is."

In the evening I talked to Pen, asking her if she knew of any way of getting the selenium out of the shampoo.

"The trouble seems to be," I said, "that you simply couldn't get that stuff into a horse as it is."

"I'll work on it," she said, "but of course the manufacturer's chemists will have gone to a good deal of trouble to make sure the selenium stays suspended throughout the mixture and doesn't all fall to the bottom."

"It did say 'Shake well' on the bottle."

"Mm, but that might be for the soap content, not for the selenium."

I thought. "Well, could you get the soap out, then? It must be the soap the horses wouldn't like."

"I'll try my hardest," she promised. "I'll ask a few friends." She paused. "There isn't much of the shampoo left. Only what I kept after sending the samples off to America and the British lab."

"How much?" I said anxiously.

"Half an egg-cupful. Maybe less."

"Is that enough?"

"If we work in test tubes . . . perhaps."

"And Pen . . . Could you or your friends make a guess, as well, as to how much shampoo you'd need to provide enough selenium to give a teratogenic dose to a mare?"

"You sure do come up with some difficult questions, dearest Tim, but we'll certainly try."

Three days later she sent a message with Gordon, saying that by that evening she might have some answers, if I would care to go down to her house after work.

I cared and went, and with a smiling face she opened her front door to let me in.

"Like a drink?" she said.

"Well, yes, but . . ."

"First things first." She poured whisky carefully for me and Cinzano for herself. "Hungry?"

"Pen . . ."

"It's only rolls with ham and lettuce in. I never cook much, as you know." She disappeared to her seldom-used kitchen and returned with the offerings, which turned out to be nicely squelchy and much what I would have made for myself.

"All right," she said finally, pushing away the

empty plates, "now I'll tell you what we've managed."

"At last."

She grinned. "Yes. Well then, we started from the premise that if someone had to use shampoo as the source of selenium then that someone didn't have direct or easy access to poisonous chemicals, which being so he also wouldn't have sophisticated machinery available for separating one ingredient from another—a centrifuge, for instance. OK so far?"

I nodded.

"So what we needed, as we saw it, was a *simple* method that involved only everyday equipment. Something anyone could do anywhere. So the first thing we did was to let the shampoo drip through a paper filter, and we think you could use almost anything for that purpose, like a paper towel, a folded tissue or thin blotting paper. We actually got the best and fastest results from a coffee filter, which is after all specially designed to retain very fine solids while letting liquids through easily."

"Yes," I said. "Highly logical."

Pen smiled. "So there we were with some filter papers in which, we hoped, the microscopic particles of selenium were trapped. The filters were stained bright green by the shampoo. I brought one here to show you . . . I'll get it." She whisked off to the kitchen taking the empty supper plates with her, and returned carrying a small tray with two glasses on it.

One glass contained cut pieces of green-stained coffee filter lying in what looked like oil, and the second glass contained only an upright test tube, closed at the top with a cork and showing a dark half-inch of solution at the bottom.

"One of my friends in the lab knows a lot about horses," Pen said, "and he reckoned that all racehorses are used to the taste of linseed oil, which is given them in their feed quite often as a laxative. So we got some linseed oil and cut up the filter and soaked it." She pointed to the glass. "The selenium particles floated out of the paper into the oil."

"Neat," I said.

"Yes. So then we poured the result into the test tube and just waited twenty-four hours or so, and the selenium particles slowly gravitated through the oil to the bottom." She looked at my face to make sure I understood. "We transferred the selenium from the wax-soap base, in which it would remain suspended, into an oil base, in which it *wouldn't* remain suspended."

"I do understand," I assured her.

"So here in the test tube," she said with a conjuror's flourish, "we have concentrated selenium with the surplus oil poured off." She picked the tube out of the glass, keeping it upright, and showed me the brownish shadowy liquid lying there, darkest at the bottom, almost clear amber at the top. "We had such a small sample to start with that this is all we managed to collect. But that dark stuff is definitely selenium

sulfide. We checked it on a sort of scanner called a gas chromatograph.'' She grinned. ''No point in not using the sophisticated apparatus when it's there right beside you—and we were in a research lab of a teaching hospital, incidentally.''

''You're marvelous.''

''Quite brilliant,'' she agreed with comic modesty. ''We also calculated that that particular shampoo was almost ten percent selenium, which is a very much higher proportion than you'd find in shampoos for humans. We all agree that this much, in the test tube, is enough to cause deformity in a foal—or in any other species, for that matter. We found many more references in other books—lambs born with deformed feet, for instance, where the sheep had browsed off plants growing on selenium-rich soil. We all agree that it's the *time* when the mare ingests the selenium that's most crucial, and we think that to be sure of getting the desired result you'd have to give selenium every day for three or four days, starting two or three days after conception.''

I slowly nodded. ''That's the same sort of time-scale that Oliver said.''

''And if you gave too much,'' she said, ''too large a dose, you'd be more likely to get abortions than really gross deformities. The embryo would only go on growing at all, that is, if the damage done to it by selenium was relatively minor.''

''There were a lot of *different* deformities,'' I said.

''Oh, sure. It could have affected any

developing cell, regardless."

I picked up the test tube and peered closely at its murky contents. "I suppose all you'd have to do would be stir this into a cupful of oats."

"That's right."

"Or . . . could you enclose it in a capsule?"

"Yes, if you had the makings. We could have done it quite easily in the lab. You'd need to get rid of as much oil as possible, of course, in that case, and just scrape concentrated selenium into the capsules."

"Mm. Calder could do it, I suppose?"

"Calder Jackson? Why yes, I guess he could if you wanted him to. He had everything there that you'd need." She lifted her head, remembering something. "He's on the television tomorrow night, incidentally."

"Is he?"

"Yes. They were advertising it tonight just after the news, before you came. He's going to be a guest on that chat show . . . Mickey Bonwith's show . . . Do you ever see it?"

"Sometimes," I said, thoughtfully. "It's transmitted live, isn't it?"

"Yes, that's right." She looked at me with slight puzzlement. "What's going on in that computer brain?"

"A slight calculation of risk," I said slowly, "and of grasping unrepeatable opportunities. And tell me, dearest Pen, if I found myself again in Calder's surgery, what should I look for, to bring out?"

She stared at me literally with her mouth open. Then, recovering, she said, "You can't mean . . . *Calder?*"

"Well," I said soberly, "what I'd really like to do is to make sure one way or another. Because it does seem to me, sad though it is to admit it, that if you tie in Dissdale's offer for Sandcastle with someone deliberately poisoning the mares, and then add Calder's expertise with herbs—in which selenium-soaked plants might be included—you do at least get a *question mark*. You do want to know for sure, don't you think, whether or not Calder and Dissdale set out deliberately to debase Sandcastle's worth so that they could buy him for peanuts . . . So that Calder could perform a well-publicized 'miracle cure' of some sort on Sandcastle, who would thereafter always sire perfect foals, and gradually climb back into favor. Whose fees might never return to forty thousand pounds, but would over the years add up to a fortune."

"But they couldn't," Pen said, aghast. "I mean . . . Calder and Dissdale . . . we *know* them."

"And you in your trade, as I in mine, must have met presentable, confidence-inspiring crooks."

She fell silent, staring at me in a troubled way, until finally I said, "There's one other thing. Again nothing I could swear to—but the first time I went to Calder's place he had a lad there who reminded me sharply of the boy with the knife at Ascot."

"Ricky Barnet," Pen said, nodding.

"Yes. I can't remember Calder's lad's name, and I couldn't identify him at all now after all this time, but at Oliver's I saw another lad, called Shane, who *also* reminded me of Ricky Barnet. I've no idea whether Shane and Calder's lad are one and the same person, though maybe not, because I don't think Calder's lad was called Shane, or I *would* have remembered, if you see what I mean."

"Got you," she said.

"But *if*—and it's a big if—if Shane did once work for Calder, he might *still* be working for him . . . feeding selenium to mares."

Pen took her time, with gravity in the experienced eyes, and at last said, "*Someone* would have had to be there on the spot to do the feeding, and it certainly couldn't have been Calder or Dissdale. But couldn't it have been that manager, Nigel? It would have been easy for him. Suppose Dissdale and Calder paid him . . . ? Suppose they promised to employ him, or even give him a share of Sandcastle, once they'd got hold of the horse."

I shook my head. "I did wonder. I did think of Nigel. There's one good reason why it probably isn't him, though, and that's because he, and only he besides Oliver, knew that one of the mares down for Diarist was covered by Sandcastle." I explained about Oliver's impulse mating. "The foal is perfect, but might very likely not have been if it was Nigel who was doing the feeding."

338

"Not conclusive," Pen said, slowly.

"No."

She stirred. "Did you tell the police all this?"

"I meant to," I said, "but when I was there with Wyfold on Monday it seemed impossible. It was all so insubstantial. Such a lot of guesses. Maybe wrong conclusions. Dissdale's offer could be genuine. And a lad I'd seen for half a minute eighteen months ago . . . it's difficult to remember a strange face for half an hour, let alone all that time. I have only an impression of blankness and of sunglasses . . . and I don't have the same impression of Oliver's lad Shane. Wyfold isn't the sort of man to be vague to. I thought I'd better come up with something more definite before I went back to him."

She bit her thumb. "Can't you take another good look at this Shane?"

I shook my head. "Oliver's gradually letting lads go, as he does every year at this time, and Shane is one who has already left. Oliver doesn't know where he went and has no other address for him, which he doesn't think very unusual. It seems that lads can drift from stable to stable forever with their papers always showing only the address of their last or current employer. But I think we *might* find Shane, if we're lucky."

"How?"

"By photographing Ricky Barnet, side view, and asking around on racetracks."

She smiled. "It might work. It just might."

"Worth a try."

339

My mind drifted back to something else worth a try, and it seemed that hers followed.

"You don't really mean to break into Calder's surgery, do you?" she said.

"Pick the lock," I said. "Yes."

"But . . ."

"Time's running out, and Oliver's future and the bank's money with it, and yes, sure, I'll do what I can."

She curiously looked into my face. "You have no real conception of danger, do you?"

"How do you mean?"

"I mean . . . I saw you, that day at Ascot, simply hurl yourself at that boy, at that knife. You could have been badly stabbed, very easily. And Ginnie told us that you frightened her to tears jumping at Sandcastle the way you did, to catch him. She said it was suicidal . . . and yet you yourself seemed to think nothing of it. And at Ascot, that evening, I remember you being *bored* with the police questions, not stirred up high by a brush with death . . ."

Her words petered away. I considered them and found in myself a reason and an answer.

"Nothing that has happened so far in my life," I said seriously, "has made me fear I might die. I think . . . I know it sounds silly . . . I am unconvinced of my own mortality."

June

On the following day, Friday, June first, I took up a long-offered invitation and went to lunch with the board of a security firm to which we had lent money for launching a new burglar alarm on the market. Not greatly to their surprise I was there to ask a favor, and after a repast of five times the calories of Ekaterin's they gave me, with some amusement, three keys that would unlock almost anything but the crown jewels, and also a concentrated course on how to use them.

"Those pickers are strictly for opening doors in emergencies," the locksmiths said, smiling. "If you end up in jail, we don't know you."

"If I end up in jail, send me another set in a fruitcake."

I thanked them and left, and practiced discreetly on the office doors in the bank, with remarkable results. Going home I let myself in through my own front door with them, and locked and unlocked every cupboard and drawer that had a keyhole. Then I put on a dark roll-neck

jersey over my shirt and tie and with scant trepidation drove to Newmarket.

I left my car at the side of the road some distance from Calder's house and finished the journey on foot, walking quietly into his yard in the last of the lingering summer dusk, checking against my watch that it was almost ten o'clock, the hour when Mickey Bonwith led his guests to peacock chairs and dug publicly into their psyches.

Calder would give a great performance, I thought: and the regrets I felt about my suspicions of him redoubled as I looked at the outline of his house against the sky and remembered his uncomplicated hospitality.

The reserve that had always at bottom lain between us I now acknowledged as my own instinctive and stifled doubt. Wanting to see worth, I had seen it: and the process of now trying to prove myself wrong gave me more sadness than satisfaction.

His yard was dark and peaceful, all lads long gone. Within the hall of the house a single light burned, a dim point of yellow glimpsed through the bushes fluttering in a gentle breeze. Behind the closed doors of the boxes the patients would be snoozing, those patients with festering sores and bleeding guts and all manner of woes awaiting the touch.

Sandcastle, if I was right, had been destined to stand there, while Calder performed his "miracle" without having to explain how he'd

done it. He never had explained: he'd always broadcast publicly that he didn't know *how* his power worked, he just knew it did. Thousands, perhaps millions, believed in his power. Perhaps even breeders, those dreamers of dreams, would have believed, in the end.

I came to the surgery, a grayish block in the advancing night, and fitted one of the lock-pickers into the keyhole. The internal tumblers turned without protest, much oiled and used, and I pushed the door open and went in.

There were no windows to worry about. I closed the door behind me and switched on the light, and immediately began the search for which I'd come: to find selenium in homemade capsules, or in a filtering device, or in bottles of shampoo.

Pen had had doubts that anyone would have risked giving selenium a second year if the first year's work had proved so effective, but I'd reminded her that Sandcastle had already covered many new mares that year before the deformed foals had been reported.

"Whoever did it couldn't have known at that point that he'd been successful. So to make sure, I'd guess he'd go on, and maybe with an increased dose . . . and if no selenium was being given this year, *why did Ginnie have it?*"

Pen had reluctantly given in. "I suppose I'm just trying to find reasons for you not to go to Calder's."

"If I find anything, Chief Inspector Wyfold can

go there later with a search warrant. Don't worry so.''

''No,'' she'd said, and gone straight on looking anxious.

The locked cabinets at both ends of Calder's surgery proved a cinch for the picks, but the contents were a puzzle, as so few of the jars and boxes were properly labeled. Some indeed had come from commercial suppliers, but these seemed mostly to be the herbs Calder had talked of: hydrastis, comfrey, fo-ti-tieng, myrrh, sarsaparilla, licorice, passiflora, papaya, garlic; a good quantity of each.

Nothing was obligingly labeled selenium.

I had taken with me a thickish polyethylene bag that had a zip across one end and had formerly enclosed a silk tie and handkerchief, a present from my mother at Christmas. Into that I systematically put two or three capsules from each bottle, and two or three pills of each sort, and small sachets of herbs: and Pen, I thought, was going to have a fine old time sorting them all out.

With the bag almost half full of samples I carefully locked the cabinets again and turned to the refrigerator, which was of an ordinary domestic make with only a magnetic door fastening.

Inside there were no bottles of shampoo. No coffee filters. No linseed oil. There were simply the large plastic containers of Calder's cure-all tonic.

I thought I might as well take some to satisfy

Pen's curiosity, and rooted around for a small container, finding some empty medicine bottles in a cupboard below the workbench. Over the sink I poured some of the tonic into a medicine bottle, screwed on the cap, and returned the plastic container carefully to its place in the fridge. I stood the medicine bottle on the workbench ready to take away, and turned finally to the drawers where Calder kept things like hops and also his antique pill-making equipment.

Everything was clean and tidy, as before. If he had made capsules containing selenium there, I could see no trace.

With mounting disappointment I went briefly through every drawer. Bags of seeds: sesame, pumpkin, sunflower. Bags of dried herbs: raspberry leaves, alfalfa. Boxes of the empty halves of gelatin capsules, waiting for contents. Empty unused pill bottles. All as before: nothing I hadn't already seen.

The largest bottom drawer still contained the plastic sacks of hops. I pulled open the neck of one of them and found only the expected strong-smelling crop: closed the neck again, moving the bag slightly to settle it back into its place, and saw that under the bags of hops lay a brown leather briefcase, ordinary size, six inches deep.

With a feeling of wasting time I hauled it out onto the working surface on top of the drawers, and tried to open it.

Both catches were locked. I fished for the keys in my trousers pocket and with the smallest of the

picks delicately twisted until the mechanisms clicked.

Opened the lid. Found no bottles of dog shampoo, but other things that turned me slowly to a state of stone.

The contents looked at first sight as if the case belonged to a doctor: stethoscope, pen torch, metal instruments, all in fitted compartments. A cardboard box without its lid held four or five small tubes of antibiotic ointment. A large bottle contained only a few small white pills, the bottle labeled with a long name I could scarcely read, let alone remember, with "diuretic" in brackets underneath. A pad of prescription forms, blank, ready for use.

It was the name and address rubber-stamped onto the prescription forms and the initials heavily embossed in gold into the leather beneath the case's handle that stunned me totally.

I. A. P. on the case.

Ian A. Pargetter on the prescriptions.

Ian Pargetter, veterinary surgeon, address in Newmarket.

His case had vanished the night he died.

This case . . .

With fingers beginning to shake I took one of the tubes of antibiotics and some of the diuretic pills and three of the prescription forms and added them to my other spoils, and then with a heart at last beating at about twice normal speed checked that everything was in its place before closing the case.

I felt as much as heard the surgery door open, the current of air reaching me at the same instant as the night sounds. I turned, thinking that one of Calder's lads had come on some late hospital rounds and wondering how I could ever explain my presence; and I saw that no explanation at all would do.

It was Calder himself crossing the threshold. Calder with the light on his curly halo, Calder who should have been a hundred miles away talking to the nation on the tube.

His first expression of surprise turned immediately to grim assessment, his gaze traveling from the medicine bottle of tonic mixture on the workbench to the veterinary case lying open. Shock, disbelief and fury rose in an instantly violent reaction, and he acted with such speed that even if I'd guessed what he would do I could hardly have dodged.

His right arm swung in an arc, coming down against the wall beside the door and pulling from the bracket that held it a slim scarlet fire extinguisher. The swing seemed to me continuous. The red bulbous end of the fire extinguisher in a split second filled my vision and connected with a crash against my forehead, and consciousness ceased within a blink.

The world came back with the same sort of on-off switch: one second I was unaware, the next, awake. No gray area of daze, no shooting stars, simply on-off, off-on.

347

I was lying on my back on some smelly straw in an electrically lit horse box with a brown horse peering at me suspiciously from six feet above.

I couldn't remember for a minute how I'd got there; it seemed such an improbable position to be in. Then I had a recollection of a red ball crashing above my eyes, and then, in a snap, total recall of the evening.

Calder.

I was in a box in Calder's yard. I was there because, presumably, Calder had put me there.

Pending? I wondered.

Pending what?

With no reassuring thoughts I made the moves to stand up, but found that though consciousness was total, recovery was not. A whirling dizziness set the walls tilting, the gray concrete blocks seeming to want to lean in and fall on me. Cursing slightly I tried again more slowly and made it to one elbow with eyes balancing precariously in their sockets.

The top half of the stable door abruptly opened with the sound of an unlatching bolt. Calder's head appeared in the doorway, his face showing shock and dismay as he saw me awake.

"I thought," he said, "that you'd be unconscious . . . that you wouldn't know. I hit you so hard . . . you're supposed to be out." His voice saying these bizarre words sounded normal.

"Calder . . ." I said.

He was looking at me no longer with anger but almost with apology. "I'm sorry, Tim," he said.

"I'm sorry you came."

The walls seemed to be slowing down.

"Ian Pargetter . . ." I said. "Did *you* . . . kill him? Not you?"

Calder produced an apple and fed it almost absentmindedly to the horse. "I'm sorry, Tim. He was so stubborn. He refused . . ." He patted the horse's neck. "He wouldn't do what I wanted. Said it was over, he'd had enough. Said he'd stop me, you know." He looked for a moment at the horse and then down to me. "Why did you come? I've liked you. I wish you hadn't."

I tried again to stand up and the whirling returned as before. Calder took a step backwards, but only one, stopping when he saw my inability to arise and charge.

"Ginnie," I said. "Not Ginnie . . . Say it wasn't you who hit Ginnie . . ."

He simply looked at me, and didn't say it. In the end he said merely, and with clear regret, "I wish I'd hit you harder . . . but it seemed . . . enough." He moved another step backwards so that I could see only the helmet of curls under the light and dark shadows where his eyes were; and then while I was still struggling to my knees he closed the half-door and bolted it, and from outside switched off the light.

Night-blindness made it even harder to stand up but at least I couldn't *see* the walls whirl, only feel they were spinning. I found myself leaning against one of them and ended more or less upright, spine supported, brain at last settling into equilibrium.

The gray oblong of window gradually detached itself from the blackness, and when my equine companion moved his head I saw the liquid reflection of an eye.

Window . . . way out.

I slithered round the walls to the window and found it barred on the inside, not so much to keep horses in, I supposed, but to prevent them breaking the glass. Five strong bars, in any case, were set in concrete top and bottom, as secure as any prison cell, and I shook them impotently with two hands in proving them immovable.

Through the dusty windowpanes I had a sideways view across the yard towards the surgery, and while I stood there and held onto the bars and watched, Calder went busily in and out of the open lighted doorway, carrying things from the surgery to his car. I saw what I was sure was Ian Pargetter's case go into the trunk, and remembered with discomfiture that I'd left the bunch of picks in one of its locks. I saw him carry also an armful of the jars that contained un-labeled capsules and several boxes of unguess-able contents, stowing them in the trunk carefully and closing them in.

Calder was busy obliterating his tracks.

I yelled at him, calling his name, but he didn't even hear or turn his head. The only result was startled movement in the horse behind me, a stamping of hooves and a restless swinging round the box.

"All right," I said soothingly. "Steady down.

All right. Don't be frightened."

The big animal's alarm abated, and through the window I watched Calder switch off the surgery light, lock the door, get into his car and drive away.

He drove away out of his driveway, towards the main road, not towards his house. The lights of his car passed briefly over the trees as he turned out through the gates, and then were gone: and I seemed suddenly very alone, imprisoned in that dingy place for heaven knew how long.

Vision slowly expanded so that from the dim light of the sky I could see again the outlines within the box: walls, manger, horse. The big dark creature didn't like me being there and wouldn't settle, but I could think of no way to relieve him of my presence.

The ceiling was solid, not as in some stables open through the rafters to the roof. In many it would have been possible for an agile man to climb the partition from one box to the next, but not here; and in any case there was no promise of being better off next door. One would be in a different box but probably just as simply and securely bolted in.

There was nothing in my trousers pockets but a handkerchief. Penknife, money and house keys were all in my jacket in the trunk of my own unlocked car out on the road. The dark jersey, which had seemed good for speed, quiet and concealment, had left me without even a coin for a screwdriver.

I thought concentratedly of what a man could do with his fingers that a horse couldn't do with superior strength, but found nothing in the darkness of the door to unwind or unhinge; nothing anywhere to pick loose. It looked most annoyingly as if that was where I was going to stay until Calder came back.

And then . . . what?

If he'd intended to kill me, why hadn't he already made sure of it? Another swipe or two with the fire extinguisher would have done . . . and I would have known nothing about it.

I thought of Ginnie, positive now that that was how it had been for her, that in one instant she had been thinking, and in the next . . . not.

Thought of Ian Pargetter, dead from one blow of his own brass lamp. Thought of Calder's shock and grief at that event, probably none the less real despite his having killed the man he mourned. Calder shattered over the loss of a business friend . . . the friend he had himself struck down.

He must have killed him, I thought, on a moment's ungovernable impulse, for not . . . what had he said? . . . for not wanting to go on, for wanting to stop Calder doing . . . what Calder planned.

Calder had struck at me with the same sort of speed: without pause for consideration, without time to think of consequences. And he had lashed at me as a friend too, without hesitation, while saying shortly after that he liked me.

Calder, swinging the fire extinguisher, had

ruthlessly aimed at killing the man who had saved his life.

Saved Calder's life . . . Oh, God, I thought, why ever did I do it?

The man in whom I had wanted to see only goodness had after that day killed Ian Pargetter, killed Ginnie: and if I hadn't saved him they would both have lived.

The despair of that thought filled me utterly, swelling with enormity, making me feel, as the simpler grief for Ginnie had done, that one's body couldn't hold so much emotion. Remorse and guilt could rise like dragons' teeth from good intentions, and there were in truth unexpected paths to hell.

I thought back to that distant moment that had affected so many lives: to that instinctive reflex, faster than thought, which had launched me at Ricky's knife. If I could have called it back I would have been looking away, not seeing, letting Calder die . . . letting Ricky take his chances, letting him blast his young life to fragments, destroy his caring parents.

One couldn't help what came after.

A fireman or a lifeboatman or a surgeon might fight to the utmost stretch of skill to save a baby and find he had let loose a Hitler, a Nero, Jack the Ripper. It couldn't always be Beethoven or Pasteur whose life one extended. All one asked was an ordinary, moderately sinful, normally well-intentioned, fairly harmless human. And if he cured horses . . . all the better.

Before that day at Ascot Calder couldn't even have thought of owning Sandcastle, because Sandcastle at that moment was in mid-career with his stud value uncertain. But Calder had seen, as we all had, the majesty of that horse, and I had myself listened to the admiration in his voice.

At some time after that he must have thought of selenium, and from there the wickedness had grown to encompass us all: the wickedness that would have been extinguished before birth if I'd been looking another way.

I knew logically that I couldn't have not done what I did; but in heart and spirit that didn't matter. It didn't stop the engulfing misery or allow me any ease.

Grief and sorrow came to us all, Pen had said: and she was right.

The horse became more restive and began to paw the ground.

I looked at my watch, the digital figures bright in the darkness: twenty minutes or thereabouts since Calder had left. Twenty minutes that already seemed like twenty hours.

The horse swung round suddenly in the gloom with unwelcome vigor, bumping against me with his rump.

"Calm down, boy," I said soothingly. "We're stuck with each other. Go to sleep."

The horse's reply was the equivalent of unprintable: the crash of a steel-clad hoof against a wall.

Perhaps he didn't like me talking, I thought, or indeed even moving about. His head swung round towards the window, his bulk stamping restlessly from one side of the box to the other, and I saw that he, unlike Oliver's horses, wore no head collar: nothing with which to hold him, while I calmed him, patting his neck.

His head reared up suddenly, tossing violently, and with a foreleg he lashed forward at the wall.

Not funny, I thought. Horrific to have been in the firing-line of that slashing hoof. For heaven's sake, I said to him mentally, I'll do you no harm. Just stay quiet. Go to sleep.

I was standing at that time with my back to the door, so that to the horse I must have been totally in shadow: but he would know I was there. He could smell my presence, hear my breathing. If he could see me as well, would it be better?

I took a tentative step towards the dim oblong of window and had a clear, sharp, and swiftly terrifying view of one of his eyes.

No peace. No sleep. No prospect of anything like that. The horse's eye was stretched wide with white showing all round the usual darkness, staring not at me but as if blind, glaring wildly at nothing at all.

The black nostrils looked huge. The lips as I watched were drawing back from the teeth. The ears had gone flat to the head and there was froth forming in the mouth. It was the face, I thought incredulously, not of unrest or alarm . . . but of madness.

The horse backed suddenly away, crashing his hindquarters into the rear wall and rocking again forwards, but this time advancing with both forelegs off the ground, the gleams from thrashing hooves curving in silvery streaks in the gloom, the feet hitting the wall below the window with sickening intent.

I pressed in undoubted panic into the corner made by wall and door, but it gave no real protection. The box was roughly ten feet square by eight feet high, a space even at the best of times half-filled by horse. For that horse at that moment it was a straightjacket confinement out of which he seemed intent on physically smashing his way.

The manger, I thought. Get in the manger.

The manger was built at about waist height diagonally across one of the box's rear corners; a smallish metal trough set into a sturdy wooden support. As a shelter it was pathetic, but at least I would be off the ground. . . .

The horse turned and stood on his forelegs and let fly backwards with an almighty double kick that thudded into the concrete wall six inches from my head, and it was then, at that moment, that I began to fear that the crazed animal might not just hurt but kill me.

He wasn't purposely trying to attack; most of his kicks were in other directions. He wasn't trying to bite, though his now-open mouth looked savage. He was uncontrollably wild, but not with me . . . though that, in so small a space, made

little difference.

He seemed in the next very few seconds to go utterly berserk. With speeds I could only guess at in the scurrying shadows he whirled and kicked and hurled his bulk against the walls, and I, still attempting to jump through the tempest into the manger, was finally knocked over by one of his flailing feet.

I didn't realize at that point that he'd actually broken one of my arms because the whole thing felt numb. I made it to the manger, tried to scramble up, got my foot in . . . sat on the edge . . . tried to raise my other, now dangling foot . . . and couldn't do it fast enough. Another direct hit crunched on my ankle and I knew, that time, that there was damage.

The air about my head seemed to hiss with hooves and the horse was beginning a high bubbling whinny. Surely someone, I thought desperately, someone would hear the crashing and banging and come. . . .

I could see him in flashes against the window, a rearing, bucking, kicking, rocketing nightmare. He came wheeling round, half-seen, walking on his hind legs, head hard against the ceiling, the forelegs thrashing as if trying to climb invisible walls . . . and he knocked me off my precarious perch with a swiping punch in the chest that had half a ton of weight behind it and no particular aim.

I fell twisting onto the straw and tried to curl my head away from those lethal feet, to save

instinctively my face and gut . . . and leave backbone and kidneys to their fate. Another crushing thud landed on the back of my shoulder and jarred like a hammer through every bone, and I could feel a scream forming somewhere inside me, a wrenching cry for mercy, for escape, for an end to battering, for release from terror.

His mania if anything grew worse, and it was he who was finally screaming, not me. The noise filled my ears, bounced off the walls, stunning, mind-blowing, the roaring of furies.

He somehow got one hoof inside my rolled body and tumbled me fast over, and I could see him arching above me, the tendons like strings, the torment in him too, the rage of the gods bursting from his stretched throat, his forelegs so high that he was hitting the ceiling.

This is death, I thought. This is dreadful, pulverizing extinction. Only for this second would I see and feel . . . and one of his feet would land on my head and I'd go . . . I'd go . . .

Before I'd even finished the thought his forelegs came crashing down with a hoof so close it brushed my hair; and then again, as if driven beyond endurance, he reared dementedly on his hind legs, the head going up like a reverse thunderbolt towards the sky, the skull meeting the ceiling with the force of a ram. The whole building shook with the impact, and the horse, his voice cut off, fell in a huge collapsing mass across my legs, spasms shuddering through his body, muscles jerking in stiff kicks, the air still ringing

with the echoes of extremity.

He was dying in stages, unconscious, reluctant, the brain finished, the nerve messages still passing to convulsing muscles, turmoil churning without direction in stomach and gut, the head already inert on the straw.

An age passed before it was done. Then the heavy body fell flaccid, all systems spent, and lay in perpetual astonishing silence, pinning me beneath.

The relief of finding him dead and myself alive lasted quite a long time, but then, as always happens with the human race, simple gratitude for existence progressed to discontent that things weren't better.

He had fallen with his spine towards me, his bulk lying across my legs from my knees down; and getting out from under him was proving an impossibility.

The left ankle, which felt broken, protested screechingly at any attempted movement. I couldn't lift my left arm for the same reason. There was acute soreness in my chest, making breathing itself painful and coughing frightful; and the only good thing I could think of was that I was lying on my back and not face down in the straw.

A very long time passed very slowly. The crushing weight of the horse slowly numbed my legs altogether and transferred the chief area of agony to the whole of my left arm, which I might

have thought totally mangled if I hadn't been able to see it dimly lying there looking the same as usual, covered in blue sweater, white cuffs slightly showing, hand with clean nails, gold watch on wrist.

Physical discomfort for a while shut out much in the way of thought, but eventually I began to add up memories and ask questions, and the biggest, most immediate question was what would Calder do when he came back and found me alive.

He wouldn't expect it. No one could really expect anyone to survive being locked in with a mad horse, and the fact that I had was a trick of fate.

I remembered him giving the horse an apple while I'd struggled within the spinning walls to stand up. Giving his apple so routinely, and patting the horse's neck.

I remembered Calder saying on my first visit that he gave his remedies to horses in hollowed-out apples. But this time it had been no remedy, this time something opposite, this time a drug to make crazy, to turn a normal steel-shod horse into a killing machine.

What had he said when he'd first found me conscious? Those bizarre words. . . . "I thought you'd be out. I thought you wouldn't know. . . ." And something else . . . "I wish I'd hit you harder, but it seemed enough."

He had said also that he was sorry, that he wished I hadn't come. . . . He hadn't meant, I

thought, that I should be aware of it when the horse killed me. At the very least, he hadn't meant me to see and hear and suffer that death. But also, when he found me awake, it hadn't prevented him from *then* giving the apple, although he knew that I *would* see, *would* hear, would . . . suffer.

The horse hadn't completed the task. When Calder returned, he would make good the deficit. It was certain.

I tried, on that thought, again to slide my legs out, though how much it would have helped if I had succeeded was debatable. It was as excruciating as before, since the numbness proved temporary. I concluded somewhat sadly that dragging a broken ankle from beneath a dead horse was no jolly entertainment, and in fact, given the state of the rest of me, couldn't be done.

I had never broken any bones before, not even skiing. I'd never been injured beyond the transient bumps of childhood. Never been to hospital, never troubled a surgeon, never slept from anesthetic. For thirty-four years I'd been thoroughly healthy and, apart from chicken pox and such, never ill. I even had good teeth.

I was unprepared in any way for the onslaught of so much pain all at once, and also not quite sure how to deal with it. All I knew was that when I tried to pull out my ankle the protests throughout my body brought actual tears into my eyes and no amount of theoretical resolution could give me the power to continue. I wondered

if what I felt was cowardice. I didn't much care if it was. I lay with everything stiffening and getting cold and worse, and I'd have given a good deal to be as oblivious as the horse.

The oblong of window at length began to lighten towards the new day; Saturday, June second. Calder would come back and finish the job, and no reasonable pathologist would swear the last blow had been delivered hours after the first. Calder would say in bewilderment, "But I had no idea Tim was coming in to see me. . . . I was in London for the television . . . I have no idea how he came to shut himself into one of the boxes . . . because it's just possible to do that, you know, if you're not careful . . . I've no idea why the horse should have panicked, or kicked him, because he was a placid old boy . . . as you can see . . . the whole thing's a terrible accident, and I'm shattered . . . most distressed. . . ." And anyone would look at the horse from whose bloodstream the crazing drug would have departed and conclude that I'd been pretty unintelligent and also unlucky, and too bad.

Ian Pargetter's veterinary case had gone to a securer hiding place or to destruction, and there would be only a slight chance left of proving Calder a murderer. Whichever way one considered it, the outlook was discouraging.

I couldn't be bothered to roll my wrist over to see the time. The sun rose and shone slantingly through the bars with the pale brilliance of dawn. It had to be five o'clock, or after.

Time drifted. The sun moved away. The horse and I lay in intimate silence, dead and half-dead; waiting.

A car drove up fast outside and doors slammed.

It will be now, I thought. Now. Very soon.

There were voices in the distance, calling to each other. Female and male. *Strangers.*

Not Calder's distinctive, loud, edgy, public voice. Not his at all.

Hope thumped back with a tremendous surge and I called out myself, saying "Here . . . Come here," but it was at best a croak, inaudible beyond the door.

Suppose they were looking for Calder, and when they didn't find him, drove away . . . I took all possible breath into my lungs and yelled "Help . . . Come here."

Nothing happened. My voice ricocheted off the walls and mocked me, and I dragged in another grinding lungful and shouted again . . . and again . . . and again.

The top half of the door swung outward and let in a dazzle of light, and a voice yelled incredulously, "He's *here*. He's in here. . . ."

The bolt on the lower half-door clattered and the daylight grew to an oblong, and against the light three figures appeared, coming forward, concerned, speaking with anxiety and joy and bringing life.

Judith and Gordon and Pen.

Judith was gulping and so I think was I.

"Thank God," Gordon said. "Thank God."

"You didn't go home," Pen said. "We were worried."

"Are you all right?" Judith said.

"Not really. . . . but everything's relative. I've never been happier, so who cares."

"If we put our arms under your shoulders," Gordon said, surveying the problem, "we should be able to pull you out."

"Don't do that," I said.

"Why not?"

"One shoulder feels broken. Get a knacker."

"My dear Tim," he said, puzzled.

"They'll come with a truck . . . and a winch. Their job is dead horses."

"Yes, I see."

"And an ambulance," Pen said, "I should think."

I smiled at them with much love, my fairly incompetent saviors. They asked how I'd got where I was, and to their horror I briefly told them: and I in turn asked why they'd come, and they explained that they'd been worried because Calder's television program had been canceled.

"Mickey Bonwith was taken ill," Pen said. "They just announced it during the evening. There would be no live Mickey Bonwith show, just an old recording, very sorry, expect Calder Jackson at a later date."

"Pen telephoned and told us where you were going, and why," Judith said.

"And we were worried," Gordon added.

"You didn't go home . . . didn't telephone," Pen said.

"We've been awake all night," Gordon said. "The girls were growing more and more anxious . . . so we came."

They'd come a hundred miles. You couldn't ask for better friends.

Gordon drove away to find a public telephone and Pen asked if I'd found what I'd come for.

"I don't know," I said. "Half the things had no labels."

"Don't talk any more," Judith said. "Enough is enough."

"I might as well."

"Take your mind off it," Pen nodded, understanding.

"What time is it?" I asked.

Judith looked at her watch. "Ten to eight."

"Calder will come back . . ." And the lads too, I thought. He'd come when the lads turned up for work. About that time. He'd need witnesses to the way he'd found me.

"Tim," Pen said with decision, "if he's coming . . . did you take any samples? Did you get a chance?"

I nodded weakly.

"I suppose you can't remember what they were . . ."

"I hid them."

"Wouldn't he have found them?" She was gentle and prepared to be disappointed; careful not to blame.

I smiled at her. "He didn't find them. They're here."

She looked blankly round the box and then at my face. "Didn't he search you?" she said in surprise. "Pockets . . . of course he would."

"I don't know . . . but he didn't find the pills."

"Then where *are* they?"

"I learned from Ginnie about keeping your hands free," I said. "They're in a plastic bag . . . below my waistband . . . inside my pants."

They stared incredulously, and then they laughed, and Judith with tears in her eyes said, "Do you mean . . . all the time . . ."

"All the time," I agreed. "And go easy getting them out."

Some things would be best forgotten but are impossible to forget, and I reckon one could put the next half-hour into that category: at the end of it I lay on a table-like stretcher in the open air, and my dead-weight pal was half up the ramp of the knacker's van that Gordon with exceptional persuasiveness had conjured out at that hour of the morning.

The three lads who had at length arrived for work stood around looking helpless, and the two ambulance men, who were not paramedics, were farcically trying to get an answer on a radio with transmission troubles as to where they were supposed to take me.

Gordon was telling the knackers' men that I said it was essential to remove a blood sample

from the horse and that the carcass was not to be disposed of until that was done. Judith and Pen both looked tired, and were yawning. I wearily watched some birds wheeling high in the fair blue sky and wished I were up there with them, as light as air; and into this riveting tableau drove Calder.

Impossible to know what he thought when he saw all the activity, but as he came striding from his car his mouth formed an oval of apprehension and shock.

He seemed first to fasten his attention on Gordon, and then on the knackers' man who was saying loudly, "If you want a blood sample you'll have to give us a written authorization, because of calling in a vet and paying him."

Calder looked from him to the dead horse still halfway up the ramp, and from there towards the horse's normal box, where the door stood wide open.

From there he turned with bewilderment to Judith, and then with horror saw the bag Pen held tightly, the transparent plastic bag with the capsules, pills and other assorted treasures showing clearly inside.

Pen remarkably found her voice and in words that must have sounded like doom to Calder said, "I didn't tell you before . . . I'm a pharmacist."

"Where did you get that?" Calder said, staring at the bag as if his eyes would burn it. "Where . . ."

"Tim had it."

Her gaze went to me and Calder seemed finally

to realize that my undoubted stillness was not that of death. He took two paces towards the stretcher and looked down at my face and saw me alive, awake, aware.

Neither of us spoke. His eyes seemed to retreat in the sockets and the shape of the upper jaw stood out starkly. He saw in me, I daresay, the ravages of the night, and I saw in him the realization become certainty that my survival meant his ruin.

I thought: you certainly should have hit harder; and maybe he thought it too. He looked at me with searing intensity that defied analysis and then turned abruptly away and walked with jerky steps back to his car.

Gordon took two or three hesitant steps towards perhaps stopping him, but Calder without looking back started his engine, put his foot on the accelerator and with protesting tires made a tight semicircular turn and headed for the gate.

"We should get the police," Gordon said, watching him go.

Judith and Pen showed scant enthusiasm and I none at all. I supposed we would have to bring in the police in the end, but the longer the boring rituals could be postponed, from my point of view, the better. Britain was a small island, and Calder too well-known to go far.

Pen looked down at the plastic storehouse in her hands and then without actual comment opened her handbag and put the whole thing inside. She glanced briefly at me and smiled

faintly, and I nodded with relief that she and her friends would have the unraveling of the capsules to themselves.

On that same Saturday, at about two-thirty in the afternoon, a family of picnickers came across a car that had been parked out of sight of any road behind some clumps of gorse bushes. The engine of the car was running and the children of the family, peering through the windows, saw a man slumped on the back seat with a tube in his mouth.

They knew him because of his curly hair, and his beard.

The children were reported to be in a state of hysterical shock and the parents were angry, as if some authority, somewhere or other, should prevent suicides' spoiling the countryside.

Tributes to Calder's miracle-working appeared on television that evening, and I thought it ironic that the master who had known so much about drugs should have chosen to gas his way out.

He had driven barely thirty miles from his yard. He had left no note. The people who had been working with him on the postponed Mickey Bonwith show said they couldn't understand it, and Dissdale telephoned Oliver to say that in view of Calder's tragic death he would have to withdraw his offer for Sandcastle.

I, by the time I heard all this, was half-covered in infinitely irritating plaster of paris, there being more grating edges of bone inside me than I cared

to hear about, and horseshoe-shaped crimson bruises besides.

I had been given rather grudgingly a room to myself, privacy in illness being considered a sinful luxury in the national health service, and on Monday evening Pen came all the way from London again to report on the laboratory findings.

She frowned after she'd kissed me. "You look exhausted," she said.

"Tiring place, hospital."

"I suppose it must be. I'd never thought . . ."

She put a bunch of roses in my drinking-water jug and said they were from Gordon and Judith's garden.

"They send their love," she said chattily, "and their garden's looking lovely."

"Pen . . ."

"Yes. Well." She pulled the visitor's chair closer to the bed upon which I half-sat, half-lay in my plaster and borrowed dressing gown on top of the blankets. "You have really, as they say, hit the jackpot."

"Do you mean it?" I exclaimed.

She grinned cheerfully. "It's no wonder that Calder killed himself, not after seeing you alive and hearing you were going to get the dead horse tested, and knowing that after all you had taken all those things from his surgery. It was either that or years in jail and total disgrace."

"A lot of people would prefer disgrace."

"Not Calder, though."

"No."

She opened a slim briefcase on her knees and produced several typewritten pages.

"We worked all yesterday and this morning," she said, "but first I'll tell you that Gordon got the dead horse's blood test done immediately at the Equine Research Establishment, and they told him on the telephone this morning that the horse had been given ethyl isobutrazine, which was contrary to normal veterinary practice."

"You don't say."

Her eyes gleamed. "The Research people told Gordon that any horse given ethyl isobutrazine would go utterly berserk and literally try to climb the walls."

"That's just what he did," I said soberly.

"It's a drug that is used all the time as a tranquilizer to stop dogs barking or getting carsick, but it has an absolutely manic effect on horses. One of its brand names is Diquel, in case you're interested. All the veterinary books warn against giving it to horses."

"But normally . . . in a horse . . . it would wear off?"

"Yes, in six hours or so, with no trace."

Six hours, I thought bleakly. *Six hours* . . .

"In your bag of goodies," Pen said, "guess what we found? Three tablets of Diquel."

"Really?"

She nodded. "Really. And now pin back your ears, dearest Tim, because when we found what Calder had been doing, words simply failed us."

They seemed indeed to fail her again, for she sat looking at the pages with a faraway expression.

"You remember," she said at last, "when we went to Calder's yard that time at Easter, we saw a horse that had been bleeding in its urine . . . crystalluria was what he called it . . . that antibiotics hadn't been able to cure?"

"Yes," I said. "Other times too, he cured horses with that."

"Mm. And those patients had been previously treated by Ian Pargetter before he died, hadn't they?"

I thought back. "Some of them, certainly."

"Well . . . you know you told me before they carted you off in the ambulance on Saturday that some of the jars of capsules in the cupboards were labeled only with letters like *a plus w, b plus w,* and *c plus s?*"

I nodded.

"Three capsules each with one transparent and one blue end, *did* contain *c* and *s*. Vitamin C, and sulfanilamide." She looked at me for a possible reaction, but vitamin C and sulfanilamide sounded quite harmless, and I said so.

"Yes," she said, "separately they do nothing but good, but *together they can cause crystalluria.*"

I stared at her.

"Calder had made those capsules expressly to *cause the horse's illness* in the first place, so that he could 'cure' it afterwards. And then the only

miracle he'd have to work would be to stop giving the capsules.''

"My God," I said.

She nodded. "We could hardly believe it. It meant, you see, that Ian Pargetter almost certainly *knew*. Because it was he, you see, who could have given the horse's trainer or owner or lad or whatever a bottle of capsules labeled 'antibiotic' to dole out every day. And those capsules were precisely what was making the horse ill.''

"Pen!"

"I'd better explain just a little, if you can bear it," she said. "If you give sulfa drugs to anyone—horse or person—who doesn't need them, you won't do much harm because urine is normally slightly alkaline or only slightly acid and you'll get rid of the sulfa safely. But vitamin C is ascorbic acid and makes the urine *more* acid, and the acid works with sulfa drugs to form crystals, and the crystals cause pain and bleeding . . . like powdered glass.''

There was a fairly long silence, and then I said, "It's diabolical.''

She nodded. "Once Calder had the horse in his yard he could speed up the cure by giving him bicarbonate of soda, which will make the urine alkaline again and also dissolve the crystals, and with plenty of water to drink the horse would be well in no time. Miraculously fast, in fact.'' She paused and smiled, and went on, "We tested a few more things that were perfectly harmless

herbal remedies and then we came to three more homemade capsules, with pale green ends this time, and we reckon that they were your *a plus w.*"

"Go on, then," I said. "What's *a,* and what's *w?*"

"*A* is antibiotic, and *w* is warfarin. And before you ask, warfarin is a drug used in humans for reducing the clotting ability of the blood."

"That peach-colored pill you found on the surgery floor," I said. "That's what you said."

"Oh, yes." She looked surprised. "So I did. I'd forgotten. Well . . . if you give certain antibiotics *with* warfarin you increase the effect of the warfarin to the extent that blood will hardly clot at all . . . and you get severe bleeding from the stomach, from the mouth, from anywhere where a small blood vessel breaks . . . when normally it would clot and mend at once."

I let out a held breath. "Every time I went, there was a bleeder."

She nodded. "Warfarin acts by drastically reducing the effect of vitamin K, which is needed for normal clotting, so all Calder had to do to reverse things was feed lots of vitamin K . . . which is found in large quantities in alfalfa."

"And *b plus w?*" I asked numbly.

"Barbiturate and warfarin. Different mechanism, but if you used them together and then stopped just the barbiturate, you could cause a sort of delayed bleeding about three weeks later." She paused. "We've all been looking up

our pharmacology textbooks, and there are warnings there, plain to see if you're looking for them, about prescribing antibiotics or barbiturates or indeed phenylbutazone or anabolic steroids for people on warfarin without carefully adjusting the warfarin dosage. And you see," she went on, "putting two drugs together in one capsule was really brilliant, because no one would think they were giving a horse two drugs, but just one . . . and we reckon Ian Pargetter could have put Calder's capsules into any regular bottle, and the horse's owner would think that he was giving the horse what it said on the label."

I blinked. "It's incredible."

"It's easy," she said. "And it gets easier as it goes on."

"There's more?"

"Sure there's more." She grinned. "How about all those poor animals with extreme debility who were so weak they could hardly walk?"

I swallowed. "How about them?"

"You said you found a large bottle in Ian Pargetter's case with only a few pills in it? A bottle labeled 'diuretic,' or in other words, pills designed to increase the passing of urine?"

I nodded.

"Well, we identified the ones you took, and if you simply gave those particular thiazide diuretic pills over a long period to a horse you would cause *exactly* the sort of general progressive debility shown by those horses."

I was past speech.

"And to cure the debility," she said, "you just stop the diuretics and provide good food and water. And hey presto!" She smiled blissfully. "Chemically, it's so elegant. The debility is caused by constant excessive excretion of potassium, which the body needs for strength, and the cure is to restore potassium as fast as safely possible . . . with potassium salts, which you can buy anywhere."

I gazed at her with awe.

She was enjoying her revelations. "We come now to the horses with nonhealing ulcers and sores."

Always those, too, in the yard, I thought.

"Ulcers and sores are usually cleared up fairly quickly by applications of antibiotic cream. Well . . . by this time we were absolutely bristling with suspicions, so last of all we took that little tube of antibiotic cream you found in Ian Pargetter's case, and we tested it. And lo and behold, it didn't contain antibiotic cream at all."

"What then?"

"Cortisone cream."

She looked at my noncomprehension and smiled. "Cortisone cream is fine for eczema and allergies, but *not* for general healing. In fact, if you scratched a horse and smeared some dirt into the wound to infect it and then religiously applied cortisone cream twice a day you would get a nice little ulcer that would never heal. Until, of course, you sent your horse to Calder, who would lay his hands upon your precious . . . and apply

antibiotics at once, to let normal healing begin.''

"Dear God in heaven.''

"Never put cortisone cream on a cut,'' she said. "A lot of people do. It's stupid.''

"I never will,'' I said fervently.

Pen grinned. "They always fill toothpaste from the blunt end. We looked very closely and found that the end of the tube had been unwound and then resealed. Very neat.''

She seemed to have stopped, so I asked, "Is that the lot?''

"That's the lot.''

We sat for a while and pondered.

"It does answer an awful lot of questions,'' I said finally.

"Such as?''

"Such as why Calder killed Ian Pargetter,'' I said. "Ian Pargetter wanted to stop something . . . which must have been this illness caper. Said he'd had enough. Said also that he would stop Calder too, which must have been his death warrant.''

Pen said, "Is that what Calder actually told you?''

"Yes, that's what he said, but at the time I didn't understand what he meant.''

"I wonder,'' Pen said, "why Ian Pargetter wanted to stop altogether? They must have had a nice steady income going between the two of them. Calder must have recruited him years ago.''

"Selenium,'' I said.

"What?''

"Selenium was different. Making horses ill in order to cure them wasn't risking much permanent damage, if any at all. But selenium would be forever. The foals would be deformed. I'd guess when Calder suggested it the idea sickened Ian Pargetter. Revolted him, probably, because he was after all a vet."

"And Calder wanted to go on with it all . . . enough to kill."

I nodded. "Calder would have had his sights on a fortune as well as an income. And but for Ginnie somehow getting hold of that shampoo, he would very likely have achieved it."

"I wonder how she did," Pen said.

"Mm." I shifted uncomfortably on the bed. "I've remembered the name of the lad Calder had who looked like Ricky Barnet. It was Jason. I remembered it the other night . . . in that yard . . . funny the way the mind works."

"What about him?" Pen said sympathetically.

"I remembered Calder saying he gave the pills to Jason for Jason to give the horses. The herb pills, he meant. But with Ian Pargetter gone, Calder would have needed someone else to give those double-edged capsules to horses . . . because he still had horses in his yard with those same troubles long after Ian Pargetter was dead."

"So he did," she said blankly. "Except . . ."

"Except what?"

"Only that when we got to the yard last Saturday, before I heard you calling, we looked into several other boxes, and there weren't many

horses there. The place wasn't full, like it had been."

"I should think," I said slowly, "that it was because Jason had been busy working for three months or more at Oliver's farm, feeding selenium in apples."

A visual memory flashed in my brain. *Apples* . . . Shane, the stable lad, walking across the yard, swinging a bucket and eating an apple. Shane, Jason: one and the same.

"What is it?" Pen said.

"Photos of Ricky Barnet."

"Oh, yes."

"They say I can leave here tomorrow," I said, "if I insist."

She looked at me with mock despair. "What exactly did you break?"

"They said this top lot was scapula, clavicle, humerus, sternum and ribs. Down there," I pointed, "they lost me. I didn't know there *were* so many bones in one ankle."

"Did they pin it?"

"God knows."

"How will you look after yourself?"

"In my usual clumsy fashion."

"Don't be silly," she said. "Stay until it stops hurting."

"That might be weeks . . . there's some problem with ligaments or tendons or something."

"What problem?"

"I didn't really listen."

"Tim." She was exasperated.

"Well . . . it's so boring," I said.

She gave an eyes-to-heaven laugh. "I brought you a present from my shop." She dug into her handbag. "Here you are, with my love."

I took the small white box she offered, and looked at the label on its side.

Comfrey, it said.

She grinned. "You might as well try it," she said. "Comfrey does contain allantoin, which helps to knit bones. And you never know . . . Calder really was an absolute expert with all sorts of drugs."

On Tuesday, June fifth, Oliver Knowles collected me from the hospital to drive me on some errands and then take me to his home, not primarily as an act of compassion but mostly to talk business. I had expected him to accept my temporary disabilities in a straightforward and unemotional manner, and so he did, although he did say dryly when he saw me that when I had invited myself over the telephone I had referred to a "crack or two" and not to half an acre of plaster with clothes strung on in patches.

"Never mind," I said. "I can hop and I can sit and my right arm is fine."

"Yes. So I see."

The nurse who had wheeled me in a chair to his car said, however, "He can't hop, it jars him," and handed Oliver a slip of paper. "There's a place along that road"—she pointed—"where you

can hire wheelchairs." To me she said, "Get a comfortable one. And one that lets your leg lie straight out, like this one. You'll ache less. All right?"

"All right," I said.

"Hm. Well . . . take care."

She helped me into the car with friendly competence and went away with the hospital transport, and Oliver and I did as she advised, storing the resulting cushioned and chromium comfort in the trunk of his car.

"Right," I said. "Then the next thing to do is buy a good instant camera and a stack of films."

Oliver found a shop and bought the camera while I sat in the front passenger seat as patiently as possible.

"Where next?" he said, coming back with parcels.

"Cambridge. An engineering works. Here's the address." I handed him the piece of paper on which I'd written Ricky Barnet's personal directions. "We're meeting him when he comes out of work."

"Who?" Oliver said. "Who are we meeting?"

"You'll see."

We parked across the road from the firm's gate and waited, and at four-thirty on the dot the exodus occurred.

Ricky Barnet came out and looked this way and that in searching for us, and beside me I heard Oliver stir and say, "But that's Shane," in

surprise, and then relax and add doubtfully, "No, it isn't."

"No, it isn't." I leaned out of the open window and called to him, "Ricky . . . over here."

He crossed the road and stopped beside the car.

"Hop in," I said.

"You been in an accident?" he said disbelievingly.

"Sort of."

He climbed into the back of the car. He hadn't been too keen to have his photograph taken for the purpose I'd outlined, but he was in no great position to refuse; and I'd made my blackmailing pressure sound like honey, which I wasn't too bad at, in my way. He still wasn't pleased, however, which had its own virtues, as the last thing I wanted was forty prints of him grinning.

Oliver drove off and stopped where I asked at a suitably neutral background—a gray-painted factory wall—and he said he would himself take the photographs if I explained what I wanted.

"Ricky looks like Shane," I said. "So take pictures of Ricky in the way he *most* looks like Shane. Get him to turn his head slowly like he did when he came out of work, and tell him to hold it where it's best."

"All right."

Ricky got out of the car and stood in front of the wall, with Oliver focusing at head-and-shoulder distance. He took the first picture and we waited for it to develop.

Oliver looked at it, grunted, adjusted the light

meter, and tried again.

"This one's all right," he said, watching the colors emerge. "Looks like Shane. Quite amazing."

With a faint shade of sullenness Ricky held his pose for as long as it took to shoot four boxes of film. Oliver passed each print to me as it came out of the camera, and I laid them in rows along the seat beside me while they developed.

"That's fine," I said, when the films were finished. "Thank you, Ricky."

He came over to the car window and I asked him without any great emphasis, "Do you remember, when Indian Silk got so ill with debility, which vet was treating him?"

"Yeah, sure, that fellow that was murdered. Him and his partners. The best, Dad said."

I nodded noncommittally. "Do you want a ride to Newmarket?"

"Got my motorbike, thanks."

We took him back to his engineering works, where I finally cheered him up with payment for his time and trouble, and watched while he roared off with a flourish of self-conscious bravado.

"What now?" Oliver said. "Did you say Newmarket?"

I nodded. "I've arranged to meet Ursula Young."

He gave me a glance of bewilderment and drove without protest, pulling duly into the midtown car park where Ursula had said to come.

We arrived there first, the photography not

having taken as long as I'd expected, and Oliver finally gave voice to a long-restrained question.

"Just what," he said, "are the photographs *for?*"

"For finding Shane."

"But why?"

"Don't explode."

"No."

"Because I think he gave the selenium to your mares."

Oliver sat very still. "You asked about him before," he said. "I did wonder . . . if you thought . . . he killed Ginnie."

It was my own turn for quiet.

"I don't know if he did," I said at last. "I don't know."

Ursula arrived in her car with a rush, checking her watch and apologizing all the same, although she was on time. She, like Oliver and Ricky, looked taken aback at my unorthodox attire, but rallied in her usual no-nonsense fashion and shuffled into the back seat of Oliver's car, leaning forward to bring her face on a level with ours.

I passed her thirty of the forty pictures of Ricky Barnet, who of course she knew immediately.

"Yes, but," I explained, "Ricky looks like a lad who worked for Oliver, and it's *that* lad we want to find."

"Well, all right. How important is it?"

Oliver answered her before I could. "Ursula, if you find him, we might be able to prove there's nothing wrong with Sandcastle. And don't ask me

how, just believe it."

Her mouth had opened.

"And Ursula," Oliver said, "if you find him—Shane, that lad—I'll put business your way for the rest of my life."

I could see that to her, a middle-rank bloodstock agent, it was no mean promise.

"All right," she said briskly. "You're on. I'll start spreading the pictures about at once, tonight, and call you with results."

"Ursula," I said, "if you find where he is now, make sure he isn't frightened off. We don't want to lose him."

She looked at me shrewdly. "This is roughly police work?"

I nodded. "Also, if you find anyone who employed him in the past, ask if by any chance a horse he looked after fell ill. Or any horse in the yard, for that matter. And don't give him a name . . . he isn't always called Shane."

"Is he dangerous?" she said straightly.

"We don't want him challenged," I said. "Just found."

"All right. I trust you both, so I'll do my best. And I suppose one day you'll explain what it's all about?"

"If he's done what we think," I said "we'll make sure the whole world knows. You can count on it."

She smiled briefly and patted my unplastered shoulder. "You look gray," she said, and to Oliver, "Tim told me a horse kicked him and

broke his arm. Is that right?"

"He told me that, too."

"And what else?" she asked me astringently. "How did you get in this state?"

"The horse didn't know its own strength." I smiled at her. "Clumsy brute."

She knew I was dodging in some way, but she lived in a world where the danger of horse kicks was ever-present and always to be avoided, and she made no more demur. Stowing the photographs in her capacious handbag she wriggled her way out of the car, and with assurances of action drove off in her own.

"What now?" Oliver said.

"A bottle of Scotch."

He gave me an austere look, which then swept over my general state and softened to understanding.

"Can you wait until we get home?" he said.

That evening, bit by bit, I told Oliver about Pen's analysis of the treasures from Calder's surgery and of Calder's patients' drug-induced illnesses. I told him that Calder had killed Ian Pargetter, and why, and I explained again how the idea of first discrediting, then buying and rebuilding Sandcastle had followed the pattern of Indian Silk.

"There may be others besides Indian Silk that we haven't heard of," I said thoughtfully. "Show jumpers, eventers, even prize ponies. You never know. Dissdale might have gone along more than

twice with his offer to buy the no-hoper.''

"He withdrew his offer for Sandcastle the same night Calder died.''

"What exactly did he say?'' I asked.

"He was very upset. Said he'd lost his closest friend, and that without Calder to work his miracles there was no point in buying Sandcastle.''

I frowned. "Do you think it was genuine?''

"His distress? Yes, certainly.''

"And the belief in miracles?''

"He did *sound* as if he believed.''

I wondered if it was in the least possible that Dissdale was an innocent and duped accomplice and hadn't known that his bargains had been first made ill. His pride in knowing the Great Man had been obvious at Ascot, and perhaps he had been flattered and foolish but not wicked after all.

Oliver asked in the end how I'd found out about the drug-induced illnesses and Ian Pargetter's murder, and I told him that too, as flatly as possible.

He sat staring at me, his gaze on the plaster.

"You're very lucky to be in a wheelchair, and not a coffin,'' he said. "Damn lucky.''

"Yes.''

He poured more of the brandy we had progressed to after dinner. Anesthesia was coming along nicely.

"I'm almost beginning to believe,'' he said, "that somehow or other I'll still be here next year, even if I do have to sell Sandcastle and whatever

else is necessary."

I drank from my replenished glass. "Tomorrow we'll make a plan contingent upon Sandcastle's being reinstated in the eyes of the world. Look at the figures, see what the final damage is likely to be, draw up a time scale for recovery. I can't promise because it isn't my final say-so, but if the bank gets all its money in the end, it'll most likely be flexible about when."

"Good of you," Oliver said, hiding emotion behind his clipped martial manner.

"Frankly," I said, "you're more use to us salvaged than bust."

He smiled wryly. "A banker to the last drop of blood."

Because of stairs' being difficult I slept on the sofa where Ginnie had dozed on her last afternoon, and I dreamed of her walking up a path towards me looking happy. Not a significant dream, but an awakening of fresh regret. I spent a good deal of the following day thinking of her instead of concentrating on profit and loss.

In the evening Ursula telephoned with triumph in her strong voice and also a continual undercurrent of amazement.

"You won't believe it," she said, "but I've already found three racing stables in Newmarket where he worked last summer and autumn, and in *every case* one of the horses in the yard fell sick!"

I hadn't any trouble at all with belief and asked what sort of sickness.

"They all had crystalluria. That's crystals . . ."

"I know what it is," I said.

"And . . . it's absolutely incredible . . . but all three were in stables that had in the past sent horses to Calder Jackson, and these were sent as well, and he cured them straightaway. Two of the trainers said they would swear by Calder, he had cured horses for them for years."

"Was the lad called Shane?" I asked.

"No. Bret. Bret Williams. The same in all three places."

She dictated the addresses of the stables, the names of the trainers, and the dates (approximate) when Shane-Jason-Bret had been in their yards.

"These lads just come and go," she said. "He didn't work for any of them for as long as a month. Just didn't turn up one morning. It happens all the time."

"You're marvelous," I said.

"I have a feeling," she said with less excitement, "that what I'm telling you is what you expected to hear."

"Hoped."

"The implications are unbelievable."

"Believe them."

"But *Calder,*" she protested. "He couldn't . . ."

"Shane worked for Calder," I said. "All the time. Permanently. Wherever he went, it was to manufacture patients for Calder."

She was silent so long that in the end I said, "Ursula?"

"I'm here," she said. "Do you want me to go on with the photos?"

"Yes, if you would. To find him."

"Hanging's too good for him," she said grimly. "I'll do what I can."

She disconnected, and I told Oliver what she'd said.

"Bret Williams? He was Shane Williams here."

"How did you come to employ him?" I asked.

Oliver frowned, looking back. "Good lads aren't that easy to find, you know. You can advertise until you're blue in the face and only get third- or fourth-rate applicants. But Nigel said Shane impressed him at the interview and that we should give him a month's trial, and of course after that we kept him on, and took him back gladly this year when he telephoned asking, because he was quick and competent and knew the job backwards, and was polite and a good time-keeper . . ."

"A paragon," I said dryly.

"As lads go, yes."

I nodded. He would have to have been good; to have taken pride in his deception, with the devotion of all traitors. I considered those fancy names and thought that he must have seen himself as a sort of macho hero, the great foreign agent playing out his fantasies in the day-to-day tasks, feeling superior to his employers while he tricked them with contempt.

He could have filled the hollowed cores of apples with capsules, and taken a bite or two

round the outside to convince, and fed what looked like remainders to his victims. No one would ever have suspected, because suspicion was impossible.

I slept again on the sofa and the following morning Oliver telephoned Detective Chief Inspector Wyfold and asked him to come to the farm. Wyfold needed persuading; reluctantly agreed; and nearly walked out in a U turn when he saw me waiting in Oliver's office.

"No. Look," he protested. "Mr. Ekaterin's already approached me with his ideas and I simply haven't time . . ."

Oliver interrupted. "We have a great deal more now. Please do listen. We quite understand that you are busy with all those other poor girls, but at the very least we can take Ginnie off that list for you."

Wyfold finally consented to sit down and accept some coffee and listen to what we had to say: and as we told him in turns and in detail what had been happening his air of impatience dissipated and his natural sharpness took over.

We gave him copies of Pen's analyses, the names of "Bret's" recent employers and the last ten photographs of Ricky. He glanced at them briefly and said, "We interviewed this groom, but . . ."

"No, you didn't," Oliver said. "The photo is of a boy who looks like him if you don't know either of them well."

Wyfold pursed his lips, but nodded.

"Fair enough."

"We do think he may have killed Ginnie, even if you couldn't prove it," Oliver said.

Wyfold began putting together the papers we'd given him. "We will certainly redirect our inquiries," he said, and giving me a dour look added, "if you had left it to the police to search Calder's surgery, sir, Calder Jackson would not have had the opportunity of disposing of Ian Pargetter's case and any other material evidence. These things are always mishandled by amateurs." He looked pointedly at my plaster jacket. "Better have left it to the professionals."

I gave him an amused look but Oliver was gasping. "Left to you," he said, "there would have been no search at all . . . or certainly not in time to save my business."

Wyfold's expression said plainly that saving people's businesses wasn't his prime concern, but beyond mentioning that picking locks and stealing medicinal substances constituted a breach of the law he kept any further disapproval to himself.

He was on his feet, ready to go, when Ursula rang again, and he could almost hear every word she said because of her enthusiasm.

"I'm in Gloucestershire," she shouted. "I thought I'd work from the other end, if you see what I mean. I remembered Calder had miraculously cured Binty Rockingham's utterly brilliant three-day-eventer who was so weak he could hardly totter, so I came here to her house to ask her, and guess what?"

"What?" I asked obligingly.

"That lad worked for her!" The triumph exploded. "A good lad, she says, would you believe it? He called himself Clint. She can't remember his last name, it was more than two years ago and he was only here a few weeks."

"Ask her if it was Williams," I said.

There was some murmuring at the other end and then Ursula's voice back again, "She thinks so, yes."

"You're a dear, Ursula," I said.

She gave an unembarrassed laugh. "Do you want me to go on down the road to Rube Golby's place? He had a show pony Calder cured a fair time ago of a weeping wound that wouldn't heal."

"Just one more, then, Ursula. It's pretty conclusive already, I'd say."

"Best to be sure," she said cheerfully. "And I'm enjoying myself, actually, now I'm over the shock."

I wrote down the details she gave me and when she'd gone off the line I handed the new information to Wyfold.

"Clint," he said with disillusion. "Elvis next, I shouldn't wonder."

I shook my head. "A man of action, our Shane."

Perhaps through needing to solve at least one murder while reviled for not catching his rapist, Wyfold put his best muscle into the search. It

took him only two weeks to find Shane, who was arrested on leaving a pub in the racing village of Malton, Yorkshire, where he had been heard boasting several times about secret exploits of undisclosed daring.

Wyfold told Oliver, who telephoned me in the office, to which I'd returned via a newly installed wheelchair ramp up the front steps.

"He called himself Dean," Oliver said. "Dean Williams. It seems the police are transferring him from Yorkshire back here to Hertfordshire, and Wyfold wants you to come to his police headquarters to identify Shane as the man called Jason at Calder's yard."

I said I would.

I didn't say that with honesty I couldn't.

"Tomorrow," Oliver added. "They're in a hurry because of holding him without a good enough charge, or something."

"I'll be there."

I went in a chauffeur-driven hired car, a luxury I seemed to have spent half my salary on since leaving Oliver's house.

I was living nearer the office than usual, with a friend whose apartment was in a block with an elevator, not up stairs like my own. The pains in my immobile joints refused obstinately to depart, but owing to a further gift from Pen (via Gordon) were forgettable most of the time. A new pattern of "normal" life had evolved, and all I dearly wanted was a bath.

I arrived at Wyfold's police station at the same

time as Oliver, and together we were shown into an office, Oliver pushing me as if born to it. Two months minimum, they'd warned me to expect of life on wheels. Even if my shoulder would be mended before then, it wouldn't stand my weight on crutches. Patience, I'd been told. Be patient. My ankle had been in bits and they'd restored it like a jigsaw puzzle and I couldn't expect miracles, they'd said.

Wyfold arrived, shook hands briskly (an advance) and said that this was not a normal identity parade, as of course Oliver knew Shane very well, and I obviously knew him also, because of Ricky Barnet.

"Just call him Jason," Wyfold told me, "if you are sure he's the same man you saw at Calder Jackson's."

We left the office and went along a fiercely lit institutional corridor to a large interview room, which contained a table, three chairs, a uniformed policeman standing . . . and Shane, sitting down.

He looked cocky, not cowed.

When he saw Oliver he tilted his head almost jauntily, showing not shame but pride, not apology but a sneer. On me he looked with only a flickering glance, neither knowing me from our two very brief meetings nor reckoning on trouble from my direction.

Wyfold raised his eyebrows at me to indicate the need for action.

"Hello, Jason," I said.

His head snapped round immediately and this

time he gave me a full stare.

"I met you at Calder Jackson's yard," I said.

"You never did."

Although I hadn't expected it, I remembered him clearly. "You were giving sun-lamp treatment to a horse and Calder Jackson told you to put on your sunglasses."

He made no more effort to deny it. "What of it, then?" he said.

"Conclusive evidence of your link with the place, I should think," I said.

Oliver, seeming as much outraged by Shane's lack of contrition as by his sins, turned with force to Wyfold and in half-controlled bitterness said, "Now prove he killed my daughter."

"*What!*"

Shane had risen in panic to his feet, knocking his chair over behind him and losing in an instant the smart-alec assurance. "I never did," he said.

We all watched him with interest, and his gaze traveled fast from one face to another, seeing only assessment and disbelief and nowhere admiration.

"I didn't kill her," he said, his voice hoarse and rising. "I didn't. Straight up, I didn't. It was him. He did it."

"Who?" I said.

"Calder. Mr. Jackson. He did it. It was him, not me." He looked across at us all again with desperation. "Look, I'm telling you the truth, straight up I am. I never killed her, it was him."

Wyfold began telling him in a flat voice that he had a right to remain silent and that anything he

said might be written down and used in evidence, but Shane wasn't clever and fright had too firm a hold. His fantasy world had vanished in the face of unimaginable reality, and I found myself believing every word he said.

"We didn't know she was there, see. She heard us talking, but we didn't know. And when I carried the stuff back to the hostel he saw her moving so he hit her. I didn't see him do it, I didn't, but when I went back there he was with Ginnie on the ground and I said she was the boss's daughter, which he didn't even know, see, but he said all the worse if she was the boss's daughter because she must have been standing there in the shadow listening and she would have gone straight off and told everybody."

The words, explanations, excuses came tumbling out in self-righteous urgency and Wyfold thankfully showed no signs of regulating the flow into the careful officialese of a formal statement. The uniformed policeman, now sitting behind Shane, was writing at speed in a notebook, recording, I imagined, the gist.

"I don't believe you," Wyfold said impatiently. "What did he hit her with?"

Shane redoubled his efforts to convince, and from then on I admired Wyfold's slyly effective interrogatory technique.

"With a fire extinguisher," Shane said. "He kept it in his car, see, and he had it in his hand. He was real fussy about fire always. Would never let anyone smoke anywhere near the stables. That

Nigel . . ." the sneer came back temporarily ". . . the lads all smoked in the feed room, I ask you, behind his back. He'd no idea what went on."

"Fire extinguisher . . ." Wyfold spoke doubtfully, shaking his head.

"Yeah, it was. It was. One of them red things about this long." Shane anxiously held up his hands about fifteen inches apart. "With the nozzle, sort of, at the top. He was holding it by that, sort of swinging it. Ginnie was lying flat on the ground, face down, like, and I said, 'What have you gone and done?' and he said she'd been listening."

Wyfold sniffed.

"It was like that, straight up," Shane said urgently.

"Listening to what?"

"We were talking about the stuff, see."

"The shampoo . . ."

"Yeah." He seemed only briefly to feel the slightest alarm at the mention of it. "I told him, see, that the stuff had really worked because there'd been a foal born that morning with half a leg, that Nigel he tried to hush it up but by afternoon he was half cut and he told one of the lads so we all knew. So I told Mr. Jackson and he said great, because it was time we'd heard, and there hadn't been a murmur in the papers and he was getting worried he hadn't got the dose right, or something. So anyway when I told him about the foal with half a leg he laughed, see, he was so

pleased, and he said this was probably the last lot I'd have to do, just do the six bottles he'd brought, and then scarper."

Oliver looked very pale, with sweat along his hairline and whitely clenched fists. His mouth was rigidly closed with the effort of self-control, and he listened throughout without once interrupting or cursing.

"I took the six bottles off to the hostel but when I got there I'd only got five, so I went back to look for the one I'd dropped, but I forgot it, see, when I saw him standing there over Ginnie and him saying she'd heard us talking, and then he said for me to come with him down to the village in his car and he'd drop me at a pub where the other lads were, so as I couldn't have been back home killing the boss's daughter, see? I remembered about the bottle I'd dropped when we were on our way to the village but I didn't think he'd be best pleased and anyway I reckoned I'd find it all right when I went back, but I never did. I didn't think it would matter much, because no one would know what it was for, it was just dog shampoo, and anyway I reckoned I'd skip using the new bottles after all because of the fuss there would be over Ginnie. But if it hadn't been for that bottle I wouldn't have gone out again at all, see, and I wouldn't know it was him that killed her, and it wasn't me, it *wasn't*."

He came to what appeared in his own mind to be a halt, but as far as Wyfold, Oliver and myself were concerned he had stopped short of enough.

"Are you saying," Wyfold said, "that you walked back from the village with the other grooms, knowing what you would find?"

"Well, yeah. Only Dave and Sammy, see, they'd got back first, and when I got back there was an ambulance there and such, and I just kept in the background."

"What did you do with the other five bottles of shampoo?" Wyfold asked. "We searched all the rooms in the hostel. We didn't find any shampoo."

The first overwhelming promptings of fear were beginning to die down in Shane, but he answered with only minimal hesitation, "I took them down the road a ways and threw them in a ditch. That was after they'd all gone off to the hospital." He nodded in the general direction of Oliver and myself. "Panicked me a bit, it did, when Dave said she was talking, like. But I was glad I'd got rid of the stuff after, when she was dead after all, with everyone snooping around."

"You could show me which ditch?" Wyfold said.

"Yeah, I could."

"Good."

"You mean," Shane said, with relief, "you believe what I told you . . ."

"No, I don't mean that," Wyfold said repressively. "I'll need to know what you ordinarily did with the shampoo."

"What?"

"How you prepared it and gave it to the mares."

"Oh." An echo of the cocky cleverness came back: a swagger to the shoulders, a curl to the lip. "It was dead easy, see. Mr. Jackson showed me how. I just had to put a coffee filter in a wash basin and pour the shampoo through it, so's the shampoo all ran down the drain and there was that stuff left on the paper, then I just turned the coffee filter inside out and soaked it in a little jar with some linseed oil from the feed shed, and then I'd stir a quarter of it into the feed if it was for a mare I was looking after anyway, or let the stuff fall to the bottom and scrape up a teaspoonful and put it in an apple for the others. Mr. Jackson showed me how. Dead easy, the whole thing."

"How many mares did you give it to?"

"Don't rightly know. Dozens, counting last year. Some I missed. Mr. Jackson said better to miss some than be found out. He liked me to do the oil best. Said too many apples would be noticed." A certain amount of anxiety returned. "Look, now I've told you all this, you know I didn't kill her, don't you?"

Wyfold said impassively, "How often did Mr. Jackson bring you bottles of shampoo?"

"He didn't. I mean, I had a case of it under my bed. Brought it with me when I moved in, see, same as last year. But this year I ran out, like, so I rang him up from the village one night for some more. So he said he'd meet me at the back gate at nine on Sunday when all the lads would be down in the pub."

"That was a risk he wouldn't take," Wyfold

said skeptically.

"Well, he did."

Wyfold shook his head.

Shane's panic resurfaced completely. "He was there," he almost shouted. "He was. He *was*."

Wyfold still looked studiedly unconvinced and told Shane that it would be best if he now made a formal statement, which the sergeant would write down for him to sign when he, Shane, was satisfied that it represented what he had already told us: and Shane in slight bewilderment agreed.

Wyfold nodded to the sergeant, opened the door of the room, and gestured to Oliver and me to leave. Oliver in undiluted grimness silently pushed me out. Wyfold, with a satisfied air, said in his plain uncushioning way, "There you are then, Mr. Knowles, that's how your daughter died, and you're luckier than some. That little sod's telling the truth. Proud of himself, like a lot of crooks. Wants the world to know." He shook hands perfunctorily with Oliver and nodded briefly to me, and walked away to his unsolved horrors where the papers called for his blood and other fathers choked on their tears.

Oliver pushed me back to the outside world but not directly to where my temporary chauffeur had said he would wait. I found myself making an unscheduled turn into a small public garden, where Oliver abruptly left me beside the first seat we came to and walked jerkily away.

I watched his back, ramrod-stiff, disappearing behind bushes and trees. In grief, as in all else,

he would be tidy.

A boy came along the path on roller skates and wheeled round to a stop in front of me.

"You want pushing?" he said.

"No. But thanks all the same."

He looked at me judiciously. "Can you make that chair go straight, using just one arm?"

"No. I go round in a circle and end where I started."

"Thought so." He considered me gravely. "Just like the earth," he said.

He pushed off with one foot and sailed away straight on the other and presently, walking firmly, Oliver came back.

He sat on the bench beside me, his eyelids slightly reddened, his manner calm.

"Sorry," he said, after a while.

"She died happy," I said. "It's better than nothing."

"How do you mean?"

"She heard what they were doing. She picked up the shampoo Shane dropped. She was coming to tell you that everything was all right, there was nothing wrong with Sandcastle and you wouldn't lose the farm. At the moment she died she must have been full of joy."

Oliver raised his face to the pale summer sky.

"Do you think so?"

"Yes, I do."

"Then I'll believe it," he said.

October

Gordon was coming up to sixty, the age at which everyone retired from Ekaterin's, like it or not. The bustle of young brains, the founder Paul had said, was what kept money moving, and his concept still ruled in the house.

Gordon had his regrets but they were balanced, it seemed to me, by a sense of relief. He had battled for three years now against his palsy and had finished the allotted work span honorably in the face of the enemy within. He began saying he was looking forward to his leisure, and that he and Judith would go on a celebratory journey as soon as possible. Before that, however, he was to be away for a day of medical tests in hospital.

"Such a bore," he said, "but they want to make these checks and set me up before we travel."

"Very sensible," I said. "Where will you go?"

He smiled with enthusiasm. "I've always wanted to see Australia. Never been there, you know."

"Nor have I."

He nodded and we continued with our normal work in the accord we had felt for so many years. I would miss him badly for his own sake, I thought, and even more because I would no longer have, through him, constant news of and contact with Judith. The days seemed to gallop towards his birthday and my spirits grew heavy as his lightened.

Oliver's problems were no longer the day-to-day communiqués at lunch. The dissenting director had conceded that even blue-chip certainties weren't always proof against well-planned malice and no longer grumbled about my part in things, particularly since the day that Henry in his mild-steel voice made observations about defending the bank's money beyond the call of duty.

"And beyond the call of common sense," Val murmured in my ear. "Thank goodness."

Oliver's plight had been extensively aired by Alec in *What's Going On Where It Shouldn't,* thanks to comprehensive leaks from one of Ekaterin's directors; to wit, me.

Some of the regular newspapers had danced round the subject, since with Shane still awaiting trial the business of poisoning mares was sub judice. Alec's paper, with its usual disrespect for secrecy, had managed to let everyone in the bloodstock industry know that Sandcastle himself was a rock-solid investment, and that any foals already born perfect would not be carrying any damaging genes.

As for the mares covered this year, the paper continued, *there is a lottery as to whether they will produce deformed foals. Breeders are advised to let their mares go to term, because there is a roughly fifty percent chance that the foal will be perfect. Breeders of mares who produce deformed or imperfect foals will, we understand, have their stallion fees refunded and expenses reimbursed.*

The bloodstock industry is drawing up its own special guidelines to deal with this exceptional case.

Meanwhile, fear not. Sandcastle is potent, fertile and fully reinstated. Apply without delay for a place in next year's program.

Alec himself telephoned me in the office two days after the column appeared.

"How do you like it?" he said.

"Absolutely great."

"The editor says the newsagents in Newmarket have been ringing up like mad for extra copies."

"Hm," I said. "I think perhaps I'll get a list of all breeders and bloodstock agents and personally—I mean anonymously—send each of them a copy of your column, if your editor would agree."

"Do it without asking him," Alec said. "He would probably prefer it. We won't sue you for infringement of copyright, I'll promise you."

"Thanks a lot," I said. "You've been really great."

"Wait till you get an eyeful of the next issue.

I'm working on it now. *Do-It-Yourself Miracles,* that's the heading. How does it grab you?"

"Fine."

"The dead can't sue," he said cheerfully. "I just hope I spell the drugs right."

"I sent you the list," I protested.

"The typesetters," he said, "can scramble eggs, let alone sulfanilamide."

"See you someday," I said, smiling.

"Yeah. Pie and beer. We'll fix it."

His miracle-working column in the next issue demolished Calder's reputation entirely and made further progress towards restoring Sandcastle's, and after a third bang on the Sandcastle-is-tops gong in the issue after that, Oliver thankfully reported that confidence both in his stallion and in his stud farm was creeping back. Two thirds of the nominations were filled already, and inquiries were arriving for the rest.

"One of the breeders whose mare is in foal now is threatening to sue me for negligence, but the bloodstock associations are trying to dissuade him. He can't do anything, anyway, until after Shane's trial and after the foal is born, and I just hope to God it's one that's perfect."

From the bank's point of view his affairs were no longer in turmoil. The board had agreed to extend the period of the loan for three extra years, and Val, Gordon and I had worked out the rates at which Oliver could repay without crippling himself. All finally rested on Sandcastle, but if his progeny should prove to have inherited his speed,

Oliver should in the end reach the prosperity and prestige for which he had aimed.

"But let's not," Henry said, smiling one day over roast lamb, "let's not make a habit of going to the races."

Gordon came to the office one Monday saying he had met Dissdale the day before at lunch in a restaurant that they both liked.

"He was most embarrassed to see me," Gordon said. "But I had quite a talk with him. He really didn't know, you know, that Calder was a fake. He says he can hardly believe, even now, that the cures weren't cures, or that Calder actually killed two people. Very subdued, he was, for Dissdale."

"I suppose," I said diffidently, "you didn't ask him if he and Calder had ever bought, cured and sold sick animals before Indian Silk."

"Yes, I did, actually, because of your thoughts. But he said they hadn't. Indian Silk was the first, and Dissdale rather despondently said he supposed Calder and Ian Pargetter couldn't bear to see all their time and trouble go to waste, so when Ian Pargetter couldn't persuade Fred Barnet to try Calder, Calder sent Dissdale to buy the horse outright."

"And it worked a treat."

Gordon nodded. "Another thing Dissdale said was that Calder was as stunned as he was himself to find it was Ekaterin's who had loaned the money for Sandcastle. There had been no mention of it in the papers. Dissdale asked me to tell you that when he told Calder who it was who had

actually put up the money, Calder said 'My God' several times and walked up and down all evening and drank far more than usual. Dissdale didn't know why, and Calder wouldn't tell him, but Dissdale says he thinks now it was because Calder was feeling remorse at hammering Ekaterin's after an Ekaterin had saved his life.''

"Dissdale," I said dryly, "is still trying to find excuses for his hero."

"And for his own admiration of him," Gordon agreed. "But perhaps it's true. Dissdale said Calder had liked you very much."

Liked me, and apologized, and tried to kill me: that too.

Movement had slowly returned to my shoulder and arm once the body-restricting plaster had come off, and via electrical treatment, exercise and massage normal strength had returned.

In the ankle department things weren't quite so good: I still after more than four months wore a brace, though now of removable aluminum and strapping, not plaster. No one would promise I'd be able to ski on the final outcome and meanwhile all but the shortest journeys required sticks. I had tired of hopping up and down my Hampstead stairs, on my return there, to the extent of renting an apartment of my own with an elevator to take me aloft and a garage in the basement, and I reckoned life had basically become reasonable again on the day I drove out of there in my car: automatic gear change, no work for the left foot, perfect.

A day or two before he was due to go into hospital for his check-up Gordon mentioned in passing that Judith was coming to collect him from the bank after work to go with him to the hospital, where he would be spending the night so as to be rested for the whole day of tests on Friday.

She would collect him again on Friday evening and they would go home together, and he would have the weekend to rest in before he returned to the office on Monday.

"I'll be glad when it's over," he said frankly. "I hate all the needles and the pulling and pushing about."

"When Judith has settled you in, would she like me to give her some dinner before she goes home?" I said.

He looked across with interest, the idea taking root. "I should think she would love it. I'll ask her."

He returned the next day saying Judith was pleased, and we arranged between us that when she left him in the hospital she would come to join me in a convenient restaurant that we all knew well: and on the following day, Thursday, the plan was duly carried out.

She came with a glowing face, eyes sparkling, white teeth gleaming; wearing a blue full-skirted dress and shoes with high heels.

"Gordon is fine, apart from grumbling about tomorrow," she reported, "and they gave him

almost no supper, to his disgust. He says to think of him during our filet steaks."

I doubt if we did. I don't remember what we ate. The feast was there before me on the other side of the small table, Judith looking beautiful and telling me nonsensical things like what happens to a blasé refrigerator when you pull its plug out.

"What, then?"

"It loses its cool."

I laughed at the stupidity of it and brimmed over with the intoxication of having her there to myself, and I wished she was my own wife so fiercely that my muscles ached.

"You'll be going to Australia . . ." I said.

"Australia?" She hesitated. "We leave in three weeks."

"So soon."

"Gordon's sixty the week after next," she said. "You know he is. There's the party."

Henry, Val and I had clubbed together to give Gordon a small sending-off in the office after his last day's work, an affair to which most of Banking's managers and their wives had been invited.

"I hate him going," I said.

"To Australia?"

"From the bank."

We drank wine and coffee and told each other much without saying a word. Not until we were nearly leaving did she say tentatively, "We'll be away for months, you know."

My feelings must have shown. "Months . . . How many?"

"We don't know. We're going to all the places Gordon or I have wanted to see that couldn't be fitted into an ordinary vacation. We're going to potter. Bits of Europe, bits of the Middle East, India, Singapore, Bali, then Australia, New Zealand, Tahiti, Fiji, Hawaii, America." She fell silent, her eyes not laughing now but full of sadness.

I swallowed. "Gordon will find it exhausting."

"He says not. He passionately wants to go, and I know he's always yearned to have the time to see things . . . and we're going slowly, with lots of rests."

The restaurant had emptied around us and the waiters hovered with polite faces willing us to go. Judith put on her blue coat and we went outside onto the cold pavement.

"How do you plan to go home now?" I asked.

"Underground."

"I'll drive you," I said.

She gave me a small smile and nodded, and we walked slowly across the road to where I'd left the car. She sat in beside me and I did all the automatic things like switching on the lights and letting off the handbrake, and I drove all the way to Clapham without consciously seeing the road.

Gordon's house behind the big gates lay quiet and dark. Judith looked up at its bulk and then at me, and I leaned across in the car and put my arms round her and kissed her. She came close to

me, kissing me back with a feeling and a need that seemed as intense as my own, and for a while we stayed in that way, floating in passion, dreaming in deep unaccustomed touch.

As if of one mind we each at the same time drew back and slowly relaxed against the seat. She put her hand on mine and threaded her fingers through, holding tight.

I looked ahead through the windshield, seeing trees against the stars: seeing nothing.

A long time passed.

"We can't," I said eventually.

"No."

"Especially not," I said, "in his own house."

"No."

After another long minute she let go of my hand and opened the door beside her, and I too opened mine.

"Don't get out," she said, "because of your ankle."

I stood up, however, on the driveway and she walked round the car towards me. We hugged each other but without kissing, a long hungry minute of body against body; commitment and farewell.

"I'll see you," she said, "at the party"; and we both knew how it would be, with Lorna Shipton talking about watching Henry's weight and Henry flirting roguishly with Judith whenever he could, and everyone talking loudly and clapping Gordon on the back.

She walked over to the front door and unlocked

it, and looked back, briefly, once, and then went
in, putting the walls between us in final, mutual,
painful decision.

December

I felt alone and also lonely, which I'd never been before, and I telephoned to Pen one Sunday in December and suggested taking her out to lunch. She said to come early as she had to open her shop at four, and I arrived at eleven-thirty to find coffee percolating richly and Pen trying to unravel the string of the Christmas kite.

"I found it when I was looking for some books," she said. "It's so pretty. When we've had coffee, let's go out and fly it."

We took it onto the common, and she let the string out gradually until the dragon was high on the wind, circling and darting and fluttering its frilly tail. It took us slowly after it across the grass, Pen delightedly intent and I simply pleased to be back there in that place.

She glanced at me over her shoulder. "Are we going too far for your ankle? Or too fast?"

"No and no," I said.

"Still taking the comfrey?"

"Religiously."

The bones and other tissues round my shoulder had mended fast, I'd been told, and although the ankle still lagged I was prepared to give comfrey the benefit of the doubt. Anything that would restore decent mobility attracted my enthusiasm: life with brace and walking stick, still boringly necessary, made even buying groceries a pest.

We had reached a spot on a level with Gordon and Judith's house when a gust of wind took the kite suddenly higher, setting it weaving and diving in bright-colored arcs and stretching its land-line to tautness. Before anything could be done the string snapped and the dazzling butterfly wings soared away free, rising in a spiral, disappearing to a shape, to a black dot, to nothing.

"What a pity," Pen said, turning to me with disappointment and then pausing, seeing where my own gaze had traveled, downwards to the tall cream gates, firmly shut.

"Let her go," Pen said soberly, "like the kite."

"She'll come back."

"Take out some other girl," she urged.

I smiled lopsidedly. "I'm out of practice."

"But you can't spend your whole life . . ." She stopped momentarily, and then said, "Parkinson's disease isn't fatal. Gordon could live to be eighty or more."

"I wouldn't want him dead," I protested. "How could you think it?"

"Then what?"

"Just to go on, I suppose, as we are."

She took my arm and turned me away from the

gates to return to her house.

"Give it time," she said. "You've got months. You both have."

I glanced at her. "Both?"

"Gordon and I don't go around with our eyes shut."

"He's never said anything . . ."

She smiled. "Gordon likes you better than you like him, if possible. Trusts you, too." She paused. "Let her go, Tim, for your own sake."

We went silently back to her house and I thought of all that had happened since the day Gordon stood in the fountain, and of all I had learned and felt and loved and lost. Thought of Ginnie and Oliver and Calder, and of all the gateways I'd gone through to grief and pain and the knowledge of death. So much—too much—compressed into so small a span.

"You're a child of the light," Pen said contentedly. "Both you and Judith. You always take sunshine with you. I don't suppose you know it, but everything brightens when people like you walk in." She glanced down at my slow foot. "Sorry. When you limp in. So carry the sunlight to a new young girl who isn't married to Gordon and doesn't break your heart." She paused. "That's good pharmacological advice, so take it,"

"Yes, doctor," I said: and knew I couldn't.

On Christmas Eve, when I had packed to go to Jersey and was checking around the flat before leaving, the telephone rang.

"Hello," I said.

There was a series of clicks and hums and I was about to put the receiver down when a breathless voice said, "Tim . . ."

"Judith?" I said incredulously.

"Yes."

"Where are you?"

"Listen, just listen. I don't know who else to ask, not at Christmas . . . Gordon's ill and I'm alone and I don't know, I don't know . . ."

"Where are you?"

"India . . . He's in hospital. They're very good, very kind, but he's so ill . . . unconscious . . . they say cerebral hemorrhage . . . I'm so afraid . . . I do so love him . . ." She was suddenly crying, and trying not to, the words coming out at intervals when control was possible. "It's so much to ask . . . but I need . . . help."

"Tell me where," I said. "I'll come at once."

"Oh . . ."

She told me where. I was packed and ready to go, and I went.

Because of the date and the off-track destination there were delays and it took me forty hours to get there. Gordon died before I reached her, on the day after Christmas, like her mother.

The publishers hope that this Large Print Book has brought you pleasurable reading. Each title is designed to make the text as easy to see as possible. G. K. Hall Large Print Books are available from your library and your local bookstore. Or you can receive information on upcoming and current Large Print Books and order directly from the publisher. Just send your name and address to:

G. K. Hall & Co.
70 Lincoln Street
Boston, Mass. 02111

or call, toll-free:

1-800-343-2806

A note on the text
Large print edition designed by
Fred Welden.
Composed in 16 pt English Times
on an Editwriter 7700
by Debra Nelson of G. K. Hall Corp.